W0061077

Märchen aus 1001 Nacht

Märchen aus 1001 Nacht

Neu erzählt von Gunter Groll

Mit den Illustrationen von
Ruth und Martin Koser-Michaëls

Knaur

Besuchen Sie uns im Internet:
www.knaur.de

Die Einschweißfolie ist biologisch abbaubar.
Dieses Buch wurde auf chlor- und säurefreiem Papier gedruckt.

Copyright © 2002 bei Droemersche Verlagsanstalt
Th. Knaur Nachf., München
Alle Rechte vorbehalten. Das Werk darf – auch teilweise – nur
mit Genehmigung des Verlages wiedergegeben werden.
Umschlaggestaltung: ZERO Werbeagentur, München
Satz: Ventura Publisher im Verlag
Layout und Umbruch: Michaela Daigl
Druck und Bindung: Appl, Wemding
Printed in Germany
ISBN 3-426-66451-8

2 4 5 3 1

Der Anfang der Geschichten

In längst entschwundenen Tagen lebte in Samarkand ein mächtiger König namens Schahrirar. Es begab sich aber, dass seine Frau ihm starb und einging in Allahs Reich. Da langweilte sich der König, und er befahl seinem Großwesir, ihm jeden Abend ein junges Mädchen in den Palast zu schicken, das ihm die Zeit vertreiben sollte bis zum Aufgang der Sonne.

Und jedes Mal, wenn der Tag graute, befahl der grausame König, den jungen Mädchen den Kopf abzuschlagen, und das machte ihm Spaß. Der Wesir, dem die Mädchen Leid taten, führte dennoch die mörderischen Befehle aus. Denn er fürchtete sich vor seinem Herrscher.

So fuhr der König fort, bis die Menschen ihm fluchten und zu Allah beteten, er möge den Tyrannen vernichten. Und die Mütter weinten, und die Eltern flohen mit ihren Töchtern, bis in der Stadt kein junges Mädchen mehr war.

Und wieder befahl der König dem Großwesir, ihm ein Mädchen zu bringen; und der Wesir ging hin und fand keins mehr. Mutlos ging er nach Hause, die Seele voll Angst und Bitternis, denn er hatte selber zwei Töchter, und sie waren in ihrer heiteren Schönheit die Freude seines Alters.

Scheherazade hieß die ältere, die jüngere Dunjazade. Scheherazade hatte viele Bücher gelesen und kannte die Geschichten und Legenden aus alten Zeiten und von versunkenen Völkern. Im ganzen Lande wusste man davon, und man sagte, es müssten tausend und noch mehr Bücher sein, in die sie sich vertieft habe, denn sie wisse von allen Sagen und vielen Dichtern. Leicht flossen ihr die Worte von den Lippen, und es bewegte das Herz, ihren Erzählungen zu lauschen.

Als sie ihren Vater so verzweifelt sah, sagte sie: »Ach, warum bist du nur immer mit Last und Sorge beladen!«

Da erzählte der Wesir seiner Tochter, was geschehen war.

Und sie sprach: »O Vater, wie lange soll dieses Morden noch dauern! Ich bitte dich, bring mich zum König!«

»Allah bewahre dich!«, rief der Wesir. »Setze dein Leben nicht solcher Gefahr aus!« Und er beschwor sie unter Drohungen und Tränen; aber Scheherazade hatte im Geheimen einen Plan gefasst und ließ sich von ihrem Wunsch, zum König geführt zu werden, nicht abbringen. Da gab der Wesir nach, beeindruckt von Scheherazades gelassener Beharrlichkeit, und schwankend zwischen Furcht und unbestimmter Hoffnung stieg er zum Palaste hinauf. Und er warf sich vor dem König nieder und berichtete ihm, dass er die Absicht habe, ihm seine Tochter zu bringen.

Während dieser Zeit sprach Scheherazade zu ihrer jüngeren Schwester: »Wenn ich beim König bin, lasse ich dich holen; dann sollst du zu mir sagen: ›Liebe Schwester, erzähle doch eine deiner wunderbaren Geschichten, auf dass der Abend angenehm vorübergehe!‹ Und dann werde ich Geschichten erzählen, die sollen unsere Befreiung sein, wenn es Allah gefällt, und sie sollen den König abbringen von seiner blutdürstigen Gewohnheit.«

Und es kam ihr Vater, der Wesir, sie zu holen, und sie ging mit ihm zum König Schahrirar.

Als der König das Mädchen neben sich niedersitzen ließ, begann Scheherazade zu seufzen. Und der König sprach: »Was ist dir?«

»O Gebieter!«, rief sie aus. »Ich habe eine jüngere Schwester, die sich sehr um mich sorgt und von der ich mich verabschieden möchte.«

Da ließ der König die Schwester holen. Sie kam, kauerte sich zu Füßen des Königs nieder und sagte nach kurzer Zeit, als das Gespräch zwischen den dreien stockte, zu Scheherazade: »Liebe Schwester, erzähle uns doch eine von deinen wunderbaren Geschichten, die so berühmt sind im ganzen Lande!«

»Mit Freuden«, erwiderte Scheherazade, »wenn der große König es erlaubt!«

»Beginne!«, sprach da der König, der ruhelos war und keinen Schlaf fand in seinen Nächten. Er hörte gerne Geschichten und war gespannt, was dieses Mädchen zu erzählen hatte. Und Scheherazade frohlockte.

Und sie begann ihre Erzählung, und der König hörte ihr zu, und die Nacht verging, und Scheherazade sprach und sprach; da graute der Morgen, und ein Vogel rief vor dem Fenster.

Als Scheherazade merkte, dass die Nacht vorüber war, hielt sie inne, und ihre kleine Schwester sprach: »Wahrlich, wer deinen Geschichten lauscht, der ist wie im Zauberbann!«

Und Scheherazade entgegnete: »Ach, ich könnte in der nächsten Nacht noch viel schönere Geschichten erzählen – wenn ich dann noch am Leben wäre …«

Da dachte sich der König: Bei Allah, ich will sie nicht töten lassen, bevor ich noch mehr solcher Geschichten gehört habe! Dann ging er in den Staatsrat, und er sah den Wesir herantreten mit dem Leichentuch unter dem Arm, das für seine Tochter bestimmt war. Und der König vertiefte sich in die Geschäfte des Staatsrates; und er tat nichts anderes bis zum Ende des Tages. Zum Wesir aber, der sehr erstaunt war, sagte er kein Wort, und als der Staatsrat aufbrach, kehrte der König in seinen Palast zurück.

Als aber die zweite Nacht anbrach, da schickte der König Dunjazade fort und wandte sich an Scheherazade und sprach: »Erzähle!«

Und fast schien er verlegen, dass er sich mit diesem Mädchen auf andere Art vergnügte als mit den anderen.

Scheherazade aber erzählte.

So geschah es in tausend Nächten und einer Nacht, und Scheherazade erzählte die Geschichten, von denen die schönsten in diesem Buche aufgezeichnet sind.

Und sie fing an mit einer alten Legende, und es war das die Geschichte vom Fischer, der eine Flasche fand.

Die Geschichte vom Fischer, der eine Flasche fand

Es lebte einmal ein Fischer, der war alt und arm; er hatte ein Weib und drei Kinder, aber kein Geld. Es war seine Gewohnheit, drei Mal am Tage sein Netz auszuwerfen – genau drei Mal und nicht mehr.

Eines Tages ging er zum Meer, setzte seinen Korb nieder, warf das Netz aus und wartete, bis es zum Grund gesunken war. Als er die Leinen zusammenfasste, fand er das Netz sehr schwer, und er war kaum im Stande, es wieder herauszuziehen. Doch er ließ nicht nach in seinen Anstrengungen, bis er es schließlich heraufgebracht hatte. Aber ach, er fand darin einen großen irdenen Topf, der war gefüllt mit Sand und Schlamm. Bei diesem Anblick wurde er recht betrübt und sagte ärgerlich:

»Allah, der uns erhält und nährt, ist ohne Zweifel groß. Aber dies hier ist wirklich eine sehr merkwürdige Art des täglichen Brotes!«

Und er warf von neuem sein Netz aus und wartete, bis es zum Grunde herabgesunken war; dann versuchte er, es herauszuziehen, und er stellte fest, dass es noch schwerer war als das erste Mal. So glaubte er denn, es seien viele Fische darin, und er zog und zog, bis er es endlich aufs trockene Land hinaufbrachte. Da fand er darin einen toten Hammel, der war ertrunken und stank. Als er das sah, war er sehr bekümmert, presste das Netz aus, säuberte es, hob den Kopf gen Himmel und sprach:

»Allah, du weißt es, ich werfe mein Netz nicht öfter aus als drei Mal – und siehe, zwei Mal habe ich es schon getan!«

Dann warf er das Netz zum letzten Mal ins Meer. Diesmal gelang es ihm trotz aller Anstrengung nicht mehr, das Netz wieder herauszuziehen. Er entkleidete sich, sprang ins Wasser, tauchte rings um das Netz und tat alles, was sich tun lässt, bis er es glücklich ans Land gebracht hatte.

Dann öffnete er die Maschen. Er fand darin eine gurkenförmige Flasche aus gelbem Kupfer. Sie war mit einer Bleikapsel verschlossen, die das Siegel Salomos trug. Da war der Fischer froh und sagte sich:

»Wenn ich sie auf dem Markte verkaufe, so bringt sie sicher zehn
Golddinare ein.« Er schüttelte sie,
und da er sie schwer fand, fuhr er
fort: »Ich wüsste nur gern, was darin ist!« Und er nahm sein Messer
und schnitt an dem Blei herum,
bis er es von der Flasche gelöst
hatte; dann stülpte er sie um. Doch
es kam nichts zum Vorschein, und
der Fischer war sehr erstaunt. Und
er stand da und kratzte sich den
Kopf.
Plötzlich aber drang ein Rauch
aus der Flasche, der stieg bis zum
Himmel empor. Und der Rauch
verdichtete sich, sank nieder und wurde zu einem Ifriten; und der Ifrit
war riesenhaft von Gestalt, und seine Beine standen auf dem Sand wie
Säulen, und sein Scheitel streifte die Wolken. Sein Kopf schien wie
eine Kuppel, seine Hände waren wie Heugabeln, und sein Mund
glich einer Grotte im Gestein. Seine Augen aber glühten wie Laternen
in der Nacht, und sein Blick war wild. Beim Anblick dieses Ifriten war
der Fischer natürlich sehr entsetzt, und er wusste nicht, was er tun
sollte.

Als der Ifrit den Fischer erblickte, rief er mit Donnerstimme: »Sei tapfer, o Fischer!«

Und der Fischer rief: »Wieso?«

Und der Geist erklärte: »Weil du noch in dieser Stunde sterben sollst!«

Da sprach der Fischer: »Was sagst du da? Wer soll sterben? Doch nicht ich, der dich aus der Flasche ließ und dich überhaupt aus dem Meer gerettet hat?«

Da sprach der Ifrit: »Erwäge und wähle die Todesart, die dir am liebsten ist!«

»Aber warum denn nur?«, erwiderte der Fischer. »Was ist das für eine Art, seinen Befreier umzubringen?«

Der Ifrit entgegnete: »Höre meine Geschichte, o Fischer!«

Der Fischer aber rief: »Erzähle rasch, o du Ferner, denn siehe, mein Herz sank in den Bauch und der Atem stockt mir in der Nase!« Und der Ifrit begann zu erzählen.

»Ich bin ein aufrührerischer Geist, und das Chaos ist mein Element. Einst habe ich mich erhoben gegen Salomo, den Sohn Davids. König Salomo, dem Gewalt gegeben war über das Geisterreich, ließ mich bannen, ergreifen und in Fesseln schlagen. So führte man mich vor sein Angesicht. Er forderte mich auf, von den Mächten der Finsternis zu lassen, Frieden zu schließen mit der Weltordnung und in die Dienste des Guten zu treten. Aber ich komme aus der Nacht und dem Zwielicht, das Böse ist meine Sache und das Gute langweilt mich. Und ich weigerte mich. Da ließ er dieses schändliche Gefäß herbeibringen und setzte mich darin gefangen. Dann versiegelte er es mit Blei und drückte das Pentagramma mit dem Namen des sehr Erhabenen hinein. Auf seinen Befehl nahmen mich seine weißen Magier und warfen mich mitten ins Meer.

Wohl hundert Jahre verbrachte ich auf dem Meeresgrund, derweil ich in meinem Herzen sagte: ›Wer immer mich befreit, den will ich reich machen!‹ Aber es vergingen weitere hundert Jahre, und niemand kam. Und als ich so in das dritte Jahrhundert trat, da sprach ich wieder zu mir: ›Ich werde alle Schätze der Erde dem zum Geschenk machen, der mich erlöst.‹ Aber auch dann kam niemand, der mich befreite. Schließlich geriet ich in entsetzlichen Zorn und schwor in meiner Seele: ›Töten will ich den, der mich befreit! Doch damit ich mich nicht

gänzlich undankbar zeige, will ich ihm selber die Wahl der Todesart überlassen!‹ Da warst nun du es, o Fischer, der mich befreite, und so lasse ich dir denn die freie Wahl, wie du sterben möchtest.«

Nach diesen Worten des Ifriten sagte der Fischer: »Was für ein Schwur! Was für eine Freiheit der Wahl! Und ausgerechnet ich musste es sein, der diesen Wüterich befreite! O Ifrit, gewähre mir Gnade, und Allah wird es dir vergelten.«

Da sagte der Ifrit: »Gerade weil du mich befreit hast, sollst du ja sterben! Begreifst du's nicht? Sag mir rasch, welche Todesart du bevorzugst!«

Da dachte sich der Fischer: ›Ich bin zwar nur ein Mensch, und er ist immerhin ein Geist; aber schließlich hat Allah mir, soviel ich weiß, ziemlich viel Verstand verliehen, und diesem Riesen, soviel ich sehe, nur wenig. Das wollen wir doch einmal sehen, ob Allah in seiner Güte wirklich wünscht, dass die Bösartigkeit dieses höchst üblen Geistes über meine hoffentlich gesegnete Schlauheit triumphiert ...‹ Und so sagte er denn zu dem Ifriten: »Beim sehr Erhabenen und beim Siegel Salomons beschwöre ich dich: Antworte mir wahrheitsgetreu auf das, was ich dich jetzt fragen werde!«

Als der Ifrit vom sehr Erhabenen hörte, war er sogleich ein wenig betroffen und erwiderte: »Ich werde die reine Wahrheit sagen!«

Da fragte der Fischer: »Wie konntest du in deiner ganzen Größe und Gestalt in diesem Gefäß hier stecken, o du Ungeheuerlicher, in welches doch nicht einmal eine Hand oder ein Fuß von dir hineinpasst?«

»Du willst doch wohl nicht«, erwiderte der Ifrit, »daran zweifeln, dass einem Ifriten wie mir schier alles möglich ist? Du kleiner Narr, du sahst doch, wie ich herauskam!«

»So genau sah ich gerade nicht hin«, sagte der Fischer, »nein, weißt du, diese Sache kann ich nicht glauben – es sei denn, ich sähe dich mit eigenen Augen wieder in dieses Gefäß hineinspazieren!«

Da rüttelte und schüttelte sich der Ifrit und wurde wieder zu einer Rauchwolke, die stand zwischen Himmel und Erde. Und sie wurde dünner und kleiner und drang ein in die Flasche – bis endlich der üble Geist wieder darinnen saß als ein kleines Wölkchen.

Da nahm der Fischer schnell den Deckel aus Blei, der mit dem Siegel Salomos versehen war, und verschloss die Öffnung des Gefäßes.

Dann neigte er seinen Mund zu dem Verschluss und rief: »He, du da drin! Nun erwäge du einmal und wähle die Todesart, die dir am liebsten ist! Fürwahr, ich wusste zwar, dass es gute und böse Geister gibt – du aber gehörst zu denen, die böse und blöde sind! O du Unflat in der Flasche und Vater des Undanks! Am besten werfe ich dich wohl wieder ins Meer, denn ein paar weitere Jahrhunderte voll Langeweile ist sicher die beste Strafe für wütende Ifriten! Leb wohl, o Geist; ich wünsche dir ein geruhsames Jahrtausend!«

Als der Ifrit diese Worte des Fischers hörte, versuchte er, aus der Flasche herauszukommen, aber er vermochte es nicht. Da erkannte er, dass er wieder gefangen war, mit dem Siegel Salomos über sich, gegen das auch die gewaltigsten Geister machtlos sind. Und als er fühlte, dass der Fischer ihn zum Meer hinuntertrug, da rief er: »Nicht doch! Nicht doch!« Doch der Fischer rief vergnügt: »Aber sicher! Aber sicher!«

Nun wurde der Ifrit bedeutend demütiger, unterwarf sich und sagte: »O öffne doch die Flasche, guter Fischer, und ich will dich mit Wohltaten überschütten!«

Aber der Fischer entgegnete: »Du lügst! Denn nicht wahr; mit dir und

mir steht es genau so wie mit dem Wesir des Königs Junan und dem
Arzte Rujan!«

Da fragte der Ifrit: »Wer war denn das, der Wesir des Königs Junan?
Was ist das für eine Geschichte?«

Und der Fischer erzählte die Geschichte vom Weisen und dem Wesir.

Die Geschichte vom Wesir des Königs Junan und dem weisen Rujan

Es lebte einst, vor langer Zeit, ein König namens Junan, der war reich
und mächtig. Sein Körper aber war von einem Aussatz befallen, und
es war diese Krankheit ein Rätsel für alle Heilkundigen des Landes.
Keine Arznei und keine Kur hatte Erfolg, und die Ärzte verzweifelten, und der König siechte dahin.

Da kam eines Tages ein berühmter Arzt namens Rujan in die Stadt. Er
war wohl bewandert in den indischen, ägyptischen, griechischen und
arabischen Heilmethoden und ein wahrhaft Weiser. Er kannte die
Arzneilehre und die Sternenkunde, die offenen wie die geheimen
Grundsätze und Regeln der Heilung, und es war in seinem Besitz die
Lehre von den guten und bösen Einflüssen wie das Wissen von den
wohltätigen Wirkungen der Pflanzen und Steine. Und es war ihm
auch alles andere vertraut, das der Heilkunst förderlich ist: die Glau-
benslehre, die Astrologie, die Tier- und Pflanzenkunde und die Ge-
heimwissenschaft.

Als nun dieser Arzt in die Stadt gekommen war und darin einige Zeit
verweilt hatte, erfuhr er die Geschichte des Königs und seines Aussat-
zes. Er verbrachte die Nacht in Nachsinnen, und als er am Morgen die
Sonne sah, das große Juwel des Allgütigen, da kleidete er sich in seine
schönsten Gewänder und trat hin vor den König. Und er erklärte dem
König, wer er war, und sprach: »Ich habe von der Krankheit erfahren,
mit der dein Körper geschlagen ist; ich habe auch erfahren, dass die
Ärzte das Mittel, das dich heilt, nicht entdecken konnten; doch lass
mich, o König, dich noch einmal behandeln, ohne dass ich dir etwas
eingebe an Medikamenten oder dich mit Salben reibe; auch werde ich
dich nicht mit Messern schneiden, mit Nadeln stechen oder irgendetwas Schmerzhaftes tun. Doch musst du mir und meinen Methoden
vertrauen. Mehr verlange ich nicht.«

Über diese Worte erstaunte der König und sagte: »Wenn du mich heilst, so will ich dich reich machen und dir alle Wünsche erfüllen, und du sollst mein Trinkgenosse sein und mein Freund!«

Der Arzt stieg hinab vom Palaste des Königs, mietete ein Haus in der Stadt und vertiefte sich in seine Bücher und in seine Sammlungen aromatischer Kräuter. Er zog feine Extrakte aus und mischte die Grundstoffe; dann verfertigte er einen Ballschläger von kurzer, gebogener Form und höhlte ihn am Griffende aus. Diese Höhlung polsterte er fest mit Heilpflanzen und tränkte den Schläger mit Kräutertinkturen. Nachdem er diese Arbeit beendet hatte, stieg er hinauf zum König, trat ein bei ihm und verneigte sich. Und er verordnete dem Kranken, zu Pferde hinauszuziehen auf den großen Reitplatz und dort mit einem Ball und diesem Schläger Polo zu spielen. Und der König nickte erstaunt.

Auf dem Reitplatz bot ihm Rujan den Schläger und sagte: »Nimm diesen Schläger, o gütiger König, fasse ihn an, wie ich es dir zeige, und schlage dann mit deiner ganzen Kraft den Ball. Und tue dies so, dass deine Hand und dein ganzer Körper in Schweiß gerät. Auf diese Weise wird das Heilmittel eindringen in die Fläche deiner Hand und kreisen in deinem Körper; wenn du aber geschwitzt hast und das Mittel Zeit hatte, zu wirken, dann kehre heim in deinen Palast und nimm ein Bad – dann, o König, wirst du geheilt sein. Und Friede sei mit dir!«

Da nahm der König Junan den Schläger und umfasste ihn mit seiner Hand. Und er begann den Ball zu schlagen, wie ihm geheißen. Er hörte nicht auf, bis seine Hand feucht war und seine Haut schwitzte, und er ermattete rasch. Als der Arzt Rujan erkannte, dass es an der Zeit war, riet er dem König heimzukehren. Und der König tat es und begab sich zu seinem Badehaus und nahm ein Dampfbad und ein Wasserbad.

Als er das Bad verließ, betrachtete er seinen Körper, und siehe, er fand keine Spur von Aussatz daran. Seine Haut war rein geworden wie unberührtes Silber. Darüber freute er sich sehr, und er fühlte sich glücklich wie niemals zuvor.

Und der König ging in seinen Saal und setzte sich auf den goldenen Thron, und die Großen des Reiches strömten herbei, und bescheiden hinter ihnen nahte sich der Arzt Rujan. Als aber der König den Arzt

erblickte, da erhob er sich ihm zu Ehren, ließ ihn sich niedersetzen an seiner Seite, speiste mit ihm, wünschte ihm ein langes Leben und übergab ihm reiche Geschenke. Er hörte nicht auf, sich mit ihm zu unterhalten bis zum Anbruch der Nacht. Dann ließ er den Arzt von dannen ziehen, und unter Segenswünschen verließ Rujan den geheilten König.

Als der nächste Morgen anbrach, erhob sich der König und schritt wieder in den Audienzsaal. Unter den Wesiren des Reiches befand sich aber einer, der recht widerwärtig wirkte. Er hatte ein ewig mürrisches und finsteres Gesicht und einen bösen Blick, und er war missgünstig, und sein Herz war zerfressen von Eifersucht und Hass. Als dieser Wesir gesehen hatte, wie der König den heilkundigen Rujan, dessen Art ihm sehr missfallen hatte, mit Wohltaten überhäufte, da hatte der Neid ihn gepackt, und er hatte beschlossen, den Arzt zu verderben.

Als die Gelegenheit sich bot, trat der Wesir heran zum König, küsste die Erde zwischen seinen Händen und sprach: »O König des Jahrhunderts, der du die Sterblichen einhüllst in deine Wohltaten, ich habe für

dich einen Rat von besonderer Wichtigkeit – verheimlichte ich ihn, so wäre ich ein schlechter Wesir meines großen Königs. Wenn du befiehlst, so werde ich nicht zögern, davon zu sprechen.«

Da sprach der König:»Sag's nur heraus!«

Und der andere erwiderte:»O ruhmreicher Herrscher, ich habe gesehen, dass es dem König an Einsicht gefehlt hat, als er seinen Feind mit Wohltaten überhäufte – gerade den, der das Verderben des Reiches erstrebt. Und deshalb bin ich in großer Sorge.«

Da wechselte der König die Farbe und sprach:»Wer ist das, von dem du meinst, dass er mein Feind sei und dass ich ihn mit Wohltaten überhäuft hätte?«

»O König«, antwortete der Wesir,»wenn dein Geist eingeschlafen ist, dann möge er nun erwachen, denn meine Worte richten sich gegen den Arzt Rujan.«

Der König aber fuhr auf und rief:»Dieser Arzt ist mein Freund, und er ist mir der Teuersten einer unter allen Menschen. Er hat mich geheilt. Es gibt keinen wie ihn, weder im Abend- noch im Morgenlande! Wie kannst du es wagen, so etwas von ihm zu behaupten? Es wäre nicht zu viel für ihn, wenn ich ihm die Hälfte meines Reiches schenkte ob der großen Wohltat, die er mir durch die Erlösung von meinem Leiden erwiesen hat! Gesteh nur, Wesir: aus dir spricht der Neid! Oder haben ihn meine Ärzte angeschwärzt, weil er mehr kann und auf andere Weise heilt als sie? Ich möchte es ihnen nicht raten!«

Doch fest und ohne im Mindesten gekränkt zu sein, erwiderte der listenreiche Wesir:»Erhabener König! Es wird eine Zeit kommen, da du die Wahrheit meiner Worte erfahren wirst! Achtest du auf meinen Rat, so bist du gerettet; tust du es nicht, so wirst du zu Grunde gehen!«

Und eindringlicher fuhr er fort:»Wenn du dich diesem Arzte anvertraust, wird er dich eines schrecklichen Todes sterben lassen; denn er plant Mord. Erkennst du denn nicht, aus welchem Grunde er dich von deiner Krankheit befreite – mit einem Gegenstand, den du in der Hand hieltest? Siehst du denn nicht, dass dies nur geschah, um eines Tages dein Verderben zu bewirken – mit einem anderen Gegenstand, den er dir dann in die Hand geben wird? Ich habe geheime Berichte über seine Absichten und Methoden! Bedenke – er kommt aus dem Land unserer Feinde. Er ist gedungen von ihnen. Sie nutzten deine

Krankheit, denn gute Ärzte haben sie ja wirklich dort drüben. Doch wollen deine Feinde dir wohl? Sie wollen deinen Tod!«

Nach langem Schweigen sprach der König, der über diese Worte nachgedacht hatte: »Es macht mir Eindruck, o Wesir, was du so offen aussprichst! Möglich wäre es ja, dass jener Arzt als Spion gekommen ist, um mein Verderben zu bewirken ... Ich habe sehr listige Feinde. Kommt er wirklich aus Feindesland? Dem Feind traue ich freilich alles zu, auch dass er sich wandernder Ärzte bedient. In der Tat: Hat er mich mit einem Ding, das ich in meiner Hand hielt, auf so geheimnisvolle Weise von meinem Leiden befreit, so kann er mich wohl auch mit einem anderen Ding, das er mir in die Hand gibt, vernichten ...«

Und dann fragte der König seinen Wesir: »Und was sollten wir deiner Meinung nach mit diesem Arzt tun?«

Der Wesir erwiderte: »Köpfen! Was sonst? Holen lassen und auf der Stelle köpfen! Nicht erst lange verhandeln und ihm womöglich Zeit geben, seine geheimen Gifte anzuwenden. Nur so rettest du dich und das Reich!«

Und der König Junan erwiderte: »Du hast wohl Recht, o Wesir!« Und er seufzte; doch das Misstrauen saß schon tief in seinem Herzen, und der König dachte nur noch an seine Feinde; und aus Furcht und Misstrauen wurde Blindheit und Hass.

So ließ der König den Arzt holen, und der weise Rujan fand sich ein, heiter und ohne zu ahnen, was über ihn verhängt war. Als er vor dem König stand, fragte der Herrscher: »Weißt du, was dir bevorsteht?«

Und der Arzt erwiderte: »Niemand kennt das Verborgene.«

Darauf sagte der König: »Der Tod. Ich holte dich, um dich töten zu lassen!«

Über diese Worte war der Arzt Rujan auf das Höchste erstaunt und fragte: »O König, das kann nur ein Scherz sein – und nicht eben ein guter. Warum solltest du mich wohl töten lassen? Bin ich ein Mörder? Ich bin ein Arzt und ich diene dem Leben.«

Da erwiderte der König: »Und dem Feind. Man berichtete mir, du seiest ein Spion, gekommen, mich zu ermorden. So will ich dich töten, bevor du mich tötest.«

Dann rief er nach dem Schwertträger und sprach zu ihm: »Triff den Nacken dieses Verräters und befreie uns von seinen Missetaten!«

Der Arzt aber rief: »Schenke mir das Leben, und Allah wird dir das deine schenken!«

Doch der König hatte sein Herz verschlossen, und seine Furcht vor einem Mordanschlag war größer als seine Einsicht. Und der Arzt erkannte, dass der König, den er kennen gelernt hatte als Leidenden und Hilflosen, in seinem Herzen ein jähzorniger und törichter Tyrann war und dass er seine Dienste einem Menschen erwiesen hatte, der ihrer unwürdig war.

So trat denn der Schwertträger vor, verband die Augen des Arztes, zog sein Schwert, verneigte sich vor dem König und sagte: »Mit deiner gütigen Erlaubnis!«

Doch während er langsam das Schwert hob, rief der Arzt: »O König, wenn mein Tod wirklich beschlossen ist, dann bewillige mir wenigstens einen Aufschub, damit ich zu meinem Hause hinabsteige, meine Angelegenheiten ordne und meine ärztlichen Bücher verschenke. Sie sollten nicht verloren gehen. Es befindet sich darunter ein Buch, das der Auszug aller Auszüge ist, die Essenz der Mysterien und aller Geheimnisse Kern. Ich will es dir schenken. Zwar tötest du mich ohne

Grund, doch du bist der König, und in deine Hände lege ich das Buch, das nicht in meines Wirtes Hand gehört, sondern in königlichen Besitz. Bewahre es mit Sorgfalt!«

Da fragte der König: »Was ist das für ein Buch?«

Der Schwertträger senkte die Waffe, und der Arzt erwiderte: »Das geringste der Geheimnisse, die es enthält, ist Folgendes: Wenn du mir das Haupt abschlagen lässt, so öffne jenes Buch und zähle, indem du umblätterst, sieben Seiten. Sodann lies drei Zeilen auf der Seite zu deiner Linken, und das abgeschlagene Haupt wird zu dir sprechen und alle Fragen beantworten, die du ihm stellst!«

Da sprach der König, zitternd vor Erregung: »O du großer Magier! Selbst wenn ich dir das Haupt abschlagen lasse, wirst du sprechen?«

»Versuch es nur«, sprach dunkel Rujan, der Arzt.

Da gestattete ihm der König, dass er sich entferne, wenn auch unter der Obhut von mehreren Wächtern. Der Arzt stieg hinab zu seinem Hause und brachte seine Angelegenheiten an diesem und dem folgenden Tage in Ordnung. Dann erschien er wieder vor dem König und bot ihm ein großes Buch und eine kleine Schachtel mit Pulver. Dann bat er darum, ihm einen großen Teller zu bringen, und als das geschehen war, schüttete er das Pulver darauf und verteilte es.

Dann sprach er: »O König, nimm dieses Buch und bediene dich seiner, wenn du mir das Haupt hast abschlagen lassen. Setze es dann auf diesen Teller und befiehl, dass man es gegen dies Pulver presse, um das Blut zu stillen; dann öffne das Buch!«

Doch der König in seiner Unruhe hörte schon nicht mehr recht auf diese Worte, nahm hastig das Buch und schlug es auf. Als er bemerkte, dass die Blätter aneinander klebten, führte er seinen Finger zum Munde und netzte ihn mit seinem Speichel, und auf diese Weise gelang es ihm, das erste Blatt zu öffnen. Das wiederholte sich beim zweiten und beim dritten Blatt, und jedes Mal taten sich die Blätter nur mühsam auf. Auf diese Art öffnete der König fünf Blätter; er versuchte zu lesen, doch siehe, die Blätter waren leer. Da sprach er: »Was soll denn das heißen! Es steht nichts geschrieben in diesem Buch!«

Und der Arzt entgegnete: »Es enthält das Letzte aller Geheimnisse. Blättre nur weiter, o König!«

Und so fuhr der König fort, die Blätter umzuschlagen. Als er dies aber

kurze Zeit getan hatte, stürzte er plötzlich, wand sich und starb. Denn das Buch war vergiftet.

Der Arzt aber sagte: »Es war das Geheimnis des Todes, das dieses Buch enthielt. Wer mordet, der wird sterben. Es gibt Herrscher, deren tyrannische Macht gewaltig ist; doch sie gehen zu Grunde, und dann ist es, als wären sie nie gewesen.«

Und so war es. Denn vergessen wurde der König samt seinem Undank und seinem bösen Wesir, und wenn wir den Namen Junan noch kennen, dann nur, weil er verknüpft ist mit dem Namen Rujans, des großen Arztes.

Damit beendete der Fischer seine Geschichte. Und er fügte hinzu: »Begreifst du es, o Ifrit in der Flasche? Hätte der König dem Arzt Gnade gewährt, dann hätte Allah auch dem König Gnade gewährt. So ist es auch mit dir: Hättest du mir Gnade erwiesen, dann hätte dir Allah die Gefangenschaft erspart.«

Da erwiderte der Ifrit: »Gib mich frei! Deine Geschichte sagt das Rechte, und ich sehe es ein. Ich war jähzornig, doch nun sehe ich alles anders. So schwöre ich dir denn beim Namen des sehr Erhabenen: ich will dir nichts Böses tun, sondern dich reich und glücklich machen. Höre den Schwur! Ich halte meine Schwüre. Gib mich frei, Fischer, gib mich frei!«

Der Fischer überlegte sich's und kam zu der Ansicht, dass der Ifrit sein Versprechen halten würde. Er ließ ihn noch einmal einen feierlichen Eid bei Allah, dem Allmächtigen, schwören und öffnete dann das Gefäß. Da stieg abermals die Rauchsäule auf, und sie verdichtete sich und wurde wieder zum riesigen Ifriten, der sofort der Flasche einen Fußtritt gab, dass sie weit hinausflog ins Meer.

Als der Fischer das sah, da stand es für ihn fest, dass er verloren sei, und er machte sich auf seinen Tod gefasst. Doch der Ifrit stelzte mit großen Schritten voran und sprach: »O Fischer, folge mir!« Da ging der Fischer hinter dem Ifriten her, ohne freilich noch recht an seine Rettung zu glauben.

So verließen sie die Stadt und stiegen einen Berg hinan und dann wieder hinab in eine Wüste, in deren Mitte zwischen vier Hügeln ein einsamer See lag. Hier blieb der Ifrit stehen und befahl dem Fischer, sein

Netz auszuwerfen und zu fischen. Der Fischer blickte ins Wasser und sah darin viererlei Fische: weiße, rote, gelbe und blaue. Er warf sein Netz aus und holte es ein und er sah, dass er vier Fische gefangen hatte, je einen von jeder Farbe.

Da freute er sich, und er freute sich noch mehr, als der Ifrit zu ihm sagte: »Bringe diese Fische dem König, er wird dir so viel dafür geben, dass du ein reicher Mann sein wirst. Doch nun entschuldige mich, o Fischer, denn mir fällt heute nichts anderes ein, womit ich dir Gutes tun könnte. Ich war schließlich tausend Jahre im Meer und habe das Angesicht der Erde erst vor einer Stunde wieder gesehen. Das kann selbst Ifriten verwirren. Du kannst übrigens jeden Tag hierher kommen, um zu fischen, aber merke dir: nicht häufiger denn einmal am Tage! Und nun lebe wohl!« Mit diesen Worten schüttelte sich der Ifrit und wurde eine Wolke von Rauch, und sie verschwand am Horizont. Es war aber, als zöge ein Gewitter dahin. Und der Fischer atmete auf.

Dann nahm er die bunten Fische, barg sie in seinem Lederbeutel, in den er Wasser tat, und machte sich auf den Weg zur Stadt; und als er nach Hause gekommen war, füllte er einen Behälter voll Wasser und setzte die Fische hinein. Sie schwammen munter darin herum, und gelb wie Messing, rot wie Rubin, weiß wie Milch und blau wie der Himmel leuchteten ihre Schuppen, wenn die Sonne sie traf. Und nach einer Zeit der Betrachtung trug er den Fischbehälter zum Palast des Königs.

Als der König die Fische sah, erstaunte er sehr, denn noch nie in seinem Leben hatte er eine ähnliche Art von Fischen gesehen. Er betrachtete sie lange und sprach dann: »Wie gut müssen solche Fische schmecken! Man übergebe sie der Köchin!«

So befahl der Wesir der Köchin, die Fische zu rösten; dem Fischer aber zahlte er auf Befehl des Königs fünfhundert Dinare aus. Als der Fi-

scher das Geld empfangen hatte, kehrte er glücklich heim. Dann kaufte er seinen Kindern alles, was sie schon lange nötig hatten; denn er war ja sehr arm. Wie freuten sich da die Kinder! So viel über den Fischer.

Die Köchin indessen nahm die Fische, legte die Pfanne zurecht und ging daran, die Fische zu braten.

Doch siehe, da klaffte die Wand der Küche auseinander, und heraus trat ein Mädchen, verführerisch schön von Gestalt, und ihr Antlitz erglänzte. Um den Kopf trug sie einen Schleier aus scharlachroter Seide, und Ringe mit kostbaren Edelsteinen zierten ihre Finger; in der Hand aber hielt sie ein biegsames Bambusrohr. Sie berührte damit die Pfanne und sagte dazu: »Ihr Fische, ihr Fische, gefällt euch die Pfanne?«

Als die Köchin diese Erscheinung sah, schwanden ihr die Sinne. Das Mädchen aber wiederholte ihre Frage ein zweites und ein drittes Mal, und schließlich hoben die Fische die Köpfe und sagten ganz deutlich im Chor:

>»O Bann des Bösen, du musst ihn lösen, halte nun ein!*
>*Lässt du uns braten, bedenk deine Taten,*
>*Wer uns verwünschte, verwünscht soll er sein!«*

Da antwortete die Erscheinung:

>»Vergeblich verwünscht mich verwunschnes Getier!*
>*Zu Tisch mit dem Braten, der Fisch soll geraten,*
>*Verraten, verwünscht und verwunschen von mir!«*

Und sausend schlug sie mit ihrer Bambusgerte drei Mal in die Luft und verschwand.

Als die Köchin aus ihrer Ohnmacht erwachte, nahm sie die Fische und briet sie, doch in ihrer Aufregung ließ sie alle vier verbrennen. Während sie noch jammerte, erschien der Wesir in der Küche und rief: »Bringe die Fische dem König!« Da begann die Köchin zu weinen und erzählte dem Wesir, was geschehen war.

Der Wesir erstaunte darüber sehr und sprach: »Das ist aber eine sehr

seltsame Geschichte!« Dann ließ er nach dem Fischer suchen, und als
man ihn hereingeführt hatte, sagte er zu ihm: »Es ist unbedingt nötig,
dass du uns noch einmal vier ganz gleiche Fische bringst!«
Und der Fischer begab sich zu dem See und warf sein Netz; als er es
aber herauszog, da waren darin vier bunte Fische, genau wie das erste
Mal, und er ging zurück zum Palast des Königs und gab die Fische
dem Wesir.
Der Wesir übergab sie der Köchin und sprach: »Diesmal sollst du die
Fische braten, während ich dabei bin! Ich will doch einmal sehen, was
an dieser Sache wahr ist.«
Die Köchin nahm die Fische und begann ihr Werk.
Und wieder spaltete sich die Wand, das Mädchen mit der Bambusger-
te erschien und fragte: »Ihr Fische, ihr Fische, gefällt euch die Pfanne?« Und die Fische antworteten und deklamierten im Chor:

>*»O Bann des Bösen, du musst ihn lösen, halte nun ein!*
Lässt du uns braten, bedenk deine Taten,
Wer uns verwünschte, verwünscht soll er sein!«

Und das Mädchen schlug durch die Luft, dass es zischte, und sprach:

>*»Vergeblich verwünscht mich verwunschnes Getier!*
Zu Tisch mit dem Braten, der Fisch soll geraten,
Verraten, verwünscht und verwunschen von mir!«

Und ihr Lächeln schien höhnisch, und es war um sie ein dunkler
Glanz.
Als das Mädchen verschwand, wie es gekommen war, und die Mauer
sich wieder schloss, rief der Wesir: »Das darf dem König nicht verbor-
gen bleiben! Es ist wirklich eine sehr seltsame Sache!« Und er erzählte
dem König, was geschehen war.
Und der König sprach: »Das muss ich mit eignen Augen sehen!«
Dann schickte er nach dem Fischer und trug ihm auf, mit vier gleichen
Fischen wiederzukehren, und er gab ihm eine Frist von drei Tagen.
Und wieder brachte der Fischer vier schöne Fische, die den anderen
glichen. Der König ordnete an, dass man ihm tausend Dinare auszah-

le, wandte sich zu dem Wesir und sprach: »Brate du mir selber die Fische!«

Und der Minister erwiderte: »Ich höre und gehorche!« Er legte die Fische und die Pfanne zurecht; da spaltete sich aufs Neue die Mauer, und heraus trat ein Neger, groß wie ein Stier, und in der Hand hielt er eine Keule, wie Kannibalen sie tragen. Mit Furcht erregender Stimme rief er die Fische an: »Ihr Fische, ihr Fische, gefällt euch die Pfanne?« Und sie antworteten im Chor:

> »O Bann des Bösen, ihr müsst ihn lösen, haltet nun ein!
> Lasst ihr uns braten, bedenkt eure Taten,
> Die uns verwünschten, verwünscht solln sie sein!«

Da sagte der Neger mit hohler Stimme, die wie ein Heulen war:

> »Vergebliche Wünsche! Was wollt ihr von mir!
> Der Fisch soll geraten, zu Tisch mit dem Braten!
> Verwunschne Verratne, verwünschtes Getier!«

Und drei Mal schwang er seine Keule, lachte dröhnend und ging, wie er gekommen war.

Als er entschwunden war, sagte der König: »Bei Allah – das ist eine Sache, die man nicht mit Stillschweigen übergehen darf. Ohne Zweifel hat es mit diesen Fischen eine ganz besondere Bewandtnis.« Er ließ den Fischer holen und sprach: »Woher hast du jene Fische?«

Der Fischer erwiderte: »Aus einem See, der zwischen vier Hügeln liegt, hinter dem Berge vor deiner Stadt.«

Und weiter fragte der König: »Wie viel Tagereisen sind das von hier?«

Der Fischer erwiderte: »Ach du mein Herr und König, man braucht bis dorthin nur drei Stunden.«

Der König fand das verwunderlich, denn er hatte von diesem See noch niemals gehört. Er befahl dem Fischer, ihn zu führen, und machte sich mitsamt seiner Leibwache und seinem Gefolge auf den Weg. Und sie stiegen den Berg hinan und dann hinab in die Wüste, die sie noch niemals vorher in ihrem Leben gesehen hatten. Da wunderten sich der König und seine Begleiter über die merkwürdige Einöde zwi-

schen den vier Hügeln, und über den See, in dem die bunten Fische schwammen, und der König fragte: »Ist jemand unter euch, der diesen See schon gesehen hat?«

Und alle erwiderten: »Nein, wir kennen ihn nicht.«

Und der König sprach: »Bei Allah, ich will nicht eher heimkehren, bevor ich nicht genau Bescheid weiß über diesen See und diese Fische!« Er befahl seiner Leibwache, sich rings auf den Hügeln zu lagern, und dachte nach. Dann rief er seinen Wesir, der ihm treu ergeben war, und sprach zu ihm: »Es ist mir der Gedanke gekommen, in dieser Nacht ganz allein das Geheimnis dieses Sees und dieser Fische zu erkunden. Du wirst am Eingang meines Zeltes verweilen und den Kämmerern sagen: ›Der König ist krank und hat Befehl gegeben, niemanden vorzulassen‹.«

Dann gürtete der König, der solche Abenteuer liebte, sein Schwert um und brach insgeheim auf. Er wanderte die ganze Nacht um den See herum, doch er fand nirgends am Ufer eine menschliche Siedlung oder sonst einen Anhaltspunkt. Als aber die Sonne aufging, erblickte er weit in der Ferne ein dunkles Gebäude. Und beim Näherkommen sah er, dass es ein Palast war, aus schwarzem Stein und bedeckt mit gewaltigen Platten aus Stahl. Der eine Flügel des Tores stand offen, der andere war geschlossen.

Der König klopfte, und als er keine Antwort erhielt, schritt er durch das Tor in die große Halle und rief laut: »Heda, ihr Bewohner des Schlosses! Hier steht ein Wanderer, der euch sprechen will!« Und er wiederholte seinen Ruf ein zweites und ein drittes Mal, aber es kam keine Antwort. So fasste er sich ein Herz und schritt durch die Halle und betrat den dunklen Palast, doch fand er darin keinen Menschen.

Das war recht merkwürdig, denn die Wände waren verschwenderisch behangen mit goldgestickten Stoffen, und Teppiche hingen vor den Türen. In der Mitte aber war ein geräumiger Hof, auf den sich vier Säle öffneten, ein jeder mit einer erhöhten Estrade. Und im Hof standen Bilder von Marmor, und es war dort ein Springbrunnen mit vier Löwen aus rotem Gold, die spien Wasser aus ihren Mäulern. Ringsherum aber gab es bunte Vögel, die wiegten sich in schattigen Bäumen, und allerlei zahmes Getier. So war alles vorhanden, was ein Schloss zu schmücken vermag, nur kein menschliches Wesen.

Der König setzte sich nieder auf einen Diwan und versank in Träumerei. Da vernahm er plötzlich ein leises Seufzen, wie aus traurigem Herzen, und er hörte eine gedämpfte Stimme, die klagend sang:

>»O schweres Schicksal, ungerechte Welt!
>Halt ein mit dieser Schmerzen bittrer Trübsal,
>und sieh, wie Liebe dieses Herz erniedrigt.«

Als der König das hörte, erhob er sich und folgte dem Klang dieser Klage. Er fand eine Tür, über die ein Vorhang herabhing. Als er ihn aufhob, blickte er in einen großen Saal: In seiner Mitte, auf einem Sessel, sah er einen Jüngling sitzen. Und der Jüngling war schön, von wohlgestaltetem Wuchs, und er hatte eine klangvolle Stimme; seine Stirn war marmorweiß, und seine Haare hatten die Farbe dunklen Bernsteins.

Bei seinem Anblick war der König erfreut und sprach zu ihm: »Friede sei mit dir!«

Aber der Jüngling, bekleidet mit einem langen Gewand von bestickter Seide, erhob sich nicht, und sein Gesicht blieb traurig. Doch er erwiderte höflich den Gruß des Königs und sagte: »Entschuldige, Herr, dass ich mich nicht erhebe. Aber ich kann es nicht.«

»Lass nur«, erwiderte der König, »und sage mir lieber: Was ist es mit diesem See und den bunten Fischen? Und was mit diesem vereinsamten Schloss? Und was ist der Grund deiner Klagen?«

Und der Jüngling entgegnete: »Wie soll ich nicht klagen in diesem Zustand?!« Und er streckte seine Hand aus nach dem Saum seines Gewandes und hob ihn auf. Da sah der König, dass die untere Hälfte seines Leibes aus Marmor war.

»Willst du mir deine Geschichte erzählen?«, fragte bestürzt der König. Und der Jüngling erzählte die Geschichte von den bunten Fischen, dem vereinsamten Schloss und dem steinernen Prinzen.

Die Geschichte vom versteinerten Prinzen und den bunten Fischen

Mein Vater war König in diesem Land, und sein Name war Mahmud. Er war der Gebieter einer Stadt am See mit den vier Inseln. Siebzig Jahre herrschte er über dieses Land und ging ein zu Allah, dem Erhabenen. Nach seinem Tode bestieg ich den Thron, doch man nannte mich weiter den Prinzen, um meiner Jugend willen. Und ich vermählte mich mit der Tochter meines Oheims. Sie war jung und schön, und ich war ihrer Liebe gewiss. So lebte ich mit ihr fünf Jahre lang.

Eines Tages aber ging sie ins Badehaus und befahl dem Koch, das Abendessen zu bereiten. So war ich allein in diesem Palast und ich legte mich nieder auf mein Lager, um zu ruhen, und ich befahl zwei Sklavinnen, mir Luft zuzufächeln mit einem Fächer. Da trat die eine von ihnen hinter mein Haupt, die andere zu meinen Füßen. Aber ich fand keinen Schlaf, und selbst, wenn mein Auge sich schloss, blieb meine Seele doch wach.

Da hörte ich, wie die Sklavin hinter meinem Haupte zu jener, die zu meinen Füßen stand, sagte: »Ach unser armer Gebieter! Wie tut er mir Leid! Wie schade, dass er eine Verbrecherin zur Frau hat!«

Und die Sklavin, die zu meinen Füßen stand, erwiderte: »Ach ja, unser Gebieter muss sehr sorglos sein, denn er scheint ihr schändliches Treiben nicht zu bemerken!«

Und die andere erwiderte: »Aber kann er denn ahnen, was sie tut? Sie mischt ihm ja Mohn in den Nachttrunk. Hanfsamen, Mohn und Haschisch! Dann fällt er in Schlaf. Da kann er freilich nicht wissen, wohin sie geht und was sie dann tut. Sie lässt ihn allein bis zum Anbruch des Tages, und wenn sie zurückkommt, verbrennt sie unter seiner Nase geheimnisvolle Kräuter, und dann erst erwacht er.«

Als ich, o Herr, diese Worte der Sklavinnen hörte, da wandelte sich das Licht vor meinen Augen in Finsternis. Kaum konnte ich die Nacht erwarten. Als die Tochter meines Oheims aus dem Bade zurückkehrte, speisten wir und tranken Wein wie immer. Dann verlangte ich meinen Nachttrunk, und sie reichte mir den Becher. Ich hütete mich, zu trinken, führte den Becher aber an meine Lippen und goss ihn heimlich aus. Dann legte ich mich auf mein Bett und stellte mich schlafend.

Da sprach sie:»Schlafe! Mögest du nie mehr erwachen! Mich ekelt vor dir, und nicht anders möchte ich dir begegnen als mit der Peitsche in der Hand!« Dann erhob sie sich, legte ihre schönsten Gewänder an, besprengte sich mit Wohlgerüchen, nahm eine Reitpeitsche, öffnete die Pforte des Palastes und ging hinaus. Da erhob ich mich und folgte ihr.

O Herr! Nur andeutend mag ich berichten, was ich nun erlebte. Sie begab sich zu einem Lehmhaus mit einer Kuppel nahe bei den Aasgruben, am verrufensten Orte der Stadt. Dort traf sie einen Neger, einen hässlichen, schmutzigen Unhold, der Umgang hatte mit den Dämonen und dessen dunklen Kräften sie verfallen war; denn sie erniedrigte sich vor ihm, als sei er ihr Gebieter. Und er lachte und quälte sie und demütigte sie in jeder Weise, und er wog in der Hand eine Keule, wie Kannibalen sie tragen. Sie aber küsste ihm noch die Füße, die von Schmutz starrten, und sie trieben geheimen Zauber und Ekel erregende niedrige Magie, und ich starrte durch ein kleines Fenster in jene Hexenküche und ich erkannte, dass ich nicht gewusst hatte, wer meine Frau in Wirklichkeit war. Und ich drang ein in jenes Haus, aber da war sie schon verschwunden, und ich nahm mein Schwert und schwang es wider den Neger und verwundete ihn an Hals und Kehle; doch er entkam mir. Und ich stürzte nach Hause, und die Gedanken gingen wirr in meinem Kopf herum, denn ich wollte es nicht begreifen, dass meine Frau ein Bündnis hatte mit jenem Unhold, den die Hölle ausgespieen, und dass er alle Gewalt über sie besaß.

Ich fand sie zu Hause, und sie lachte, als wäre nichts geschehen. Da entriss ich ihr die Reitpeitsche, schlug ihr ins Gesicht und drang in gerechtem Zorn auf sie ein. Sie aber lachte nur noch schallender und

rief: »Kusch, Hund!« Und sie sprach: »Die Vergangenheit ist vergangen!« Dann murmelte sie Worte, die mir unverständlich waren, und sprach:

> *»Verwunschen, verwünscht sollst du sein!*
> *Werde halb Mensch und halb Stein!«*

Und zur selben Stunde wurde ich, was ich jetzt bin. Ich konnte mich nicht mehr rühren. Ach, ich bin weder tot noch lebendig. Sie aber nahm die Peitsche, riss mein Gewand ab und schlug mich bis aufs Blut. Dann verzauberte sie die vier Inseln meines Königreiches und verwandelte sie in die vier Berge, die Stadt sank in den See, und meine Untertanen wurden zu Fischen. Und es wurden die Moslems zu weißen Fischen, die Christen zu blauen, die Juden zu gelben und die Parsen zu roten.

Da wandte sich der König zu dem jungen Manne und sprach: »Sage mir, wo befindet sich dieses Weib?«
Er erwiderte: »In jenem verrufenen Haus, wo der Neger unter der Kuppel wohnt. Tag für Tag geht sie zu ihm und bringt ihm geheimnisvolle Tränke und Brühen. Jeden Tag aber, bevor sie ihn besucht, kommt sie zu mir. Dann tritt sie an mich heran, entkleidet mich und züchtigt mich mit vielen Peitschenhieben, während ich schreie und wehklage und keine Bewegung machen kann, um mich zu schützen. Dann, nachdem sie mich zu ihrer Lust misshandelt hat, bedeckt sie meinen Körper wieder und eilt zu dem Neger und pflegt ihn mit ihren Zauberarzneien. Denn ich hatte ihn schwer getroffen mit dem Schwerte; doch er stirbt nicht. Und es ist, als wollte sie ihn mit dem halben Leben, das sie mir entzieht, dem halben Tode entziehen. Denn wisse, dieses Weib hasst die ganze Welt, und nur jenem Unhold ist sie sklavisch ergeben; die dämonischen Kräfte aber, die jene beiden beschwören, sind Geister der Grausamkeit und die Boten des Untergangs.«
Als der König das gehört hatte, fasste er einen Plan. Er erhob sich und wartete, dass die nächtliche Stunde der Zauberer nahe. Da gürtete er sein Schwert um und ging zum Haus des Negers bei den Aasgruben.

Dort sah er brennende Kerzen und hängende Ampeln und Räucherwerk, aber auch Foltergeräte und die Instrumente der Qualen. Und er sah noch mancherlei, und es war ihm unheimlich zu Mute, aber als er den Neger gewahrte, ging er entschlossen gerade auf ihn zu, schlug ihn nieder und tötete ihn. Und er lud ihn auf seinen Rücken und warf ihn auf den Grund einer Grube. Dann kehrte er zurück, kleidete sich in die Lumpen des Negers und legte sich unter der Kuppel nieder, und in seiner Hand hielt er das bloße Schwert. Die Kerzen und Ampeln aber hatte er verlöscht, und im Hause waren Finsternis und Schweigen.

Nach einer Stunde kam die Zauberin zu dem verwunschenen Jüngling. Kaum war sie bei ihm eingetreten, da entkleidete sie ihn, nahm eine Peitsche und schlug ihn damit. Da schrie er: »Ahi, ahi! Es ist genug! O habe Gnade mit mir!« Aber sie schlug ihn weiter und stillte ihre Grausamkeit. Dann hing sie ihm wieder seine Gewänder um und ordnete sie in schöne Falten.

Danach stieg sie hinab zu dem Neger, um ihm Wein und den Absud gekochter Kräuter zu bringen. Und sie trat unter die Kuppel und klagte: »Du mein Geliebter, sprich doch zu mir, damit ich wieder deine Stimme höre! Ach wie lange, du mein Herr und Meister, hast du nicht gesprochen!« Und sie schluchzte.

Da bewegte der König im Dunkeln seine Zunge und schickte sich an, die Sprache der Neger nachzuahmen, und murmelte: »Hu! Du bist mir widerwärtig!«

Als sie diese Worte vernahm, schrie sie auf und sprach: »Ist mein Gebieter denn geheilt?«

Da verstellte der König seine Stimme, dass sie sehr schwach wurde, und sprach: »Du elendes Weib, du verdienst es nicht, dass ich das Wort an dich richte.«

Sie fragte: »Und warum?«

Und er erwiderte: »Weil du alle Tage nichts anderes tust als deinen Mann peitschen, und er schreit und klagt und ruft um Hilfe. Das nimmt mir den Schlaf. Und ich bin schlaflos bis zum Morgen. Wenn das nicht wäre, seit langer Zeit schon hätte ich meine Kräfte wiedererlangt.«

Sie sagte verwundert: »So will ich ihn, wenn du es befiehlst, aus dem

Zustand erlösen, in dem er sich befindet. Ich wusste ja nicht, dass es dich stört.«

Der König erwiderte: »Ja, verschaffe ihm Ruhe, auf dass auch ich meine Ruhe finde.«

Und sie antwortete: »Ich höre und gehorche.« Damit erhob sie sich und verließ den Kuppelbau. Kaum war sie wieder im Palast, da nahm sie einen Krug aus Kupfer, füllte ihn mit Wasser und sprach darüber magische Worte. Da begann das Wasser zu kochen. Sie besprengte damit den Jüngling und sprach:

>*»Bei des Wortes Gewalt! Beim geheimen Bann!*
>*Vorbei! Nimm die alte Gestalt wieder an!«*

Und der junge Mann erbebte, erhob sich auf seine beiden Füße, freute sich seiner Erlösung und dankte Allah.

Sie aber fuhr ihn an: »Scher dich fort und kehre nie mehr zurück, sonst bringe ich dich um!« Und sie schrie ihm ins Antlitz. Er aber ging fort und verließ sie und schwieg.

Und sie kehrte zurück unter die Kuppel, stieg hinab und sprach: »O mein Gebieter, erhebe dich, auf dass ich dich sehe!«

Und der König sprach mit sehr schwacher Stimme: »Ach, du hast noch nicht viel ausgerichtet! Nur einen Teil meiner Ruhe hast du mir zurückgegeben, doch das Schlimmste hast du noch nicht beseitigt!«

Und sie fragte: »O Meister meiner Seele, was ist denn das Schlimmste?«

Er sprach: »Die Fische im See, die Bewohner also der Stadt von einst und der vier Inseln von damals – sie hören nicht auf, zur Stunde der Mitternacht die Köpfe aus dem Wasser zu heben und Flüche zu murmeln wider dich und mich. Und das ist der Grund, warum ich meine Kräfte nicht wiedererlangen kann. An dir ist es, sie zu befreien. Dann kannst du zurückkommen, mich bei der Hand fassen und mir helfen, mich zu erheben, denn meine Gesundung steht nahe bevor.«

Als sie diese Worte vernahm, lief sie eiligst davon, kam an den See, nahm ein wenig von dem Wasser und murmelte darüber geheimnisvolle Worte. Und es begannen sich die Fische zu schütteln und zu strecken, und sie kamen an Land, und siehe, es waren die Söhne

Adams, die sie gewesen waren, bevor der böse Bann sie schlug. Und gelöst war der Zauber über Stadt und See.

Und die Stadt erblühte mit schönen Bazaren und weißen Häusern, und jeder Einwohner schickte sich an, sein Gewerbe zu treiben. Der See wich zurück, und die vier Hügel wurden wieder vier Inseln.

Nun kehrte die junge Frau zurück zu dem König, immer noch im Glauben, er sei der Neger, und sprach zu ihm: »Nun reich mir deine Hand!«

Und der König erwiderte mit leiser Stimme: »Tritt nahe heran zu mir!« Da ergriff er sein Schwert und stieß es ihr tief in die Brust. Und sie schrie und fiel und starb.

Nachdem er das getan hatte, trat er heraus und traf den entzauberten Jüngling. Und er beglückwünschte ihn zu seiner Erlösung, und der Jüngling küsste ihn und dankte ihm überschwänglich. Da sprach der König zu ihm: »Willst du in deiner Stadt verweilen oder willst du mit mir kommen in meine Stadt?«

Und der junge Mann sprach zu ihm: »O König der Zeiten, weißt du, wie groß die Entfernung ist zwischen meiner Stadt und der deinen?«

Und der König sagte: »Drei Stunden ritten wir, und dann wanderte ich noch eine Nacht.«

Da sprach der junge Mann: »O König, wenn du träumst, so wache auf, denn um von hier nach deiner Stadt zu reisen, brauchst du ein ganzes Jahr. Und wenn du wirklich hierher gekommen bist in so kurzer Zeit, so geschah das wohl mit Geisterhilfe, oder auch, weil die Stadt verzaubert war, denn es gelten dann andere Gesetze. Ich aber, o König, werde dich nicht verlassen, nie wieder und nicht einen Lidschlag lang!«

Und der König freute sich über diese Worte und sprach: »Du sollst von nun an mein Sohn sein, da Allah mir bisher kein Kind vergönnt hat.« Da fielen sie, der Prinz und der König, einander um den Hals und freuten sich wahrhaft königlich.

Dann machten sie sich auf den Weg nach dem Palaste des Jünglings, der verzaubert gewesen war. Dort aber kündete er den Großen seines Reiches an, dass er eine große Reise antreten werde und vielleicht nie wieder käme, und er legte alles in die rechten Hände. Dann brachen sie auf, der König und der Prinz, und das Herz des Königs brannte

vor Sehnsucht nach seiner Stadt. So zogen sie aus und mit sich führten sie fünfzig Mamelucken und viele Kamele, die waren mit Geschenken beladen.

Und ein ganzes Jahr lang reisten sie, Tag und Nacht, bis sie nahe waren an der Stadt des Königs. Und sie kamen zum Palast. Da trat der getreue Wesir heraus mit seinen Soldaten, um den König zu empfangen, nachdem er es fast schon aufgegeben hatte, ihn jemals wieder zu finden. Lange hatte er ihn gesucht an jenem See, dann hatte der Fischer sie zurückgeführt, und sie hatten gewartet Monat um Monat; den See aber fand keiner wieder, wenn nicht der Fischer ihn führte. Für gewöhnliche Menschen war er unerreichbar, und dies alles samt dem Verschwinden des Königs hatte alle verwirrt und erschreckt. Nun aber hatte es ein Ende damit, und die Soldaten traten heran und sie riefen und schrien und freuten sich. So trat der König ein in seinen Palast und ließ sich nieder auf dem Thron. Und man feierte ein großes Fest, und der König beschenkte die Armen.

Am nächsten Tage sprach der König zu dem Wesir: »Lass mir schnell den Fischer holen, der mir damals die Fische gebracht hat!« Da schickte der Wesir nach dem Fischer, der den ersten Anstoß gegeben hatte zur Erlösung jener Stadt.

Der König hieß ihn herantreten, machte ihm prächtige Gewänder zum Geschenk und befragte ihn über sein Leben und ob er Kinder habe. Und der Fischer erwiderte, er habe einen Sohn und zwei Töchter. Man ließ sie holen, und sie gefielen dem König und dem Prinzen. Die Töchter waren schön und tugendhaft, und später heiratete der König die ältere und der Prinz die jüngere. Den Sohn aber behielt der König bei sich und erhob ihn zu Reichtum und Ehren, und den alten Fischer ernannte er zu seinem Schatzmeister. Dann entsandte er den Wesir nach der Stadt der vier Hügel, belehnte ihn mit der Herrschaft über dieses Gebiet und gab ihm die fünfzig Mamelucken mit, die einst ihn selber begleitet hatten. Der König aber und der junge Prinz lebten hinfort zusammen, und oft noch sprachen sie von der Hexe, dem Neger und den bunten Fischen.

Was aber den Fischer betrifft, der nun Schatzmeister war, so gelangte er zu großem Reichtum und wurde schließlich der reichste Mann der Stadt. Und er stand allenthalben in hohem Ansehen, und erstaunt

schüttelten die Leute den Kopf, wenn er lächelnd sagte, er sei nicht immer Schatzmeister gewesen, sondern einstmals, vor Zeiten, ein Fischer, der eine Flasche fand.

So erzählte Scheherazade, und dem König gefiel es. Und er fand Schlaf am Tage und freute sich auf die Nacht und auf Scheherazades nächste Geschichte.

Und es kam der Abend, und König Schahrirar sprach: »Merkwürdig war die Geschichte vom Geist aus der Flasche, dunkel und wundersam!«

Doch Scheherazade sagte: »Nicht wundersamer als die Geschichte vom Magnetberg und dem Mann aus Messing! Auch sie ist dunkel und glänzt doch herüber zu uns aus uralten Zeiten.«

»Erzähle!«, sprach der König.

Und Scheherazade erzählte die Geschichte des Adschib, der ein Lastträger war. Denn so beginnt das Märchen vom Magnetberg.

Die Geschichte vom Magnetberg

Vor der großen Moschee von Bagdad sahen die Gläubigen Tag für Tag einen Lastträger, dessen Haar und Bart war geschoren und an des linken Auges Stelle trug er eine schwarze Binde. Eines Tages nahte sich ihm, wiegenden Ganges und anmutig in den Hüften, eine schöne junge Frau, schlug ihren Schleier zurück und sagte: »Nimm dies Paket; es enthält Oliven und Safranblüten, Schlangenkraut und Syrerkäse. Und folge mir zu meinem Hause.«

Als sie dort angekommen waren, lud sie ihn ein, sich zu lagern auf einem Ruhebett, lächelte ihm zu und sprach: »Ich sehe dir an, dass du ein Fremder bist und dass die Sonne Bagdads die Bahn deiner Kindheit nicht beschien. Willst du mir nicht erzählen, aus welchem Lande du kommst und auf welche Weise du dein Auge verlorst? War es im Krieg oder war's eine Krankheit?«

Der Lastträger erwiderte: »Nein! Ich selber bin schuld daran. Aber das ist eine sonderbare Geschichte.«

»Das dachte ich mir«, sagte die Dame, »willst du sie mir erzählen? Denn wisse, dass ich dir gerne zuhöre und dass ich erfahren möchte, wer du eigentlich bist.«

»So höre«, sagte der Lastträger und begann zu erzählen.

Mein Name ist Adschib, Sohn des Kassib. Einst war dieser Name berühmt. Denn ich war ein König und eines Königs Sohn und überdies ein Gelehrter. Ich las die heiligen Bücher; ich kenne die Sterne und kenne die Dichter. Als mein Vater starb und ich den Thron bestieg, trachtete ich nach Weisheit und Gerechtigkeit, und ich herrschte freundlich und tat Gutes meinen Untertanen. Doch hatte ich eine große Vorliebe für Reisen zur See, denn meine Hauptstadt lag am Ufer des Meeres. Fern überm Meer aber lagen Inseln, die mir gehörten. Eines Tages wollte ich alle meine Inseln besuchen und ich nahm ein Schiff und stach in See. Die Reise dauerte zwanzig Tage und verlief, wie wir es wünschten. Doch in einer Nacht unter den Nächten erhoben sich widrige Winde, und das dauerte bis zum Anbruch des Morgens. Da erblickten wir, als der Sturm endlich schwieg, eine Insel im Meer, wo wir rasten konnten. So gingen wir an Land und ruhten zwei Tage und brachen dann wiederum auf. Es geschah aber, als die Insel am Horizont versunken war, dass wir den Weg verloren. Die Gewässer, durch die wir trieben, waren uns unbekannt, und auch der Kapitän hatte sie nie gesehen. So sagten wir zu dem Matrosen, der die Wache hielt: »Steige zur Spitze des Mastes und halte deine Augen offen!« Da kletterte er auf den Mast, sah sorgfältig aus nach allen Richtungen und rief: »O Gebieter! Ich sehe ein Ding in der Ferne, das ist bald dunkel, bald hell!«

Als der Kapitän diese Worte der Wache vernahm, riss er seinen Turban vom Haupte, warf ihn auf das Deck, raufte seinen Bart und sagte mit Grabesstimme: »Eine schöne Nachricht! Wir sind des Todes! Nicht ein Einziger von uns wird gerettet werden!«

Wir wurden alle schon traurig beim bloßen Anblick seines Kummers. Ich aber sprach zu ihm: »O Kapitän, bitte, sage uns doch erst einmal, was es war, das die Wache erblickte.«

»Mein Fürst«, erwiderte er, »morgen gegen Ende des Tages werden wir zu einem Berge von schwarzem Gestein kommen, das ist der

Magnetberg. Denn in diese Richtung reißt uns die Strömung, und wir sind machtlos dagegen. Sobald wir an seine Leeseite kommen, werden des Schiffes Planken sich öffnen und jeder Nagel wird herausfliegen und an dem Berge haften. Denn die Allmacht Allahs hat jene Gattung Gesteins mit einer geheimnisvollen Kraft begabt und mit einer besonderen Vorliebe für Eisen; und alles, was aus Eisen ist, zieht der Magnetstein unaufhaltsam an. Unendlich viel Eisen hängt bereits an diesem Berge von all den Schiffen, die hier zu Grunde gingen seit dem Anbeginn der Zeiten. Auf dem Gipfel dieses Berges steht eine Kuppel von gelbem Kupfer, getragen von zehn Säulen. Auf der Spitze der Kuppel befindet sich ein Reiter aus Messing, und in der Hand hält er eine Lanze, die zeigt auf einen Stern. Auf der Brust aber hat er eine Platte aus Blei hängen, die ist bedeckt mit unbekannten Namen von magischer Kraft. Wisse aber, o König: solange jener Ritter auf dem Pferde sitzt, werden alle Schiffe, die unter ihm vorbeisegeln, zu Grunde gehen. Und nicht früher wird der Zauber enden, als bis er von seinem Pferde fällt.«

Nach diesen Worten begann der Kapitän zu fluchen und zu jammern, und wir waren unseres Verderbens sicher, und jeder von uns nahm Abschied von seinem Freunde und betraute ihn mit seinem letzten Willen und Testament, für den Fall, dass der andere gerettet werde. Wir schliefen nicht in jener Nacht, und bei Tagesanbruch sahen wir, dass wir dem Berg um vieles näher gekommen waren und dass das Wasser uns mit großer Gewalt zu ihm hinriss.

Als nun das Schiff immer näher kam, siehe, da flogen die Nägel aus den Planken und alle Eisenteile des Schiffes hafteten an dem Berg. Am Ende des Tages aber stürzten wir alle ins Meer, denn das Schiff zerfiel. Da ertranken die einen von uns, und die anderen wurden gerettet. Doch die Geretteten konnten einander nicht wieder finden, denn Wellen und Winde verschlugen sie ins Ungewisse.

Was aber mich betrifft, o meine Gebieterin, so rettete Allah zwar mein Leben, aber nur, um mir neue Leiden zu senden, auf dass er mich prüfe. Es war mir möglich, mich an einer der Planken des Schiffes festzuhalten, und ich trieb an den Fuß des Berges. Es fand sich aber an jener Seite ein Pfad von steinernen Stufen. Ich klammerte mich, so gut es ging, an den Felsen, und es gelang mir, den Gipfel des Berges zu errei-

chen. Und ich fiel nieder auf meine Knie, sprach ein Gebet und dankte Allah für meine Rettung; doch überkam mich dabei eine solche Müdigkeit, dass ich niedersank auf die Erde und einschlief.

Da hörte ich im Schlaf eine Stimme, die zu mir sprach: »O Sohn des Kassib! Wenn du erwachst aus deinem Schlaf, scharre die Erde auf zu deinen Füßen und du wirst einen kupfernen Bogen finden und drei Pfeile aus Blei, in welche Talismane eingraviert sind. Nimm den Bogen und schieße nach dem Reiter auf der Kuppel, und du wirst den Söhnen der Erde die Ruhe zurückgeben und sie von dieser Geißel befreien. Hast du den Reiter getroffen, so wird er ins Meer fallen, das Ross aber wird zu deinen Füßen herabstürzen. Dann verscharre es im Sand. Das Meer wird unterdessen zu brausen beginnen und höher und höher steigen, bis es den Gipfel des Berges erreicht. Da wirst du auf dem Meer eine Barke erblicken und in der Barke eine Gestalt, die wird sich dir nähern mit einem Ruder in der Hand. Steige ohne Furcht in die Barke! Doch sieh dich nicht um, unter keiner Bedingung. Bist du in der Barke, wird jene Gestalt dich führen zehn Tage lang, bis dass du zu den Inseln gelangst, die da heißen ›Die Inseln des Heils‹. Dort wirst du Leute finden, die dich nach deiner Heimat bringen. Doch vergiss nicht, dass alles unter der Bedingung geschieht, dass du dich nicht umblickst.«

In diesem Augenblick erwachte ich aus meinem Schlummer, und ich machte mich daran, den Befehl der geheimnisvollen Stimme auszuführen. Nachdem ich den Bogen und die Pfeile gefunden hatte, schoss ich den Reiter herab. Er stürzte in die Flut, während das Pferd zu meinen Füßen niederfiel. Ich verscharrte es sofort, und es erhob sich die See und stieg bis an den Gipfel des Berges. Und ich hatte nicht lange zu warten, bis ich ein Boot erblickte, das sich langsam näherte. Als es herangekommen war, sah ich darin einen Mann aus Kupfer, mit einer bleiernen Platte auf der Brust, in die waren Namen, Zahlen und Zeichen geritzt. Da stieg ich in das Boot und sah mich nicht um. Und der Mann aus Kupfer fuhr mich hin über die Fluten zehn Tage lang. Endlich erschienen in der Ferne die Inseln des Heils, und die Rettung war nah. Da freute ich mich und glaubte alle Gefahr vorbei und drehte mich um und blickte zurück.

Doch kaum hatte ich das getan, als der Mann aus Kupfer mich ergriff und aus der Barke ins Meer warf; er aber entschwand in der Ferne mitsamt dem kleinen Schiff.

Nun bin ich ein tüchtiger Schwimmer, so dass es mir möglich war, den ganzen Tag zu schwimmen, bis dass die Nacht anbrach; doch am Abend ermüdeten meine Arme, und mein Atem wurde kurz. Schon glaubte ich, dass der Tod herannahe, da erfasste mich eine Woge, die rollte heran, hoch wie ein Hügel, hob mich auf und warf mich an die Küste eines unbekannten Landes. Da stieg ich das Ufer hinan, und ich brach zusammen und schlief vor Erschöpfung so tief wie eine Schildkröte im Herbst.

Als ich erwachte, ging ich das Ufer entlang und kam zu dem Punkte, von dem ich ausgegangen war. Da sah ich denn, dass ich auf einer Insel war, umschlossen vom Meer. Und Trauer stürzte in mein Herz. Doch nach geringer Frist erblickte ich in der Ferne ein Schiff, das sich der Insel näherte; da erklomm ich einen Baum und versteckte mich in seinem Laubwerk, um abzuwarten, was geschehen würde.

Das Schiff kam heran, und es entstiegen ihm zehn schwarze Sklaven, die mit Hacken in der Hand landeinwärts gingen. Bald machten sie Halt und begannen die Erde aufzugraben, bis sie auf eine Metallplatte stießen; darunter aber befand sich eine Falltür, die sie öffneten. Dann kehrten sie zu dem Schiff zurück und beluden sich mit allerlei Lasten.

Da gab es Brot und Honig, Butter und Braten und viele gute Dinge. So zogen die Sklaven ununterbrochen zwischen dem Schiff und dem Zugang zur Unterwelt hin und her und her und hin. Und nach den Nahrungsmitteln trugen sie Stoffe und Kleider, ein Vogelhaus, ein Ballspiel und Bücher.

Endlich erschien inmitten der Sklaven ein würdiger Mann von hohem Alter. Er führte an seiner Hand einen Jüngling von wunderbarer Schönheit, der glich einem biegsamen Zweig und bezauberte das Herz mit seiner Anmut. Sie zogen hinab in die Höhle und entschwanden meinen Augen. Nach einer Weile kehrten alle wieder zurück mit Ausnahme des jungen Mannes, schlossen die Falltür, legten die Stahlplatte darüber und schütteten Erde darauf; und alles war wie früher. Dann gingen sie zurück zum Schiff, lichteten den Anker und fuhren davon.

Als ich nichts mehr von ihnen sah, stieg ich herab von meinem Baum, ging zu der Stelle, an der sie gewesen waren, und grub die Erde weg, bis ich an die Deckplatte kam; nur mühsam gelang es mir, sie zu heben. Es zeigte sich nun eine gewundene Treppe, die ich verwundert hinabstieg, bis ich in eine prächtige Halle gelangte, die war behangen mit kostbaren Teppichen. Und siehe, auf einem niederen Ruhebette zwischen Kerzen, Vasen voll Blumen und Schalen voll Früchten lag der Jüngling und fächelte sich Luft zu mit einem Fächer.

Als er mich erblickte, wurde er blass; doch ich grüßte ihn höflich und sprach: »Sei unbesorgt und beruhige dich! Ich bin ein Mensch wie du, der Sohn eines Königs und selbst ein König, den das Schicksal dir zur Gesellschaft gesandt hat. Doch nun erzähle mir deine Geschichte und sage mir, warum du hier einsam unter der Erde bist!«

Als er sich überzeugt hatte, dass ich seinesgleichen war und kein Dschinni, kehrte die Farbe zurück in seine Wangen, und Freude erfüllte ihn. Er hieß mich näher treten und an seiner Seite auf dem Diwan niedersitzen. Dann sprach er:

»O mein Bruder, meine Geschichte ist eine Geschichte der Angst. Wisse, dass ich der Sohn eines Juwelenhändlers bin, dessen Ruf im ganzen Morgenland verbreitet ist wegen seiner Reichtümer und der Erlesenheit seiner Schätze. Überallhin zwischen Hind und Hispanien sandte er seine Karawanen, um edle Steine an Könige und Fürsten zu verkaufen. Doch wurde ihm lange kein Kind geschenkt; und er wurde

alt. Da träumte er einen Traum, in dem verhieß eine Fee ihm einen Sohn. Sein Leben aber, so sprach sie, würde schön sein und kurz. Als die Zeit erfüllt war, kam ich zur Welt. Und mein Vater fragte die Astrologen, denen die Einflüsse der Planeten und die himmlischen Kräfte bekannt sind, und die Gelehrten und Weisen, denen die Geheimnisse des Menschenlebens sich offenbaren, wenn sie ihre Seele befragen und das Buch der Natur.

Die weisen Männer ermittelten die Konstellation der Gestirne im Augenblick meiner Geburt, rechneten, dachten nach, verglichen mein Horoskop mit anderen Horoskopen, die sie besaßen, berieten sich und sprachen zu meinem Vater: ›Dein Sohn wird bis zu seinem fünfzehnten Jahr in Frieden leben, doch dann zeigen sich unheilvolle Aspekte. Gelingt es ihm, diese kritische Zeit zu überdauern, wozu er sehr vorsichtig sein muss, so wird er ein hohes Alter erreichen. Doch das Verhängnis, das ihn mit dem Tode bedroht, ist dies: In dem Meer, das man das Meer der Gefahren nennt, erhebt sich ein einsamer Berg, dessen Name ist »Magnetberg«. Auf seinem Gipfel steht ein Reiter aus Messing, der ist ein uraltes Zauberbild. Fünfzig Tage aber, nachdem der Messingreiter vom Magnetberg gestürzt ist, ist dein Sohn in Gefahr zu sterben; und wenn es so kommt, wird sein Mörder der Mann sein, der den Reiter herabgeschossen hat, ein Prinz namens Adschib, der Sohn des Königs Kassib.‹

Mein Vater wurde von tiefem Kummer erfasst, doch umgab er mich mit umso größerer Liebe, und die Zeit verging, und es kam der erste Tag meines fünfzehnten Jahres. Es war dies vor zwanzig Tagen. Vor zehn Tagen nun erhielt mein Vater die Nachricht, dass der Messingreiter in die See gestürzt sei. Da erschrak er und schrie auf.

Und er ließ mir hier auf der Insel dieses unterirdische Gemach bereiten, und nachdem er es mit allem versehen hatte, was zum Leben notwendig ist für fünfzig Tage, brachte er mich hierher und verbarg mich; denn in diesem Versteck, entfernt von allen Menschen, droht mir keine Gefahr. Alles das geschah aus Angst vor dem Prinzen Adschib, und das, o mein Bruder, ist der Grund meiner Einsamkeit. Zehn Tage der Gefahr drohenden Zeit sind um, und wenn die vierzig anderen vorüber sind, wird mein Vater wieder kommen und mich heimholen in sein Haus.«

Als ich diese Geschichte vernahm, wunderte ich mich sehr und sprach bei mir in meiner Seele: ›Ich bin doch Adschib! Aber was ist das alles für krauses Zeug! Ich werde ihn ganz bestimmt nicht töten!‹ Da sprach ich denn zu ihm: »Ich will hier leben mit dir und über dich wachen und dir helfen. Dann aber, nachdem ich dir während dieser vierzig Tage Gesellschaft geleistet habe, will ich mit dir heimkehren nach deinem Hause, wo du mir einige deiner Mamelucken zum Geleit geben mögest, damit ich zurück kann in meine Heimatstadt. Und Allah möge es dir vergelten.«

Und er war sehr erfreut über meine Worte. Ich aber erhob mich, entzündete einen Leuchter und reinigte die Lampen, auf dass sie heller brannten. Dann trug ich Speisen auf und Getränke und Süßigkeiten. Wir saßen zusammen und freuten uns des Mahles. Und wir verbrachten die Nacht in angeregter Unterhaltung und legten uns nieder und schliefen bis zum Morgen. Da bereitete ich das Frühstück, und wir speisten; dann plauderten wir, spielten und lachten, aßen aufs Neue und waren fröhlich bis zum Abend. Und er sprach zu mir: »Möge der Himmel dich segnen!« Und ich erwiderte: »Möge mein letzter Tag vor dem deinen kommen!« Und so verbrachten wir die Zeit.

Als nun der letzte Tag gekommen war, der vierzigste Tag nach neununddreißig heiteren Tagen, wollte der junge Mann ein Bad nehmen, und ich wärmte ihm in einem Kessel das Wasser und goss es in ein großes kupfernes Becken. Und der Jüngling badete, und ich massierte ihn und geleitete ihn zu seinem Lager und deckte ihn zu und umwand sein Haupt mit silbergestickter Seide. Und er verlangte zu essen. Da wählte ich die schönste von den Wassermelonen, legte sie auf einen Teller und stellte den Teller auf den Teppich. Dann stieg ich auf das Bett, um das große Messer herabzunehmen, das an der Wand hing, gerade über dem Haupte des Knaben. Und er wollte mich necken und kitzelte mich am Schenkel. Nun bin ich sehr empfindlich gegen Kitzeln, und ich zuckte zusammen und rutschte aus und fiel auf ihn nieder. Und das Messer, das ich in der Hand hielt, fuhr in sein Herz.

Als ich aber sah, dass er tot war und dass ich es war, der ihn getötet hatte, da verfluchte ich mich selbst, schrie auf vor Schmerz und sprach unter Tränen: »Ein Tag war noch übrig von den vierzig gefährlichen Tagen! Wollte der Himmel, ich hätte nie dieses Messer genom-

men! Wollte der Himmel, ich hätte nie jene Melone berührt! O Allah, ich flehe zu dir aus meiner Not, und feierlich erkläre ich vor dir meine Unschuld an seinem Tode! Doch was dein Wille bestimmt, das geschieht und geschehe.«

Verzweifelt stieg ich die Treppe hinauf, schloss die Falltür und deckte sie zu. Und ich sah ein Schiff mit weißen Segeln, das hielt Kurs auf die Insel.

Da wurde ich von Angst gepackt, und das Herz wurde weiß in meiner Brust, und ich sagte mir: ›Wenn jene an Land kommen und den toten Jüngling sehen, werden sie wissen, dass ich es war, der ihn umgebracht hat, und sie werden mich töten.‹ So stieg ich denn wieder auf einen Baum und verbarg mich im Laubwerk. Kaum war das geschehen, da stieß das Schiff an Land, und die Sklaven und der alte Mann, der Vater des Jünglings, stiegen aus und gingen geradewegs nach dem Platz, den sie kannten. Und sie gruben und gingen hinab und fanden den Jüngling, das Antlitz noch glänzend vom Bad, und das Messer stak in seinem Herzen. Da schrien sie auf und fluchten dem Mörder. Und sie trugen den Jüngling hinauf an das Licht des Tages und legten ihn nieder auf die Erde. Den Greis aber überkam eine tiefe Ohnmacht.

Und ich sah und hörte es mit an im Laubwerk des Baumes, und mein Herz zerriss.

Der Greis kam erst wieder zu sich, als die Sonne zu sinken begann. Da

kam ihm in Erinnerung, was geschehen war, und von neuem schüttelte ihn der Schmerz. Und er stieß einen tiefen Seufzer aus, und seine Seele entfloh aus dem Leib. Da riefen die Sklaven: »O wehe, unser Herr!« Und sie streuten Staub auf ihr Haupt. Dann trugen sie ihren toten Gebieter zum Schiff, und nach ihm den toten Sohn; und sie setzten die Segel, und das Schiff entschwand meinem Auge.

Da stieg ich herunter von dem Baum, ging zu der Falltür und schritt die Treppe hinab. Alles erinnerte mich in diesem Raum an den Jüngling, und leise sprach ich den Vers vor mich hin:

> »Noch seh ich allenthalben seine Spuren.
> Ach, Verlassenheit
> Und Sehnsucht treibt mir Tränen in die Augen.«

Und jeden Tag ging ich rings um das Eiland und jede Nacht kam ich wieder zurück zum Gewölbe unter der Erde. So lebte ich einen Monat, bis ich endlich bemerkte, dass die Flut zu sinken begann; und am Ende des Monats zeigte sich im Westen trockenes Land. Da machte ich mich auf und zog durch das Land, das aus dem Meer gestiegen war. Und ich sank ein und mühsam war der Weg. Ich ging aber dahin bis zur Stunde des Sonnenunterganges, da bemerkte ich in der Ferne ein leuchtendes Feuer. Und Hoffnung erfüllte mein Herz, dass ich Hilfe fände.

Aber als ich näher herankam, da sah ich, dass es kein Feuer war, sondern dass jenes Licht von einem großen Palaste aus funkelndem Kupfer kam, auf den die sinkende Sonne ihren Glanz warf. Lange betrachtete ich den Palast, der machtvoll und fremdartig war, da traten plötzlich durch die Pforte zehn Jünglinge, die waren kraftvoll und schön und wie ein Lobgesang der Schöpfung. Ich erkannte, als sie näher kamen, dass sie alle zehn das linke Auge verloren hatten – mit Ausnahme eines ehrwürdigen Greises, der als elfter mit ihnen schritt. Sie traten heran zu mir und sprachen: »Friede sei mit dir!« Und sie fragten mich nach meiner Geschichte.

Als ich meine Geschichte erzählt hatte, erfüllte sie Staunen, und sie sprachen zu mir: »Tritt ein in unsere Behausung, und möge deine Ankunft Glück bringen dir und uns!« Da trat ich ein, und wir durchschritten viele Säle, die mit Brokat bespannt waren, und wir gelangten

in einen Saal, der war noch größer und prächtiger als die anderen. Und es waren dort zehn Ruhebetten, und in der Mitte lag auf dem Boden ein kostbarer Teppich. Da ließ sich der alte Mann auf den Teppich nieder, und die zehn jungen Leute setzten sich auf die Ruhebetten. Und sie sprachen zu mir: »Herr, lasse dich nieder am oberen Ende des Saales und stelle keine Frage an uns, was immer du sehen mögest.« Und es erhob sich der Greis und verließ das Gemach. Dann kehrte er zurück und brachte Speisen und Getränke; und wir aßen. Danach aber sprachen die jungen Leute zu dem alten Mann: »Nun bringe uns, was wir brauchen!«

Da erhob sich der Greis, ohne ein Wort zu erwidern, verließ zehnmal den Saal und kehrte jedes Mal zurück mit einer Schüssel, die mit einem Tuche zugedeckt war. In der Hand trug er eine Kerze. Und jedes Mal stellte er die Schüssel und die Kerze vor einen der Jünglinge. Doch mir brachte er nichts. Als aber die Jünglinge das Tuch von der Schüssel nahmen, da sah ich, dass in allen Schüsseln Asche war. Sie nahmen aber die Asche, streuten sie auf ihr Haupt und schwärzten ihr Antlitz. Und sie begannen zu klagen und zu stöhnen und sprachen: »Ach, es geschieht uns recht! Wir haben es verdient und sind selber schuld!« Auf solche Art fuhren sie fort bis Mitternacht. Dann brachte ihnen der Greis andere Schüsseln, und sie wuschen sich, legten neue Kleider an und waren wieder, wie sie vorher gewesen.

Das alles verwirrte so sehr mein Herz, dass ich fragen musste, warum sie das taten. Und ich sprach zu ihnen: »Wie kommt es, dass ihr das tut? Ihr seid doch gesund und wohl – und nun benehmt ihr euch wie Wahnsinnige!«

Da wandten sie sich zu mir und sprachen: »Stelle keine Fragen an uns!« Dann lagerten sie sich zur Nachtruhe, und ich tat wie sie. Als wir erwachten, brachte der alte Mann das Frühstück. Und der Tag begann und er verlief wie der vorige. Als es Abend wurde, sagten wiederum die Jünglinge zu dem Greis: »Bringe uns, was wir brauchen!« Und wieder brachte er ihnen die Schüsseln, und sie streuten Asche aufs Haupt und sagten ihren Spruch.

Und die Neugier quälte mich so, dass ich die Herrschaft über mich verlor und ausrief: »Ich verstehe euch nicht! Löst endlich diese Rätsel! Und erklärt mir, warum ihr alle euer linkes Auge verloren habt! Ihr

sagtet, ich solle nicht fragen. Aber ich frage! Ich kann nicht anders; und ich will wissen, was hier geschieht!«

Doch sie erwiderten: »Es ist wirklich besser, diese Dinge geheim zu halten!«

Aber ich hatte keine Geduld mehr und sprach: »Es hilft nichts – ich will es wissen. Redet jetzt!«

Und sie erwiderten: »Wir wahren unser Geheimnis zu deinem Besten. Wenn wir deine Bitte erfüllen, verlierst du dein Auge wie wir. Und noch viel Übles wird dir geschehen.«

Doch ich war beharrlich und sprach: »Wenn ihr nicht wollt, dann gehe ich. Denn ungern weile ich unter Verrückten. Es tut mir Leid, wenn ich euch beleidige. Doch ist nicht auch euer Schweigen beleidigend? Es ist genug. Ich verlasse das Haus der Asche und der Schweigsamkeit.«

Und ich erhob mich. Doch da sagten sie: »Bleibe!« Und einer von ihnen sprach:

»So möge sich denn dein Geschick erfüllen! Es wird dir zustoßen, was uns zugestoßen ist; dann beklage dich nicht, denn es war dein Wille! Auch kannst du nach dem Verlust deines Auges nicht hierher zurückkehren, denn wir sind schon zehn. Und du bist von anderer Art als wir. Bedenke es!« Danach brachte der Greis einen Hammel und schlachtete ihn und weidete ihn aus. Dann zog man seine Haut ab und reinigte sie. Sie aber sprachen zu mir: »Lass dich in diese Haut des Hammels nähen und auf das flache Dach des Palastes legen. Es wird ein großer Vogel kommen mit Namen Roch, dessen Kräfte sind groß genug, einen Elefanten davonzutragen; der wird dich für einen Hammel halten, sich auf dich stürzen und sich mit dir bis zu den Wolken erheben. Dann wird er sich niederlassen auf einem Berg, um dich zu verschlingen. Da nimm nun dein Messer, schlitze die Haut des Hammels auf und krieche heraus. Der Vogel Roch, der kein Menschenfleisch frisst, wird erschrecken und davonfliegen. Du aber mache dich auf und wandere, bis du einen Palast erreichst, der ist zehnmal so groß wie unser Palast und tausendmal schöner. Denn er ist bedeckt mit Platten aus Gold, und seine Mauern sind mit Edelsteinen besetzt, als da sind Diamanten, Türkis und Smaragde. Tritt ein durch die geöffnete Pforte, wie auch wir es taten. Dann wird dein Wunsch erfüllt sein, und du wirst unser Geheimnis kennen. Mehr dürfen wir nicht

sagen. Ist also deine Neugier unstillbar, dann musst du denselben Weg beschreiten wie wir. Möge dein Schicksal gnädig sein!«

Nach diesen Worten gaben sie mir ein Messer, und da ich von meinem Entschluss nicht abzubringen war, nähten sie mich in die Haut des Hammels, legten mich auf das Dach des Palastes und zogen sich zurück. Ich aber fühlte nach kurzer Zeit, wie der Vogel Roch mich ergriff und wie er mit mir davonflog. Bald darauf spürte ich, dass er mich niederlegte auf die Erde. Da schlitzte ich mit meinem Messer die Haut des Hammels auf und kroch heraus, und der Vogel Roch entfloh. Und ich bemerkte, dass er ein weißer Vogel war, so dick wie zehn Elefanten und so groß wie zwanzig Kamele.

So machte ich mich auf, verzehrt vom Feuer der Ungeduld, und ich wanderte dahin, bis ich um Mittag zum Goldpalast kam. Und neben dem großen Portal, durch das ich trat, waren neunundneunzig Türen aus Sandelholz und Aloe, die waren mit Gold und Rubinen geschmückt; die Klinken aber waren aus Silber. Und alle Türen führten in Säle und Gärten, in denen häuften sich Schätze der Erde und des Meeres. Im ersten Saal aber, in den ich kam, fand ich mich inmitten von vierzig Mädchen, die waren von so zauberhafter Schönheit, dass ich fast den Verstand verlor. Sie waren gewandet in golddurchwirkte Schleier und sie waren lieblich wie Gazellen in der Steppe und geschmeidig wie der Jagdleopard in der Wüste und sie sahen sanft aus und heiter wie die Blumen der Oasen. Mein Erstaunen bei ihrem Anblick war so groß, dass ich stehen bleiben und kurze Zeit die Augen schließen musste, denn es hämmerte mein Herz.

Die Mädchen aber erhoben sich bei meinem Anblick und sagten: »Möge unser Haus dein Haus sein! Allah sei gepriesen! Er sandte uns einen Menschen, der unsrer so wert ist, wie wir seiner wert sind!« Dann hießen sie mich niedersitzen auf einem hohen Diwan und sprachen zu mir: »Heute bist du unser Herr und Gebieter, und wir sind deine Sklavinnen. Befiehl uns, und wir gehorchen dir. Freue dich, Fremder, und tue, was dir gefällt!« Dann erhob sich eine von ihnen und setzte das Essen vor mich hin, und ich aß. Und andere wärmten Wasser und wuschen meine Hände und Füße und wechselten meine Gewänder und schenkten Wein ein. Alle aber drängten sich um mich, voll Freude über meine Ankunft. Und ich lachte, und sie saßen nieder,

und wir unterhielten uns, und der Abend kam, und wir waren heiter, und jeder meiner Wünsche wurde erfüllt. Und ich erlebte Sonderbares und Schönes und ich war wie im Paradies. So ging es Tag für Tag und Nacht für Nacht. Und ich rief: »Jetzt weiß ich erst, was leben heißt – wie traurig, dass es so flüchtig ist! Denn auch dies wird enden!« Da sagten die Mädchen, ich dürfe bleiben, solange ich wollte – nur dürfe ich später niemals Näheres von meinen Erlebnissen erzählen; vor allem aber dürfe ich nie die vierzigste Tür im großen Saal öffnen, denn sie berge ein großes Geheimnis.

Am nächsten Morgen schritt ich durch den Saal und zählte die Türen, und es ritt mich im Überschwang jener Tage der Teufel, dass ich die vierzigste Tür in meiner Neugier nach kurzem Schwanken plötzlich öffnete. Da erblickte ich ein herrliches Pferd, schwarz wie die Nacht, gesattelt und gezäumt, und es stand vor zwei Krippen, und die eine war aus Kristall, mit Sesam gefüllt, die andere aber aus Lapislazuli, und es war darin Rosenwasser.

Als ich dieses Ross erblickte, sprach ich bei mir: ›Ob wohl dieses Tier das große Geheimnis ist?‹ Und die Neugier verleitete mich, dass ich es hinausführte vor den Palast und in den Sattel stieg. Aber es rührte sich nicht. Da stieß ich ihm die Fersen in die Flanken. Doch es stand und bewegte sich nicht. Und ich nahm die Zügelpeitsche und schlug zu.

Als das Pferd den Schlag fühlte, stieß es ein Wiehern aus, das glich dem Donner des Himmels, und unversehens entfaltete es zwei Flügel und erhob sich mit mir zum Firmament. Und höher flog es empor, als sterbliche Menschen zu blicken vermögen, und es waren Wolken zwischen mir und der Erde. Dort oben aber öffnete sich mein Blick für Geheimnisse, über die nicht zu reden ist. Nachdem das geflügelte Pferd durch die Wunderwelten des Himmels geflogen war, schwebte es herab auf das ebene Dach eines Palastes, warf mich von seinem Rücken, traf mit seinem Schweife mein Antlitz und schlug mir das linke Auge aus. Und während ich mich in Schmerzen wand, flog es davon. Und ich verlor die Besinnung und erwachte verwirrt.

Als ich aber herabstieg vom Dache, da befand ich mich wieder bei den zehn Jünglingen, die auf ihren zehn Ruhebetten saßen; und als ich sie erblickte, da sagte ich: »Seht her – nun bin ich geworden wie ihr! So nehmt mich denn auf in eure Gesellschaft!«

Doch sie sagten: »Nein! Keiner darf mehr eindringen in unseren Kreis! Geheimnis über Geheimnis waltet um den Kupferpalast, den Vogel Roch, das Flügelpferd und die vierzig Schönen. Vom Magnetberg kamst du, als das Land aus dem Meere stieg. Und tief genug drangst du ein in Verborgenes. Kehre zurück! Du lösest die Rätsel nicht! Lass es genug sein, dass du sie erlebtest. Kehr heim in die Welt und finde den rechten Weg!«

Da wandte ich mich und ging. Und ich schor meinen Bart und mein Haar und entsagte dem königlichen Dasein, und ich sühnte meinen Übermut und die Schuld, in die ich fiel, als ich jenen Jüngling tötete, wenn auch ohne Wissen und Willen, und als ich mich nicht würdig erwies des Lebens in Freude und Fülle im Goldpalast. Aber wird uns nicht jede Freude einmal genommen, und fügen wir nicht immer einem anderen Leid zu, auch wenn wir es nicht wollen? Da erkannte ich, dass ein Leben ohne Leid nur möglich ist durch Entsagung, denn die Welt ist Schein. Und für das Auge, das ich verlor, wollte ich Einsicht gewinnen; und ich lebte als wandernder Mönch und Fakir. Doch ich sah, dass nicht die Einsamkeit meine Sache ist, sondern das Dasein unter den Kindern Allahs als ein Mann, der Lasten trägt: fremde und eigene. Und ich hörte nicht auf zu wandern, bis ich in die gute Stadt Bagdad kam. Hier lebe ich als Namenloser unter einfachen Menschen und bin zufrieden, denn ich bin ein anderer geworden und weiser als einst und fand meinen Frieden.

Das ist die Geschichte meines verlorenen Auges und des geschorenen Bartes.

So erzählte der Lastträger, und die Dame fand seine Erzählung absonderlich, und weil er ihr gefiel, bat sie ihn, bei ihr zu bleiben. Und sie wollte ihn reich beschenken. Doch er, der ein König gewesen war und der Sohn eines Königs, nahm nur den Lohn, der rechtens war für die Beförderung eines Paketes, bedankte sich für die Bewirtung, grüßte lächelnd die schöne Gastgeberin und war bald darauf in den Straßen der Stadt verschwunden. Sie aber sann noch lange seiner Geschichte nach.

Nicht anders erging es dem König Schahrirar, dem Scheherazade dies alles erzählte. Und am nächsten Abend stellte er viele Fragen nach den Rätseln des Magnetberges und des Goldpalastes und sprach: »Zwar ahne ich wohl, worauf die Geschichte hinauswill, und ich begreife, dass jener Jüngling auf der einsamen Insel dem Tode nicht entfloh, den Allah ihm bestimmt hatte, und dass des unschuldig-schuldigen Adschib Begegnung mit dem Kreis der Zehn, dem Flügelpferd und den Wunderwelten eine Einweihung in Geheimnisse war und dass er dafür einen Preis zahlte: indem er ein Auge tauschte gegen tiefere Sicht, als unsere Augen sie sonst wohl gewähren. Ist es nicht so? Doch dunkel bleibt mir dennoch der Sinn von vielen Dingen in dieser Geschichte.«

Da sagte Scheherazade: »O König! Solche Legenden sind voll geheimer Bedeutung, um die nur die Eingeweihten wissen. Was fragst du nach dem Sinn? Ist der Wunderteppich jener Märchen mit seinen Linien, Farben und Figuren nicht Sinn genug?«

Mehr aber sagte sie nicht.

Der König indessen nickte und sprach: »Mag sein. Auch mag es wohl sein, dass manches immer dunkler wurde in den Sagen aus uralten Tagen, die überliefert werden von Mund zu Munde. Doch weißt du nicht auch Geschichten aus jüngerer Zeit?«

»Ich weiß eine Geschichte«, sagte Scheherazade, »aus der Zeit des großen Kalifen Harun al Raschid, darin nimmt ein Mann einen Apfel. Aus dieser Kleinigkeit aber ergeben sich schreckliche und wunderliche Dinge.«

»Wie seltsam!«, rief der König. Doch Scheherazade sprach: »Es ist nicht so seltsam. Denn ist nicht das Schreckliche wie das Wunderbare zumeist die Folge des Unbeachteten und Unbedachten? Und wächst nicht das Große aus Kleinigkeiten? So ist es in den alten Märchen und so ist es auch in unser aller Leben.«

»Erzähle!«, sprach da der König. Und Scheherazade begann.

Die Geschichte vom Neger, der einen Apfel nahm

Es begab sich in alten Zeiten, dass der Kalif Harun al Raschid, der damals noch jung war an Jahren, seinen Wesir Dscha'afar rufen ließ und zu ihm sprach: »Es ist mein Wunsch, in die Stadt zu gehen und das Volk zu befragen, wie sich die Beamten betragen, die mit der Regierung betraut sind. Und wir wollen alle, über die das Volk zu klagen hat, ihres Amtes entheben, und alle belohnen, mit denen es zufrieden ist.«

Und Dscha'afar sagte: »Ich höre und gehorche!«

So ging der Kalif mit Dscha'afar und dem ersten seiner Diener, Masrur, in die Stadt, und sie wanderten durch die Straßen und Märkte, bis sie in eine Gasse kamen, wo sie einen alten Mann mit einem Fischnetz trafen, der langsam seines Weges ging.

Und der Kalif sprach zu Dscha'afar: »Man sieht es diesem Manne an, dass er im Elend lebt!« Dann trat er zu ihm und sprach: »Ehrwürdiger Greis! Was ist dein Beruf?«

Und der alte Mann erwiderte: »Ich bin ein Fischer, der eine Familie zu erhalten hat, und seit Anbruch des Tages bis zu dieser Stunde habe ich gefischt, doch versagte mir Allah auch das Allergeringste, womit ich meine Familie ernähren könnte. Ach, ich verabscheue mein Leben und sehne mich nach dem Tode.«

Darauf sagte der Kalif: »Höre! Möchtest du nicht mit uns an das Ufer des Tigris gehen und dein Netz noch einmal auswerfen? Was immer du fangen magst, ich will es kaufen von dir um hundert Dinare!«

Da freute der Mann sich und sprach: »Bei Allah! Ich komme mit!«

So gingen sie nach dem Ufer des Tigris. Der Fischer warf sein Netz aus und wartete, bis es zu Boden sank. Dann fasste er die Schnüre zusammen und zog das Netz mit Mühe ans Ufer. In dem Netz aber befand sich ein großer Kasten, der war mit Metall beschlagen und schwer. Der Kalif untersuchte ihn, gab dem Fischer zweihundert Golddinare und ließ ihn seiner Wege gehen. Dann schleppte Masrur, unterstützt von Dscha'afar, den Kasten ächzend und schwitzend in den Palast;

dort setzten sie ihn nieder und entzündeten Kerzen. Und Dscha'afar erbrach den Kasten und fand darin einen Korb aus Palmblättern, mit roten Fäden verknüpft; und in dem Korb lag ein Teppich. Unter dem Teppich aber befand sich ein Frauengewand, vierfach zusammengelegt, und siehe, darunter, auf dem Grunde des Korbes, lag ein junges Weib, schön wie ein Silberbarren, doch grässlich in neunzehn Stücke zerhackt.

Als der Kalif das erblickte, rief er: »Wehe!« Und Tränen des Mitleids und des Zorns liefen seine Wangen herab, und er wandte sich an Dscha'afar und sprach: »Sollen in unserem Reiche noch weiter Menschen ermordet werden? Soll ihr Blut über uns kommen? Bist du nicht eingesetzt zu Schutz und Sicherheit des Landes? Und sieht so der Frieden meines Kalifates aus? Wir müssen diese Frau an ihrem Mörder rächen! Wehe, wenn du mit deinen Leuten solcher Mörder nicht Herr wirst und sie nicht fängst!« Dann fügte er, zitternd vor Zorn, hinzu: »Höre! Wenn du uns nicht den Täter dieser Tat herbeischaffst, damit ihm zuteil werde, was er verdient, so will ich statt seiner dich am Tore meines Palastes aufhängen!« Und der Kalif war ganz außer sich.

Und Dscha'afar sagte: »Gewähre mir drei Tage Frist!«

Und der Kalif sagte: »Es sei!«

Dscha'afar ließ Nachforschungen anstellen, aber er erfuhr nichts. Am dritten Tage ging er voll Trauer heim nach seinem Hause und sprach bei sich in seiner Seele: ›Wie soll ich nur den Schurken finden, der diese junge Frau ermordet hat? Es scheint ganz unmöglich. Bringe ich aber, was man ja leicht tun könnte, einen anderen herbei als den wirklichen Mörder, wird Allah sein Blut über mein Haupt kommen lassen. Ich weiß wirklich nicht, was tun!‹ Und er blieb in seinem Hause und wusste nicht, was tun, und tat gar nichts.

Am Morgen des vierten Tages sandte der Kalif einen von seinen Kämmerern nach seinem Wesir, und als der Wesir in des Kalifen Palast gekommen war, fragte der Kalif: »Wer ist der Mörder jener jungen Frau?«

Da erwiderte Dscha'afar: »O Beherrscher der Gläubigen! Bin ich allwissend? Bin ich da für lebendiges oder für ermordetes Volk? Wer weiß, wer sie tötete! Lebendig wird sie davon auch nicht!«

Da wurde der Kalif äußerst zornig über diese Antwort und befahl in

jäher Wut, dass man den Wesir am Tore des Palastes aufhänge und dass ein öffentlicher Rufer durch die Straßen von Bagdad ziehe und bekannt mache: »Wer immer sehen will, wie Dscha'afar, der Wesir des Kalifen, vor dem Tore des Palastes gehängt wird, der komme und schaue!«

Da strömte viel Volk herbei aus allen Vierteln der Stadt, der Hinrichtung Dscha'afars beizuwohnen, deren Ursache es nicht kannte. Und das Volk murrte. Und man errichtete den Galgen und ließ Dscha'afar daruntertreten, bereit zur Hinrichtung.

Während jedermann nach dem Kalifen blickte, dass er das Zeichen zur Hinrichtung gebe, und das Volk Dscha'afars' Geschick beklagte und sehr entsetzt war über den Befehl des Herrschers, erschien plötzlich ein junger Mann. Vollendet war die Schönheit seines Antlitzes, seine Kleider waren reich und vornehm, seine Augen schwarz und glänzend, und die Wangen rosenfarbig wie der Morgen, wenn er hinter den Bergen emporsteigt.

Dieser Jüngling bahnte sich einen Weg durch das Volk, bis er unmittelbar vor dem Wesir stand, und sprach zu ihm: »Rettung und Befreiung für dich, o erhabener Gebieter der großen Würdenträger! Denn siehe, ich bin der Mann, der jene Frau getötet hat, die sich in dem Kasten befand! Lass mich hängen, auf dass ihr Blut an mir gerächt werde.«

Als Dscha'afar dieses Bekenntnis vernahm, freute er sich sehr über seine eigene Befreiung, doch er war sehr traurig über den jungen Mann.

Während sie aber noch darüber sprachen, drängte ein anderer Mann, beladen mit der Jahre Bürde, vorwärts durch das Volk und erzwang sich den Weg durch die vielen Leute, bis er vor Dscha'afar und den Jüngling gekommen war. Er grüßte den Wesir und sprach: »O erhabener Wesir, schenke den Worten dieses jungen Mannes keinen Glauben! Niemand anderer hat diese junge Frau ermordet als ich! So nehmt denn an mir die gerechte Rache!«

Da sprach der junge Mann: »O Wesir! Dieser alte Mann weiß nicht, was er spricht. Ich bin es, der sie gemordet hat, und mich musst du hängen!«

Darauf sagte der alte Mann: »Mein Sohn, du bist jung und sehnst dich

nach den Freuden der Welt, ich aber bin alt und gebrechlich und des lästigen Lebens überdrüssig. Lass mich doch mein Leben darbieten für dich und den Wesir!«

Da wunderte sich der Wesir, nahm den jungen Mann und den Greis, führte beide vor den Kalifen und sprach: »O Beherrscher der Gläubigen! Da bringe ich dir denn also den Mörder der jungen Frau.«

Und der Kalif fragte: »Welcher ist es?«

Und Dscha'afar erwiderte: »Entscheide du es! Dieser junge Mann sagt: ›Ich bin der Mörder!‹, und dieser alte Mann sagt ebenfalls: ›Ich bin der Mörder!‹«

Der Kalif blickte kopfschüttelnd den alten Mann an und dann den jungen Mann und fragte: »Wer von euch beiden hat das Mädchen getötet?«

Da erwiderte der junge Mann: »Niemand anderer hat sie getötet als ich!«

Und der alte Mann erwiderte: »Niemand brachte sie um als ich!«

Da sprach der Kalif zu Dscha'afar: »Hänge sie alle beide!«

Doch Dscha'afar wandte ein: »Da doch wohl nur einer von den beiden der Mörder sein kann, wäre es eine arge Ungerechtigkeit, den anderen auch zu hängen!«

Da rief noch einmal der junge Mann: »Bei Allah, der die Welt entfaltete gleich einem Teppich, ich bin es, der diese junge Frau tötete!« Dann begann er die Art und Weise, wie sie getötet worden war, den Korb, den Umhang und den Teppich zu beschreiben und alles, was der Kalif bei ihr gefunden hatte.

So gewann der Kalif die Gewissheit, dass der junge Mann der Mörder war. Er wunderte sich aber sehr und fragte ihn: »Was war die Ursache deiner entsetzlichen Tat, und was ließ dich freiwillig den Mord gestehen, und warum sagst du: ›Rächet sie an mir!‹?«

Da erwiderte der junge Mann: »Wisse, o Beherrscher der Gläubigen, dass dieses junge Weib meine Frau war, die Tochter dieses alten Mannes, der mein Schwiegervater ist. Allah hat mir drei Knaben durch sie geschenkt. Sie hörte nicht auf, mich zu lieben, und ich fand nie etwas Schlechtes an ihr. Zu Beginn dieses Monats nun verfiel sie in eine schwere Krankheit. Da ließ ich denn die weisesten unter den Ärzten kommen, und es gelang ihnen, sie in kurzer Zeit zu heilen. Und da sie

seit dem Beginn ihrer Krankheit stets im Bett geruht hatte, ohne sich zu erfrischen, wünschte ich, dass sie ein Bad nehme. Doch sie sagte: ›Bevor ich in das Badehaus gehe, möchte ich einen Wunsch erfüllt haben.‹ Ich erwiderte: ›Hören ist erfüllen! Was ist es, was du wünschest?‹ Und sie sagte: ›Ich habe ein unstillbares Verlangen nach einem Apfel! Ich möchte seinen Duft einatmen und dann hineinbeißen!‹ Da erwiderte ich: ›Und hättest du tausend Wünsche, ich würde alles tun, sie zu erfüllen.‹

So ging ich in die Stadt, nach Äpfeln zu suchen. Doch es war mir nicht möglich, auch nur einen einzigen zu finden. Da kehrte ich traurig nach meinem Hause zurück und sprach: ›O Tochter meines Oheims! Bei Allah, ich kann keinen einzigen Apfel finden!‹ Da wurde sie sehr betrübt, und aufs Neue überfiel sie eine Schwäche, und ihre Krankheit kehrte zurück im Laufe der Nacht. Und ich war sehr beunruhigt über ihren Zustand und geriet in Angst. Als der Morgen graute, ging ich aufs Neue fort und wanderte von einem Bazar zum anderen, doch nirgends waren Äpfel zu finden. Endlich traf ich einen alten Gärtner, den ich sogleich nach Äpfeln fragte, und er erwiderte mir: ›Mein Sohn! Warum müssen es denn gerade Äpfel sein? Um diese Zeit gibt es Äpfel nur in den Gärten des Kalifen zu Bassora, wo sie der Gärtner bewahrt für des Herrschers Tafel.‹ Da kehrte ich in großer Verwirrung über meinen Misserfolg heim, und die Liebe zu meiner Frau war so groß, dass ich beschloss, der Äpfel wegen nach Bassora zu reisen. So brach ich auf, und nach fünfzehn Tagen und Nächten brachte ich ihr endlich drei Äpfel. Ich hatte sie vom Hofgärtner für drei Dinare Goldes gekauft.

Doch als ich zu meiner Frau kam und die Äpfel vor sie hinlegte, fand sie kein Vergnügen daran und rührte sie nicht an. Ihre Schwäche und ihr Fieber, so schien mir, hatten zugenommen, und ich war zehn Tage lang in großer Sorge. Dann schien sie langsam die Gesundheit zurückzuerhalten. Da verließ ich nun wieder mein Haus und saß nieder vor meinem Geschäft, um zu kaufen und zu verkaufen.

Um die Zeit des Mittagsgebetes kam ein großer, hässlicher schwarzer Sklave, hoch wie ein Mastbaum, an meinem Geschäft vorüber und hielt in der Hand einen von jenen drei Äpfeln und spielte damit. Da sprach ich listig: ›O mein guter Sklave! Sag mir doch, woher du diesen Apfel hast, auf dass ich mir einen gleichen holen kann!‹

Da lachte er und erwiderte: ›Ich bekam ihn von einer schönen weißen Frau, der ich vor Monden einen Korb mit Fischen zu ihrem Haus trug und die Gefallen an mir fand. Sie hat einen sehr dummen Mann, der nicht ahnt, dass sie mich lieber mag als ihn. Als ich das letzte Mal bei ihr war, fand ich sie darniederliegen; sie hatte Äpfel und sprach: »Ich bekam sie von meinem Manne, der eigens nach Bassora reiste, der Narr, um mir diese Äpfel für drei Dinare Goldes zu bringen.« Da aß ich und trank mit ihr, und wir waren guter Dinge, nun, und beim Abschied nahm ich diesen Apfel hier mit.‹

Als ich nun, o Gebieter der Gläubigen, diese Worte von dem Neger vernahm, wurde die Welt schwarz vor meinen Augen. Ich erhob mich, schloss mein Geschäft und kehrte heim nach meinem Hause, ganz außer mir vor Zorn. Ich blickte nach den Äpfeln, und als ich nur zwei von den dreien sah, fragte ich mein Weib: ›O Tochter meines Oheims! Wo ist der dritte Apfel?‹ Da hob sie den Kopf und erwiderte: ›Ich weiß es nicht, o Sohn meines Oheims, wohin er gekommen ist.‹ Das überzeugte mich vollends, dass der Sklave die Wahrheit gesprochen hatte. Und ich ergriff in meinem Jähzorn ein Schwert und ohne ein weiteres Wort hieb ich wie ein Rasender auf sie ein und hörte erst auf, als sie zerstückelt war. Da erwachte ich aus meiner Wut und kannte mich nicht mehr, und es ergriff mich tiefe Verzweiflung. Und ich legte den zerstückelten Körper hastig in einen Korb, deckte ihn mit ihrem Gewand und einem Teppich zu, legte den Korb in einen Kasten und lud ihn auf ein Maultier. Dann ging ich zum Tigris und warf den Kasten in den Fluss.

Ich flehe dich nun an, meinen Tod zur Sühne dieses Verbrechens zu befehlen, denn ich fürchte, dass ich sonst am Tage des Gerichts dafür zur Rechenschaft gezogen werde und dass mich drüben Schlimmeres erwartet als hier die Sekunde des Sterbens.

Verzweifelt und voll Abscheu vor mir selbst kehrte ich heim nach meinem Hause und fand meinen kleinen Sohn in Tränen, obwohl er doch gar nicht wusste, was mit seiner Mutter geschehen war. Da fragte ich ihn: ›Weshalb weinst du, mein Junge?‹

Und er sagte: ›Ich nahm einen von den drei Äpfeln, welche bei meiner Mutter lagen, und ging hinab auf die Straße, mit meinen Freunden zu spielen. Da kam ein großer schwarzer Sklave, nahm mir den Apfel aus

der Hand und sprach: »Woher hast du diesen Apfel?« Da erwiderte ich: »Mein Vater hat eine weite Reise gemacht wegen dieses Apfels und brachte ihn von Bassora für meine Mutter, denn sie war krank. Er kaufte drei Äpfel und zahlte dafür drei Goldstücke.« Doch der Neger achtete nicht meiner Worte und lachte so dumm, dass ich zornig wurde und auf ihn schimpfte. Da stieß er mich zurück und ging mit dem Apfel einfach davon. Und ich erschrak und fürchtete, dass die Mutter mich wegen des Apfels schlagen würde. So ging ich vor die Stadt hinaus mit meinem Freund, und dort blieben wir, bis der Abend anbrach.‹

Als ich nun, o Beherrscher der Gläubigen, hörte, was mein Sohn sprach, da erkannte ich, dass der Neger lügnerisch und prahlend meine Frau verleumdet hatte, und ich begriff, dass ich sie grundlos getötet hatte. Da weinte ich sehr, und als mein Oheim, dieser alte Mann hier, der ihr Vater ist, hereinkam, erzählte ich ihm, was vorgefallen war, und er weinte mit mir. Und wir ließen nicht ab mit Weinen und Wehklagen bis zum Morgengrauen. Dies alles kam von der gottlosen Lüge dieses Negers. Nun aber, o König der Zeiten, lass mich töten, denn ich kann nicht weiterleben unter der Last meines Gewissens.«

Da wunderte sich der Kalif und sprach: »Bei Allah, diesen jungen Mann trifft nicht die Hauptschuld! Ich werde sehen, was ich mit ihm tue. Niemand anderer aber soll gehängt werden als jener verruchte Neger!«

Darauf wandte er sich an Dscha'afar und sprach zu ihm: »Bringe mir den verruchten Neger, der die einzige Ursache dieses ganzen Unglücks ist, und so dir das nicht gelingt in dem Zeitraum von drei Tagen, sollst du statt seiner sterben!«

Da sprach Dscha'afar bei sich in seiner Seele: ›Gleich wie ein Krug, wenn er fällt, nur durch Zufall nicht zerbricht, entging ich durch Zufall dieses erste Mal dem Tode. Nun aber?‹

Und er tat gar nichts und blieb in seinem Hause, und als der Morgen des vierten Tages gekommen war, kam auch schon ein Bote des Kalifen und sprach zu ihm: »Der Beherrscher der Gläubigen ist in großem Zorn und sendet mich, dich zu suchen, denn er schwört, dass der Tag ganz sicher nicht zu Ende gehen solle, ohne dass man entweder jenen verruchten Schwarzen hängt oder dich!«

Als Dscha'afar diese Worte vernahm, kamen ihm die Tränen, und seine Kinder, seine Sklaven und alle, die in seinem Hause waren, weinten mit ihm. Nachdem er nun allen und jedem, mit Ausnahme seiner jüngsten Tochter, Lebewohl gesagt hatte, ging er, sich von ihr zu verabschieden, denn dieses Mädchen liebte er mehr denn alles andere in der Welt. So küsste er sie und drückte sie an seine Brust. Da fühlte er etwas Hartes in ihrem Gewande und fragte sie: »O mein kleines Mädchen! Was hast du denn in deinem Gewande?«

Da erwiderte sie: »O mein Vater, es ist ein Apfel. Unser Sklave Rihan brachte ihn mir vor vier Tagen und schenkte ihn mir.«

Als Dscha'afar von dem Apfel und dem Sklaven hörte, atmete er auf und rief: »O die Sorge entweicht!« Dann ließ er den Sklaven vor sich kommen und sprach zu ihm: »Schande über dich, Rihan! Woher hast du diesen Apfel?«

Und der Neger erwiderte: »Bei Allah, o mein Gebieter, ich habe diesen Apfel nicht aus deinem Palaste und ich habe ihn auch nicht aus den Gärten des Kalifen gestohlen. Vor fünf Tagen war es, da ging ich durch die Straßen der Stadt und sah einige Kinder spielen, und eines von ihnen, ein Knabe, hatte den Apfel in der Hand. Ich fragte ihn danach, und der Knabe sprach: ›Dieser Apfel gehört meiner Mutter! Sie hat noch mehr davon! Mein Vater reiste nach Bassora und brachte ihr drei Äpfel für drei Goldstücke. Aber ich nahm einen weg, um damit zu spielen.‹ Nun, da nahm ich ihn eben auch und achtete des Knaben nicht, der übrigens sehr unfreundlich war und schrecklich schimpfte und nach mir stieß und mir wenig Mitleid einflößte. Dass ich ihn nahm, war nicht recht. Aber ich wollte ihn nicht für mich. Ich brachte ihn meiner kleinen Herrin und ich freute

mich an ihrer Freude. Einem Neugierigen, der nach dem Apfel fragte, band ich einen kleinen Schwindel auf, denn was ging's ihn an. Und das ist wirklich die ganze Geschichte.«

Als Dscha'afar diese Worte hörte, wunderte er sich sehr, dass der Tod der jungen, schönen Frau und all das Elend von diesem törichten Sklaven verursacht worden war, der zwar den Apfel genommen, aber sonst nichts Böses im Schilde geführt hatte und immer ein recht braver Bursche gewesen war und nur gern ein wenig prahlte und es nicht genau nahm. Aber was half es – er ließ den Neger festnehmen. Dann brachte er ihn vor den Kalifen und berichtete alles vom Anbeginn bis zum Ende.

Der Kalif aber, der so eifrig nach dem verruchten Mörder gefahndet hatte und dann nach dem verruchten Neger und beinahe seinen Wesir deswegen gehängt hätte, sah den einfältigen Schwarzen und den irregeführten Mörder und den verhängnisvollen Apfel und seinen eigenen großen Zorn, und das Leben schien ihm wunderlich.

Und da begann er zu lachen und rief: »Wie ist das alles merkwürdig!«

Und Dscha'afar sagte: »O Beherrscher der Gläubigen – es ist auch nicht merkwürdiger als die Geschichte des Wesirs Nuraeddin von Ägypten und seines Bruders Schaemsaeddin!«

Da sprach der Kalif: »Heraus mit dieser Geschichte!«

Und Dscha'afar entgegnete: »Ich will dir diese Geschichte unter der Bedingung erzählen, dass du meinen Sklaven begnadigst, wenn sie dir gefällt.«

Und der Kalif sagte: »Es sei.«

Dscha'afar aber begann seine Erzählung.

Die Geschichte von dem Wesir Nuraeddin, von seinem Bruder, dem Wesir Schaemsaeddin, und von Hassan Baedraeddin

Einst lebte, vor langer Zeit, in Ägypten ein gerechter König. Er war ein Mann, der die Frommen und Armen liebte und gerne in der Gesellschaft von gelehrten Männern und Weisen war. Dieser König hatte einen Wesir, der war klug und tüchtig und erfahren in der Kunst des Regierens.

Dieser Wesir, ein sehr alter Mann, hatte zwei Söhne, und beide waren

schön wie der Mond. Der ältere von ihnen hieß Schaemsaeddin Muhammed und der jüngere Nuraeddin. Obwohl der ältere fast vollkommen schien, übertraf ihn der jüngere noch an Glanz und Anmut,
so dass sein Ruf bis in ferne Gegenden drang.

Eines Tages starb nun ihr Vater, der Wesir. Da sandte der König nach
des Wesirs beiden Söhnen, verlieh ihnen Ehrengewänder und sprach
zu ihnen: »Von diesem Augenblick an sollt ihr an die Stelle eures Vaters treten und zu Wesiren von Ägypten ernannt werden.« Da freuten
sich die beiden, und als die Trauerzeit verflossen war, traten sie das
Wesirat an, und große Macht ging in ihre Hände über. Und jeder von
ihnen tat seinen Dienst eine Woche lang. Sie lebten zusammen unter
demselben Dach und ihre Reden waren die gleichen. Wenn aber der
Sultan eine Reise antrat, so begleitete ihn abwechselnd einer von beiden.

Da geschah es in einer Nacht unter den Nächten, dass der König sich
entschloss, am nächsten Morgen aufzubrechen, und der ältere der
Brüder, an dem die Reihe war, den Herrscher zu begleiten, saß im Gespräch mit seinem Bruder und sprach: »O mein Bruder! Mein Wunsch
wäre es, dass wir beide, du und ich, zwei Schwestern heiraten.«

Da erwiderte der jüngere Bruder: »Ja, das wäre schön, o mein Bruder,
und ich bin einverstanden, wie ich in allen Dingen mit dir einverstanden bin.«

Und Schaemsaeddin sprach: »Wenn es des Höchsten Wille ist, dass
wir zwei Schwestern heiraten und dass Allah mir ein Mädchen und
dir einen Knaben schenkt, wohlan, dann wollen wir diese beiden Kinder miteinander vermählen.«

Und Nuraeddin sprach: »Bruder Schaemsaeddin, was gedenkst du in
diesem Falle von meinem Sohn als Morgengabe für deine Tochter zu
verlangen?«

Da erwiderte Schaemsaeddin: »Als Preis für meine Tochter werde ich
von deinem Sohne verlangen: dreitausend Dinare Goldes, drei Lust-
gärten und drei der schönsten Güter Ägyptens. Und das ist eigentlich
recht wenig als Morgengabe für meine Tochter. Und wenn der junge
Mann, dein Sohn, diesen Vertrag nicht annehmen will, dann wird
nichts aus der Sache.«

Da erwiderte der andere: »Schaemsaeddin, was fällt dir ein? Das

willst du meinem Sohn auferlegen? Vergisst du denn, dass wir Brüder sind und durch Allahs Gnade Wesire von gleichem Rang? Statt diese Menge Geld und Güter zu begehren, solltest du meinem Sohn deine Tochter zum Geschenke anbieten, ohne daran zu denken, überhaupt eine Morgengabe zu verlangen! Denn natürlich ist mein Sohn zehnmal mehr wert als deine Tochter! Da wagst du es noch, eine Morgengabe zu fordern, die von Rechts wegen deine Tochter mitbringen sollte?«

Darauf erwiderte Schaemsaeddin: »Bruder Nuraeddin, du glaubst doch nicht im Ernst, dein Sohn sei mehr wert als meine Tochter? Das zeigt wieder einmal, dass dein Verstand ungewöhnlich beschränkt ist und dass es dir an Erziehung mangelt. Du erinnerst mich an deine Teilnahme am Amt des Wesirs? Wo ich dich doch nur aus Mitleid und als Gehilfen zugelassen habe! Doch da du so redest, so will ich, bei Allah, niemals meine Tochter deinem Sohn vermählen, nicht einmal um sein Gewicht in reinem Gold! Behalte ihn!«

Als Nuraeddin die Worte seines Bruders vernahm, geriet er in Zorn und sprach: »Auch ich will niemals meinen Sohn deiner Tochter vermählen! Um keinen Preis! Behalte sie!«

Da erwiderte der andere: »Ach, dein Sohn! Er ist nicht den Abfall ihrer Nägel wert! Würde ich nicht im Begriffe stehen, mit unserem Gebieter abzureisen, so würde ich dich die ganze Ungehörigkeit deiner Worte

fühlen lassen! Doch wenn ich zurückkehre, dann sollst du sehen, wie ich meine Würde zu wahren und meine Ehre zu rächen weiß!«

Als Nuraeddin das hörte, war er voll Wut, und sein Geist verlor sich in Gift. Doch er verbarg seine Gefühle und schwieg, und jeder der beiden Brüder verbrachte diese Nacht in einem anderen Gemach, einer wider den andern von Zorn erfüllt. Und aus dem Zorn wurde Hass.

Am anderen Morgen brach der König auf, von dem Wesir Schaemsaeddin begleitet, um von Kahira nach Gezira zu ziehen, und sie fuhren auf dem Nil in einer Barke, während Nuraeddin, der die Nacht in düsterem Grimm verbracht hatte, sich zum Morgengebet erhob. Dann ging er nach seiner Schatzkammer, mit einem Paar Satteltaschen, die er mit Goldstücken füllte. In seinem Herzen aber waren des Bruders böse Worte.

So ließ er sein Maultier satteln und sprach zu seinen Sklaven: »Meine Absicht ist, zu meiner Zerstreuung einen Ausflug vor die Stadt zu machen, und ich gedenke drei Nächte auszubleiben. Es möge keiner von euch mir folgen.« Dann bestieg er sein Maultier, ritt aus Kahira hinaus und wandte sich der Wüste zu; und er reiste Tage und Nächte, bis er nach Bassora kam.

Da geschah es nun, dass der Wesir von Bassora in diesem Augenblick gerade an einem Fenster seines Palastes saß und auf die Straße hinabsah. Er bemerkte das schöne Maultier und seinen herrlichen Sattelschmuck, und er dachte, dass dieses Tier einem fremden Wesir, ja vielleicht einem König gehören müsse. Und der Wesir von Bassora erhob sich, ritt zur Herberge, begrüßte Nuraeddin und umarmte ihn. Dann sprach er: »O mein Sohn! Woher kommst du und was tust du in Bassora?«

Da erzählte Nuraeddin ihm alles, wie es vor sich gegangen, vom Anbeginn bis zum Ende, und er fügte hinzu: »Mein Entschluss ist, nie mehr zurückzukehren nach Ägypten, bis ich nicht alle Länder der Welt gesehen habe.«

Ihm erwiderte der Wesir: »Mein Sohn, höre nicht auf die Stimme der Leidenschaft, denn sie führt ins Verderben. Die meisten Gegenden sind wüst.« Dann führte er Nuraeddin nach seinem eigenen Hause. Dort wies er ihm einen schönen Raum als Wohnung an und überhäuf-

te ihn mit Wohltaten, denn ihn hatte große Zuneigung zu diesem jungen Manne erfasst.

Nach einiger Zeit aber sprach er zu ihm: »Mein Sohn, schwer lastet die Bürde der Jahre auf meinen Schultern, und ich habe keine männlichen Nachkommen; doch Allah sandte mir den Segen einer Tochter, die sehr schön ist. Bisher habe ich alle zurückgewiesen, welche sie zur Frau begehrten, Männer von Rang und Ansehen. Doch mein Herz ist erfüllt von Zuneigung zu dir, und ich frage dich daher: Begehrst du sie zum Weibe? Wenn es so ist, dann will ich sofort zum König gehen und ihm mitteilen, du seiest mein Neffe und soeben aus Ägypten gekommen, um von mir meine Tochter zur Frau zu erbitten. In diesem Falle wird dich der König um meinetwillen als Wesir einsetzen, denn ich werde alt und brauche Ruhe. Mit großem Vergnügen würde ich in meinem schönen Hause bleiben, ohne es je wieder zu verlassen.«

Als Nuraeddin diesen Vorschlag des Wesirs vernahm, beugte er sein Haupt und sprach: »Ich höre und gehorche.«

Da freute sich der Wesir und befahl seinen Sklaven, ein Fest vorzubereiten. Dann versammelte er seine Freunde und die hohen Würdenträger des Landes und die reichen Ratsherren von Bassora in seinem Hause. Als alle versammelt waren, sprach er zu ihnen: »Ich hatte einen Bruder, welcher Wesir war im Lande Ägypten, und Allah in seiner Allmacht schenkte ihm zwei Söhne, während er mir, wie ihr wisst, eine Tochter gab. Mein Bruder nun hatte mir vor seinem Tode ans Herz gelegt, meine Tochter einem seiner Söhne zu vermählen, und ich hatte meine Zustimmung gegeben. Und sehet, nun sandte er mir seinen Sohn, diesen jungen Mann. Meine Absicht ist, ihn mit ihr zu vermählen, denn er ist mir teuer und steht mir nahe.«

Da erwiderten sie alle: »Sehr richtig ist, was du tust.«

So wurde denn die Hochzeit gerüstet, und Nuraeddin strahlte vor Freude wie der Mond in der Nacht. Denn die Tochter des Wesirs gefiel ihm, und er war glücklich.

So viel von Nuraeddin. Was aber seinen älteren Bruder betrifft, Schaemsaeddin, so war er mit dem König lange Zeit fern von seiner Heimat, und als er von seiner Reise zurückkam, fand er Nuraeddin nicht. Schaemsaeddin war sehr verwirrt über seines Bruders Verschwinden, und seine Besorgnis wuchs von Tag zu Tag und wurde tiefe Trauer.

Und er dachte bei sich in seiner Seele: ›Ganz sicher ist die einzige Ursache seiner Abreise mein dummes und eigensinniges Gerede am Tage vor meinem Aufbruch. So ist es denn meine Pflicht, mein Unrecht gegenüber diesem guten Bruder wieder gutzumachen und ihn suchen zu lassen und zu versöhnen.‹ Und er ging zum König und machte ihn bekannt mit dem, was vorgefallen war, und der König ließ Suchbriefe schreiben, mit seinem Siegel versehen und von Eilboten den Behörden aller seiner Provinzen bringen.

Doch Nuraeddin war weit weg in Bassora, und die Eilboten kehrten ohne Nachricht von ihm zurück. Da verzweifelte Schaemsaeddin und sprach: »Alles ist meine Schuld, und es geschah, weil ich mit ihm über die Heirat unserer Kinder stritt, die ja noch gar nicht geboren sind. O wir Narren allzumal!«

Doch wie es ein Ende hat mit jedem Dinge, so tröstete sich auch Schaemsaeddin schließlich über den Verlust seines Bruders, und nach einiger Zeit vermählte er sich mit der Tochter eines reichen Kaufmanns von Kahira; die Hochzeit aber fand am gleichen Tage statt, an dem auch Nuraeddin in Bassora die Tochter des Wesirs heiratete. Nach einiger Zeit wurde Schaemsaeddin, dem Wesir von Ägypten, eine Tochter geboren, und nie hatte man in Kahira ihresgleichen an Schönheit gesehen. Und Nuraeddin wurde ein Sohn geboren am gleichen Tage, und es gab nirgends ein schöneres Kind.

Man nannte diesen Knaben Baedraeddin Hassan, und sein Großvater, der Wesir von Bassora, liebte ihn sehr. Er ging mit Nuraeddin zum König und sprach: »Das ist meines Bruders Sohn und mein Eidam. Er ist jung, und ich bin alt geworden, dazu ein wenig taub und auch wohl ein wenig unaufmerksam, was die Angelegenheiten des Reiches betrifft. Und so möchte ich denn meinen Herrn und Gebieter bitten, dass er die Gnade habe, meinen Neffen, der gleichzeitig mein Schwiegersohn ist, als meinen Nachfolger im Amte zu bestimmen. Ich glaube, er ist es wert und der rechte Mann dafür.«

Der König fand Wohlgefallen an Nuraeddin und setzte ihn ein als Wesir, beschenkte ihn und wies ihm eine Leibwache zu.

Und Nuraeddin begann seines Amtes zu walten, und er machte es so gut und klug, dass der König ihn schätzen und lieben lernte und schließlich zu einem vertrauten Freunde erhob. Und er wurde immer

mächtiger mit der Zeit und stieg immer höher. Weise waltete er seines Amtes und tat viel Gutes für das Land; so erbaute er persische Wasserräder und legte herrliche Gärten und Straßen an, und die Armen fanden sein Ohr.

Als sein Sohn Hassan das sechzehnte Jahr vollendet hatte und an seiner Erziehung nichts mehr fehlte, bekleidete Nuraeddin ihn mit einem prächtigen Gewande, setzte ihn auf das Schönste seiner Maultiere und zog mit ihm zum Palast des Königs.

Als der König den jungen Hassan erblickte, war er erstaunt über den Zauber seines Wesens. Er hieß ihn näher treten, war freundlich zu ihm und sprach zu seinem Vater: »O Wesir! Du sollst ihn täglich in meinen Palast bringen.«

Und Nuraeddin erwiderte: »Ich höre und gehorche!« Von diesem Tag an brachte er seinen Sohn täglich zum König, bis Hassan das Alter von achtzehn Jahren erreicht hatte.

Um diese Zeit aber geschah es, dass der Wesir krank wurde. Da erinnerte er sich seines Bruders, des Wesirs von Ägypten, seiner Heimat, und aller seiner Freunde in Kahira. Er ließ seinen Sohn Hassan rufen und sprach zu ihm: »Mein Sohn, ich habe in Kahira einen Bruder namens Schaemsaeddin; er ist dein Oheim und Wesir in Ägypten. In einer Zeit, die längst vergangen ist, waren wir ein wenig erzürnt gegeneinander, und ohne meines Bruders Wissen bin ich nach Bassora gekommen. Nimm nun ein Blatt Papier und schreibe darauf nieder, was ich sage.« Und er begann, seinem Sohn die ganze Geschichte vom Anbeginn bis zum Ende zu diktieren, des Ferneren den Tag seiner Ankunft in Bassora, den Tag seiner Vermählung mit der Tochter des alten Wesirs, den Namen ihres Vaters und Großvaters, die Stunde von Hassans Geburt und schließlich das Datum des Diktates. Dann faltete er das Papier, siegelte es und sprach: »Bewahre sorgfältig dieses Blatt Papier, und sollte dir durch die ungewisse Macht des Schicksals ein Unglück zustoßen, kehre heim nach Ägypten, dem Lande deines Vaters, nach Kahira! Dort frage nach deinem Oheim, dem Wesir, grüße ihn von mir, künde ihm meinen Tod und teile ihm mit, dass ich bekümmert gestorben bin in der Fremde und dass ich Sehnsucht hatte, ihn zu sehen.« Und bald, nachdem er so gesprochen hatte, schlug seine Stunde, und seine Seele verließ den Leib.

Sein Sohn aber wollte nicht aufhören, seinen Vater zu betrauern; zwei
Monate lang bestieg er kein Ross, begab sich nicht in den Reichsrat
und bezeugte nicht einmal dem König seine Ehrerbietung.

Der König jedoch verstand dieses Betragen des jungen Hassan nicht
und glaubte, dass er ihn meiden wolle. Schließlich geriet er in Zorn
und ernannte deshalb nicht Hassan zum Wesir an seines Vaters Stelle,
sondern einen anderen, und auch seine Freundschaft schenkte er hinfort anderen Menschen. Als Hassan auch dann nichts tat, den König
milder zu stimmen, sondern ihn vielmehr zu übersehen und zu miss-
achten schien, befahl er, die Landgüter Baedraeddin Hassans zu beschlagnahmen und darauf seine übrigen Besitzungen außer seinem
Hause. Endlich kam er vollends in Wut, fasste Hassans Verhalten als
Beleidigung des Thrones auf und ordnete an, dass man Hassan ergreife und in Ketten vor ihn bringe. Da nahm denn der neue Wesir ein
paar Mann der Leibgarde mit und begab sich zu Hassans Haus.

Nun gab es unter den jungen Sklaven des königlichen Schlosses einen, der vorher im Dienste des verstorbenen Wesirs gestanden hatte.
Als er hörte, welche Befehle der König gegen Hassan erlassen hatte,
warf er sich auf ein Pferd und ritt in aller Eile zu Hassan, dem Sohn
seines verstorbenen Herrn. Und er fand ihn trauernd, das Haupt ge-
beugt, das Herz zerrissen vor Leid und ohne einen anderen Gedanken
als den an seinen Vater. Da sprang er vom Pferd und sprach: »O mein
Gebieter und Sohn meines Gebieters! Fliehe, denn der König ist in
Zorn entbrannt gegen dich und hat den Befehl erlassen, dich zu verhaften!«

Da erbleichte Hassan, und er sprach zu dem Sklaven: »Mein Bruder! Habe ich noch Zeit, einige Sachen zu packen?«

Doch jener erwiderte: »Nein, mein Gebieter! Eile dich und verlass dieses Haus auf der Stelle!«

Da erhob sich Hassan, warf den Saum seines Gewandes über sein Haupt, auf dass man ihn nicht erkenne, und verließ in Hast sein Haus. Als er in der Stadt war, hörte er das Volk sagen: »Unser König sendet den neuen Wesir nach dem Hause des alten Wesirs, auf dass er seinen Sohn ergreife. Und vielleicht wird man ihn töten.« Und alle riefen: »O weh! O wie schade!«

Und Hassan hörte es und eilte noch mehr und lief durch die Straßen der Stadt, bis er zum Friedhof kam. Da trat er ein, ging zum Grab seines Vaters, ließ das Gewand zurückfallen von seinem Haupte und saß nieder in Furcht und Trauer.

Während er so saß, versunken in seine Gedanken, nahte sich ihm ein Jude aus Bassora, ein Geldwechsler, mit einem Paar Satteltaschen, die sehr viel Gold enthielten. Er blieb stehen vor Hassan, begrüßte ihn höflich und sprach: »O Herr! Es schmerzt mich, dich so bedrückt zu finden und so geschlagen von Unheil. Doch höre, was ich dir vorschlage. Dein verehrter und hoch geschätzter Vater, der hier im Grabe ruht, an welchem ich mitunter weile, seiner Weisheit und Gerechtigkeit gedenkend, hatte Waren auf See; und da sie nun bald ankommen sollen, ist es mein Wunsch, von dir die Ladung des Schiffes zu kaufen für tausend Dinare Gold. Oft half mir dein Vater; es wäre eine Freude für mich, wenn nun ich dir helfen könnte. Und selbst, wenn das Schiff nicht ankommen sollte – nun denn, dann nicht. Ich kaufe es trotzdem.«

Da erwiderte Hassan: »Ich bin gerne einverstanden und danke dir.« Der Jude öffnete eine der Satteltaschen und zählte tausend Goldstücke ab, und Hassan schrieb eine Empfangsbestätigung und setzte sein Siegel darunter. Dann bewahrte er eine Abschrift für sich, und die andere nahm der Jude, wünschte ihm Frieden und Glück und ging seiner Wege. Hassan aber gedachte der Würden und Reichtümer, die er noch vor kurzem besessen hatte, und Tränen stiegen ihm in die Augen. Und er sprach langsam den Vers vor sich hin:

»O heitere Nächte von einst! Kehren sie jemals zurück?
Kehren die Freuden von einst
je in mein Herz wieder ein?«

Und es wurde Abend. Da lehnte Hassan sein Haupt an des Vaters Grab, und es überkam ihn der Schlaf; und er schlief, bis der Mond sich erhob. Da glitt sein Haupt von dem Hügel herab, und er lag im Schein des Mondes, und sein Antlitz leuchtete.

Nun war aber jener Friedhof von Geistern bevölkert, und es gab dort Feen. Und eine Fee kam an dem Grab vorüber und sah Hassan schlafen und bewunderte seine Schönheit. Dann erhob sie sich zu den Wolken, um in den Lüften zu kreisen, wie es ihre Gewohnheit war, und traf dabei einen Ifriten, der sie begrüßte. Da sprach sie: »Woher kommst du?«

Und er erwiderte: »Von Kahira.«

Sie aber sagte: »Sieh doch diesen schlafenden Jüngling dort unten, ist er nicht schön?«

Und sie ließen sich vor dem schlafenden Hassan nieder, und der Ifrit sprach: »Wahrhaftig! Es gibt nicht seinesgleichen.« Aber dann fügte er hinzu: »Doch da fällt mir ein, o meine Schwester, was ich heute gesehen habe – das war ein Mensch, den man diesem reizenden Jüngling, wenn ich's bedenke, wohl doch vergleichen kann. Es ist die Tochter des Wesirs von Ägypten, und wahrlich, sie ist vollendet an Ebenmaß und Anmut. Als sie das Alter von achtzehn Jahren erreicht hatte, hörte der König von Ägypten von ihrer Schönheit, ließ den Wesir, ihren Vater, holen und sprach zu ihm: ›Höre, o Wesir! Die Kunde ist zu mir gedrungen, dass du eine ansehnliche Tochter habest. Mein Wunsch ist es, sie zur Frau zu nehmen.‹ Da erwiderte der Wesir: ›O Herr und Gebieter! Mögest du gnädig geruhen, meine Entschuldigung entgegenzunehmen und meine tiefe Trauer! Wie dir bekannt ist, hat mein Bruder, welcher Wesir war mit mir, vor vielen Jahren seine Heimat verlassen, und wir wissen nicht, wo er ist. Die Ursache seines Verschwindens aber ist folgende: In einer Nacht saßen wir beisammen und sprachen von Frauen und Kindern, welche wir haben wollten, und es kam darüber zum Streit. Und ich leistete einen Eid, meine Tochter niemand anderem zu vermählen als dem Sohn meines Bruders. Nun sagen mir die

Sterne, dass mein Bruder gestorben ist und einen Sohn hinterlassen hat. Und ich will meine Tochter niemand anderem vermählen als ihm, um das Andenken meines Bruders zu ehren. Und das muss so sein, denn ich zeichnete den Tag meiner Hochzeit auf und den Augenblick der Geburt meiner Tochter. Da erkannte ich aus ihrem Horoskop, dass ihr Schicksal mit dem ihres Vetters verbunden ist. O Herr, es gibt schöne junge Mädchen im Überfluss für dich, unsern König, und ich bitte dich, eine andere zu wählen als meine Tochter.‹

Als der König des Wesirs Antwort und Ablehnung vernahm, geriet er in außerordentlichen Zorn und rief: ›Wenn meinesgleichen ein Mädchen zur Ehe begehrt von deinesgleichen, so erweist er damit eine hohe Ehre! Du aber weist mich ab und entschuldigst dich mit albernem Geschwätz! Was gehen mich die verworrenen Angelegenheiten deiner Familie an! Jetzt aber, beim Leben meines Hauptes, will ich sie mit dem niedersten meiner Knechte vermählen, zum Verdruss deiner Nase!‹

Nun war in dem Palast ein Pferdewärter mit einem Buckel. Aber niemand bedauerte ihn recht, denn er war ein unangenehmer Mensch von üblem und zänkischem Wesen. Den bestimmte der König für sie zum Manne und ließ auf der Stelle den Ehekontrakt aufsetzen, trotz der Bitten des Vaters. Und er ordnete große Festlichkeiten für diese Hochzeit an.

Ich bin gerade in dem Augenblick fortgeflogen, als die jungen Sklavinnen des Palastes den buckligen Pferdeknecht umringten und ihm recht starke ägyptische Scherze zuriefen. Und in der Tat, o meine Schwester, dieser Bucklige ist nicht nur hässlich, sondern wirklich ein wahrer Unflat.« Und der Ifrit schüttelte sich und sagte: »Puh!« Dann fuhr er fort: »Was aber das junge Mädchen betrifft, so ist es das schönste Geschöpf, das ich in meinem Leben gesehen habe!«

Da rief die Fee: »Da irrst du dich wohl, denn dieser Jüngling ist schöner als alle anderen Menschen, und du selber gabst zu, dass es nicht seinesgleichen gäbe.«

Und der Ifrit entgegnete: »Sagte ich das? Nun ja, ich erinnerte mich nicht gleich an das Mädchen. Schön ist er ja, aber jenes Mädchen ist doch noch schöner, obwohl die beiden einander ähnlich sehen wie Bruder und Schwester oder mindestens wie Geschwisterkinder.«

Da sprach sie: »O mein Bruder! Wir wollen ihn aufheben und nach Kahira tragen, auf dass wir ihn mit jenem Mädchen vergleichen und dann entscheiden können, wer von beiden schöner ist.«

Und er entgegnete: »So soll es sein.«

Und er hob Hassan vom Boden auf und flog mit ihm wie ein Vogel durch die Lüfte, während die Fee neben ihm herflog; und sie erreichten Kahira. Dort setzte er ihn auf eine Steinbank nieder und weckte ihn. Da erhob sich Hassan und bemerkte, dass er sich nicht mehr auf seines Vaters Grab in Bassora befand, und er sah nach rechts und sah nach links und erkannte, dass er an einem fremden Ort war. Und er war sehr erregt und wollte zu schreien beginnen; aber da gab ihm der Ifrit einen leichten Stoß und sagte, er solle still sein.

Dann brachte er ihm reiche Gewänder, kleidete ihn, gab ihm eine brennende Kerze in die Hand und sprach: »Wisse, dass ich dich hierher gebracht habe in der Absicht, dir etwas Gutes zu tun. Nimm dieses Licht, mische dich unter die Menge und geh bis zu dem Badehaus, das du dort hinten siehst. Dort wirst du einen recht unangenehmen Buckligen herauskommen sehen, den man zum Palast geleiten wird. Folge dem Zug, und zwar an der Seite des Buckligen, der übrigens ein Bräutigam ist; und wenn er dir missfällt, so lass dich dennoch nicht stören dadurch und tritt mit ihm ein in den Palast, und im Festsaal lass dich an seiner Seite nieder, ganz als ob du zur Familie gehörtest. Jedes Mal aber, wenn du eine von den Sklavinnen oder den Tänzerinnen und Sängerinnen vor euch beide hintreten siehst, dann fasse in deine Tasche, die du stets voll Gold finden wirst, nimm jeweils eine Hand voll davon heraus und wirf sie ihnen nachlässig zu. Sei guten Mutes und fürchte dich nicht.«

Da sprach Hassan bei sich in seiner Seele: ›Was mag das wohl alles bedeuten? Und welchen Dienst will mir dieser merkwürdige Geist wohl damit erweisen?‹ Und er war bedenklich.

Er tat aber dennoch, wie ihm geheißen, und mischte sich unter das Volk und kam gerade in dem Augenblick vor dem Tor des Bades an, als der Bucklige herauskam und zu Pferde stieg. Da wusste es denn Hassan so geschickt anzustellen, dass er bald an die Spitze des Hochzeitsgeleites gelangte und zur Seite des Buckligen einherschritt. Jedes Mal, wenn die Tänzerinnen oder Musikantinnen des Zuges sich ihm

nahten oder wenn er auf der Straße Bettler oder auch nur Bedürftige gewahrte, griff er in die Tasche und warf mit dem Geld nachlässig um sich. Das kleine Tamburin einer hübschen jungen Tänzerin füllte er sogar jedes Mal bis zum Rande mit rotem Gold. Als sie nun zum Hause des Wesirs gekommen waren, traten die Türhüter vor und ließen niemanden eintreten als die Musikantinnen, die Tänzerinnen und die Sängerinnen, die dem Buckligen folgten. Die anderen trieben sie zurück.

Da riefen alle Sängerinnen und Tänzerinnen wie aus einem Munde: »Nein, nein, nein! Wir weigern uns einzutreten, wenn ihr nicht auch diesen jungen Mann hereinlasst, der uns mit Wohltaten überhäuft hat! Und wir sagen es gleich, dass wir auch nicht die Braut in ihren Prachtgewändern zur Schau stellen, wie es Sitte ist, wenn nicht dieser junge Mann dabei ist!« Und mit Gewalt führten die Frauen den jungen Hassan in den großen Empfangssaal, und hier war er der einzige Mann außer dem buckligen Pferdeknecht.

Und er hielt sich neben dem Buckligen, trotz der bösen Blicke, die der ihm zuwarf; und als der Bucklige einmal etwas recht Unflätiges über Hassan bemerkte, da blieb er schon aus Trotz erst recht dabei.

In diesem Festsaal waren alle vornehmen Damen versammelt, die Frauen der Wesire, Kämmerer und Würdenträger des Palastes; und sie hatten alle das Gesicht mit dem Schleier aus weißer Seide bedeckt, wegen der Gegenwart der beiden Männer. Doch als sie Hassan näher betrachteten, wurden sie von dem Glanz seines Angesichts so bewegt, dass sie ihn immer wieder ansehen mussten. Und sie sprachen Unfreundliches über den buckligen Pferdeknecht und Rühmendes über Hassan, und eine von ihnen sagte:

»Allah, welch ein Jüngling! Der wäre unserer Herrin würdig! Aber nein, sie muss diesen abscheulichen Rossknecht heiraten, es ist doch wirklich eine Schande!«

In diesem Augenblick ertönten die Tamburine und Trommeln, die Tür des Brautgemaches tat sich auf, und die unfreiwillige Braut, umringt von Sklavinnen, hielt ihren Einzug in den Festsaal. Sie strahlte in der Mitte der Mädchen, und die anderen waren neben ihr wie Sterne, die den Mond umgeben, wenn der Abend klar ist und der Himmel leuchtet.

Hassan saß ruhig da. Als die Braut herantrat, in anmutiger Bewegung, erhob sich der Bucklige, sie zu umarmen. Doch da wich sie ihm aus und trat beiseite und stand nun unmittelbar vor Hassan, dem Sohn ihres Oheims, als gehörte sie zu ihm und nicht zu ihrem Bräutigam.

Da lachte das Volk und alle riefen Beifall und die Sängerinnen schlugen ihr Tamburin. Sogleich griff Hassan in die Tasche, zog eine Hand voll Gold heraus und warf es nachlässig in die Tamburine. Da freuten sich die Mädchen sehr und riefen: »Wahrlich, wenn es auf uns ankäme – dann gehörte diese Braut dir!«

Und Hassan lächelte.

Der Bucklige aber stand abseits während dieser Szene, unbeachtet und ärgerlich, und machte ein Gesicht wie ein gereizter Affe.

Dann entschleierten die Dienerinnen die Braut und zeigten sie in ihrem ersten Brautgewand, das aus flamingoroter Seide war, und Hassan war entzückt von ihrer Schönheit. Und die ganze Zeit über, während sie langsam einherschritt, in ihren verschiedenen Gewändern, goldfarben, orange, violett, silberblau, nilgrün und purpurn, ertönte wunderbar der Wohlklang der Flöten, und schöner sangen die

Sängerinnen ihre Lieder der Liebe, als Hassan es jemals gehört hatte. Und mit dem Tamburin, an dem silberne Schellen hingen, begleiteten die Tänzerinnen ihre Schritte und Figuren, und sie tanzten wie die Vögel.

Immer aber, wenn eine Pause eintrat oder wenn sie in die Nähe Hassans kamen, warf er ihnen mit nachlässiger Gebärde Geld zu, und nicht nur sie, sondern auch manche der zu Gast geladenen Frauen griffen danach, auf dass sie etwas hätten, was Hassans Hand berührt hatte. Der Bucklige wäre ganz in Vergessenheit geraten, wenn er nicht einmal etwas ungewöhnlich Unflätiges ausgerufen hätte. Aber

Hassan lächelte und sah die Braut an und achtete nicht des Bräutigams.

Nach der siebenten Gewandung der Braut, in strahlendes Weiß, mit dem Talisman von Türkis und den Ketten von roten Korallen, war die Hochzeitsfeier beendet. Die Gäste gingen, und es blieb niemand im Saal als Hassan, der Bucklige und die Braut. Da führten die Dienerinnen die Braut in das Gemach der Entkleidung und entledigten sie eines Gewandes nach dem andern, indem sie nach der Sitte jedes Mal »Inschallah« sagten, um den bösen Blick abzuwehren. Danach gingen auch sie und ließen sie allein mit der alten Amme, die sie ins Brautgemach zu führen hatte, sobald es der Bräutigam betrat.

Da erhob sich der Bucklige, und als er Hassan noch immer dasitzen sah, sprach er zu ihm in sehr trockenem Ton: »O Verehrter! Du hast uns hohe Ehre erwiesen durch deine Anwesenheit und uns mit deinen Wohltaten überschüttet. Doch möchtest du nun diesen Ort nicht bitte verlassen, bevor man dich wegjagt?«

Da stand Hassan auf und wusste nicht genau, was er tun sollte, und verließ den Saal. Doch kaum war er herausgetreten, da sah er den Ifriten vor sich, der zu ihm sprach:

»Wohin willst du gehen, o Baedraeddin Hassan? Höre, was ich dir sage, und folge genau meiner Weisung! Soeben muss der Bucklige hinaus auf einen gewissen Ort. Ich werde mich seiner annehmen! Du aber geh sofort in das Brautgemach, und wenn die Neuvermählte eintritt, so sprich zu ihr: ›Ich bin es, der dein wirklicher Ehemann ist. Dein Vater ließ eine kleine Komödie spielen, nach alter Sitte, um dich vor dem bösen Blick der Neider zu bewahren. Nun ist es vorüber. Was aber jenen Buckel betrifft, den niedrigsten unserer Stallknechte, so bekommt er jetzt im Stall einen großen Krug süßen Weins, damit er sich erquicke und auf unsere Gesundheit trinke.‹« Damit entschwand der Geist.

Der Bucklige aber musste in der Tat nach jenem bewussten Ort. Und der Ifrit wartete ein wenig, nahm dann die Gestalt einer fetten Ratte an, ahmte den Rattenschrei nach und rief: »Ziig, ziig!«

Da schlug der Stallknecht in die Hände, um sie zu verscheuchen, und rief: »Kusch, kusch!«

Und die Ratte begann zu wachsen und wurde zu einem mächtigen

schwarzen Kater mit unheimlich leuchtenden Augen, der schrie: »Miahu, miahu!«

Und der Kater wuchs weiter und ward zu einem riesigen Hund, der knurrte und bellte: »Hau, hau!«

Da erschrak der Bucklige und schrie: »Hinweg, übler Geist!«

Und auch der Hund begann zu wachsen, blähte sich auf und ward zu einem Esel, der brüllte dem Bucklingen ins Gesicht: »Hihaak, hihaak!«

Da schrie der Stallknecht: »Zu Hilfe, ihr Bewohner des Hauses!«

Und immer größer wurde der Esel und ward zu einem fürchterlichen Büffel, der den Zugang zu dem Kabinett versperrte. Und diesmal sprach der Geist mit Menschenstimme, wenn auch sehr laut: »Ha, du stinkendster aller Stänker! Weh dir, du Unflat!«

Und Entsetzen packte den Stallknecht. Er stürzte auf die Fliesen des Bodens, und seine Zähne klapperten.

Da rief der Büffel: »Du Scheusal! O du Vater des Mistes! Konn-

test du keine andere Frau finden als gerade die, die unter meinem Schutz steht?«

Doch der Stallknecht war so entsetzt, dass er kein Wort hervorbringen konnte.

Und der Ifrit brüllte: »Antworte mir, oder ich stecke dich in jenes Loch!«

Auf diese wahrhaft entsetzliche Drohung hin vermochte der Bucklige nur zu antworten: »O mächtiger Gebieter der Büffel, ich kann ja nichts dafür; ich bin gezwungen worden! Es war mir allerdings sehr recht. Aber ich schwöre dir, o Vater der Stiere, dass ich es bereue!«

Da sprach der Ifrit: »Du wirst die ganze Nacht bis zum Anbruch des Morgens hier bleiben. Dann, aber erst dann, kannst du fortgehen, wohin du willst. Doch hüte dich, jemandem ein Wort von all dem zu sagen! Und niemals wieder darfst du auch nur die leisesten Anstalten machen, dich der Herrin zu nahen! Und auch sonst könntest du dich bessern! Wie hast du dich aufgeführt Jahr für Jahr! Wie ein übler Wind! O du Stinktier an Bosheit! Gehorchst du mir nicht, so werde ich dir möglicherweise deinen Kopf zerquetschen, mindestens aber werde ich dich in die Abtrittgrube stecken, wo du eigentlich hingehörst!«

Dann fügte er noch hinzu: »Ach ja, das ist ein guter Gedanke. Ich werde dich lieber gleich dort hineinstecken – und wehe, wenn du diese Stelle vor Anbruch des Morgens verlässt.«

Hierauf erfasste der Büffel mit seinen Zähnen den Stallknecht und stopfte ihn in das offene Loch jenes Kabinetts, so dass nicht mehr sehr viel von ihm heraussah. Dann wiederholte er: »Dass du dich nicht unterstehst, dich zu rühren, bevor die Sonne aufgeht!« Und er verschwand. O armer Buckliger!

Hassan aber drang in den Harem ein und setzte sich im Hintergrund des Brautgemaches nieder. Kaum war er darin, da trat die Braut herein, sah ihn und stieß einen kleinen Schrei der Freude aus. Doch dann fasste sie sich und fuhr ihn an: »Wie kannst du es wagen, hier einzudringen!«

Hassan sagte darauf: »Ich bin es, dein wirklicher Bräutigam! Dieser Schwank mit dem Buckligen ward aufgeführt, um uns lachen zu machen, und vor allem, um den bösen Blick von dir fern zu halten, nach einer alten Sitte, die dein Vater schätzt. Da hat denn dein Vater jenen

Buckligen gemietet. Er gab ihm zehn Dinare dafür, und jetzt sitzt er im Stall, einen Krug süßen Weins auf unsere Gesundheit zu leeren.« Als die Herrin der Schönheit diese Worte vernahm, lächelte sie, dann atmete sie erleichtert auf, schmiegte sich an ihn und flüsterte: »Bei Allah, o mein Gebieter, du hast mich von einem Schmerz erlöst, der mich sehr gequält hat.«

So viel über Hassan und die Tochter des Wesirs ...

Der Ifrit indessen hatte sich beeilt, seine Gefährtin aufzusuchen. Nach einiger Zeit schwebten sie herbei, kamen durchs Fenster und machten sich unsichtbar und bewunderten die Schönheit des schlafenden Paares. Und der Ifrit sagte zur Fee: »Nun, meine Schwester, du siehst, dass ich Recht hatte. Denn sie ist doch noch schöner als er.«

»Aber nein«, rief die Fee, »siehst du denn nicht, dass er viel besser aussieht?«

Aber dann lachten sie, und der Ifrit sprach: »Gut, einigen wir uns – sie sind beide gleich schön. Welch ein Anblick!« Und er fügte hinzu: »Nun ist es an dir, den jungen Mann auf deine Arme zu nehmen und ihn nach dem Ort zurückzuschaffen, wo ich ihn aufgelesen habe, nämlich zum Friedhof zu Bassora. Ich will dir helfen. Doch beeilen wir uns, denn siehe, bald bricht der Morgen an.«

Da umschlang die Fee den schlafenden jungen Hassan und hob ihn auf, so wie er war, nur mit seinem seidenen Hemd bekleidet, und flog mit ihm davon, und der Ifrit flog hinterher.

Während die beiden durch die Lüfte schwebten, wandelte den launischen Ifriten plötzlich die Lust an, Hassan nicht nach Bassora zu bringen, sondern in eine andere Gegend zu entführen, und er geriet in Streit mit der Fee und griff sie an. Und sie wehrte sich, und sie rangen miteinander, und fast wäre Hassan herabgestürzt. Doch zu Hassans Glück bemerkte ein Engel hoch in den Lüften des Ifriten Absicht und schleuderte nach ihm einen Feuerstern. Denn Ifriten, die bestimmt sind, den Mächten des Guten zu dienen, werden gestraft von den Heeren des Himmels, wenn sie abtrünnig werden. Und wie ein Meteor entschwand der Ifrit in feurigem Rauch.

Die Fee aber, die noch recht verstört war von diesem Erlebnis, ließ Hassan sanft zu Boden gleiten und entschwand.

Es war aber bestimmt in Allahs Rat, dass sich dies ereignete nahe bei

Damaskus vor einem Tor der Stadt. Als man bei Tagesanbruch die Pforten öffnete und die Leute herauskamen, waren sie sehr erstaunt, einen fremden Jüngling schlafend vor der Stadt liegen zu sehen, nur mit einem Hemd bekleidet und auf dem Haupt eine Nachtmütze statt eines Turbans, und dazu noch ohne Hosen.

Doch da erwachte Hassan und bemerkte, dass er vor einem Tor lag, das er nicht kannte, und dass er von vielen Leuten umringt war. Und er war sehr überrascht, sprang auf und rief:»O ihr guten Leute! Sagt mir doch, ich bitte euch, wo ich bin?«

Und man erwiderte:»Weißt du denn nicht, dass du vor den Toren von Damaskus stehst? Wo hast du denn die Nacht verbracht?«

»Bei Allah!«, rief Hassan.»Was redet ihr da? Ich habe die Nacht in Kahira verbracht! Und ihr sagt, ich sei in Damaskus?«

Da gerieten sie alle in große Heiterkeit und redeten durcheinander:»Was bindest du uns da auf, o du Hosenloser?«

Doch Hassan sprach:»Ich versichere euch, dass ich die Nacht in Kahira verbrachte und die vorige Nacht in Bassora, meiner Heimatstadt!«

Da rief einer:»Was für ein Narr!« Und da begannen manche schallend zu lachen und in ihre Hände zu klatschen, und andere wieder sagten mitleidig:»Wie schade ist es doch, dass dieser hübsche junge Mann den Verstand verloren hat. Dabei sieht er gar nicht so aus.« Ein anderer aber, der ein wenig vernünftiger war, sprach zu Hassan:»Mein Sohn, nun fasse dich doch ein wenig, wache endlich auf und rede nicht solchen Unsinn!«

Darauf entgegnete Hassan:»Aber es ist wirklich wahr! Doch bei Allah, wo ist denn mein Turban, meine Hose und meine Kleidung? Und wo ist mein Beutel mit Geld?«

Er erhob sich und suchte nach seinen Gewändern, und die Leute lachten noch mehr.

Da entschloss sich denn der arme Hassan, in die Stadt einzutreten trotz seiner mangelhaften Bekleidung, und er sah sich gezwungen, die Straßen der Stadt zu durchwandern inmitten eines großen Gefolges von Kindern und Erwachsenen, welche lachten und schrien:»Ein Verrückter! Ein Verrückter! Halb nackt und ohne Hosen!«

Und Hassan wusste nicht, was er tun sollte. Doch Allah erbarmte sich seiner und lenkte seine Schritte zu einem Bäcker, der eben seinen La-

den öffnete. Dort stürzte Hassan hinein und suchte Zuflucht; und das Volk zerstreute sich allmählich.

Der alte Bäcker aber, der Ael-Hadschi Abdallah hieß, sah den jungen Hassan an und sprach zu ihm: »O Jüngling! Sage mir, woher du kommst, und sei ohne Furcht! Erzähle mir in Ruhe deine Geschichte, denn siehe, auf den ersten Blick schon bist du für mich wie ein lieber Sohn.«

Da erzählte Hassan dem Bäcker Abdallah seine ganze Geschichte vom Anbeginn bis zum Ende.

Und der Bäcker wiegte den Kopf hin und her und sprach zu Hassan: »Deine Geschichte ist voller Überraschungen und wunderbar. Doch rate ich dir, mein Sohn, sprich mit niemandem darüber; denn es ist bedenklich, so geheimnisvolle Dinge jedermann anzuvertrauen. Ich biete dir an, in meinem Hause zu wohnen, bis es Allah gefällt, ein Ende zu machen mit all dem Missgeschick, das über dich herfiel. Siehe, ich habe keine Kinder, und so würdest du mich sehr glücklich machen, wenn du mich ganz wie einen Vater ansehen wolltest – ja, es ist mein Wille, dich an Sohnes statt anzunehmen.«

Und Hassan sprach: »O mein gütiger Oheim, es möge geschehen nach deinem Wunsch.«

Da ging der Bäcker auf den Bazar, kaufte reiche Gewänder, kleidete Hassan ein und nahm ihn an Sohnes statt an.

So blieb denn Hassan in dem Laden des Bäckers, nahm das Geld von den Kunden in Empfang und verkaufte ihnen Backwaren und Zuckerzeug, Töpfchen mit eingemachten Früchten und kunstvolle Torten, Porzellanschalen mit wohlschmeckendem Mus und alle jene Süßigkeiten, für welche die Stadt Damaskus berühmt ist. Er lernte auch in kurzer Zeit die Kunst der Zuckerbäckerei, für die er eine besondere Neigung hatte, da in seiner Kindheit die Mutter, die Frau des Wesirs Nuraeddin in Bassora, in seiner Gegenwart solche Süßigkeiten zuzubereiten pflegte und er ihr es bisweilen nachgetan hatte. Bald war er in Damaskus bekannt, und der Laden des Zuckerbäckers Ael-Hadschi Abdallah wurde eine der größten und berühmtesten Konditoreien der ganzen Stadt. So viel über Hassan.

Die jung Vermählte aber, die Herrin der Schönheit, die Tochter des Wesirs von Ägypten, Schaemsaeddin Muhammed, erwachte, als der

Morgen graute, und bemerkte, dass Baedraeddin Hassan nicht mehr an ihrer Seite ruhte. Da dachte sie, er sei eben einmal hinausgegangen, und wartete auf seine Rückkehr. Inzwischen kam aber ihr Vater, der Wesir, um sich nach ihr zu erkundigen. Er war in großer Angst und sehr empört über die Ungerechtigkeit des Königs, der ihn gezwungen hatte, seine schöne Tochter einem Stallknecht zu vermählen. Und er pochte an die Tür des Brautgemachs und rief nach seiner Tochter. Sie aber kam dem Vater ganz munter entgegen, neigte sich über seine Hände und küsste sie.

Und der Wesir war wütend beim Anblick seiner Tochter, die auch noch erfreut schien über die Vereinigung mit jenem Rossknecht, statt traurig zu sein, und er rief: »O du Schamlose! Wie kannst du es wagen, mit so frohem Gesicht vor mich hinzutreten, nachdem du diesem übel riechenden Stallknecht angetraut wurdest, diesem Sohn eines Pavians?«

Da lächelte listig die Tochter und sprach: »Bei Allah, o mein Vater, lang genug hat dieser Scherz nun gedauert. Es war wirklich hart genug für mich, den Gästen zum Gelächter zu sein, die meiner spotteten wegen des angeblichen Gatten, jenes armseligen Buckels, der gegen meinen wirklichen Ehemann ja nur ein Stückchen Schmutz ist! Hör nun auf damit, o mein Vater, und erwähne diesen Rossknecht nicht mehr. Denn inzwischen, nicht wahr, kenne ich ja die Posse, die ihr mir aufgeführt habt, um dem bösen Blick zu wehren nach alter Sitte und um euern Spaß zu haben – und wahrlich, es war ein merkwürdiger Spaß!«

Da rief der Wesir: »O meine Tochter! Bist du wahnsinnig? Was redest du da? Und wo ist der Mann, den du deinen wirklichen Ehemann nennst?«

Da sprach die Tochter: »Er musste nur eben einmal hinaus.«

Da stürzte der Wesir nach jenem gewissen Orte, trat ein und fand dort den Buckligen in seiner erbarmungswürdigen Lage. Da war der Wesir höchst verblüfft und rief ihn an: »He, was treibst du denn da?«

Doch der Stallknecht murmelte nur Unverständliches, denn er dachte, es sei schon wieder der Ifrit, der zu ihm sprach.

Da wurde der Wesir zornig und schrie: »Antworte, wenn ich mit dir rede, du blöder Sohn eines Wildschweins!«

Da erwiderte der Stallknecht, den Kopf in dem Loch, mit dumpfer Stimme: »O großer Ifrit und Vater der Stiere, Gnade! Ich schwöre dir, dass ich mich wirklich die ganze Nacht nicht weggerührt habe von diesem Platz und dir Gehorsam leistete. Und das war nicht leicht, denn schlafen kann man in dieser Lage nur sehr schwer!«

Als der Wesir diese Worte hörte, fragte er: »Was sprichst du da? Ich bin kein Vater der Stiere, du Sohn eines Ochsen, sondern der Vater der Braut! Weder Stier noch Ifrit!«

Da stieß der Bucklige einen tiefen Seufzer aus und sprach: »Ach, dann hast du es gut und kannst fliehen. Und fürwahr, ich rate dir: Fliehe eilends, bevor der grausame Ifrit, dieser Dämon der Abtritte, wieder kommt! Im Übrigen will ich dich nie mehr sehen, denn du bist schuld an meinem Unglück; du und der König! Ihr habt mir die Geliebte von Büffeln, Eseln und Ifriten zur Ehe gegeben! Verflucht mögest du sein mitsamt deiner Tochter und dem ganzen Palast und diesem höchst üblen Ort!«

Da rief der Wesir: »Vorwärts und heraus aus dem Abtritt!«

Doch der Pferdeknecht schrie: »Bin ich verrückt, dass ich mich rühren sollte, ohne Erlaubnis des Ifriten? Seine letzten Worte waren: ›Rühre dich nicht, bevor die Sonne aufgeht!‹ So frage ich dich denn: Ist die Sonne aufgegangen oder nicht? Wenn sie nicht aufgegangen ist, dann rühre ich mich auch nicht.«

Da fragte der Wesir: »Was ist denn nur mit jenem Ifriten, von dem du dauernd sprichst?«

Und der Stallknecht erzählte ihm die ganze Geschichte und alles, was

ihm zugestoßen war seit dem vorigen Abend, und er endete mit den Worten: »Und deshalb soll diese Braut der Teufel holen samt dem Brautvater und dem ganzen Palast und dem verhexten Abtritt!« Und er stieß wütende und jämmerliche Seufzer aus. Da trat der Wesir heran, fasste ihn bei den Füßen und zog ihn aus dem Loch. Und der Stallknecht sah wahrhaft beklagenswert aus. Aber da bemerkte er, dass die Sonne schon aufgegangen war, und lief, was er laufen konnte, davon. Als er beim Palast des Königs angekommen war, ging er ächzend in seinen Stall und warf sich aufs Stroh. Und er beschloss, hinfort bei seinen Rössern zu bleiben und ein besserer Mensch zu werden. So viel über den Stallknecht.

Was aber den Wesir Schaemsaeddin betrifft, so kehrte er, völlig verwirrt, nach dem Gemach seiner Tochter zurück und sprach zu ihr: »O meine Tochter, erkläre mir doch bitte diese außergewöhnliche Sache!«

Sie sagte darauf: »O mein Vater! Das ist ganz einfach. Der schöne junge Mann, vor welchem ich gestern entschleiert wurde, ist mein Gemahl, und wenn du mir keinen Glauben schenkst, siehe, hier liegt sein Turban und sogar noch seine Hose neben dem Bett. In den Turban aber, wie ich eben sehe, ist etwas eingehüllt, das ich nicht erkennen kann. Ob ich einmal nachsehe?«

Als ihr Vater das hörte, trat er näher, nahm den Turban in die Hand und sprach: »Das ist ja ein Turban, wie ihn Wesire tragen! Was für ein schönes Stück!«

Dann wickelte er ihn neugierig auf und fand in den Turban eingenäht ein großes gefaltetes Papier, das er herausnahm. Dann hob er die Hosen auf und fand darin den Beutel mit den tausend Dinaren, und als er ihn öffnete, noch ein beschriebenes Blatt. Das las er, und es war die Bestätigung einer Zahlung von jenem Juden, der Hassan geholfen hatte, und er fand darauf den Namen ›Baedraeddin Hassan, Sohn Nuraeddin Alis aus Ägypten‹. Kaum hatte Schaemsaeddin das gelesen, da stieß er einen lauten Schrei aus und sank halb ohnmächtig zusammen, und die Tochter kniete neben ihm.

Als er wieder zu sich gekommen war und den Sinn des Schriftstückes ganz erfasst hatte, rief er aus: »Allah ist groß! Weißt du, o meine Tochter, wer dein Mann geworden ist? Weißt du Näheres von ihm?«

»Nein!«, sagte sie. »Näheres schon; aber nicht, wo er herkommt.«
Da sprach der Wesir: »Er ist der Sohn meines Bruders, dein Vetter, und diese tausend Dinare sind deine Morgengabe. Lob und Preis sei Allah – und nun möchte ich nur wissen, wie sich alles zugetragen hat!«
Dann öffnete er das gefaltete Papier, das er im Turban eingenäht gefunden hatte, und bemerkte, dass es abgefasst war in der Handschrift seines Bruders Nuraeddin, des Vaters von Baedraeddin Hassan. Als er diese Handschrift erkannte, küsste er sie und beweinte seinen toten Bruder.
Dann nahm er das Blatt und fand darin verzeichnet den Tag von seines Bruders Vermählung mit der Tochter des Wesirs von Bassora, sodann die Stunde der Geburt Baedraeddin Hassans und schließlich die ganze Geschichte seines Bruders bis zum Tage seines Todes. Da verglich er die Zeiten mit den Daten seiner eigenen Vermählung und der Geburt seiner Tochter und siehe, er fand, dass sie geheimnisvoll übereinstimmten. Und er nahm dieses Schriftstück und ging damit zum König und machte ihn bekannt mit allem, was vorgefallen war, vom Anbeginn bis zum Ende. Da geriet der König in größte Verwunderung und ordnete an, dass dieser seltsame Vorfall in den Büchern und Chroniken aufgezeichnet werde. Und er sprach: »Allahs Wege sind wunderbar!«
Der Wesir indessen verbrachte den Tag damit, seines Bruders Sohn zu erwarten; doch er kam nicht. Und er wartete einen zweiten und einen dritten Tag und er wartete weiter bis zum siebenten Tage, ohne die geringste Nachricht von ihm zu erhalten.
Da nahm er Feder und Schreibzeug und zeichnete auf ein Blatt Papier einen genauen Plan des Hauses, auf dem zu sehen war, wo sich das Schlafgemach befand und wo ein Vorhang war und wo ein Ruhebett, und er vermerkte alles, was sich in dem Raum befand. Dann nahm er den Turban, die Beinkleider und alles Übrige, legte es zusammen und verschloss alles, mitsamt jenem Plan, mit großer Sorgfalt in seinem Palast. Und er sagte niemandem, warum er das tat.
Was aber seine Tochter betrifft, so schenkte ihr Allah, als die Zeit erfüllt war, einen Sohn, der war schön wie der Mond und das Abbild seines Vaters an Ebenmaß und Anmut. Sie übergaben den Knaben

den Ammen und nannten ihn Adschib, das bedeutet: Der Wunderbare.

Und Adschib wuchs heran, und die Zeit verging, und ein Monat war wie ein Tag und ein Jahr wie ein Monat. Als aber sieben Jahre vergangen waren, da sandte ihn sein Großvater Schaemsaeddin in die Schule, und in der Schule blieb er vier Jahre.

Und der kleine Adschib begann eines Tages die andern Knaben in der Schule zu stoßen und zu hänseln und sprach: »Wer von euch ist von so edlem Blut wie ich? Hahi, ich bin der Sohn des Wesirs von Ägypten!«

Da taten sich die Knaben zusammen und wollten ihn strafen und verprügeln, aber er war sehr stark. Und einige beklagten sich beim Lehrer und wollten Adschibs Benehmen nicht länger erdulden. Da sprach der Lehrer zu ihnen: »Ich will euch sagen, was ihr ihm antun könnt, auf dass ihm solcher Hochmut vergeht. Wenn er morgen kommt, so versammelt euch zum Spiel, und dann möge einer von euch laut zu einem anderen sagen: ›Bei Allah, keiner soll bei diesem Spiel mittun, der nicht den Namen seiner Mutter und seines Vaters sagen kann.‹« Und er gab ihnen Weisungen.

Als nun der Morgen anbrach, kamen die Knaben in die Schule und Adschib mit ihnen. Da sprach einer von ihnen: »Wir wollen ein Spiel spielen und nur der darf teilnehmen, welcher den Namen seiner Mutter und seines Vaters nennen kann.« Und Adschib sagte: »Was für ein dummes Spiel!«

Doch alle anderen riefen: »O ja, das wollen wir tun!«

Dann begann gleich einer von ihnen: »Mein Name ist Madschi und meine Mutter heißt Alawija und mein Vater Izzaeddin!«

Dann sprach ein anderer und ein dritter, bis endlich die Reihe an Adschib kam, und er sagte: »Mein Name ist Adschib und meine Mutter heißt Sitt ael-Hus'n und mein Vater ist Schaemsaeddin, der Wesir von Kahira.«

Da riefen die Knaben: »Unsinn, Unsinn! Der Wesir ist doch nicht dein Vater!«

Und Adschib rief: »Doch! Der Wesir ist mein Vater!«

Da lachten die Knaben, klatschten in die Hände und riefen: »Er weiß nicht, wer sein Vater ist! Er weiß nicht, wer sein Vater ist! Mach dich

davon, denn niemand soll mit uns spielen, der nicht seines Vaters Namen weiß!«

Und sie liefen davon und lachten. Da wurde Adschib sehr traurig, und er begann zu weinen und wusste nicht, was er tun sollte.

So aber sprach der Lehrer zu ihm: »Höre, Adschib! Wir wissen, dass der Wesir dein Großvater ist und der Vater deiner Mutter; was aber deinen Vater betrifft, so kennen wir ihn nicht, noch kennst du ihn, noch kennt ihn sonst irgendjemand. Wir wissen nur, dass der König deine Mutter mit einem buckligen Stallknecht vermählt hat. Du bist jetzt groß genug, um nicht mehr länger Großvater und Vater zu verwechseln. Merke dir denn: Der Wesir Schaemsaeddin ist dein Großvater, und dein Vater ist leider unbekannt. Und wenn du das begriffen hast, dann wirst du hoffentlich bescheidener werden. Lerne also daraus, denn Hochmut ist vom Übel!«

Als Adschib diese Worte des Lehrers vernommen hatte, lief er zu seiner Mutter, und die Tränen erstickten seine Stimme, so dass er lange nicht sprechen konnte. Da ergriff Mitleid die Mutter, und es brannte ihr Herz. Und sie sprach: »O mein Sohn! Warum weinst du so? Erzähle mir, was dir zugestoßen ist!«

Und er erzählte ihr alles, was er von den Knaben und dem Lehrer vernommen hatte, und fragte: »Und wer, o Mutter, ist nun wirklich mein Vater?«

Sie aber sagte: »Dein Vater ist der Wesir von Ägypten.«

Doch er rief: »Nein, nein, das will ich nicht mehr hören! Der Wesir ist dein Vater, nicht meiner! Der Wesir ist mein Großvater, das weiß ich jetzt! Wer also ist mein Vater? Wenn du mir nicht die Wahrheit sagst, dann werde ich nie wieder froh, dann will ich nie wieder meine Freunde und meinen Lehrer sehen und dann möchte ich überhaupt am liebsten sterben!«

Als seine Mutter ihn so sprechen hörte, weinte sie, und alle Erinnerungen an ihren Vetter stiegen in ihr auf, und der alte Vers fiel ihr ein:

Er ging, und mit sich nahm er meine Freude.
Ich wartete getreu – doch finster ward mein Herz.

Und sie wusste nicht, wie sie das alles ihrem kleinen Sohn erklären sollte.

Da aber trat der Wesir ein und fragte: »Warum weint ihr denn, o ihr Trauerweiden?«

Da berichtete ihm denn die Herrin der Schönheit von allem, was vorgefallen war. Betrübt schüttelte der Wesir den Kopf und dachte an die Dinge, die damals bei der Hochzeit seiner Tochter vorgefallen waren, und wie er nicht im Stande gewesen war, das Geheimnis zu ergründen. Und plötzlich erhob er sich, ging geradenwegs zum Audienzsaal des Königs und bat ihn um Erlaubnis, nach der Stadt Bassora reiten zu dürfen, auf dass er noch einmal Erkundigungen einziehe nach seines Bruders Sohn. Des Ferneren erbat er vom König Geleitbriefe und Vollmachten, die es ihm ermöglichen sollten, überall Nachforschungen anzustellen und seinen Neffen zurückzubringen. Als er vor dem König in Tränen ausbrach, wurde der Herrscher gerührt und stellte ihm die gewünschten Handschreiben aus, gerichtet an die Statthalter aller seiner Provinzen und an die Herrscher der benachbarten Länder. Da freute sich der Wesir über diese Gnade, wünschte Allahs Segen auf das Haupt des Königs und kehrte heim nach seinem Hause.

Dort traf er die nötigen Vorbereitungen zu seiner Reise, nahm den kleinen Adschib mit sich und brach auf. Er reiste einen Tag um den andern, bis er nach der Stadt Damaskus kam.

In Damaskus hielt der Wesir auf dem offenen Platze, der Ael-Hasa heißt, ließ Zelte aufschlagen und sprach zu seinen Sklaven:»Hier machen wir eine Rast von zwei Tagen!«

Da ging denn der eine in die Stadt, um etwas zu kaufen, der zweite, um ein Bad zu nehmen, der dritte, um sich ein wenig umzuschauen, und wieder andere beeilten sich, die große Moschee zu besuchen, die im Mittelpunkt der Stadt liegt und nicht ihresgleichen hat auf Erden.

Was nun Adschib betrifft, den Sohn der Tochter des Wesirs, so ging auch er, von einem schwarzen Sklaven begleitet, in die Stadt, auf dass er sich zerstreue und unterhalte. Und es war so gekommen, dass sein Hochmut verflogen war seit jenem bösen Spiel, und er war stiller und bescheidener geworden, und jedermann hatte ihn gern. Der Sklave aber ging wenige Schritte hinter dem Knaben her, bewaffnet mit einem gewaltigen Knüppel, mit dem hätte man ein Kamel erschlagen können. Denn der Diener kannte die Bewohner von Damaskus und wusste, wie es zuging in dieser Stadt, und er wollte verhindern, dass fremde Leute Adschib zu nahe kämen. Und er hatte sich nicht geirrt, denn kaum hatten die Einwohner den schönen Adschib erblickt, als ihnen sein ungewöhnlicher Liebreiz auffiel; und er war ja wirklich bezaubernd wie der Nordwind und süß wie klares Wasser und fremdartig schön wie ein Traum. So kamen denn allerlei Neugierige aus den Häusern und folgten Adschib und dem Sklaven und liefen hinter ihnen her, trotz des großen Knüppels. Und es geschah durch den Willen Allahs, des Allmächtigen, dass sie auf ihrem Weg an einer großen Konditorei vorbeikamen und davor stehen blieben.

Es war dies aber der Laden von Baedraeddin Hassan, dem Vater des Adschib. Der alte Zuckerbäcker nämlich war inzwischen gestorben, und Hassan war sein Erbe geworden.

Als nun Adschib und sein Sklave vor dem Laden standen, blickte Hassan von seinen Geschäften auf und bemerkte den Knaben. Und sogleich flog sein Herz ihm entgegen, und er war seltsam bewegt, und das Blut sprach zum Blute. Liebe erfüllte sein Herz, und ganz hingerissen rief er den Knaben an und sprach:»O du, der mein Herz be-

zwang! Willst du nicht näher treten? Ein Fremder scheinst du in dieser Stadt, aber siehe, mir kommst du vertraut vor, als kennte ich dich schon lange. Nimm dir von meinen Kuchen, was dir gefällt, ich will es dir nicht verkaufen, sondern dich bewirten als meinen Gast!« Und nach diesen Worten wurde Hassan noch bewegter, denn plötzlich erinnerte er sich, was er einst gewesen und was er jetzt war.

Als Adschib aber die Worte seines Vaters vernahm, wurde auch er zu ihm hingezogen und er sah nach dem Sklaven und sprach: »Wahrhaftig, mein guter Wächter, mein Herz fühlt sich hingezogen zu diesem fremden Konditor. Vielleicht, dass er fern von seinem Sohn weilt und ich ihn an sein Kind erinnere. So lass uns denn eintreten in seinen Laden und seine Gastfreundschaft annehmen!«

Als der Schwarze diese Worte hörte, rief er: »Bei Allah, o mein junger Gebieter, das ist nicht möglich! Soll man den Sohn eines Wesirs in einem ganz gewöhnlichen Laden irgendeines ganz gewöhnlichen Konditors in aller Öffentlichkeit speisen sehen? O nein! Wir sind feine Leute und kein gewöhnliches Volk! Und wenn du es etwa nur deshalb willst, weil dir diese nichtsnutzigen Gaffer lästig sind, die uns unverschämterweise folgen, so sei ohne Sorge! Denn dann nehme ich diesen Knüppel und zeige dem faulen Volk einmal, was wir von ihm halten!«

Da fühlte sich Adschib von seinem Begleiter gänzlich missverstanden und wollte ihm klar machen, worum es ging, und war ganz verwirrt und rief: »Wirklich, mein Herz liebt ihn doch!«

Doch der Sklave sagte tadelnd: »Was sind das für Redensarten! Über einen Zuckerbäcker! Das gehört sich nicht, und es ziemt sich auch nicht, in diese Konditorei zu gehen, jedenfalls nicht für einen feinen jungen Mann!«

Da wandte sich Adschib an den Schwarzen und sprach: »Aber mein Lieber! Warum willst du mir nicht die große Freude machen, mit mir zusammen diese hübsche Konditorei zu besuchen? Sie ist fein genug! Und so fein wie du möchte ich gar nicht sein! Sei nicht gar so finster an diesem heiteren Tag – du, der du äußerlich zwar schwarz bist wie eine geröstete Kastanie, doch in deinem Herzen so weiß wie der Kastanie Kern!«

Da freute sich der Sklave, und er nahm Adschib an der Hand und betrat mit ihm die Konditorei.

Und Hassan nahm eine Schale, füllte sie mit Mus von Granatäpfeln, legte Mandelkerne darauf und streute Zucker darüber. Dann sprach er: »Ihr habt mich beehrt mit eurer Gesellschaft: so speist denn, und möge Glück und Gesundheit euer Los sein!«

Da erwiderte Adschib und sprach: »Sitz nieder und iss mit uns! Seien wir freundlich zueinander – vielleicht lohnt es uns Allah und vereint uns mit dem, wonach wir uns sehnen.«

Hassan sagte erstaunt: »O mein Sohn! Ist es an dem, dass du in deinen jungen Jahren schon Kummer erduldet hast durch Trennung von deinen Lieben? Nach wem sehnst du dich denn?«

Und Adschib sprach: »Ach, nach meinem Vater! Denn wisse, mein Großvater ist mit mir ausgezogen, die Welt nach ihm zu durchsuchen.«

Und schon kamen ihm die Tränen, und er schluchzte, während er die schönen Granatäpfel aß, und sein Vater weinte mit ihm, teils weil ihn das Schluchzen ansteckte und er ganz mitleidig wurde, teils weil er an sein eigenes Schicksal denken musste und an die Trennung von seinen Freunden und von seiner Mutter. Da wurde denn allmählich auch der Sklave angesteckt, und schließlich schluchzten sie alle drei. Trotzdem aßen sie aber tüchtig, bis sie gesättigt waren, worauf sich der Sklave mit Adschib erhob und den Laden verließ. Denn noch länger zu bleiben und noch dazu schluchzend schien ihm äußerst unfein.

Da war es nun Hassan, als hätte seine Seele den Leib verlassen und wäre mit den beiden gegangen, und er konnte es ohne diesen Knaben gar nicht mehr aushalten, und dabei wusste er doch gar nicht, dass Adschib sein Sohn war. So schloss er denn seinen Laden und eilte hinter ihnen her; und er ging so schnell, dass er sie noch einholte, bevor sie zum westlichen Tor der Stadt gekommen waren.

Dort bemerkte ihn der Sklave und sprach: »Da bist du ja schon wieder! Was soll denn das?«

Und Hassan sagte: »Als ihr mich verließet, schien es mir, als hättet ihr meine Seele mit euch genommen! Nun, und da ich ohnehin außerhalb der Stadt Geschäfte zu erledigen habe, so gedachte ich, euch zu begleiten.«

Da ärgerte sich der Sklave und sprach zu Adschib: »Siehst du! Eben

dies war es, was ich befürchtete. Da haben wir einen Mund voll miteinander gegessen, und schon folgt uns dieser Bursche, als wären wir
alte Freunde oder gar Verwandte, und läuft uns nach und belästigt
uns mit seinem Zuckerbäcker-Geschwätz! Ich sage dir, das Volk ist
hier aufdringlicher als die Fliegen!« Und er fasste seinen Knüppel.
Auch Adschib fand das Betragen Hassans übertrieben, und er errötete
und wurde vor lauter Ratlosigkeit zornig und flüsterte: »Wahrhaftig,
ein merkwürdiger Mensch! Nun, den Knüppel lass lieber beiseite.
Aber wenn wir zu unserem Lager abbiegen und er uns immer noch
nachläuft, dann wollen wir ihm einen Denkzettel geben, dass er es
lernt, sich um seine eigenen Angelegenheiten zu kümmern!«
Dann senkte Adschib seinen Kopf und setzte unsicher seinen Weg
fort, und einige Schritte nach ihm schritt würdevoll der Sklave, und
Hassan ging verlegen hinter ihnen her. Und er folgte ihnen bis zu dem
Platz Ael-Hasa, und als sie sich den Zelten näherten, wandten sie ihren Blick und sahen ihn noch immer an ihre Fersen geheftet. Nun
wurde Adschib böse, denn er fürchtete, der Sklave könne seinem
Großvater erzählen, dass er sich schlecht betragen und heimlich eine
Konditorei besucht und sich als Nachkomme eines Wesirs recht un-
ziemlich mit einem fremden Zuckerbäcker eingelassen habe, der vielleicht ein übler Mensch war. Und er schämte sich.
So wandte er sich denn um und sah nach Hassan, dessen Blick er wie
gebannt auf sich gerichtet fand, und Hassan wirkte in der Tat wie ein
seelenloser Körper. Sein Auge aber erschien dem unerfahrenen Adschib ein heimtückisches Auge, und er glaubte nun wirklich, dass jener ein übler Bursche sei.

Da wuchs sein Zorn, er bückte sich nieder, nahm einen kleinen Stein
und schleuderte ihn nach Hassan. Und er traf ihn genau an der Stirn
und riss sie auf zwischen den Brauen, und das Blut schoss hervor. Da
blieb Hassan benommen stehen, während Adschib und der Diener,
ohne näher hinzublicken, rasch zu den Zelten eilten. Adschib aber
ahnte nicht, dass er Hassan verletzt hatte, und er bereute es bald, mit
einem Stein nach ihm geworfen zu haben. Doch seltsam verknüpfte
sich alles an diesem Tag, als lenkten gute Geister seine Schritte und
böse seine Hände.

Als nun Hassan zu sich gekommen war, wischte er das Blut weg, riss ein Stück seines Turbantuches herab, verband die Wunde, machte sich Vorwürfe und murmelte: »Bei Allah, was ist nur in mich gefahren! Denn dumm und unüberlegt benahm ich mich, als ich meinen Laden schloss und diesem Knaben folgte, und so unwürdig führte ich mich auf, dass jener leicht auf den Gedanken kommen konnte, ich folgte ihm in irgendeiner bösen Absicht. Kein Wunder, dass er da mit Steinen warf.« Dann kehrte er heim nach seinem Laden und kam sich sehr hilflos vor und sehr einsam, und er versenkte sich schließlich in die Beschäftigung mit seinen Süßigkeiten.

Was aber den Wesir betrifft, seinen Oheim, so verweilte er in Damaskus drei Tage, brach dann auf nach Amesa, durchwanderte diese Stadt und zog Erkundigungen ein und tat ebenso in jedem Ort, wo er rastete. Dann zog er über Hama und Alep durch Maridin und Mossul, überall auf vergeblicher Suche, und gelangte endlich nach Bassora. Sobald er dort eine Herberge gefunden hatte, machte er sich auf und erschien vor dem König, der ihn mit allen Ehren empfing, die einem Wesir zukamen, und ihn nach der Ursache seines Kommens fragte. Da machte ihn der Wesir mit seiner Geschichte bekannt und teilte ihm mit, dass Nuraeddin sein Bruder gewesen sei.

Da rief der König: »Allah möge ihm gnädig sein!« Und er fügte hinzu: »Mein Freund! Er war mein Wesir während fünfzehn Jahren, und ich liebte ihn sehr. Als er starb, hinterließ er einen Sohn namens Hassan Baedraeddin, der mein Günstling war, und ich hatte ihn fast noch lieber als seinen Vater. Doch seltsam war sein Benehmen seit seines Va-

ters Tod. Und plötzlich verschwand er, und wir konnten nichts mehr über ihn erfahren. Aber seine Mutter lebt noch in der Stadt.«

Als Schaemsaeddin vernahm, dass die Mutter seines Neffen noch am Leben sei, freute er sich und sprach: »O mein Herr und König! Ich wünschte sehr, sie zu sprechen.«

Da beurlaubte ihn der König, damit er sie besuchen könne. Er begab sich sofort nach Nuraeddins Haus und sah traurigen Auges auf all die Dinge, die darin waren, und er seufzte und erinnerte sich, wie er getrennt worden war von seinem Bruder und ihn nun auf ewig verloren hatte.

Dann ging er weiter, bis er zu den Gemächern von seines Bruders Witwe kam, der Mutter Baedraeddin Hassans. Die aber hatte keinen Frieden gefunden seit dem Verschwinden ihres Sohnes, und teilnahmslos verbrachte sie die hellen Stunden und die dunklen. Als allmählich die Jahre gewachsen waren mit ihr, hatte sie ein marmornes Grabmal in der Mitte des Saales errichtet und verbrachte viel Zeit davor, am Tag und in der Nacht, mit Klagen um ihren verschollenen Sohn.

Als sich nun der Wesir ihren Gemächern näherte, vernahm er ihre Stimme, wie sie gerade die Verse sprach:

»Du bist, o Grab, weder Erde noch Himmel! Und dennoch –
Für mich sind Sonne und Mond und die Erde versunken in dir.«

Während sie sich so ihrer Trauer hingab, trat der Wesir bei ihr ein, begrüßte sie und sagte ihr, er sei ihres Mannes Bruder. Und er erzählte ihr alles, was zwischen ihm und seinem Bruder vorgefallen war, und die ganze Geschichte, wie ihr Sohn Baedraeddin Hassan vor zwölf Jahren die Hochzeitsnacht bei seiner Tochter verbracht hatte und am Morgen verschwunden war. Er endete aber mit den Worten: »Und meine Tochter gebar einen Knaben, der mit mir kam; und das ist deines Sohnes Sohn.«

Als sie vernahm, dass ihr Sohn Baedraeddin noch am Leben sei und dass sie einen Enkel habe, da weinte sie vor Freude.

Doch Schaemsaeddin sprach: »Es ist nicht die Zeit, zu weinen! Es ist die Zeit, dich bereitzumachen, um mit uns nach dem Lande Ägypten zu reisen, denn möglich ist es, dass Allah dich und mich mit deinem Sohne und meinem Neffen vereinigen will.«

Da erwiderte sie: »Ich höre und gehorche!«

Dann erhob sie sich, packte alles zusammen, was notwendig war, und kleidete sich und ihre Sklavinnen für die weite Reise, während der Wesir nach dem Palast ging, um sich von dem König von Bassora zu verabschieden. Und der König übergab ihm kostbare Geschenke für den König von Ägypten.

Dann brach der Wesir mit den Seinen auf und unterbrach seine Reise nicht eher, bis dass er wieder in Damaskus war, wo er am gewohnten Ort sein Lager aufschlug und zu seinem Gefolge sprach: »Wir wollen für sieben Tage Halt machen.«

Da erinnerte sich Adschib und sprach zu seinem Begleiter: »Mein Lieber, ich möchte ein wenig Zerstreuung haben. Komm denn und lass uns nach dem großen Bazar von Damaskus gehen und sehen, was aus dem Zuckerbäcker geworden ist, dessen Süßigkeiten wir aßen und nach dem wir mit Steinen warfen! Denn eigentlich war er sehr freundlich zu uns, und wir haben es ihm schlecht gelohnt!«

Und der Diener erwiderte: »Es sei, wie du wünschest!«

Denn obwohl er das alles unfein fand, gelüstete ihn nach Süßigkeiten, und er kam mit. Und sie zogen durch das Tor in die Stadt und gingen durch die Straßen, bis sie zu jenem Laden kamen, wo Hassan an der Tür lehnte. Es war am späten Nachmittag, und er hatte zufällig gerade ein süßes Mus aus Granatäpfeln zubereitet, wie damals bei ihrem ersten Besuch.

Als die beiden näher herangekommen waren und Adschib Hassan erblickte, fühlte er sich wiederum unwiderstehlich hingezogen zu ihm, und er sprach: »Friede sei mit dir! Wisse, dass meine Seele bei dir ist!«

Und als Baedraeddin auf seinen Sohn blickte, erzitterte sein Herz, sein Haupt sank nieder und er versuchte, seinen Gefühlen Ausdruck zu geben, doch er vermochte es nicht und fand keine Worte. Endlich hob er bescheiden sein Haupt und sagte leise: »Bring Heilung meinem Herzen, verweile hier ein wenig und iss von meinen Süßigkeiten, denn, bei Allah, ich konnte dich nicht vergessen! Gewiss hätte ich dir an jenem Tage nicht folgen sollen, doch ich war wie von Sinnen.«

Da erwiderte Adschib: »Bei Allah, erinnere uns nicht daran! Hoffentlich geschieht heute nicht wieder so etwas. Bevor wir daher mit dir essen, schwöre mir, uns nicht wieder nachzugehen und mich zu verfol-

gen! Sonst würden wir dich nie wieder besuchen während unseres jetzigen Aufenthaltes, denn wisse, eine ganze Woche bleiben wir hier.«

Und Hassan sagte: »Ich verspreche es dir!«

Da traten Adschib und der Diener ein, und Hassan setzte ihnen wie damals eine Schale Granatapfelmus vor.

Und Adschib sprach: »Sitz nieder und iss mit uns, auf dass Allah unsere Trauer vernichte!«

Und Hassan saß nieder und speiste mit ihnen, und sie aßen, bis sie nicht mehr konnten. Dann erhob sich Hassan, goss Wasser über ihre Hände, besprengte sie mit Rosenwasser, ging hinaus und brachte einen großen Krug Scherbet, der war mit Moschus parfümiert und gekühlt. Und Adschib nahm den Krug und trank und reichte ihn dem Diener, und der trank auch und reichte ihn an Hassan weiter. So ging es in der Runde, bis sie mehr im Magen hatten, als ihnen lieb war.

Dann gingen sie fort und eilten, die Zelte zu erreichen. Und Adschib ging zu seiner Großmutter, die ihn küsste und fragte: »O mein Sohn! Wo bist du die ganze Zeit gewesen?«

Und Adschib erwiderte: »Ach, in der Stadt.«

Da erhob sie sich und setzte vor ihn eine Schale mit Mus von Granatäpfeln – doch mit bedeutend weniger Zucker und Zutaten als bei Hassan – und sprach zu dem Diener: »Sitz nieder mit deinem Gebieter!«

Da sprach der Sklave bei sich in seiner Seele: »Bei Allah, davon hätten wir wohl genug! Ich kann kaum noch den Geruch von Granatapfelmus ertragen!«

Doch saß er nieder und mit ihm Adschib. Und Adschib nahm ein Stück Gebäck und tauchte es in das Mus und versuchte zu essen, doch er fand es zu wenig gesüßt, und da er übersättigt war, schmeckte es ihm im Vergleich mit Hassans Mus abscheulich. Da sprach er: »Nein! Was ist das für ein ungenießbares Mus!«

Erstaunt und verärgert rief die Großmutter: »Aber mein Kleiner! Findest du etwa gar mein Essen schlecht. Das hat mir noch niemand gesagt! Und niemand ist im Stande, dieses Mus so gut zuzubereiten wie ich, es sei denn

dein Vater Baedraeddin Hassan, der immer so gerne kochte und Kuchen buk.«

Adschib sagte darauf: »Bei Allah, o mein Großmütterchen, diese Speise ist aber wohl doch nicht so ganz gelungen, denn eben waren wir bei einem Konditor, der ein Granatapfelmus zubereitet hatte, bei dem allein schon der Geruch einen Trauernden fröhlich und einen Satten wieder hungrig machen konnte! Von dem Geschmack wollen wir erst gar nicht reden. Nein, damit verglichen ist dieses Mus hier wirklich nichts wert, verzeih es mir, oder nur sehr wenig, so Leid es mir tut.«

Als seine Großmutter diese Worte vernahm, wurde sie zornig und warf einen wütenden Blick nach dem Diener und sprach zu ihm: »O du schwarzes Kamel, willst du meinen Enkel verderben? Hast du ihn womöglich in eine gewöhnliche, fremde Konditorei geführt?«

Da erschrak der Diener, leugnete und sprach: »Wir gingen nicht in die Konditorei, o nein, wir gingen bloß daran vorüber.«

Doch Adschib rief: »Was? An so einer Konditorei kann man gar nicht vorübergehen! Natürlich sind wir hineingegangen, und wir haben so lange gegessen, bis uns das Mus schon beinahe bei den Nasenlöchern herauskam! Und es war wirklich sehr viel besser als dieser spärlich gezuckerte Brei, verzeih es mir!«

Da erhob sich seine Großmutter, ging wütend fort und erzählte die Sache dem Wesir, der sehr aufgebracht war gegen den Sklaven, sogleich nach ihm sandte und ihn fragte: »Warum hast du meinen Enkelsohn in eine sicherlich anrüchige Konditorei geführt? Gehört sich das für einen Sohn von Wesiren? Und habe ich es dir nicht verboten?«

Der Sklave aber erwiderte in seiner Angst: »Wir gingen ja gar nicht hinein!«

Aber Adschib sprach wieder: »Wir gingen doch hinein! Und wir aßen Granatapfelmus, bis wir voll waren bis hierher! Und Scherbet haben wir auch noch getrunken!«

Da wuchs des Wesirs Zorn, und er fragte den Sklaven von neuem. Und als der Sklave fortfuhr zu leugnen, sprach der Wesir zu ihm: »Wenn du die Wahrheit sprichst, so sitz nieder und iss auf der Stelle dieses Mus auf!«

Da saß er nieder und versuchte zu essen; doch er vermochte es nicht und musste den ersten Mund voll Mus, den er mit gequälter Miene

gelöffelt hatte, wieder ausspeien. Da rief er: »O mein Herr und Gebieter, erspare mir das! Ich bin schrecklich übersättigt!«

So wusste denn der Wesir, dass der Sklave gelogen hatte, und befahl den Dienern, das Bambusrohr zu holen und damit ein wenig des Sklaven Kehrseite zu bearbeiten. Da dieser Sklave aber seines Hochmutes wegen und weil er immer so fein sein wollte, wenig beliebt war, freuten sich die Diener und prügelten ihn kräftig. Da schrie er laut: »Au, au, au! Allah hilf! O mein Gebieter, lass mich nicht länger prügeln, ich will dir auch die Wahrheit sagen!«

Da ließ der Wesir innehalten, schickte die Diener fort und sagte: »Nun sprich die Wahrheit.«

Und der Sklave sprach: »Wisse, o mein Herr und Gebieter, dass wir in einer Konditorei waren, die aber ganz gewiss nicht anrüchig ist, sondern sehr fein. Wir aßen dort Granatapfelmus – und bei Allah, niemals in meinem Leben aß ich etwas so Feines!« Dann aber sah er ängstlich die Großmutter an und fügte hinzu: »Aber dieses Mus hier, das ich essen sollte, ist freilich auch nicht übel!«

Dennoch aber wurde Baedraeddin Hassans Mutter böse und sprach: »Da hast du einen halben Dinar. Nun kehre sofort zurück nach dem Laden jenes Konditors und bringe mir eine Schale von dem Granatapfelmus, das er in seinem Laden hat, und zeige es deinem Herrn und Gebieter, auf dass er entscheide, welches von beiden besser und wohlschmeckender ist, das meine oder das seine! Das wollen wir doch einmal sehen!«

Und der Diener sagte hastig: »Ich hole es sofort.« Und er enteilte.

Als er aber in Hassans Laden war, sagte er: »O König der Konditoren! Wir haben eine Wette abgeschlossen, ob deine Künste wohl der Kochkunst in meines Gebieters Hause überlegen sind, denn auch bei uns versteht man, Mus von Granatäpfeln zuzubereiten. So gib mir denn für einen halben Dinar von deinem Mus und sieh zu, dass es auch wirklich besonders fein ist! Denn deinetwegen habe ich bereits sehr unfeine Hiebe mit dem Rohrstock erhalten, au wehe! Enttäusche mich also nicht, sonst bekomme ich womöglich noch mehr!«

Da lachte Hassan und erwiderte: »Niemand außer mir vermag diese Speise so zuzubereiten, wie sie zubereitet werden muss, es sei denn meine Mutter, und die ist leider weit von hier!«

Dann füllte er die Schale, verfeinerte das Gericht mit Moschus und Rosenwasser und schlug die Schale behutsam in ein Tuch. So gab er es dem Diener, der eiligst damit zurückkehrte.

Kaum hatte Hassans Mutter davon gekostet und den Geschmack wahrgenommen, da erkannte sie, wie ausgezeichnet es war, und sie wusste, dass nur einer es sein konnte, der dieses Mus in solcher Vollendung zu kochen verstand. Da schrie sie auf und rief: »Kein anderer als mein Sohn ist es, der dieses Mus gekocht hat! Der Besitzer jener Konditorei ist mein Sohn Baedraeddin Hassan! Daran ist gar kein Zweifel möglich! Nur ich allein und er, nur wir beide können dieses Gericht bereiten, und ich war es, die es ihn lehrte!«

Als der Wesir diese Worte vernahm, freute er sich, dachte einen Augenblick nach, erhob sich, ging zu seinem Gefolge und sprach: »Auf mit euch! Nehmt Stöcke und Prügel und eilt zu jener Konditorei und schlagt dort alles zusammen! Den Konditor aber fesselt, bindet ihm mit dem Turban die Hände und sprecht zu ihm: ›Da ist ja dieser Koch, der das üble Gericht von Granatäpfeln bereitet hat!‹ Dann bringt ihn mit Gewalt hierher. Achtet aber darauf, dass ihr ihm nicht wehtut und dass ihm nichts Übles geschieht.«

Dann erhob sich der Wesir und stieg zu Pferde und machte sich auf, den Statthalter von Damaskus zu besuchen. Sobald er vorgelassen war, wies er ihm nach den üblichen Begrüßungen die Geleitbriefe und die Befehle seines Herrn und Gebieters, des Königs von Ägypten, vor. Und der Statthalter verneigte sich und führte den königlichen Befehl zum Zeichen der Ehrerbietung an seine Stirn. Dann wandte er sich an den Wesir und sprach: »Gebiete! Was ist dein Wunsch?«

Der Wesir sagte darauf: »Oh, es ist nur ein Konditor – den würde ich gerne verhaften und mitnehmen!«

Und der Statthalter rief: »Aber bitte! Aber gern! Wenn es nichts weiter ist!«

Und der Wesir sagte: »Aber es ist euer bester Zuckerbäcker!«

»Das macht nichts!«, sagte der Statthalter. »In Damaskus gibt es noch viele. Tue mit ihm, was du willst, und niemand darf dich hindern! Möchtest du noch etwas? Vielleicht einen Fleischer oder einen Koch?«

»Nein, nein«, sprach der Wesir, »der Zuckerbäcker genügt. Aber willst du gar nicht wissen, warum?«

»Aber nein«, sagte der Statthalter, »was schert es mich! Es gibt ohnehin viel zu viele Zuckerbäcker in dieser Stadt, in der sich jedermann den Magen verdirbt! So zieh denn hin in Frieden!«

Da verabschiedete sich der Wesir und ging in sein Lager. Seine Leute aber plünderten mit Vergnügen Hassans Laden, banden ihn und führten ihn mit sich, während Hassan, ihr Gefangener, bei sich in seiner Seele sprach: ›Da bin ich doch wirklich sehr neugierig, was sie wohl an meinem Granatapfelmus auszusetzen haben, diese Barbaren!‹

Und sie brachten Hassan zum Wesir, die Hände mit dem Turban gefesselt, und der Wesir sprach: »Bist du der Mann, der das Mus von Granatäpfeln bereitet hat?«

Und Hassan sagte: »Ja! Fandest du etwas darin, was es rechtfertigt, mich so zu behandeln? Und willst du mir vielleicht wegen einer Schale Mus den Kopf abschlagen?«

Da sprach der Wesir: »Das war das letzte Mus, das du zubereitet hast.«

Und Hassan entgegnete: »Selbst dann möchte ich wissen, was jenem Mus gefehlt hat!«

Doch der Wesir erwiderte nur: »Einen Augenblick!« Und er rief nach seinen Leuten und sprach: »Führt die Kamele vor!«

Da brachen seine Leute das Lager ab, luden das Gepäck auf die Lasttiere und banden auf des Wesirs Befehl einen geräumigen Kasten auf eines der Kamele, in den Hassan eingesperrt wurde.

Und sie brachen auf und ritten, bis die Nacht einfiel. Dann aßen sie von ihrer Wegzehrung, ließen Hassan aus dem Kasten, gaben ihm zu essen und wollten ihn nach dem Mahl wieder einsperren.

Da rief Hassan dem Wesir zu: »O Herr! Ich möchte noch immer wissen, was meinem Mus gefehlt hat.«

Und der Wesir antwortete: »Zucker.«

»Was?«, sagte Hassan. »Soll ich mein Mus noch mehr zuckern? Herr, besinne dich auf deinen hoffentlich guten Geschmack!«

Aber der Wesir sagte finster: »Zucker! Zu wenig Zucker, zu wenig Wohlgerüche!«

Und Hassan sagte: »Herr, Herr! Selbst, wenn es so wäre! Wäre denn das ein Verbrechen, dass man mich gleich einsperrt?«

Und der Wesir sagte: »Zu wenig Zucker! Zu wenig Wohlgerüche! Das ist bei Granatapfelmus ein Verbrechen! Marsch, in den Kasten!«

So sperrte man Hassan wieder ein, und die Reise ging weiter, und endlich gelangte man nach Kahira.

Hassan aber schlief gerade fest in seinem Kasten, als man in die Stadt einritt.

Und der Wesir ritt mitsamt dem Kasten bis zu seinem Hause. Dort stieg er ab und sprach zu seiner Tochter: »Lob und Preis sei Allah, der dich mit deinem Mann wieder vereint hat, dem Sohn deines Oheims! Auf nun und eile, alles im Hause so zu ordnen und zu stellen, wie es in der Nacht deiner Vermählung geordnet und gestellt war!«

Da erhoben sich die Sklaven und zündeten die Lampen und Kerzen an, und der Wesir nahm jenen Plan von dem Brautgemach zur Hand und leitete sie an, jedes Ding an denselben Platz zu stellen wie in der Brautnacht. Dann legte der Wesir mit eigener Hand die Gewänder Baedraeddin Hassans, als da waren die weiten Hosen, der Überwurf, die Unterhosen und der Turban, nicht zu vergessen der Beutel mit dem Gold und die Dokumente, an den Platz, wo sie damals gelegen hatten. Schließlich hieß er seine Tochter in der Brautkammer zu Bett gehen, wie sie es in jener Nacht getan. Sie möge aber bereit sein, so sagte er, ihren Vetter und Ehemann zu empfangen, und sobald er eintrete, zu ihm zu sprechen: ›Du warst aber lange draußen!‹

Nun ließ er Baedraeddin Hassan, der noch immer einen ungewöhnlich festen Schlaf hatte, aus dem Kasten nehmen und entkleidete ihn, bis er nichts mehr am Leibe hatte als ein dünnes Seidenhemd, ganz wie in der Stunde seines Verschwindens. Und sie taten dies alles, während Hassan davon so wenig merkte wie damals, als der Ifrit ihn entführte.

Als Hassan erwachte, blickte er sich um und sah sich in dem gewissen Ort. Da sprach er bei sich in seiner Seele: ›Kein Zweifel, dass ich träume!‹ Er erhob sich und ging auf den Flur und in den Vorraum und öffnete die Tür, und siehe, da war er im Schlafgemach. Und er erblickte die Nische mit dem Brautlager und davor in Unordnung seine Hosen und seinen Turban. Bei diesem Anblick war er höchst verwirrt, machte einen Schritt vorwärts, zog dann den Fuß wieder zurück und sprach: »Schlafe ich oder wache ich?« Dann rieb er seine Stirn und rief

voll Verwunderung aus: »Bei Allah, das ist doch das Brautgemach! Wo bin ich nur? Ich weiß doch genau, dass ich eben noch in einen Kasten eingesperrt war!«

Während er so mit sich sprach, lüpfte die Herrin der Schönheit ein wenig den Vorhang des Lagers und sprach: »O mein Gebieter! Du warst aber lange draußen! Willst du nicht hereinkommen zu mir?«

Als er diese Worte vernahm und ihr Antlitz erblickte, brach er in lautes Lachen aus und sprach: »Nein wirklich, wunderlich sind doch die Träume der Menschen!«

Dann machte er einige Schritte vorwärts, doch mit unendlicher Vorsicht, als ginge er zwischen Schlangen dahin, und er hielt den Saum seines Hemdes in der einen Hand und mit der anderen griff er in die Luft wie ein Betrunkener, der nach einem Halt sucht. Dann setzte er sich plötzlich auf den Teppich und begann tiefsinnig nachzudenken. Doch da sah er vor sich seine faltenreichen Hosen und seinen Turban aus Bassora, und als er in die Hosentasche griff, fand er den Beutel mit den tausend Goldstücken. Da schüttelte er den Kopf und murmelte: »Es ist völlig klar, dass ich träume …«

Doch nun sprach die Herrin der Schönheit zu ihm: »Was hast du denn, mein Lieber? Du siehst ja ganz verschüchtert und ängstlich aus! Da warst du zu Beginn dieser Nacht aber anders!«

Da lachte er und fragte sie: »Wie lange war ich eigentlich von dir weg?«

Und sie erwiderte darauf: »Nun, eine gute Stunde ist es her, seitdem du hinausgegangen bist. Sehr lange hat das gedauert, mein Lieber!«

Und wiederum lachte Hassan und sprach: »Da hast du wohl Recht. Doch als ich draußen war, muss ich auf dem gewissen Ort wohl eingeschlafen sein; jedenfalls träumte ich eine lange Geschichte. So träumte ich zum Beispiel, dass ich ein Konditor in Damaskus wäre und dort zehn Jahre verbracht hätte. Dann kam zu mir ein Knabe …« Da griff er mit der Hand an seine Stirn und fühlte die Narbe darauf und rief: »Bei Allah, o Liebste, es muss doch wahr gewesen sein, denn siehe, jener Knabe traf mich mit einem Stein an der Stirn, und die Wunde war zwischen den Brauen. Und hier ist die Narbe! So muss ich doch wach gewesen sein?« Dann fügte er hinzu: »Doch nein, es ist möglich, dass ich träumte und die Narbe schon früher hatte und es im Traum ver-

gaß ... Oder habe ich gar keine Narbe? Nein, welcher Unsinn, jetzt träume ich ja schließlich nicht ... Oder doch?« Und in seiner großen Verwirrung sagte er unvermittelt:»Granatapfelmus! Ich träumte sehr viel von Granatapfelmus!«

Da rief seine Frau:»Granatapfelmus? Wieso gerade von Granatapfelmus?«

Und er sagte:»In der Tat! Von Granatapfelmus! Aber es ist nicht wahr, dass ich zu wenig Zucker hineingegeben haben soll, bei Allah, das ist wirklich nicht wahr!«

»O Hassan«, rief die Herrin der Schönheit,»das hat ja auch niemand behauptet!«

»Doch«, sagte er,»dieser Mensch, der nicht genug Zucker bekommen kann und mich in den Kasten sperrte ... Aber nein, was sage ich da, das war ja alles nur geträumt! Und meinen Laden haben sie geplündert! Allah sei Lob und Dank, dass es nur ein Traum war!«

Da lachte sie zärtlich, sprang von ihrem Lager auf und warf sich an seine Brust. Und er küsste sie, aber er tat es recht zerstreut und verwirrt, und dann legte er sich nieder auf das Lager und schlug sich weiter mit den Gedanken herum über dieses merkwürdige Erlebnis, und bald sagte er:»Ich träumte!«, bald wieder:»Ich war wach!« So ging die Nacht dahin, und er blieb verschüchtert und ängstlich, wie seine Frau es genannt hatte, bis beim Anbruch des Morgens sein Onkel Schaemsaeddin in das Schlafgemach trat und ihn lächelnd begrüßte.

Als Baedraeddin ihn erblickte, rief er:»Bei Allah! Bist du nicht der Mensch, der mich in den Kasten sperren ließ? Und hast du nicht behauptet, es sei zu wenig Zucker im Granatapfelmus?«

Da erwiderte der Wesir:»Wisse, o mein Sohn, dass die Wahrheit gesiegt hat und die Falschheit dahin ist, denn siehe, von kurzer Dauer ist die Falschheit! Du bist der Sohn meines Bruders. Ich aber tat dies alles nur, um mich davon zu überzeugen, dass du jener seist, der damals in diesem Raum war, der Mann meiner Tochter. Wie konnte ich dessen sicher sein, bevor ich festgestellt hatte, dass du das Gemach, deinen Turban, deine Hosen und die Schriftstücke in deiner Handschrift und der deines Vaters wieder erkanntest! Denn nie habe ich dich vorher gesehen. Oder glaubst du mir nicht? Nun, ich gebe zu, dass ich außerdem einen kleinen Spaß machen wollte – doch fürwahr, es ist der Spä-

ße nun genug. Was aber deine Mutter betrifft, so bestand ich darauf, dass sie mit mir von Bassora hierher zog. O Hassan! Die wirkliche Ursache von allem, was geschah, ist nichts anderes als jene alte Geschichte zwischen mir und deinem Vater.«

Und er erzählte ihm von seines Bruders Auszug nach Bassora und von dem Bruch zwischen ihnen, und wie sie sich so sinnlos gestritten hatten um Kinder, die sie noch gar nicht besaßen, und wie alles gekommen war.

Endlich aber ließ er Adschib herbeiholen, und als sein Vater ihn erblickte, da rief er: »Das ist ja der Knabe, der mich mit dem Stein traf!« Und der Wesir sagte: »Das ist dein Sohn!«

Da umarmte Hassan den Knaben, und dann trat seine Mutter ein, und er umarmte auch sie, und dann umarmte er den Wesir, und es brach ein großes Umarmen und Weinen und Lachen und Erzählen aus, und alle dankten Allah, dem Allmächtigen. Und sie feierten ein Fest und waren guter Dinge.

Hassan Baedraeddin aber gelangte noch zu hohen Ehren, und sein Ruf drang in die fernsten Gegenden. Er verbrachte seine Tage in Ruhe und Glück, und viele Jahre waren ihm und den Seinen noch geschenkt, bis dass der Tod sie hinwegnahm von dieser Erde und sie eingingen in Allahs Frieden.

Als nun der Kalif Harun al Raschid diese Erzählung aus dem Munde seines Wesirs Dscha'afar vernommen hatte, da sagte er: »Diese Geschichte soll aufgezeichnet werden – und zwar in Buchstaben von flüssigem Gold!«

Dann ordnete er an, dass der Sklave in Freiheit gesetzt werde, und begnadigte den reumütigen Übeltäter und ließ seine Gnade leuchten über allen, die um ihn waren; und er beschloss, in Zukunft milder zu sein zu den Gestrauchelten und freundlicher in seiner Regierung, und er wurde ein weiser und gerechter Herrscher.

So erzählte Scheherazade, und sie hoffte, es würde dem König Schahrirar Eindruck machen, wenn sie von Herrschern berichtete, die anfangs ungerecht oder jähzornig waren und später gerecht und milde wurden. Doch der König sagte nichts dazu.

Er sagte jedoch, dass ihm Geschichten gefielen, die dunkel und abenteuerlich und zugleich lustig seien, und Scheherazade sprach: »Solcher Geschichten gibt es noch manche. Kennst du, o großer König, die Geschichte vom buckligen Zwerg und den Abenteuern, die einem Schneider, einem Arzt, einem Koch und einem Kaufmann mit ihm widerfuhren?«

»Erzähle!«, sprach da der König. Und Scheherazade erzählte.

Die Geschichte vom buckligen Zwerg und den Abenteuern, die allen widerfuhren, welche mit ihm zu tun hatten

In längst vergangenen Zeiten lebte in einer Stadt des Morgenlandes ein Schneider, ein freigebiger Mann, der Vergnügen und Lustbarkeit liebte und mit seinem Dasein zufrieden war. Seine Gewohnheit war es, von Zeit zu Zeit mit seiner Frau spazieren zu gehen und sich zu erfreuen am Anblick der Gärten und Straßen. Als nun die beiden eines Tages von einem solchen Spaziergang heimkehrten, begegneten sie einem buckligen Spaßmacher, der sehr vergnügt und nicht mehr ganz nüchtern war und dessen Anblick alle Trübsal verscheuchte. Den traurigsten Menschen konnte er zum Lachen bringen und jeden Kummer und jede schlechte Laune bannen.

Da traten der Schneider und seine Frau auf ihn zu, erfreuten sich an seinen Scherzen und luden ihn lachend ein, mit ihnen zu gehen und die Nacht in ihrer Gesellschaft zu verbringen. Der zwerghaft kleine Mann beeilte sich, ihnen die rechte Antwort zu geben, und ging mit ihnen ein wenig schwankend nach ihrem Hause.

Der Schneider aber ging noch einmal auf den Bazar, denn die Nacht war eben erst angebrochen und die Läden waren noch nicht geschlossen, und er kaufte einen großen gerösteten Fisch samt weißen Brötchen und schönen Zitronen und süßem Zuckerwerk zum Nachtisch. Dann kehrte er heim mit all diesen guten Dingen und breitete sie vor dem Buckligen aus, und sie saßen nieder, um zu essen.

Plötzlich nahm des Schneiders Frau ein großes Stück von dem Fisch und steckte es lachend dem Buckligen in den Mund, und als er sich sträubte, hielt sie ihm in ihrem Übermut zum Scherz den Mund zu und rief: »Bei Allah, es ist unbedingt nötig, dass du diesen guten Bissen ganz und auf einmal verschlingst; nicht eher lasse ich dich los!«

Da machte der betrunkene Bucklige den Versuch, den viel zu großen

Bissen unter allerlei Grimassen hinabzuwürgen, und endlich gelang
es ihm auch. Doch in dem Bissen befand sich eine harte Gräte, die
in seiner Kehle stecken blieb, und er verschluckte sich daran und
starb.

Bei diesem Anblick schrie der Schneider laut auf und rief: »Wehe!
Dass dieser arme Mensch auf so sinnlose Weise von unseren Händen
sterben musste!«

Doch seine Frau erwiderte: »Es ist nun einmal nicht zu ändern. Darum rede nicht solchen Unsinn, sondern tue etwas!«

Da fragte ihr Mann: »Und was soll ich tun?«

Und sie antwortete: »Steh auf, nimm ihn auf deine Arme und bedecke
ihn mit einem Tuch. Dann will ich dir vorangehen, und wir wollen
hinaus in die Nacht. Wenn dich aber jemand fragt, so sprich: ›Das ist
mein kranker Sohn; wir tragen ihn zum Arzt. Wo wohnt denn hier ein
Arzt?‹«

Als der Schneider diese Worte vernahm, erhob er sich, nahm den
Buckligen in seine Arme und trug ihn durch die Straßen, während sei-
ne Frau voranschritt und weinend rief: »Ach, ach, mein armer Sohn!
Allah schütze dich! Ach, diese schrecklichen Pocken!«

Da sagten denn die Leute, die ihnen begegneten: »Das arme Kind ist
an den Pocken erkrankt!«

Der Schneider aber und seine Frau setzten ihren Weg fort und fragten von Zeit zu Zeit zum Schein nach der Wohnung eines Arztes, bis man sie unversehens wirklich an die Tür eines Arztes, eines jüdischen Gelehrten, führte. Und es blieb ihnen nichts übrig, als unsicher anzuklopfen, worauf eine Negerin herabstieg und das Tor öffnete.

»Was wünscht ihr?«, fragte sie.

Und des Schneiders Frau sagte: »Unser Kind ist krank. Nimm dieses Geld, einen Vierteldinar, gib ihn deinem Gebieter und bitte ihn, herabzukommen, damit er meinen Sohn untersucht.«

Da stieg die Sklavin die Treppe hinan, um ihren Herrn zu verständigen, während der Schneider und seine Frau in den Vorraum des Hauses traten.

Des Schneiders Frau aber blickte sich um und sprach: »Lege den Leichnam hier irgendwo hin und dann lass uns rasch verschwinden!«

Da lehnte der Schneider die Leiche des Buckligen auf der untersten Stufe der Treppe an die Wand und eilte mit seiner Frau davon.

Die Negerin aber stieg hinauf zu dem Gemach des Juden und sprach zu ihm: »O Herr! Unten steht ein Mann mit einem Weib und einem kranken Kind; man gab mir diesen Vierteldinar für dich, damit du das Kind behandelst. Es scheint schlecht mit ihm zu stehen.«

Da stieg der Arzt hinab, ohne in seiner Hast ein Licht mit sich zu nehmen. Doch kaum war er am Fuß der Treppe angelangt, da rannte er gegen den angelehnten Körper des Buckligen und warf ihn um. Da war er sehr erschrocken und beeilte sich, ihn zu untersuchen. Und er erkannte gleich, dass der Kleine tot war. Und er dachte bei sich in seiner Seele, dass er selbst an diesem Tode schuldig sei, und rief: »O wehe! Ich bin im Dunkeln gegen einen schwer Kranken gerannt, stieß ihn nieder und tötete ihn! Wie bringe ich nun diesen Leichnam aus meinem Hause?«

Und ohne den Toten noch näher zu untersuchen, rief er nach seiner Frau und erzählte ihr, was ihm zugestoßen war. Da sprach seine Frau: »Was stehst du hier noch herum? Willst du ihn vielleicht hier behalten bis zum Anbruch des Morgens? Willst du dich verhaften lassen als Mörder oder verschreien als Arzt, der die Patienten umbringt? Wir wollen ihn zusammen auf das flache Dach unseres Hauses schleppen

und ihn hinablassen auf das niedrige Nachbardach. Wenn er dort die Nacht über liegt, werden die Geier und Katzen und herrenlosen Hunde kommen und den Leichnam vertilgen, und dann ist er weg.«

Sein Nachbar nämlich war Oberhofkoch in des Königs Küche und pflegte große Vorräte von Öl und Fett und anderen Nahrungsmitteln zu bewahren; und die Hunde und Katzen und Ratten rochen das und versammelten sich häufig auf dem Dach, und manchmal gelang es ihnen, etwas von den Vorräten zu erbeuten, und hungrig kreisten darüber die Geier.

Der Jude schüttelte bedenklich den Kopf über den Plan seiner Frau, aber er war so verstört und verängstigt, dass ihm nichts Besseres einfiel und er nur den einen Wunsch hatte, jene Leiche auf der Stelle loszuwerden. So gingen sie denn aufs Dach mit dem Toten, ließen ihn vorsichtig hinab und lehnten ihn an die Mauer des Hauses.

Kaum hatten sie dies getan, da kehrte der Koch von Hofe heim und stieg mit einem Leuchter auf das flache Dach, um nach seinen Vorräten zu sehen. Und siehe, da stand in der Ecke eine dunkle Gestalt. Da war der Koch erst erschrocken und dann wütend und rief:»Bei Allah, der Dieb meiner Vorräte ist weder Hund noch Katze, sondern ein Mensch!« Dann wandte er sich an den Leichnam und schrie:»Du bist es also, der mein Fleisch und meine Vorräte stiehlt! Aber warte, dir will ich's zeigen!«

Und er ergriff seinen Stock und schlug damit auf den schweigenden Unbekannten ein und warf ihn zu Boden. Dann untersuchte er ihn und als er fand, dass er tot war, wurde er von Entsetzen ergriffen und schrie auf bei dem Gedanken, dass er ihn getötet hatte. Und er rief:»Er ist tot! Ich bin ein Mörder! Und dabei habe ich doch gar nicht so furchtbar zugeschlagen! O Allah, es ist ein armer, schwacher Buckliger, und ich habe ihn umgebracht!« Und er fürchtete für sein Leben und fügte hinzu:»Verflucht sei das Fleisch und die Butter und das Fett und diese Nacht! Oh, hätten doch lieber die Hunde meine Vorräte gefressen, als dass ich, ein ehrbarer Koch, zum Totschläger werden musste! Fürwahr, die Sterne meinen es heute sehr schlecht mit mir!« Und mit Tränen in den Augen betrachtete er den Leichnam und sagte vorwurfsvoll:»War es denn nicht genug, dass du ein buckliger Zwerg warst, musstest du denn durchaus noch ein Dieb sein? Und wenn du

schon ein Dieb warst, musstest du gerade mich bestehlen, du Unglücklicher?«

Und er beschloss, die Leiche zu entfernen, und nahm sie auf seine Schultern und ging aus seinem Hause nach dem Bazar der Stadt und stellte sie aufrecht gegen die Wand eines Parfümerieladens an der Ecke einer dunklen Straße. Und er eilte davon.

Nach einer kurzen Zeit kam ein Kopte des Weges, ein ausländischer Kaufmann, der die Nacht bei einem Gelage verbracht hatte und voll des Weines war. Nun war er auf dem Weg nach dem Badehaus, um ein Bad zu nehmen. Und er kam dahergetaumelt von einer Seite der Straße zur anderen, bis das Geschick es wollte, dass er in die Nähe des Buckligen geriet. Nun hatte aber in dieser Nacht jemand dem Kopten seinen Turban gestohlen. Als er jetzt in seiner Betrunkenheit den Mann an der Wand sah, dachte er, das sei der Dieb seines Turbans, und rief: »Gib meinen Turban heraus, du Galgenvogel!«

Und als jener nicht antwortete, versetzte er ihm einen Schlag, und der Leichnam fiel um. Da rief der Kopte nach der Wache und warf sich in seiner betrunkenen Wut noch einmal auf den Buckligen und schrie laut: »So sag doch etwas, o du besoffener Vater der Turbandiebe!«

Und er war tief gekränkt, als er wieder keine Antwort erhielt. Darum schlug er erneut auf den Buckligen los.

Als aber die Wache herzukam, sah sie, dass ein Kopte, ein ungläubiger Ausländer, einen buckligen, aber offenbar rechtgläubigen Muselmann prügelte, und das verdross sie. So rief einer von ihnen: »Lass sofort diesen Mann los, du wütender Büffel, und steh auf!«

Schwankend erhob sich der Kopte, und die Wachen untersuchten den Körper des Buckligen und stellten fest, dass er tot war. Da riefen sie aus: »Bei Allah! Wie ärgerlich! Und welche Anmaßung! Ein hergelaufener Kopte erdreistet sich, einen Gläubigen totzuschlagen!«

Sie packten den Kopten, fesselten seine Hände auf dem Rücken und schleppten ihn zum Hause des Statthalters. Und den ganzen Weg über jammerte der betrunkene Kopte: »Aber ich habe ihn ja nur ein ganz kleines bisschen verprügelt! Und schon ist er tot! Wie konnte ich wissen, dass dieser Turbandieb so zart ist? Ach, ach, ach, und mein Turban ist auch weg! Ach, ist das alles traurig!«

Und der Kopte und der Leichnam wurden beide im Hause
des Statthalters eingeschlossen,
bis dass am Vormittag, lange
nach Sonnenaufgang, der Statthalter geruhte, sich zu erheben.
Da wurden die beiden vor ihn
gebracht, und er befragte den
Kopten, und der Kopte konnte
die Tat nicht leugnen.
So gab denn der Statthalter den
Befehl, den Mörder zu hängen,
und er ordnete an, dass der
Henker, der das Urteil zu voll-
strecken hatte, den Urteils-
spruch in den Straßen der Stadt
verkünde. Dann errichtete man einen Galgen, und der Henker nahm
einen Strick und legte ihn dem Kopten um den Hals.
Doch siehe, in dem Augenblick ging der Oberhofkoch vorüber und
bemerkte, dass der Kopte gehängt werden sollte, und hörte, was geschehen war. Da drängte er sich ungestüm durch das versammelte
Volk, und als er unter den Galgen gekommen war, rief er: »Halt, halt!
Wen hängt ihr denn da! Ich bin es, der den Buckligen getötet hat!«
Da fragte der Statthalter: »Und warum tatest du das?«
Und der Koch erwiderte: »Ach, ich kam in der vorigen Nacht nach
Hause und fand auf meinem Dach diesen Buckligen, der vom Nach-
bardache herabgestiegen war, um meine Vorräte zu stehlen. Da nahm
ich meinen Stock und schlug auf ihn ein, und plötzlich, ich weiß nicht,
wie das kam, war er tot. Da nahm ich ihn auf meine Schultern und
trug ihn nach dem Bazar und lehnte ihn an eine Ecke vor einem Parfü-
meriegeschäft.« Und er fügte hinzu: »Ist es nicht genug, dass ich einen
Muselmann getötet habe? Soll auch noch das Blut eines Kopten über
mein Haupt kommen? So hängt also nicht diesen Mann, sondern
mich!«
Als der Statthalter diese Worte vernahm, sagte er zum Henker: »Nun
gut, dann hänge also diesen hier!«

Der Henker löste den Strick von des Kopten Hals und legte ihn um den Nacken des Hofkochs und bat ihn, unter den Galgen zu treten, damit er ihn in die Höhe ziehen könne.

Doch siehe, in diesem Augenblick drängte sich plötzlich durch die Menge der jüdische Arzt und rief dem Henker zu: »Halt inne! Du hängst einen Falschen! Denn ich war es, der diesen Mann tötete! Höret mich an! Ich saß in der vergangenen Nacht zu Hause in meinem Gemach, als ein Mann und eine Frau an das Tor pochten und Einlass begehrten. Diese beiden trugen den Buckligen, der krank war, und gaben meiner Sklavin einen Vierteldinar mit der Bitte, sie möge mich herabholen. Während sie nun hinaufging zu mir, setzte jener Fremde den Buckel auf die Stufen der Treppe und ging mit seiner Frau seines Weges. Ich erhob mich sofort und lief eilends die Treppe hinab; da es aber finster war, sah ich den Kranken nicht und stolperte über ihn, so dass er hinfiel und im selben Augenblick starb. Da nahmen wir denn die Leiche, meine Frau und ich, trugen sie auf das flache Dach unseres Hauses und ließen sie hinab auf das Dach des Nachbarhauses, das diesem Koch gehört. Große Angst hatte ich – aber was hilft's; ich habe es getan und bin bereit, dafür zu büßen. Unendlich wüchse meine Schuld, wenn auch noch ein Unschuldiger gehängt würde! Denn der ehrenwerte Oberhofkoch ist völlig unschuldig!«

Als der Statthalter diese Worte vernahm, sagte er zu dem Henker: »Also gut, dann hänge den Juden!«

Und der Henker legte die Schlinge um den Hals des Arztes. Doch siehe, in diesem Augenblick drängte sich der Schneider durch das Volk, bis er vor dem Henker stand, und rief: »Nicht doch! Dieser vortreffliche Arzt hat gar nichts mit der Sache zu tun! Denn niemand anderer tötete den Buckligen als ich! Als ich gestern spazieren ging, begegnete ich jenem buckligen Zwerg, der vorerst noch sehr lustig war. Wir kamen ins Gespräch, und ich lud ihn zum Essen ein. Beim Abendessen in meinem Hause nahm meine Frau im Scherz ein Stück Fisch und stopfte es dem Buckligen in den Mund. Und das Schicksal wollte es, dass ihm der Bissen in den unrechten Schlund geriet, und er erstickte daran. Da nahmen wir ihn, meine Frau und ich, und trugen ihn nach dem Hause des Arztes. Während aber der Arzt herabgeholt wurde, trug ich den Buckligen ins Stiegenhaus, lehnte

ihn an die Wand und ging mit meiner Frau davon. Nicht den ehren-
werten Arzt also sollte man hängen, sondern dann schon lieber
mich!«

Als der Statthalter diese Worte vernahm, sagte er: »So, so – also hängen wir den da!«

Der Henker seufzte, legte dem Schneider die Schlinge um den Hals
und sagte: »Nun habe ich diese unnütze Arbeit bald satt! Immer,
wenn es so weit ist, wird der Verurteilte ausgewechselt – das ist jetzt
schon der Vierte, und wenn es so weitergeht, wird am Ende überhaupt keiner gehängt!« Und mürrisch knüpfte er seinen Knoten.

Nun war aber jener Bucklige der Hofnarr des Königs gewesen, und
der König vermochte es nur schwer zu ertragen, wenn sein Leibnarr
auch nur für kurze Zeit einmal nicht vor seinem erhabenen Antlitz erschien. Als nun der Narr sich eines Tages betrunken hatte und beim
König weder am Abend noch am folgenden Morgen seine Aufwar-
tung machte, wurde der König unruhig und fragte einen der Kam-
merherren nach ihm.

Der erwiderte ihm: »O König der Zeiten! Der Statthalter hat ihn bereits gefunden, nur war er leider tot. Der Mörder sollte gerade gehängt werden, da kam ein anderer und sagte, er sei der Täter, und
dann kam ein Zweiter und dann ein Dritter, und jeder erklärte, die anderen seien schuldlos und er selber sei schuldig, und jeder gab eine
genaue und eingehende Beschreibung, auf welche Art und Weise er
den Bucklingen getötet hätte. Wer weiß, wie viele Täter sich inzwischen noch gemeldet haben – es ist noch gar nicht abzusehen, wer von
ihnen endlich gehängt werden wird!«

Da rief der König: »Rasch, rasch, o du Esel, der du dich offenbar über
schier gar nichts mehr wunderst, eile zum Statthalter, unterbrich das
Gericht und bringe mir sämtliche Leute, die sich danach drängen, gehängt zu werden, her – aber lebendig!«

Da eilte der Kammerherr und erreichte den Galgen gerade, als der
Henker den Schneider in die Höhe ziehen wollte, und schrie: »Halt!
Aufhören!«

Und der Henker sprach: »Nun – sagte ich es nicht? Es kommt heute
nichts Rechtes mehr zu Stande.«

Der Kammerherr aber teilte dem Statthalter den Befehl des Königs

mit. Und der Statthalter sagte: »Auch gut – dann hängen wir eben nicht!«

Und der Kammerherr nahm den Schneider, den Juden, den Kopten und den Koch und ließ sie mitsamt dem Leichnam vor den König bringen. »Es sind vier!«, so sprach er zu seinem Gebieter. »Mehr haben sich nicht gemeldet!«

Der König ließ sich auf das Genaueste die ganze Geschichte erzählen, und als ihn am Ende der Kammerherr fragte, wer von den vieren nun gehängt werden solle, da rief der König: »Schweig! Störe mich nicht, denn erst muss ich mich noch eine Weile wundern.«

Als er sich genug gewundert hatte, ordnete er an, dass niemand zu hängen sei und dass im Übrigen diese Geschichte in Buchstaben von flüssigem Golde aufgeschrieben und in den Archiven bewahrt werden solle, und er fügte hinzu: »Hörtet ihr jemals eine Geschichte, die merkwürdiger ist als die meines Buckligen?«

Da trat der Kopte, der mittlerweile wieder nüchtern war, vor und sprach: »O König der Zeiten! Wenn du mir die Erlaubnis erteilst, will ich dir den Namen eines Barbiers nennen, von dem die Kunde geht, dass er im Stande sei, Tote aufzuwecken – sofern sie jedenfalls ohne ersichtlich klare Ursache und unter seltsamen Umständen verschieden sind, wie dieser hier, unser lieber buckliger Possenreißer.«

Da sagte der König: »Her mit dem Wundermann!«, und schickte den Kammerherrn aus, den Barbier herbeizuschaffen.

Nach kurzer Zeit fand er sich wieder ein mitsamt dem Barbier, den der König aufmerksam und mit hohem Interesse betrachtete. Er war ein alter Mann von mehr denn neunzig Jahren, dunkel von Angesicht, mit weißen Augenbrauen, durchbohrten Ohren und einer Nase von ungewöhnlicher Größe. Was aber sein Gehaben betraf, so war es recht selbstsicher und ein wenig anmaßend.

»Was für eine Nase!«, sagte staunend der König, lachte und sprach: »Mein lieber Bader – man hat mir berichtet, deine Kunst sei noch größer als deine Nase, und du verstündest, wunderbare Dinge zu vollbringen. Wie steht es damit?«

Der Barbier ließ ihn kaum zu Ende sprechen und rief: »O König der Zeiten, gestatte mir zuerst und vor allem, dich alleruntertänigst zu fragen, welche Bewandtnis es hat mit dem Schneider, dem Juden,

dem Kopten und dem Koch und mit diesem buckligen Zwerg, der auf der Erde liegt! Ich bin gewiss nicht neugierig, o nein, aber das wüsste ich gar zu gern, was hier vor sich geht und weshalb man mich rufen ließ, und überhaupt wüsste ich noch vieles gern, aber ich werde es schon erfahren, ohne Zweifel, weshalb hätte man mich sonst hierher geholt, und man wird dann auch erkennen, dass ich keine unnötigen Fragen zu stellen pflege und ganz gewiss kein Schwätzer bin und dass ich nicht den allergeringsten Grund gegeben habe zu jenen verleumderischen Reden über mich, dass ich neugierig und außerordentlich geschwätzig sei und sonst noch alles Mögliche, was eben die Leute so reden, und nicht umsonst ist mein Beiname Aes-Samaet, der Schweigsame.«

Und der König sagte: »Man merkt es.«

Dann wandte er sich an den Kammerherrn und sprach: »Erkläre dem Barbier den Fall des Buckligen, aber fasse dich kurz, denn wir kennen die Geschichte ja schon.«

Da berichtete der Kammerherr vom Hofnarren, vom Schneider, vom Juden, vom Koch und vom Kopten, und er erzählte alles, was sich ereignet hatte.

Der Barbier wurde ganz still vor Staunen und sagte schließlich nur: »Ich werde den Buckligen einmal untersuchen.« Dann hockte er sich nieder und sah aufmerksam in das Gesicht des Buckligen und legte ihm die Hände auf und horchte. Doch siehe, plötzlich brach er in ein lautes Gelächter aus, dessen Gewalt ihn zurückwarf auf sein Gesäß.

Da saß er nun und sprach: »Wahrhaftig! Der Tod dieses Buckligen ist es wirklich wert, mit flüssigem Golde niedergeschrieben zu werden, wie unser erhabener König so hübsch gesagt hat. Dabei konnte er noch gar nicht wissen, dieser gute König, wie Recht er hatte und wie wunderbar diese Sache ist.«

Da schüttelten die Versammelten die Köpfe ob dieser unziemlichen Rede des Barbiers; aber der König lächelte und sprach: »Rede, o Schweigsamer!«

Doch nun, da es der König befahl, da redete er nicht und war wirklich schweigsam und sagte nur »Psst!« und begann seine Arbeit. Er zog aus seinem Gürtel eine Dose mit einer Salbe, rieb des Buckligen Nacken und seine Schlagadern damit ein, nahm sodann eine Zange zur Hand, die er gleichfalls seinem Gürtel entnahm, öffnete den Mund des Buckligen, steckte die Zange hinein und zog sie mit einer geschickten Bewegung wenige Augenblicke später wieder heraus. Und siehe, in der Zange hielt er ein großes Stück Fisch mit einer harten Gräte. Und er sprach: »Dieser Tote ist gar nicht so tot, wie man angenommen hat. Und ich sage euch Folgendes …«

Aber bevor er seine Rede beginnen konnte, nieste der Bucklige. Und der kleine Mann schnaufte gewaltig wie ein Nilpferd. Dann öffnete er die Augen, strich mit den Händen über sein Antlitz, sprang auf seine Füße und rief: »Allah ist groß! Fürwahr – fast wäre ich erstickt an diesem Bissen!« Und er blickte sich verwundert um, und alle Anwesenden waren nicht weniger verwundert.

Und der König sah den Buckligen an und dann den Schneider, den Juden, den Kopten und den Koch und endlich den staunenswerten Barbier. Da brach er in ein so heftiges Lachen aus, dass er fast in Ohn-

macht fiel. Und da lachten auch die anderen alle, und sie bewunderten den Barbier und freuten sich über den buckligen Narren, und der
Kammerherr sagte: »O erhabener König! Ich darf darauf aufmerksam
machen, dass jetzt sogar ich mich wundere!«

Und der König erklärte aufs Neue, man möge mit goldenen Buchstaben die ganze Geschichte niederschreiben und ja nicht vergessen, sie
im Stadtarchiv sorgfältig aufzuheben. Dann beschenkte er die Ange-
klagten, als da waren der Schneider, der jüdische Arzt, der Oberhofkoch und der Kopte, einen jeden mit einem prächtigen Gewand. Und
allen vieren wies er angenehme Ämter an, den Barbier aber ernannte
er zum allerobersten königlichen Leibbarbier und schenkte ihm zwei
Schermesser, die mit Perlen und Diamanten geziert waren, und eine
große Haarschere aus purem Gold. Seinen Hofnarren aber machte er
zum Minister, und es zeigte sich, dass er einer der besten Minister
war, die der König je gehabt hatte, und es war diesem buckligen Minister zu verdanken, dass für das Land eine erfreuliche und heitere
Zeit anbrach.

Und heiter lebten sie alle, Jahr um Jahr, bis dass sie gerufen wurden in
des Himmels ewige Heiterkeit, von dem, der alle irdischen Freuden
beendet und die Paläste entvölkert.

So erzählte Scheherazade, und der König lachte und lächelte dann
und war zufrieden mit dieser Geschichte. Dennoch war Scheherazade
besorgt, dass den König diese Art von Geschichten vielleicht auf die
Dauer langweilen könnten, und sie überlegte, was sie nun erzählen
sollte und wie sich aufs Neue Abwechslung bringen ließe in die Reihe
ihrer Erzählungen.

Und ihr Blick folgte dem Blick des Königs, und sie sah, wie sein Auge
mit Wohlgefallen auf dem goldenen Vogelhaus ruhte, das sich in
dem Gemache befand. Es waren in diesem Käfig aber seltene und
schöne Vögel, bunt wie Feuerwerk in der Nacht und verständig in
ihrem Gebaren. Und es kam ihr ein Gedanke, und sie lenkte das Gespräch auf die Vögel, und der König sprach davon, dass der Mensch

bestimmt sei zum Herrn der Tiere, auf dass sie ihm dienten und ihn belustigten.

Da wiegte Scheherazade den Kopf und sprach: »O König der Zeiten! Es erinnert mich das an eine Tiergeschichte, in der die Tiere erzählen, wie der Mensch ihnen vorkomme; und vielleicht ist es von Nutzen, davon zu hören.«

Und der König nickte und sprach: »Erzähle!«

Die Geschichte von den Pfauen, dem Löwen und der Gans

In alter Zeit lebte einst ein Pfau, der es liebte, mit seiner Frau am Ufer des Meeres zu spazieren. Es befand sich in jener Gegend ein Wald voll fließender Wässer, bewohnt vom Gesange der Vögel. Während des Tages ging das Paar in Ruhe umher, seine Nahrung zu suchen, mit Anbruch der Nacht aber barg es sich auf einem dicht belaubten Baum. Und so verging die Zeit.

Eines Tages entschloss sich der Pfau, mit seiner Frau einen Ausflug nach einer Insel zu unternehmen, die man vom Ufer des Meeres aus erblickte. Die Pfauin erwiderte auf diesen Vorschlag, sie höre und gehorche, und beide breiteten ihre Flügel aus und flogen zu jener Insel. Es wuchsen dort Bäume, reich an Früchten, und dicht gedrängt erhoben sie sich aus dem Boden, den zahlreiche Bäche ernährten. Da waren der Pfau und die Pfauin ganz außerordentlich entzückt von ihrem Ausflug. Sie lobten die klare Frische der Luft und die heitere Schönheit der Insel, und sie beschlossen, dort zu verweilen, von den Früchten zu kosten und das süße Wasser der Bäche zu trinken.

Als eine Reihe von Tagen vergangen war, beschieden sie sich, wieder heimzukehren ans Ufer des Meeres; doch gerade, als sie sich bereitmachten zum Aufbruch, da sahen sie, wie ihnen eine Gans entgegenstürzte, die war von Entsetzen geschüttelt und schlug heftig mit den Flügeln. Mit gesträubten Federn blieb sie vor ihnen stehen und bat flehentlich um Schutz. Der Pfau und seine Frau nahmen sie mit viel Herzlichkeit auf, und die Pfauin sprach freundlich zu ihr: »Sei willkommen bei uns!«

Da beruhigte sich die Gans allmählich, während der Pfau in der Überzeugung, dass sie eine erstaunliche Geschichte zu erzählen habe, fragte: »Was ist dir geschehen? Warum dieses Entsetzen?«

Und die Gans erwiderte: »Ach, ich bin noch ganz krank von allem, was mir widerfahren ist. Allah schütze uns, Allah bewahre uns vor dem Sohne Adams!«

Da sagte der Pfau: »Beruhige dich, o meine gute Gans, und fürchte dich nicht, denn du stehst hinfort unter meinem Schutz!«

Und die Pfauin fügte hinzu: »Wie könnte wohl der Sohn Adams bis zu dieser Insel gelangen, die mitten im Meere liegt! Er kann schließlich nicht vom Ufer bis hierher springen, und wie wollte er, der Flügellose, der schlechte Schwimmer, diese ganze große Menge Wasser anders überwinden?«

Da sprach die Gans: »Allah sei Lob und Dank! Nein, Allah sei Dank, das kann er nicht.«

Und die Pfauin sprach: »O meine Schwester! Erkläre uns doch die Ursache deiner Furcht und berichte uns, was dir zustieß.«

Da schüttelte die Gans ihr Gefieder und begann zu erzählen:

Vernimm, o ruhmvoller Pfau, dass ich seit meiner Kindheit diese Insel bewohne und darauf stets ohne Sorge und Kummer gelebt habe. Und es gab nichts, das den Frieden meiner Seele störte oder den Blick meines Auges verletzte. Als ich nun in der Nacht vor der gestrigen Nacht meinen Kopf im Schlafe unter den Flügeln geborgen hatte, da erschien mir im Traum ein Sohn Adams. Gleichzeitig aber vernahm ich eine Stimme, welche mir zurief: »Hüte dich, o Gans, hüte dich! Misstraue dem Sohne Adams, der Freundlichkeit seiner Sprache und der Hinterlist seines Handelns! Denn wisse, o Gans, die Verschlagenheit des Sohnes Adams ist so vollendet, dass er sogar die Bewohner der Gewässer und die Ungeheuer der Tiefe listig zu locken und zu fangen vermag. Ja, er ist im Stande, den Adler aus den Lüften mit einem Pfeil herabzuholen. Seine Schlauheit ist so groß, dass er trotz all seiner Schwäche den ehrwürdigen Elefanten besiegen, ihn zu seinem Diener erniedrigen und ihm die Stoßzähne absägen kann, um seine schrecklichen Werkzeuge daraus zu machen. So fliehe denn, o Gans, den Sohn Adams und sei gewarnt!«

Da schreckte ich aus dem Schlaf auf, streckte meinen Hals, entfaltete die Flügel und floh über das Meer. Und ich hielt erst inne hinter dem Vorsprung eines Felsens am Fuße eines Berges, so sehr war mein Herz erfüllt von Angst vor dem Sohne Adams, dessen Wesen der Traum mir offenbart hatte. Und ich überlegte, wohin ich mich begeben könne und ob es eine Gegend gäbe, in die der Sohn Adams noch

nicht eingebrochen ist und wo eine anständige Gans keine anderen Wesen zu fürchten braucht als ihre natürlichen Feinde unter den Tieren, die nur aus Hunger töten und die sie begreift und vor denen es Schutz gibt.

Als ich endlich meine Augen erhob, da sah ich mir gegenüber am Eingang einer Höhle einen rothaarigen jungen Löwen, dessen Auge indessen so freundlich und gütig blickte, dass ich Vertrauen zu ihm fasste. Er aber hatte mich bereits bemerkt und rief mich an und sprach: »O du hübsche kleine Gans, komm doch näher und plaudere ein wenig mit mir!«

Diese Einladung schmeichelte mir, und so trat ich bescheiden näher. Er aber fuhr fort: »Ich sehe dich zittern und vor Entsetzen gelähmt; was ist denn Furchtbares geschehen?«

Da erzählte ich, was ich im Traume gesehen und gehört; doch mein Erstaunen war groß, als der junge Löwe auf meine Erzählung erwiderte: »Auch ich hatte einen ähnlichen Traum und erzählte ihn meinem Vater, dem großen gelben Löwen, und er warnte mich eindringlich vor dem Sohne Adams, vor seinen Listen und Anschlägen. Doch

ich hatte bisher noch keine Gelegenheit, diesem Sohne Adams zu begegnen.«

Als ich das hörte, rief ich aus: »Es ist ganz klar, was wir tun müssen! Der Augenblick ist gekommen, uns von dieser Plage zu befreien, und du allein, o Sohn des Königs der Tiere, du bist es, dem die Ehre zukommt, den Sohn Adams endlich zu beseitigen. Gelingt dir das, so wird dein Ruhm unermesslich sein bei allen Geschöpfen der Luft, des Wassers und der Erde!« In dieser Weise fuhr ich fort, dem jungen Löwen Mut zuzusprechen und ihm zu schmeicheln, bis dass ich ihn dazu brachte, sich aufzumachen und nach unserem gemeinsamen Feinde zu suchen.

Der junge Löwe verließ seine Höhle und schritt stolz dahin und peitschte mit dem Schweif seine mächtigen Flanken, und ich lief bescheiden hinter ihm her und war kaum im Stande, seinem Schritte zu folgen. Plötzlich erblickten wir in der Ferne eine Staubwolke, welche näher kam und sich zerteilte; und es erschien ein flüchtender Esel, der bald galoppierte und wütend bockte, bald sich zur Erde warf und im Staube wälzte. Bei diesem Anblick staunte mein Freund, der junge Löwe, denn seine Eltern hatten ihm bisher noch nie gestattet, die Höhle zu verlassen. Und er rief dem Esel zu: »Komm doch einmal näher!«

Der Esel gehorchte, und als er näher gekommen war, fuhr der Löwe fort: »O du Tier von geringem Verstande, warum benimmst du dich so absonderlich?«

Und der Esel sprach: »O Sohn des Königs! Um dem Sohne Adams zu entfliehen!«

Da lachte der Löwe und sprach: »Wie ist es möglich, dass ein Tier von deiner Größe und deiner Stärke den Sohn Adams fürchtet?«

Und der Esel wiegte den Kopf und sprach: »O Sohn des Königs der Tiere, ich sehe, du kennst dieses üble Geschöpf nicht. Ich fürchte den Sohn Adams nicht etwa, weil er meinen Tod will, o nein, seine Absicht ist viel ärger, und mein Benehmen ist die Folge der Behandlung, der er mich unterwirft.

Vernimm, o Sohn des Königs, dass ich, solange ich jung und kräftig bin, ihn tragen muss. Zu diesem Zwecke legt er auf meinen Rücken ein Ding, das er Sattel nennt; und schnürt meinen Bauch mit einem anderen Ding, das er Gurt nennt; um meinen Schweif aber legt er ei-

nen Ring, dessen Namen ich vergessen habe und der meine zarten Teile verletzt; endlich legt er mir ein Stück Eisen in den Mund, das meine Zunge und meinen Gaumen bluten macht, und nennt dies einen Zaum. Dann setzt er sich auf mich und nimmt eine Peitsche, mit der er mich schlägt, auf dass ich schneller gehe, als es eines Esels Art ist. Lasse ich aber aus Ermattung in meiner Eile nach, dann ruft er schauerliche Verwünschungen auf mich herab und flucht in einer Weise, dass ich vor Entsetzen zittere, obwohl ich ein nicht sehr empfindlicher Esel bin. Wenn es aber gar das Missgeschick will, dass ich stolpere, dann kennt seine Wut keine Grenzen, und es ist besser, o Sohn des Königs, wenn ich aus Achtung vor dir nicht wiederhole, was er mir dann alles antut und sagt.

Doch das ist noch nicht alles. Wenn ich älter werde, verkauft er mich an einen Wasserträger, der mir einen Holzsattel auflegt, mich mit ungeheuer schweren Krügen und Schläuchen belädt, die zu beiden Seiten herabhängen, und mich vor sich hertreibt, bis ich infolge der schlechten Behandlung und der ausgestandenen Entbehrungen jämmerlich zu Grunde gehe. Dann wirft man meinen Leichnam den herrenlosen Hunden zum Fraße auf den Misthaufen. O Sohn des Königs! Das ist das elende Los, das mir der Sohn Adams bereitet! Gibt es unter den Geschöpfen Allahs ein grausameres Wesen?«

So sprach der Esel. Als nun der junge Löwe bemerkte, wie der Esel sich anschickte, weiterzueilen, rief er ihm zu: »Warum so eilig, mein Freund? Warte noch ein wenig, denn ich möchte dich bitten, mir den Weg zum Sohne Adams zu zeigen.«

Doch der Esel schüttelte angsterfüllt seine langen Ohren, seufzte tief, kehrte uns dann den Rücken und verschwand im Galopp.

Unterdessen näherte sich eine weitere Staubwolke, und bald zeigte sich ein schwarzes Pferd, dessen Stirn ein weißer Fleck von der Größe eines Maulbeerblattes zierte, und der Fleck war hell wie Silber. Als es meinen Freund, den jungen Löwen, erblickte, hielt es ehrerbietig an und wollte sich zurückziehen. Der Löwe aber war von der kraftvollen Schönheit dieser Erscheinung entzückt und sprach: »O edles Tier, warum eilst du so unruhig dahin in dieser großen Einöde?«

Da erwiderte das Pferd: »O König der Tiere, ich bin auf der Flucht vor dem Sohne Adams!«

Bei diesen Worten erfasste den Löwen lebhafte Verwunderung, und er sprach: »Wie ist das möglich? Ein Geschöpf von deiner Größe und deiner Kraft, das mit einem einzigen Schlag seines Hufes zu töten vermag, fürchtet den Sohn Adams? Schau mich an! Ich bin nicht so groß wie du, und doch habe ich dieser liebenswerten Gans versprochen, sie von ihrer Furcht zu befreien, indem ich den Sohn Adams angreife, töte und auffresse!«

Als das Pferd diese Worte meines Freundes vernahm, lächelte es traurig und sprach: »Weise diese Gedanken von dir, o Sohn des Königs, und bilde dir nicht ein, meine Größe, Stärke und Schnelligkeit fielen im Mindesten ins Gewicht gegenüber der List des Sohnes Adams! Ich bin machtlos gegen ihn, und wenn er mich zähmen will, dann tut er es auch. Dann legt er Fesseln an meine Füße und bindet mich mit dem Kopf an einen Haken in der Wand. Doch damit nicht genug, er legt mir, wenn er auf mir reiten will, ein Ding auf den Rücken, das er Sattel nennt, und schnürt ihn mit zwei starken Gurten, die mich sehr beengen, unter meinem Leib zusammen. In den Mund legt er mir ein Stück Stahl und bindet an seine Enden Riemen, mit denen er mich lenken kann, wohin er will. Sitzt er dann endlich auf meinem Rücken, so hat er an seinen Füßen zwei eiserne Ringe mit scharfen Kanten, und will er mich antreiben, so stößt er mich damit in die Flanken und sticht und schneidet mich, bis ich blute.

Doch vernimm weiter, o Sohn des Königs, mein trauriges Schicksal! Wenn ich älter werde und wenn meine Schnelligkeit abnimmt und mein Fell seinen Glanz verliert, dann verkauft er mich einem Müller, und der lässt mich Tag und Nacht die Mühle drehen, bis meine Kräfte erschöpft sind und ich bei meiner schweren Arbeit zusammenbreche. Dann werde ich an den Abdecker verkauft, der mich tötet, mir die Haut abzieht und sie dem Gerber weiterverkauft; meine Mähne aber und meinen Schweif bekommt der Bürstenmacher.«

»Schrecklich!«, sagte da der junge Löwe und fügte hinzu: »Ich sehe, es ist wirklich nötig, dass ich die Schöpfung von diesem schädlichen Wesen, das ihr alle den Sohn Adams nennt, befreie. So sag mir also, o Pferd, wo ich ihn finden kann!«

Und das Pferd antwortete: »Ich verließ ihn gegen die Mittagsstunde; jetzt dürfte er mich verfolgen und in dieser Richtung daherkommen.«

Kaum hatte das edle Pferd diese Worte zu Ende gesprochen, da wurde in der Ferne eine Staubwolke sichtbar, die ihm solches Entsetzen einflößte, dass es ohne weitere Erklärung davonstob. Wir aber, ich und der junge Löwe, sahen diese Staubwolke herankommen, und als sie sich zerteilte, erkannte ich ein Kamel, das in riesigen Sprüngen und mit hässlichem Geschrei gegen uns losstürmte.

Beim Anblick dieses Tieres von außerordentlicher Größe war der junge Löwe überzeugt, dass er es mit dem Sohne Adams zu tun habe und, ohne mich um Rat zu fragen, sprang er vorwärts, um sich auf das Kamel zu stürzen und es zu zerfleischen.

Da rief ich, so laut ich konnte – und ich habe ja eine sehr laute Stimme –: »Halt, o Sohn des Königs! Halt inne! Das ist ja gar nicht der Sohn Adams, sondern ein gutmütiges Kamel, das ungefährlichste aller Geschöpfe!«

Da hielt sich der junge Löwe noch rechtzeitig zurück und fragte überrascht das Kamel: »Ach, ein Kamel bist du? Auch jemand von denen, die dem Sohn Adams gehorchen? Wozu hast du denn deine ungeheuren Füße? Kannst du ihn denn nicht einfach damit zertreten?«

Da hob das Kamel langsam sein Haupt, und sein Blick war starr und verloren, und es sprach mit trauriger Stimme: »O Sohn des Königs! Geruhe meine Nüstern zu betrachten; sie sind durchbohrt und tragen einen Ring aus Ziegenhaar. Diesen Ring hat der Sohn Adams durch meine Nase gezogen, um mich zu zähmen und daran zu leiten; und an diesem Ring wird ein Strick befestigt, den der Sohn Adams dem kleinsten seiner Kinder anvertraut, das mich nach seinem Gutdünken herumzerrt, mich und eine ganze Reihe meinesgleichen, eines hinter dem andern. Sieh meinen Rücken! Da siehst du die Schwielen, die von den Lasten herrühren, welche ich seit langen Jahren schleppe. Sieh meine Beine! Knoten an den Gelenken, steif beim Bewegen – von den endlosen Wanderungen und den sinnlosen Eilmärschen durch weite Sandwüsten und auf steinigen Pfaden!

Doch das ist noch nicht alles! Wenn ich älter werde, nach so vielen schlaflosen Nächten und ruhelosen Tagen, verschachert er mich an den Metzger, der mein Fleisch an die Armen verkauft, meine Haut an die Gerber und mein Haar an die Weber und Seiler.«

Diese Rede des Kamels versetzte den jungen Löwen in größte Entrüstung: er brüllte Schrecken erregend und peitschte die Erde mit seinem Schweif. Dann wandte er sich an das Kamel und sprach: »Eile, o Kamel, und zeige mir, wo ich den Sohn Adams finden kann!«

Und das Kamel antwortete: »O Sohn des Wüstenkönigs, er folgt meiner Spur, und es kann nicht lange dauern, bis er hier eintrifft. Darum gestatte mir, dass ich mich aufmache und schleunigst meine Flucht fortsetze!«

Doch der Löwe sprach: »O Kamel! Warte doch noch ein wenig, damit du siehst, wie ich deinen Feind zerschmettere!«

Doch das Kamel erwiderte schaudernd: »Verzeih, aber ich möchte doch lieber fort …« Und es wünschte hastig dem Löwen Sieg und Ruhm und alles Gute, drehte sich um und eilte davon.

Kaum war es aber in der Ferne verschwunden, siehe, da tauchte plötzlich, Allah weiß, woher er kam, ein kleiner Mann mit grauem Haar auf; er hatte ein faltenreiches, listiges Gesicht und trug auf der Schulter einen Korb mit Werkzeugen, wie sie Tischler verwenden, und auf dem Kopf acht große, schwankende Bretter. Vielleicht hatte er das laute Gespräch mit dem Kamel gehört, denn weit trägt der Wind die Stimmen in der Wüste: Als ich ihn erblickte, verschlug es mir die Sprache vor Schreck. Der junge Löwe aber war erheitert vom Anblick dieses komischen Wesens und näherte sich ihm, um es genauer anzusehen.

Der Tischler aber verneigte sich und sprach mit freundlichem Lächeln und bescheidener Stimme: »O mächtiger König! Ich wünsche dir einen gesegneten Tag und flehe zu Allah, auf dass er dein Ansehen mehre und deine Tugenden festige! Du siehst in mir einen der Unterdrückten und Geknechteten dieser Erde, und ich frage dich, o erhabe-

ner König, ob du mir helfen kannst wider meinen Feind, der mich quält und verfolgt!« Und er seufzte tief.

Da sagte der junge Löwe gerührt: »Wer ist es denn, der dich bedrückt, und wer bist du, o wunderliches Wesen, das beredsamer ist als alle anderen Tiere, die ich kenne, und auch mehr Wohlerzogenheit und Lebensart besitzt, obwohl es von allen das bei weitem hässlichste ist?«

Da erwiderte jener: »O Gebieter der Tiere! Ich bin ein Tischler, und was meinen Bedrücker betrifft, so ist es der Sohn Adams! Tag für Tag zwingt er mich, vom Dämmer des Morgens bis zum Dunkel der Nacht, für sein Wohlbehagen zu arbeiten, und nur sehr wenig bezahlt er mir dafür. So habe ich denn, von Hunger gequält, mich entschlossen, nicht mehr sein Sklave zu sein, und floh.«

Da brüllte der Löwe auf: »Wo ist nun endlich dieser verruchte Sohn Adams, auf dass ich ihn zwischen meinen Zähnen zermalme und alle seine Opfer räche?«

Und der Tischler sprach: »Sehr bald schon wirst du ihn hier erscheinen sehen, denn er verfolgt meine Spur.«

Da sagte der Löwe: »O du merkwürdiges Tier, das mit so kleinen unsicheren Schritten auf seinen Hinterfüßen einhergeht, wohin willst du denn eigentlich?«

Und der Tischler sprach: »Ich gehe jetzt zum Wesir deines Vaters, dem erlauchten Leoparden, der mich zu sich rufen ließ, auf dass ich ihm ein festes und sicheres Haus baue, in welchem er Zuflucht finden könne vor den Nachstellungen des Sohnes Adams; denn siehe, das Gerücht hat sich verbreitet, dass er sich diesem Gebiet nähert. Dies, o Löwe, mein König, ist auch der Grund, warum du mich so beladen siehst mit Brettern und Handwerkszeug.«

Als der junge Löwe diese Erklärung des Tischlers vernahm, da ergriff ihn Neid, wegen des Leoparden, und er sprach: »Bei meinem Leben! Wie kommt der Wesir dazu, seine Bestellungen ausführen zu lassen vor den unseren! Du wirst hier bleiben und so ein Haus für mich anfertigen! Der Wesir kann warten.«

Doch der Tischler tat, als wolle er seiner Wege gehen, und sprach: »O Königssohn, ich verspreche dir, sofort zurückzukehren, wenn das Haus des Wesirs fertig ist, denn ich fürchte seinen Zorn.«

Doch der Löwe wollte nichts davon hören, und er wurde ärgerlich

und warf sich auf den Tischler, doch er tat es nur, um ihn in Furcht zu versetzen, und nicht etwa im Ernst, und er legte ihm die Tatze auf die Brust. Doch dieser kleine Scherz genügte schon, den Tischler aus dem Gleichgewicht zu bringen und ihn mit all seinen Brettern und seinem Werkzeug zur Erde zu werfen.

Da lachte der Löwe beim Anblick dieses jammervollen Geschöpfes, das vor Schreck erblasste. Doch obwohl der Tischler vor Entsetzen fast außer sich war, beherrschte er sich, zuckte scheinbar gleichmütig die Achseln und begann dann die gewünschte Arbeit.

Er nahm umständlich Maß an dem erstaunten jungen Löwen und zimmerte geschickt in kurzer Zeit einen festen Kasten, der nur eine einzige enge Öffnung aufwies. Dann schlug er noch von außen auf jeder Seite einige kräftige Nägel ein, deren Spitzen nach innen hervorstanden. Nachdem er dann für die Öffnung einen passenden Deckel angefertigt hatte, lud er den jungen Löwen mit großer Höflichkeit und unter vielen Verbeugungen ein, das Haus zu besichtigen.

Doch der Löwe zögerte eine Weile und sprach: »Ich weiß nicht, dieses Ding scheint mir nicht viel zu taugen. Es ist viel zu eng – was soll ich eigentlich darin?«

Doch der Tischler erwiderte eindringlich: »Sieh es dir erst einmal von innen an! Es ist klein, aber gemütlich – solche Häuser sind sehr beliebt und wirklich empfehlenswert; jeder, der erst einmal darin ist, fühlt sich drin wohl und geborgen!«

So bückte sich denn der Löwe und kroch in den Kasten hinein, doch sein Schweif blieb vor der Öffnung liegen.

Da sprach der Tischler schnell: »Einen Augenblick, o mein Gebieter, lass einmal sehen, ob dein Schweif auch genügend Platz hat in deinem Hause.«

Mit diesen Worten rollte der Tischler den Schweif des Löwen behutsam auf und legte ihn in den Kasten, dann aber drückte er in größter Hast den Deckel auf die Öffnung und nagelte ihn mit raschen, wohlgezielten Hammerschlägen fest.

Da versuchte der junge Löwe, sich in dem Kasten zu rühren und nach vorwärts und rückwärts zu kriechen: doch sogleich drangen die Spitzen der Nägel in seine Haut und ließen ihn wütend aufbrüllen, und er rief aus dem Kasten heraus: »Was soll denn das bedeuten? Das ist ein

höchst unbequemer und ganz und gar dummer Kasten! Mach sofort den Deckel auf!«

Als der Tischler diese Worte vernahm, stieß er einen lauten Freudenschrei aus, tanzte um den Kasten herum und rief dem Löwen zu:»O nein, das ist ein ausgezeichneter Kasten! O du Hund aus der Wüste! Nun wirst du mich kennen lernen, mich, den Sohn Adams, den du so hässlich, feig und schwächlich fandest! Aber meine Hässlichkeit, Feigheit und Schwäche triumphieren über deine Schönheit, deinen Mut und deine Kraft!«

Nach diesen Worten entzündete der Elende eine Fackel, häufte dürres Laub und vertrocknetes Geäst um den Kasten und setzte es in Brand.

Ich aber, erstarrt und gelähmt vor Grauen, musste sehen, wie der Löwe, mein großmütiger Freund, das herrlichste unter den Tieren der Erde, verbrannte. Der Rauch muss ihn rasch erstickt haben, denn er brüllte nicht einmal mehr, und bald war von ihm und seinem Gefängnis nur noch Asche übrig.

Der Sohn Adams aber war auch noch stolz auf diese tückische und grausame Tat und entfernte sich triumphierend, und da ich ausgestreckt in einer Mulde des Bodens lag, bemerkte er mich nicht, Allah sei Dank, sonst hätte er mich wohl auch noch umgebracht.

Lange dauerte es, bis ich meine Kräfte so weit gesammelt hatte, dass ich mich erheben konnte – dann flog ich davon, so schnell und so weit ich konnte, bis ich endlich wieder hierher gelangte und das Schicksal es bestimmte, dass ich euch, o meine lieben Gebieter, und eure mitfühlenden Seelen fand.

Als der Pfau und seine Frau die Erzählung der Gans vernommen hatten, sprach die Pfauin:»Jetzt, meine arme Schwester, bist du ja in Sicherheit. So verweile denn in unserer Gesellschaft, solange es dir genehm ist und bis Allah dir den Frieden der Seele wiederschenkt, der das höchste Gut ist außer der Gesundheit.«

Und die Gans erwiderte darauf:»Ich danke euch von Herzen, aber ich bin noch immer in großer Angst und fürchte mich sehr!«

Und der Pfau sprach:»Aber begreifst du denn nicht, dass eine Insel mitten im Meer selbst vor dem Sohne Adams Schutz bietet, dass er so weit nicht schwimmen oder springen kann? Wir Vögel sind nicht

stark wie die Löwen und nicht unerschütterlich wie die Elefanten, doch unsere Flügel schützen uns besser als Zähne und Klauen. Fürchte dich nicht! Sollte uns aber dennoch und trotz allem ein anderes Los bestimmt sein, als diese friedliche Insel vermuten lässt, nun, so ist es nicht zu ändern. Denn niemand entgeht seinem Schicksal, und wenn man ihm um jeden Preis entfliehen will, so versucht man die Vorsehung. Von Anbeginn ist uns alles zugewiesen, Gutes und Böses, und wohl kann man durch sein Verhalten sein Los verbessern oder verschlimmern, auch kann man manches wohl aufschieben oder beschleunigen, aber niemand kann dem Beschluss des Schicksals und dem Ziel seiner Tage entrinnen. Doch haben wir immer den Trost, dass keine Seele zu sterben vermag, bevor ihr nicht auch alles Gute zuteil geworden, das ihr bestimmt war.«

So sprach der weise Pfau, und während man noch in dieser Weise Rede und Gegenrede tauschte, siehe, da begannen plötzlich die Zweige zu rauschen, und das Geräusch von Schritten wurde vernehmbar, und das verwirrte die Gans so sehr, dass sie verzweifelt die Flügel ausbreitete und eilends nach dem Meer entfloh, während sie den Pfauen zurief: »Rettet euch! Wenn sich auch jedes Geschick erfüllen muss – es ist doch besser, sich in Sicherheit zu bringen!«

Doch als sich die Zweige teilten, erschien eine liebliche Gazelle mit feuchten Augen. Da rief das Pfauenweibchen hinter der Gans her: »Komm zurück! Es ist nur eine Gazelle!«

Und als die Gans zögernd heranflog, fügte die Pfauin hinzu: »Sieh doch! Es ist wirklich eine Gazelle, ein sanftes und schönes Wesen, das sich nicht von blutigem Fleisch nährt, sondern von Pflanzen wie wir. Das ist eine angenehme Gesellschaft und eine erfreuliche Überraschung, denn bislang sah ich noch keine Gazelle auf dieser Insel.«

Da kam die Gans wieder herab und wiegte sich, als sie näher schritt, kokett in den Hüften, während die Gazelle, von einem zum anderen blickend, nach höflicher Begrüßung zu ihnen sprach: »Ja, es ist das erste Mal, dass ich nach diesem Eiland komme, und es geschah auf abenteuerliche Weise. Nie in meinem Leben sah ich fettere Erde und schönere Pflanzen. So gestattet mir also, in eurer Gesellschaft die Wohltaten des Schöpfers zu genießen.«

Da erwiderten die drei: »So sei es, verehrte Gazelle. Ein gutes Leben wirst du hier finden, Ruhe und Frieden!«

Und sie lebten zufrieden eine lange Zeit, und immer wieder priesen sie den Schöpfer und dankten ihm. Nur die Gans tat da nicht mit, denn das Dasein erschien ihr bitter seit ihrem Erlebnis, und sie sah keinen Grund zur Dankbarkeit und blieb misstrauisch und furchtsam. Da sie nun aber ihr Leben zwar genießen wollte, doch nichts mit der rechten Freude tat, wurde sie träg und unleidlich, statt froh zu sein der Gnade, die ihr geschenkt war. Es kam aber die Stunde, da sie gestraft wurde für ihre Undankbarkeit gegen Allah, den Allmächtigen.

Eines Morgens nämlich geschah es, dass ein entmastetes Schiff, von Sturm und Wogen getrieben, an die Küste der Insel geworfen wurde. Die Menschen, die sich darauf befanden, retteten sich an das Ufer, und als sie den Pfau und seine Frau, die Gans und die Gazelle erblickten, eilten sie auf die Tiere zu.

Da flog der Pfau mit seiner Frau nach dem Wipfel eines fernen Baumes, die Gazelle eilte in großen Sätzen von dannen und war schnell vor jedem Angriff sicher; nur die Gans war so aufgeregt und verwirrt, dass sie bald nach dieser und bald nach jener Richtung lief und nicht aus noch ein wusste. So gelang es den Männern vom Schiff, sie einzufangen, und sie wetzten das Messer, um sie zu schlachten.

Da rief die Gans: »Ach, da war ich nun so vorsichtig, und es hat doch nichts genützt, ach, es gibt keinen Schutz gegen das Schicksal!«

Was aber den Pfau betrifft und seine Frau, so flogen sie nach einiger Zeit noch einmal näher, um in Erfahrung zu bringen, wie es der Gans ergangen war. Und sie kamen gerade in dem Augenblick, da man die Gans getötet hatte und rupfte. Da zogen sie sich zurück und suchten nach der Gazelle, und als sie sie gefunden hatten, beglückwünschten sie sich gegenseitig zu ihrer Errettung, und dann erzählte der Pfau von dem unglücklichen Ende der armen Gans.

Da trauerten sie alle drei um die Gefährtin. Und sie blieben fortan zusammen und dachten noch oft an die Gans, und eines Tages sagte die Gazelle: »Die Arme! Was hat sie nun davon gehabt, dass sie immer so ängstlich und verbittert war, statt Allah zu preisen für die schönen Tage, die er ihr noch schenkte!«

»So ist es«, sagte der Pfau, »lasset uns dankbar sein für alles Schöne und Gute, das uns gewährt ist inmitten der Gefahren. Die Gefahren aber werden immer nur größer für uns, je mehr wir uns fürchten.
Und sie nickten mit den Köpfen, die weisen Tiere, und die Pfauin fügte hinzu: »Und möge uns Allah bewahren vor dem Sohne Adams. Denn er ist die Geißel dieser Erde.«
Aber da kamen sie an einen kristallklaren Quell und labten sich, und ihr Kummer schwand, und sie freuten sich des Wassers, des Waldes und der schönen Insel, und sie fanden Frieden.

So erzählte Scheherazade. Und da es den König nach weiteren Tierfabeln gelüstete, wagte sie es nun, eine Geschichte zu erzählen, die wie geschaffen war, in das Ohr der Despoten zu dringen und in die Herzen der Herrscher.
Es war dies aber die alte Geschichte vom Wolf und vom Fuchs; und mit harmloser Miene begann Scheherazade in wohlgesetzten Worten ihre Parabel vom Tod des Tyrannen.

Die Geschichte vom Wolf und vom Fuchs

Der Fuchs, endlich müde der ununterbrochenen Zornesausbrüche seines Gebieters, des Wolfes, mit dem er in einer Höhle gemeinsam hauste, ließ sich eines Tages auf den Stumpf eines Baumes nieder, um über seine Lage nachzudenken. Plötzlich sprang er vor Freude von seinem Sitz herab, denn siehe, ein Gedanke war ihm gekommen, der eine Lösung zu enthalten schien. Er machte sich auf, nach dem Wolf zu suchen, und er fand ihn, wie er vor der Höhle hockte, mit gesträubtem Haar, das Gesicht verzogen und bei übler Laune.

Kaum hatte der Fuchs diese Anzeichen bemerkt, da begann er schon von ferne die Erde zu küssen und sich demütig und langsam, gesenkten Auges, dem Wolf zu nähern; in geziemender Entfernung hielt er inne und wartete bescheiden, bis ihm die Erlaubnis zuteil würde, zu sprechen. Nach einer Weile fuhr der Wolf ihn mürrisch an: »Was willst du von mir, du Sohn eines Hundes?«

Und der Fuchs sprach: »O mächtiger Gebieter, verzeih meine Kühnheit, aber wenn du mir die Erlaubnis erteilst, möchte ich dir einen Vorschlag machen und deiner Güte eine Bitte unterbreiten.«

Der Wolf erwiderte gelangweilt: »Sprich! Doch sei sparsam mit deinen Worten, und wenn du gesprochen hast, so mach dich wieder davon und störe mich nicht, sonst beiße ich dir das Rückgrat durch.«

Mit demütiger Stimme begann der Fuchs: »Du weißt, o mein Gebieter, dass der Sohn Adams seit einiger Zeit einen heftigen und hartnäckigen Krieg gegen uns führt: der ganze Wald ist angefüllt mit Fallen, Schlingen und Hinterhalten, und wir befürchten, dass er bald für uns unbewohnbar wird. Was würdest du nun dazu meinen, wenn mein demütiger Vorschlag dahin ginge, dass alle Wölfe und Füchse sich untereinander zu einem Schutzbündnis vereinen sollten gegen den Sohn Adams, auf dass wir es gemeinsam zu Stande brächten, ihm erfolgreich Widerstand zu leisten?«

Da knurrte der Wolf: »Sehr unverschämt finde ich es von dir, du elen-

der Fuchs, auf mein Bündnis und meine Freundschaft zu rechnen.
Hier! Das ist für deine große Frechheit!«

Bei diesen Worten holte der Wolf aus und traf mit seiner Vorderpfote
den Fuchs derartig auf die Wange, dass er umfiel. Mühsam richtete er
sich wieder auf; er hütete sich aber, etwas von seiner Wut zu zeigen,
im Gegenteil, er lächelte liebenswürdig, verbeugte sich nicht ohne
Anmut und sprach:

»Verzeih, o mein Gebieter, dass der letzte deiner Sklaven es wagte, so
zu dir zu sprechen. Ich sehe ein, dass ich Unrecht tat, und wenn es
auch unwissentlich und in bester Absicht geschah, so war es natürlich
sträflich, und deine gewaltige Ohrfeige ist also nur gerecht.«

Durch diese heuchlerischen Worte wurde der Wolf etwas beruhigt
und sagte: »Gut denn! Für die Zukunft mag es dich lehren, dich nicht
in Dinge zu mischen, die dich nichts angehen!«

Und der Fuchs fuhr fort: »Sehr wahr! Sehr richtig! Man soll sich nicht
um Dinge kümmern, die einen nichts angehen, und man soll seine
Ratschläge nicht an Leute verschwenden, die sie nicht verstehen.«

Zu sich selbst aber sprach der Fuchs: ›Meine Zeit wird kommen! Und
dieser Wolf wird seine Schuld bezahlen! So unsinniger Stolz, so maß-
loser Hochmut kommen früher oder später immer zu Fall. So will ich
mich denn weiterhin erniedrigen, bis endlich die Macht in meinen
Händen ist.‹

Zum Wolf gewandt aber sprach er mit freundlicher Miene: »O mein
Gebieter, Allah selbst verzeiht dem Schuldigen, wenn er nur bereut.
Ich weiß wohl, dass mein Vergehen groß ist, meine Reue aber ist nicht
geringer. Denn siehe, jener schmerzhafte Hieb, mit dem du mich in
deiner Güte begnadet hast, hat mir zwar, das ist nicht zu leugnen, beinahe alle Knochen im Leibe zerschlagen, doch für meine Seele war er
sicher sehr heilsam und ein Grund zu lebhafter Freude. Denn ich halte
es mit jenem Weisen, der da lehrte: Der Geschmack verdienter Züchtigung, die dir die Hand deines Gebieters erteilt, ist nicht ohne Bitterkeit, doch ihr Nachgeschmack ist süßer als Honig.«

Und während er das sagte, dachte er bei sich: ›Ich werde es ihm schon
noch heimzahlen, und der Honig der Seele, von dem ich rede, ist gerade gut genug, ihn diesem unausstehlichen Tyrannen ums Maul zu
schmieren.‹

Aber laut sagte er: »So hab denn Dank, o strenger und gerechter Gebieter!«

Und der Wolf knurrte: »Diese Art von süßem Honig kann ich dir noch häufig verschaffen! Immerhin ist es erfreulich, dass du meine Bemühungen um deine Erziehung würdigst, du Sohn einer Wanze. Aber nun scher dich an deine Arbeit! Gehe vor mir her und tu deinen Kundschafterdienst, und wenn du ein Wild siehst, kehre schleunigst um und melde es!«

»Recht gern, recht gern!«, sagte beflissen der Fuchs und beeilte sich, dem Wolf voranzugehen.

Auf seinem Wege gelangte der Fuchs in einen ausgedehnten Weinberg und fand dort einen Platz, der ihm verdächtig vorkam und den unklaren Eindruck einer Falle machte; denn für solche Dinge hatte der Fuchs ein sehr feines Gefühl. Da machte er Halt und sprach bei sich in seiner Seele: ›Wenn einer hier entlang kommt und vielleicht zu plump und dumm ist, die Falle zu bemerken – nun, so ist er wohl ausersehen, hineinzufallen. Ich wüsste da jemanden, der plump und dumm genug dazu ist! Aber sehen wir einmal in aller Vorsicht nach, ob mein Gefühl mich auch nicht getäuscht hat, denn außer dem guten Gefühl schenkte mir Allah ja auch einen guten Verstand, wenn auch dafür geringere Stärke als diesem Gierschlund. Sohn einer Wanze nannte er mich, dieser Sohn eines leeren Loches!‹

Mit gespitzten Ohren, die Luft mit der Nase prüfend, näherte er sich mehr und mehr dem verdächtigen Ort, bis er erkannte, dass es sich um eine geschickt verborgene Grube handelte, die mit dünnen Zweigen bedeckt und mit Laub bestreut war. Bei diesem Anblick rief er: »Lob und Preis sei Allah! Welch schöner Weinberg – für den, der friedlich darin zu leben weiß! Und welch schöne Falle – für den, der es versteht, nicht hineinzufallen! Möge es mir denn gelingen, dafür zu sorgen, dass der Richtige hineinfällt! Am Ende haben sogar die Fallen ihr Gutes.«

Eilig kehrte er zurück zu dem Wolf und sprach zu ihm: »Ich bringe gute Nachricht! Denn siehe, Allah hat deine Wege geebnet, auf dass sie ans rechte Ziel gelangen. Ich fand einen wunderschönen Weinberg. Das ist ein ganz besonderes Glück; mögest du dort genießen, was Allah in seiner Güte dir beschert hat.«

Der Wolf aber fragte voll Begier: »Ist das auch wahr, du Sohn eines Wüstenflohs?«

Und der Fuchs sagte eifrig: »Ich bin in diesen Weinberg eingedrungen und erfuhr, dass der Besitzer tot sei, von Wölfen in Stücke gerissen, und ich sah überall die reifen, wohlschmeckenden Trauben.«

Der Wolf zweifelte keinen Augenblick an des Fuchses Rede, und seine Gier gewann Macht über ihn, und er schrie den Fuchs an: »Was wartest du noch, du elender Sohn einer Warzenkröte? Marsch, führ mich hin, vorwärts!«

Da ging der Fuchs vor ihm her bis zum Eingang des Weinbergs, trat dann ehrerbietig zur Seite und ließ dem Wolf den Vortritt. Der Wolf aber eilte in der Richtung, die der Fuchs ihm gewiesen, und da er des Weges nicht achtete, trat er auf die dünnen Äste, die die Grube verbargen, und stürzte hinein.

Als der Fuchs das sah, ward er von solcher Freude erfasst, dass er wie unsinnig in die Luft sprang und sich wälzte vor Vergnügen, obwohl er sonst sehr beherrscht war und lieber leise lächelte, als dass er laut lachte. Dann blickte er in die Grube hinab, und als er bemerkte, wie der Wolf aus Mitleid mit sich selber jammerte und heulte, da rann auch ihm eine Träne herab. Der Wolf aber hob seinen Kopf empor und sprach: »Weinst du aus Mitgefühl mit mir, o Vater der Klugheit?«

Der Fuchs entgegnete: »Nein doch! Ganz im Gegenteil! Ich wei-

ne aus tiefem Kummer darüber, dass du nicht schon früher in die Grube stürztest! Denn bei Allah, mein Leben wäre dann friedlich und schön gewesen, und meine Tage wären vergangen ohne Schmerzen, Angst und Heuchelei!«

Doch der Wolf erwiderte, als fasse er die Worte des Fuchses als Scherz auf: »Du kleiner Spaßvogel! Sprich nicht von dir, sprich lieber von mir und strenge dein Köpfchen ein wenig an! Bist du nicht klug und geschickt wie nur wenige Tiere, o Vater des feinen Gefühls und Sohn der vorzüglichen Sitten? Du wirst doch sicher einen Ausweg wissen für mich?«

Doch der Fuchs antwortete ihm: »Bei Allah, du Nilpferd an Blödigkeit und Spatz an Verstand! Jahrelang habe ich meinen Kopf angestrengt, um herauszubekommen, wie ich dich in eine solche Grube hineinbekommen könnte, und jetzt, da du drin sitzt, sollte ich ihn anstrengen, um herauszubekommen, wie du herauskommst? Damit mir wieder der Segen deiner Züchtigung zuteil wird? O du Sohn des Satans! Fern liegt es mir, den, der im Unglück ist, noch zu verhöhnen – doch des Tyrannen Sturz ist die Freude der Unterdrückten, und Mitleid verdient nicht, wer selber Mitleid verwehrte!«

Da stöhnte der Wolf und sagte mit jammervoller Stimme: »Ach, war ich denn so schlimm? Dein Leben habe ich dir doch wenigstens gelassen und zu fressen hattest du auch immer genug. Ist denn das bisschen Freiheit so wichtig? O weiser Fuchs! Du hast jetzt die Macht, das ist wahr, doch erinnere dich, was Allah spricht: Wer die Macht besitzt und dennoch verzeiht, dem ist des Himmels Lohn gewiss! Ich flehe dich an!«

Doch da rief der Fuchs: »O du bei weitem dümmstes aller Raubtiere und zweifellos blödestes unter allen rohen und niedrigen Geschöpfen, welche die Welt bevölkern! Seit wann kümmert dich plötzlich der Himmel? Hast du vergessen, wie wenig du je verziehen hast, als du die Macht hattest? Oder glaubst du, ich hätte es vergessen? O Wolf, es stände dir besser an, dich in Würde ins Schicksal zu fügen; ja, selbst zu toben und zu fluchen, wie du es immer tatest, stände dir besser an. Beschimpftest du mich, so wärest du wenigstens bis zum Tode dir und deiner Bösartigkeit getreu. Dein Flehen aber zeigt, dass du wahrhaft niedrig bist und ganz, wie es von

den Tyrannen heißt: Ohne Macht – ohne Würde; ohne Macht – ohne Mut.«

So sprach er, aber flehentlich sagte der Wolf: »O großer Fuchs, denke von mir, wie du willst, aber lass es genug sein der Reden und rette mich! Hole einen starken, langen Ast und wirf ihn herab, damit ich daran emporklettern kann.«

Der Fuchs begnügte sich damit, zu antworten: »Warum sollte ich das wohl tun!«

Da sagte verzweifelt der Wolf: »O rette mich! Es ist deine Pflicht! Unser Vertrag erlegt sie dir auf! Wo bleibt deine Treue, o edler Fuchs?«

Der Fuchs aber sagte: »Hast du denn je Verträge und Treue gehalten?«

Da heulte der Wolf laut auf und schrie: »Fuchs, o Fuchs, verkenne mich doch nicht so! Ich war gewiss hart zu dir und deinesgleichen. Aber glaube mir: ich meinte es gut!«

Lächelnd sprach da der Fuchs: »Wolf, o Wolf – wie man lügt, das weiß ich, und dank deiner harten Schule weiß ich sehr viel davon. So sage ich dir denn: Du lügst sehr schlecht. Dass du es gut mit mir gemeint hättest, das erinnert mich an die Geschichte von dem Falken und dem Rebhuhn.«

Da fragte der Wolf: »Was ist das für eine Geschichte?«

Und der Fuchs erzählte sie.

Die Geschichte vom Falken und vom Rebhuhn

Einst, an einem Tag unter den Tagen, ging ich in einen Weingarten, um Trauben zu essen. Während ich dort verweilte, versteckt unter den Blättern, siehe, da schoss aus den Lüften ein mächtiger Falke herab; sein Ziel aber war ein kleines Rebhuhn. Dem Rebhuhn gelang es mit knapper Not, den Fängen des Falken zu entkommen und sein Nest zu erreichen. Da der Eingang zu diesem Nest sehr eng war, vermochte der Falke nicht, sich hindurchzuzwängen. So rief er denn dem Rebhuhn zu:

»Warum fliehst du vor mir, kleiner Narr? Weißt du nicht, wie gut ich es mit dir meine? Ist dir meine Wachsamkeit und Fürsorge verborgen geblieben? Weißt du nicht, dass ich eben nur aus Besorgnis hinter dir

her war? Denn ich sah, wie der Hunger dich quälte, und ich wollte dir rasch ein paar Körner bringen, die ich für dich gesammelt habe. So komm denn heraus, mein liebes Hühnchen, verlasse getrost dein Nest, stille deinen Hunger und erfreue dich an der Gabe der Freundschaft, die ich dir bringe.«

Als das Rebhuhn diese Rede vernahm, fasste es Vertrauen zu dem Falken und verließ sein Nest. Kaum war es aber durch den engen Eingang nach draußen gelangt, da stürzte sich der Falke auf das überlistete Geschöpf, schlug ihm seine Fänge ins Fleisch und zerriss es.

Das Rebhuhn aber sprach sterbend zum Falken: »Möge Allah mein Fleisch in deinem Magen in Gift verwandeln!«

Auf den Falken aber machte das wenig Eindruck; genießerisch fraß er das Rebhuhn auf, ließ es sich schmecken und räkelte sich zufrieden in der Sonne.

»Ja, so geht es«, sagte der Wolf, »Falken sind schlau. Was ist aber nun das Besondere an dieser Geschichte?«

»Warte nur«, entgegnete der Fuchs, »das kommt noch. Dass der Falke das Rebhuhn jagte, ist nicht mehr als der Lauf der Welt, das tun alle Raubtiere, an Land, in der Luft und im Wasser. Sein Betrug aber und seine Vorspiegelung, er meine es gut, machten diese Jagd zum gemeinen Verrat und den Falken zu einem niedrigen Tier, dessen Verhalten Allah missfallen musste. Sei es nun, dass er des sterbenden Rebhuhns Bitte und Verwünschung erhört hatte, sei es, dass das Rebhuhn an einer Krankheit gelitten hatte, die sein Fleisch vergiftete, oder sei es, dass der Falke beim gierigen Schlingen ein Knöchelchen in den falschen Schlund bekam, das ihm plötzlich den Atem nahm – jedenfalls sah ich, wie die Strafe folgte und der Falke plötzlich zuckte, den Hals verdrehte und tot umfiel. Da dachte ich bei mir: ›Der Fluch der Verratenen hat seine geheime Macht, und jeder Übeltäter kommt zu Fall – wenn es auch nicht immer so schnell geht wie bei jenem Falken.‹ Bei dir, o Sohn der Tyrannei und Vater der Bosheit, dauerte es länger, aber auch dich ereilte das Los, das deinen Taten zukam.«

Da heulte der Wolf aufs Neue und rief aus: »Fürwahr, du kennst mich nicht! Ja, ich habe manchen Frevel verübt, aber nun in dieser Grube tut es mir aufrichtig Leid, und ich würde dergleichen niemals wieder

tun. Kann sich ein Geschöpf, belehrt durch Schicksalsschläge, denn nicht ändern? O glaube mir – wenn Allah mich aus dieser Lage befreit, will ich ablassen von dem Umgang mit wilden Tieren und ihrer Gesellschaft, will meine Anmaßung und Gewalt gegenüber den Schwächeren büßen, mich in die Berge zurückziehen, von Wurzeln und Früchten nähren und nichts anderes hinfort mehr tun, als Allahs Allmacht preisen und meine Missetaten bereuen.«

Dabei weinte und stöhnte er so sehr, dass endlich das Herz des Fuchses von Mitleid bewegt wurde und er sich des Feindes erbarmte. Er setzte sich an den Rand der Grube und ließ den Schweif hineinhängen, auf dass der Wolf sich daran emporziehe. Der Wolf aber begriff es nicht gleich, erhob sich auf die Hinterfüße und biss wütend in den Schweif des Fuchses, so dass der Fuchs zu ihm hinabstürzte in die Grube.

Da rief der Wolf: »O Fuchs, du Sohn einer Laus und Vater des Verrats! Komme ich schon nicht aus der Grube hinaus, so sollst du wenigstens vor mir sterben, du Elender, der sich empörte wider meine allzu milde Herrschaft und sich weidete an meinem unverdienten Unglück! Mit Freuden und sehr langsam werde ich dich erwürgen und dein Blut trinken und dich zermalmen, wie es Verrätern gebührt.«

Der Fuchs aber sprach bei sich in seiner Seele: ›Wehe! Nun wird alle meine Kraft und alle meine Klugheit nötig sein, mein Leben zu retten. Jetzt muss sich zeigen, ob ich verstehe, mit Allahs Gabe, meinem Witz und Verstand, recht umzugehen und diese Not zu überwinden!‹

Und schon kam ihm ein Plan. Er wandte sich zum Wolf und sprach: »Sei nicht so voreilig in deinem Wunsche, mich zu erwürgen, und höre mich an! Als ich dein Versprechen, deine Beichte und dein Bedauern vernahm, als ich dich geloben hörte, dass du für den Fall deiner Befreiung niemandem mehr Böses tun wolltest, sondern dich von Wurzeln und Früchten ernähren und dein Leben Allahs Allmacht weihen, siehe, da ward ich plötzlich doch noch von tiefem Mitleid ergriffen. So ließ ich denn meinen Schweif hinab, auf dass du ihn ergreifst und dich errettest. Doch wie immer, so gingst du auch diesmal mit deiner gewohnten, törichten Gewalttätigkeit vor, suchtest dich nicht in gehöriger Weise an meinem Schweif zu halten, sondern bis-

sest hinein und rissest daran, dass ich das Gleichgewicht verlor und zu dir in diese Grube des Verderbens stürzte. Nur ein einziger Weg bleibt uns noch zur Rettung, und fügst du dich meinem Vorschlag, so ist es möglich, dass wir beide Befreiung finden; doch erwarte ich dann von dir wirklich, dass du dein Gelübde erfüllst.«

Da fragte zögernd der Wolf: »Was ist das für ein Vorschlag, o Vater der Schlauheit?«

Und der Fuchs erklärte: »Stelle dich auf deine Hinterbeine und richte dich auf zu deiner vollen Höhe, so dass du dem Rand der Grube möglichst nahe bist. Ich aber will auf deine Schultern klettern und auf deinen Kopf und ich denke, dass ich von da mit einem geschickten Sprung den Rand der Grube erreiche. Dann bringe ich dir einen großen Ast, an dem du emporklettern kannst. Das ist unsere einzige Möglichkeit.«

Misstrauisch zwar, doch gewillt, alles zu versuchen, was zur Rettung führen könnte, richtete sich der Wolf auf seinen Hinterbeinen auf, während der Fuchs auf seine Schultern kletterte, auf des Wolfes Schädel trat und endlich, nach zwei vergeblichen Versuchen, beim dritten Mal mit einem mächtigen Sprung aus der Grube entkam.

Der Wolf aber rief ihm nach: »O mein lieber Freund, ich bitte dich herzlich, vergiss nicht meine Not und eile, mir den großen Ast zu holen!«

Doch der Fuchs saß nieder am Rand der Grube, dankte Allah für die Errettung und rief dann zu dem Wolf hinab: »Ich fürchte, einen so großen Ast werde ich nirgends finden ...« Und er fügte hinzu: »Begreifst du es immer noch nicht? Meine Waffe gegen deine rohe Kraft ist meine List – anders wäre ich deinen mörderischen Zähnen nicht entgangen. So hab denn Dank für deine Dummheit, die mich rettete. Dich meinerseits zu retten, sehe ich keinen Anlass. Fast hattest du mich erweicht, da zeigtest du mir – und das danke ich deinem dummen Jähzorn – rechtzeitig wieder dein wahres Gesicht. Und ich gedenke des Weisen, der da sprach: Des Bösen selbstverschuldet' Ende erlöst die Erde.«

»Aber«, schrie da der Wolf, »ich will es dir reichlich lohnen, wenn du mich aus meiner Lage befreist!«

Doch der Fuchs sagte wegwerfend: »Belohnen? Ach, du gleichst der

Viper, von der erzählt wird in der Geschichte vom Dank der Schlange.«

Und der Wolf fragte unsicher: »Was ist das für eine Geschichte?«

Und der Fuchs erzählte sie.

Die Geschichte vom Dank der Schlange

Eine Schlange entfloh dem Korb des Beschwörers, und ein Mensch, der sie angstvoll dahinhasten sah, rief sie an und fragte: »Wovor fliehst du so schnell und warum fürchtest du dich?«

Und sie antwortete: »Ich fliehe vor meinem Gebieter, dem Beschwörer, der mich wieder fangen will, und wenn du mich retten willst, indem du mich in deinem Gewande verbirgst, will ich dir's reichlich lohnen und mich dankbar erweisen.«

Da erwog der Mensch die versproche-

ne Belohnung und nicht minder das Verdienst, das er sammeln, und die Gunst des Himmels, die er erwerben würde, und er barg die Schlange unter seinem Gewande auf der Brust.

Und als der Beschwörer an ihm vorübergegangen und in der Ferne verschwunden war, so dass die Schlange nichts mehr zu befürchten hatte, nahm sie der Mensch aus dem Versteck hervor und sprach zu ihr: »Wo ist der Lohn, den du mir versprochen hast? Siehe, ich habe dich gerettet vor ihm, der dich verfolgte, und bewahrt vor dem, den du fürchtest.«

Und die Schlange sprach: »Sage mir, in welches Glied deines Körpers ich meine Giftzähne bohren soll! Denn das ist der Dank der Schlangen und genügend Belohnung: Du hast die Wahl!«

Als aber der Mensch verstummte vor Grauen, sagte sie ruhig: »Nun, wenn du es nicht entscheiden magst, so brauchst du es nicht; dann wähle ich selbst.«

Und sie schlug die Zähne in seine Brust, und der Mensch sank um und war tot.

So erzählte der Fuchs und blickte hinab auf den Wolf, und schließlich erhob er sich und rief: »So leb denn wohl, o alter Bösewicht – gebe dir Allah in deiner letzten Stunde die rechte Tapferkeit!«

Da brüllte wütend der Wolf: »Du Hund! Du erbärmlicher Schwätzer! Wie wagst du mit mir zu reden! Vergisst du, wer ich bin, du Wanze; Siehe, ich bin der Herr der Schrecken, und vor meiner Stärke erzittert der Erdkreis! Du aber hast meinen Befehlen zu gehorchen! Tritt vor mich hin, wie es sich gehört, wenn der Knecht vor seinen Gebieter tritt!«

Der Fuchs aber sagte leise: »O du armer Narr, wahrlich, fast bewundere ich es, dass du zu guter Letzt doch noch, so vergeblich es auch ist, deine eigene Melodie spielst und dich nicht länger unter Masken verbirgst. Ja, du warst der Herr der Schrecken, doch der Erdkreis zittert nicht mehr vor dir, denn jeder Schrecken hat einmal ein Ende, jeder Tyrann muss stürzen, und stärker als der Stärkste ist das Schicksal, das aus Allahs Händen kommt. Lebwohl.«

Nach diesen Worten verließ der Fuchs den Rand der Grube, eilte den Hügel hinan, der den Weinberg überragte, und begann dort sein hei-

seres Gebell. Und die Winzer erwachten und kamen herbei und blickten in die Falle, dieweil der Fuchs in den Büschen entschwand, und sie erhoben ihre Stöcke und Schleudern und zerschmetterten den Wolf in der Grube.

Der Fuchs aber hauste noch lange im Weinberg, ungestört, listig und leise, und er freute sich seiner Freiheit.

Als Scheherazade das erzählt hatte, fand sie, dass es nun genug der Tiergeschichten sei, und sie fragte, kaum dass der König das Ende ihrer Erzählung recht bedacht hatte, ob es nicht an der Zeit wäre, zurückzukehren zu den Menschen, und ob wohl der König die Geschichte kenne, die unter den Legenden aus den Tagen Harun al Raschids, des großen Kalifen, vielleicht die wunderbarste sei: die Geschichte von Sindbad dem Seefahrer.

»Sindbad der Seefahrer?«, sagte der König. »Das klingt nicht übel.« Und er nickte und sprach: »Erzähle!«

Die Geschichte von Sindbad dem Seefahrer und Sindbad dem Lastträger

In Bagdad lebte einst, unter der Herrschafe Harun al Raschids, ein Mann namens Sindbad. Er war Lastträger und ein armer Mann und arbeitete schwer, und er sehnte sich nach Reichtum und Ruhe. Eines Tages, als er gerade wieder eine Last auf seinem Kopfe trug, während der Himmel heiß war wie glühendes Metall, ermattete er unter der sengenden Sonne, und es überkam ihn große Müdigkeit. Und er wischte sich den Schweiß von der Stirn und hielt inne und seufzte.

Es geschah dies aber, als er sich an der Pforte eines großen weißen Hauses befand. Eine breite Ruhebank stand vor dem Tor; und als Sindbad sie sah, legte er seine Last auf die Bank und saß nieder, um zu verschnaufen. Und es tat ihm wohl, dass aus der Richtung der Pforte ein Geruch von Rosen wehte.

Er lauschte und vernahm aus dem Innern des Hauses Gitarren und Saitenspiel. Es mischte sich in den zarten Klang das Gezwitscher vieler Vögel, und Sindbad, der die Tiere liebte, unterschied den Gesang der Nachtigall, das Gurren der Turteltaube und den Ruf der Drossel. Und er hörte noch andere Vogelstimmen, die er nicht kannte, und neugierig schritt er näher.

Durch das Gitter im Tor erblickte er einen herrlichen Garten, darin gab es die schönsten und seltensten Blumen und Pflanzen, auch Teiche voll goldener und silberner Fische und geräumige Umzäunungen für allerlei Getier. Bunte Vögel saßen in den Zweigen und sangen, und auf den kiesbestreuten Wegen schlugen Pfauen ihr Rad. Zwischen den Blumenbeeten, Tiergehegen und Teichen, im Schatten der schönen Bäume, spazierten hübsche Sklavinnen und lachende Diener, und sie sahen aus, als feierten sie ein immer währendes Fest, und es waren ihrer so viele, dass man meinen mochte, es sei dies das Gefolge eines Königs.

Da sprach Sindbad bei sich in seiner Seele: ›O Allah, warum leben die

einen im Wohlstand und im Überfluss der Welt, während die anderen arbeiten und leiden und im Elend sind wie ich!‹ Und ein Vers fiel ihm ein:

> *Wenn ich erwache, wartet die Arbeit auf mich.*
> *Und mein Los ist Last.*
> *Wenn der Reiche erwacht, erwartet ihn Dienstbarkeit.*
> *Und sein Los ist Lust.*
> *Für die Reichen sind die Feste, für die Armen ist das Fasten,*
> *Und die einen gehn im Garten, und die andern tragen Lasten.*

Diese Worte murmelte er, und er fand eine Melodie dazu und sang sie vor sich hin. Und ganz versunken, doch gleichwohl erfreut von der Schönheit des Gartens und den Spielen der Tiere, stand Sindbad vor dem Tor.

Nach einiger Zeit öffnete plötzlich ein junger Sklave die Pforte und bat ihn einzutreten, denn der Herr des Hauses begehre ihn zu sprechen.

Da erstaunte Sindbad und glaubte, es müsse ein Irrtum sein; doch schließlich folgte er dem Sklaven und ging wie im Traum hinter ihm her durch den Garten, über die Treppe und durch die Vorhalle, und schließlich gelangte er in einen festlichen Saal. Und der Saal war geschmückt mit Blumen, und es standen Schalen mit Früchten und kostbaren Speisen auf dem Tisch und Getränke in Karaffen von Kristall. Auch gab es junge Sklavinnen, die tanzten und musizierten, und um den Tisch saß eine erlesene Gesellschaft, und man trank und plauderte und war fröhlich.

Auf einem erhöhten Platz aber saß ein Mann von ehrwürdigem Aussehen. Sein Antlitz trug die Furchen des Alters, und sein Haar war weiß. Er war stattlich von Erscheinung und voll heiterer Würde und natürlicher Majestät. Und Sindbad der Lastträger geriet in Verwirrung über alles, was er sah, und er sprach bei sich in seiner Seele: ›Bei Allah, das ist entweder der Palast eines Königs oder der Vorhof des Paradieses!‹ Und er grüßte die Gesellschaft achtungsvoll und stand mit gesenktem Haupt in stummer Erwartung.

Der Herr des Hauses gebot ihm, näher zu treten und niederzusitzen

und sprach ihm freundlich zu und hieß ihn willkommen. Dann stellte er ausgesuchte Speisen vor ihn hin, und der Lastträger sprach sein »Gelobt sei Allah!« und machte sich daran und aß sich satt. Dann wusch er sich die Hände und sagte seinen Dank für die Bewirtung. Doch da sprach der Gastgeber: »Sei willkommen und dein Tag sei gesegnet. Wie ist dein Name und Stand?«

Und Sindbad sagte: »O Herr, mein Name ist Sindbad, und ich bin Lastträger von Beruf.«

Und der Herr des Hauses lächelte und erwiderte: »So bist du mir wie

ein Bruder, o Lastträger, denn auch ich heiße Sindbad, und man nennt mich den Seefahrer. Wisse denn, dass es meine Gewohnheit ist, Menschen, die vor meiner Tür stehen und sich erfreuen an meinem Garten, zu Gast zu bitten; und umso lieber tue ich es, wenn sie den Eindruck machen, sie seien selber nicht mit gleichen Gütern gesegnet. Wer in den Gärten des Glückes lebt, der teile aus von seinem Überfluss an seine Mitmenschen und achte sie als seine weniger glücklichen Brüder. Denn Glück ist Gnade und Geschenk, dessen wir würdig sein müssen; auch sollen wir wissen, dass Allah es uns nehmen kann über Nacht und dass vielleicht schon morgen wir es sind, die vor fremden Gärten stehen und seufzen und erfreut sind, wenn uns aufgetan wird. Dies aber, o Freund, ist ein besonderer Tag, denn dass du den gleichen Namen trägst wie ich, soll wohl uns beide daran mahnen, dass wir alle Brüder sind, der im Garten und der andere, der die Lasten trägt.«

Da war Sindbad verlegen, und sein Vers fiel ihm ein, und der Hausherr sagte, als habe er seine Gedanken erraten, er möge doch den Vers wiederholen, den er vor dem Tore gesungen und von dem ein Sklave berichtet habe. Sindbad tat es und entschuldigte sich dann dafür, doch der Herr des Hauses rief:

»Recht gut gefällt mir dein Vers und dein kleines Lied, o mein dichtender Lastträger! Auch sprichst du damit die Wahrheit. Es ziemt dem Reichen, erinnert zu werden an das Los der Armen, auf dass er es lindere. Willst du deinerseits, o mein Bruder, als Gegengabe für deinen Vers meine Geschichte hören? Du wirst dann erfahren, woher mein Reichtum stammt, und wie immer du dann denken magst über das Spiel des Schicksals: es ist eine wunderbare und seltsame Geschichte. Und du sollst hören, dass ich meinen Wohlstand nicht erreichte, ehe denn Leiden und Gefahren in Menge über mich hingegangen waren; und unendliche Mühsal und Plage habe ich zuvor erdulden müssen und schwere Arbeit und Irrfahrten über die Meere hin. Sieben Reisen machte ich, und an jeder hängt eine Geschichte. All das aber kam von der Missgunst des Schicksals, das mir damals so wenig Wohlwollen zeigte wie bis heute dir oder noch weniger. Doch wisse, dass der Lauf unseres Lebens sich ändern kann, ehe wir es ahnen, und dass uns zugemessen ist Gutes und Schlimmes.«

»Sehr weise sprichst du«, sagte da der Lastträger, »und sehr gütig redest du zu mir. Und recht begierig bin ich, o Herr, auf deine Geschichte.«

Und Sindbad der Seefahrer erzählte Sindbad dem Lastträger die Geschichte seiner ersten Reise.

Die erste Reise Sindbad des Seefahrers

Mein Vater war ein Kaufmann, ein begüterter Mann und gesegnet mit Wohlstand, und er starb, als ich ein Kind war. Er hinterließ mir beträchtlichen Reichtum an Geld und Grundbesitz. Und ich wuchs heran und legte die Hand auf den Besitz und aß vom Besten und trank nach Laune und trug prunkvolle Gewänder und lebte verschwenderisch. Altersgenossen ohne Zahl gesellten sich mir zu, und es wuchs der Wahn in mir, dass diese Lebensweise bis in alle Ewigkeit fortdauern müsse, und ich konnte mir nicht vorstellen, es könne einmal anders kommen.

So fuhr ich fort und vergeudete mein Gut, und immer nur zu meinem eigenen Vergnügen, bis ich eines Tages erwachte und bemerken musste, dass mein Wohlstand zerronnen war und mein Leben schal. Und aus meiner sorglosen Selbstzufriedenheit wurde Unbehagen, Zweifel und Furcht. Da ich mich aber wieder im Besitz meiner Vernunft befand, entsann ich mich zur rechten Zeit eines Ausspruches von Salomo, dem Sohne Davids – Friede sei mit ihm! –, den ich des Öfteren von meinem Vater gehört hatte: Drei Dinge sind besser denn drei andere Dinge: der Tag des Todes ist besser denn der Tag der Geburt, Wagemut ist besser als Wehklagen, und das Grab ist besser denn der Mangel. So wage dein Leben und fürchte dich nicht!«

Da raffte ich die Überreste meines Vermögens zusammen und verkaufte alles, auch meine schönen Kleider, und beschloss, in ferne Länder zu reisen.

Nicht ohne Mühe beschaffte ich den nötigen Reisevorrat und einige bescheidene Waren und stach mit einer Gesellschaft unternehmungslustiger Kaufleute in See. Unser Schiff lief Bassora an und segelte dann weiter und fuhr Tag und Nacht dahin, und wir ließen Insel um Insel und Küste um Küste hinter uns. Wir trieben Handel und

Tauschhandel, wo immer das Schiff anlegte, und verdienten anfangs nicht viel, doch später immer besser, und es häuften sich im Ladungsraum die Warenballen, von denen viele mir gehörten, bis dass wir an ein Eiland kamen, das noch keiner gesehen hatte. Und es war einer Sandbank ähnlich, doch wuchs darauf Gras und kleines Gesträuch.

Hier gingen wir vor Anker, legten an und warfen die Laufbrücke aus. Und die meisten, die sich an Bord befanden, gingen an Land und sahen sich um; einige machten Feuer und kochten, und andere badeten, und die Dritten erfreuten sich an allerlei Kurzweil, und wieder andere schlenderten zu ihrer Zerstreuung auf der Insel umher und taten gar nichts.

Auch ich befand mich unter denen, die so umherspazierten, als plötzlich der Kapitän von der Höhe des Schiffes herab uns zuschrie mit lautem Schrei und ausrief: »Heda Leute! Laufe, wenn euch das Leben lieb ist, und kommt sofort zurück aufs Schiff! Rettet euch! Die Insel, auf der ihr seid, ist gar keine Insel! Bei Allah – ihr steht auf dem Rücken eines riesigen Fisches!«

»Welch ein Unsinn!«, riefen da einige zurück. Und andere sagten: »Ist der Kapitän verrückt? Sieht er denn nicht dieses Erdreich, die Sträucher und Steine?«

Aber der Kapitän schrie: »Zurück, zurück! Ihr irrt euch! Der Fisch ist so riesig, dass sich Sand auf ihm ablagerte und allerlei angeschwemmt wurde und sogar Pflanzen auf ihm gediehen. Ihr habt Feuer entzündet! Nun spürt er die Hitze, schon hat er sich bewegt – jeden Augenblick kann er tauchen und euch alle in die Tiefe reißen!«

Da ließen alle ihre Habseligkeiten im Stich, ihre Kessel, Töpfe, Vorräte und Kleider, und flohen zum Schiff. Einige erreichten es in letzter Minute, doch andere, unter denen auch ich mich befand, waren nicht schnell genug; denn plötzlich erzitterte die Insel und versank mit allem, was darauf war, in die Abgründe des Ozeans, und die See schlug in großen Wogen darüber zusammen.

Ich ging mit den anderen unter. Doch Allah, der Allmächtige, bewahrte mich vor dem Ertrinken, und es geschah, dass mir ein großes Fass in den Weg gespült wurde. Ich klammerte mich daran fest, bestieg es wie ein Ross und gebrauchte meine Füße wie Ruder, während

die Wellen um mich tobten und tosten und das Fass umherwarfen und tanzen ließen wie einen Korken.

Meine Blicke aber verfolgten das entschwindende Schiff, bis der Horizont es verschluckte. Da machte ich mich, während ich um mein Leben kämpfte, auf den Tod gefasst. Und es wurde dunkel, und der Mantel der Finsternis hüllte mich ein, und Wind und Wogen führten mich weiter und weiter dahin, bis endlich das Fass an die Küste einer Insel geschleudert wurde.

Es war eine schöne, grünende Insel, und Bäume neigten sich über den Strand. Und ich fasste einen Ast und kletterte an ihm auf das feste Land und war dem Tode näher als dem Leben. Als ich wieder Boden unter mir fühlte, fand ich meine Beine taub und starr von der Verkrampfung des Wogenrittes, und an den Füßen gewahrte ich Wunden, die vom Biss gefährlicher Fische herrührten. Das alles hatte ich nicht gespürt vor übergroßer Erschöpfung.

Ich warf mich nieder auf den Strand und fiel sogleich in ohnmächtigen Schlaf, aus dem ich erst wieder erwachte, als die Sonne schon hoch am Himmel stand. Meine Füße waren so geschwollen, dass ich mich nur auf den Knien fortbewegen konnte, kriechend wie ein verwundetes Tier. Es wuchsen aber Früchte in Fülle auf jener Insel, und es gab Quellen mit süßem Wasser. Und gierig kroch ich darauf zu.

Ich aß von den Früchten und stärkte mich und verbrachte Tage und Nächte auf solche Weise, bis dass die Kräfte mir wieder gegeben waren, die Lebensgeister erwachten und ich wieder gehen konnte, wenn auch noch hinkend und mühsam. Dennoch machte ich mich daran, die Insel zu durchforschen, und der Anblick all der Dinge, die Allah, der Allmächtige, geschaffen hatte, erfreute und bewegte mich, als sähe ich die Welt zum ersten Mal. Und ich rastete unter einem schattigen Baum, von dem ich mir einen Stab zur Stütze brach.

Eines Tages schlenderte ich am Strande entlang und gewahrte in der Ferne etwas, das mir ein wildes Tier zu sein schien. Und ich fasste meinen Stab fester. Doch als ich näher kam, erkannte ich, dass es eine edle Stute war; und sie war angehalftert am Ufer des Meeres. Als ich indessen vor ihr stand, da stieß sie einen so schrecklichen Schrei aus, dass ich vor Furcht erzitterte und die Flucht ergriff. Und siehe, es kam ein Mann aus der Erde hervor, der verfolgte mich, schrie mir nach

und rief: »Wer bist du, woher kommst du, und was suchst du an diesem Ort?«

Da blieb ich stehen und entgegnete: »Ach, ich bin in schwerer Bedrängnis! Heimatlos bin ich, ein Fremdling, der dem Tod im Meere entging. Allah sandte mir in seiner Gnade ein Fass, und ich rettete mich darauf und trieb mit ihm dahin, bis dass mich die Wogen auf dieses Eiland trugen.«

Als der Mann das gehört hatte, sprach er: »Folge mir!« Und er führte mich in ein ausgedehntes unterirdisches Gelass, das an Größe der Halle eines Hauses glich. Und er hieß mich niedersitzen und brachte Essen herbei, und da mich hungerte, hieb ich ein und aß, bis ich satt war.

Lächelnd sah der Mann mir zu und freute sich, dass es mir schmeckte, und dann fragte er mich aus, und ich erzählte ihm alles, was mir zugestoßen war. Und ich schloss mit den Worten: »Nun aber sage auch du, wer du bist, weshalb du hier unter der Erde weilst und warum du jene Furcht erregende Stute am Strande angebunden hast.«

Und er sprach: »Ich bin einer von den Pferdeknechten des Königs Mihrdschan, und alle seine Rosse sind unserer Obhut anvertraut. Immer, wenn der Neumond aufgeht, bringen wir unsere besten Stuten hierher und halftern sie am Meeresstrande an und verbergen uns, so dass uns niemand zu erspähen vermag. Und die geheimnisvollen Hengste des Meeres, die Seeungeheuer in Pferdegestalt, wittern die Stuten und entsteigen dem Wasser, und da sie niemanden gewahren, treiben sie mit den Stuten ihr Spiel und kehren am Abend wieder zurück in die See. Die Stuten aber, die hinfort schreckhaft sind und

schreien wie jene Brandungsrosse, tragen danach Füllen, die ein Bergwerk von Gold wert sind, denn ihresgleichen ist auf der ganzen Welt nicht zu finden.«

Verwundert schüttelte ich den Kopf. Der Pferdehirt aber sprach weiter zu mir: »Ich werde dich zum König führen und dir unser Land zeigen. Wisse, dass du kläglich umgekommen und von niemandem entdeckt worden wärest, wenn du uns nicht getroffen hättest. So hattest du Glück in allem Unglück, denn wir sind hilfsbereite Leute, und ich will mich bemühen, dich in deine Heimat zurückzubringen.«

Ich dankte ihm, und wir saßen noch eine Weile beisammen, bis sich allmählich die Pferdehirten versammelten. Ich musste ihnen alles erzählen, und sie ließen mir eine der Stuten als Reittier, und wir zogen aus und ritten landeinwärts, bis wir zur Hauptstadt des Königs Mihrdschan gelangten.

Da begaben sich die Hirten zu ihm und berichteten von mir. Und der König wollte mich sehen, und als sie mich vor ihn gebracht hatten und die Begrüßungen ausgetauscht waren, hieß er mich herzlich willkommen, wünschte mir ein langes Leben, ließ sich meine Geschichte erzählen und behandelte mich mit Güte und Aufmerksamkeit. Am Ende der Unterredung ernannte er mich zum Wächter über den Hafen und zum Aufseher über alle Schiffe, die einliefen. Und ich tat meine Arbeit, und er schenkte mir seine Gunst.

Und wahrlich, ich stand in hohem Ansehen bei ihm und ich wurde der Mittler zwischen Volk und König und der Sprecher seiner Untertanen, wenn sie etwas Wichtiges von ihm begehrten. So verlebte ich eine geraume Zeit, und sooft ich von der Stadt nach dem Hafen ging, befragte ich die Kaufleute, die Reisenden und die Seeleute nach der Stadt Bagdad; denn ich hoffte auf eine Gelegenheit, nach meiner Vaterstadt heimkehren zu können; doch fand ich keinen, der etwas von Bagdad wusste, noch jemanden kannte, der aus Bagdad war. Darob war ich bekümmert; denn man wird des Verweilens in der Fremde müde. Und Missbehagen erfasste mich, obwohl ich viel Neues und Sonderbares kennen lernte.

So traf ich eines Tages als Gäste des Königs eine Gesellschaft von Indern, die mir von ihrer Heimat und ihren staunenswerten Sitten erzählten. Es gibt in Indien, sofern sie die Wahrheit sprachen, verschie-

dene Kasten, die streng voneinander geschieden sind, und man zählt insgesamt zweiundsiebzig Kasten, was ich rätselhafter fand als selbst die Meerhengste. Die vornehmste Kaste aber heißt Schakirijah, und wer ihr angehört, darf weder irgendjemandem Unrecht tun, noch dulden, dass jemandem Unrecht durch andere geschieht. Diese Kaste ist mithin sehr löblich. Bemerkenswert ist auch die Kaste der Brahmanen, die sich des Weines enthalten, doch in großer Weisheit und Heiterkeit leben. Von den siebzig anderen Kasten aber begriff ich nur wenig; doch schien mir zu meiner Verwunderung dieses Volk der Kasten gleichzeitig ein Volk zu sein, das viele Weise und Seher und mancherlei Menschen von besonderen Kräften der Seele wie des Geistes hervorgebracht hat.

Doch nicht nur fremde Menschen aus fernen Ländern sah ich, sondern auch Tiere, von denen man in Bagdad nichts ahnt. Zum Beispiel bemerkte ich einmal einen Fisch von zweihundert Ellen Länge. Die Fischer fürchten ihn über alle Maßen. Daher schlagen sie Holzstöcke aneinander und jagen ihn trommelnd in die Flucht, denn gegen Lärm und Geräusch ist dieses Untier eigenartig empfindlich. Auch sah ich einen anderen Fisch, der am Kopf ein Schwert trug, und Vögel, nicht größer als kleine Käfer, leuchtend wie Feuerfunken, und noch viele andere Seltsamkeiten, die ich nicht aufzählen will. Ich hatte im Laufe der Zeit die Insel recht gründlich erforscht, und bis auf die Meerhengste, die ich nie zu Gesicht bekam, blieb mir wohl keines ihrer Rätsel und Wunder verborgen.

Eines Tages stand ich wieder einmal am Hafen, einen Stab in der Hand, wie es meine Gewohnheit war, als ein großer Segler sich näherte. Er lief in den Hafen ein, reffte die Segel, legte an und warf den Landungssteg aus; und die Bemannung begann, die Ladung zu löschen und die Waren an Land zu bringen. Ich stand daneben und schrieb alles gehörig auf. Sehr lange Zeit hindurch trugen sie immer neues Ladungsgut ans Land, so dass ich endlich den Kapitän nicht ohne Ungeduld fragte: »Ist denn immer noch etwas in deinem unerschöpflichen Schiff?«

Und er entgegnete: »O Herr des Hafens, es sind in der Tat noch Warenballen im Schiffsraum! Ihr Eigentümer ertrank im Meer. Seine Waren aber blieben unserer Treue anvertraut, und wir wollen sie nun

verkaufen und ihren Preis genau aufzeichnen, damit wir den Erlös seinen Angehörigen nach der Stadt Bagdad bringen, der Stätte des Friedens.«

Da wurde ich aufmerksam und fragte rasch: »Wie war der Name jenes Kaufmanns?«

Und er entgegnete: »Sindbad.«

Und ich sah ihn scharf an, und da erkannte ich ihn wieder und schrie auf und rief: »O Kapitän! Ich bin Sindbad, der mit dir reiste. Erinnere dich – als der Fisch sich bewegte, riefest du uns zu, und einige retteten sich, während die anderen versanken, und ich war einer der Ertrinkenden. Aber Allah führte mir ein Fass in den Weg, und Winde und Wogen trieben mich zu dieser Insel, wo ich Hafenmeister wurde dank König Mihrdschan, dem Mildtätigen. Die Ballen aber gehören mir, und ich bin sehr froh darüber. Denn es zieht mich heimwärts nach der guten Stadt Bagdad.«

Da rief der Schiffer: »Bei Allah! Es ist weder Treu noch Glauben unter den Menschen!«

Und ich fragte: »Was soll das heißen? Zweifelst du etwa an meinen Worten?«

»Das tue ich«, sagte der Kapitän, »denn ich kenne das; erzählt man, der Eigentümer einer wertvollen Ladung sei tot, gleich kommt ein Schwindler daher und behauptet, er sei dessen Erbe oder gar der Tote in eigener Person! Nein, darauf falle ich nicht herein, obwohl ich zugebe, mich an jenen Sindbad nicht mehr genau erinnern zu können. Aber Sindbad ertrank; und du solltest dich lieber um deinen Hafen kümmern als um tote Geschäftsleute aus Bagdad!«

Ich war so wütend über diese Rede, dass ich schon meinen Stab erhob, ihn damit zu treffen, aber da besann ich mich, dass jener Kapitän zwar manchmal recht barsch, doch immer ehrlich und verlässlich gewesen war und dass er sich ja auch jetzt die Waren nicht aneignen, sondern sie – o Allah – meinen Erben aufbewahren wollte. So zwang ich mich zur Ruhe und erzählte ihm alles, was wir erlebt hatten, seitdem wir von Bagdad abgesegelt waren, bis zu der Zeit, da wir die Fischinsel erreichten und beinah allesamt ertrunken wären. Und ich erinnerte ihn an Gespräche, die sich zwischen uns beiden ergeben hatten und die kein anderer wissen konnte. Da musste er denn erkennen, dass ich die

Wahrheit sprach. Und er rief den Steuermann, der bekannt war für sein gutes Gedächtnis, und der erkannte mich. Und alle, die Kaufleute wie die Matrosen, kamen herbei und umarmten mich und staunten mich an, als sei ich der König der Meerhengste.

Dann lieferten sie mir die Warenballen aus, und ich fand meinen Namen darauf geschrieben, und es fehlte nichts, und ich lobte den gewissenhaften, wenn auch groben Kapitän. Und ich öffnete die Ballen und stellte aus dem Schönsten und Kostbarsten ein Geschenk für König Mihrdschan zusammen, und ich trat bei ihm ein und legte es ihm zu Füßen und machte ihn mit allem bekannt, was sich begeben. Und der König vergalt mein Geschenk mit einer noch wertvolleren Gegengabe und beglückwünschte mich und gab für mich und meine Landsleute ein Fest. Danach verkaufte ich meine Ballen mit einigem Nutzen und kaufte Erzeugnisse der Insel und der Handfertigkeit ihrer Bewohner. Und als die Kaufleute die Heimreise antreten wollten, ließ ich alles,

was ich besaß, an Bord des Schiffes schaffen und begab mich zum Kö-
nig, um ihm noch einmal für seine Gunst und Freundschaft zu danken und mich zu verabschieden. Ungern zwar, doch in Gnaden und
mit vielen Segenswünschen ließ er mich ziehen und überreichte mir
diesen kostbaren Ring, den ich noch immer am Finger trage.

Dann hissten wir die Segel und fuhren Nächte und Tage dahin, und
Allah war mit uns. Und wir erreichten Bassora, und nach kurzem
Aufenthalt ging es weiter nach Bagdad, der Stadt meiner Träume.

Zu Hause aber, als ich meine Waren, meinen Verdienst und die Geschenke des Königs überschlug, erkannte ich, dass ich reich war und
weit wohlhabender als zuvor. Und ich kaufte Haus und Garten und
war fröhlich mit den Freunden, doch diesmal war ich klüger als einst
und verprasste nicht mein Hab und Gut, und ich pries mich glücklich
und dankte Allah. Und ich lebte in Freuden.

Dass freilich die Zeit meiner Prüfungen und Abenteuer noch nicht vorüber war, das wusste ich noch nicht, denn wiewohl ich ein wenig weiser geworden war, ergriff mich doch wiederum eine gewisse Selbstzufriedenheit, als könne mir nun nicht mehr viel geschehen. Und langsam geriet die Todesnot auf dem Meer, die Zeit des Exils und der Fisch,
der eine sichere Insel schien und dennoch versank, in Vergessenheit.

Dies aber ist die Geschichte meiner ersten Reise, und wenn du es hören magst, will ich dir morgen die Geschichte der zweiten erzählen.

Und Sindbad der Seefahrer lud Sindbad den Lastträger zum Nachtes-
sen ein, ließ ihm hundert Goldstücke überreichen und sprach zu ihm:
»Du hast uns mit deiner Gesellschaft erfreut.«

Der Lastträger war sehr froh, nahm das Geschenk und ging nachdenklich in seine Hütte. Am nächsten Morgen aber begab er sich wieder zu seinem Namensvetter, betrachtete aufs Neue mit Wohlgefallen
den Garten, die Tiere und das Haus und begrüßte dankbar den Gastgeber.

Sindbad der Seefahrer aber wartete, bis sich die Freunde versammelt
hatten, und nach dem Frühstück, während draußen im Garten die Vögel sangen und manchmal blitzende Fische über den Spiegel der Teiche schnellten und wieder zurückfielen, erzählte er die Geschichte
seiner zweiten Reise.

Die zweite Reise Sindbad des Seefahrers

Es ging mir gut in jenen Tagen. Ich war gesund, wohlhabend und angesehen, ich hatte gute Freunde und ein schönes Haus, und meine Tage reihten sich aneinander wie Perlen an einer Schnur. Dennoch überkam mich bald wieder die Reiselust und die Sehnsucht nach fernen Ländern. Und ich glaubte, nicht genug gesehen und erlebt zu haben, als ob ich zu Hause, in meiner Heimat, etwas Wichtiges von der Welt versäumte.

Und wieder zog ich über das Meer. Ich nahm einen guten Vorrat an barem Geld und allerlei Waren und Güter, ging an den Strand und fand ein schönes Schiff, klar zum Auslaufen, mit guten Segeln und bemannt mit erfahrenen Männern und mit jungen Matrosen, die den Ozean liebten. Und ich bestieg das Schiff, zusammen mit anderen Kaufleuten, und nachdem wir unsere Waren verstaut hatten, lichtete das Schiff die Anker, und es wehte die Salzluft des Meeres, und wir fuhren dahin.

Unsere Reise ließ sich gut an, und wir segelten von Hafen zu Hafen und von Insel zu Insel, machten Geschäfte, gingen an Land und wieder an Bord, sahen Länder und Menschen, Meere und Sterne, überstanden Stürme und sangen in der Sonne.

Eines Tages entdeckten wir eine Insel, die war wie ein Garten unter den Gärten des Paradieses. Es gab dort Palmenwälder und Blumen, kristallklare Bäche, Lagunen und zutrauliche Tiere. Und kein Feuerschein, keine Spur im Sand gab Kunde von menschlichen Bewohnern. Wir landeten und wanderten umher und erquickten uns am Schatten der Bäume und am Gesang der Vögel und priesen die Werke des Allmächtigen.

Ich ging etwas abseits von den anderen, einem Vogel folgend, den ich nicht kannte und näher betrachten wollte, und kam schließlich zu einem Quell frischen Wassers, an dem ich mich niederließ und ausruhte. Und so milde wehte der Wind, so betäubend dufteten die Blumen, dass angenehme Schläfrigkeit mich übermannte. Ich streckte mich aus und sank in Schlummer.

Als ich erwachte, sah ich, dass ich allein war. Das Schiff war davongesegelt und hatte mich zurückgelassen. Man musste mich wohl verges-

sen haben; vielleicht hatte man auch nach mir gesucht und mich an meinem versteckten Platz nicht gefunden. Verzweifelt suchte ich die Insel ab, doch ich sah keinen Menschen. Da erfasste mich das Gefühl der Verlassenheit, und das Herz wollte mir brechen vor Sorge und Not. Und ich gab mich verloren und sprach: »Ähnliches habe ich schon einmal erlebt – aber ganz das Gleiche erlebt kein Sterblicher zum zweiten Mal. Damals wurde ich, dank dem Pferdehirten und dem mildtätigen König, gerettet. Diesmal aber sehe ich keine Hoffnung für mich.«

Und ich machte mir Vorwürfe, mich abermals den Gefahren und Widerwärtigkeiten einer Reise ausgesetzt zu haben, statt behaglich in meinem schönen Hause zu wohnen, und ich bereute es, dass ich die gute Stadt Bagdad freiwillig und grundlos verlassen hatte. Denn es kam mir nun so vor, als sei nichts unsinniger als eine Fahrt über das Meer ins Unbekannte. So unbeständig ist der Mensch, wenn die Angst ihn berührt.

Nach langem Umherirren erkletterte ich einen hohen Baum und spähte nach allen Richtungen in die Ferne, doch ich sah nichts als Wolken und Wasser, Himmel und Meer. Indessen traf meinen Blick etwas viel Näheres: Im Inneren der Insel nämlich leuchtete etwas großes Weißes auf. Ich konnte nicht recht erkennen, was es war, und so stieg ich vom Baum herunter und machte mich auf, das große Weiße zu suchen. Und siehe, es war eine ungeheure weiße Kuppel, die hoch in die Lüfte ragte. Ich umschritt sie und konnte weder ein Tor finden noch Kraft und Geschicklichkeit aufbringen, sie zu ersteigen. Denn sie war glatt und schlüpfrig.

So stand ich da und sann darüber nach, wie ich wohl in das Innere gelangen könne, und der Tag ging zur Neige, und die Sonne sank. Da ward es plötzlich finster, und die Luft wurde schwarz und schwer. Und ich glaubte, eine Wolke habe die sinkende Sonne verschluckt, und erschrocken ob solch jäher Finsternis blickte ich zum Himmel auf.

Da sah ich, dass jene Wolke nichts anderes war als ein Vogel von ungeheurer Größe. Seine gewaltigen Schwingen verdunkelten den Himmel und verlöschten alles Licht. Und ich entsann mich einer Erzählung, die ich von Pilgern und Reisenden gehört hatte, ohne sie recht zu glauben – dass nämlich auf gewissen Inseln ein ungeheurer Vogel

lebe, der seine Jungen mit Schlangen füttere. Man sagte, er hieß Vogel Roch. Da wusste ich auch, dass die Kuppel, die ich entdeckt hatte, ein Ei dieses Vogels war.

Der Vogel Roch aber senkte sich auf die Kuppel herab und begann zu brüten, und er deckte sie mit den Schwingen zu und streckte die Beine dahinter auf dem Boden aus. In dieser Stellung schlief er ein, und ich sprach bei mir: ›Ruhm sei Ihm, der niemals schläft!‹ Denn es kam mir ein Gedanke, der mir eine Möglichkeit der Rettung zu bergen schien, wenn auch gleichzeitig große Gefahr.

Und ich nahm den Turban vom Kopf, drehte ihn zusammen, umgürtete damit meine Hüften und band mich an einem Bein des Vogels fest. Und ich sagte mir: ›Vielleicht, wer weiß, fliegt dieser Vogel in bewohntes Land – und selbst, wenn Barbaren es bewohnen, wird das doch immer noch besser sein als der Aufenthalt auf dieser verlassenen Insel. Denn mit Menschen kann man umgehen und sich hüten, wenn es Not tut; die äußerste Einsamkeit aber wird tödlich sein für einen Mann wie mich – auch wenn mich nicht die unbekannten Ungeheuer fressen wie dieser fürchterliche Vogel.‹

Und ich wachte und erwartete den Anbruch des Morgens.

Als die Sonne aus dem Meer stieg, erhob sich der Vogel Roch, breitete mit lautem Schrei die Flügel aus und schwang sich in die Lüfte. Ich aber hing, einer winzigen Fliege gleich, am Bein des Riesentieres und stieg mit ihm empor.

Und er stieg höher und höher, und es schien mir, als flöge er mitten in die rote Sonne hinein. Doch endlich sank er wieder der Erde entgegen und ließ sich auf dem Gipfel eines Berges nieder. Sobald ich mich wieder auf festem Boden befand, band ich mich eilig los, wobei ich aus Furcht vor dem Vogel am ganzen Leibe zitterte. Doch er gewahrte mich nicht.

Ich löste den Turban von seinem Bein und entfloh, so schnell ich konnte. Plötzlich sah ich ihn etwas mit seinen Klauen vom Boden auflesen und sich damit in die Lüfte erheben, und als er über mich hinwegbrauste, erkannte ich, dass es eine riesige Schlange war. Und der Vogel flog schnell davon, die Schlange in den Fängen, und entschwand meinem Blick.

Ich aber machte mich auf und gelangte auf einen Bergrücken, von dem

man ein weites, weißes Tal überblickte, das in der Sonne leuchtete wie Porzellan. Gebirge, die hoch gen Himmel ragten, schlossen es ein.

Nach einer Zeit der Betrachtung fasste ich mir ein Herz und machte mich an den Abstieg, der schwierig und mühsam war. Ich schritt durch das Tal und entdeckte, dass der Boden aus Diamant war, jenem Edelstein, der kostbarer ist als alle anderen.

Es wimmelte aber jenes Tal von Schlangen und Reptilien, die groß wie Palmbäume waren, und ihre Mäuler waren so gewaltig, dass sie ein Nilpferd hätten verschlingen können, ohne sich anzustrengen. Sie kamen des Nachts aus ihren Schlupfwinkeln und verbargen sich des Tags.

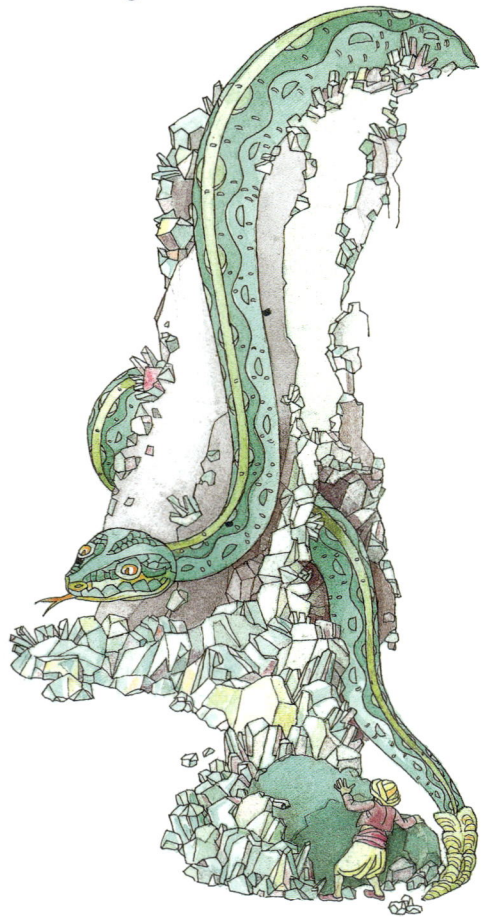

Während ich so dahinwanderte, hielt ich Umschau nach einem Platz, wo ich die Nacht verbringen konnte. Und so groß war meine Furcht vor dem Drachengewürm, dass ich weder an Essen noch an Trinken dachte. Da gewahrte ich in der Nähe meines Weges eine Höhle mit einem engen, niedrigen Eingang. Ich musste mich bücken, um hineinzuschauen. Vorsichtig trat ich ein, und als ich innen in der geräumigen Höhle einen großen Stein liegen sah, rollte ich ihn vor den Ausgang und schloss die Felsenhöhle auf diese Weise ab. Und ich sagte mir: ›Hier bin ich die Nacht über in Sicherheit; sobald aber der Tag anbricht, werde ich weiterziehen und vielleicht habe ich noch einmal Glück. Denn Allah allein weiß, was mir bestimmt ist.‹

Dann blickte ich mich genauer in der Höhle um, und plötzlich er-

bebte ich vor Schreck – denn ich bemerkte im Halbdunkel eine Schlange, die ihre Eier ausbrütete. Ich wusste nicht, ob ich bleiben oder fliehen sollte, denn wenn ich floh, wurde sie vielleicht erst auf mich aufmerksam; schlief ich aber ein, so war es möglich, dass sie im Schlafe über mich kam. Schließlich befahl ich mein Schicksal Allah, betete und ließ mich vorsichtig zu Boden gleiten. Aber ich musste immer wieder zu der Schlange hinüberblicken und konnte nicht einschlafen. Beim Morgengrauen stand ich lautlos auf, rollte den Stein weg und sah gerade noch, wie die Schlange starren Auges ihr Haupt erhob. Da stürzte ich fort, ohne mich umzublicken, und zog weiter, torkelnd wie ein Trunkener vor Übermüdung, Hunger und Furcht.

In diesem Zustand schwankte ich durch das Tal, als jäh ein blutiger Kadaver, offensichtlich ein geschlachtetes Tier, in einiger Entfernung von mir aus der Höhe herabfiel. Doch ich sah nirgends eine sterbliche Seele. Aber da fiel mir ein, was die Reisenden und Pilger erzählt hatten, die mir vom Vogel Roch berichteten. Hatten sie nicht das Diamantental erwähnt und dass dort Drachen wohnten? Ach, hatten sie nicht gesagt, dass niemand lebend aus jenem Tal des Schreckens herauskäme? Aber noch etwas anderes hatten sie berichtet, das mir nun wieder in Erinnerung kam.

Die Diamantensucher nämlich, so hatten jene erklärt, wussten einen Weg, sich in den Besitz der Edelsteine zu setzen und doch mit dem Leben davonzukommen. Sie nahmen ein Schaf, schlachteten es, zogen es ab und warfen es in das Tal. Da aber der Kadaver noch klebrig war von Blut, blieben immer ein paar Diamanten, die da herumlagen, daran haften. Und wenn die Sonne am Himmel stand, schwebten die großen Geier herbei und schlugen in das Fleisch ihre Fänge, und wenn das tote Tier nicht gar zu schwer war, packten sie es und trugen es auf den Grat, wo ihre Horste waren. Dann aber eilten die Diamantensucher herbei und erhoben ein lautes Geschrei und verjagten die Vögel von dem Fleisch. Und so bemächtigten sie sich der Diamanten, die daran klebten. Denn auf keine andere Art waren die Steine des Diamantentals zu erbeuten. Dies alles fiel mir ein, als ein geschlachtetes Schaf klatschend vor mir herabfiel.

Und rasch schritt ich hin und sah, dass dies wirklich eine Stelle war, wo die Diamanten wie Kiesel umherlagen, und ich füllte mir die Ta-

schen und den Turban mit den erlesensten Steinen. Und während ich noch damit beschäftigt war, fiel aufs Neue ein großes Stück vor mir hernieder.

Da entrollte ich meinen Turban, legte mich auf den Rücken und deckte mich zu mit dem Fleisch und dem toten Schaf, so dass ich ganz darunter verborgen war. Und es ekelte mich des blutigen Fleisches über mir, doch ich sah einen Weg in die Freiheit. Und ich band mich mit dem Turban fest.

Ich hatte aber erst wenige Augenblicke so gelegen, da stieß einer von den riesigen Geiern jener Gegend herab, packte das Fleisch, an das ich mich klammerte, schwebte schweren Flügelschlags empor und trug mich auf einen fernen Hügel. Dort ließ er den Kadaver los und hackte danach, und mein Herz erzitterte, denn ich meinte, sein scharfer Schnabel, der wie ein Beil in das Fleisch fuhr, würde mich samt dem toten Tier zerschneiden und zerreißen. Doch siehe, da erhob sich großes Lärmen von einer schreienden Stimme und klappernden Hölzern, und der Vogel hielt ein, erschrak und floh. Und ich entledigte mich des Fleisches, und meine Kleider waren besudelt von Blut. Als ich mich schwankend erhob, eilte gerade der Mann, der den Geier angeschrien hatte, herbei, und es schien ein Kaufmann zu sein. Es verschlug ihm fast den Atem vor Schreck, als er mich, einen blutbesudelten Mann, aufstehen sah aus dem Fleisch des Tieres; doch so entsetzt er auch war, zuerst hob er das tote Schaf auf, wendete es um und suchte nach Edelsteinen, und als er keine fand, rang er die Hände und rief:

»O Jammer über Jammer! Kein Stein ist am Fleisch! Kein einziges Steinchen! O Elend und Kummer! Stattdessen klebt dieser Mensch an meinem Hammel – aber brauche ich einen Menschen? Nein, Diamanten brauche ich, o besudelter Unbekannter!« Und er trat vor mich hin und sprach mich an: »O du Hammel von Mensch und Mensch aus dem Hammel, der Himmel bewahre mich! Kein Stein ist am Fleisch, und du bist womöglich, sofern du kein Geist bist und der Dämon der geschlachteten Hammel, ein Unhold, der rohes Hammelfleisch frisst, oder ein Räuber, der mich erschlagen will! Aber sag doch selbst, bevor du mich erschlägst, ist das eine Art, dass ein besudelter Mensch am Hammel klebt statt edler Steine? Das sind keine angenehmen Überra-

Die Geschichte von Sindbad dem Seefahrer

schungen, bei Allah, denn Menschen gibt es übergenug, und selbst der Geister sind nicht wenige – aber Diamanten sind selten, und du bist mir ein schöner Diamant, o du Klebriger!«

Da lächelte ich, wischte mir das Blut vom Gesicht und sprach: »Fürchte nichts und dämme den Strom deiner Rede, o du Vater der Hammel! Kein Räuber bin ich, kein Dschinni und kein Hammeldämon, sondern ein Wanderer und übrigens ein Kaufmann wie du, wenn auch kein gar so gieriger. Doch selbst deine Gier will ich stillen, denn ich habe eine Menge Diamanten bei mir und will dir gern einige abgeben, aus Dankbarkeit, weil dein Hammel meine Rettung wurde. Obwohl du mich nicht einmal begrüßt hast und mich nicht nach meinem Ergehen fragtest und wohl einen Diamanten trägst an der Stelle eines Herzens!«

Da lachte er, und ich lachte auch, und er verneigte sich und sprach: »Friede sei mit dir und Allah sei gepriesen! Nicht herzlos bin ich, sondern ein Geschäftsmann, und Diamanten sind mein Geschäft, und solcherlei wunderbaren Ereignissen bin ich nicht recht gewachsen, denn es kann einen schon verwirren, wenn da ein Mensch aus dem Diamantental heraufkommt, aus dem noch nie jemand kam – und dann auch noch an meinem Hammel klebend!

So verzeihe mir denn, o verehrungswürdiger Fremder, und glaube mir, dass meine Freundschaft und Barmherzigkeit dir gewiss sind, denn nicht gierig bin ich, sondern vielmehr hilfreichen Herzens – doch nun sage mir, wie viele und wie große Diamanten du bei dir hast!«

Und da kamen auch andere Kaufleute und Diamantenjäger dazu, und ich musste ihnen meine Abenteuer erzählen. Und alle beglückwünschten mich zu meiner Errettung. Dem Kaufmann aber, dem der Hammel gehörte, gab ich eine Anzahl Steine ab, und er war sehr zufrieden.

Gemeinsam verbrachten wir die Nacht an einem sicheren und angenehmen Orte, und ich freute mich über meine Befreiung aus dem Tal der Drachen und Diamanten, und diesmal, da keine brütende Schlange in der Nähe war, kein Vogel Roch und kein unbekanntes Untier, schlief ich endlich ein und träumte von Bagdad.

Am nächsten Morgen brachen wir auf und wanderten dahin über das

— 165 —

steile Gebirge und sahen im Tale Basilisken und Einhörner, Riesenele-
fanten und gepanzerte Echsen, und es waren diese sonderlichen Tiere
wie gigantische Wesen der Vorzeit.

So zogen wir weiter von Tal zu Tal und von Land zu Land. Noch manches Abenteuer war zu bestehen, doch konnten jene Erlebnisse sich
nicht messen mit den Abenteuern, die ich auf der einsamen Insel und
im Diamantental erlebt hatte, zu dem ein Vogel mich trug und aus
dem ich mit eines Vogels Hilfe entkam.

Endlich erreichten wir Bassora. Dort trennte ich mich von meinen Rei-
segefährten und kehrte heim nach Bagdad, reich an Diamanten. Zu
Hause versammelte ich meine Freunde und Anverwandten, verteilte
Geschenke und feierte ein großes Wiedersehensfest. Und vor Freude
über meine Heimkehr und vor lauter Lebenslust vergaß ich leichten
Herzens alle Leiden, die ich erduldet hatte.

Dies ist die Geschichte meiner zweiten Reise. Und morgen, so Allah
es will, werde ich euch erzählen, was ich auf meiner dritten Reise erlebte.

Die Versammelten aber, und besonders Sindbad der Lastträger,
staunten sehr über diese Geschichte und speisten angeregt zur Nacht;
dann befahl der Hausherr, dem Lastträger hundert Dinare zu geben,
und er nahm sie unter vielen Danksagungen und Segenswünschen
und ging seiner Wege.

Als nun am nächsten Morgen die Sonne aufging und leuchtete über
den Häusern und Gärten der Stadt, stand er auf, betete das Morgengebet und begab sich aufs Neue zum Hause Sindbad des Seefahrers.
Und der Herr des Hauses hieß ihn willkommen, und sie frühstückten
und warteten, bis die anderen Gäste erschienen. Und als sie alle gut
gegessen und getrunken hatten und lustig waren, hub der Gastgeber
an und sprach:

»Höret nun, meine Brüder, die Geschichte von der dritten Reise Sindbad des Seefahrers.«

Die dritte Reise Sindbad des Seefahrers

Es erging mir nach meiner zweiten Reise nicht viel anders als nach der ersten. Die Tage gingen dahin, und die Feste wollten nicht enden. Aber es kam die Zeit, da ging ich durch meinen Garten und sah die zahmen Vögel und sprach bei mir: ›Schönere Vögel sah ich im fremden Land.‹ Und ich sah die Eidechsen in der Sonne und sprach bei mir: ›Seltsameres Getier sah ich im Diamantental.‹ Und ich trat vor meinen Teich mit den roten Fischen und sprach bei mir: ›Buntere Fische sah ich im Meer, vor den Klippen der Inseln.‹ Und es blühten in Bagdad die Rosen, doch süßer schien mir und lockender der Geruch der leuchtenden Blumen in den Wäldern weit überm Meer. Und müde ward ich der vertrauten Gesichter, und die Speisen schmeckten bitter. Denn wandelbar ist des Menschen Herz.

Es war dies aber, o Brüder, nicht allein der Grund meiner dritten Fahrt. Ich muss es bekennen, dass mich stärker noch die Gier nach Gold und Schätzen trieb, denn noch viel reicher wollte ich sein, als ich war, um noch berauschendere Feste geben zu können, als ich gab. Denn des Menschen Herz ist schwach.

Auch dies aber, meine Freunde, war noch nicht alles. Meiner eigenen Erzählungen war ich überdrüssig, und auch meine Freunde hörten nicht mehr gern die Geschichten meiner Abenteuer, die sie nun alle schon kannten. Neues wollte ich erleben, nicht des Erlebens allein, sondern auch des Berichtens und Prahlens wegen. Dass Allah vor die wundersame Rettung die Prüfung setzt und vor die schöne Geschichte hartes Erdulden, vergaß ich in Ruhmsucht und Leichtsinn. Denn des Menschen Herz ist nicht weise von Natur und nichtiger Eitelkeit voll.

So brach ich denn auf zum dritten Mal, auf gutem Schiff und bei günstigem Wind. Und wir fuhren dahin von Küste zu Küste, trieben Handel und waren zufrieden. Eines Tages aber gerieten wir in stürmische See, und es brauste der Wind, und Sturzwellen klatschten über Bord. Und wie sich da der Kapitän, ein breiter, beleibter Mann, über Bord lehnte und Ausschau hielt, da schrie er plötzlich auf: »Segel reffen! Rasch! Und den Anker auswerfen!« Und er raufte sich den Bart und schlug sich an den Kopf.

Und die Matrosen erschraken, und hastig folgten sie seinen Befehlen. Aus dem Nebel aber trat die Küste einer unbekannten Insel. Da fragten wir den Kapitän: »O Rais, was ist geschehen?«

Und er sagte: »Der Wind, o Brüder, hat uns überwältigt! Allah bewahre uns! Weit abgetrieben sind wir über das Meer, und das Schicksal treibt uns dem Berge der Zuhb entgegen! Die Zuhbs aber sind ein haariges Volk, das den Affen gleicht, und noch keiner ist mit dem Leben davongekommen, der unter sie geriet. Und ich sage euch, wir werden alle des Todes sein!«

Kaum hatte der Kapitän das gesagt, als auch schon die Affenmenschen über uns kamen. Sie umschwärmten das Schiff in kleinen Kanus von allen Seiten, wie Heuschreckenschwärme, und erfüllten den Strand; und schon kletterten die ersten an Bord. Es waren dies aber die schrecklichsten aller wilden Geschöpfe, von schwarzen Haaren wie von einem Fell bedeckt, widerlich anzusehen, von kleiner, doch kräftiger Gestalt, kaum mehr als fünf Spannen hoch, mit gelben Augen und schwarzen Gesichtern. Und niemand kennt ihre Sprache, noch weiß man sonst Genaueres von ihnen. Denn sie meiden die Menschen.

Wir kamen schnell überein, sie nicht zu erschlagen oder ins Meer zu werfen, um ihrer kaum zählbaren Übermacht willen, denn wir fürchteten, wenn wir die Ersten von ihnen töteten, würden viel hundert andere uns niedermachen. Was nützt die Tapferkeit einiger Männer wider Hunderte? Übermacht ist stärker als Mut.

So standen wir denn bewegungslos, zähneknirschend die einen, mit der Hand am Schwert, zähneklappernd die anderen und schlotternd vor Angst, die Dritten gefasst und gewillt, mit den Wilden auf irgendeine Weise zu verhandeln. Doch dazu ließen sie es gar nicht kommen. In Scharen kletterten sie herauf, und sie schnitten sogleich die Taue durch, und manche, die unsere Seile nicht gleich entzwei bekamen mit ihren plumpen Steinwaffen, nagten und bissen daran mit spitzen Gebissen wie Tiere. Und das Schiff fiel ab vom Wind und trieb an die Küste.

Sie aber legten Hand an uns, schnatternd wie Affen, und trieben uns vom Schiff. Sie erhoben aber nicht ihre Waffen wider uns, sei es, dass eine Scheu vor den hoch gewachsenen Fremden sie ab-

hielt, denn wir mussten ihnen wie Riesen erscheinen, sei es, dass sie so blutdurstig gar nicht waren und es nur auf das Schiff und seine Schätze abgesehen hatten. Jedenfalls fuhren sie mit unserem Schiff, obwohl sie es offenkundig nicht recht zu bedienen verstanden, schnatternd und schreiend davon und entschwanden in Nebel und Wind.

So fanden wir uns ausgesetzt auf unbekannter Insel und traten den Weg ins Innere an. Not litten wir nicht, denn wir aßen von den Früchten und Kräutern, die dort wuchsen, und tranken aus klaren Quellen, und auch das Wetter heiterte sich auf, und es wurde windstill und warm. Wir aber wanderten, bis wir eines Tages in der Ferne etwas erspähten, das uns ein Haus zu sein schien. Wir näherten uns, und siehe, es war eine Burg, von einem Wall umgürtet, mit einem großen Tor, das offen stand.

Wir traten ein und fanden darin einen kahlen Raum, der einem Hofe glich, und an einer Wand stand eine lange Bank. Auch war ein riesiger Feuerherd da, an dem zwei Bratspieße lehnten. Wir saßen nieder, und da wir alle todmüde waren, schliefen wir allmählich ein, erst einer, dann mehrere und dann alle, und wir schliefen vom Vormittag bis zum Sonnenuntergang. Da aber erzitterte die Erde unter uns, und die Luft erdröhnte.

Und von den Zinnen der Burg herab kam ein ungeheures Geschöpf, das war dicht behaart, hoch wie ein Dattelbaum, mit langen Armen und einem Maul wie ein Brunnenloch. Und wir zitterten vor Schreck. Der Riese aber trampelte achtlos einher, verriegelte die Tür, blickte dann auf uns herunter und setzte sich auf die Bank.

Dort saß er ein Weilchen und starrte uns verwundert an; dann erhob er sich, kam auf uns zu und fasste in unsere ratlose Schar hinein, als seien wir Katzen oder junge Hunde. Als einige fliehen wollten, fegte er uns wie Spreu in eine Ecke, aus der wir nicht entkommen konnten, schob den einen näher und den anderen weg und ergriff mich am Arm. ›Ach‹, dachte ich, während er mich aufhob, ›muss es denn gerade wieder mich treffen! Allah, der Allerbarmer, erbarme sich meiner, und ach, warum musste ich auch auf diese Reise gehen!‹

Und er hob mich in die Höhe, wendete mich um und um und betastete mich, wie ein Fleischer ein Schaf betastet, das er schlachten will;

und ich war nicht mehr als ein kleiner Bissen in seinen Händen. Da er
aber wohl fand, dass ich zu dünn und fleischlos war – dies war ich
aber infolge der Mühsal des Marsches und der Schwäche und dürfti-
gen Ernährung, denn zuvor war ich stattlich gewesen, wohlgewachsen und beileibe nicht mager –, setzte er mich wieder zu Boden und
ließ mich laufen und ergriff einen Zweiten, den er in gleicher Weise
betastete und wieder laufen ließ. Und er befühlte prüfend uns alle, einen nach dem andern, bis er an den Kapitän kam.
Nun war unser Kapitän ein breitschultriger Kerl, fett und voll Kraft.
Auch nach unserer Wanderung hatte er nur wenig abgenommen. Daher gefiel er dem Riesen. Und blitzschnell tötete er den armen Kapi-

tän, während der Schiffsjunge in Ohnmacht fiel, und fraß ihn auf, als wäre er ein Hühnchen.

Nach diesem schauerlichen Mahl blieb er noch eine Zeit lang sitzen und schien uns nachdenklich zu betrachten.

»O Allah, er ist noch nicht satt«, flüsterte neben mir ein Matrose, aber plötzlich entschloss sich der Riese und legte sich der Länge nach auf die Bank und begann zu schnarchen wie eine röchelnde Kuh. Und er erwachte nicht vor dem Morgengrauen; da stand er endlich auf, knurrte und ging seiner Wege. Die Tür schlug er hinter sich zu.

Da huben wir an, uns miteinander zu besprechen, und wir beklagten unser Geschick und sagten: »Hätte uns doch der Himmel im Meer ertrinken oder von den Affen umbringen lassen! Das wäre besser gewesen, als verspeist zu werden wie ein Huhn, denn das ist ein ganz besonders schändlicher Tod!«

Und wir beteten. Nur der Schiffsjunge, der wieder kühner geworden war, seit er den Riesen nicht mehr vor sich sah, sagte: »Da ich der Kleinste bin, komme ich wenigstens als Letzter dran.«

Doch ärgerlich entgegnete der Steuermann: »O mein Täubchen, du kleiner Sohn der Blödigkeit, wer kennt des Riesen Appetit und wer weiß, ob er nicht heute lieber Täubchen speist als Huhn!«

Dann suchten wir nach einem Ausgang aus der Burg, und mit einiger Mühe und vereinten Kräften gelang es uns wirklich, ins Freie zu kommen. Da irrten wir nun über die Insel und suchten uns so weit wie möglich von der Burg zu entfernen, aßen Früchte und tranken Wasser und eilten blindlings davon ins Ungewisse. Als aber die Sonne sank, suchten wir nach einem Versteck, doch da erbebte die Erde, und der Riese erschien.

Er suchte uns, fand uns und fing uns alle ein wie jemand, der Schildkröten fängt, denn gegen jenen Riesen waren wir unbeholfen und langsam, sosehr wir auch rannten. Er steckte uns, einen nach dem andern, in einen Sack, wo es sehr unbequem war, denn einer lag auf dem andern, und wir wussten kaum noch, welches Bein oder welcher Arm wem von uns gehörte. Aber es war, Allah sei Dank, niemand verletzt, und ich hatte Glück, weil ich zuoberst lag und auf mir nur noch der Schiffsjunge.

In der Burg nahm uns der Riese aus dem Sack, betastete uns aufs Neue,

wählte einen Kaufmann, der noch etwas Fett und dicke Beine hatte, tötete, briet und fraß ihn. Dann legte er sich nieder und schnarchte wie ein gurgelndes Nilpferd. Beim Morgengrauen ging er davon.

Da traten wir zusammen und berieten uns, und einer sagte: »Bei Allah, es ist zwecklos zu fliehen, denn der Riese holt uns mit ein paar Schritten ein, so weit wir auch wandern, und diese Insel bietet kein gutes Versteck. So gibt es nur noch eine Möglichkeit. Wir müssen, wenn er schläft, gemeinsam versuchen, ihn zu töten.«

Aber andere sagten: »Was richten wir denn aus gegen dieses Ungeheuer! Unser schärfstes Schwert ist wie ein Grashalm gegen ihn, und ein Dolchstoß wie der Stich einer Mücke!«

Darauf sagte ich: »Lasst uns einiges von diesem Feuerholz und etliche von diesen großen Brettern zum Strande schaffen und ein Floß daraus errichten, damit wir uns darauf einschiffen, falls es uns gelingen sollte, seiner Herr zu werden. Und mögen die Gewässer uns tragen, wohin Allah will. Denn diese Insel ist unheimlich.«

Und sie sagten: »Du hast Recht, o Sindbad. Doch nutzlos sind solche Pläne, bevor wir nicht wissen, wie wir uns des Riesen entledigen können und welcher Waffen wir uns bedienen.«

Da fiel mein Blick auf die riesigen Bratspieße hinter dem Herd, und ich sagte: »O Freunde, vielleicht werden wir ihn nicht töten können – aber vielleicht kann es gelingen, ihm nachts diese Spieße in die Augen zu stoßen! Es wäre dies eine schreckliche Tat, doch wie sollen wir anders unser Leben retten und heimkehren zu den Unseren!«

Und der Steuermann sprach: »Schrecklich oder nicht – Mitleid mit diesem Kannibalen haben wir doch wohl kaum, seit er unsern guten dicken Kapitän gefressen hat. Auch wird er heute Abend, bevor wir handeln können, einen weiteren von uns vertilgen, vielleicht mich, vielleicht dich, o Sindbad, vielleicht diesen armen Schiffsjungen. Deshalb wollen wir tun, wie Sindbad es vorschlug, denn es gibt keinen besseren Plan. Ob er freilich gelingen wird, steht bei Allah.«

Wir schleppten die Bretter zum Strand und bauten ein Floß. Und wir waren fertig bei Sonnenuntergang und hofften, gleich abstoßen zu können von Land – da eilte der Riese herbei, packte uns, trug uns in die Burg, fraß einen von uns, einen Reisenden aus Bassora, legte sich hin und schnarchte wie ein trompetender Elefant.

Da erhoben wir uns und nahmen die Bratspieße, näherten uns lautlos dem schlafenden Ungeheuer, erkletterten rasch die Bank und stießen zu. Und der Riese heulte auf, dass wir meinten, die Erde müsse bersten, und sprang hoch und wollte uns packen, doch er sah nichts, und wir liefen und wichen ihm aus und schlugen Haken wie die Hasen und waren in Todesangst; aber wir entkamen. Denn der Riese tastete nun nach der Tür, riss sie auf und lief brüllend in die Nacht hinaus. Wir aber eilten hinunter zum Strand, in der Hoffnung, dass der Riese die Stelle, wo das Floß war, nicht finden würde. Doch als ich gerade hinaufkletterte, tauchte von fern der Riese auf; rechts und links von ihm aber stürmten zwei andere Riesen, schwarz und gewaltig wie er. Da kappten wir in fliegender Hast die Taue und stießen ab und gewannen durch die Brandungswogen gerade in dem Augenblick das offene Meer, als die drei Riesen den Strand erreichten.

Und sie schrien auf und begannen, Felsblöcke nach uns zu schleudern, und einige davon schlugen dicht neben uns ins Meer, so dass gewaltige Wogen aufschäumten und das Floß zu kentern drohte. Wir ruderten aber mit aller Macht und glaubten uns schon außer Wurfweite, da traf ein Felsbrocken das Floß, erschlug viele von uns und warf andere ins Meer, wo Haie auf sie warteten. Und ein zweiter Felsblock schlug ein, und es erhob sich ein Sturm und die Wellen donnerten, und immer noch kamen die Steingeschosse vom Strand, und wir ruderten und ruderten, doch den meisten von uns schlug ihre Stunde und sie kamen um, und auch der Steuermann und der Schiffsjunge wurden im gleichen Augenblick von einem Felsen erschlagen, und schließlich waren nur drei übrig, ein junger Matrose, ein älterer Reisender und ich. Und wir ruderten weiter, und ein Sturm ergriff uns und entführte uns über die See und warf uns endlich auf den Strand einer Insel. Dort lagen wir erschöpft im Sand, und keiner wusste, ob der andere noch lebte, und wir vermochten uns nicht zu rühren; ich war nahe am Tode, und es fehlte wohl nur ein Fingerbreit.

Endlich konnten wir uns erheben, und wir erholten uns langsam und gingen daran, die Insel zu erkunden. Wir fanden Überfluss an Bäumen und Früchten, Vögeln und Schildkröten, an süßem Wasser und Glanz und Duft der Blumen. Und wir aßen von den Früchten und

freuten uns unserer Rettung. Als die Nacht kam, legten wir uns nieder und schliefen.

Kaum aber hatten wir die Augen geschlossen, da erklang ein zischender Ton, dem Pfeifen des Windes gleich, und als wir erwachten, sahen wir eine Schlange, die gewaltig groß war und einem Drachen ähnlich, und sie lag zu einem Kreis um uns geringelt.

Und plötzlich hob sie den Kopf, packte meinen Gefährten, den jungen Matrosen, und verschlang ihn. Dann kroch sie davon, und wir waren nur noch zwei. Und ich schauderte und sprach: »Ach, jede Todesart, die uns bedroht, ist genau so schrecklich oder noch schrecklicher als

die vorige. Da freuten wir uns der Rettung vor dem schwarzen Riesen! Doch ist es nicht fast noch schlimmer, wenn eine Schlange uns hinunterwürgt, als wenn ein Riese uns das Genick zertritt?«

Doch es erwiderte der ältere Reisende, der letzte meiner Kameraden: »O Freund! Der Tod ist immer schlimm oder auch immer gut, wie du es nimmst, denn niemand stirbt gern; doch die Seele steigt auf zum Paradiese und ist befreit von allen Plagen dieser Erde. Ob Haie uns zerreißen, ob uns Schlangen erwürgen oder ob ein Riese uns zertritt, es ist die letzte Plage und der letzte Schmerz. So geschehe denn, was Allah will; ich bin bereit für den Tod und will nicht länger vor ihm fliehen.«

So sprach er, und er schien mir weise, denn keine Furcht lag mehr auf seinem Antlitz. Ich aber flehte zu Allah um mein Leben.

Am Abend kletterten wir auf einen Baum, der Schlange zu entgehen, und mein Gefährte schlief lächelnd ein. Doch siehe, diese Schlange konnte klettern wie wir und des Nachts erschien sie im Geäst des Baumes und ergriff meinen Gefährten und verschlang ihn. Dann glitt sie hinab von dem Baum und entschwand, als gerade die Sonne sich erhob über die Insel und die ersten Vögel erwachten.

Ich stieg hinunter und war wie tot vor Schrecken und Angst und wollte mich ins Meer werfen, auf dass ich Frieden gewänne vor den Übeln der Welt und dieses erbärmlichen Lebens. Doch konnte ich es nicht über mich bringen; denn ach, das Leben ist in Wahrheit süß.

So nahm ich denn fünf breite und lange Stücke Holz und band mir das eine quer unter die Füße und die anderen in gleicher Weise an die rechte und linke Seite und über die Brust. Und das breiteste und längste band ich mir quer über den Kopf und schnürte alle mit Stricken fest. Dann legte ich mich auf den Rücken, so dass ich völlig durch die Holzscheite geschützt war, die mich gleich einem zertrümmerten Sarg umschlossen. Der Tag neigte sich, und die Schlange kam wie gewöhnlich herbei und kroch auf mich zu, doch gelang es ihr nicht, mich zu verschlingen, der Hölzer wegen, die größer als ihr Ra-

chen waren. Und sie ringelte sich auf allen Seiten herum und richtete sich auf und zischte. Und alle Augenblicke glitt sie fort und kam wieder, aber sooft sie auch versuchte, mich zu verschlucken, die Hölzer hinderten sie daran, und sie vermochte es nicht.

So belagerte sie mich vom Untergange der Sonne bis zum Morgengrauen. Als aber das Tageslicht das Tier beschien, machte es sich fauchend vor Wut davon. Da streckte ich die Hand hervor und löste die Bande. Und ich wankte zum Strande der Insel und schaute müde zum Horizont, und nun, da ich an Rettung kaum noch glaubte, sah ich plötzlich in weiter Ferne ein Schiff.

Da riss ich einen großen Zweig von einem Baum und schwenkte ihn und schrie. Und wirklich kam der Segler näher, und man erkannte die Zeichen, die ich gab, und das Schiff nahm Kurs auf die Insel.

Und sie setzten ein Boot aus und holten mich an Bord. Ich erzählte den Schiffsleuten alle meine Abenteuer, und sie gaben mir zu essen und zu trinken und neue Kleidung, denn nur noch wenige Fetzen meines Gewandes hingen an meinem Körper. Nachdem ich lange geschlafen und noch drei weitere Tage und Nächte verstört und fiebernd darniedergelegen hatte, kehrten meine Kräfte zurück. Und weit hinter uns lagen nun schon die Inseln der Affen, Riesen und Schlangen.

Da pries ich den Allerhöchsten und dankte ihm für seine grenzenlose Gnade, und mein Herz lebte auf nach der äußersten Verzweiflung, bis es mir schien, als sei alles, was ich erduldet hatte, ein Traum.

Wir segelten dahin und erreichten eine Insel, die ist genannt Aes-Salahitah, und sie ist reich an Sandelholz. Dort gingen die Seeleute und die Händler mit ihren Waren an Land. Der Kapitän aber wandte sich an mich und sprach: »Willst du nicht auch an Land gehen und dich umschauen?«

Und ich antwortete: »Ach, nach Abenteuern gelüstet es mich nicht nach allem, was ich erlebte, und lieber habe ich nun für eine Weile Ruhe. Auch habe ich ja keinen Besitz, keine Waren und kein Geld, um Geschäfte zu machen wie jene Kaufleute. Es ist aber auch nicht an dem, und dankbar bin ich Allah für mein nacktes Leben.«

Da sagte der Kapitän: »Nein, Waren hast du freilich nicht, o Fremdling der Inseln, doch siehe, du besitzest doch diese beiden Ringe, und besonders der eine scheint mir großen Wert zu haben.«

Es war dies aber der Ring des Königs Mihrdschan, und an der andern Hand trug ich einen Ring, der gebildet war wie zwei Schlangen, mit Rubinen als Augen. Und ich gedachte, vielleicht den kostbaren Ring des Königs zu verkaufen, denn der andere war weniger wert, und der Kapitän ermunterte mich, und ich ging an Land und fand im Hafen auch wirklich ein paar Reisende, die Schmuck und Ringe kauften. Es war aber einer darunter, der griff nach dem Schlangenring und sprach: »Diesen Ring hätte ich gern, denn siehe, die Schlangen sehen ganz so aus wie gewisse Schlangen in einem fernen Tal, wo ich mir Reichtum erwarb.«

Und ich fragte, welches Tal er meine, und er sagte, ich kenne es doch nicht, und es heiße das Diamantental. Da sah ich ihn schärfer an und erkannte ihn wieder, und es war niemand anderes als der Kaufmann, der mich damals gerettet hatte durch seinen toten Hammel und der den Geier verscheuchte und dem ich einige meiner Steine geschenkt hatte. »O Vater der Hammel«, rief ich aus, »erkennst du mich wieder?«

Er aber sprach: »Damals sagtest du, ich habe einen Diamanten statt eines Herzens!«

Und wir lachten miteinander, und er trug einen Beutel voll erlesener Diamanten bei sich, und da ich nun in Not war und er im Überfluss, gab er mir ein paar Diamanten zurück, die ich ihm dereinst gegeben hatte, und ich überließ ihm den Schlangenring, und wir trennten uns unter vielen Segenswünschen.

So habe ich denn den Ring des Königs noch immer am Finger; jene Diamanten aber wurden der Grundstock eines neuen Vermögens. Und ich kaufte und verkaufte und tat es in vielen Häfen, und so viel Unglück ich vordem gehabt hatte, so sehr begünstigte mich nun das Glück, und als wir auf den indischen Meeren kreuzten, war ich schon wieder so reich wie zuvor. Und ich sah und erlebte auf dieser Reise noch manches Wunderbare.

So kamen wir nach dem Lande Hind und in manche andere Länder noch, die am Indischen Ozean liegen und die zu den merkwürdigsten gehören, was die Menschen wie die Tiere betrifft. Es gibt dort einen Fisch, der ist groß wie ein Haus und bringt lebende Junge zur Welt und säugt sie, wie eine Elefantenmutter ihr Kind. Ein anderes Meer-

tier gleicht einer Kuh und vermag an Land zu gehen, wie es dort auch kleinere Fische gibt, die sogar auf Bäume klettern. Eine Schildkröte sah ich, die war zwanzig Ellen breit, und eine andere, die trug auf ihrem Panzer Sterne, die waren wie Silber gefärbt.

Und ich sah ein Tier, dessen Leib war wie der einer riesigen Robbe mit Flossenfüßen, der Hals aber war lang und dünn, einer Schlange gleich, und es lebte im Meer. Auch stiegen aus der Tiefe Fische mit leuchtenden Augen wie große Laternen.

In jenen Ländern machte ich vorzügliche Geschäfte, und mein Reichtum wuchs mächtig an. Nach geraumer Frist liefen wir Bassora an; hier verweilte ich einige Tage und kehrte dann heil und gesund nach Bagdad zurück.

Und wieder gab ich, der ich nun reicher war als je, Geschenke und Spenden an Freunde und Fremde, bekleidete die Witwen und Waisen, teilte den Armen aus und gab ein Fest. Und alles, was ich an Schrecken erlebt, ward besänftigt in meiner Seele, und ich vergaß, wie es ist, wenn man nahe am Tode weilt und zu Allah fleht, dass er uns noch einmal rette aus höchster Gefahr. Vielmehr kam es mir vor, als hätte ich alles nur erlebt, um es erzählen zu können und um mich zu sonnen im Ruhm des weit Gereisten und Erretteten. Ach Freunde, unser Gedächtnis ist kurz und stellt uns die Dinge dar, wie wir es wünschen, und ich wusste damals nicht, dass ich gerade das Wichtigste vergaß, den rechten inneren Dank an den Schöpfer und das Wissen, dass der Mensch, der den Steine schleudernden Riesen der Finsternis entging, hinfort das Licht der Einsicht suchen soll und nicht allein die bunten Lichter des Vergnügens.

Dies aber ist die Geschichte meiner dritten Reise, und morgen, wenn Allah es will, erzähle ich euch von der vierten.

Dann ließ Sindbad, der Vielgereiste, dem Lastträger Sindbad wiederum hundert Dinare reichen und wartete, bis der Lastträger am nächsten Morgen wie an den vorigen Tagen zum Frühstück erschien. Und als auch die übrige Gesellschaft ankam, ließ der Hausherr Speisen auftragen, und sie aßen und tranken und waren guter Dinge. Und Sindbad der Seefahrer hub an und erzählte von seiner vierten Reise.

Die vierte Reise Sindbad des Seefahrers

Eines Tages wurde ich von einer Gesellschaft reisender Kaufleute besucht, die mir so viel erzählten von ihren Fahrten und von ihrem glücklichen Gewinn, dass in mir alle meine alten Neigungen und Begierden erwachten und es mich nicht mehr litt in meinem Hause und ich wieder einmal eine Reise unternahm.

Und wohlversehen mit Geld und Waren nahm ich das gleiche Schiff wie meine Besucher, und wir warteten im Hafen von Bassora, bis ein günstiger Wind sich erhob, und stachen in See.

Aber nicht lange wehte der günstige Wind. Bald sprang er um und wurde zum Orkan. Wir warfen Anker mitten im Meer, doch es nützte nichts, denn der Sturm riss die Segel in Fetzen und knickte die Masten, und das Ankertau riss, und Wind und Wogen wüteten mit dem Schiff, und das Schiff versank. Kaum also, dass wir unsere Reise recht begonnen hatten, war sie schon zu Ende, und mit dem Schiff versanken unsere Güter und Waren. Wir retteten uns in die Boote, aber der Sturm zerschmetterte sie, und ich stürzte ins Meer.

Einen halben Tag hielt ich mich schwimmend, und es war das ein reines Wunder bei solchem Sturm, dann legte sich der Wind, und mir trieb eine Schiffsplanke in den Weg, auf der einige von den Kaufleuten saßen und sich verzweifelt festklammerten. Auch mir gelang es, die Planke zu erklettern, und wir ritten dahin durch die Wogen.

Auf diese Art verbrachten wir einen Tag

und eine Nacht, und am folgenden Tage, kurz vor der Mitte zwischen Sonnenaufgang und Mittag, erhob sich eine frische Brise, und das Meer wallte auf, und die rollenden Wellen warfen uns an den Strand einer Insel. Und wieder einmal war ich schiffbrüchig und wieder in unbekanntem Land.

Wir gingen an der Küste umher und fanden Kräuter als Nahrung und ein paar Vogeleier und einen Platz zum Schlafen. Als der schimmernde Morgen erschien und golden das Meer erglänzte, standen wir auf und durchwanderten das Eiland, bis ein fremdartiges Gebäude in Sicht kam. Wir gingen darauf zu, doch als wir das Tor erreichten, siehe, da stürmten nackte Männer heraus, warfen sich auf uns, ohne uns anzuhören oder auch nur anzureden, überwältigten uns nach kurzem Kampf, fesselten uns und führten uns vor ihren König.

Der König wenigstens war von etwas gesitteterer Art als seine wüsten Untertanen, er ließ uns die Fesseln abnehmen und gab uns ein Zeichen, dass wir uns setzen sollten, und auf einen weiteren Wink von ihm brachte man uns zu essen.

Aber was war das für ein Essen! Keiner von uns hatte je etwas Ähnliches gesehen. Wir waren misstrauisch; besonders aber war ich es, denn mich ekelte allein schon der Geruch. Dieser Empfindlichkeit aber verdanke ich mein Leben. Denn meine Gefährten, von Hunger getrieben, überwanden sich schließlich und aßen.

Kaum aber hatten sie von dem sonderbaren Gericht gekostet, da schienen sie völlig andere Menschen zu sein. Gierig wie Tiere begannen sie das Essen zu verschlingen, schmatzten, knurrten, fraßen und führten sich auf wie Besessene. Dabei waren es fast alle wohlerzogene Männer, von guten Formen und höflichen Sitten, so dass ich mir nicht erklären konnte, was plötzlich in sie gefahren war. Und ich hielt mich erst recht zurück, ließ die unbekannte Speise unberührt und aß nur von den Früchten, die man als Zukost reichte und die ich kannte. Auch das Getränk, das man uns bot, rührte ich nicht an. Meine Gefährten aber probierten es, und es schien ein Öl aus Kokosnüssen zu sein und schmeckte ihnen; doch schon nach ein paar Zügen waren sie rettungslos betrunken und ihrer Sinne vollends nicht mehr mächtig. Das alles verwirrte mich so, dass ich schon mich, den einzig Unberührten, für verrückt zu halten begann und die anderen, die Verwan-

delten und Verwirrten, für gesund. Aber dann sah ich den lauernden Blick der nackten Wilden und das böse Lächeln des Königs, der selber auch nicht von jenen Speisen aß, und ich ahnte Arges. Und ich beobachtete sie und allmählich entdeckte ich die Wahrheit.

Ich stellte in den nächsten Tagen fest, dass die Nackten ein Stamm von kannibalischen Zauberern waren; ihr König aber war ein Oger, ein Menschen fressender Satan, dessen leise Art und dessen Lächeln irreführten. Er war riesig groß von Wuchs, ein Magier des Bösen und begierig auf Menschenfleisch und Grausamkeiten. Kriegsgefangene, aber auch harmlose Fremde und Reisende wurden vor ihn gebracht, mit jenem Essen gefüttert und jenem Öl berauscht; dadurch erweitert sich der menschliche Magen, die Gefangenen verspüren wütenden Heißhunger, fressen wie die Tiere und werden fett, gleichzeitig aber verlieren sie die Fähigkeit zu denken und sind hinfort unheilbar schwachsinnig.

So wurden seit je die Gefangenen von den Wilden gemästet, bis sie dick waren wie Schweine. Dann schlachtete man sie, indem man ihnen die Gurgel durchschnitt, und briet sie als Nahrung für den König. Was aber die nackten Wilden betrifft, so aßen sie das Menschenfleisch roh.

Als ich das alles erkannte, war ich sehr verzweifelt, um meinetwillen und um meiner Gefährten willen, welche nun schon so stumpfsinnig geworden waren, dass sie nicht wussten, was mit ihnen geschah. Sie hörten nicht auf meine Ratschläge, Bitten und Beschwörungen. Und die Nackten gaben sie einem Manne zu hüten, der sie jeden Tag hinauszuführen und auf der Insel zu weiden hatte wie das Vieh. So wanderten sie unter den Bäumen umher und rasteten nach ihrem Belieben und wurden sehr fett.

Ich aber, der ich ihre Nahrung nicht nahm, sondern mich nur von Früchten nährte, wurde nicht dicker, sondern ich verfiel im Gegenteil vor Furcht und Kummer immer mehr, und manchmal, wenn ich keine Früchte fand, zehrte der Hunger an mir, und ich fiel vom Fleisch und schrumpfte zusammen zu Haut und Knochen.

Als die Wilden das merkten, überließen sie mich mir selber und schenkten mir keine besondere Aufmerksamkeit mehr, und da ich mich meinerseits bemühte, so unauffällig wie möglich zu sein und ihnen wenig vor Augen zu kommen, vergaßen und vernachlässigten sie

mich schließlich so sehr, dass ich eines Tages entwischen konnte. Ich floh in den Wald, versteckte mich und schlug mich unter vielen Gefahren, doch getragen von dem Gefühl, in Freiheit zu sein, lange Zeit durch die Urwälder. Und ich nährte mich reichlicher von Früchten und Kräutern, auch fand ich Vogeleier und wohlschmeckende Wurzeln, und ich nahm zu an Kraft und wurde wieder, der ich gewesen war.

Und ich hörte nicht auf zu wandern, bis der Wald sich lichtete und die Landschaft ihr Antlitz änderte, und ich stieß auf Spuren von Menschen und verlassene Feuerstellen. Und eines Tages sah ich von ferne menschliche Gestalten.

Vorsichtig schlich ich näher, um zu erkunden, ob es Wilde waren oder Menschen meiner Art, und zu meiner Erleichterung erkannte ich Moslim. Es waren aber Männer, die in die Wälder zogen, um Pfefferkörner zu ernten. Und ich trat aus dem Dickicht und bot ihnen den Gruß des Friedens.

Als sie mich erblickten, scharten sie sich um mich und sprachen: »Wer bist du und woher kommst du?«

Und ich erzählte ihnen, was hinter mir lag, und sie verwunderten sich und sprachen: »Bei Allah! Es ist ein Wunder, dass du den Kannibalen entflohest! Denn sie fressen jeden, der ihnen in die Hände fällt, und noch von keinem hörten wir, den sie fingen und der ihnen wieder entkam. Denn groß ist ihre Macht, nicht allein ihrer Zahl und Wildheit wegen, sondern auch um des dunklen Zaubers willen, auf den sie sich verstehen.«

Und ich erwiderte: »Größer als alle Zaubermacht ist die Macht des Höchsten.«

Und wir dankten Allah, und ich betrauerte meine verlorenen Gefährten. Die Pfeffersammler aber stachen in See und nahmen mich mit nach ihrer Heimatinsel, und es war dies ein Land, bewohnt von Gläubigen, die von guten Sitten waren, doch von geringerer Kultur als in meinem Lande, zu Bagdad, der schönen Stadt. Doch gefiel mir, was ich sah, und eines Tages führten mich die Pfeffersammler, die dort zu Lande in hohem Ansehen stehen, vor ihren König.

Ich erzählte ihm alles, was mir zugestoßen war, und er nahm lebhaften Anteil daran, aß mit mir und beschenkte mich mit einem schönen

Gewand und einem Dolch von erlesener Arbeit, geziert mit Edelsteinen und Elfenbein. Ich war gesprächig und heiter, und das Leben gefiel mir wieder. Und der König lud mich zu einer zweiten Audienz und entließ mich in Gnaden.

Nach dem Empfang beim König schlenderte ich über den Markt und erfreute mich an dem bunten Leben und den Waren, die man feilbot, den Langusten und Krebsen und funkelnden Fischen, den Tauben und fremden Vögeln und den Früchten des Landes. Ich ging auch auf den Pferdemarkt, weil ich seit jeher schöne Pferde liebte, und ich sah, dass hier zu Lande prächtige Rosse gezüchtet wurden und dass fast alle Bürger, nicht nur die hoch gestellten und reichen, sondern auch die ärmeren und unbekannten, ungewöhnlich schöne Pferde ritten; doch alle und selbst der König ritten ohne Sattel und Steigbügel, was mich sehr erstaunte. Dies merkte ich mir, und als ich das nächste Mal beim König war, sprach ich:

»Warum, o mein Gebieter, reitest du nicht mit einem Sattel? Es ist leichter für den Reiter und spart seine Kraft.«

Da fragte er: »Was ist ein Sattel? Niemals sah oder benutzte ich ein solches Ding.«

Und ich antwortete: »Mit deiner Erlaubnis werde ich für dich einen Sattel anfertigen lassen, damit du darauf reitest und den Vorteil davon erkennst.«

Und er sagte: »Tue das.«

Und ich bat ihn, man möge mir Holz und Leder und das nötige Material schicken und einen tüchtigen Handwerker. Nachdem mir alles gebracht worden war, suchte ich mir unter den Handwerkern, denn man hatte mir gleich zehn gesandt, einen geschickten Zimmermann aus und setzte mich mit ihm nieder und zeigte ihm, wie man einen Sattelbaum macht, und zeichnete ihm die Form mit Tinte auf das Holz. Hierauf nahm ich Wolle, kämmte sie und bereitete Filz daraus, und nachdem ich den Sattelbaum mit Leder überzogen hatte, stopfte ich ihn aus, glättete ihn und befestigte den Gurt und die Steigbügelriemen daran. Dann holte ich einen Schmied und beschrieb ihm die Form der Steigbügel und der Gebissstange.

Da schmiedete er ein Paar schöne Steigbügel und ein Gebiss und feilte sie glatt und verzinnte sie. Und ich brachte Fransen an aus Seide und

zog Zügelriemen durch das Gebiss. Endlich holte ich eins von den schönsten Pferden des Königs herbei, sattelte es und zäumte es auf, hing die Steigbügel an den Sattel und führte das Ross vor den König. Die Sache gefiel ihm ausnehmend, und er dankte mir. Dann stieg er auf und ergötzte sich über die Maßen im Sattel und belohnte mich reichlich für meine Arbeit.

Als aber des Königs Wesir den Sattel sah, wollte er gleich auch einen haben, und ich stellte ihm einen her. Und schließlich verlangten alle Hofleute und Würdenträger des Staates und am Ende auch die Bürger und überhaupt alle Welt Sättel von mir.

Da verlegte ich mich auf die Herstellung von Sätteln. Ich tat mich zusammen mit dem Zimmermann und dem Schmied, die ich in diesem Handwerk unterrichtete, stellte noch andere Handwerker an, eröffnete ein großes, wohlgeleitetes Geschäft und mehrere Werkstätten und verkaufte alles, was wir fertig stellten. Und schon nach kurzer Zeit kam ich zu großem Wohlstand und hohen Ehren und stand in beson-

derer Gunst beim König, mit dem ich nun nicht mehr nur über Sättel und Pferde sprach, sondern den ich auch anderweitig beriet, und meine Ratschläge nutzten ihm und dem Lande.

In dieser Weise lebte ich, bis eines Tages, als ich gerade wieder beim König saß, der Herrscher zu mir sprach: »Du bist nun einer der unsrigen geworden, o Sindbad, und uns lieb und wert wie ein Bruder, und du stehst bei uns so in Ansehen und Zuneigung, dass wir uns nicht mehr von dir trennen mögen. Daher wünsche ich deine Zustimmung in einer bestimmten Angelegenheit und möchte nicht, dass du mir darin widersprichst.«

Und ich neigte mein Haupt und sagte: »Ich höre.«

Und der König sprach: »Ich möchte dich mit einer schönen, klugen und angesehenen jungen Frau verheiraten, die außerdem auch noch reich ist. Sie wird dir bestimmt gefallen. So mögest du einheimisch und ansässig bei uns werden. Deine Wohnung aber soll in meinem Palaste sein. Es ist dies ein Plan, der mir sehr am Herzen liegt.«

Als ich diese Worte hörte, war ich beschämt von seiner Güte und seinem guten Willen, doch nicht sehr erfreut, denn obgleich ich selber schon daran gedacht hatte, dass es an der Zeit wäre, mich zu verheiraten, hätte ich das doch lieber in Bagdad getan, und ich zweifelte, ob es die rechte Frau für mich sei, die er ausgewählt hatte. Und um Zeit zu gewinnen, sagte ich nicht Ja noch Nein, sondern wünschte jenes Mädchen kennen zu lernen, und als ich ihr gegenüberstand, siehe, da schien es mir, als habe sich auf dieser Insel alles für mich gleich einem Wunder gefügt, denn es entbrannte, da ich sie nur ansah, mein Herz, und ich dankte Allah und dem guten König, und die Hochzeit ward wenig später gefeiert, und wir waren sehr glücklich.

Da leuchtete mir, nach so viel Irrfahrt und Unheil, die Sonne des Glücks. Und nur ein einziger Schatten fiel über dieses Daseins freundlichen Ablauf, und es war dies das Heimweh, das mich zuzeiten überkam. Zwar liebte ich meine Frau, und wir waren wie ein einziges Wesen, doch an die Heimkehr dachte ich noch immer, und ich sprach bei mir in meiner Seele: ›Wenn ich in meine Heimat zurückkehre, will ich sie mit mir nehmen.‹ Und ich machte Pläne. Doch was einem Menschen bestimmt ist, das muss geschehen, und niemand kennt das Kommende.

Lange Zeit lebten wir in Frieden und Zufriedenheit. Da geschah es eines Tages, dass Allah der Allmächtige meinem Nachbarn die Frau nahm. Er war aber einer meiner neuen Freunde, und ich ging zu ihm, tröstete ihn und sprach: »Tröste dich, o Freund, denn siehe, noch zerreißt der Schmerz deine Seele, aber jede Wunde wird geheilt zu ihrer Zeit. Wer weiß denn, was Allah uns bestimmt hat! Wer weiß denn, ob du nicht nach einer Zeit eine noch bessere Frau finden wirst? Sterben müssen wir alle, doch das Leben geht weiter, nach allem Tod und allen Tränen. Die Toten aber sind bei Allah!«

Er aber erwiderte: »O mein Freund, wie kann ich eine andere heiraten und wie soll mir Allah das gewähren, wenn ich nur noch einen einzigen Tag zu leben habe?«

Und ich sagte: »O mein Bruder, kehre zur Vernunft zurück und sprich nicht leichtfertig von deinem eigenen Tod; denn du bist noch jung, gesund und voller Leben, und sicher sind dir noch viele Jahre geschenkt.«

Da sprach er: »O mein Freund, was redest du da! Schon morgen wirst du mich verlieren und mich niemals wieder sehen.«

Und ich fragte: »Wovon sprichst du?«

Und er sagte: »Noch heute begraben sie mein Weib und sie werden mich in die Gruft versenken; denn das ist der Brauch bei uns. Stirbt die Frau, so begraben sie auch den Mann mit ihr, und in gleicher Weise tun sie mit der Frau, wenn der Mann stirbt. So hat denn der, dem die Frau gestorben ist, doppelten Grund zum Weinen, denn so groß der Schmerz ist, wer will denn gleich selber sterben?«

Da schrie ich: »Das ist der schändlichste Brauch, von dem ich je gehört habe! O Allah, bei was für Menschen lebe ich!«

Und es kam, wie er sagte. Man trug die Verstorbene aus der Stadt zu den Bergen an der Küste der Insel. Dort entfernte man einen großen Felsblock und legte den Eingang zu einem ausgemauerten Schacht frei, der tief hinunter in eine ungeheure unterirdische Höhle führte, welche unter dem Berge verlief.

In diesen Schacht versenkten sie den Leichnam, dann aber ließen sie meinen Freund an einem Seil aus Palmfasern in die Höhle hinab und mit ihm einen großen Krug frischen Wassers und sieben Brote zur Wegzehrung. Als er auf dem Grunde angelangt war, löste er das Seil,

und sie zogen es herauf. Und er grüßte feierlich und gefasst zu uns empor, und ich sah ihn zum letzten Mal. Dann verschlossen sie die Öffnung des Schachtes mit dem Stein und kehrten zur Stadt zurück. Und ich begab mich zum König und sprach erregt zu ihm: »Warum begrabt ihr die Lebenden mit den Toten?«

Und er antwortete: »Es ist dieses Landes Sitte. Unsere Väter taten es und unsere Großväter und unsere Ahnen in uralten Zeiten. Es war schon Gesetz, als die großen alten Könige der Vorzeit herrschten, und es wird immer so sein, weil es immer so war. Auch ist es ein guter und edler Brauch, denn Mann und Frau sollen sich nicht trennen, weder im Leben noch im Tode. Des einen Glück sei des anderen Glück, und des einen Sterben des anderen Ende.«

Und zum ersten Male begriff ich diesen König und das Denken dieser Menschen nicht mehr. Und ich fragte: »O König der Zeit, wenn die Frau eines Fremden, wie ich es bin, plötzlich stirbt, würdet ihr auch mit ihm, dem Fremden, so verfahren?«

Und der König sagte ruhig: »Gewiss. Denn es ist Gesetz, und niemand in diesem Lande ist davon ausgenommen.«

Als ich das hörte, rührte die Angst mich an, und sie wuchs hinfort von Tag zu Tag. Meine Vernunft verdunkelte sich, und mir war, als lebte ich in einem Kerker. Ich fing an, die Gemeinschaft mit diesen Leuten zu hassen, und ich war in beständiger Furcht, dass sie mich lebend begraben würden, wenn meine Frau vor mir stürbe.

Nach einer Weile tröstete ich mich wieder und lenkte meinen Geist durch mancherlei Beschäftigungen von jenen Gedanken ab. Gerade jetzt aber, da ich meine Angst und böse Ahnung überwunden glaubte, erkrankte meine Frau, siechte dahin und ging ein zu Allah, dem Allmächtigen. Und der König und meine Freunde kamen herbei, um mit mir zu trauern nach ihrer Sitte.

Dann zog man mit der geschmückten Toten zu dem Berg, wo sie in den Schacht versenkt wurde. Danach umringten mich meine Freunde und Bekannten und die Verwandten meiner Frau und nahmen Abschied von mir. Ich aber begehrte auf und schrie:

»Niemals gestattet Allah, die Lebenden mit den Toten zu begraben! Ich bin ein Fremdling und keiner von euch! Eure barbarische Sitte ist mir unerträglich und entsetzlich, und wäre sie mir bekannt gewesen –

nie hätte ich unter euch gelebt wie euresgleichen! Begreift ihr denn nicht, dass ihr Mörder seid an den Lebenden, ohne den Toten damit zu nützen, die längst im ewigen Frieden weilen?«

Sie aber beachteten meine Worte nicht, sondern ergriffen mich, warfen mir die Leichentücher über, wanden Seile um mich und ließen mich in die Höhle hinab mit einem großen Krug Wasser und sieben Broten, wie ihr Gesetz es befahl.

Als ich auf dem Grunde angelangt war, riefen sie mir zu, ich möge die Stricke abwerfen, damit sie sie wieder heraufzögen, aber ich weigerte mich. Da ließen sie bekümmert, weil ich mich ihrer Sitte nicht fügte, die ihnen ganz selbstverständlich war, die Seile los, warfen sie auf mich herab, sprachen halb unwillig und halb traurig Worte des Abschieds und verschlossen den Schacht mit dem Stein. Und ich war allein.

Ich schaute mich um und fand mich in einem weiten Gewölbe, das angefüllt war mit Gebeinen und verwesenden Leichen, und die Luft war erfüllt von dem schrecklichen Geruch, der ihnen entströmte.

Da rief ich aus: »Bei Allah! Ich verdiene alles, was mir zugestoßen ist und noch zustoßen wird! Was musste ich in diesem Lande leben und mich um die Gunst des Königs bewerben und ein hoch geehrter Mann werden! War es nicht Gewinnsucht, die mich die großen Geschäfte mit den Sätteln betreiben ließ? War es nicht Ehrsucht, die mich zum Hof des Königs trieb? War es nicht Ruhmsucht, die mich leitete? Und warum heiratete ich diese Frau? Mein Herz entbrannte, als ich sie sah – doch hätte ich sie wirklich geheiratet, wenn nicht der König mich gedrängt hätte? Zwar liebte ich sie – doch war nicht meine Furcht, sie könne vor mir sterben, stärker als meine Neigung? Und ist denn das Liebe? Und folgte ich denn meiner inneren Stimme, die mir sagte, ich solle heimkehren in mein Land und in mein wahres Leben, oder folgte ich nicht vielmehr der Habsucht, Torheit und Trägheit? Und habe ich denn gelernt aus meinen vielen Abenteuern, und bin ich weiser geworden und Allahs Absichten gewisser? O ich eitler Narr, gefangen in meiner Gier nach Genuss und Gewinn, verlockt von der Ferne und nicht inne des nahe Liegenden, ich habe alles verdient, was mir geschieht! Und dennoch frage ich mich: Warum ertrank ich denn nicht im Meer oder stürzte ab in den Bergen, warum durfte ich nicht

eines guten Todes sterben, gewaschen und aufgebahrt als ein Mann
und Moslem? Aber nun, da die Stunde schlägt, darf ich nicht hadern
mit dem Schicksal. Ja, ich erkenne, dass es immer das Rechte ist, was
Allah über mich verhängt, und ich will mich bereitmachen, aus dieser
schwarzen Höhle einzugehen in Allahs Frieden!« Und ich schwieg
und saß inmitten der Toten und atmete schwer.

Nach dieser schlimmsten Nacht, die ich je erlebte, erhob ich mich, aß
von dem Brot und trank aus dem Krug und erkundete die Höhle und
fand, dass sie sich mächtig in die Länge erstreckte und Nischen in den
Wänden hatte. Der Boden aber war mit Schädeln und Knochen bedeckt, die seit uralten Zeiten hier moderten. Ich suchte mir einen Platz
in einer der Nischen und machte mir ein Lager, auf das ich mich nie-
derwarf.
So verbrachte ich eine geraume Zeit, bis Wasser und Brot zur Neige
gingen. Ich aß nur ein einziges Mal an jedem Tag und dann an jedem
zweiten Tag, und der Hunger brannte in mir. Auch trank ich nicht
mehr als bei äußerstem Durst einen einzigen Schluck. Denn wenn ich
auch gefasst war auf den Tod, so sprach doch das Leben in mir und
flüsterte: ›Iss wenig und trink wenig! Vielleicht dass dir Allah doch
noch Errettung zuteil werden lässt.‹
Eines Tages nun, als ich schlief, erwachte ich durch ein scharrendes
und kratzendes Geräusch, das von den Leichen in einer Ecke der

Höhle kam. Und ich erschrak. Doch dann sprang ich auf, ergriff einen menschlichen Schenkelknochen, fasste ihn wie eine Waffe und ging dem Geräusche nach. Und ich sah im dämmernden Dunkel der Höhle ein schattenhaftes Wesen, das vor mir floh.

Es flüchtete aber in das Innere der Höhle, und als ich begriff, dass es ein Tier war, ein Wolf oder Schakal, kein Gespenst und kein Ungeheuer der Unterwelt, da verfolgte ich es und ließ mich führen von ihm bis in eine ferne verfallene Ecke, wo es verschwand. Und siehe, ich gewahrte in der Ferne einen Lichtpunkt, der war wie ein Stern.

Da ging ich ihm nach, und je mehr ich mich näherte, umso größer und glänzender wurde das Licht, bis ich Gewissheit hatte, dass es eine Spalte im Felsen war, die ins Freie führte. Da sprach ich bei mir in meiner Seele: ›Entweder ist dies die Mündung eines zweiten Schachtes, ähnlich wie der, durch den sie mich herabgelassen haben, oder es ist ein Riss im Gestein, von dem sie nichts wissen.‹

Als ich aber davorstand, da sah ich, dass es wirklich eine Bresche im Berg war, ein Bruch im Gestein und eine ursprünglich schmale Spalte. Die wilden Tiere aber hatten sie durch hartnäckiges Graben allmählich so verbreitert, dass sie durchkriechen, die Toten verschlingen und frei aus und ein gehen konnten. Als ich dessen innewurde, kehrten meine Lebensgeister zurück, und die Hoffnung flammte auf in mir wie ein Feuer. Und ich versuchte, durch die Spalte zu kriechen, und siehe, es gelang.

Da stand ich im Lichte, geblendet noch und verwirrt, doch erfüllt von der Kraft und der Freude des Lebens, und ich war wieder in der Welt, nachdem ich tausend Tode gestorben war. Und wie im Traum schritt ich dahin.

Ich fand mich aber auf dem Hang eines hohen Berges, der das Salzmeer beherrschte. Und er war so steil auf seiner landeinwärts gewandten Seite, dass er von dort jeden Zugang verwehrte; niemand aus der Stadt konnte jenen Teil der Küste erreichen. Da pries ich Allah den Allmächtigen, dankte ihm und freute mich, und mein Herz wurde heiter in der Sonne der Berge. Am Horizont aber glänzte das Meer. So begann ich den Abstieg.

Und wieder schlug jäh der Lauf meines Schicksals um, denn von nun an, nach den tödlichen Schrecknissen, ging alles gut und leicht. Der

Abstieg gelang, ich erreichte die Küste und ich fand dort nicht nur Früchte und Vogeleier, von denen ich mich nähren konnte, sondern wie ein Geschenk des Himmels auch einen Platz, wo in geringer Tiefe Perlenmuscheln zu finden waren.

Ich entdeckte sie, als ich zwischen den Klippen schwamm zu meinem Vergnügen und mich ausruhte auf den Felsen einer schönen Grotte. Da saß ich und sah dem Spiel der Fische zu. Es gab dort Fische von roter, weißer und goldener Farbe, mit fächerförmigen Flossen wie Flügeln, und sie funkelten im Wasser. Und wie ich ihnen nachsann, fiel mein Blick auf die Muscheln, und ich tauchte, holte einige herauf, öffnete sie und fand darin silbern und rosa schimmernde Perlen von ungewöhnlicher Größe und Reinheit.

Auf diese Weise lebte ich geraume Zeit, und spielend häufte ich ein Vermögen an, indem ich täglich nach Perlen tauchte, und ich fühlte mich wieder so frei und sicher, dass die Einsamkeit mich nicht ängstigte; vielmehr war ich gewiss, dass eines Tages ein Schiff sich nähern würde. Auch vertrieb ich mir die Zeit mit dem Erbeuten, Ordnen und Polieren der Perlen, mit den Tieren des Meeres und den Vögeln, die am Berghang brüteten, und mit dem Ausbau einer Höhle, die ich mir zur Wohnung nahm und wo ich einen Herd errichtete und ein Lager aus Schilf und Gras. Und ich machte mir einen Speer zum Fischen und knüpfte ein Netz aus starken Pflanzen. Zwar zerriss es immer aufs Neue, doch fing ich manches Getier damit, und eines Tages entdeckte ich auch Schildkröten am Strand, und die Höhle, darin ich mich in den Nächten barg und in der Glut des Mittags, wurde stattlicher und wohnlicher, und die Tage gingen dahin in Frieden.

Eines Tages stand ein Segel am Horizont, und ein Schiff fuhr vorüber. Man bemerkte meine Signale und sandte ein Boot aus, und ich nahm meine Perlen, ließ die Schildkröten frei, die ich gefangen hatte, betrachtete zum letzten Mal meine Höhle und den Strand und die Muschelgrotte und ging durch das flache Wasser dem Boot entgegen und stieg ein. Verwundert betrachteten mich die Matrosen und brachten mich an Bord. Auch der Kapitän musterte mich mit großem Erstaunen, denn meine Kleidung, auf die ich nicht mehr geachtet hatte, bestand ja noch immer aus den Leichentüchern, die man mir mitgegeben hatte in die Gewölbe der Toten, und was ich darunter trug, war

zerrissen und zerlumpt von meinem Leben am Strand und in der Höhle. Und ich erzählte ihm meine Geschichte, änderte sie aber und sagte nichts vom Tode meiner Frau und meiner Flucht aus den Grabkammern, denn ich wusste ja nicht, ob er nicht auch aus jener Stadt war und womöglich den grauenhaften Landessitten Treue hielt und mich am Ende wieder zurückbringen würde zu erneutem Begräbnis, auf dass dem Brauch Genüge geschehe. Doch Allah sei Dank, er war nicht von dort, und ich hätte getrost die Wahrheit sagen können. Schließlich bot ich ihm von meinen Perlen, auf dass er mich mitnähme auf seinem Schiff in meine Heimat oder in Gegenden, von denen aus ich Bagdad erreichen konnte.

Doch dieser gute Mann weigerte sich, die Perlen anzunehmen, und sprach: »Wenn wir einen Schiffbrüchigen an der Küste oder auf einer Insel finden, dann nehmen wir ihn auf und geben ihm zu essen und zu trinken; und wenn er nackt ist, bekleiden wir ihn. Und wir tun das nicht, um entlohnt zu werden, sondern weil es das Gesetz des Meeres ist, Menschen in Seenot zu helfen, und weil Allah es will. Nicht wir nehmen Geschenke entgegen, sondern wir machen den Schiffbrüchigen Geschenke. So behalte deine Perlen und freue dich deines Reichtums. Wir sind Seeleute, die ihn dir nicht neiden. So du aber unser Leben teilen willst an Bord, so sollst du willkommen sein und mit uns fahren, bis wir uns dem Lande nähern, das deine Heimat ist.«

So blieb mir nichts zu tun übrig, als Allahs Segen herabzuwünschen auf ihn und seine Matrosen und sein gutes Schiff. Und bald war ich gut Freund mit ihm und der Mannschaft, und da ich ja ein erfahrener Seefahrer war, machte ich mich nützlich und lebte in Eintracht mit diesen freundlichen Fremden und fühlte mich wohl auf dem redlichen Schiff.

Wir fuhren aber von Insel zu Insel und von Meer zu Meer, bis dass wir die Glockeninsel erreichten. Und nach einer Fahrt von weiteren sechs Tagen kamen wir zur Insel Kala, nahe beim Lande Hind.

Dieser Ort wird von einem mächtigen König regiert und ist bekannt durch seine kampferprobten, doch keineswegs blutdürstigen Krieger, die weithin Land und Meer beherrschen; es wird dort auch der indische Rotang erzeugt.

Schließlich landeten wir, dank Allahs Gnade, sicher in der Stadt Bassora. Nun war es nicht mehr weit nach Bagdad, und bald betrat ich wieder mein Haus. Und ich stapelte meine Waren, die ich unterwegs erworben hatte, und meine schönen Perlen und gab ein Fest und machte, wie es sich gehörte, den Witwen und Waisen, den Bettlern und Armen Geschenke, spendete den Fakiren und teilte meinen Freunden und Verwandten aus. Und ich freute mich meiner Heimkehr und pries die Wunder meiner Rettung und dankte dem Allmächtigen.

Dies aber ist die Geschichte meiner vierten Reise, und wenn es euch ergötzt, sollt ihr morgen von der fünften hören. Und du, o Sindbad, der du ein gar so erstauntes Gesicht machst, du Landratte, sollst noch mit mir zu Abend essen, wenn du Lust dazu hast.

Nach dem Essen ließ Sindbad der Seefahrer Sindbad dem Lastträger wie gewöhnlich hundert Dinare reichen, und er ging seiner Wege.

Am nächsten Morgen aber fand er sich wieder ein, wie immer, und nach dem Frühstück und der Ankunft der Freunde ergriff Sindbad der Seefahrer das Wort und begann die Erzählung von seiner fünften Reise.

Die fünfte Reise Sindbad des Seefahrers

Meine fünfte Reise, o Freunde, hatte den Grund, dass meine Geschäfte schlechter gingen und ich mich der fernen Küste entsann, wo es die herrlichen Perlen in solchem Überfluss gab, dass man sie nur mit den Händen zu greifen brauchte. Dieser Gedanke ließ mich nicht los. Nun war es so, dass die Verschlechterung meiner Lage im Grunde nicht bedenklich war und dass ich auch mit verringertem Gewinn und Vermögen noch immer in Freuden leben konnte. Doch wie ihr wisst, kam zuweilen eine Unruhe über mich, und nach einiger Zeit des Behagens sehnte ich mich stets nach dem Meer. Nun wollte ich freilich nicht wiederum leichtfertig handeln und nicht im Übermut, und so ergriff mein Herz begierig alle schlechten Nachrichten und es schlug und sagte mir: ›Du musst reisen! Fahr über See!‹

Und ich beschloss, die Perlenküste zu suchen und heimzukehren mit

neuen Schätzen. Diesmal aber kaufte ich ein eigenes Schiff, das ich unter günstigen Umständen erwerben konnte, heuerte einen tüchtigen Kapitän und eine Vertrauen erweckende Mannschaft an, nahm auch etliche meiner Diener und Sklaven mit und gab das Zeichen zur Abfahrt. Die Kommandos des Kapitäns erschollen, und der Anker ward hochgewunden, und wir hissten die Segel, und es wehte ein guter Wind, und wir fuhren dahin über Allahs Meer.

Es war dies eine lange Reise, die zwar unter einem guten Stern zu stehen schien, jedoch das Ziel nicht erreichen wollte. Denn wir fanden nicht jene Insel mit der Perlenküste, und als uns endlich ein Schiff, dem wir begegneten und das aus jener Gegend kam, auf den rechten Kurs brachte, da verschlug uns ein Sturm in andere Regionen.

Schon fürchtete ich erneuten Schiffbruch; aber wir kamen davon, ohne dass mein Schiff ernstlich beschädigt wurde. Doch mussten wir eine unbekannte Insel anlaufen, auf der wir von einer Bucht aus eine hohe, weiße Kuppel erglänzen sahen. Und es überkam mich das Gefühl, schon einmal eine solche Kuppel gesehen zu haben. Aber ich wusste nicht mehr, wo das gewesen war. Den Matrosen war dieses eigentümliche Bauwerk so fremd und rätselhaft, dass sie mit des Kapitäns Erlaubnis an Land gingen, um es näher zu untersuchen. Ich aber blieb an Bord.

Nach einiger Zeit kamen sie zurück, lachten und waren aufgeregt, und einer berichtete uns: »Wisset, dass die Kuppel gar keine Kuppel ist, sondern ein riesiges Ei. Und etwas kleinere Eier, doch ebenfalls noch größer, als wir jemals welche sahen, lagen in der Nähe. Ihr hättet sie sehen sollen!«

Da erkannte ich plötzlich, woran die Kuppel mich erinnert hatte, und ich unterbrach den Matrosen und rief: »Es sind die Eier des Vogels Roch!«

»Das mag wohl sein«, sagte der Matrose, »jedenfalls war in dem einen Ei in der Tat ein höchst sonderbarer Vogel, als wir es zertrümmerten.«

Und ich rief: »Was habt ihr getan! O ihr Söhne der Blödigkeit und Väter des Unfugs! Unwissend liefert ihr uns dem Verderben aus!«

Doch der Matrose sprach: »Ach was! Was ist schon so ein Vogel! Jedenfalls zertrümmerten wir mit großer Mühe, mit Hilfe von Steinen

und Messern, ein kleineres Ei; aber das große bekamen wir nicht entzwei!«

Und wieder rief ich: »Allah bewahre uns! Es scheint demnach mehrere solcher Vögel auf der Insel zu geben, größere und kleinere, aber schon die kleinen sind gewaltig, und ich bin einmal einem begegnet, der war so groß wie ein Haus! Ich kenne diese Tiere! Und deshalb sage ich euch: Sofort müssen wir in See stechen, denn sonst wird der Vogel Roch herbeikommen und uns vernichten!«

Doch der Kapitän schüttelte den Kopf, und die Matrosen lachten und sie glaubten mir nicht. Wie wir aber noch so standen und stritten, dieweil die kostbare Zeit verrann, sagte der Kapitän: »Der Himmel bedeckt sich! Seht nur, schwarze Wolken ziehen herauf!«

Und wir hoben unsere Augen gen Himmel und wir sahen, dass es keine Wolken waren, sondern riesige Vögel, und ihre Schwingen verdeckten die Sonne. Da erst glaubten mir meine Gefährten.

Ich aber rief dem Kapitän zu: »Schnell, schnell! In die offene See! Nur eilige Flucht kann uns retten!«

Und die Vögel brausten heran und stießen schauerliche Schreie aus, derweil wir in aller Hast die Segel setzten und das offene Meer zu erreichen suchten. Und näher kamen die Vögel. Wir aber hissten jeden Lappen Segel; fieberhaft arbeitete ein jeder von uns, aber das Schiff, das nun schon hohe Geschwindigkeit hatte, schien uns zu kriechen und zu schleichen. Und der Matrose, der uns berichtet und der über meine Worte gelacht hatte, schrie jetzt laut: »Was für Vögel! Was für entsetzliche Untiere! Allah erbarme sich unser!«

Da aber hatten uns die Vögel schon eingeholt und kreisten über uns. Und wir sahen, dass es zwei Riesentiere waren, die in ihren Fängen Felsblöcke hielten. Nie zuvor hatte ich einen Vogel gesehen, auch den mächtigen Adler nicht, der Steine mit sich führte; dem Vogel Roch aber traute ich es zu, dass er Felsbrocken wie Waffen zu verwenden wusste. Und ich hatte mich nicht getäuscht. Der eine der beiden Vögel öffnete die Krallen, und der Felsblock sauste herab, verfehlte uns nur um ein Geringes und schlug mit solcher Gewalt ins Meer, dass das Schiff in die Höhe gehoben wurde vom Schwall der Wogen und dann in die Tiefe schoss; und der Schlund des Ozeans tat sich auf.

Dann ließ der zweite Vogel seinen Felsen fallen, und er fiel auf die Achterhütte, zerschmetterte sie, zersplitterte das Steuer in tausend Stücke und zertrümmerte das Deck. Und wir stürzten alle ins Meer. Ich aber kämpfte um mein Leben, und es gelang mir, eine Schiffsplanke zu fassen. Ich klammerte mich an und bestieg sie rittlings und fuhr durch die Wogen. Und Wind und Wellen führten mich einer Insel entgegen und warfen mich in die Brandung, und die Planke zersplitterte an einem Riff. Doch ich blieb unverletzt und schwamm an den Strand.

Da sprach ich bei mir in meiner Seele: ›Schon manchen Schiffbruch habe ich erlebt – so werde ich auch diesen überstehen.‹ Doch dann wieder sagte ich mir: ›Aber eines dieser Abenteuer wird das letzte sein!‹ So stritten Furcht und Zuversicht in mir, während ich die Insel betrat.

Üppig und dicht standen die Bäume und trugen Früchte und bogen sich unter ihrer Last; klar und hell strömten die Bäche; es dufteten die Blumen, und weiße Möwen schossen dahin, und Vögel, die ich noch nie gesehen hatte, sangen, und kleine Affen, erheiternd anzusehen, spielten in den Zweigen. Auch kroch eine gewaltige Schildkröte über den Strand, die hatte einen tiefschwarzen Panzer, in dem die Sonne sich spiegelte. Und als ich in den Wald ging, sah ich Eidechsen sich sonnen, funkelnd wie Smaragde, und es gab andere Eidechsen, die fliegen konnten wie Vögel, grün und golden gefärbt, und merkwürdige Blumen mit großen violetten Blüten. Ich aß und trank und suchte mir einen Ruheplatz und schlief ohne Unterbrechung bis zum Morgen. Dann stand ich auf, pflückte mir Früchte, wusch mich in einem Bach und wanderte, bis ich auf das Rinnsal eines Ziehbrunnens traf.

Am Brunnen saß ein Greis von ehrwürdigem Äußeren, mit einem Schurz von Palmfasern umgürtet. Da sprach ich bei mir in meiner Seele: ›Vielleicht ist auch dieser Scheich ein Schiffbrüchiger! Wie gut, dass ich ihn fand, denn es ist besser, zu zweit zu sein als allein!‹

So näherte ich mich und bot ihm den Gruß des Friedens, und er gab mir durch Zeichen den Gruß zurück, doch er redete nicht. Da sprach ich ihn an: »O mein Oheim, warum sitzest du hier?«

Er schüttelte den Kopf und stöhnte und machte mir Zeichen mit der

Hand, als wollte er sagen: ›Nimm mich auf deine Schulter und trage mich dort hinüber!‹

Da dachte ich: ›Er ist sehr alt und vielleicht ist er gelähmt und hat die Sprache verloren. Wer weiß, was er erlebt hat. Wahrlich, Mitleid und jede Hilfe gebührt ihm von mir, der ich jünger und kräftiger bin und froh, eine lebendige Seele gefunden zu haben auf dieser einsamen Insel.‹

So nahm ich ihn denn, obwohl ich selber noch recht ermattet war, auf meinen Rücken und trug ihn an die Stelle, die er bezeichnet hatte. Und ich sprach zu ihm: »So, Väterchen, wir sind da, du kannst absteigen von deinem gehorsamen Esel.«

Und ich lachte. Er aber knurrte etwas und wollte nicht von meinem Rücken herunter und schlang mir mit unvermuteter Kraft die Beine um den Nacken. Ich sah sie an und bemerkte, dass sie schwarz waren und rau wie die Beine eines Büffels. Da erschrak ich und hätte ihn gerne abgeworfen.

Er aber klammerte sich an und presste mir den Hals mit den Beinen, dass ich nahe daran war zu ersticken. Und die Welt wurde schwarz vor meinen Augen, und ich fiel halb ohnmächtig auf die Erde. Trotzdem blieb er immer noch auf mir sitzen, ja, er hob die Beine auf und trommelte mir mit den Fersen auf den Rücken und in die Seiten, dass es war, als schlüge man mich mit Stock und Peitsche. Und ich wehrte mich, aber er hielt mich in eiserner Klammer, und ich war hilflos wie ein Kind unter seinem Griff, und ich schrie: »Auweh! Was machst du mit mir! Ach – und dich, o du Vater der Ringkämpfer, habe ich für einen schwachen Greis gehalten! So sag doch wenigstens ein Wort und sprich zu mir, o grausames Büffelbein, und peinige mich nicht! Bin ich denn wahrhaft dein Esel, dass du auf mir reitest und mich schlägst, wenn ich nicht weiterwill?«

Aber er schwieg und zwang mich durch seine schmerzenden Schläge und Stöße, vom Boden aufzustehen und ihn herumzutragen, und wenn ich nicht gleich seinen Zeichen und dem leisesten Druck seiner Beine gehorchte, trommelte er mit seinen Füßen auf meinem Leib, ärger, als wenn ich mit Ruten gepeitscht worden wäre.

So trug ich ihn auf der Insel umher wie ein gefangener Sklave, und er brach sich Früchte von den Zweigen, ritt spazieren unter den Bäumen

und stieg nicht ab bis zum Abend. Auch dann ließ er mich nur einen Augenblick los, warf mich zu Boden, schlang mir aufs Neue die Beine um den Nacken und lehnte sich zurück zum Schlafe und begann zu schnarchen. Endlich schlief auch ich in dieser unbequemen Lage ein. Als ich morgens erwachte, saß er schon wieder auf mir und schlug mich. Und noch einmal kämpfte ich einen verzweifelten Kampf gegen ihn und unterlag und musste ihn weiter umhertragen nach seinem Belieben.

Wie bereute ich es da, dass ich Mitleid mit ihm gehabt hatte, und wie elend kam ich mir vor in dieser unwürdigen Lage – und fürwahr, er war ein Ausbund an Grausamkeit und plagte und quälte mich, dass ich lieber sterben wollte, als diesem Scheusal länger ausgeliefert zu sein. Aber es gelang mir nicht, ihm zu entrinnen, und wenn ich mich wie ein störrisches Tier zu Boden warf und schwor, keinen Schritt mehr zu tun, wusste er immer neue schmerzende Griffe und Tritte, die mich zwangen, alles zu tun, was er wollte. Und immer wieder schlug er auf mich ein.

Eines Tages kam ich mit meinem Reiter an eine Stelle, wo es Kürbisse in Fülle gab, und etliche davon waren gedörrt. Da nahm ich einen großen trockenen Kürbis, schnitt ihm die Spitze ab, kratzte ihn aus und reinigte ihn. Dann pflückte ich Trauben von einem Weinstock, der dort in der Nähe wuchs, und quetschte den Saft in den Kürbis, bis er voll war. Nun verstopfte ich die Öffnung und stellte den Kürbis in die Sonne, wo ich ihn einige Tage stehen ließ, bis Wein aus dem Saft geworden war. Er aber ließ es geschehen und betrachtete schweigend mein Werk. Täglich pflegte ich davon zu trinken, um mich zu trösten und zu stärken für die Mühsal mit jenem Teufel. Und ich betrank mich, denn nur in der Trunkenheit vergaß ich mein Elend und schöpfte neuen Mut.

Eines Tages machte mein Trunk den Alten neugierig, und er machte mir Zeichen mit der Hand, als wollte er fragen: ›Was ist das eigentlich?‹

Ich erwiderte: »Das ist ein trostreicher Trank, der das Gemüt erquickt.«

Und weil ich schon wieder recht betrunken war, galoppierte ich mit dem Greis unter den Bäumen herum, tanzte, torkelte, sang und war

bei weitem lustiger, als es
meiner Lage zukam. Da be-
deutete mir der Alte, ihm das
Gefäß zu reichen, auf dass er
auch daraus tränke, und ich
tat es und gab ihm den Kürbis. Er nahm ihn, trank,
grunzte verwundert, setzte
ihn aufs Neue an den Mund
und trank ihn aus bis zum Bo-
densatz. Da wurde dieser Satan fröhlich, kicherte, klatschte in die Hände und hüpfte
auf meinen Schultern. Mehr

und mehr stieg ihm der Nebel des Weines in den Kopf, er wurde sinnlos betrunken, die Glieder wurden ihm schwach, seine Beine locker-
ten sich, und er schwankte hin und her auf meinem Rücken.
Als ich aber sah, dass er in seiner Trunkenheit allmählich das Bewusstsein verlor, packte ich seine Beine, riss sie los von meinem Nacken und mit einem Ruck mich zur Erde neigend warf ich meinen Peiniger der Länge nach hin, dass es krachte.
Kaum konnte ich an meine Befreiung glauben, und in der Tat, schon
rührte er sich wieder und wollte aufspringen, und seine Augen glitzerten vor Grausamkeit. Da hob ich in Angst und Wut einen großen
Stein auf, der unter den Bäumen lag, und schlug ihn tot. Und seine
Seele entfloh und ging ein in das höllische Feuer, wo der Teufel ihn
plagen möge.
Leichten Herzens kehrte ich zur Küste zurück, verzichtete hinfort auf
Erkundungsgänge ins Innere der Insel und spähte Tag um Tag nach
vorbeifahrenden Schiffen aus. Und Allah meinte es noch einmal gut
mit mir, denn eines Tages steuerte ein Schiff durch die tosende See auf
die Insel zu. Es warf Anker, und die Reisenden stiegen ans Land. Ich
lief ihnen entgegen, nackt, wie ich war, denn längst waren meine Kleider zerfetzt und verloren bei den Satansritten des Alten, und sie
scharten sich um mich und fragten mich aus.
Da erzählte ich ihnen alles, was sich ereignet hatte. Und sie sprachen:

»Der Mann, der auf deiner Schulter ritt, wird genannt der Scheich ael-Bahr oder der Alte vom Meer. Und noch keinen Menschen gab es, der ihm entkam, wenn er einmal seine Beine im Nacken fühlte, noch keiner kam lebend davon! Die er aber zu Tode geritten hatte, die fraß er auf, denn er war ein Kannibale, zauberkundig, unmenschlich stark und bösartiger denn ein Krokodil. Allah schenke ihm keine Gnade! Du aber freue dich deiner Tat und deiner Errettung!« Und sie gaben mir Kleider, Speise und Trank und nahmen sich meiner an und feierten mich als den Mann, der den Alten vom Meer erschlug, den Schrecken der Küste.

Sie nahmen mich auf ihr Schiff, und wir segelten Tage und Nächte, bis wir zu einem Ort kamen, der die Affenstadt genannt wurde. Sie hatte hohe Häuser und ein einziges Tor, das mit Eisen beschlagen und befestigt war. Zuzeiten aber, wenn es finster wird, pflegen die Bewohner dieser Stadt aus dem Tore herauszukommen und in Booten und Schiffen auf das offene Meer zu fahren. Und sie verbringen die ganze Nacht auf dem Wasser, aus Furcht, dass die Affen aus den Bergen herniedersteigen. Denn jene Affen leben in so riesigen Horden, dass sie unüberwindlich sind.

Als ich das hörte, war ich sehr besorgt, da ich mich meiner Erlebnisse mit den Affenmenschen erinnerte, doch ich hörte, dass diese Affen Tiere seien und also von anderer Art als jene rätselhaften Wesen. Gern hätte ich darüber mehr erfahren und ging an Land, um die Stadt zu besuchen. Ich verspätete mich aber, denn viel Bemerkenswertes gab es zu sehen, und als ich zum Hafen kam, da war mein Schiff schon abgefahren, und ich wusste nicht, warum sie es so eilig hatten und was geschehen war. Doch sie waren nun einmal weg, und ich ging in die Stadt zurück und war verstört.

Da kam einer von den dunkelhäutigen Leuten der Stadt auf mich zu und sprach: »O Unbekannter, mir scheint, du bist ein Fremdling in diesem Lande?«

Bekümmert antwortete ich: »Ja, ich bin in der Tat ein Fremdling, und zwar ein besonders verlassener, denn eben ist mein Schiff davongefahren und ließ mich zurück, mittellos und ohne die geringste Ahnung, was ich hier beginnen soll.«

Und er schüttelte den Kopf und sprach: »Komm und setz dich zu-

nächst einmal mit in mein Boot, denn wenn du die Nacht in der Stadt verbrächtest, würden dich die Affen umbringen.«

»Ich danke dir«, erwiderte ich und ging mit ihm und bestieg sein Boot, eines unter zahllosen, die am Strande lagen, und alle stießen ab und ruderten und warfen etwa nach einer Meile Anker. Hier verbrachten wir die Nacht. Bei Tagesanbruch ruderten sie zurück zur Stadt, und ein jeder ging seinen Geschäften nach. So taten sie es jede Nacht um diese Jahreszeit. Denn wenn einer in der Stadt zurückblieb, kamen die Affen über ihn; sowie es aber Tag wurde, verließen die Affen den Ort, fraßen von den Früchten der Gärten und kehrten in die Berge zurück, wo sie tagsüber schliefen.

Es befand sich aber jene Stadt im fernsten Tal des Negerlandes, und eines der sonderbarsten Dinge, das sich während meines Aufenthaltes dort begab, trug sich folgendermaßen zu:

Einer von der Gesellschaft, mit der ich die Nacht auf dem Boote zubrachte, fragte mich:»O Fremdling, was willst du hier tun und wovon willst du leben? Verfügst du über irgendwelche besonderen Kenntnisse, dass du vielleicht ein Handwerk ausüben kannst?«

Und ich sprach:»Bei Allah, wenn ich das wüsste! Ich kann alles und nichts. Seefahrer war ich, Reisender und Kaufmann, ferner bei Gelegenheit Sattelmacher, Pferdezüchter, Diamantenjäger, Pfeffersucher, Hafenkommandant, Berater von Königen und noch manches mehr. Doch ein bestimmtes Handwerk habe ich nicht gelernt. Auch habe ich noch keinen Plan und werde zusehen, ob sich nicht doch irgendeine Beschäftigung für mich ergibt.«

Daraufhin brachte er mir einen Sack aus baumwollnem Zeug, und indem er ihn mir aushändigte, sprach er:»Ich weiß etwas für dich. Nimm diesen Sack, fülle ihn mit runden Kieseln vom Strand und zieh aus mit einem Trupp von Einwohnern dieser Stadt; es handelt sich um eine Sache, die dir Spaß machen wird und etwas einbringt. Tu, was du sie tun siehst, vielleicht gewinnst du auf diese Weise die Mittel für deine Rückkehr in die Heimat.«

Dann führte er mich zur Küste, wo ich den Sack mit großen und kleinen Kieseln füllte. Bald sahen wir einen Trupp Leute zur Stadt herauskommen, und ein jeglicher trug einen Sack, der gleich dem meinigen mit Kieseln gefüllt war.

Diesen Leuten empfahl er mich, gab mich in ihre Obhut und sprach zu ihnen: »Dieser Mann ist ein Fremder. Nehmt ihn denn mit euch und unterweist ihn im Sammeln, auf dass er sich das tägliche Brot verdiene, und Allah wird es euch lohnen.«

Und sie sagten: »Gern.«

Sie hießen mich willkommen und zogen mit mir aus, bis wir zu einem weiten Tal kamen, das war voll hoher Bäume, deren Stämme so glatt waren, dass kein Mensch sie zu erklettern vermochte. Unter diesen Bäumen schliefen zahllose Affen. Als sie uns erblickten, sprangen sie auf und flohen und kletterten in Schwärmen auf die Äste.

Meine Gefährten aber begannen, sie mit den Steinen aus den Säcken zu bewerfen, und die Affen huben an, von den Bäumen die Früchte

abzureißen und sie auf die Leute zu schleudern. Ich sah mir die Früchte an und erkannte, dass es Kokosnüsse waren. Da wählte ich mir einen großen Baum aus, der dicht von Affen besetzt war, und schleuderte ebenfalls Steine nach ihnen. Sie wiederum warfen Nüsse nach mir, welche ich nach dem Beispiel meiner Gefährten sammelte. Und ehe ich noch meinen Sack voll an Kieseln verschleudern konnte, hatte ich schon eine große Menge von Kokosnüssen beisammen. Als meine Gefährten auf diese Art so viele Nüsse ergattert hatten, wie sie tragen konnten, kehrten wir nach der Stadt zurück, wo wir bei Beginn der Dämmerung ankamen.

Ich aber begab mich zu jenem

freundlichen Mann, der mich in die Gemeinschaft der Nüssesammler gebracht hatte, lieferte ihm alles aus, was ich erbeutet hatte, und dankte ihm für seine Güte. Doch er wollte die Nüsse nicht annehmen, sondern sprach: »Verkaufe sie und trachte, durch dieses Geschäft allmählich zu Geld zu kommen. Man zahlt hier für Kokosnüsse einen guten Preis.«
Und indem er mir den Schlüssel zu einem Gemach in seinem Hause gab, fügte er hinzu: »Verwahre deine Nüsse an diesem sichern Ort, ziehe jeden Morgen aus und sammle, wie du heute gesammelt hast. Wähle aber die schlechten zum Verkauf aus und lebe von dem Erlös. Den Rest staple hier auf, auf dass du so viel zusammenbringst, als nötig ist, in deine Heimat zu fahren.«
»Allah lohne es dir!«, antwortete ich und tat, wie er mir riet.
Jeden Tag zog ich aus mit den Sammlern der Kokosnüsse, und sie empfahlen mich einer dem andern und zeigten mir die Bäume, darauf die besten Früchte wuchsen. In dieser Weise verfuhr ich, bis dass ich einen reichen Vorrat von ausgezeichneten Nüssen angelegt hatte; daneben besaß ich eine schöne Summe Geld, denn man lebte sparsam in der Affenstadt. Auch hatte ich eine glückliche Hand, und nach einiger Zeit war ich wohlhabend. Nun sparte ich nicht mehr, sondern kaufte, wonach ich Begierde trug, und ich verbrachte meine Zeit in aller Behaglichkeit. So gewöhnte ich mich an Land und Leute und war meines Lebens froh.
Eines Tages, als ich am Strande stand, steuerte ein stattliches Schiff durch die See, warf Anker an der Küste, und an Land kam eine Gesellschaft von Kaufleuten. Da sah ich eine Möglichkeit, heimzukehren, begab mich zu meinem Freunde und berichtete ihm von der Ankunft des Schiffes und dass ich gewillt sei, Abschied zu nehmen von der Affenstadt. Ungern ließ er mich ziehen, doch sah er ein, dass es mich nach Hause trieb. So dankte ich ihm für die Beweise seiner Güte, nahm meine Kokosnüsse, transportierte sie zum Hafen und verhandelte mit dem Kapitän des Seglers.
Es ging alles nach Wunsch. Wir lichteten die Anker noch am selben Tag und segelten weiter, und die Affenstadt versank am Horizont.
Wo immer wir anlegten, verkaufte ich Kokosnüsse. Es war dies ein schwunghafter Handel, und ich hatte guten Gewinn, und schließlich besaß ich mehr, als ich vordem besessen und wieder verloren hatte. Es

war aber auch in jeder anderen Hinsicht eine Gewinn bringende Reise, wir lernten viel Neues kennen und liefen unter anderem auch eine
Insel an, die unmäßig viel Gewürznelken und Zimt und Pfeffer hervorbrachte.

Dort erzählte mir die Bevölkerung, dass neben jedem Pfefferbund ein
großes Blatt wachse, das dem Pfeffer Schatten vor der Sonne spende
und das Wasser abhalte in der nassen Jahreszeit. So aber der Regen
aufhört, kehre sich das Blatt um und hänge neben der Traube nieder.

Auf dieser Insel tauschte ich gegen Kokosnüsse einen großen Vorrat
von Pfeffer, Gewürznelken und Zimt ein, und wir fuhren weiter zur
Insel ael-Usirat, woher die komorinischen Aloehölzer kommen, und
von da zu einer anderen Insel, die fünf Tagereisen lang ist und wo die
chinesische Aloe wächst, die besser ist denn die komorinische.

Die Bewohner dieser Insel allerdings sind ruchloser in ihrem Lebens-
wandel, in ihrer Fremdenfeindlichkeit und in ihrem Unglauben als
die Bewohner von ael-Usirat; sie sind ganz einer niederen Völlerei
und allerlei Lastern ergeben und kennen Allah nicht, ja nicht einmal
die Götterlehren vieler wilder Stämme und keine Art von Gebet. Von
diesem unerfreulichen Land, wo man jeden Fremden wie einen Feind
oder Narren ansieht und an nichts glaubt als an sich selber und den eigenen Bauch, fuhren wir zur Perlenküste – und nun, da ich dieses Ziel
schon längst aufgegeben hatte, fand ich wirklich den Platz mit der
Grotte und den Muscheln, dessentwegen ich ausgefahren war.

Viel holten wir herauf, und nicht nur ich selber gewann reiche Schätze, sondern auch meine Reisegefährten wurden in wenigen Tagen
reich und dankten mir überschwänglich, dass ich ihnen jene Stelle ge-
zeigt hatte. Noch viele Muscheln ließen wir zurück. Inzwischen wird
wohl auch jener Platz schon ausgebeutet sein, denn manche von den
Reisenden gedachten, dorthin noch häufiger zurückzukehren. Ich
aber sah jenen Strand niemals wieder.

Reich an Perlen, Geld und Gewürzen kehrten wir heim nach Bassora
und Bagdad, und wieder gab ich ein Fest, verteilte Geschenke und
dankte Allah, dass er mir vielfach zurückgeschenkt, was ich verloren
hatte. So sollen wir verlorenem Besitz nicht nachtrauern, denn Allah
gibt und Allah nimmt, und seine Wege sind wunderbar. Doch ob er
nimmt oder gibt – sein Name sei gelobt!

Dies ist die Geschichte meiner fünften Reise. Lasset uns nun das Nachtmahl nehmen! Morgen aber kommt wieder, und ich werde euch erzählen, was mir auf meiner sechsten Reise zustieß.

Und wieder ging Sindbad der Lastträger heim mit hundert Dinaren und kehrte zurück am anderen Tag. Und Sindbad der Seefahrer erzählte die Abenteuer seiner sechsten Reise.

Die sechste Reise Sindbad des Seefahrers

Meine sechste Reise, o Brüder, ergab sich wie von selbst. Ich hatte sie eigentlich nicht unternehmen wollen, denn gestillt schien mein Herz vom Drang nach Abenteuern und den Wundern und Gefahren der See. Doch das schien nur so, denn als einer meiner Freunde und Nachbarn eine Handelsreise in die östlichen Meere plante und zu mir kam, um meine Ratschläge einzuholen, beriet ich ihn so lange, bis ich es schließlich das Einfachste fand, ihn zu begleiten. So fand ich mich denn an Bord seines Schiffes und wusste selber nicht recht, wie ich so unversehens in das Unternehmen hineingeraten war.

Und ich lachte und sprach: »Es soll wohl so sein – mein Leben steht unter dem Stern des Meeres, und was ich auch tue, ich gerate immer wieder auf irgendein Schiff.«

Und als wir in See gestochen waren und die Freiheit und Unendlichkeit des Ozeans mich umgab, da sagte ich mir weiter: ›Ob wohl mein Leben auch unter dem Stern der Schiffbrüche steht? Noch keine meiner Fahrten nahm einen geruhsamen und geregelten Verlauf!‹

Und zweifelnd stand ich an der Reling und betrachtete das Spiel der Delfine. Doch schien diesmal alles so glücklich und gefahrlos, dass ich Vertrauen fasste zu dem glücklichen Wind, dem sanften, schönen Rollen der Wogen, der Sicherheit des erfahrenen Kapitäns und der Fröhlichkeit der Gefährten; und es wuchs die Überzeugung in mir, meine sechste Reise würde leicht und mühelos, kein Riesenfisch und Vogel Roch, kein Kannibalendämon und kein Exil auf einsamer Insel würden diesmal meiner harren, und die Zeit der großen Stürme sei für mich vorbei.

O Freunde, wer kennt des Menschen Herz! Denn meint ihr, es hätten

so freundliche Aussichten mich ganz mit Zufriedenheit und Zuversicht erfüllt? Als alles weiter gut und leicht ging, als wir erfolgreich Handel trieben in fremden Häfen, als keine Sturmwolke je am Himmel stand und kein Streit, keine Gefahr, keine schwierige Lage uns bedrängten, da fühlte ich, so wohl mir auch war, fast Langeweile.

Doch als hätte ich mir mein Glück verscherzt mit solchen geheimen Gedanken, erhob sich in jenen Tagen ganz unvermutet ein Orkan und wirbelte uns vor sich her und wollte nicht enden.

Und der Kapitän des Schiffes sprach zu mir: »O Sindbad, Vielgereister, hast du je einen solchen Orkan erlebt? Und weißt du vielleicht, wo wir uns befinden?«

Und ich antwortete: »O Meister, wenn du den Kurs nicht mehr kennst, wie sollte wohl ich ihn kennen? Gen Indien treiben wir wohl, doch groß ist die indische See, und fremd scheint mir Himmel und Meer.«

Und wir trieben weiter und kämpften wider den Sturm und die See. Und die Segel zerrissen, und die Masten knickten wie dürres Geäst. Eines Tages gab der Kapitän die Hoffnung auf und rief: »Wir sind nun gänzlich abgetrieben vom Kurs, das Schiff ist nur noch ein Wrack, das sich mühsam über Wasser hält, und unsere Kräfte sind am Ende. Da hilft uns kein Manöver mehr, nicht Kraft, noch List, noch Kenntnis und Erfahrung, nichts bleibt uns noch als gemeinsames Gebet. Betet zu Allah, Brüder, vielleicht dass ein Gerechter an Bord ist, dessen Bitten der Herr erhört.«

Und wir taten, wie er sagte. Dann erklomm der Kapitän selber den Mast, obwohl er ein älterer Mann war mit einem weißen Bart; doch er sah nicht mehr als seine Matrosen. Kein Land war in Sicht, sondern rings umher nur tosende See und verhängter Himmel.

Kaum stand er wieder an Deck, da brach auch der letzte Mast und zertrümmerte das Ruder, und die See fiel über das Schiff her und riss daran wie ein Raubtier, das seine Pranken in ein verwundetes Wild schlägt. Doch so wohl gebaut und fest gefügt war dieses gute Schiff, dass es noch immer nicht sank, sondern nur dahingetrieben wurde in einem wilden Tanz, über Berge von Wellen und durch Abgründe der See und wieder hinauf auf die Kämme der haushohen Wogen. Dann gingen die ersten über Bord, und der Opfer wurden mehr und mehr, und es brauste der Himmel und es tobte die See.

Endlich nahte das Ende. Der Sturm schleuderte das sinkende Schiff wider einen felsigen Berg, und es zerschellte; und die meisten ertranken. Doch einige trieben zwischen den Klippen in der schäumenden Brandung und wurden schließlich an Land geworfen. Etliche, darunter mein Freund und Nachbar, dessentwegen ich die Reise begonnen hatte, wurden von dem Anprall an den felsigen Strand zerschmettert, andere kamen mit Verletzungen davon, und nur wenige, unter denen auch ich mich befand, retteten sich mit heilen Knochen, wenn auch zerschunden und zu Tode erschöpft.

Als wir uns umblickten, siehe, da gewahrten wir, dass Strand und Küste weithin übersät waren mit Schiffstrümmern und Wracks, aber auch mit Waren, Geräten und hunderterlei Habseligkeiten. Denn an dieser sturmumtobten Küste waren schon viele Schiffe gescheitert.

Als meine Gefährten sahen, welche Reichtümer sich an diesem Strand häuften, da gerieten sie aus äußerster Verzweiflung und Erschöpfung unmittelbar in äußerste Begeisterung und Erregung. Das verwirrte sie

derart, dass sie mir vorkamen wie Wahnsinnige. Ich aber, der ich
schon mehrere Schiffbrüche erlebt hatte und Schlimmeres als Schiffbrüche, hütete mich, dem gleichen Fieber zu verfallen. Auch warnte
ich sie und riet ihnen, sich nicht zu beladen mit Strandgut, das unseren
weiteren Weg durch die Insel oder Halbinsel nur beschweren werde.
Denn wer könne wissen, so sagte ich, was uns noch bevorstehe? Darüber gerieten wir in Streit. Schließlich aber folgten sie mir, wenn auch
bepackt mit allerlei erbeutetem Gut und ächzend unter ihren Lasten,
und vertrauten sich meiner Führung an. Und wir verließen jenen öden
Felsenort und begannen die Gegend zu erkunden.
Beschwerlich war der Weg und kärglich die Nahrung, die wir fanden,
und allmählich warfen meine Gefährten alle ihre Lasten wieder von
sich, und es hatte somit ihre blinde Habsucht zu nichts anderem geführt, als dass sie schneller ermüdeten und viel erschöpfter waren als
ich. Kaum aber hatten sie sich ihrer Beute entledigt, da gerieten wir an
einen Strom. Der Kies des Flussbettes leuchtete in der Sonne und glitzerte wie Geschmeide und Edelstein. Als ich das Strombett aber näher
untersuchte, da fand ich, dass es sich wirklich um Edelsteine handelte. Es gab dort Rubine und Königsperlen in Mengen, auch Mondstei-
ne und Saphire, Karneol und Heliotrop. Eine einzige Hand voll davon
machte uns reicher als alles Beutegut am Strand.
Da lachte ich; doch meine Gefährten, statt zu lernen aus diesem Vorfall, konnten sich wiederum nicht genug tun und luden sich auf, so
viel sie tragen konnten, und beschwerten ihre Taschen, Turbane und
Kleider und neideten sich gegenseitig die besten Stücke, obwohl doch
mehr als genug umherlag. Und ich sagte: »Auf diese Weise, o ihr Esel
und Kamele der Habgier, werdet ihr noch alle umkommen in diesem
unbekannten Land.«
Ich ahnte aber nicht, dass diese Worte in gar nicht langer Zeit Wahrheit werden sollten. Nur wenige schöne Steine steckte ich ein und
drängte zum Aufbruch.
Wir zogen weiter und stießen auf einen Quell von rohem Ambra, das
in der Sonnenglut wie Wachs über die Ufer floss und hinablief zur
Meeresküste, wo Tiere aus der Tiefe tauchten, es verschlangen und
verschwanden. Doch da es wie Feuer in ihren Eingeweiden brannte,
gaben sie es wieder von sich, und es schwamm auf der Oberfläche des

Wassers, wo es seine Farbe seltsam veränderte. Schließlich wurde es an Land gespült, und wieder stürzten sich meine Gefährten, die dem Lauf des Ambrabaches folgten, gierig darüber und beluden sich mit dem kostbaren Gut. Ich aber verzichtete darauf. Doch ich durchforschte das Ambratal um den Quell herum und sah, dass das Ambra über die Rinne floss, die zum Meer führte, an den Rändern erstarrte und eine eigenartige Kruste bildete wie eine Ausmauerung um einen Gartenbach. Wenn aber die Sonne darauf hderniederbrannte, schmolz es wieder und durchduftete das Tal mit einem Geruch wie von Moschus.

Auch sah ich, dass der Ambraquell keine echte Quelle war, sondern dass dort nur ein unterirdisches Rinnsal zu Tage trat. Die Ursprungsstelle des wilden Ambra musste hoch in den Bergen liegen, an einem Ort, den keines Menschen Fuß zu ersteigen vermochte.

Auch Aloeholz wuchs dort im Überfluss, sowohl komorinisches wie chinesisches. Und bitter sprach ich zu meinen Gefährten:»Nun, wollt ihr nicht auch noch Bäume fällen und mitschleppen auf euren Schultern?«

Da murrten sie wider mich. Doch als die Ersten zusammenbrachen in der sengenden Hitze vor Schwäche, Hunger und Überanstrengung, warfen sie wiederum ihre Lasten ab. Dies geschah in einer Sandwüste, und flirrend leuchteten da die Perlen und Karfunkel im Sand, und es duftete unser Elendsmarsch von Ambra.

Wir pflegten die Kranken und Schwachen, doch wir fanden wenig Nahrung und Wasser und wenig heilende Kräuter. Und die ersten starben. Angesichts des Todes aber hörte der Streit auf zwischen uns, und es sprach nun keiner mehr von Gold und Schätzen, vielmehr wären alle glücklich gewesen, das nackte Leben zu retten.

Und ich sprach zu mir in meiner Seele: ›Warum empört mich denn ihre törichte Gewinnsucht? War ich selber denn besser, wenn ich über das Meer fuhr, getrieben von Gier? Zwar stellte ich es klüger an, doch sind die Menschen nicht alle blind und schwach, einer wie der andere?‹ Und nur noch Mitleid war in meinem Herzen und manch guter Vorsatz für den Fall, dass ich je wieder lebend und gesund nach Hause käme. Dergleichen gelobt man ja leicht in der Not, und leicht vergisst man es im Überfluss.

Und einer nach dem anderen schwand dahin und starb, und schließlich blieb ich allein übrig. Ich begrub meine Gefährten, so gut ich es vermochte, und schlug mich weiter durch die Wildnis, indessen mein Herz zerfressen war von Trauer und Reue und ich mir Vorwürfe machte, trotz aller Erfahrungen auf meinen fünf Reisen ohne jeden zwingenden Grund eine sechste angetreten zu haben. Schließlich besaß ich zu Hause so viel Geld, dass ich nicht einmal in einem ganzen Leben auch nur die Hälfte ausgeben konnte, und in Bagdad war das Dasein friedlich. Und war denn, so fragte ich mich, die weite Welt so begehrenswert, hatte ich nicht genug des Schönen gesehen für ein ganzes Leben und genug des Schlimmen erlebt für ein ganzes Leben, und waren die Schätze der Weisheit nicht wichtiger als die Rubine der indischen Inseln und die Geschmeide des Schlangentals und alle Perlen der schwarzen Küste? So geriet ich an einen Punkt, da ich mir selber ein Rätsel war.

Und ich wanderte weiter, bis ich erneut am Ufer eines Flusses stand. Hier fand ich endlich Früchte, die den Hunger stillten, und fing Fische im Wasser, doch die Einsamkeit war groß und meine Seele verstört. Und ich konnte nicht mehr weiter.

Nach einer Weile indessen schickte mir Allah einen Gedanken, und ich sprach bei mir in meiner Seele: ›Wie dieser Fluss einen Anfang hat, so muss er auch ein Ende haben, und vielleicht führt sein Lauf an einen bewohnten Ort. Das Beste, das ich tun kann, ist daher, mir ein Floß zu zimmern, es auf das Wasser zu setzen und mit der Strömung abwärts zu gleiten. Wenn ich entkomme, bin ich gerettet, und wenn ich zu Grunde gehe, ist es ganz gleichgültig, ob ich im Flusse sterbe oder hier.‹

So ging ich denn ans Werk, sammelte eine Anzahl großer komorinischer Aloehölzer und band sie mit Tauen, die ich aus Kokoshanf flocht, zusammen. Dann deckte ich es mit Bambusgeflecht und starken Palmblättern und fertigte so ein Floß, das ein wenig schmäler war als das Bett des Flusses. Und ich knüpfte das Floß so fest und straff, dass es wie genagelt war.

Hierauf sammelte ich noch die schönsten von den Edelsteinen und den einzigartigen Perlen, die auch hier so zahlreich waren wie Kies, lud auch etliches von dem wilden und reinen Ambra auf, legte mir

einen Mundvorrat von Früchten und Kräutern an, suchte Hölzer, die als Ruder dienen konnten, und brachte das Fahrzeug auf das Wasser.

Mein Floß trieb dahin mit dem Strom und machte gute Fahrt, und die Ufer glitten vorüber, Palmen und wilde Tiere, Wälder und Einöden. Das hörte nicht auf, bis ich zu einer Stelle kam, wo der Fluss unter einem Gebirge verschwand. Ich ruderte mein Fahrzeug hinein in dieses gähnend schwarze Loch, und es war sehr finster, und die Strömung führte das Floß tief in das unterirdische Bett. Und der Wasserlauf trug mich weiter durch einen engen Stollen, wo das Floß an beiden Seiten anstieß und ich mit dem Kopf an die Decke schlug. Da saß ich wie in einer Falle. Eine Umkehr aber war unmöglich.

Schwäche und Verzweiflung fiel mich an. Doch ich versuchte es noch einmal, indem ich die Ruder einzog und mich, der Enge des Stollens wegen, flach auf das Floß legte. Mit den Händen, das Gesicht auf das Floß gepresst, versuchte ich mich rechts und links von den Wänden des Stollens abzustoßen, um wieder in Fahrt zu kommen. Es war dies sehr mühsam, und meine Hände bluteten; Eiseskälte kroch mir ins Herz, und von der Decke des Stollens tropfte es in meinen Nacken. Auch brodelte das Wasser, als ob sich Ungeheuer der Finsternis darin rührten. Endlich aber gelang es, und die Strömung riss das Floß wieder voran.

So ging meine unterirdische Fahrt denn weiter stromab, der Stollen wurde bald weiter, bald enger, bis dass ich, müde bis an die Grenze meiner Kraft, inmitten der schaurigen, gurgelnden Finsternis in Schlaf versank. Und ich schlief so fest, dass ich beim Erwachen nicht wusste, ob eine lange oder kurze Zeit vergangen war. Doch befand ich mich, als ich die Augen aufschlug, im offenen Licht des Himmels. Und ich richtete mich auf und sah, dass mein Floß an einer breiten Stelle des Flusses am Ufer lag und dass um mich herum eine Anzahl Fremder stand, die ich für Inder hielt.

Sobald sie merkten, dass ich wach war, kamen sie näher und redeten mich in ihrer Sprache an. Ich aber verstand nicht, was sie sagten, und es war alles wie ein Traum.

Als die Leute begriffen, dass ich sie nicht verstand, trat einer von ihnen vor und sprach zu mir in arabischer Sprache: »Friede sei mit dir!

Wo kommst du denn her? Noch niemals erreichte uns jemand auf diesem Weg.«

Und ich antwortete: »Friede sei mit dir und der Segen Allahs! Gleich will ich euch alles berichten. Doch sagt mir zuvor: Wer seid ihr und in was für einem Land bin ich eigentlich?«

»O mein Bruder«, antwortete er, »wir sind friedliche Siedler und Bauern und zogen aus, unsere Felder zu bewässern, und da wir dich schlafend fanden auf diesem Floß, hielten wir es an und machten es fest und störten nicht deinen Schlummer, da du sehr erschöpft schienst. Du befindest dich aber im Lande Sarandib. Und nun erzähle uns, wie kamst du hierher?«

Da antwortete ich: »Um Allahs willen, o freundlicher Fremder, eh dass ich spreche, gib mir etwas zu essen; denn längst verbraucht ist mein Proviant, und ich sterbe vor Hunger.«

Da eilte er fort und holte mir Essen, und ich aß mich satt, und meine Angst wurde besänftigt durch meinen wohlgefüllten Magen, und das Leben kehrte zurück zu mir. Da sagte ich dem Höchsten Dank für seine große Gnade, und ich erzählte den Fremden meine Abenteuer. Und als ich mich ausgeruht hatte, berieten sie sich und sprachen untereinander: »Wir müssen ihn mit uns führen und vor den König bringen.«

Und sie nahmen mich, mitsamt dem Floß und seiner Ladung, luden alles auf ihre großen Ochsenkarren und brachten mich vor den König des Landes Sarandib, das auch Ceylon genannt wird. Und er hieß mich willkommen und befragte mich mit Hilfe des Mannes, der arabisch sprach, über meine Herkunft und meine Abenteuer, und ich wiederholte ihm meine Geschichte von Anfang bis zum Ende.

Dann stand ich auf, holte aus einem Korb, den ich mitgebracht hatte, Geschmeide und Edelsteine, Ambra und Aloe und wartete dem König damit auf, und er nahm die Gabe und behandelte mich mit großen Ehren und bestimmte mir eine Wohnung in seinem Palaste. So kam ich in Umgang mit den Würdenträgern und den Großen des Landes, und wir verstanden uns gut, und ich fühlte mich wohl in Sarandib.

Sarandib ist eine große Insel und liegt unter der Linie der Tag- und Nachtgleiche, und sowohl die Nacht als auch der Tag zählen dort zwölf Stunden. Die Insel misst in der Länge achtzig Meilen bei einer

Breite von dreißig Meilen, und sie wird begrenzt von einem hohen Gebirge und einem tiefen Tal. Der höchste Berg ist sichtbar aus einer Entfernung von drei Tagen und enthält Rubine von mancherlei Art und anderes wertvolles Gestein und Gewürzbäume aller Gattungen. Die Oberfläche ist bedeckt mit Schmirgel, womit Edelsteine geschnitten und geformt werden. Diamanten finden sich in den Wasserläufen und Perlen in seinen Tälern. Auch an Saphiren und Mondsteinen ist diese Insel reich. Ich bestieg eines Tages das Gebirge und erreichte mit einigen Begleitern in gefahrvollem Aufstieg den Gipfel. Wunderbar öffnete sich da die Aussicht über die Weite der Täler, die schimmernden Ströme, die Dschungel und Wälder.

Nicht weit liegt die Insel entfernt vom Lande Hind, und sie ist voller Wunder und Rätsel wie das große Indien. Auch an Tieren befinden sich dort bemerkenswerte Wesen, so Tiger mit Zähnen wie Säbel und Elefanten, unter denen auch weiße vorkommen, des Weiteren rote Affen von Menschengröße, schneeweiße Büffel neben den schwarzen und grauen, riesige Schlangen, viele sonderbare Vögel im Wald und schöne Fische im Wasser, davon sind manche durchsichtig wie Glas und andere strahlend bunt wie die Edelsteine des Landes.

Und alle Leute fragten mich aus über meine Heimat und über den Kalifen Harun al Raschid und seine Regierungsweise. Und ich erzählte ihnen von ihm und von allem, dessentwegen er berühmt war, und sie priesen ihn und bewunderten seine Weisheit. Ich wiederum fragte sie nach den Sitten und Gebräuchen von Sarandib und erwarb viele neue Kenntnisse und Einsichten.

Eines Tages fragte mich der König selber nach den Gepflogenheiten der Verwaltung und der Herrschaft in meiner Heimat, und ich beschrieb ihm die Grundsätze und die Gesetze und die Gerechtigkeit Harun al Raschids.

Der König hörte sich alles aufmerksam an und rief dann aus: »Beneidenswert ist dieser Herrscher! Wahrhaftig, der Kalif ist sehr weise, seine Gesetze sind vernünftig, und seine Art ist höchst liebenswert. Deine Erzählungen machen ihn mir so lieb und Achtung gebietend, dass ich ihm ein Geschenk machen und es durch dich übersenden möchte.«

Da freute ich mich sehr, um meines Landes und seines großen Kali-

fen, doch auch um meinetwillen, denn so eröffnete sich mir die Möglichkeit der Rückkehr auf gutem Schiff und unter dem Schutze des Königs.

Und er machte seine Worte wahr und rüstete ein vortreffliches Fahrzeug mit großen roten Segeln, bemannt mit ausgesuchten Mannschaften aus Sarandib und Hind und von den Inseln der Küste. Als es aber fertig war zum Auslaufen, sprach er zu mir: »O Sindbad, Freund aus dem fernen Arabien und Reisender über die Meere der Welt, ungern lasse ich dich ziehen, denn deine Gesellschaft hat uns aufgeheitert, und nützlich war uns dein Rat. So sage mir denn, ob ich dieses Schiff ohne dich aussenden soll und ob du bei uns bleiben magst oder ob du an Bord willst. Denn du bist dein eigener Herr und unser lieber Gast. Entscheide denn selbst. Doch wisse, dass es uns lieb wäre, wenn du bliebest oder zu uns zurückkehrtest, nachdem du dem Kalifen von Bagdad mein Geschenk überreicht hast.«

»O Herr«, sprach ich da, »weiser König über den Inseln! Dankbar bin ich für deine Gnade und Gastfreundschaft, und lieb gewonnen habe ich Sarandib und seinen Herrscher. Doch begreife, dass es mich heimwärts zieht, zu meinen Freunden und meinem Haus. Denn siehe, die Jahre schwinden dahin, vorüber geht die Zeit der Reisen und Abenteuer, und Ruhe sucht mein Herz und sehnt sich nach Bagdad, der Stätte des Friedens, wo ich aufwuchs und wo ich auch sterben möchte.«

Und der König neigte das Haupt und entbot mir den Abschiedsgruß. Und er beschenkte mich mit Reichtümern aus seinen Schatzkammern und vertraute mir ein prächtiges Geschenk für den Kalifen Harun al Raschid an. Des Ferneren überreichte er mir ein Schreiben und sprach: »Bringe dies mit deiner eigenen Hand dem großen Kalifen und richte ihm meine Grüße aus!« Die Botschaft aber war geschrieben mit lasurblauer Tinte auf die Haut des Khawi, die feiner ist denn Lammpergament und von gelber Farbe, und ihr Inhalt lautete:

›Friede sei mit dir von dem König von Sarandib und den Inseln des Landes Hind, dem Herrscher der tausend Elefanten, dessen Palastzinnen erbaut sind aus tausend Edelsteinen! Wir senden dir eine nichtige Gabe, und möge es dir gefallen, sie anzunehmen! Denn du bist uns wie ein Bruder, und groß ist die Liebe, die wir für dich im Herzen

tragen. Begnade uns daher mit einer Antwort! Zwar entspricht unser geringes Geschenk deiner Würde nicht, doch bitten wir dich, o königlicher Bruder, nimm es in Freundschaft an, und Friede sei mit dir!‹

Das Geschenk aber war ein Becher aus Rubin, eine Spanne hoch und verziert mit köstlichen Perlen; ferner ein Bett, bespannt mit der Haut jener seltenen Schlange, die selbst Tiger verschlingt und die kaum jemals eines Menschen Auge sah; ihre Haut hat Flecken so groß wie Dinare, und wer auf ihr sitzt, erkrankt nicht mehr; des Weiteren hunderttausend Miskal indischer Aloe und eine erlesene Sammlung von Edelsteinen, so schön wie Sterne.

So stachen wir in See, und die roten Segel standen in günstigem Wind. Und wir erreichten ohne Zwischenfall meine Heimat. In Bagdad aber erbat ich Audienz beim Kalifen und legte ihm des Königs Geschenke zu Füßen und übergab ihm die Botschaft. Und der Kalif fragte mich: »O Sindbad, ist das wahr, was der König schreibt?«

Und ich sagte: »O mein Gebieter, es ist alles wahr, seine Verehrung für dich, die tausend Elefanten und die Zinnen aus Edelstein. Und noch vieles Wunderbare sah ich in seinem Königreich, das er in seinem Brief nicht erwähnt. Bei Staatsumzügen wird ein Thron für ihn auf einen ungeheuren Elefanten gestellt, der elf Ellen in der Höhe misst. Und der König sitzt nieder auf diesen Thron, und ihm zu Häupten steht ein Mann, der einen goldenen Spieß trägt, und hinter ihm ein zweiter mit einer schweren Keule aus Gold. Und deren Knauf ist ein

Smaragd, eine Spanne lang und so dick wie eines Mannes Daumen. Und steigt er zu Pferde, so steigen tausend Reiter mit ihm auf ihre schnellen Rösser, und sie sind in Goldbrokat und Seide gekleidet. Und wenn der König einherzieht, reitet ihm ein Mann voraus und ruft: ›Es naht der gewaltige König, der die Krone besitzt, derengleichen weder Salomo noch der große Radschah von Hind je besaß!‹ Dann schweigt er still, und einer hinter ihm hebt die Stimme und ruft: ›Er wird sterben! Und ich sage es abermals: Auch er wird sterben!‹ Und ein Dritter fügt hinzu: ›Gepriesen sei die Vollkommenheit des Lebendigen, der niemals stirbt!‹ Auch gibt es um der Gerechtigkeit willen keinen Kadi in seiner Stadt, und seine Untertanen können Wahrheit und Lüge unterscheiden.«

Da rief der Kalif aus: »Bei Allah, beneidenswert ist dieser Herrscher!« Und er wusste nicht, dass die gleichen Worte der König von Sarandib gerufen hatte, als ich ihm von Harun al Raschid berichtete.

Ich erzählte dem Beherrscher der Gläubigen alles, was mir auf meiner letzten Reise zugestoßen war und was ich gesehen hatte. Und er gebot seinen Schreibern, meinen Bericht aufzuzeichnen und in den Schatzkammern aufzubewahren, zur Erbauung für alle, die Sinnes wären, ihn zu lesen. Dann kehrte ich in mein Stadtviertel zurück und betrat mein Haus. Und es kamen meine Freunde, und ich verteilte meine Geschenke und feierte ein Fest der Freude, wie ich es immer tat, wenn ich heimkehrte von meinen Fahrten.

Dies ist die Geschichte meiner sechsten Reise, und morgen werde ich euch die Geschichte meiner siebenten und letzten Reise erzählen, so Allah es will.

Und wieder ließ Sindbad der Seefahrer Sindbad dem Lastträger hundert Dinare reichen, und nach dem Abendessen ging ein jeglicher seiner Wege.

Sindbad der Lastträger aber kam am nächsten Morgen wieder, und der Seefahrer aß mit ihm, wartete auf die Freunde und begann dann den Bericht von seiner siebenten Reise.

Die siebente Reise Sindbad des Seefahrers

Noch einmal, Freunde, trieb es mich hinaus auf See. Einmal wenigstens, so sagte ich mir, wollte ich eine Reise des Friedens tun, eine Reise ohne Schiffbruch und Todesnot, und es kam mir vor, als bedürfe die Geschichte meiner Fahrten eines solchen Abschlusses. Dieser Gedanke machte mir den Entschluss zum Aufbruch leicht, doch wisset, o Brüder, dass ich ihn vorschob, um nicht zugeben zu müssen, wie sehr mich nach einer Weile geruhsamen Daseins die alte Gier gepackt hatte, die Gier nach neuem Leben und neuem Gewinn, als hätte ich an meinem Reichtum noch immer nicht genug.

So schiffte ich mich ein, und wir fuhren bei gutem Wind bis zu einer Stadt, die Maedinat aes-Sim hieß.

Als wir sie wieder verlassen hatten und heiteren Herzens weitersegelten, siehe, da fuhr ein ungestümer Wind auf, und ein Gewitterregen stürzte auf uns herab. Und mächtiger wurde der Wind und entführte das Schiff, und als wir den Anker auswarfen, riss die Ankerkette. Ach, wieder einmal war ein Schiff, auf dem ich fuhr, ein Spielball der Stürme. Lange Zeit trieben wir ins Ungewisse und verloren jede Orientierung, bis eines Tages der Kapitän sich beriet mit dem Steuermann und einem alten, erfahrenen Matrosen und zu uns kam und sprach: »Bei Allah! Vorüber ist die Ungewissheit! Aus vielen Zeichen haben wir erkannt, wo wir sind.«

Und es sprach ein Reisender neben mir: »Dann ist es ja gut, o Vater der Segelschiffe!«

Doch in plötzlicher Aufwallung schrie der Kapitän, indem er seinen Turban zu Boden warf und darauf herumtrampelte: »O nein, verflucht, o nein, es ist nicht gut! Es ist übel, sehr übel, es kann überhaupt nicht übler sein! Denn dieses verfluchte Meer wird genannt das Meer der Königsgräber, und es soll sich hier irgendwo das Grab Salomos befinden, des Sohnes Davids, gepriesen sei sein Name! Es wimmelt aber in diesem verfluchten Meer von verfluchten Fischen, die riesig groß sind und nicht nur Menschen zu verschlingen vermögen, sondern ganze Schiffe, und auch Seeschlangen stecken in der verfluchten Tiefe, o dass doch der Teufel sie holte! Das Allerverfluchteste aber sind die verfluchten Wirbelstürme, von denen es heißt,

dass kein Schiff ihnen entrinnt, beim gesteinigten Satan, verflucht soll er sein!«

Da sagte ich: »O Vater der Flüche, noch ist der Sturm ja kein Wirbelsturm!«

Und er schrie: »Wartet nur, wartet nur! Sie fangen immer genau so an!«

Und ich sagte wiederum: »Noch ist ja keiner jener Fische und keine Schlange zu sehen!«

»Natürlich nicht!«, schrie er. »Denn wären sie es, dann wären wir alle schon tot!«

Und ich sprach zu den übrigen Reisenden: »Dieser gute Kapitän ist ein wenig aufgeregt. Lasset euch nicht bekümmern und gebt die Hoffnung nicht auf!«

Und der Kapitän stapfte davon und rief: »Hofft immerhin, haha, im übelsten Meer der Erde sind wir, am entlegensten Ort der Welt, und eben springt der Sturm um und wirbelt das Meer auf, aber hofft immerhin, ihr guten Leute, in dieser verfluchtesten aller verfluchten Lagen!«

Kaum aber hatte er das gerufen, als sich das Schiff aus den Wassern in die Höhe hob und wieder herunterfiel. Da beteten wir das Sterbegebet und befahlen Allah unsere Seelen. Und plötzlich hörten wir einen entsetzlichen Schrei, der war wie der dröhnende Donner, und wir waren gelähmt vor Schreck.

Siehe, da tauchte aus der Tiefe ein ungeheurer Fisch, so groß wie ein Berg. Und ein zweiter Fisch erschien und war ungeheuerlicher als je ein Wesen, das ich gesehen hatte. Und ein dritter kam empor, der war noch größer als die beiden anderen. Und die drei Fische fingen an, das Schiff zu umkreisen, und der dritte und größte riss das Maul auf, um uns zu verschlingen, und wir schauten ihm in den Rachen, der weit war wie das Tor einer Stadt.

Bevor er uns aber schlucken oder zerschmettern konnte, griff der Wirbelsturm heulend und donnernd nach unserem Schiff und hob es empor und warf es auf ein Riff, wo es sich auf die Seite legte. Und eine Sturzwelle spülte mich über Bord. Das Schiff aber, das ein großes Leck haben musste, wurde wiederum hochgehoben und wieder zurückgeworfen in die schäumende See, und niemals sah ich es wieder, noch erfuhr ich, was aus den Gefährten meiner Reise wurde.

Ich aber trieb in den Wellen und wurde an den Strand gespült, vor dem jenes Riff sich erhob. Und wieder war es so gekommen, dass ich mich schiffbrüchig, in erbärmlichem Zustand und in Todesgefahr an unbekannten Ufern fand, und als ich wieder zu denken vermochte, sprach ich zu mir in meiner Seele: »O Sindbad, o Seefahrer, ewig erleidest du Qualen und Mühsal und willst dennoch nicht auf deine törichte Gier und auf den Ruhm deiner Reisen verzichten. Sooft du sprachst: ›Ich verzichte‹, war es eine Lüge. Sooft du sprachst: ›Ich will mich ändern‹, war es nicht wahr. Ertrage daher mit Geduld, was du leidest; denn du verdienst, was dir zustößt! Alles dies ist dir von Allah vorherbestimmt, um dich abzubringen von der Gier nach Gewinn und zuzuwenden einem Leben der Ruhe und Weisheit. Erkenne es endlich, o Sindbad, o Seefahrer, und trage dein Schicksal in Gelassenheit – oder verzichte!«

Da kam ich wieder zur Besinnung und sprach: »Dieses Mal bereue ich aufrichtig meine Gier nach Gewinn, meine Ruhmsucht und meine Undankbarkeit. Und ich erkenne, dass alle meine Plagen Prüfungen waren und alle meine Schiffbrüche Hinweise auf den rechten Weg. Hinfort werde ich zu unterscheiden wissen, was wichtig und was nichtig ist, und hinfort werde ich die Unruhe überwinden durch Ruhe, die Gier durch Gelassenheit, die Wünsche durch Weisheit und die Klagen wider das Geschick durch den Dank für Allahs Gnade.

Und ich will mich bescheiden dankbaren Herzens und nicht mehr tun, wozu mich Eigensucht treibt, sondern was Einsicht mir eingibt. Lob sei Allah im Himmel wie auf Erden!«

Zwei Tage verbrachte ich so, dann gelangte ich in ein verdorrtes und verödetes Gebiet, in dem das einzig Lebendige ein Fluss schien, an dessen Ufern Bäume und Sträucher standen und der rasch dahinschoss mit starker Strömung.

Da erinnerte ich mich des Floßes, das mich einst gerettet hatte nach Sarandib, und ich sagte mir: ›Ich will wiederum ein Floß bauen, vielleicht, dass ich dann auch diesmal gerettet werde. Kehre ich dann heim, so wird ein neuer Sindbad das Haus in Bagdad bewohnen, komme ich aber um, so werde ich Frieden haben vor aller Mühsal dieser Welt.‹

So sammelte ich denn einen Vorrat von Holzstücken von den Bäumen, die alle aus jenem schönen Sandelholz waren, das heutzutage nicht mehr vorkommt, flocht Seile aus zähen Schlingpflanzen, errichtete das Fahrzeug und trieb mit dem Strom.

Lange Zeit ging es so dahin, die Landschaft wurde freundlicher und fruchtbarer, und schon glaubte ich mich den schlimmsten Gefahren entronnen, da musste ich gewahren, dass das Floß geradenwegs auf einen mächtigen Wasserfall zuschoss. Denn es senkte sich jäh das Land, und ich erkannte, dass ich auf einem Hochplateau war, das steil abfiel in eine weite Ebene. In rauschenden Kaskaden stürzte der Strom in die Tiefe und floss unten gemächlich weiter. Vergeblich versuchte ich anzuhalten und ans Ufer zu gelangen; schon hatten Strudel das Floß erfasst und saugten es an und wirbelten es unaufhaltsam weiter. Da ergab ich mich in mein Geschick, warf mich nieder auf das Floß, band mich in fliegender Hast mit dem Turbantuch fest und klammerte mich an das Holz und in die Seile.

Und wir stürzten. Das Wasser schlug mich wie mit Geißelhieben, donnerndes Brausen war in meinen Ohren, und meine Augen schlossen sich vor Schrecken; dann verschlang mich das Wasser, und es war, als sänke ich in Meerestiefen, als wäre ich ein Stein, den eine Hand ins Wasser wirft, und Ohnmacht überfiel mich. Das Floß aber überschlug sich, und ich hing immer noch daran, halb ertrunken und halb erschlagen, dann tauchte es in den Strom, kam wieder an die

Oberfläche und glitt plötzlich ruhig dahin. Ich aber öffnete die Augen, atmete tief und sah, dass das Floß gehalten hatte und dass ich unverletzt war durch Allahs Gnade.

Das Floß glitt durch die Ebene und näherte sich einer Stadt mit hohen, fremdartigen Türmen und prächtigen Bauten, die weithin glänzten. Als aber die Bevölkerung mich auf dem Floß hinabschwimmen sah, warfen einige Männer mir Seile zu; doch ich hatte nicht die Kraft, mich daran festzuhalten.

Da warfen sie ein Netz über das Floß und zogen es mit mir zum Ufer, wo ich mitten unter ihnen niederfiel, als sei ich tot. Es dauerte eine Weile, bis ich mich mit Hilfe der Fremden, die sich sehr um mich bemühten, ein wenig erholt hatte. Doch immer noch schwindelte mir der Kopf, und meine Knie zitterten. Da trat aus der Menge ein Greis von ehrwürdigem Aussehen und hieß mich willkommen. Er führte mich in ein Bad, schenkte mir Kleider und lud mich zum Essen. Und ich folgte ihm ohne Willen und Gedanken.

Später erzählte ich ihm meine Geschichte, und wir sprachen miteinander bis in die tiefe Nacht und tauschten unsere Meinungen und Erfahrungen und hatten Gefallen aneinander. Noch besser aber gefiel mir dieses Mannes junge Tochter, die schön war und ruhevoll wie Mondlicht über den Wäldern und die nach der Sitte jenes Landes teilhatte an der Unterhaltung, bis sie sich, geleitet von fröhlichen Dienerinnen, in die Frauengemächer zurückzog. Ich sah ihr aber nach und war zerstreut, und lächelnd bemerkte es mein Gastgeber. Er erzählte mir, dass die Tochter seiner Frau gliche, die vor Jahren gestorben sei. Auch sagte er, sie habe zu ihrer Zeit für die schönste Frau des Landes gegolten. Ich konnte mir aber nicht vorstellen, dass jemand noch schöner sein könne als die Tochter, und ich sagte es ihm, und er meinte: »Du hast Recht, sie geben sich nichts nach an Schönheit wie an Klugheit, doch die Erinnerung verklärt.« Und lange saßen wir noch, tranken Scherbet und waren uns einig in der Betrachtung der Welt.

Ich weilte drei Tage in dem gastlichen Hause, bis ich wieder ganz gesundet und erholt war, und selten noch hatte ich mich so wohl gefühlt wie unter jenem Dach, in Gesellschaft des alten Mannes und seiner Tochter.

Am vierten Tage trat der Scheich, mein Gastgeber, bei mir ein und

sprach: »Willst du nun mit mir hinuntergehen zum Bazar und deine Waren verkaufen? Ich habe meinen Dienern befohlen, sie sorgfältig zu bewachen und in mein Lagerhaus zu bringen.«

Ich schwieg, dachte nach und sprach bei mir in meiner Seele: ›Was meint er nur? Was für Waren soll ich haben?‹

Er aber fuhr fort: »O mein Sohn, gerate nicht in Verwirrung und mache dir keine Sorgen, sondern komm mit mir auf den Markt, und wenn dir einer für deine Waren einen Preis bietet, der dir genehm ist, so schlage ein. Ich will dich gern beraten dabei. Wenn du aber nicht zufrieden bist, so werde ich deine Güter weiter in meinem Vorratshause lagern lassen, bis sich eine bessere Gelegenheit zum Verkaufe bietet.«

Da sagte ich: »O mein Oheim, ehrwürdiger Scheich, es sei fern von mir, dir in irgendeiner Sache zu widersprechen.« Ich hatte ihn aber noch nicht verstanden.

Und er geleitete mich in die Marktstraße, wo ich sah, dass man mein Floß in seine Bestandteile zerlegt hatte; und es war das Sandelholz, das der Makler zum Verkauf ausrief. Und die Kaufleute kamen herbei, und einer bot wider den andern, bis der Preis eine Höhe von tausend Dinaren erreicht hatte.

Da sprach der Scheich: »Mein Sohn, in diesen schlechten Zeiten ist das ein guter Preis für Sandelholz. Willst du nicht dem Mann, der tausend Dinare bietet, den Zuschlag geben?«

Ich aber antwortete: »O Herr, das Geschäft liegt in deinen Händen. Tue nach deinem Belieben!«

Da sagte er: »Nun gut – dann biete ich dir noch hundert Dinare dazu und kaufe selber dein Sandelholz.«

Und ich sagte: »Es sei.«

Und die Kaufleute gingen davon, laut miteinander redend und die Köpfe schüttelnd.

Als der Scheich mir aber die Summe von elfhundert Dinaren auszahlen wollte, da besann ich mich, nachdem ich mich eine Weile gefreut hatte über diesen leichten Gewinn, auf meine guten Vorsätze und dass ich hinfort dem Geld und Gut nicht mehr nachjagen und dergleichen nicht wichtig nehmen wollte, und ich sagte, der Wahrheit gemäß:

»O edler Freund und Vater der Weisheit! Wisse denn, dass mich dies alles sehr überrascht hat, denn ich ahnte nicht, wie kostbar die Hölzer sind, aus denen ich mein Floß erbaute. Ich tat es nicht, um später Gewinn davon zu haben, sondern um mein Leben zu retten. Auch trachte ich, der ich zu Hause ein reicher Mann bin, nicht weiter nach irdischen Gütern. So erlaube mir denn, dass ich dir dieses Sandelholz schenke zum Dank für deine Güte und Gastfreundschaft.«

Er wollte es aber nicht nehmen, und ich wollte sein Geld nicht, und so ließen wir denn das Holz ins Lagerhaus bringen und die Sache auf sich beruhen. Und wir gingen spazieren durch die Stadt und sprachen von anderen und wichtigeren Dingen und waren uns noch näher als zuvor.

Und ich blieb sein Gast einen Tag um den andern, und die Zeit verging im Fluge. Ich gewann aber seine Tochter so lieb, dass der Gedanke mich quälte, jemals Abschied nehmen zu müssen.

Eines Tages kam er zu mir ins Zimmer und hub an zu einer Rede und sprach: »Ich bin ein alter Mann und habe keinen Sohn. Doch habe ich eine Tochter, die mir lieber ist, als selbst ein Sohn es sein könnte. Es ist nur natürlich, dass ich mir bisweilen Gedanken mache um ihre Zukunft und um den Mann, der sie eines Tages aus meinem Hause führen wird. Nun glaube ich bemerkt zu haben, dass du Gefallen fandest an ihr, auch weiß ich von ihr, dass ihr Herz entbrannt ist für dich. Doch nie hast du ein Wort geäußert darüber, und das nimmt mich wunder, denn bei uns ist es üblich, dass man über solche Dinge offen spricht in aller Unbefangenheit. So denke ich mir denn, dass vielleicht Scheu dich abhält oder der Umstand, dass du ein Fremder bist, oder auch, dass du es nicht über das Herz bringst, mir die Sonne meines Alters über das Meer in deine Heimat zu entführen. Sprich nun, mein Sohn, ist es an dem?«

Und ich, der ich so manche Gefahr bestanden hatte in meinem Leben und mich der Rede mächtig glaubte wie wenige, errötete, stockte und brachte nur heraus: »Ja, so ähnlich.«

Da lächelte gütig der Greis und sprach: »So höre! Du bist mir wie ein Sohn, und keinem anderen würde ich meine Tochter lieber anvertrauen als dir. Auch ist es ihr eigener Wunsch. So du sie also zu heiraten gedenkst, so sei meines Segens gewiss.«

Wie freute ich mich da und wie dankbar schlug mein Herz! Und ich sagte es ihm.

Er aber fuhr fort: »Doch eine Bedingung ist dabei, und meine Tochter ist mit mir gleicher Meinung darüber. Ich bin ein alter Mann, und in nicht langer Zeit wird meine Stunde schlagen. Bis dahin sollt ihr in meinem Hause wohnen, und du sollst in diesem Lande bleiben mit deiner Frau, zur Freude meiner letzten Jahre. Bin ich aber eingegangen in den ewigen Frieden, dann magst du mit ihr zurückkehren in deine Heimat oder hier bleiben nach deinem Belieben. Auf dass du es aber nicht als Last empfindest und als Unfreiheit, soll dir alles gehören, was mir gehört, und du magst, wenn du das willst, in mein Geschäft eintreten als gleichberechtigter Inhaber; dereinst aber wirst du ohnehin mein Erbe und Nachfolger sein. Auch dieses Haus soll hinfort dir gehören genau so wie mir, und ich weiß, dass kein Streit und Ärger zwischen uns sein wird äußeren Besitzes wegen, denn ich habe dein Verhalten und deine Sinnesart in der Sache mit dem Sandelholz nicht vergessen.«

Ich dankte ihm überschwänglich und eilte in das Gemach der Tochter und schloss sie in meine Arme.

Bald danach wurde die Hochzeit gefeiert mit großer Pracht, und wir waren sehr glücklich. Auch gab es in diesem Land zwar mancherlei

sonderbare Sitten, aber keinen barbarischen Brauch gleich jenem an der Perlenküste, als ich zum ersten Male heiratete und man mich nach dem Tode meiner Frau lebend begrub. Doch selbst, wenn auch hier diese schreckliche Sitte bestanden hätte, es hätte mich das diesmal kaum abgehalten, zu heiraten, denn wir gehörten zueinander.

So floss denn das Leben in Frieden und Freude dahin, und ich trat ein in meines Schwiegervaters Geschäfte, und sie blühten reicher als zuvor. Ich wurde zum Vorsteher der Kaufmannschaft ernannt um meines Geschickes und meiner Erfahrung willen und weil vieles in mir geläufig war, davon man in diesem Lande nichts wusste. Doch drängte ich mich nicht nach Ämtern und Ehren, auch führte ich unser Geschäft ohne Gewinnsucht und immer darauf bedacht, niemanden zu schädigen und jedem zu helfen, selbst um den Preis von Verlusten. Ebendies aber führte zu umso reicherem Segen.

Als ich die Bewohner der Stadt näher kennen lernte, nahm ich wahr, dass viele sich an bestimmten Tagen geheimnisvoll verwandelten. Sie kamen auf die Straße mit Maskengesichtern wie Vögel, und Schwingen wuchsen aus ihren Schultern. Mit Hilfe jener Schwingen konnten sie sich in die Lüfte erheben, und wie Vogelschwärme brausten sie plötzlich davon.

Mein Schwiegervater, der Scheich, tat indessen nicht mit, und als ich ihn einmal, aufs Äußerste verwundert, fragte, was hier geschehe und wie das zu erklären sei, sagte er: »O schweig mir davon! Ich habe nichts damit zu schaffen und will davon nichts hören!«

Da beschloss ich, auf eigene Faust dieses Geheimnis zu ergründen. Und als wiederum die Zeit nahte, da die Menschen verwandelt einherkamen und rätselhafte Dinge vor sich zu gehen schienen in dieser Stadt, die sonst ein Antlitz trug wie andere Städte auch, da sprach ich zu einem Bekannten, an dem ich früher nichts Rätselhaftes bemerkt hatte und der nun zu den Vogelmenschen gehörte: »Nimm mich mit auf euern Flug!«

Doch er sagte: »Das kann nicht sein!«

Ich aber hörte nicht auf, ihn zu bedrängen, und setzte ihm so lange zu, bis er endlich einwilligte. Da zog ich aus in seiner Gesellschaft, ohne irgendjemandem von meinen Angehörigen, Dienern oder Freunden etwas zu sagen, und jener nahm mich auf den Rücken und flog mit

mir so hoch in die Lüfte, dass ich glaubte, die Engel im Himmel Allah preisen zu hören. Verwundert und bewegt rief ich aus: »Gelobt sei Allah!«

Kaum hatte ich aber diese Worte ausgesprochen, als ein Feuer durch die Lüfte fuhr und uns alle fast vernichtet hätte. Und die Fliegenden entflohen und stürzten mit Flüchen auf mich los und warfen mich herab auf einen Berg. Und ich wusste nicht, wie mir geschah und warum sie so wütend waren auf mich. Es war aber wie ein Wunder, dass ich unverletzt blieb bei diesem Sturz, der mir alle Knochen zerbrochen hätte, wenn ich nicht in einen hohen Haufen von Gras und Heu gefallen wäre, den Bergbauern aufgeschichtet hatten als Futter für ihr Vieh.

So erhob ich mich denn und wanderte durch das Gebirge und geriet in eine Gegend, die sah aus, als wäre sie nicht auf Erden. Anders und strahlender war da das Licht, wie Flötengetön kam das Wehen des Windes, und gleich hohen Tempeln türmten die Felsen sich auf. Ratlos stand ich auf schmalem Pfad und siehe, da traten zwei Jünglinge hinter Felsenblöcken hervor und kamen näher, und ein Schein wie von Mondlicht lag auf ihrem Antlitz. Sie stützten sich auf Stäbe aus rotem Gold.

Ich grüßte sie, und als sie den Gruß erwiderten, sprach ich zu ihnen: »Allah sei mit euch! Wer seid ihr und was tut ihr hier?«

Und sie sagten dunkel: »Wir sind des Allerhöchsten Diener und wohnen im Gebirge.«

Und sie gaben mir auch einen Stab aus Gold, gingen ihrer Wege und ließen mich in großer Verwirrung zurück. Ich wanderte weiter auf dem Gebirgskamm, mich stützend auf den Stab, und dachte nach über die beiden Jünglinge. Die Landschaft aber veränderte sich wieder, Blöcke und Steine aus Marmor lagen umher, und die Felsen waren schroff und zerrissen und voller Höhlen. Plötzlich kroch aus einer der Höhlen ein schlangenartiges Untier hervor, das hielt einen Menschen im Rachen, der noch lebte und um Hilfe schrie.

Da lief ich, obwohl ich mich fürchtete, herbei, hob den goldenen Stab und schmetterte ihn auf den Schädel der Schlange. Und fauchend spie sie den Menschen aus. Ich focht wider sie mit dem Stab und springend wich ich den schnellen Vorstößen ihres Kopfes aus. Plötzlich

stieß ich ihr den Stab ins Maul, und sie schien erschrocken. Dann zog ich ihn schnell wieder heraus, wandte mich und schlug ihr mit aller Kraft auf den Hinterkopf. Da drehte sie sich verwirrt um sich selbst und floh und verschwand im Marmorgestein.

Der Mann aber, den ich befreit hatte, war nur geringfügig verletzt, und er erholte sich und sagte mir Dank und begleitete mich.

So wanderten wir, bis wir auf eine Schar von Leuten stießen, die schweigend dahineilten, und als ich schärfer hinsah, nahm ich unter ihnen meinen Bekannten wahr, der mich durch die Luft getragen und abgeworfen hatte, und zwei andere, die sich auf mich gestürzt hatten, als das Feuer herabfuhr.

Ich trat hin und sagte zu dem Manne, der mich mitgenommen hatte: »O mein Gefährte, nicht wie ein Freund hast du an mir gehandelt!« Und zu den anderen sagte ich: »Ihr aber, o ihr geflügelten Wüteriche, ihr Geier und Fledermausbrut, was kam euch an und was habe ich euch getan, dass ihr über mich herfielt ohne Grund und Vernunft?«

Da sagte der Mann, dem ich mich anvertraut hatte: »Zähme deine Zunge, du Ahnungsloser! Durch deine Schuld wären wir beinahe alle des Todes gewesen! Denn was fiel dir ein, als du auf meinem Rücken Allah lobtest?«

Ich verstand ihn nicht und sagte: »Gewiss tat ich das! Ist es bei euch eine Sünde, den Höchsten zu preisen?«

Und er sagte: »Wer das tut auf unseren Flügen, kommt um.«

»Aber seht, ich lebe«, rief ich da, »was soll das bedeuten? Seid ihr denn des Teufels?«

Da schwiegen sie, und es wurde mir unheimlich ums Herz. Und ich sagte zu meinem Bekannten: »Gleichviel – mach nun wieder gut, was du mir antatest, und bringe mich zurück in die Stadt!«

Da war er verlegen und erklärte sich bereit, doch er stellte die Bedingung, dass ich mich enthalten müsse, den Namen des Höchsten auszusprechen, solange ich auf seinem Rücken säße.

Ich schenkte dem Mann, den ich von der Schlange befreit hatte, den Stab aus Gold und nahm Abschied von ihm, und mein Bekannter hob mich auf den Rücken und flog mit mir davon, bis er mich zur Stadt gebracht hatte; dort setzte er mich ab vor meinem Hause.

Und meine Frau kam mir entgegen mit Tränen in den Augen und erzählte, dass in der Zeit meiner Abwesenheit ihr Vater, der ehrwürdige Scheich, gestorben sei; und es stritten in ihr die Freude, mich wieder zu sehen, und die Trauer um den Vater. Und sie sagte: »Hüte dich davor, mit diesem Volk je wieder auszuziehen oder dich sonst den Geflügelten zu gesellen. Denn ihre Künste sind Teufelswerk, und sie selber sind des Teufels Leute und abgefallen von Allah, dessen Namen auch nur zu nennen für sie das Schlimmste und Gefährlichste ist, wenn sie ausfliegen zu geheimem Werk.«

Da fragte ich: »Wie konntet ihr dann, dein Vater und du, unter ihnen leben?«

Und sie sagte: »Mein Vater kam fremd hierher wie du. Lange Zeit ahnte er nicht, dass ihre Flugkünste dem Bösen dienen, denn sie verrieten ihm nichts. Auch weißt du ja, dass es nur zu gewissen Zeiten über sie kommt; sonst aber sind sie wie gewöhnliche Menschen und nicht besser oder schlechter als andere auch. So lebte mein Vater unter ihnen, indem er den Bund der Teufelsvögel mied, und das Land gefiel ihm, denn er hatte fliehen müssen aus seiner Heimat, aus der ein Tyrann ihn vertrieb. Als er aber merkte, was es auf sich hatte mit jenen Leuten, blieb er erst recht, um sie abzubringen von ihrem Treiben. Doch es war vergeblich. Und es schützte ihn nur der Name Allahs davor, dass sie ihn verfolgten und austrieben aus der Stadt. So zog er sich immer mehr zurück in sein Haus und lebte sein Leben, denn zu alt war er nun schon, um noch einmal zu wandern und eine dritte Heimat zu suchen.

Doch zog er nach Kräften andere Menschen in die Stadt, Gläubige wie du und ich, und so gab es hier immer eine Anzahl von Männern, die dem Teufelsvolk Widerstand boten, und mein Vater glaubte, einst würden die Vogelmenschen aussterben oder umkommen, und die Mehrheit der Stadt würde sich wieder zu Allah bekennen und zu einem Leben, wie es den Menschen auf Erden gebührt.«

Als ich das hörte, sagte ich: »Ich aber will hier nicht länger weilen. Auch ist deines Vaters Bitte erfüllt, und wir sind frei, zu gehen, wohin wir wollen. Lass uns, o meine Liebe, gen Bagdad ziehen über das Meer!«

Und sie war einverstanden und sprach: »O mein Gebieter, es soll sein, wie du sagst.«

Und ich verkaufte Haus und Geschäft und Besitz und heuerte ein Schiff, und wir fuhren heim, und es war eine Reise des Friedens, ohne Schiffbruch und Todesnot. Wie staunten da die Freunde, als ich wieder kam mit einer Frau und als ich verkündete, dieweil ich ein großes Fest gab und meinen neuen Besitz, den ich mitgebracht hatte, unter die Armen verteilte, dass dies meine letzte Reise gewesen sei. Und ich hielt mein Wort.

Die Freunde zu Bagdad hatten fast die Hoffnung aufgegeben, mich wieder zu sehen, denn lange war ich fort, länger, als es mir bewusst war, Jahr um Jahr.

Es betrat aber, wie ich es gelobt hatte, ein neuer Sindbad das alte Haus. Nach anderen Schätzen strebte ich nun als nach Geld und Besitz, und nach den Jahren der Unruhe und der Gier zog heitere Ruhe ein in mein Herz. Und ich lebte in Frieden.

Dies ist, o Brüder, die Geschichte meiner letzten Reise – oder der vorletzten, denn eine allerletzte steht uns allen noch bevor, wenn die Stunde schlägt und wir hinüberfahren in Allahs ewiges Reich.

Du aber, o Lastträger und Namensvetter, erkenne denn, welche Mühsal und Plagen, welche Irrtümer und Kämpfe ich bestehen und erdulden musste, bevor ich wurde, was ich nun bin. Es wuchs mein Haus und der schöne Garten, und richtig ist es, dass ich heute in Freuden wandeln kann zwischen den Teichen und Tieren, den Blumen und Bäumen, während andere Lasten tragen und im Elend sind. Doch viele Lasten trug auch ich, mein Freund, und Glück und Elend werden je-

dem Sterblichen zuteil, einem jeglichen auf seine Art. Wenn nur der Reiche der Armen gedenkt und ihnen abgibt von seinem Überfluss und das Seine tut, ihr Los zu bessern, und wenn nur der Arme weiß, dass auch den Reichen zugemessen ist ihr Maß des Leidens und dass des Menschen wahres Glück nicht im Besitz liegt, nicht in der Macht und im äußeren Glanz – dann haben beide ein Zipfelchen wenigstens von Allahs Mantel erfasst und werden friedlicher leben in dieser Welt, die voller Schrecken und voller Wunder ist.

So sprach Sindbad der Seefahrer, und Sindbad der Lastträger neigte sich tief vor ihm und sagte ihm Dank. Und sie wurden Freunde ihr Leben lang, und oft noch tagte die fröhliche Tafelrunde in dem weißen Haus mit dem schönen Garten, in Bagdad, der guten Stadt, zu der Zeit des Kalifen Harun al Raschid.

Dies erzählte Scheherazade.

Und wieder war eine Nacht vergangen unter den Nächten, und es graute der Morgen, und der König sprach:

»Bemerkenswert war die Geschichte von Sindbad, dem Mann der Meere, doch zweifle ich, dass ihn innere Wandlung trieb, sich am Ende zu bescheiden. Es ist leicht, sich zu bescheiden, wenn man alt wird und dabei so reich ist wie er, und es ist nicht schwer, nach innerer Einkehr zu trachten, wenn man die äußere Welt durchwandert hat auf der Suche nach Gold und Gewinn. Viel schwerer ist es für uns, die wir nicht ausfuhren ins Diamantental oder nach dem Lande Hind, den Weg der Weisheit und Wandlung zu finden.«

Da lächelte Scheherazade und sprach:

»Erhabener König! Wir können überall den rechten Weg finden. Was wir erfahren sollen, das erfahren wir überall in der Welt, weit überm Meer oder hier zu Haus, im Tal der Drachen oder drüben auf dem Markt.«

Doch der König sann noch den Abenteuern Sindbads nach und sagte: »War es auch wahr, was er alles berichtete?«

»Man sagt, es sei wahr«, sagte Scheherazade, »denn viele Wunder birgt die Welt, und es sind nicht alles Märchen, was uns die alten Berichte der Reisenden erzählen. Doch sind nicht auch die Märchen im Grunde wahr? Was kommt es an auf Riesen oder Zwerge und ob es sie gibt! Es gibt oder gab sie wohl alle einmal, doch auch, wenn es sie nie gegeben hätte oder wenn sie anders gewesen wären, so sagen uns die Geschichten von ihnen dennoch Wahres über die Welt – sie mögen sich begeben auf fernen Inseln im Ozean oder nahe im Wald, wo die Holzfäller wohnen. Auch sie können Schätze finden, an Gold wie an Weisheit, gestern wie heut. So erging es Ali Baba, der kein Weltreisender war, sondern ein Holzfäller und ein Träumer dazu.«

»Ich sehe schon«, sagte der König, »dass eine neue Geschichte in dir umgeht. Doch sieh zu, dass sie mich nicht langweilt!« Und er erhob sich.

Am nächsten Abend aber sagte er: »Wie war das mit jenem Holzhacker im Wald, der einen Schatz fand?«

Und Scheherazade erzählte.

Die Geschichte von Ali Baba und den vierzig Räubern

Es lebten einst in einer Stadt in Persien zwei Brüder, von denen der eine Kasim hieß und der andere Ali Baba. Als es Allah gefiel, ihren guten Vater abzuberufen von dieser Erde, teilten sie, was er ihnen hinterließ, gerecht in zwei Teile. Es war dies freilich wenig, doch hätten sie es zusammengehalten und fleißig gemehrt, so wäre es zur Grundlage eines zwar nicht reichen, doch auch nicht ärmlichen Lebens geworden. Nun waren aber beide Brüder ein wenig leichtsinnig von Natur. Sie träumten von Reichtum, Glanz und gutem Leben, und dieweil sie das taten, verschwendeten sie ihr Erbteil und wurden arm.

Kasim, der Entschlossenere und Gierigere von beiden, wollte nun das Glück erzwingen und heiratete ein dickes Mädchen, das reich war; bald darauf starb des Mädchens Vater, ein Kaufmann, und da sah er sich im Besitz beträchtlicher irdischer Güter. So schien ihm alles nach Wunsch zu gehen. Doch statt sich hinfort seines Lebens zu freuen, plagte ihn arg die Angst vor neuer Armut, und so wurde er geizig.

Anders war Ali Baba. Er tat nichts, das Glück zu zwingen, und hatte es schwer. Aber er war heiteren Herzens und guter Gesinnung. Auch er vermählte sich, doch war dies ein Mädchen, anmutig von Gestalt und angenehmen Wesens, das noch ärmer war als er. So hausten denn die beiden in einer erbärmlichen Hütte, und Ali Baba verdiente sich sein kümmerliches Brot, indem er Feuerholz verkaufte, das er in den Wäldern schlug und sammelte und auf seinem Esel zu Markte trug. Doch er blieb fröhlich und ein wenig verträumt, wie er immer gewesen war, und fest überzeugt, es würde einmal ein Wunder geschehen, das seine Wünsche erfüllte. Nicht sehr tüchtig also, doch guten Mutes, das Herz von Träumen genährt, zog er mit seinem Esel über die einsamen Waldwege und staubigen Straßen.

Es begab sich aber eines Tages, dass er auf seinem Waldgang von ferne Reiter gewahrte, die in scharfem Trab herankamen und schwer bewaffnet waren. Ali Baba erschrak, denn er fürchtete, es könnten Räuber sein; allerlei Banden nämlich trieben damals in jener Gegend ihr Wesen. Verwegen waren sie und scheuten weder Tod noch Teufel; es begann aber bei ihnen mit Diebstahl und endete mit Mord. Da Ali Baba mit seinem Esel keine Möglichkeit der Flucht mehr sah, trieb er  das Tier hinter ein Gebüsch und erkletterte einen dicken Baum, um sich in seinen Zweigen zu verstecken. Er setzte sich auf einen Ast, von dem aus er gute Sicht hatte, während ihn von unten niemand zu erblicken vermochte.

Neben diesem Baum ragte ein Felsen auf, und er türmte sich hoch empor über die Wipfel des Waldes. Als nun die Reiter, kräftige und behände Männer, den Felsen erreichten, machten sie Halt und sprangen von den Pferden. Ali Baba betrachtete sie von seiner luftigen Höhe wie ein Vogel, der aus dem Nest späht, und er schloss aus ihrem Gebaren und ihrem verwilderten Aussehen, dass es wirklich Räuber waren, die wahrscheinlich eine Karawane überfallen hatten und nun ihre Beute brachten, um sie in einem Versteck zu bergen. Es waren ihrer aber vierzig an der Zahl. Ein jeder von ihnen fesselte zuerst sein Pferd, indem er ihm die Vorderfüße zusammenband. Dann nahmen die Räuber die Satteltaschen ab, und Ali Baba sah, dass sie gefüllt waren mit Gold und Silber.

Und einer der Räuber, der ihr Hauptmann zu sein schien, schritt mit seiner Last auf der Schulter zur Felswand, drang durch die Dornen und Büsche bis zu einer bestimmten Stelle und rief die seltsamen Worte:

»Sesam, öffne dich!«

Im selben Augenblick aber erschien im Gestein ein Tor. Und die Räuber traten hindurch, und als auch der Hauptmann, der als Letzter hi-

neinging, verschwunden war, schloss sich hinter ihm wie von selber die Pforte.

Lange blieben die Räuber in der Höhle, während Ali Baba weiter auf seinem Ast saß, denn er fürchtete, dass gerade, wenn er hinabstieg, die Bande wieder zum Vorschein kommen und ihn erschlagen würde. Als er aber endlich den Entschluss gefasst hatte, hinabzuklettern, sich auf eines der Pferde zu schwingen, seinen Esel mitzuzerren und davonzugaloppieren, siehe, da tat das Tor sich auf.

Als Erster trat der Hauptmann heraus, blieb am Eingang stehen, zählte seine Leute, die einzeln herauskamen, und rief dann die Zauberworte:

»Sesam, schließe dich!«

Und das Tor schloss sich. Noch einmal nahm er eine Musterung seiner Leute vor, dann schirrten sie die Satteltaschen an, entfesselten die Pferde, saßen auf und ritten von dannen, wie sie gekommen waren.

Als sie Ali Babas Augen entschwunden waren und keine Gefahr mehr bestand, dass einer von ihnen zurückkehrte, bedachte er alles und sprach bei sich in seiner Seele: ›Einer sonderbaren Sache bin ich da auf die Spur gekommen! Vielleicht ist dies die Gelegenheit, auf die ich immer gewartet habe. Denn in geheimnisvolle Zusammenhänge scheine ich geraten, und wenn die Höhle sich öffnete durch des Banditen Zauberwort – wer weiß, ob sie sich nicht auch vor mir auftut, wenn ich jenes Schlüsselwort spreche!‹ Und er stieg herab, trat vor die Felsenwand und rief mit lauter Stimme: »Sesam, öffne dich!«

Und das Tor flog auf, und er trat ein in die Höhle der Räuber.

Es war dies aber eine seltsame Höhle, mächtig gewölbt und beleuchtet von einem Licht, das aus der Wand zu kommen schien und für Ali Baba ein Rätsel blieb. Auch blieb ihm verborgen, auf welche Weise sich die Felswand bewegte und wie sich das Tor zu öffnen und zu schließen vermochte. Und Ali Baba wunderte sich bis an die Grenze der Verwunderung. Doch nicht einer Zaubergrotte glich der Raum, sondern einem von Menschenhand kunstvoll erbauten Saal.

Es lagerten dort gewaltige Lasten von kostbaren Tuchen und Teppichen, Ballen von Brokat und leuchtender Seide und Barren von Silber und Gefäße von Gold. Da gab es in ledernen Beuteln und hölzernen Truhen Diamanten und Perlen, da waren Töpfe und Krüge mit golde-

nen Münzen gefüllt, und es glänzte und glitzerte edles Geschmeide, Gemmen und Elfenbein, Ambra und Aloe, Safran und Sandelholz, Smaragd und Saphir, Amethyst und Türkis, Hyazinth und rote Korallen.

Und es war kein Ende der funkelnden Schätze. Ali Baba dachte bei sich, es müssten hier Generationen von Dieben und ganze Geschlechter von Räubern ihre Beute gehäuft und gestapelt haben zu unausdenkbarem Reichtum.

Als Ali Baba alles gesehen hatte, da sprach er bei sich in seiner Seele: ›O Allah, erleuchte mein verwirrtes Herz! Ehrlich war ich mein Leben lang und nie nahm ich auch nur ein Kupferstück, nur ein Steinchen, ach, nur ein Federchen, das mir nicht zukam. Doch ist es denn Diebstahl, den Dieben zu stehlen, und ist es Raub, den Räubern zu rauben? Diese Banditen werden gar nicht merken, wenn etwas fehlt, mir aber und meiner Frau wird schon so ein kleines Beutelchen zu einem Leben in Frieden und Freuden verhelfen. Und wenn sie doch etwas merken, so sollen sie nur erfahren, dass unrechtes Gut von Übel ist und dass jedweder Räuber seinen Raub verliert über kurz oder lang, denn so will es Allah. Wie aber steht es dann mit mir? Und an wem bereichere ich mich?‹ Und er grübelte lange.

Dann aber sagte er sich: ›Reichen Leuten, das ist gewiss, wurde dies alles gestohlen. Wenn sie es jemals wieder bekommen, nun, dann könnten sie schon ein wenig den Armen spenden, wie ich einer bin. Bekommen sie es aber nicht zurück, wie es sehr wahrscheinlich ist – nun, dann schadet es wohl nichts, ein wenig die Diebe zu schädigen. Ich kann es besser brauchen als sie.‹

Und er beschloss, nicht gar zu viel zu nehmen und auch der Edelsteine, Diademe und Schmuckstücke nicht zu achten. Doch einen Sack voll Goldmünzen lud er sich auf, rief: »Sesam, öffne dich!«, trat durch die Pforte, rief: »Sesam, schließe dich!« und bepackte den Esel mit dem ledernen Sack voll Gold. Er häufte darüber Reiser und trockenes Holz, trieb seinen Esel und ging durch den Wald, bis er in die Stadt kam und sein Haus erreichte.

Und er rief seine Frau und schüttete den Sack vor ihr aus. Es türmte sich da auf dem Teppich ein kleiner Berg von Gold, und klirrend sprangen die Münzen über den Boden. Und Ali Baba lachte.

Seine Frau aber war entsetzt, denn sie konnte sich solchen Reichtum nicht anders erklären, als dass ihr Mann dies alles geraubt, gestohlen oder unterschlagen habe. Da rief sie aus: »O Ali Baba, was hast du getan? Saß dir der Satan in der Seele? O du Vater der Esel, was blökst du vor Lachen, du Narr, statt mir zu sagen, was es damit auf sich hat? Bist du denn unter die Räuber gegangen?«

Und Ali Baba lachte noch mehr und rief: »Wahrhaftig, o du Gute, unter den Räubern war ich! In der Räuberhöhle im Wald!«

Da rang die Frau die Hände und rief: »O weh, o wehe! Ein Strauchdieb ist mein Mann, ein Galgenvogel! Was tun wir nur?«

Da war es Ali Baba genug des Spaßes, und er sagte: »Beruhige dich, o Tochter der Aufregung! Zwar habe ich wirklich ein wenig gestohlen, wenn du es so nennen willst, doch fürwahr, von einem ehrlicheren Diebstahl vernahm ich nie und niemals von diebischeren Bestohlenen. Nein, meine Liebe, eher war ich wie einer, der einen Schatz im Walde fand, nach dessen Herkunft ja auch niemand fragt, als wie ein Strauchritter und Straßenräuber, denn das ist ein Handwerk, das mir von allen Betätigungen wohl am wenigsten behagt.«

Und er erzählte, wie alles gekommen war. Da freute sie sich bis an die Grenze der Freude. Und sogleich begann sie, die Goldstücke zu zählen. Doch Ali Baba lachte und sprach: »Da kannst du lange zählen!«

»Aber ich will doch wissen«, antwortete sie, »wie reich wir jetzt sind!«

»Was kommt es darauf an!«, sprach Ali Baba und fuhr dann fort: »Nun gut, wenn du es unbedingt willst, dann nimm eine Waage und wiege die Münzen, dann kannst du den Wert berechnen.«

»Aber ich habe doch keine Waage!«, rief da die Frau.

Und Ali Baba sagte: »Dann leih dir eine!«

Als sie aber davonlief nach einer Waage, rief er ihr nach: »Aber dass du mit keinem Wort etwas von dieser Sache verrätst! Keinem Menschen!«

Und sie enteilte. Sie lief zu ihrer Schwägerin, der Frau von Ali Babas Bruder Kasim, und bat um eine Waage und Gewichte, nur eben für einen Augenblick.

»Brauchst du die größere Waage oder die kleinere?«, fragte die Schwägerin.

Und Ali Babas Frau entgegnete: »Die allergrößte!« Dann aber verbes-

serte sie sich und sagte rasch: »Ach nein, was rede ich da, die kleine wird schon genügen. Es ist mir wirklich ganz gleich; gib mir nur die, welche du gerade zur Hand hast.«

Da wurde Kasims Frau ungeheuer neugierig, was diese Person wohl abwiegen wolle, und sie ging in die Küche und bestrich den Boden der Waagschalen heimlich mit Wachs und Talg, damit daran etwas hängen bleibe oder zumindest sich abzeichne, und sie rechnete damit, dass Ali Babas Frau in ihrer Erregung nicht merken würde, ob die Waage ein bisschen beschmiert sei oder nicht.

So nahm denn Ali Babas Frau die Waage, bedankte sich, eilte nach Hause und wog das Gold. Ali Baba aber grub eine Grube im Garten, in der er seinen Schatz verstecken konnte, und er sang vor sich hin und stellte sich vor, was er alles anfangen würde mit dem vielen Geld und wie er vor den Leuten so tun wolle, als käme er ganz allmählich zu immer größerem Reichtum, und wie er das wohl am besten begründen könne. Denn die Sache mit der Sesam-Höhle, so beschloss er, sollte sein Geheimnis bleiben. Sie nämlich der Obrigkeit anzuzeigen schien sinnlos in jenen Zeiten, in denen die Räuberbanden mehr Macht hatten als des Großkönigs Statthalter; auch würden ihm dann der Statthalter und die Steuereinnehmer nicht nur das Geld wieder abnehmen, sondern auch seinen Namen bekannt machen und ihn der Rache der Räuber preisgeben. Zu sagen aber, er habe einen Schatz gefunden oder eine Erbschaft gemacht, würde nur Neid erregen unter den Nachbarn und umso mehr, je geheimnisvoller und undurchsichtiger das blieb. Er aber wollte seine Ruhe und dereinst einmal ein schönes Haus, darin zu wohnen und Feste zu feiern, wenn er fröhlich war, und weder wollte er je so geizig sein wie Kasim und so neidisch wie dessen dicke Frau, noch wollte er selber beneidet sein und ein Aufsehen machen von sich und seinem Geld und Gut.

Unter solchen Gedanken vergrub er bis auf eine gute Hand voll das Gold, das seine Frau unterdessen gewogen hatte. Dann ging er aus, ein festliches Nachtmahl und Wein zu kaufen, während seine Frau die geliehene Waage zurücktrug.

Es war aber wirklich am Grund der Waagschale eine kleinere Goldmünze haften geblieben; auch hatten sich die Spuren größerer Gold-

stücke eingeprägt in das Wachs. Als Kasims Frau, nachdem die Schwägerin gegangen war, das festgestellt hatte, rief sie aus: »Aha, aha! Gold haben sie gewogen!«

Und sie ging zu Kasim, ihrem Mann, erzählte ihm alles und sprach: »Nun bitte ich dich – woher haben diese armen Leute so viel Gold, dass sie eine Waage brauchen, es abzuwiegen?«

»Nun, nun«, sagte Kasim, »so viel wird es schon nicht gewesen sein.«

»Oho!«, rief da die Frau und zeigte ihm die kleine Goldmünze, in die das Bild eines alten Königs geprägt war, der lange vor dem jetzigen Großkönig geherrscht hatte in gesegneteren Zeiten.

»Es sind alte Münzen«, erklärte sie, »von hohem Wert und höchst zweifelhafter Herkunft! O Kasim, ich sage dir, du dachtest immer, dein Bruder sei arm; aber gelogen hat er und Komödie gespielt mitsamt seinem Weib, dieser Person, die sich immer meine Sachen leiht, diese Tochter der Leichtfertigkeit mit ihren ärmlichen Gewändern und ihrem koketten Hinterteil!«

»Schweig«, sagte Kasim da, »o du Nilpferd an Hinterteil wie an Hinterlist; was verleumdest du meinen Bruder?«

Denn wenn auch Kasim geizig war und barschen Wesens, seit er jene Frau geheiratet hatte und reich geworden war, so war doch in ihm noch ein Rest von Anstand und Wohlwollen.

Seine Frau aber verstand es, das Schlechte in ihm zu bestärken und das Gute zu vergrämen. »Was Nilpferd«, rief sie, »du Elefant an Torheit! Dein Bruder, der sein Gold nicht zählt wie du, sondern mit der Waage wiegt, ist zehnmal reicher als du und hundertmal listiger! Meinst du, er hat es vom Reisigsammeln? Oder hat es vielleicht diese Person mit in des Holzhackers Ehe gebracht? Nichts da! Dein Bruder, es kann gar nicht anders sein, ist ein Dieb und Wegelagerer, und wer weiß, was er im Walde treibt, wenn er behauptet, Holz zu holen! Mengen von Gold haben diese Leute, lass es dir gesagt sein!«

So redete sie auf ihn ein, und in Kasim schlug das Misstrauen Wurzel. Er verbrachte eine schlaflose Nacht, und es packten ihn Neid und Eifersucht, Habgier und Hass. Am Morgen aber sagte er zu seiner Frau: »Es könnte sein, dass du Recht hast. Ich werde zu Ali Baba gehen und mit ihm reden.«

So ging er zu seinem Bruder und fragte ihn ohne Umschweife: »Ali

Baba, mein Bruder, der du vorgibst, arm, aber ehrlich zu sein – woher hast du deinen Reichtum?«

Da geriet Ali Baba in Verwirrung und sagte: »Was soll mir das? Wovon redest du?«

Und Kasim sprach: »Stelle dich nicht so an, du Lügenbold!« Und er wurde wütend und schrie.

Ali Baba aber erfuhr die Sache mit der Waage und er dachte bei sich: ›Es hilft mir nichts – ich muss die Wahrheit sagen, sonst gibt es nichts als Unheil, Zorn und bösen Verdacht.‹ Und unter dem Siegel der Verschwiegenheit erzählte er Kasim von der Höhle im Walde und den vierzig Räubern.

Begierig aber hörte Kasim seine Worte, und es stach ihn die Habsucht, und er wollte wissen, wo jene Höhle denn nun ganz genau liege und wie das Zauberwort laute, das den Einlass gewähre.

Ali Baba, der die schrecklichsten Folgen ahnte, wollte es nicht verraten, aber da sagte Kasim zu ihm in kalter Entschlossenheit: »Sagst du es nicht, so werde ich dich anzeigen bei der Behörde, und dann hast du die Wahl: Entweder schweigst du auch dann noch, dann wird man dich als Dieb in den Kerker werfen, oder du verrätst den Behörden, was du mir nicht sagen willst, und dann wird man alles beschlagnahmen, dir dein Gold wegnehmen und die Geschichte in alle Welt hinaustrompeten, so dass die Räuber bald auf deiner Spur sein werden.«

»Pfui über dich, o Kasim«, rief da Ali Babas Frau, »ein Bruder, der so zum Bruder spricht und ihn anzeigen will bei der Behörde, ist schlimmer als ein Räuber und verdient es, mit dem Schwerte erschlagen zu werden.«

»Ach, wenn doch die Weiber das Maul hielten!«, sagte da Kasim unwirsch und achtlos.

Und Ali Baba, unter dem Druck seiner Drohung, beschrieb ihm den Weg zur Höhle und nannte ihm Sesam, das Schlüsselwort.

Da machte Kasim sich auf, getrieben von Gier nach Gold, nahm zehn seiner Maultiere, belud sie mit leeren Kisten und Säcken, ging in den Wald, fand nach einigem Suchen die Felswand und schrie: »Sesam, öffne dich!«

Und es öffnete sich die Pforte, und er stürzte hinein und stand vor den Schätzen und war überwältigt. Hinter ihm aber schloss sich das Tor.

Verzückt ging Kasim umher, wühlte in edlen Steinen und schweren Stoffen, ließ Goldstücke klingen und Armreifen, mit Brillanten besetzt, über den Boden springen, und es war Musik, die schönste der Welt, in den Ohren des Geizes.

Er wusste nicht, was er zuerst erraffen sollte, fasste dieses und jenes an und warf es wieder hin und entschied sich dann für die kostbarsten Juwelen. Und er legte einen Haufen davon zurecht, der für mehr als zehn Maultiere genügte, arbeitete schwitzend, rieb sich die Hände und wandte sich zur Tür. Doch die Tür war verschlossen.

Da wollte Kasim das Schlüsselwort sprechen, doch siehe, er hatte es vergessen. Und er fischte nach dem Wort im Teiche der Erinnerung, aber es war, als hätte seine Seele es verschluckt, und er konnte es nicht mehr heraufholen aus der Tiefe seines Inneren, das ganz erfüllt war vom Rausch des Goldes und auch schon von Angst.

Da rief er, denn nur unklar war ihm der Klang jenes Wortes noch im Ohr: »Simsam, öffne dich!«, worauf sich das Tor jedoch nicht im Geringsten bewegte. Und in großer Verwirrung rief er ein zweites Mal: »Samson oder Simson oder wie – öffne dich bitte!«

Als sich nichts rührte, saß er nieder und grub in seinem Gedächtnis, und es fiel ihm ein, dass das Wort ein Pflanzenname war, denn Sesam ist ja ein Kraut, daraus man im Lande Indien kostbares Öl gewinnt. Plötzlich glaubte er es zu haben, sprang auf und rief: »Sisal, öffne dich!« Und es war wieder nichts.

Da probierte er alle Pflanzen durch, die er kannte, und begann mit den Getreidesorten: »Gerste, öffne dich!« Und er fuhr fort über die Hülsenfrüchte: »Kichererbse, tu dich auf!« Und er ging zu den Gewürzen über und meinte, schon ganz nahe daran zu sein, als er rief: »Safran, öffne dich!« Und er endete bei den Blumen: »Lilie, öffne dich!« und rief dann verzweifelt durcheinander: »Gurke, geh auf!« und »Klatschmohn, öffne dich!« und »Saubohne, mach die Tür auf!«

Das Letzte, das er seufzend sagte, war: »Öffne dich, Spinat!«

In diesem Augenblick aber hörte er von draußen Rufe und Klappern von Hufen. Es hatten sich nämlich um die Mittagszeit die Räuber der Höhle genähert und sie fanden davor die zehn Maultiere mit den leeren Kisten. »Räuber!«, schrie da der erste Räuber und ein zweiter: »Man bestiehlt uns!«, und ein dritter rief: »Verrat!«

Der Hauptmann aber sprang vom Pferd, zog sein krummes Schwert, trat vor die Höhle und sprach hastig das Einlasswort. Und es öffnete sich das Tor.

Da wusste Kasim, dass er verloren war, wenn es ihm nicht gelang, die Räuber zu überwältigen. Und er packte eine große Kürbisflasche, die in einer Ecke stand, trat neben die Tür, und als der Hauptmann eintrat, schlug er sie ihm auf den Kopf, so dass er auf der Stelle umfiel. Nach kurzer Zeit trat ein zweiter Räuber ein, und wieder schmetterte ihm Kasim die Flasche auf den Schädel, dass er hinstürzte neben seinen Hauptmann. Dann trat der dritte ein, und auch auf ihn sauste die Kürbisflasche herab, und stumm sank er nieder. So ging das Schlag um Schlag und Räuber um Räuber.

Als aber wohl zwanzig Räuber betäubt herumlagen, erlahmte Kasim und sprach bei sich: ›Ach, es ist nicht so einfach, vierzig Räuber zu erschlagen! Auch wird diese gute Kürbisflasche gleich entzweigehen; und die erledigten Räuber verstopfen allmählich den Eingang!‹ So entschloss er sich, einen Ausfall zu machen, rannte den nächsten Räuber über den Haufen, sprang mit geschwungener Kürbisflasche hinaus, stürzte durch die Reihe der verdutzten Banditen und wäre fast entkommen.

Doch Allah wollte es anders, und schrecklich sollte sich erfüllen, was Ali Babas Frau am Morgen ausgerufen hatte, als sie fand, es gehöre Kasim mit dem Schwerte erschlagen. Denn die Räuber holten ihn ein, und es schlug ihm einer von ihnen, ein riesiger Kerl, mit einem gewaltigen Streich seines Schwertes den Kopf ab. Es war ihm aber gerade in diesem Augenblick das Wort eingefallen, und so starb er mit dem Ausruf auf den Lippen:

»Sesam, öffne dich!«

Die Räuber aber eilten in die Höhle, wo sich inzwischen der Hauptmann und die anderen Opfer der Kürbisflasche wieder erholt hatten und sich benommen aufrichteten und sogleich entsetzlich zu fluchen begannen.

»O Hauptmann«, sagte da der riesige Schlagetot, der Kasim geköpft hatte, »freue dich! Denn ich habe den Räuber, den verruchten, der hier eindrang, soeben erschlagen!«

»Da tatest du was Rechtes, du gewaltiger Esel«, erwiderte böse der

Hauptmann, »viel lieber hätte ich ihn lebend erwischt, um ihn zu befragen, woher er unser Geheimnis kannte und wem er es womöglich noch weitererzählt hat!«

»Ach ja«, rief da der zweite Räuber und hielt sich den Schädel, »wie gerne hätten wir ihm auch die Schläge mit der Kürbisflasche entgolten, diesem brutalen Banditen! Denn was ist es schon, wenn du, o Riesenross, du hirnloser Schädelspalter, jemanden erschlägst? Das spürt er ja gar nicht!«

So grausam waren jene Räuber.

Der Schlagetot aber holte zerknirscht den Leichnam des armen Kasim samt dem abgeschlagenen Kopf und legte beides, indem er verlegene Entschuldigungen murmelte, zu Füßen des Hauptmanns in der Höhle nieder.

Dann ordneten die Räuber ihre Schätze, die Kasim durcheinander gewühlt hatte, trugen alles wieder auf seinen Platz, ließen Kasim zur Abschreckung für alle weiteren Eindringlinge vor den Schätzen liegen, saßen auf, nahmen Kasims Maultiere mit und stoben davon wie die wilde Jagd.

Kasims Frau aber, die gehofft hatte, ihr Mann würde mit gewaltigen Schätzen zurückkehren, viel reicher denn Ali Baba und als reichster Mann des Landes, und die sich eben noch gefreut hatte, wie Kasim seinen Bruder erpresst und hineingelegt hatte, wartete bis tief in die Nacht, geriet in Sorge und wusste nichts Besseres, als zu Ali Baba zu laufen und zu dessen Frau und ihnen ihr Herz auszuschütten, auf dass sie ihr halfen. Und Ali Baba, der nicht nachtragend war, beruhigte sie in seiner heiteren Art und meinte, Kasim habe mit seinen vielen Schätzen sicher einen Umweg gewählt, auf dass er möglichst niemandem begegnete; und er hatte die Sache mit der Waage und Kasims Drohung, ihn anzuzeigen, schon wieder halb vergessen. Nur seine Frau behandelte die dicke Schwägerin mit einiger Zurückhaltung, doch wünschte auch sie dem verschollenen Schwager ernstlich nichts Böses. Schließlich ging Kasims Frau getröstet nach Hause.

Zu Hause aber, als sie allein war und als Stunde um Stunde verging, ohne dass Kasim kam, erfüllte aufs Neue die Furcht ihr Herz, und schließlich sprach sie bei sich in ihrer Seele: ›Ach, warum habe ich ihn nur hineingetrieben in diese Sache! Mit meiner Neugier, als Ali Babas

Frau die Waage lieh, begann es, und dann empfand ich nichts als Neid und Gier, und ich säte Schlechtes in Kasims Seele. Bei Allah! Böse war ich selbst und zu Bösem verleitete ich meinen Mann, und Unrecht taten wir an Ali Baba und seiner Frau, die so kokett ja gar nicht ist, die kleine Hübsche. Und ist Ali Baba nicht ein braver Mann, hat er uns je beneidet trotz seiner Armut und uns je etwas Übles erwiesen? Ach, gestraft wird alle Schuld, und ich ahne, dass nun Unheil über uns kommt.‹

Als aber der Morgen graute, eilte sie wiederum zu Ali Baba und flehte ihn an, dass er ausziehen möge, seinen Bruder zu suchen; und Ali Baba brach auf mit seinem Esel, bewaffnet mit seiner Holzfälleraxt, und ging in den Wald und gelangte zu der Felswand. Er sah dort aber die Spuren von Pferden und Maultieren, zertretenes Unterholz wie von Flucht und Kampf und schließlich vergossenes Blut. Es waren dies schlimme Zeichen, und es schlug sein Herz, als er vor den Felsen trat, die Axt in der Hand, und die Worte sprach:

»Sesam, öffne dich!«

Als er eintrat, erblickte er seines Bruders enthaupteten Leichnam, und er erschrak bis an die Grenze des Schreckens. Endlich fasste er sich, hüllte Körper und Kopf des Erschlagenen in zwei Tücher, belud damit seinen Esel, deckte Brennholz und Reiser darüber und widerstand der Versuchung, noch rasch etwas von dem Golde einzustecken. Denn genug hatte er zu Hause und er wollte sich hinfort bescheiden und keinen Fluch herausfordern, der vielleicht an dem Räubergold hing und dem nun schon der maßlose Kasim zum Opfer gefallen war in seiner Gier. Und er schloss die Pforte, und voll tiefer Trauer ging er mit seinem Esel durch den Wald und gelangte vor Kasims Haus.

Und Kasims Frau trat ihm entgegen und sah, was von Kasim geblieben war, und brach zusammen und war wie von Sinnen. Ali Baba aber und eine der Sklavinnen betteten Kasims sterbliche Reste auf ein Lager, und sie sprachen die Totengebete und beratschlagten, was zu tun sei.

Jene Sklavin nun hieß Mardschana, die Koralle, und sie war Ali Baba schon früher des Öfteren aufgefallen ihrer Schönheit und Grazie wegen; nun bemerkte er, dass sie auch klug war und kaltblütig und von

großer Umsicht. Denn als er zu ihr sprach: »Eile, Mardschana, und bereite meines Bruders Begräbnis vor!«, da antwortete sie, indessen Kasims Frau noch kein Wort hervorbrachte vor Schmerz:

»O Herr, so einfach ist das nicht! Bedenke, was geschieht, wenn jemand erfährt, dass Kasim geköpft wurde! Ihr alle werdet verhört werden, und man wird entweder Kasim, deinen Bruder, für einen Räuber halten, der umkam bei einem Abenteuer im Wald, oder man wird ihn als Opfer der Räuber erkennen, nach den Mördern fahnden, das Geheimnis der Höhle ergründen und dich und dieses Haus der Rache der Räuberbande aussetzen.«

»Woher weißt du denn von jener Höhle und was hier vorging mit mir und meinem Bruder?«, fragte Ali Baba erstaunt.

Und Mardschana sprach: »Vieles hört eine Sklavin im Haus, und was ich nicht hörte, das reimte ich mir zusammen. Doch tiefstes Schweigen bewahrte ich über alles, was ich mir dachte und was ich vernahm.«

Kasims Witwe aber schluchzte laut auf bei diesen leisen Worten ihrer Dienerin. Und Ali Baba sprach: »Du hast Recht, Mardschana, o Tochter der Vernunft, wir können wirklich nicht, wie es Brauch ist, den Leichnam ausstellen und ihn beerdigen nach der Sitte. Verborgen muss alles bleiben, was geschah. Doch wiederum können wir Kasim unmöglich heimlich verscharren oder beseitigen, sondern müssen seine Menschenwürde achten und die Würde des Todes.«

Da hatte Mardschana einen Gedanken und beriet sich mit Ali Baba, und Ali Baba sprach: »So soll es sein!«

Und er ging heim zu seiner Frau, die in Ängsten seiner harrte, und berichtete ihr von Kasims Ende, und sie vergaßen den Streit, den sie mit ihm gehabt hatten, und beweinten den Toten.

Mardschana aber lief zum Apotheker, dem heilkundigen Kräuterkenner und Medizinverkäufer, und verlangte Hima-Saft, ein Heilgift, das bei gefährlichen Krankheiten angewandt wird. Da schüttelte der alte Apotheker den Kopf und sprach: »Wer ist denn in eurem Haus so schwer erkrankt, dass er diese Medizin braucht?«

Und Mardschana antwortete: »Ach, Kasim, mein Gebieter, ist schon lange krank, seit Tagen aber liegt er nun darnieder auf den Tod. Er spricht nichts, isst nichts, und wir befürchten das Schlimmste!«

»Nun«, sagte da der Apotheker sorgenvoll, »so gebt ihm außer dem Hima-Saft auch noch dieses Elixier, einen Pflanzenextrakt von starker Wirkung. Zehn Tropfen, dreimal am Tag! Ist es eine entzündliche Krankheit, handelt es sich vielleicht um die Galle? Denn ein wenig gallenleidend sah dein Herr ja wirklich schon immer aus!«

»O Vater der heilsamen Kräuter!«, rief da Mardschana. »Wie du das wieder erkannt hast! Dein Scharfblick trügt dich nicht; es ist die Galle. Aber nun ist wohl auch das Herz noch erkrankt.«

Bedenklich wiegte da der Heilkundige das Haupt, Mardschana aber bezahlte und eilte davon. So aber tat sie auch am folgenden Tage und berichtete dem Apotheker, dass Kasims Herz und Puls nun ganz schwach seien und dass der  Kranke die Besinnung nicht wiedererlangt habe. Und der Apotheker, ein braver, doch etwas geschwätziger Mann, erzählte allen seinen Kunden, dass der reiche Kasim schwer krank sei und wohl schon im Sterben läge. Und die Leute erzählten es weiter, und jedermann rechnete mit Kasims baldigem Tode.

Am Abend dieses Tages ging Mardschana mit verschleiertem Antlitz zum Schneider Baba Mustafa. Das war ein hochbetagter Greis, aber noch sehr geschickt in seinem Handwerk und im Übrigen sehr nach dem Gelde aus, und es hieß von ihm, dass er für gute Bezahlung alles täte, was jemand von ihm wünschte, sofern es keine schwere Sünde sei, denn Baba Mustafa war, abgesehen von seiner Geldgier und seinen kleinen Absonderlichkeiten, ein frommer Mann. Mardschana übergab ihm als Erstes ein Goldstück und sagte dann: »Ein gutes Werk könntest du tun, o Vater der flinken Nadel!«

»Gerne«, sprach Baba Mustafa, »o verschleierte Unbekannte! Gute Werke tue ich mit Vorliebe und ganz besonders dann, wenn es auch gut bezahlte Werke sind!«

»Daran soll es nicht fehlen«, sagte Mardschana, »ich führe dich nun

zu einem Haus, von dem du nicht wissen darfst, wo es liegt, noch wer darin wohnt. Deshalb lass dir bitte eine Binde über die Augen legen.« »O du Spaßvögelchen!«, entgegnete Baba Mustafa. »Was für Spielchen hast du im Sinne mit einem alten Mann?«

»Kein Spielchen, kein Späßchen«, sagte Mardschana, »es ist ernst. Sieh her, diese zehn Goldstücke sind die Anzahlung für deinen Dienst.«

»Zehn Goldstücke?«, rief Baba Mustafa. »Dann ist es wirklich ernst! Gut denn, ich komme. Wie könnte ich mich entziehen, wenn ein gutes Werk zu tun ist!«

Und sie verband ihm die Augen und führte ihn auf allerlei Umwegen zu Kasims Haus. Im Hause nahm ihm Mardschana die Binde ab, wies auf Kasims Rumpf und den Kopf, der daneben lag, und verlangte, er möge mit feinen Stichen den Kopf wieder an den Körper nähen.

»Zwar bin ich ein Tuchschneider«, sagte Baba Mustafa da mit leichtem Widerwillen, »und kein Menschenschneider, doch immerhin, einen Kopf an einen Leib zu nähen scheint mir keine Sünde zu sein. Im umgekehrten Fall, wenn du etwa verlangtest, einen Kopf vom Körper zu trennen, würde ich mich nämlich ganz entschieden weigern!«

Und er untersuchte den Hals und fragte: »Wie ist denn das passiert?«

Doch Mardschana rief: »Das ist ein Geheimnis, forsche nicht danach, sondern geh an deine Arbeit.«

»Es ist doch hier kein Verbrechen geschehen?«, fragte Baba Mustafa noch, indem er aus seinem Werkzeug eine Nadel und ein bestimmtes Garn wählte. Und Mardschana sagte: »Nein, nein.«

»Das beruhigt mich«, sagte der Alte, »denn du musst zugeben: es sieht ein wenig so aus. Es war also mehr ein Versehen? Nun, wir werden das Köpfchen schon hübsch wieder an seinen Platz setzen, denn ein Kopf gehört auf die Schultern und nicht daneben.«

»Eben!«, sagte Mardschana.

Er arbeitete geschickt und es gelang. Und Mardschana führte ihn auf die gleiche Weise zurück, wie sie ihn hergeleitet hatte, und händigte ihm eine gute Summe Goldes aus. Und Baba Mustafa rief: »Dank für das Geld, doch glaube nicht, dass ich es deswegen tat. Ich tat es vielmehr aus Hilfsbereitschaft – und wenn du wieder einmal ein Köpfchen anzunähen hast oder vielleicht ein Beinchen oder Öhrchen, so komm getrost zu Baba Mustafa!«

Zu Hause kleidete Mardschana den armen Kasim in das Totenge-
wand und schlang ein Tuch um seinen Hals, das die Nahtstelle verbarg. Es konnten nun die Beerdigungsfeierlichkeiten stattfinden. Und
es geschah, wie es Brauch war, und man beklagte Kasims Tod durch
die tückische Krankheit, von der allgemein die Rede war, und man
trug den Leichnam, dem die Witwe und Ali Baba und alle Angehörigen, Freunde und Nachbarn folgten, hinaus auf den Friedhof und
überließ ihn Munkar und Nakir, den Totenrichtern.
Noch lange aber saßen im Trauerhause Ali Baba, seine Frau und die
treue Mardschana und trösteten die Witwe, die sich allmählich in ihr
Schicksal ergab. Doch ganz erholte sie sich nicht mehr von diesem
Schlag, sondern sie siechte dahin, versuchte redlich, in ihren letzten
Tagen gutzumachen, was sie vordem Ungutes getan, und starb ver-
söhnt und folgte Kasim nach, und jeder betrauerte das nun gänzlich
verödete Haus.
Es erbte dieses Haus aber Ali Baba, dem auch alle Reichtümer seines
Bruders zufielen, und er war jetzt, wenn er das Geld aus der Höhle
hinzurechnete, der reichste Mann der Stadt. Nun hatten sich seine
Träume erfüllt; doch es bedrückte ihn, dass dies geschehen war vor
dem Hintergrund von seines Bruders Tod und jener Räubergeschich-
te, die ihm zuweilen die Ruhe nahm: denn noch immer hauste ja die
Bande der vierzig Briganten im Wald, und ihre Rache schwebte über
ihm wie eines Raubvogels Schatten. So war sein Glück gemischt mit
Bitterkeit. Dennoch aber zog mit Ali Baba ein neuer Geist in Kasims
schönes Haus, denn auf die Dauer triumphierte doch stets seine Heiterkeit und seines Herzens Gewissheit von Allahs Fürsorge und Fügung. Was er anfing, gelang, und bald war er ein beliebter und geach-
teter Mann, der weislich umging mit seinem Reichtum und anders als
Kasim, frei von Geiz wie von sinnloser Verschwendung; und was er
einst den Räubern abgenommen, verteilte er jetzt, da seine Geschäfte
blühten, allmählich an bedürftige Freunde und an die Armen der
Stadt. Mardschana aber blieb bei ihm und wurde, zusammen mit seiner guten Frau, seine liebste Gefährtin und des Hauses kluge Verwal-
terin, und es herrschte um Ali Baba, trotz jener fernen Wolke von Gefahr und Dunkelheit, hinfort Wohlwollen und Friede.
Unterdessen waren die Räuber nicht müßig gewesen. Seit Kasims

Leichnam verschwunden war aus der Höhle, wussten sie, dass irgendein Unbekannter ihr Geheimnis kannte, und sie gaben sich große Mühe, ihn ausfindig zu machen. Sie ließen seitdem stets Wachtposten in der Höhle, doch ihre Hoffnung, der Unbekannte würde wieder kommen, erfüllte sich nicht – dank Ali Babas Zurückhaltung, welcher nicht ahnte, dass er seiner Bescheidung und dem Verzicht auf weitere Höhlenschätze sein Leben verdankte.

Eines Tages versammelte der Räuberhauptmann seine vierzig Trabanten in der Höhle und hielt eine Rede und sprach: »Verflucht, verflucht! Es ist eine Schande!«

Als die Räuber ihren Führer so fluchen hörten, riefen sie laut: »Bravo! So ist es!«

Und der Hauptmann fuhr fort: »Wisst ihr denn überhaupt, weshalb mich Zorn erfüllt, o ihr Schandmäuler und Maulaffen?«

Und sie brüllten: »Nein!«

Da rief der Hauptmann: »Es ist eine Schande, dass wir noch immer nicht wissen, wer der Hund war, der hier eindrang in die Höhle, um uns zu berauben, und den du, o gewaltiger Esel von einem Schlagetot, in deiner ungeheuren Blödigkeit geköpft hast!«

An dieser Stelle riefen die Räuber: »Schande! Esel!«, und der Schlage-

tot errötete und murmelte: »Ach, hört doch endlich auf damit, es war doch nicht bös gemeint!«

Der Hauptmann aber fuhr fort in seiner Rede und sprach: »Unerschütterlich, o Söhne der Wälder, war mein Wille, jenes Rätsel zu lösen, als wir vor vierzehn Tagen den frechen Räuber, den verrottenen, in dieser Höhle überraschten. Doch seit jenen vierzehn Tagen sind viele Tage vergangen –«

»– vierzehn!«, rief ein Räuber.

»– sind vierzehn Tage vergangen; und was ist inzwischen geschehen?«

»Ja, was?«, riefen die Räuber.

»Nichts!«, brüllte der Hauptmann, und die Räuber schrien: »Nichts! Gar nichts!«

»Gar nichts!«, fuhr der Hauptmann fort. »Wir wissen nicht, wer jener verrottene Räuber war, den du, o blöder Büffel, geköpft hast, noch wissen wir, welcher andere verrottene Räuber ihn wieder aus der Höhle raubte. Denn fürwahr, er ist weg!«

»So ist es«, riefen die Räuber, »weg ist er!«

»Also«, sagte der Hauptmann, »weiß noch ein anderer von unserer Höhle – und wenn es einer weiß, können es ebenso gut auch hundert wissen. Das aber bedeutet, dass wir in Gefahr sind!«

»Bravo!«, schrie da der Schlagetot, doch die anderen stießen ihn an, und er verbesserte sich und rief: »O Schande!«

Der Hauptmann aber sprach: »Deshalb ist es die höchste Zeit, jenen Sohn eines räudigen Schakals endlich zu kriegen, und unerschütterlich ist mein Wille, ihn zu vernichten. Denn wozu haben wir in mühevoller Arbeit diese unermesslichen Schätze entwendet? Wozu haben bereits unsere Ahnen unbeirrbar Karawane um Karawane erleichtert, wozu sind sie in fremde Häuser gestiegen, wozu haben sie reisende Kaufleute ausgezogen bis aufs Hemd? Soll der Fleiß und die Arbeit von Generationen zunichte werden, weil wir jenen Hundesohn nicht erwischen?«

»Nein«, schrien die Räuber, »das denn doch nicht!«

»Drum«, sagte der Hauptmann, »wird nun gehandelt! Es wird gehandelt werden, wie wir es immer taten, blitzschnell und mit unerbittlicher Härte! Wir müssen uns nur überlegen, o Söhne der Verwegenheit, was wir eigentlich tun sollen.«

Da schwiegen die Räuber, und nur der Schlagetot, der noch nicht begriffen hatte, dass die Rede zu Ende war, rief noch einmal: »Bravo! Schande!«, verstummte dann verlegen und lächelte hilflos.

Die anderen aber berieten sich und kamen überein, einen von ihnen als Kundschafter in die Stadt zu schicken, der sollte umhergehen, verkleidet als Kaufmann, und ausfindig machen, ob kürzlich jemand gestorben sei und ob er womöglich geköpft war und ob er Angehörige oder gute Freunde besaß. Auf solche Weise hoffte man die rechte Spur zu finden.

So zog denn der Erwählte, der gerissensten einer unter den vierzig, verkleidet aus und kam in die Stadt im Morgengrauen und begab sich auf den Marktplatz. Er gewahrte aber, dass noch keiner der Läden geöffnet war außer der Schneiderwerkstatt des Baba Mustafa. Baba Mustafa indessen, der Frühaufsteher, hockte mit Nadel und Faden auf seinem Schemel vor der Tür und blinzelte in das dämmernde Licht. Da bot ihm der verkleidete Räuber einen guten Morgen, plauderte ein wenig mit ihm und sagte:

»Es ist ja noch beinahe dunkel ringsum, o Vater des Fleißes, wie kannst du denn sehen, ob du die Nadel richtig führst?«

Darauf sagte der Schneider: »Man merkt doch gleich, dass du ein Fremder bist, o Fremder, denn sonst würdest du nicht zu zweifeln wagen an Baba Mustafas Kunstfertigkeit. Zwar bin ich ein alter Mann, doch meine Augen sind scharf wie eines Jünglings Augen, und was ich nähe, das hält, es sei eine Hose oder ein Hals!«

»Ein Hals?«, fragte da der Räuber. »Meinst du ein Halstuch?«

»Ich meine, was ich sage«, sagte der Schneider, »wenn ich Halstuch gemeint hätte, hätte ich Halstuch gesagt, denn mein weithin berühmter Verstand ist scharf wie eine Schere. Wenn ich Hals sage, meine ich Hals.«

Da lachte der Räuber laut und rief: »O du sonderbarer Vogel! Dass du ein Halsabschneider bist, das mag wohl sein, doch von einem Halsnäher habe ich nie gehört!«

Gekränkt erwiderte da der Alte: »Was das Halsabschneiden angeht, so wisse, dass ich ein frommer und ehrbarer Mann bin, wie jeder hier zu Lande weiß, und höchstens könnte ich Lust bekommen, den deinen abzuschneiden, weil du mich kränkst, du Ahnungsloser, und so

überaus schmutzig lachst, dass es sich anhört wie eines Ziegenbocks Husten. Was aber das Hälsenähen betrifft, so habe ich erst kürzlich eine Leiche zusammengeflickt, dass sie aussah wie neu. Dabei arbeitete ich bei Kerzenlicht und in großer Eile.«

Da horchte der Räuber auf und meinte bei sich, er sei vom Glück begünstigt, dass er so schnell eine viel versprechende Spur gefunden habe, und er bat den Schneider, ihm von dieser Sache noch mehr zu erzählen.

Doch Baba Mustafa rief: »Hehe! Nicht jedem Müßiggänger erzählt Baba Mustafa seine besten Geschichten, und schon gar nicht hustenden Ziegenböcken, die ihn kränken!«

Als der Verkleidete das hörte, zog er ein Goldstück hervor und sprach: »Von Ziegenböcken wollen wir lieber nicht reden, o ehrwürdiges Väterchen, doch gute und geheimnisvolle Geschichten liebe ich über alles, besonders aber am frühen Morgen, und auf einen Taler soll es mir da nicht ankommen.«

»Nun denn!«, sagte Baba Mustafa, pries des Fremden Vernunft und erzählte alles, was er wusste.

»Wie schade«, sagte da der Räuber, »dass jene Unbekannte dir die Augen verband, denn gar zu gerne sähe ich mir jenes Haus einmal an.«

»Du bist ja sehr neugierig«, entgegnete Baba Mustafa, »und für gar so dumm musst du mich nicht halten, dass ich dir glaubte, es sei dies eine gewöhnliche Neugierde. Vielmehr scheint es sich hier um eine ganz ungewöhnliche Neugierde zu handeln, die ihre Gründe haben wird. Eine solche Neugierde zu befriedigen, kann man sich wohl noch etwas mehr kosten lassen als ein einziges kleines Talerchen.«

»Gewiss«, sagte der Räuber und klimperte mit seinen Goldstücken, »sehr viel könnte man sich das kosten lassen, o Vater des Scharfsinns. Aber was nützt es, dir mehr zu geben, da du den Weg ja mit verbundenen Augen zurücklegtest und mir jenes Haus doch nicht zeigen kannst!«

»Da unterschätzt du Baba Mustafa«, sprach Baba Mustafa, »auch scheinst du nicht zu wissen, dass ein gutes Honorar des Edlen Bemühung und die Kraft des Gerechten mächtig beflügelt. Ich würde mir wohl zutrauen, verbundenen Auges den Weg aufs Neue zu finden, denn ich kenne diese Stadt wie meine Schneiderwerkstatt, mein Ge-

dächtnis ist vorzüglich und mein feines Gefühl außerordentlich. Leider lässt sich Ähnliches nicht von meinen Geldverhältnissen sagen; doch so du sie ein wenig verbesserst, wirst du auch meinen Scharfsinn wie mein Gedächtnis und mein feines Gefühl ungemein steigern.«

»Reichen drei Goldstücke?«, fragte der Räuber.

»Fünf!«, sagte Baba Mustafa, und man einigte sich auf vier.

Dann ließ sich Baba Mustafa die Augen verbinden wie damals, als Mardschana ihn führte, und trottete davon. Zuvor aber fragte er noch den Räuber, ob seine Absichten auch keine schlechten und unfrommen seien.

»Aber nein!«, sagte der Räuber, und Baba Mustafa antwortete: »Dann ist es gut. Andernfalls nämlich würde ich dich nicht einmal für fünf, ja, ich kann wohl sagen, nicht einmal für sieben Goldstücke zu jenem Hause führen.«

So schritten sie dahin, und Baba Mustafa schlug alsbald im richtigen Gefühl den Weg ein, den er mit Mardschana gegangen war, und er nahm die Straße, indem er Schritt für Schritt zählte, bis er plötzlich stehen blieb und sagte: »So weit bin ich mit ihr gegangen.«

Und siehe, sie standen vor Kasims Haus, in dem nun Ali Baba wohnte. Da zeichnete der Räuber mit weißer Kreide ein Zeichen an die Tür, damit er sie wieder erkenne, nahm dem Schneider die Binde von den Augen und sagte:

»O Baba Mustafa, du bist fürwahr ein gewaltiger Pfadfinder und Blindgänger – wie nützlich wärest du jedweder Räuberbande im nächtlichen Wald! Aber nun sage mir bitte noch, wer denn eigentlich in diesem prächtigen Hause wohne.«

»Dies, o Fremdling«, sprach der Schneider, »vermag ich nicht, denn nur selten komme ich in diesen Stadtteil, und ich kenne hier zwar die Straßen, doch nicht die Leute. Wenn ich es aber für dich herausfinden soll, so scheine mir ein Honorar von einem weiteren Goldstück nicht unbescheiden!«

»O du Vater der Gier«, sagte da der Räuber, »glaubst du, ich bin König Salomon und unermesslich reich und nur gekommen, dir zu Wohlstand zu verhelfen? Geh nun nach Hause mitsamt meinen Goldstücken, ehe es mich gelüstet, sie dir wieder wegzunehmen.«

»Du sprichst wie ein Räuber«, sagte Baba Mustafa, worauf der Räuber erschrak und ausrief: »Was fällt dir ein! Ich bin ein Kaufmann, glaubst du das etwa nicht?«

»Ich sehe nur, dass du ein Geizkragen bist«, entgegnete der Schneider, »wenn auch, wie ich zugeben will, für einen Geizkragen verhältnismäßig großzügig.«

Und er ging seiner Wege, und es kümmerte ihn wenig, wer der Fremde war, und er freute sich des leicht verdienten Goldes. Der Räuber aber eilte und kehrte zurück zu seinen Kumpanen im Walde.

Nicht lange danach verließ Mardschana das Haus, um Einkäufe zu machen, erblickte das Kreidezeichen an der Tür und erriet sogleich, dass ein Feind das Haus gezeichnet habe, um es wieder zu finden und den Insassen Schaden zuzufügen. Da wollte sie's wegwischen; doch dann lächelte sie, nahm ein Stück Kreide und malte auf alle Türen der Häuser ringsum das gleiche Zeichen. Später aber vergaß sie diese Sache wieder und sagte Ali Baba nichts davon.

Der Räuber indessen berichtete seinem Hauptmann und den Gefährten, was er ausgerichtet hatte, und alle priesen sein Glück und lobten seinen Verstand und wunderten sich über Baba Mustafas gutes Ge-

dächtnis. Da zog nun die ganze Bande, ein jeglicher auf einem anderen Weg, in die Stadt, und der das Zeichen gemacht hatte, brachte den Hauptmann in die Gegend von Ali Babas Haus und wies auf das Kreidemal an der Tür und sprach: »Siehe, hier wohnt, den wir suchen!«

Als aber der Hauptmann umherblickte, bemerkte er, dass auch alle übrigen Häuser im Kreise die gleichen Kreidezeichen trugen, und er staunte bis an die Grenze des Staunens und sprach: »Wie willst du nun wissen, welches das Haus ist, von dem du sprichst, da auch alle übrigen Häuser die gleichen Zeichen aufweisen?«

Da geriet der Räuber in arge Verwirrung und vermochte keine andere Antwort zu geben, als laut zu fluchen und zu rufen:

»Beim neunfach geschwänzten Satan, verflucht, o Hauptmann, ich schwöre dir's, ich habe nur eine einzige Tür mit dem Zeichen gezeichnet, und ich weiß nicht, woher die anderen Zeichen kommen. Jedenfalls kann ich dir jetzt nicht mehr sagen, welche dieser verfluchten Türen die richtige ist, hol es der Henker!«

»Du Blödian!«, sagte da der Hauptmann. »O du Sohn einer Wildsau, ich werde dich auspeitschen lassen!«

»Und wenn du mich totschlägst«, sagte der Räuber verzweifelt, »ich finde das Haus nicht mehr – dabei war der Einfall mit der Kreide doch ein guter Gedanke, oder war er es nicht?«

»Er wäre hervorragend gewesen«, sagte der Hauptmann, »wenn er Erfolg gehabt hätte. Da er aber keinen Erfolg hatte, war es ein blödsinniger Gedanke.«

Und finsteren Gesichtes, doch festen Schrittes ging er mit dem fassungslosen Räuber zurück zu der Höhle im Wald.

Es versammelten sich dort alsbald wieder die vierzig, und alle waren verwirrt und beschimpften den Kundschafter, und der Hauptmann machte seine Drohung wahr und ließ ihn fesseln und peitschen, worüber sich alle sehr freuten.

Dann fragte der Hauptmann, wer von den Übrigen freiwillig in die Stadt gehen wolle, es besser zu machen als der Gestrafte, und er sagte, dass er gute Dienste reichlich belohnen wolle, bei einem zweiten Misserfolg aber gäbe es doppelte Prügel.

Zweifelnd sahen sich da die Räuber an, doch schließlich trat ein junger, verwegener Bursche hervor und sagte, er sei bereit. Und der

Hauptmann lobte ihn, und man verkleidete ihn als auswärtigen Kaufmann, doch ein wenig anders als seinen Vorgänger, und er ging davon mit entschlossener Miene, dieweil seine Kumpane sich lagerten und zunächst einmal kräftig aßen und tranken. Der Hauptmann aber schüttelte ab und zu den Kopf und murrte, und das Essen schmeckte ihm nicht.

Es fiel aber dem zweiten Kundschafter nichts anderes ein, als den gleichen Weg zu gehen wie der erste, und er verhandelte mit Baba Mustafa, gab ihm Gold und ließ sich vor das Haus Ali Babas führen. Als er dort das Zeichen gewahrte, das sein Vorgänger mit weißer Kreide an die Tür gemalt hatte, und dazu die anderen Zeichen an den Nachbarhäusern, die von Mardschana stammten, wurde ihm klar, dass er anders vorgehen müsse. Da er aber mehr verwegen als klug war, kam er nach längerem Nachdenken zu dem Schluss, er müsse ein Zeichen machen, das sich von den übrigen Zeichen gut unterscheide, und listig lächelnd zog er ein Stück Kreide aus der Tasche, das war nicht weiß, sondern rot. Damit zeichnete er ein Mal an den Pfosten, überzeugte sich, dass es sich abhob von den übrigen Markierungen, nickte zufrieden und kehrte heim in die Höhle im Wald, wo er dem Hauptmann und den Gefährten berichtete, diesmal sei das Haus nicht zu verfehlen. Und er war sehr stolz auf seinen Erfolg und schwätzte und prahlte.

Nun geschah es wiederum, dass Mardschana, als sie aus dem Hause trat, das rote Zeichen sah mit ihrem scharfen Blick, dem nichts so leicht entging, und es bestärkte sich ihr Verdacht, und sie holte rote Kreide und malte wiederum das gleiche Zeichen an die Pfosten aller Häuser ringsum in der Nachbarschaft.

Um die gleiche Zeit war der Bandit mitten in seiner Rede Strom und sagte gerade stolz: »O Hauptmann, ich habe das Haus so deutlich mit einem Zeichen gezeichnet, dass wir es unter allen Häusern der Welt sofort herausfinden werden, denn ich bin nicht so dumm wie jener da, der mit Recht seine Prügel bekam, sondern ich bin, worauf ich bei dieser Gelegenheit vielleicht einmal in aller Bescheidenheit hinweisen darf, einer der klügsten und umsichtigsten Räuber weit und breit, denn wer außer mir wäre wohl auf den Einfall mit der roten Kreide gekommen, und überhaupt: Wer außer natürlich unserm großen Hauptmann kommt mir gleich?«

Da murrten die Räuber wider ihn und sein großes Maul, doch der Hauptmann trieb sie an, sogleich in die Stadt zu gehen auf verschiedenen Wegen und sich zu treffen vor dem Hause mit dem roten Zeichen.

Als sie aber angekommen waren in jener Straße, siehe, da trugen alle Häuser ringsum das gleiche Mal, und unverrichteter Dinge kehrten sie zurück und waren voll Wut und Enttäuschung und schäumten wider den prahlerischen jungen Burschen. Und der Hauptmann tobte vor Zorn und befahl, alsbald den Burschen zu fesseln und ihm die doppelte Tracht Prügel zu geben, und sie taten es gerne und gründlich.

Der Hauptmann aber sprach: »Da ich offenbar eine Herde von Narren und Schwätzern befehlige statt einer Schar, die einstmals der Schrecken der Wälder hieß, werde ich mich selber aufmachen, zu erkunden, was nötig ist.«

Und er gab dem eben Verprügelten einen Tritt in den ohnehin schmerzenden Hintern, fluchte laut, legte das geraubte Gewand eines arabischen Perlenhändlers an, fasste sein Krummschwert und ging.

Baba Mustafa aber tat zum dritten Male den Weg und steckte zum dritten Male das Gold der Räuber ein, und als er den Hauptmann zum Haus Ali Babas geführt hatte, sagte er: »O Fremdling, zum wiederholten Male führe ich nun schon das Kunststück vor, verbundenen Auges einen Ort wieder zu finden, zu dem man mich einmal geführt hat, und ich tue das aus reiner Güte und Hilfsbereitschaft. Da ich aber schließlich kein Gaukler und Schausteller bin, sondern ein frommer und ehrbarer Flickschneider, der noch anderes zu tun hat, als durch die Stadt zu tappen und fremde Kaufleute, jeden Tag einen anderen, gegen ein geringes Entgelt vor ein Haus zu führen, das sie dann wie die Schulbuben mit Kreide beschmieren – aber was gehen mich die Sitten und Gebräuche arabischer Handelsherren an – , da also meine Hilfsbereitschaft sich zu erschöpfen droht, so sage doch allen übrigen arabischen Kaufleuten, die von der gleichen erstaunlichen Neugier beseelt sind wie du, dass meine Dienste in Zukunft zehn Goldstücke kosten, und auch du könntest mir wohl noch ein wenig mehr aushändigen als Lohn für meine grenzenlose Liebenswürdigkeit.«

Auf diese lange Rede antwortete der Hauptmann: »Einen Tritt kannst

du bekommen, du Sohn eines Papageis!« Und Baba Mustafa, ob der Unhöflichkeit des barbarischen Fremden verdrossen, ging achselzuckend von dannen.

Der Hauptmann aber betrachtete das Haus, und er tat nicht wie die anderen, sondern verzeichnete es auf der Tafel seines Herzens und schrieb es ein in das Buch seines Gedächtnisses.

Als er aber zurückgekehrt war zu seiner Bande, sprach er Folgendes: »Auf, auf, ihr faulen Fresser und Hohlköpfe allzumal, ich weiß es jetzt, in welchem Haus sich der Dieb unseres Goldes befindet, der zweifellos auch die Leiche des anderen Diebes, des verrotteten, gestohlen hat, und es ist nun an der Zeit, ihn zu vernichten. Doch soll kein Aufsehen sein in der Stadt und kein Sturm auf das Haus mit Waffengewalt, sondern mit List lasst uns eindringen und was zu tun ist, in Unauffälligkeit erledigen und ohne Verdacht zu erregen. Geht hin und kauft zwanzig Maultiere auf dem Markt, desgleichen einen mannshohen Lederkrug voll feinen Senföls und neununddreißig leere Gefäße von der gleichen Art, und schaffe alles herbei. Es soll sich dann aber jeder bewaffnen und ein jeder in einem der Krüge verbergen, und je zwei der Krüge sollen jedem der Maultiere aufgeladen werden; auf dem zwanzigsten Maultier aber soll auf der einen Seite ein Krug hängen, in dem einer von euch steckt, auf der anderen Seite

indessen der Krug mit dem Öl. Ich aber will die Maultiere führen, verkleidet als Ölhändler, und Einlass begehren in jenem reichen Haus
und es anstellen, dass ich zu Gast bleibe über Nacht und dass die
Maultiere im Stalle stehen. Nachts aber will ich euch ein Zeichen geben, und ihr sollt herausklettern aus den Krügen, und wir werden den
Hausherrn überfallen und ihn umbringen auf eine Art, die ich mir unterwegs überlegen will. Dann dürft ihr das Haus nach Herzenslust
plündern und mit den Frauen, Sklavinnen, Dienern oder wer vielleicht sonst noch darin ist, verfahren nach eurem Belieben. Nur dürft
ihr nicht so viel Lärm dabei machen, dass die Stadt zusammenläuft.
Danach kehren wir zurück und bringen unsere Beute und das Gold,
das uns einst geraubt wurde, her und verstecken uns hier in der Höhle.«
Und alle Räuber lobten diesen Plan und machten sich auf und taten,
wie ihnen geheißen, und sie verbargen sich in den Krügen, was nur
dem riesigen Schlagetot etwas schwer fiel, während die anderen ihre
Späße dabei machten und sich Mundvorrat reichen ließen in ihren
Krug, und manche von ihnen schliefen im Dunkel ihres engen Verste-
ckes ein.
Als aber der Abend kam, trieb der Hauptmann, gekleidet als afrikani-
scher Ölhändler, die Mauleselkarawane in die Stadt und erreichte Ali
Babas Haus, und es wandelte gerade Ali Baba in seinem Garten.
Da lehnte sich der Hauptmann, scheinbar ermüdet, an des Gartens
Gatter, bot Ali Baba den Gruß und seufzte und erklärte ihm, dass er
mit einer Ladung kostbaren Öls zu spät in die Stadt gekommen sei,
um es noch auf dem Bazar zu verkaufen; die Herbergen aber seien
überfüllt, und nun wisse er nicht, wo er die Nacht verbringen solle.
Und er fragte: »O edler Fremder, weißt du nicht Rat für mich, und
wäre es nicht möglich, dass ich die Nacht über im Hof dieses geräumigen Hauses bleibe und die Maulesel in deine Ställe schaffe bis morgen
Früh? Es wäre dies ein Werk der Liebe und Allah, dem Allgütigen, ein
Wohlgefallen.«
Obgleich nun Ali Baba sich dunkel erinnerte, diese Stimme schon einmal gehört zu haben, so wusste er doch nicht mehr, dass dies gewesen
war, als er auf dem Baum vor der Höhle saß und der Hauptmann sein
»Sesam!« rief, und er erkannte ihn nicht wieder in seiner Verkleidung.

So tat er denn nach den Geboten der Gastfreundschaft und hieß den Fremdling willkommen in seinem Hause und lud ihn ein, zu bleiben mitsamt seinen Mauleseln, und er befahl den Sklaven, die Tiere in die Ställe zu bringen und gut zu versorgen mit Korn und Wasser. Zu Mardschana aber sprach er: »Es ist ein Gast gekommen, der bis zum morgigen Tage hier bleiben wird. Rüste ihm ein reichliches Mahl und bereite ihm ein Gastbett für die Nacht.«

Nachdem der Hauptmann alle Krüge abgeladen und die Tiere gefüttert und mit Wasser versorgt hatte, empfing Ali Baba ihn als Gast mit großer Zuvorkommenheit, plauderte mit ihm nach dem Essen und gab sich, in seiner wohlwollenden Art, große Mühe, den Fremden angenehm zu finden. Doch des Fremden barbarisches Wesen wollte ihm nicht gefallen, wiewohl der Hauptmann seinerseits sich bemühte, so freundlich und gesittet wie möglich zu sein. Aber wenn er Ali Baba, seine Frau und die schöne Mardschana mit stechenden Blicken musterte, war es den dreien nicht wohl; doch ahnten sie nicht, dass dies eines Mörders Blicke waren und dass der Hauptmann sich für Ali Baba im Geheimen eine qualvolle Todesart ausmalte und sich vorstellte, was er mit den Frauen tun wollte, wenn sie erst in seiner Gewalt wären. Und er hatte es besonders auf Mardschana abgesehen.

So verging der Abend mit Unbehagen. Schließlich zog sich Ali Baba zur Ruhe zurück; da erhob sich auch der Hauptmann und ging in den Stall, nach den Tieren zu schauen. Als er sich aber allein wusste, pochte er an die Krüge, darin seine Leute versteckt waren, und sagte leise:

»Höret, Versteckte, euer Hauptmann ist's, der zu euch spricht! Harret noch aus in eurer unbequemen Lage, bald sollt ihr reich entschädigt werden für diese Stunden! Wenn ihr um Mitternacht vernehmt, dass ich euch hole, dann kommt eilends hervor, und wenn es nicht rasch genug geht, dann schneidet mit euern Messern die ledernen Wände der Krüge durch und lauft ins Haus und stecht und schlagt zu, und ich sage euch, es wird ein prächtiges Schlachtfest werden!«

Und dunkel in ihren Krügen brummten die Räuber: »Nur zu, o Hauptmann, in Ungeduld warten wir!«

Nur aus dem Krug, in dem der lange Schlagetot hockte, erscholl gedämpftes Schnarchen, und der Hauptmann stieß mit der Faust dage-

gen und sagte: »Willst du wohl stille sein, du Wald-Esel!« Da war es still.

Mardschana aber richtete des Fremden Gastgemach und beaufsichtigte die Sklavinnen, die ihm das Bett bereiteten, und stellte einen Nacht-Trunk neben das Lager und war noch geschäftig und ging durch das Haus und lauschte, bis sie hörte, dass der Fremde im Schlafgemach war. Und es trieb sie eine Unruhe, noch nicht zu Bett zu gehen, sondern vor das Haus zu treten in den dunklen Garten; und über den Gebüschen stand bleich der runde Mond. Und es schauderte sie in der Kühle der Nacht.

Als sie aber wieder im Hause war, siehe, da war um sie eine Finsternis, denn die Lampen waren erloschen. Und sie sah nach und gewahrte, dass das Öl in den Lampen verbraucht war, und es fand sich kein Öl im Hause. Da entzündete sie eine Kerze, und als sie umherging damit, erwachte Ali Babas Frau und trat aus ihres Gemaches Tür, denn sie hatte unruhig geschlafen, und es schlug ihr Herz. Und sie sprach: »Was geisterst du umher, Mardschana, wie ein Gespenst in der Nacht? Unruhig war mein Schlaf, und deine Schritte erschreckten mich.«

»Ach«, sagte Mardschana, »es ist dies eine sonderbare Nacht, und mein Herz ist so finster wie das Haus. Ich ging aber umher, um Öl zu suchen, denn die Lampen sind leer.« Und sie seufzte.

Da sagte Ali Babas Frau: »Was regst du dich so auf darum? Im Stall stehen Ölkrüge genug, nimm dir davon, was du brauchst, und bezahle es unserem Gast morgen Früh.«

Mardschana dankte ihr für den Rat und wünschte ihr eine gute Nacht, und Ali Babas Frau legte sich nieder und versuchte zu schlafen. Es waren aber beide Frauen voll Furcht, und keine von beiden wusste, warum.

Während also Ali Baba schlief, seine Frau sich auf ihrem Lager wälzte und der Hauptmann, die Hand am Dolche, lauerte, dass die Zeit verging, trat Mardschana in den Stall, wo die Krüge standen. Als sie aber an das erste Gefäß herankam, hörte der Räuber, der darin verborgen war, die nahenden Schritte und glaubte, es sei der Hauptmann, auf den sie alle angespannt warteten, und er konnte sich nicht beherrschen und flüsterte: »Ist es so weit, dass wir herauskommen können?«

Als Mardschana unvermutet eine menschliche Stimme aus dem Kruge hörte, fuhr ihr ein heftiger Schreck in die Glieder; doch da sie nicht allein mutig und kaltblütig war, sondern auch schlagfertig, erwiderte sie sogleich im Flüsterton: »Nein, bleibt noch! Es ist noch nicht so weit!« Und sie stand und zitterte ein wenig und dachte nach.

Und es wurde ihr klar, dass der Ölhändler ein verkleideter Feind war und dass in den Krügen Männer steckten, die hervorkommen würden auf des Ölhändlers Zeichen, das Haus zu überfallen und sie alle zu ermorden; und plötzlich wusste sie, warum sie den ganzen Abend böse Gefühle gehabt hatte und eine unbestimmte Furcht. Ihre Angst aber schlug nun um in Wut und wilde Entschlossenheit, und sie zitterte nicht mehr vor Schrecken, sondern vor Begier, über diese Gefahr zu siegen und die Verbrecher zu vernichten, und sie wiederholte noch einmal etwas lauter, damit alle es hören sollten, und mit verstellter Stimme, deren heiserer Ton der Stimme des Hauptmanns nicht unähnlich war: »Wartet noch! Die Zeit ist noch nicht gekommen!« Und sie lief aus dem Stall.

Sie meinte aber, es sei keine Zeit zu verlieren, und sie eilte in den Keller, die große Axt zu holen, die dort stand, von Spinnweben bedeckt, wie eine entschwindende Erinnerung an die Zeit, da Ali Baba noch ein Holzfäller war. Und sie gedachte, mit jenem großen Baumfäller-Beil, nachdem sie Ali Baba zu Hilfe gerufen, die Lederkrüge zu spalten und zu zerhauen samt allem, was darinnen war. Doch siehe, da fiel ihr Blick auf ein großes Fass mit Öl, das sie vergessen hatte, und es war genug Öl darin, alle Lampen des Hauses zu füllen. Da kam ihr ein Gedanke, und sie flüsterte bei sich: »In Ölkrüge gehört Öl!«

Und sie holte große Kessel herbei, füllte sie mit Öl, trug sie in die Küche, entfachte das Feuer zu starken Flammen und setzte die Kessel darauf, bis das Öl kochte.

Dann eilte sie in den Stall, atmete tief, entschloss sich und öffnete den ersten Krug. Und in gewaltigem Schwall goss sie das siedende Öl hinein, und es tötete den Räuber, bevor er noch aufschreien konnte.

Und so tat sie es mit einem nach dem anderen, und der lange Schlagetot starb im Schlaf, und sein letzter Laut war ein Schnarcher, und andere schrien, aber alle waren rasch erstickt und verbrannt vom Öl, und das schaurige Werk ward vollbracht in jagenden Minuten.

Dann ging Mardschana über den Hof, unter dem fahlen Mond, betrat das Haus und ihr Zimmer, entkleidete sich und warf sich auf das Bett, und es war alles wie ein Traum. So überfiel sie der Schlaf. Es war aber auch der Hauptmann eingeschlafen, und es schliefen Ali Baba und seine Frau und alles Gesinde, und der Mond ging über das Haus, und es wurde Mitternacht. Da erwachte der Hauptmann, sprang lautlos auf, einem Panter gleich, öffnete leise die Tür, schlich durch das Haus und kam in den Stall. Und es war still im Stall, und Dunkel umfing ihn.

Da entzündete er eine Laterne, klatschte in die Hände und rief den Mordbefehl. Aber es rührte sich nichts.

Noch einmal klatschte da der Hauptmann in die Hände, und laut erdröhnte seine mächtige Stimme.

»Auf, auf!«, schrie er zornig. »Heraus aus euern Verstecken! Zieht eure Messer – es ist an der Zeit, dass sie in Gurgeln und Bäuche fahren!« Und wieder rührte sich nichts.

Da rief er zum dritten Male und war bestürzt. Und er trat mit dem

Fuß wider den ersten Lederkrug, und er glaubte, alle seine Leute seien eingeschlafen, und Hass überkam ihn ob ihrer Trägheit und Unachtsamkeit. So öffnete er denn den Krug, neben dem er stand, und fuhr mit dem Arm hinein, um den Räuber, der darin sein musste, an den Haaren herauszuzerren. Doch schrecklich erschrak er, als seine Hand in heißes Öl tauchte, und er erkannte, was geschehen war. Rasch untersuchte er Krug um Krug, und er fand in allen das Gleiche.

Da überkam ihn die Angst, dass er das Schicksal seiner Bande teilen könne, sofern er nur eine Sekunde noch in diesem unheimlichen Hause bliebe, und er lief hinaus in die Nacht, rannte über den Hof und durch den Garten, fiel fast in den Teich, der im Mondlicht erglänzte, erreichte das Gatter und kletterte hinüber und stand auf der Straße, erfüllt von bitterer Wut und Furcht und Enttäuschung. Und er stürzte davon, und seine Schritte hallten in den leeren Straßen.

Mardschana aber schreckte empor aus ihrem Schlaf der Erschöpfung, und der Gedanke durchfuhr sie, dass ja noch nicht alles getan sei, sondern der Ölhändler, der Führer der Mörder, noch im Hause wäre, und sie stand auf und gewahrte, dass die Tür des Gastzimmers offen stand, und sie schlich hinein auf nackten Sohlen. Und Zimmer und Bett waren leer. Da sah sie, dass der Fremde geflohen war, und sie fand seine Spur im Garten, die zum Gatter führte, und die zertretenen Rosenbüsche, und halb war sie unwillig, dass er entkommen war, und halb erleichtert, dass nichts zu tun mehr blieb in dieser Nacht. So ging sie zurück, überlegte vor Ali Babas Schlafzimmer, ob sie hineingehen sollte, zauderte eine Weile und ging in ihr Zimmer und fiel in Schlaf.

Am Morgen erwachte Ali Baba und ging wie gewöhnlich ins Badehaus und ahnte nichts von den Abenteuern der Nacht. Die Sonne stand schon hoch über dem Horizont, als er zurückkehrte aus dem Bade, und er ging am Stall vorüber, blickte hinein und sagte zu Mardschana, die eben aus dem Hause trat:

»Warum hat denn der Ölhändler seine Maultiere und Ölkrüge noch nicht auf den Markt gebracht? Er verliert die beste Verkaufszeit, wenn er bis Mittags schläft!«

Darauf entgegnete Mardschana: »O Ali Baba! Allah, der Erhabene, ge-

währe dir einhundertdreißig Jahre der Sicherheit! Viel ist geschehen in dieser seltsamen Nacht, und nur unter vier Augen, wenn niemand sonst es hören kann, will ich dir davon erzählen.«

Da ging Ali Baba mit ihr abseits, und sie verschloss das Hoftor. Dann führte sie ihn in den Stall, zeigte ihm einen der Krüge und sprach: »Bitte, o mein Herr und Gebieter, nun schaue hinein in diesen Krug

und sieh zu, ob Öl darin ist oder vielleicht etwas anderes.«

Als Ali Baba aber einen Mann darinnen fand, da schrie er auf im ersten Augenblick der Bestürzung. Doch Mardschana sagte: »Sei ruhig, o Herr, und freue dich! Ich war es, die diesen Mann, einen Räuber, tötete und achtunddreißig andre dazu, und ich tat es, um dich und mich und das Haus und uns alle zu

retten.« Und sie berichtete in freudiger Erregung, was geschehen war. Ali Baba aber rief aus: »Schreckliches tatest du, und grausam war deine Tat, und ich wusste nicht, was sich in deiner Seele verbirgt, um hervorzukommen in solchen Nächten, o schöne Mardschana!«

Aber Mardschana rief: »Nicht grausamer war mein Ölguss als der Strick des Henkers, den sie alle verdient haben, und rasches Handeln tat Not. Dies aber solltest du wissen, Ali Baba, o Herr: alles, was ich tat, das tat ich um deinetwillen.«

Da sagte Ali Baba: »Ich weiß es.« Und er fügte hinzu: »Glaube nicht, dass ich undankbar bin, Mardschana, o Rächerin an vierzig Räubern, denn wohl weiß ich, dass du mich und uns alle gerettet hast mit deiner Tat, und ich werde es dir niemals vergessen. Doch immer ist es schrecklich, Menschen zu töten, es sei durch den Strick oder durch siedendes Öl, selbst wenn es Räuber und Mörder sind; und leichtfertig soll niemand darüber denken, noch soll jemand sich freuen daran, und wenn es notwendig war, so ist es dennoch schrecklich.«

»Ich bin deine Sklavin«, sagte Mardschana und neigte das Haupt, »und wenn ich gefehlt habe, so bestrafe mich, Herr, nach deinem Willen und Belieben, und ich will es gerne ertragen.«

Da umarmte Ali Baba sie und sprach: »Tapfer bist du unter den Wei-
bern, Mardschana, und die Treueste der Treuen.«

Mardschana aber weinte.

Und Ali Baba betrachtete die Krüge und überlegte, was zu tun sei.
Mardschana aber fasste sich und sprach: »Auch dies, o Herr, soll unser Geheimnis bleiben vor allen Nachbarn und der ganzen Stadt, wie
alles, was mit jenen Räubern zusammenhängt und mit der Höhle im
Wald, und nicht einmal deine Diener und Sklaven sollen es erfahren.«

»So sei es«, sagte Ali Baba, »sehr umsichtig bist du, o Tochter des
Schweigens, und die Krüge mit den Toten darin wollen wir heimlich
vergraben im Wald, und wenn Leute uns sehen, wie wir die Maulesel
mit den Krügen davontreiben, so wollen wir ihnen sagen, dass wir sie
unserm Gast, dem Ölhändler, bringen, der uns vorangeeilt ist in eiligen Geschäften, und dass wir ihm helfen bei seinem Handel, weil er
ein Fremder ist in der Stadt und des Beistands bedürftig.« Und er
lachte über seine eigenen Worte und rief: »In der Tat – des Beistands
wird er jetzt sehr bedürftig sein, der Oberschurke und Vater des Verrats, denn seine Leute sind ihm alle abhanden gekommen auf einen
Schlag, und o weh, nun muss er ganz alleine und einsam weiterrau-
ben, der Arme.«

Und Mardschana lächelte wieder und sprach: »Mit Recht, o Ali Baba, warntest du mich vor Leichtfertigkeit und mahntest mich, das
Schreckliche zu sehen in meiner Tat, obschon sie nötig war. Nun aber
muss ich dich ermahnen, nicht leichtfertig an jenen Räuberhauptmann zu denken und dich zu freuen ob seiner Vertreibung und
Flucht, denn gefährlich ist er wie dreizehn Tiger und neununddreißig
Krokodile, und wir müssen Sorge tragen, dass er nicht wiederkehrt
oder dir auflauert, denn sicher will er dich nun erst recht überfallen
und töten.«

»Das mag wohl sein«, sagte Ali Baba, »aber sind wir nicht alle in Allahs Hand? Ich werde sterben, wenn meine Stunde schlägt, und wenn
sie noch nicht gekommen ist, dann wird auch jeder Anschlag auf mich
zunichte werden. Was nützt es also, sich zu fürchten?«

»Weise sprichst du, o Herr«, sagte Mardschana, »aber dennoch wollen wir lieber gut aufpassen.«

Darauf öffnete sie das Tor, und Ali Baba belud die Maulesel mit den

Krügen, und eilends trieben sie die Tiere davon in den Wald. Und sie hatten Glück dabei, weil kein Bekannter sie sah und kein Fremder sie beachtete, denn es war ein gewohntes Bild in der Stadt, dass Maultierkarawanen durch die Straßen zogen mit allerlei Handelsgut. Im Walde aber, an einem versteckten Platz, hoben sie eine tiefe Grube aus und warfen die Krüge hinein und schütteten das Grab der Räuber zu und deckten Moos darüber und kleines Gestein, und man sah es der Erde nicht an, wer darin ruhte.

»Lass mich nun zum Bazar gehen«, sagte Mardschana, als diese Arbeit getan war, »und die Maulesel verkaufen.«

Doch Ali Baba widersprach und sagte: »Das wäre nicht klug, denn es mag dort Bekannte geben, die erkennen, dass diese Tiere nicht aus meinem Besitz sind; auch mag es sein, dass die Räuber sie gestern erst auf ebendiesem Bazar gekauft haben. Das würde auffallen.«

»O Herr«, sagte darauf Mardschana, »wer unterscheidet schon einen fremden Maulesel vom anderen?«

»Gut denn«, sprach Ali Baba, »so will ich dir sagen, was ich denke: Ich möchte nichts behalten, was diesen Räubern gehörte, und mich nicht zum zweiten Male bereichern an Räubergut, und sei es um den Erlös von zwanzig Mauleseln. Denn es würde kein Segen darauf ruhen.«

Dies sah Mardschana ein, und sie nahmen den Mauleseln Zaumzeug und Gurte ab und warfen's in einen Teich und trieben die Maulesel tiefer in den Wald und ließen sie frei. Da trabten die Tiere dahin, ihrer Lasten ledig, und grasten unter den Bäumen.

Zu Hause aber hatte niemand etwas gemerkt von diesen Vorgängen, und alle glaubten, der fremde Ölhändler sei mit seinen Tieren und Krügen wieder davongezogen und Ali Baba hätte ihn mit Mardschana ein Stück Weges begleitet. Und man vergaß nach kurzer Zeit des Fremden Besuch.

Mardschana freilich, die Tochter des Schweigens, war in Sorge um kommende Dinge, denn sie rechnete fest mit des Räubers Rückkehr und Rache. Doch Ali Baba achtete dessen nicht.

Der Hauptmann indessen floh durch den Wald, und seine Sinne waren nicht mehr so klar und scharf wie einst. Auch war die Farbe seines Antlitzes bleich geworden vor zehrendem Zorn, und es zitterten ihm seine Hände, die vordem so sicher die Waffen geführt und nicht ge-

bebt hatten, wenn vergossenes Blut sie befleckte. Immer wieder dachte er an alles, was geschehen war, und immer wieder kam er zu dem Entschluss, dass er Ali Baba töten müsse. Denn zweifellos, so meinte er bei sich, kannte Ali Baba das Zauberwort der Sesam-Höhle; und der Hauptmann konnte sich nicht vorstellen, dass Ali Baba nicht wiederkehren würde, die Schätze der Höhle zu rauben und fortzuschleppen. Denn so hätte an Ali Babas Stelle der Hauptmann gehandelt und nach des Hauptmanns Ansicht ein jeglicher Mensch, der über einige Vernunft verfügte. Vielleicht, so meinte er weiter, würde Ali Baba des Nachts in die Höhle kommen, wenn der Hauptmann schlief, und ihn töten – nun, da die Bande vernichtet war und keine Wachtposten mehr auf des Hauptmanns Kommando hörten.

Solche Gedanken gingen durch seinen Kopf im Walde und in der Höhle. Da saß der Räuber einsam zwischen den funkelnden Schätzen, und es gleißte das Gold und es brannten wie Feuer Rubin und Opal, und der Hauptmann fürchtete sich.

So beschloss er, den Feind zu ermorden, und Wollust war ihm der Gedanke an Ali Babas Tod, und vielmals sah er im Geiste, wie sein Messer Ali Baba ins Herz fuhr. Und auch Mardschana sah er vor sich, die schöne Sklavin, und grenzenlos war seine Gier, zu rächen und zu töten. Dann aber bezwang er sich und schmiedete einen Plan. Erst wollte er Ali Baba töten, doch nicht durch einen ungewissen Überfall, sondern nach langer, sorgsamer Vorbereitung, und er wollte die Höhle

verlassen und untertauchen in der Stadt. Sodann wollte er sehen, eine neue Räuberbande zusammenzubringen und das alte Geschäft aufs Neue zu beginnen und neue Schätze auf die alten zu häufen in der Waldhöhle. Denn er war kein Mensch, der aus Erlebtem zu lernen wusste, und so blieb des Räubers Gedanke Raub und der Traum des Mörders Mord.

Am nächsten Morgen legte er ein neues Gewand an, das er sorgfältig wählte aus den Gewändern der Höhle, schnitt sich den schwarzen Bart ab und färbte Haar und Brauen und machte sein bleiches Gesicht dunkel mit Hilfe von Nuss-Saft und geheimen Kräutern. Und er sah in einen geraubten Spiegel aus blankem Silber, und ein verändertes Antlitz kam ihm entgegen, und er wollte lächeln und bleckte die Zähne.

Dann ging er in die Stadt und kehrte ein bei einer Karawanserei und wollte erfahren, was man in der Stadt über das Ende der Räuberbande sprach. Denn er stellte sich vor, dass die ganze Stadt das wisse und dass viel Aufhebens davon sei, und entweder, so dachte er, würde man Ali Baba feiern als Sieger über neununddreißig Einbrecher und Räuber, oder man würde ihn als Mörder so vieler Menschen, von denen man nichts Näheres wusste, vor Gericht stellen, und sei es auch nur, damit der Statthalter einen Vorwand hätte, Ali Babas Vermögen einzuziehen und den Staatsschatz zu bereichern.

So fragte er denn den Wirt: »Nun, wie steht es – was sind denn da für merkwürdige Dinge bei euch in der Stadt geschehen?«

Da sagte der Wirt: »Ach ja, o Herr aus der Fremde, sehr merkwürdig war das … Du meinst doch gewiss die Geschichte, wie man dem Konditor den Kuchen stahl?«

»Aber nein«, sagte der Hauptmann, »das meine ich nicht.«

»Dann meinst du gewiss«, sagte eifrig der Wirt, »die Schlägerei auf dem Pferdemarkt, als Omar das Messer zog?«

»Die meine ich auch nicht«, sagte der Hauptmann.

»O ja«, rief der Wirt, »nun weiß ich, was du meinst! Du denkst an Yussuf, den seine Frau betrog, und der sie des Nachts so prügelte, dass die ganze Straße aufwachte.«

Zögernd sagte da der Hauptmann, der nun begriff, dass man vom Tod der Räuber nichts wusste, und der sich nicht verdächtig machen

wollte durch unverstandene Anspielungen und Fragen: »Ja, ja, das meine ich!«

Und er musste sich aus des Wirtes Mund eine lange Geschichte anhören über Yussufs Frau, und diese Geschichte langweilte ihn außerordentlich.

Er dachte aber nach, während der Wirt dahinschwätzte, und er kam zu dem Schluss, dass Ali Baba besonders klug und verschlagen war, denn nicht nur hatte er die Räuberbande vernichtet, sondern auch alles in der Stille getan und nichts verlauten lassen und die Spuren verwischt; ein solcher Mann schien dem Hauptmann gefährlich wie eine Schlange, die lautlos zupackt und unbemerkt tötet, und sein Hass, vermischt mit Furcht, wurde noch größer. Er verabschiedete sich aber von dem Wirt mit höflichen Worten, als dessen Geschichte beendet war, und ging verdrossen davon.

Und er mietete sich im Bazar einen Laden und brachte dahin Ballen von Brokat und gutem Tuch und feiner Seide aus dem Vorrat der Höhle. Dann setzte er sich in den Laden, ordnete alles und hielt Ausschau nach Kunden und tat so, als sei er ein ehrbarer Kaufmann, der sich niedergelassen hatte nach langen Wanderfahrten. Und er nannte sich Kwadschah Hassan.

Nach wenigen Tagen schon hatte er ob der auserlesenen Güte seiner Waren einen guten Ruf als Geschäftsmann erworben, und bald schloss er Freundschaften mit anderen Ladenbesitzern und den Händlern der Nachbarschaft; und er behandelte alle mit ausgesuchter Höflichkeit.

Nun geschah es in jenen Tagen, dass der Hauptmann unter seinen Nachbarn auch Abdullah kennen lernte, einen jungen Verwandten Ali Babas. Es hatte aber mit Abdullah folgende Bewandtnis:

Nur einer seiner Vettern stand Ali Babas Herzen nahe, und es war dies der junge Abdullah, denn er war Ali Baba in mancher Hinsicht ähnlich. Auch er war heiteren Sinnes, voll Fantasie und beliebt unter den Menschen. Auch glich sein Äußeres ein wenig Ali Baba, denn er war wie jener wohlgewachsen, von kräftiger, wenn auch nicht sehr großer Statur, mit dunklen Locken und sanften Augen wie die eines edlen Hirsches; doch konnte er, wenn er zornig war und seine Sanftmut wich, dem Leoparden gleich emporschnellen aus seiner Ruhe

und große Gewandtheit und Kühnheit zeigen. Am liebsten aber lachte er und lebte in Frieden. Auch hatte er es schwer gehabt und war arm gewesen wie sein Vetter; doch während Ali Baba ein bescheidenes Holzfällerleben geführt hatte in den Wäldern und mit seiner Frau, war Abdullah ausgezogen in die Fremde, sein Glück zu machen. Doch er erwarb sich auf solche Weise zwar manche Kenntnisse und Einsichten, so dass er klug und erfahren schien über das Maß seiner Jahre, aber wenig irdischen Reichtum, und er kehrte zurück in seine Heimatstadt mit dem wenigen, was sein war, und eröffnete einen bescheidenen Handel. Als nun Ali Baba zu Reichtum gekommen war nach Kasims Tode, da bot er Abdullah einen Anteil der Erbschaft und eine beträchtliche Summe Geldes; auch sicherte er ihm jede Unterstützung zu. Doch Abdullah war stolz in seinem Herzen und mochte nicht von seiner Verwandten mildtätiger Hilfe leben, solange es nicht unbedingt nötig war. Auch war er überzeugt, es aus eigenen Kräften noch weit zu bringen und im Grunde ein Kind des Glückes zu sein, trotz aller Fehlschläge seines jungen Lebens. Und er schien Recht zu behalten; denn kaum hatte er sich nach den Abenteuern der Fremde einem Beruf und einer Tätigkeit zugewandt, da wollte ihm alles glücken, und langsam zwar, doch mit Stetigkeit stieg er auf zu größerem Ansehen und Vermögen. Dies alles gefiel Ali Baba, und andererseits vergaß Abdullah nicht des Vetters Hilfsbereitschaft und Anerbieten, und beide hatten Wohlgefallen aneinander.

Es hatte freilich Abdullah noch einen anderen Grund, Ali Babas Haus zu besuchen und nicht nur, wenn Ali Baba ein Fest feierte, was er recht häufig tat. Dieser Grund aber war Mardschana, die es Abdullah angetan hatte und die ihm die schönste und klügste unter den Frauen schien. Und es erwiderte auch Mardschana seine Neigung, und dass sie nicht heftiger noch entbrannte, lag einzig daran, dass sie Ali Baba anhing mit aller Treue, und es war dies mehr als allein die Treue der Sklavin zu ihrem Herrn und zu des Herren Haus. Doch sah sie recht wohl, dass Ali Babas gute Frau den ersten Platz einnahm in seinem Herzen, sosehr er Mardschana zugetan war als seiner liebsten Gefährtin. Und je mehr Abdullah sie an Ali Baba erinnerte, desto mehr geriet sie in Verwirrung, wenn sie die beiden fand, in ein Gespräch vertieft oder lachend über einen Scherz, wie sie es beide liebten.

Dieser junge Mann namens Abdullah
also war es, den Kwadschah Hassan,
der Räuberhauptmann, kennen lernte
als seinen Nachbarn vom Bazar, und
er war liebenswürdig zu ihm wie zu
allen seinen Nachbarn, so gut er's
vermochte. Da nun beide weit gereiste
Männer waren, Abdullah von seinen
Wanderfahrten und Kwadschah Hassan von seinem bewegten Räuberle-
ben her, hatten sie vieles zu erzählen
von Ländern und Meeren, und Abdullah plauderte gern mit dem düster
blickenden, doch überaus höflichen
Fremden, der vorgab, mit Tuchen zu
handeln, und ersichtlich reich war.

Als nun eines Tages der Hauptmann wieder bei Abdullah saß, siehe,
da betrat Ali Baba Abdullahs Laden, und der Hauptmann fuhr zusammen, als hätte ein Skorpion ihn gestochen, denn er erkannte Ali
Baba sofort. Doch Ali Baba seinerseits erkannte ihn nicht in seiner
Verkleidung und mit dem veränderten Antlitz, das nun braun und
bartlos war und nicht wie damals bärtig und bleich.

Als Ali Baba eine Weile mit Abdullah, seinem Vetter, gesprochen hatte und den Laden wieder verließ, da fragte der Hauptmann mit
scheinbarer Gleichgültigkeit: »Wer war denn jener? Ist er ein Kaufmann wie wir? Er gefiel mir nicht übel!«

»Das will ich meinen«, rief Abdullah, »der reiche Ali Baba war das,
mein älterer Vetter, ein vortrefflicher Mann, den jedermann gern hat
und den ich hoch verehre.«

»Dein Vetter?«, fragte da der Hauptmann verblüfft.

»Ja«, wiederholte Abdullah, »mein Vetter und väterlicher Freund. Oft
bin ich bei ihm zu Gast, und sein Haus ist mein zweites Heim. Sein Leben verlief wundersam, denn vor noch gar nicht langer Zeit war er
noch Holzhacker im Wald, wenn auch seit je ein Mann von großer
Kultur des Herzens; auf geheimnisvolle Weise stieg er auf zu Reichtum und großem Ansehen. Auch beerbte er Kasim, seinen unglückli-

chen Bruder, von dem ihm auch Mardschana zufiel, die unter den
Sklavinnen des gesamten Morgenlandes – ach, und nicht nur unter
den Sklavinnen – die schönste, klügste und beste ist. Jedenfalls ist das
meine Meinung über sie.«

»So, so«, sagte der Hauptmann, »wie gerne würde ich Ali Baba kennen lernen – ja, in der Tat, er gefiel mir auf den ersten Blick!«

»Nicht wahr?«, sagte darauf Abdullah. »Einen guten Blick für Menschen scheinst du zu haben, o Kwadschah Hassan – und was das Ken-
nenlernen betrifft, so wäre nichts einfacher als das. Ein gastfreies
Haus führt Ali Baba, und gerne wird er mir gestatten, dich bei ihm
einzuführen.«

Da funkelten des Hauptmanns Augen, und er sagte verschlagen, in
scheinbarer Bescheidenheit: »Wenn du das bei Gelegenheit tätest,
wäre ich dir von Herzen dankbar, o Abdullah, mein guter Nachbar.«
Und er brachte die Rede auf einen anderen Gegenstand.

Das nächste Mal, als Abdullah seinen Vetter Ali Baba traf, erzählte er
ihm von Kwadschah Hassan, den er als einen weit gereisten und viel
erfahrenen Mann darstellte und als reichen Kaufmann, der mit den
erlesensten Tuchen, Teppichen und Brokaten handelte, einen Menschen, von Geheimnis umwittert und noch fremd in der Stadt. Da lud
Ali Baba seinen Vetter ein, ihn gemeinsam mit jenem Kwadschah
Hassan zu besuchen am übernächsten Abend, und er wollte ein Festmahl geben zu Ehren des Fremden.

Also geschah es. Mit Abdullah fand Kwadschah Hassan, der Hauptmann, sich ein in Ali Babas schönem Hause am übernächsten Abend,
und sie aßen und tranken und ließen sich's wohl sein zur Musik der
Flötenspielerinnen, und auch Ali Babas Frau begrüßte den Gast, und
sie war schön gewandet in Blau und Silber und erstrahlte wie des
Mondes besänftigendes Licht.

Mardschana aber, ihr zur Seite, ganz in Rosenrot, der Sonne gleich
hinter den Wolken der Frühe, hing mit ihren Blicken an Abdullahs
Lippen und beachtete wenig den Fremden, der ihr nicht gefiel. So gut
aber war des Hauptmanns Verkleidung und Maske, dass keiner in
ihm den Ölhändler erkannte, den sie damals beherbergt hatten.

Doch wie damals beschlich sie alle außer dem arglosen Abdullah, der
nur Blicke für Mardschana hatte, ein Gefühl des Unbehagens in seiner

Nähe. Nicht anders aber erging es dem Hauptmann, dem dieses Haus unheimlich war von Anbeginn, und immer wieder überfiel ihn die Erinnerung an jene Nacht, da seine neununddreißig Gefährten den Tod gefunden hatten.

Es machte ihn jedoch diese fröstelnde Vorstellung nur umso grimmiger und rachsüchtiger, und heimlich tastete er unter seinem kostbaren Gewand nach dem scharf geschliffenen Dolche, den er verborgen bei sich trug und zur rechten Zeit zu ziehen gedachte. Und er dachte bei sich: ›Die Stunde der Vergeltung ist gekommen! Bald werden die Weiber sich zurückziehen, und dann bin ich allein mit diesen beiden Vettern, die da so herzlich lachen – bald aber sollen sie stöhnen und schreien, wenn mein Stahl in ihre Leiber fährt. Denn den Jüngling, diesen Abdullah, werde ich wohl mit umbringen müssen – aber das macht nichts. Darauf kommt es nun auch nicht mehr an. Wie gut, dass die beiden unbewaffnet sind. Zwar bin ich ihnen an Körperkräften zweifellos überlegen, aber der Kampf eines Mannes gegen zwei ist immer eine gewagte Sache. Ich werde, wenn die Gelegenheit es ergibt, unauffällig hinter sie treten und zuerst Ali Baba den Dolch in den Rücken stoßen. Dann wird Abdullah herumfahren, und dann wird ihm mein Dolch blitzschnell in der Kehle oder im Herzen sitzen. Es ist eine Sache, so schnell wie zwei Lidschläge. Schließlich habe ich schon bei weitem Schwierigeres vollbracht … Dennoch: ich fühle mich äußerst ungemütlich in diesem verfluchten Hause!‹

So dachte der Räuber, während er scheinbar aufmerksam der spaßhaften Geschichte lauschte, die Ali Baba erzählte, und sie am Ende höflich belachte. Bei diesem dröhnenden Lachen aber fuhr Mardschana zusammen, denn plötzlich kam ihr des Fremden Stimme bekannt vor. Doch sie konnte sich nicht erinnern, wo sie sie schon gehört oder Kwadschah Hassan gesehen hatte. Von nun an aber war sie wachsam und beobachtete den Gast mit argwöhnischem und scharfem Blick, und sie ließ ab davon, immer nur Abdullah anzusehen.

Und es kam die Zeit, da Ali Babas Frau, des Hauses Herrin, es richtig fand, sich zurückzuziehen in ihr Gemach, und sie erhob sich, verabschiedete sich und erwartete, dass Mardschana das Gleiche tun würde. Mardschana aber hatte sich geschworen, Kwadschah Hassan nicht aus den Augen zu lassen, auf dass sie Schlimmes zu verhüten

vermochte, wenn ihr dunkler Verdacht sich bestätigte. Doch darü-
ber reden oder heimlich einen der Männer verständigen konnte sie
nicht; denn wenn ihr Verdacht sich nicht bestätigte: welch abscheuli-
che und alle Gebote der Gastfreundschaft brechende Verdächtigung
eines womöglich edlen Fremden wäre das dann gewesen – eines
Mannes zudem, der als Abdullahs Freund und Nachbar galt! Dergleichen wäre ihr in Ali Babas Hause nie verziehen worden. So sann
sie auf ein Mittel, noch länger bei den Männern und in des Fremden
Nähe bleiben zu können. Und sie sagte zur Verblüffung von Ali Babas Frau:
»Was für ein hübscher Abend! Schon lange war ich nicht so guter Laune – am liebsten würde ich wieder einmal tanzen vor unseren Gästen,
wie ich es früher bisweilen tat.« Denn sie war eine Tänzerin, wie es
nur wenige gab.
Rasch rief da Abdullah, die Verabschiedung der Hausherrin überse-
hend: »O ja, Mardschana, tanze für uns – und du, o Ali Baba, mein lieber Vetter, gib ihr die Erlaubnis; denn keinen schöneren Abschluss
dieses Abends könnte ich mir denken!«
Da nickte Ali Baba ihm und Mardschana zu, denn auch er war ein
Freund von Tanz und fröhlichem Spiel, und Ali Babas Frau lächelte
und setzte sich wieder, und der Hauptmann knirschte heimlich mit
den Zähnen. Denn er sah das Ende des Abends nahen, ohne dass er
mit seinen beiden Opfern allein sein würde, und nach kurzem Nachdenken entschloss er sich, Ali Baba und Abdullah während Mardschanas Tanz zu ermorden, wenn die Aufmerksamkeit der beiden ab-
gelenkt sein würde und sie der Tänzerin zuschauten. Der Weiber gedachte er sich danach leicht zu entledigen – sei es, dass er sie auch
noch tötete in blitzschnellem Angriff, oder sei es, dass er mit mächti-
gem Satz durch das niedrige Fenster sprang und draußen in der Finsternis entkam. So stellte er sich's vor in seinen jagenden Gedanken,
und er tastete nach seinem Dolch wie nach einem Amulett, das die
Seele beruhigt.
Mardschana indessen rief eine Sklavin, welche die Schellentrommel
zu schlagen verstand, und tat im Nebenraum rasch ihr rosenrotes Gewand ab. Dafür legte sie einen kostbaren Schleier an und ein Gürtel-
tuch, das war mit Gold durchwirkt; sie verbarg aber darin einen

schmalen, haarscharfen Dolch, auf dass sie für alle Fälle eine Waffe zur Hand hätte.

Dann trat sie wieder ein, gefolgt von der Sklavin, die sogleich die Schellentrommel erschallen ließ, und verbeugte sich vor dem Hausherrn, seinem Gast Abdullah und am tiefsten vor Kwadschah Hassan, dem Ehrengast. Ali Babas Frau indessen warf sie einen Blick zu, als bäte sie um Verständnis für ihr Gebaren, denn es herrschte nicht die Stimmung im Hause, zu tanzen und ausgelassen zu sein. Es hingen aber aller Blicke an ihrer biegsamen Gestalt, ihren geschmeidigen Bewegungen und der schönen Glätte ihrer bronzefarbenen Haut.

Und Mardschana tanzte. Anmutig begann sie, mit graziösen Schritten und zarten Gebärden der Hände. Dann wirbelte sie rascher durch den Raum, und sie entfaltete alle ihre Künste, und es war ihr Tanz dem Spiele der Wellen gleich, die sanft dahinströmen, vom Licht beglänzt; dann aber erfasst sie der Wind, und wilder branden sie empor; und der Wind schwillt an zum Orkan, und es schäumt das Meer. Und sie erstarrte. Denn es hatte, während sie tanzte, Ali Baba eine lustige Bemerkung gemacht, und Kwadschah Hassan lachte dröhnend auf, und plötzlich erkannte sie an diesem Lachen, über das sie sich vorher vergeblich den Kopf zerbrochen hatte, die Stimme wieder und wusste in jähem Schreck: das war der Ölhändler, der Führer der vierzig Räuber, der Mörder, der zurückgekehrt war, zu rächen und zu töten.

Doch sie beherrschte sich und tanzte weiter, und gebannt beugte sich der hingerissene Abdullah vor, und der Schleier umwehte ihren Leib, der sich bog wie des Palmbaums Schaft im Sturm. Und wie der Samum kam sie daher, der Wind aus der Wüste, und wenn sie sich duckte und hochschnellte im Sprung, so war's, wie wenn ein Pfeil von der Sehne des Bogens fliegt, und wenn sie, die Arme über den Kopf erhoben, sich wiegte im Takt der Schellentrommel, so glich sie der Schlange, die sich windet und emporsteigt, zum Zustoßen bereit. Und ein Erschauern lief über ihren Leib.

Da erhob sich lautlos Kwadschah Hassan, und niemand beachtete es. Und er trat zurück und stand hinter Ali Baba, und Mardschana, die Tanzende, sah, wie seine Hand unter den Gürtel tastete, und schon glaubte sie des Messers Funkeln zu sehen – da riss sie, mit einer rasen-

den Bewegung, den Schleier herab, der sie hindernd umwehte, zog ihren Dolch und schien einen Augenblick in der Luft zu schweben, so schwerelos schien der gewaltige Sprung, der sie an Kwadschah Hassans Seite brachte.

Und wie ein Blitz, dieweil der Räuber sein Messer schon herausgezogen hatte und ausholte zum Stoß, fuhr ihr Arm wider seine Brust. Da steckte der Dolch in des Hauptmanns Herz. Und lautlos sank er zusammen und stürzte zu Boden. Mardschana aber taumelte von der Wucht ihres Anpralls, und jetzt erst schrie sie auf, und es war ein Schrei zugleich des Schreckens und des Sieges.

Entsetzt stürzten sich Ali Baba und Abdullah auf sie, und Ali Baba rief: »Wahnsinnige – du mordest den Gast!« Und er packte sie und schleuderte sie zu Boden, und Ali Babas Frau kniete neben Kwadschah Hassan, um zu helfen; doch ihm war nicht mehr zu helfen, und sie sprach:

»Er ist tot.«

Da erhob sich mühsam Mardschana und sagte, während Abdullah sie stützte: »O Ali Baba, mein Herr und Gebieter – jener ist der Hauptmann der Räuber, der Ölhändler aus der schrecklichen Nacht; zu spät erkannte ich ihn. Doch konnte ich hindern, dass er euch ermordete, denn sehet, das Messer war in seiner Faust, und es würde in deinem Rücken stecken, wäre ich ihm nicht zuvorgekommen.« Und sie wies auf des Hauptmanns Dolch.

Da rief auch Ali Babas Frau: »Es ist wahr – seine Stimme war des Ölhändlers Stimme und sein Lachen des Mörders Gelächter; die ganze Zeit dachte ich nach, woher ich diese Stimme kenne!«

Da beugte sich Ali Baba über den Toten, und er erkannte ihn.

So endete das Festmahl in Ali Babas Hause und Mardschanas Tanz, von dem noch lange gesprochen wurde in späteren Jahren.

Nach wenigen Tagen aber versammelte Ali Baba aufs Neue seine Frau, Mardschana und Abdullah. Und als sie beim Essen saßen im Schein der Kerzen, erhob er sich und begann zu sprechen und dankte noch einmal dem Allmächtigen für die wunderbare Rettung. Nun fühle er – so sagte er in ruhigen Worten –, dass die Räubergefahr vorüber sei und die schwarze Wolke des Schreckens verschwunden vom Horizont.

»Zweierlei aber«, so fuhr er fort, »bleibt noch zu tun. Das Erste ist, dass wir hinfort unser ganzes Leben lang Allah, den Erhabenen, preisen und ihm danken für seinen Schutz, den er uns zuteil werden ließ, und für die unverdiente Güte, mit der er unsere Wege wundersam lenkte. Das Zweite aber ist dies: Ich gebe dich frei, Mardschana, Treueste der Treuen, Gefährtin meines Herzens, Schutzgeist des Hauses, o schweigsame Retterin – du sollst nicht länger mehr Sklavin sein! Doch wirst du dich, meine Liebe, der Freiheit sicher nicht lange freuen, wie ich fürchte. Denn ich habe es wohl bemerkt, dass Abdullah, mein Vetter und Freund, dich liebt und dass auch du ihn liebst im Grunde deines Herzens. Auch weiß ich wohl, dass nur deine Treue zu mir dich abhielt, einzugestehen, was ich doch weiß in meiner Seele. Schwer fällt es mir, mich zu trennen von dir, o Mardschana, doch es ziemt sich für mich, dem so viel Glück und Gnade ward, zu tun, was rechtens ist und Allah wohlgefällig. So erlaubt mir denn, dass ich euch die Hochzeit richte, ihr beiden, und ich verspreche euch, es soll ein gewaltiges Fest werden, ein Fest der Freude, und wenn du, Mardschana, dann noch einmal tanzest vor uns, dann soll kein Dolch in deinem Gürtel stecken und kein Feind in unserer Mitte sein und kein Schatten in unseren Herzen. So gebe es Allah, gelobt sei er in Ewigkeit!«

Nach diesen Worten saß er nieder, und groß war die Freude, die seine Rede verbreitet hatte. Abdullah wollte Mardschana sogleich in seine Arme schließen, doch sie ging zu Ali Baba und verneigte sich tief vor ihm, und er umarmte sie Abschied nehmend und führte sie dann zu Abdullah. Und Ali Baba und seine gute Frau blickten sich an und schauten dann lächelnd auf das junge Paar. Abdullahs Glück aber kannte keine Grenzen. Und als in Mardschanas Augen Tränen standen, da wusste niemand, ob es Tränen des Abschieds waren oder Tränen der Freude oder beides zugleich.

Die Hochzeit wurde gefeiert mit großer Pracht, und es war alles, wie Ali Baba gesagt hatte.

Und die Jahre kamen und gingen, und Abdullah wurde an Mardschanas Seite ein Mann von großem Ansehen und beträchtlichem Reichtum, und bald vereinigte er die ehrenvollsten Ämter der Stadt in seiner Hand. Ali Baba aber lebte wie der ungekrönte König jener Gegend

in seinem Hause, und es wurden ihm sieben Kinder geboren im Laufe der Zeit, und es lag Segen auf allem, was er begann.

Nach langer Zeit aber, als Ali Baba schon ein alter Mann war, ein würdiger Greis von hoher Weisheit und stiller Heiterkeit, ging er noch einmal in den Wald und wandelte die Pfade, die er so oft als armer Holzfäller gegangen war, und stand vor der Höhle und rief das Zauberwort: »Sesam öffne dich!«

Und die Höhle tat sich auf.

Da trat er ein und stand vor den funkelnden Schätzen, und wieder gleißte wie einst das Gold, und es schimmerten die edlen Steine, Diamant und Rubin, Saphir und Smaragd, Türkis und Topas, Hyazinth und die roten Korallen. Und es türmten sich Samt und Seide und die Ballen von Brokat, es leuchtete die Pracht der Amethyste, und noch immer dufteten Ambra und Aloe, Safran und Sandelholz.

Ali Baba aber stand stumm und berührte nichts, und er beschloss, das Geheimnis der Höhle mit ins Grab zu nehmen. Denn er wusste, dass irdische Schätze nur Segen bringen, wenn sie im rechten Geiste ergriffen werden und Weisheit sie verwaltet. Er misstraute aber der Weisheit seiner Mitbürger und fürchtete, dass nichts als Hass und Gier und Unfriede entstehen würde, wenn Menschen herfielen über den unermesslichen Reichtum des Räubergoldes.

›Wenn aber Allah es will‹, so dachte er, ›dass einmal einem Menschen dieser Schatz zufällt, sei es, um ihn glücklich zu machen, oder sei es, um ihn zu prüfen, nun, so wird der Allmächtige jenes Menschen Schritte zu dieser Höhle lenken, und das Zauberwort, das niemand weiß – ihm wird es zufliegen, wenn Allah es will. Denn über allem Zauber dieser Welt mit ihren Schätzen, Räubern und geheimen Schlüsseln steht die Macht des Höchsten, auf die allein wir vertrauen.‹

Und er wandte sich und trat ins Freie und sagte lächelnd:

»Sesam schließe dich!«

So erzählte Scheherazade.

Der König aber dachte nach und überlegte, ob er wohl ähnlich gehandelt hätte wie Ali Baba, und er erkannte, dass er es nicht getan hätte, und er stellte sich insgeheim die Frage, ob es ihm nicht wirklich an Weisheit mangle, und es war nicht das erste Mal, dass er sich solche Fragen stellte. Ebendies aber war Scheherazades Absicht.

Doch der König gab es nicht zu, welche Gedanken ihn bewegten, sondern er schob die Gedanken fort und fragte, ob Scheherazade denn nicht ein richtiges Zaubermärchen wüsste, darin mehr als in ›Ali Baba‹ die Rede sei von Magiern, Geistern und den geheimen Mächten. Da antwortete sie:

»Dergleichen Märchen gibt es zahllose, aus uralten Zeiten, und eine der schönsten ist die Geschichte von Aladdin und der Wunderlampe.«

Und der König nickte und erhob sich, und am nächsten Abend sagte er:

»Erzähle von jenem Aladdin und der Zauberlaterne.«

»Wunderlampe«, verbesserte Scheherazade. Und sie begann zu erzählen.

Die Geschichte von Aladdin und der Wunderlampe

Es war einmal, in längst vergangenen Zeiten, ein Schneider, der war alt und arm. Sein Schicksal wollte es, dass er es zu nichts Rechtem brachte im Leben, und da er nicht die Kraft besaß, seinem Geschick das Beste abzugewinnen und sich zu bescheiden in Genügsamkeit, auf dass er wenigstens die kleinen Freuden genösse, die jedem Leben geschenkt werden, gab er für sich selber alle Hoffnung auf und setzte alle Hoffnung auf seinen Sohn. Es hieß dieser Sohn Ala ed Din, genannt Aladdin, und er war in der Tat ein ungewöhnliches Kind. Es war nur die Frage, ob er ungewöhnlich war in einem guten oder schlechten Sinne, der kleine Aladdin, denn die einen hielten ihn für begabt und einsichtig weit über das Maß seiner Jahre, die anderen aber für einen rechten Tagedieb und Taugenichts. Einesteils hatte er viele Talente, darin er manchen Erwachsenen übertraf, andernteils aber trieb er sich am liebsten mit den Gassenbuben auf den Straßen umher und verübte viele dumme Streiche, die er sehr lustig fand. Das Arbeiten aber machte ihm keinen Spaß.

Als er zwölf Jahre alt war, nahm ihn der Vater in die Werkstatt als Lehrling, damit er das Schneiderhandwerk lerne. Doch Aladdin zeigte keine Neigung dazu und war unaufmerksam und ungeschickt und saß da und träumte, statt Nadel und Faden zu führen. War aber die Arbeitszeit um, so lief er hinaus auf die Gasse zu seinen Spielen, die der Vater für sinnlos und nichtsnutzig hielt. Und der Vater, der so gerne wollte, dass sein Sohn ein großer Mann würde, sich unter einem großen Manne aber gar nichts anderes vorstellen konnte als einen erfolgreichen und wohlhabenden Schneider, war ganz verzweifelt darüber und wollte nun mit Gewalt einen tüchtigen Gesellen aus ihm machen und zwang ihn und schlug ihn und war sehr streng. Aber Aladdin wurde nur trauriger, nicht tüchtiger auf diese Weise, und es war kein Frieden im Haus.

In Wahrheit war Aladdin ein Kind, das mehr in seinen Träumen lebte als im Alltag, und er glaubte, dass sich ihm die Welt durch Wunder,

nicht aber durch emsiges Wirken in den Werkstätten erschließen würde, und seine kindliche Suche nach des Lebens geheimem Zauber zog
ihn zu den Märchen und Sagen mehr als zu Nadel und Faden. Doch
die Welt, so schien es, war hart, und es gab wohl mehr Schneider als
Zauberer darin, und Aladdin fand zwischen Tag und Traum keinen
Weg. Und er war ratlos.

Doch er behielt seinen Glauben an das Wunder, und auch für die anderen Menschen war es zuweilen, als läge ein seltsamer Glanz auf
ihm. Nur sein armer Vater gewahrte nichts dergleichen, sondern war
enttäuscht von seinem Sohn und fiel in Bitterkeit. Und als er eines Tages erkrankte, da mochte wohl dies alles und seine große Hoffnungs-
losigkeit dazu beitragen, dass er sich nicht mehr erhob, sondern hin-
siechte und schwächer wurde und starb.

Das aber war ein schrecklicher Schlag für Aladdin, denn obwohl er
nun frei war von des Vaters Zwang und Zorn, hatte er doch das Gefühl, an seinem Tod nicht völlig unschuldig zu sein. Und ihm fiel ein,
wie viel Sorgen sein Vater mit ihm gehabt habe, und schwarze Trauer
erfüllte sein Herz.

Er war jetzt fünfzehn Jahre alt, und seine Mutter wusste nicht, was aus
ihm werden sollte. Er taugte nun einmal nicht dazu, in die Lehre zu
gehen, um ein Handwerk zu lernen, sei es das eines Schneiders oder

ein anderes; diejenigen Berufe aber, zu denen er mehr Begabung und Neigung gehabe hätte, wie etwa die eines Arztes und Heilkünstlers oder eines Sternkundigen oder eines Reisenden in ferne Länder, die schienen ihm verschlossen, denn er war arm.

Als er aber schon meinte, es sei nichts mit dem Wunder, auf das er wartete, und alle seine Träume seien Nichtigkeit und verlorenes Irren vom Pfade des braven und tätigen Daseins, siehe, da geschah es. Und es trat in sein Leben Zauber zugleich und Gefahr.

Aladdin saß auf der Straße und spielte mit seinen Freunden und erzählte ihnen Geschichten, wie er sie sich manchmal ausdachte, wenn er am Abend nicht gleich einschlafen konnte. Und plötzlich trat unter die Knaben ein hoch gewachsener Fremder mit schwarzem Bart und in schwarzem Mantel; und in der Hand hielt er einen Stab, wie Aladdin ihn nur aus den Sagen kannte. Und er irrte sich nicht, denn der Stab war ein Zauberstab und der Fremde ein maurischer Zauberer.

Und er stockte. Da lächelte der Fremde und sprach: »Sage, mein Sohn, bist du am Ende eines Schneiders Kind, der kürzlich starb?«

Und verwundert sagte Aladdin: »Ja, o Herr.«

Da fuhr der Fremde fort und fragte: »Sage mir weiter, o Knabe, bist du nicht geboren im Zeichen der Fische, und zog nicht am Osthimmel das Löwengestirn herauf, als du das Licht der Welt erblicktest?«

»Das weiß ich nicht«, sagte Aladdin, »doch gerne nenne ich dir den Tag meiner Geburt.«

Und er tat es, und der Zauberer nickte.

»Und du bist arm?«, fragte der Fremde. »Und du warst deines armen Vaters einzige Hoffnung?«

»Ja, o Herr«, sagte da Aladdin bedrückt; doch kaum hatte der Fremde seine Antwort vernommen, da umarmte er den Knaben und küsste ihn auf die Wangen. Und Tränen standen in seinen Augen.

»So habe ich dich gefunden!«, sagte er. »Wisse denn, dass ich dein Oheim bin, deines Vaters Bruder. Ach, dreißig Jahre ist es her, seit ich deinen armen Vater zum letzten Mal sah.«

»Nie sagte mein Vater«, erwiderte Aladdin verwirrt, »dass er einen Bruder hat, und nie ahnte ich etwas von einem Oheim ...«

»Das mag wohl sein«, sagte der Zauberer, »denn in Unfrieden trenn-

ten wir uns, als wir beide noch unreife Menschen waren, und keiner wollte vom anderen noch etwas wissen, und ausgelöscht sollte der Name des Bruders sein für den Bruder. Und ich ging außer Landes, nach Mauretanien, und gewann Reichtum und Ruhm. Kürzlich aber überkam mich mit Macht die Erinnerung an vergangene Zeiten, und unsinnig schien mir da der alte Streit der Brüder. So beschloss ich, mich zu versöhnen, und zog Erkundigungen ein, und ich erfuhr, dass mein Bruder ein Weib genommen hatte und dass ihm ein Knabe geboren war zur Stunde, die du nanntest, und dass er viel Hoffnung gesetzt hatte auf dich, o Ala ed Din, und dass er arm geblieben war; vor allem aber, ach, erfuhr ich, dass er gestorben war und dass mein Plan zu spät kam. Dennoch aber reiste ich hierher, meines Bruders Familie zu sehen und meinen Neffen. Und siehe, als ich dich hier sitzen sah und sprechen hörte, in einer Art, in der auch ich zu sprechen pflegte, als ich in deinem Alter war, da sagte mir des Blutes Stimme, wer du bist.«

Und er zog einen Beutel mit Geld aus der Tasche, gab ihn Aladdin und sprach:

»Bringe dies deiner Mutter als ein Geschenk ihres Schwagers, den sie noch niemals sah, und berichte ihr alles, was ich dir erzählt habe. Am Abend aber will ich euch besuchen, und wir werden uns kennen lernen und uns lieb gewinnen, wenn Allah es will.«

Fröhlich lief da Aladdin nach Hause, und er war gewiss, dass dieses Ereignis eine Wende bedeutete in seinem Leben. Und schon auf der Schwelle rief er der Mutter zu:

»Denke dir, Mutter, mein Onkel ist gekommen!«

Aber die Mutter sprach: »Was redest du da wieder einmal für Unfug, du Nichtsnutz und Narr! Du hast keinen Onkel!«

»O doch«, rief Aladdin heiter, »und noch dazu einen, der anscheinend ein Zauberer ist oder doch ein Weiser und Sternkundiger aus der Fremde. Ein geheimnisvoller Mann ist es, dem Vater freilich nicht sehr ähnlich, aber sicher ein besonderer Mensch – o Mutter, einen solchen Onkel habe ich mir immer gewünscht!«

»Was Zauberer! Was Sterne!«, sagte kopfschüttelnd die Mutter. »Dergleichen Schnickschnack magst du deinen Gassenbuben erzählen, doch nicht deiner armen Mutter, die sich den Kopf über deine Zu-

kunft zerbricht, während du nur dummes Zeug in deinem Kopfe hast,
o du Traumesel!«

Und sie schimpfte. Doch sie tat es nicht ohne Zärtlichkeit, denn wenn
sie sich auch Sorgen machte um ihren Sohn, so liebte sie ihn doch sehr.
Aladdin aber lachte, übergab ihr den Beutel mit Geld und berichtete,
was er gehört und gesehen hatte.

Da war die Mutter ganz fassungslos, zählte das Geld, freute sich und
sprach:

»O Aladdin, mein lieber Sohn, recht unwahrscheinlich klingt zwar die
Geschichte von deines Vaters verschollenem Bruder, und sehr sonderbar finde ich's, dass dein Vater einen Bruder gehabt haben soll,
ohne ihn mir gegenüber je zu erwähnen – aber je nun, möglich wäre es
schließlich, denn dein Vater war ein verschlossener und schweigsamer Mann und zerfallen mit seiner Verwandtschaft. Doch selbst,
wenn es nicht stimmen sollte – kann denn ein Fremder Böses wollen
von uns, wenn er uns so viel Geld schenkt für nichts und wieder
nichts und höflich seinen Besuch ankündigt? Was sollte er wohl Böses
im Schilde führen? Ein Räuber und Mörder meldet sich nicht vorher
an, noch verschenkt er Geldbeutel. Ein Dieb kann er auch nicht sein –
denn was gäbe es wohl zu stehlen bei uns; für einen Mann noch dazu,
der mit Goldstücken um sich wirft! Wollte er dich rauben, nun, so hätte er's doch wohl auf der Straße getan und käme uns nicht erst ins
Haus, dieser merkwürdige Mann. Und sonst? Kam er als Rächer, eines alten Zwistes wegen? Nein, solche Feinde hatte dein Vater nicht;
er hatte überhaupt keine Feinde, außer dass er sich mit seiner Verwandtschaft überworfen hatte wegen nichtiger Dinge und vor langen
Jahren. Bei Allah, ich ahne nicht, was jener Fremde im Zaubermantel
wohl Übles gegen uns planen sollte.«

»Warum glaubst du ihm dann nicht?«, rief Aladdin. »Es wird schon
so sein, wie er sagt. Und hätte er mich, als ein Fremder, denn überhaupt erkennen können, wenn es ihm nicht die Stimme des Blutes,
wie er es nannte, eingegeben hätte?«

»Ach, Kind«, sprach die Mutter, »die Stimme des Blutes ist eine unsi-
chere Sache. Aber vielleicht hast du Recht und es ist alles wahr, wer
kann es wissen! Warten wir denn ab, ob er wirklich kommt und was
er für einen Eindruck macht.«

Und er kam und überreichte Gastgeschenke und aß mit ihnen, und der Eindruck, den er machte, war vortrefflich, obwohl die Mutter sich bisweilen eines unheimlichen Gefühles nicht ganz erwehren konnte. Auch erinnerte er sie gar nicht an ihren verstorbenen Mann und sie fand keine Familienähnlichkeit. Doch andererseits musste sie zugestehen, dass den freigebigen Fremden offenkundig die besten Absichten beseelten.

Sie kamen in ein langes Gespräch, und die Mutter klagte dem Fremden ihren Kummer mit Aladdin.

»Aber das ist doch nicht schlimm«, sagte der Maure. »Wenn er kein Handwerk erlernen will und ungeschickt darin ist, so wird er wohl nicht dazu berufen sein.« Und er wandte sich an Aladdin und fragte: »Was willst du denn werden, mein Sohn?«

Da sagte Aladdin: »Ach, am liebsten wäre ich wohl ein Zauberer. Wenn das aber nicht geht, so würde ich gerne die Sternkunde lernen oder auch die Heilkunst.«

»Das sind drei ganz verschiedene Sachen«, sagte der Maure, »obwohl sie in manchem Zusammenhang stehen, und alle drei bedürfen einer langen Ausbildung und des rechten Lehrers, der dich einweiht. Du sollst aber doch bald Geld verdienen, um deine gute Mutter zu unterstützen. Wie wäre es mit dem Beruf eines Kaufmanns, der mit schönen Dingen handelt, mit Edelsteinen und Talismanen und alten Gerätschaften? Das ist schon halbe Zauberei, sofern du dieses Gewerbe auf die rechte Weise erlernst; und wenn du Erfolg hast, bleibt dir Zeit genug, dich mit anderen Sachen zu befassen, die dir am Herzen liegen.«

»Ja«, rief Aladdin, »das wäre schön!«

Und der Fremde sagte: »So werde ich dir gleich morgen einen Laden einrichten und dir Geld geben für den Anfang und dich unterweisen im Nötigsten. Und außerdem bekommst du einen schönen Anzug, denn ein junger Kaufmann muss gut gekleidet sein.«

Da fiel die Mutter dem Mauren fast um den Hals vor Freude und glaubte nun fest, er sei ihr Schwager. Denn warum sollte ein Fremder dies alles für ihren Sohn tun? Aladdin aber konnte vor Aufregung und Erwartung die ganze Nacht nicht schlafen.

Am anderen Tage aber kam der Maure und kaufte Aladdin einen Anzug, in dem er stattlich aussah und wohlhabend. Und er sprach:

»Den Laden, den ich dir versprach, kann ich dir heute noch nicht einrichten, denn da muss ich erst Umschau halten in aller Ruhe. Auch sagen mir die Sterne, dass heute kein guter Tag dafür wäre. Doch sollten wir einen Spaziergang machen vor die Stadt; dabei kann ich dich über mancherlei belehren, was dir von Nutzen sein wird.«

Also geschah es. Fröhlich gingen sie durch die Straßen, sahen die Blumen in den Gärten und die Springbrunnen und betrachteten die weißen Schlösser und die schönen Moscheen. Und sie gingen weiter, und die Stadt blieb hinter ihnen, und die Wälder begannen, und kein Mensch war mehr zu sehen auf ihrem Weg.

»Wohin gehen wir denn?«, fragte Aladdin. »Dies ist eine einsame Gegend, wo es wilde Tiere gibt, Löwen und Schlangen und sogar Nashörner, wie man erzählt. Auch bin ich recht müde, denn ich schlief nicht in der Nacht. Lass uns umkehren!«

»Hab noch ein wenig Geduld«, sprach der Fremde, »ich will dir etwas zeigen, dergleichen du noch nie gesehen hast.«

Und er führte ihn auf einen hohen Berg.

»Hier ist der Ort«, sagte der Maure.

Aladdin aber sah sich um und sprach:

»Ich sehe nichts Besonderes.«

»Warte nur ab«, entgegnete der Zauberer, »und tue nach meinem Geheiß. Sammle Reisig und trocknes Holz und schichte es auf. Du wirst dich wundern, was dann geschehen wird.« Und er lächelte.

Da vergaß Aladdin vor Neugier seine Müdigkeit und sammelte eifrig Reisig und dürre Zweige, bis der Fremde ihm zurief, es sei genug.

Der Maure aber entzündete den Holzstoß, tat Weihrauch in die Flammen und ein Pulver, das er einer goldenen Dose entnahm, vollführte geheimnisvolle Bewegungen mit dem Zauberstab und murmelte Beschwörungen in einer Sprache, die Aladdin nicht kannte.

Da quoll aus dem Flammenkreis schwarzer Rauch, und es wurde dunkel. Und der Maure rief dreimal ein Zauberwort mit schneidender Stimme, und es funkelten seine Augen, und er hob den Stab mit wilder Gebärde hoch über sein Haupt.

Und es ertönte ein Donnerschlag, der kam nicht vom Himmel, sondern aus der Erde. Es bebte der Berg, und wirbelnd fuhr Rauch um den Zauberer und den Knaben, und der Erdboden tat sich auf.

Fast aber wäre Aladdin in den Spalt gefallen, der sich plötzlich zeigte in der aufgerissenen Erde, und der Rauch benahm ihm den Atem, und es packte ihn Angst.

»Ich will fort!«, rief er aus, doch der Zauberer, der vorher so freundlich gewesen war, gab ihm als Antwort eine schallende Ohrfeige.

»Halt den Mund und störe mich nicht!«, schrie er Aladdin an. Doch da wurde Aladdin gänzlich verstört und kopflos und rannte davon.

Aber mit wenigen Schritten, vom schwarzen Mantel umweht wie von Fledermausflügeln, holte der Maure ihn ein, ergriff ihn am Genick, zog ihn heran zu sich und schlug ihn, und obwohl Aladdin ein kräftiger junger Bursche war, nützte ihm sein Sträuben nichts, denn leicht bezwang ihn der Zauberer, tobte vor Zorn, prügelte ihn grausam und schleuderte ihn dann zu Boden.

»Du siehst«, rief er danach aus, »dass es nichts nützt, mir entkommen oder widerstehen zu wollen! Hinfort wirst du dich meinem Willen fügen!«

In Aladdin aber, obwohl er noch stöhnte vor Schmerz und Schrecken, erwachte ein wilder Trotz, und er tastete nach einem großen, kantigen Stein, um ihn nach seinem Peiniger zu schleudern.

Der Maure indessen gewahrte die Bewegung und sagte: »Vergeude deine Kraft nicht, du Wurm, denn ich bin unverwundbar. Du kannst mir noch dankbar sein, dass ich dich nur schlug, wie man unfolgsame Buben züchtigt – genauso gut könnte ich dir auch den Arm lähmen oder dich in eine Ratte verwandeln!«

Da zitterte Aladdin. Der Zauberer aber änderte ganz plötzlich Ton und Miene, wurde wieder liebenswürdig wie zuvor und sagte mit leichtem Lächeln:

»Aber wir wollen uns doch nicht streiten. Vergiss den kleinen Zwischenfall und wisse, dass man Zauberer nicht stören darf bei ihrem Werk – dann mag es wohl sein, dass Zorn sie übermannt und ein Dämon ihre Hand führt zu Schlag und Strafgericht. Sehr dumm warst du, o kleiner Neffe, mich so zu reizen. Denn schau einmal in jene Erdspalte! Dort ist ein Schatz verborgen, den du heben sollst. Ist das nicht ein Abenteuer, wie jeder junge Mann es sich wünscht? Und willst du dich dagegen wehren, reich und unabhängig zu werden?«

Neugierig erhob sich Aladdin, und so eindringlich war des Zauberers
Blick und Stimme, dass er sogleich geneigt war, die Schläge als plötzlichen Jähzornsanfall des Oheims anzusehen und nicht als Grausamkeit, die da hervorgekommen war unter der Maske des Wohlwollens,
und er gab sich selber und seiner Furcht die Schuld daran. So schaute
er denn in den Spalt und sprach:

»Wahrhaftig, hier liegt eine Marmorplatte mit einem goldenen Ring!«

»Der Ring ist aus Messing«, sagte der Maure, »das Gold kommt erst
später. Leg nun deine Hand an den Ring und hebe die Platte. Wenn
du alles tust nach meinem Geheiß, wirst du reich sein wie ein König –
dann wirst du erst wahrhaft erkennen, was du mir verdankst und wie
sehr ich dich liebe, o Söhnchen, und wie dumm es war, davonlaufen
zu wollen vor mir und meinen Wohltaten.«

»Aber wie soll ich denn diese schwere Platte heben?«, rief Aladdin,
während er an dem Ring zog. »Dazu muss man stärker und größer

sein als ich. Warum tust
du es nicht selber? Wie
groß deine Kraft ist, das
habe ich ja eben fühlen
müssen – dir ist es sicher
ein Leichtes, diese Arbeit
zu tun.«

»Das geht nicht«, sagte
der Maure kurz und fuhr
fort: »Versuch's nur!«

Das aber kam Aladdin
sonderbar vor, und er
fragte: »Warum geht das
nicht? Warum kannst du
den Schatz nicht selber
heben?«

Da erwiderte der Zaube-
rer: »Ich werde es dir später erklären. Es gibt ge-
heime Gesetze, denen
auch Zauberer unterwor-

fen sind. Vorerst muss es dir genügen, zu wissen, dass nur deine Hand jenen Messingring berühren darf und dass es nicht mir, sondern dir bestimmt ist, den Schatz zu heben. Darum sollst du ihn auch später behalten und mir nur eine Kleinigkeit abgeben. Aber du musst alleine tun, was getan werden muss.«

Aladdin begriff das alles nicht, doch das Fieber der Schatzgräberei überkam ihn, und mit aller Kraft zerrte er an dem Ring. Aber die schwere Platte bewegte sich nicht.

»Nun«, sagte da der Zauberer, »ich kann dir vielleicht helfen. Zwar darf ich jenen Ring nicht berühren, doch ich kann auf magische Weise deine Kräfte stärken. Komm her!«

Und er berührte Aladdins Kopf, Schultern und Hände, murmelte etwas und lehrte ihn dann einen Zauberspruch, der aus unbekannten Worten bestand. »Sprich das drei Mal«, so sagte er, »sobald deine Hand den Ring berührt. Dann wird es gehen.«

Aladdin tat es und er spürte, wie plötzlich seine Kräfte übermenschlich wuchsen, und mit Leichtigkeit hob er die gewaltige Marmorplatte empor und warf sie beiseite, als sei sie aus dünnem Holz. Und er atmete tief. Da war es, als ob mit einem Atemzug jene unnatürlichen Kräfte ihn wieder verließen, und es war wieder alles wie zuvor.

Wo aber die Marmorplatte gelegen hatte, zeigte sich ein unterirdischer Gang, der in die Tiefe des Berges führte.

»Nun höre gut zu!«, befahl der Zauberer. »Geh durch den Gang, bis du in eine Halle gelangst. Dort stehen vier goldene Krüge. Berühre sie nicht! Du würdest sonst in schwarzen Stein verwandelt. Geh durch die Halle. Sie führt in einen Garten, der ist zauberhaft schön. Halte dich auch dort nicht auf, sondern geh hindurch bis zu einer Treppe, die wieder aufwärts führt. Betritt die Treppe, die dreißig Stufen hat, und geh empor. Du wirst in eine Grotte gelangen, darin hängt eine unscheinbare Lampe. Nimm sie, gieße das Öl aus und bringe sie mir. Auf dem Rückweg kannst du mitnehmen, was du willst. Es liegen Schätze genug umher. Mir brauchst du nichts abzugeben, mir genügt die Lampe. Du aber sollst heraustreten aus dem Innern des Berges als der reichste Mann der Welt.«

Aladdin war entschlossen, alles zu tun, wie es der Maure verlangte, doch weil ihn die Tatsache verwirrte, dass er ganz allein in den Bauch

des Berges sollte, während der Zauberer draußen blieb, fragte er, ob denn Gefahren zu erwarten seien im unterirdischen Bereich.

»Für dich nicht«, sagte der Zauberer, »es sei denn, du gehst fehl oder stürzest auf den Stufen oder was dergleichen mehr ist. Doch wenn du achtsam bist, wird das nicht geschehen. Immerhin – vielleicht hast du Recht: man soll in solchen Fällen ganz sicher gehen. Nimm daher diesen Ring und drehe ihn am Finger, falls du in irgendeine Gefahr geraten solltest. Dann wirst du gerettet werden. Geh nun, geh und sei guten Mutes!«

Und Aladdin betrat den Gang, und seine Schritte hallten wider vom Gewölbe, und er ging durch die Halle, darin die vier riesigen Krüge standen wie drohende Götzenbilder, und er erreichte den Garten. Es lag aber dieser unterirdische Garten wie unter einem Himmel von Kristall. Und es wuchsen dort bizarre Gewächse, dergleichen Aladdin nie gesehen hatte, und Blumen in tausend Zauberfarben, doch alle standen schimmernd und starr wie aus Glas. Und Bäume bogen ihre Äste über den Weg, daran hingen funkelnde Früchte, und es war dort ein Teich, darin schwammen Fische, die nicht wie lebendige Wesen waren, sondern wie aus Smaragd und Rubin geschnitten und mit Brillanten besetzt. Es leuchtete aber alles in magischem Licht.

Über die Treppe mit den dreißig Stufen kam Aladdin in die Grotte, wo die Lampe hing. Ein violetter Schein ging aus von den Wänden der Grotte, und purpurner Glanz war im Dämmern des Raumes. Die Lampe aber war eigentlich nur ein Lämpchen, klein, leicht und unauffällig. Man konnte sie bequem in die Tasche stecken. Auch schien sie nicht aus kostbarem Material, sondern einfach und kunstlos gearbeitet, wie es dergleichen auf jedem Bazar zu kaufen gab.

Aladdin wunderte sich, dass der Zauberer gerade auf diese Lampe solchen Wert legte, doch er tat alles nach des Mauren Worten, nahm sie herab, goss das Öl aus und steckte sie ein. Dann ging er zurück, und es begegnete ihm keine Gefahr, und der Weg war nicht zu verfehlen.

Als er aber wieder durch den Garten ging, konnte er sich nicht genug verwundern über alles, was er sah, denn jetzt erst blickte er sich richtig um und betrachtete alles in Ruhe. Er griff nach den Früchten an den Ästen, und sie ließen sich pflücken und glitzerten kalt in seiner Hand. Und er dachte bei sich:

›Aber die sind ja aus Glas!‹

Von den Schätzen aber, die ihm der Zauberer verheißen, sah er nichts, sondern nur gläserne Früchte und Blumen. Doch die gefielen ihm so gut, dass er sich einige mitnahm, um damit zu spielen. Er ging ganz vorsichtig damit um, damit sie nicht zerbrachen, aber als eine runde, rote Frucht ihm unversehens zu Boden glitt, zersprang sie nicht, und Aladdin meinte, es müsse dies ein besonders gutes Glas sein, und er steckte davon ein, so viel er tragen konnte.

Das alles machte ihm so viel Spaß und er hatte eine so kindliche Freude an dem schimmernden Spielzeug, dass er ganz vergaß, nach den Schätzen zu suchen, und erst einmal wieder ans Tageslicht wollte, um die Lampe und die bunten Früchte hinaufzuschaffen und um viele Fragen an den Zauberer zu richten. Denn noch immer begriff er nicht, was hier eigentlich geschah. Die letzte Stufe des Ganges war höher als die anderen, so dass er sich mühsam daran hochziehen musste. So rief er denn dem Zauberer zu, der erwartungsvoll oben stand:

»Reich mir die Hand, Oheim, denn ich bin so beladen, dass ich fürchte, alles zu zerbrechen, wenn ich hier ganz alleine hinaufklettern muss!«

Da beugte der Zauberer sich vor und rief: »Hast du die Lampe?«

»Ja!«, rief Aladdin zurück. »Es war alles ganz leicht!«

»So reiche mir die Lampe herauf«, sagte der Zauberer hastig, »gib sie her, rasch, rasch!«

»Ach, die Lampe«, entgegnete Aladdin, »die behindert mich ja nicht, die habe ich wohl verwahrt in der Hosentasche, ganz zuunterst. Nein, nimm mir lieber die gläsernen Früchte und Blumen ab und hilf mir hinauf!«

»Erst die Lampe!«, sagte ungeduldig der Maure.

Da wunderte sich aufs Neue Aladdin und antwortete:

»Du musst mir das alles erklären, wenn ich oben bin! Was die Lampe betrifft, so wäre es doch dumm, hier unten die Tasche zu entleeren, die Lampe herauszuholen, dir zuzureichen, die Früchte wieder einzustecken und mich dann erst hochziehen zu lassen. Hilf mir also hinauf, Oheim, die Lampe bekommst du ja noch früh genug!«

»Erst die Lampe!«, wiederholte beharrlich der Maure.

Da schöpfte Aladdin Verdacht und meinte, es müsse wohl irgendet-

was nicht stimmen, wenn der Zauberer ihm nicht hinaufhelfen wollte, ehe er die Lampe hatte. Und es überfiel ihn die Vorstellung, der Maure wolle ihm nur diese rätselhafte Lampe abnehmen und ihn dann am Ende umbringen – und in diesem Augenblick glaubte er zu wissen, dass der Fremde keineswegs sein Onkel war und dass er dies alles eingefädelt und begonnen hatte zu geheimen eigenen Zwecken und gewiss nicht zum Wohle Aladdins.

Nun weigerte sich Aladdin entschieden, die Lampe herzugeben, und er versuchte, trotz seiner gefüllten Taschen, allein die Stufe zu erklettern, auch ohne des Mauren Hilfe. Doch als seine Hand den Rand der Stufe fasste, trat der Fremde ihm auf die Finger, und mit einem Schrei des Schmerzes fiel Aladdin zurück und rollte ein paar Stufen hinab. Und er richtete sich auf und war verzweifelt und dachte nach und rief dann hinauf:

»Wer auch immer du sein magst, o Mann aus Mauretanien, ich werde mich nicht länger misshandeln lassen von dir und nicht missbrauchen zu Zwecken, die ich nicht kenne. Ich weiß wohl, dass du aus irgendwelchen Gründen diesen Gang nicht betreten kannst, sonst hättest du dir schon ohne meine Hilfe die Lampe geholt, die dir so wichtig ist; also fühle ich mich hier unten sicher vor dir und werde dir um keinen Preis die Lampe geben, bevor ich gesund und wohlbehalten vor dir stehe. Und ich werde nicht hinaufkommen, bevor du nicht bei Allah und allen Engeln schwörst, dass du mir kein Leid antun wirst.«

»Wenn du mir die Lampe gibst«, antwortete der Zauberer, »werde ich dir nichts antun.«

»Schwöre es!«, rief Aladdin.

»Ich schwöre es!«, rief der Zauberer zurück.

»Nicht so«, entgegnete Aladdin, »du sollst bei Allah und allen Engeln schwören!«

Da schwieg der Maure, und Aladdin fiel plötzlich ein, was er in einem alten Legenden-Buch gelesen hatte: dass nämlich gewisse Zauberer, sofern sie nicht der weißen, sondern der schwarzen Magie anhingen und sich dem Teufel ergeben hatten oder den Dämonen der Finsternis, nicht bei Allah, dem Allmächtigen, schwören konnten, ohne ihre Teufelsmacht zu verlieren. Denn der Teufel scheut den Namen des Herrn.

Nun wusste Aladdin genug und rief hinauf:

»Ich erkenne dich, du Satansanbeter, und ich rufe dich an im Namen Allahs, des Allmächtigen, und aller guten Geister: weiche von dannen!«

Da heulte der Maure wütend auf und brüllte:

»So behalte die Lampe, du Sohn eines Hundes, nimm sie mit ins Grab! Ich weiche von dannen – aber du sollst begraben sein bei lebendigem Leibe!«

Und er warf Weihrauch ins Feuer und ein Pulver, das er diesmal einer Dose aus Blei entnahm, und sprach Beschwörungsformeln und schwang den Zauberstab. Da schob sich über den Eingang des unterirdischen Ganges wieder die Marmorplatte, und über den Marmor Erde und Gestein, und es wurde finster um Aladdin.

Der Zauberer aber ging mit böser und enttäuschter Miene den Berg hinab und entschwand.

Aladdin indessen, der nun eingeschlossen war unter der Erde, tappte im Dunkeln umher und trachtete, den Garten aus Glas zu erreichen, wo wenigstens Licht war und klare Luft.

Da fiel ihm plötzlich der Ring ein, den der Zauberer ihm gegeben hatte für den Fall der Gefahr und an den der Maure, als er entwich, wohl ebenso wenig gedacht hatte wie Aladdin. Denn es sind nicht nur Knaben vergesslich, sondern bisweilen auch Zauberer.

Aladdin drehte den Ring am Finger und siehe, es erschien, wie aus dem Erdboden gewachsen, ein Zwerg; und Licht umfloss seine Gestalt. Dieses geisterhafte Wesen verneigte sich und sprach:

»Zu deinen Diensten!«

Aladdin aber erschrak vor der unvermuteten Erscheinung und fragte verwirrt:

»Was willst du? Und wer bist du?«

»Ich bin dein Sklave«, sagte der Geist, »denn der Ring meines Herrn ist an deiner Hand.«

»Kannst du mir helfen?«, fragte Aladdin.

»Fragt sich, in welcher Angelegenheit«, sagte der Geist, »ich kann dir helfen und bin durch den Zauber des Ringes sogar gezwungen dazu, sofern es nicht wider meinen Herrn geht, der mich bannte und an den Ring band, und auch nicht wider stärkere Geister, als ich es bin …

Denn ich bin nur ein Geistchen, ein Unterdämon und Wurzelzwerg, und nicht in der Lage, es aufzunehmen mit großen Dschinnis
und machtvollen Magiern. Ansonst aber stehe ich ganz zu deinen
Diensten.«

»Ach«, sagte Aladdin, »es geht nicht wider deinen Herrn, obwohl ich
ihn gerne bestrafen ließe durch Geistermacht, diesen schwarzen Magier und schwarzen Schurken. Es geht um mein eigenes Leben. Bist
du wohl in der Lage, mich hier herauszubringen an die Oberfläche
der Erde?«

»Zu Diensten!«, sagte der Zwerg.

Und kaum hatte er zu Ende gesprochen, da befand sich Aladdin auf
dem Gipfel des Berges, im hellen Sonnenlicht, vor dem seine Augen
erschraken nach so jähem Wechsel, und es schwelte noch das Reisig-
feuer; doch von dem Spalt im Gestein und dem Eingang der Höhle
war nichts mehr zu sehen.

Da setzte sich Aladdin nieder, blickte ins Tal hinab und bedachte alles, was er erlebt hatte. Doch er fand keinen Sinn und Zusammenhang. So drehte er denn noch einmal den Ring und sprach zu dem
Zwerg, der alsbald erschien und sich tief verneigte:

»Kannst du mir erklären, was hier vor sich ging und wie der Zauberer
hierher kam und was er eigentlich von mir wollte?«

»Zu Diensten«, sagte der Zwerg, »das kann ich. Doch glaube nicht,
dass ich dir in Zukunft alles Verborgene offenbaren könnte; denn ich
bin bekanntlich nur ein kleiner Geist, kein großer Wissender, und ich
kann nur erklären, was in meiner Nähe und im Bannkreis des Ring-
zaubers geschah. Diese Sache aber, zu der mein Herr, der Zauberer,
mich bisweilen benutzte, weiß ich. So höre denn: Jener Zauberer trieb
magische Studien und erfuhr dabei aus einem uralten Papyros von
dem verborgenen Schatz in diesem Berg und von der Lampe, die du
nun in deiner Tasche trägst. Und er wollte diese Lampe besitzen. So
versuchte er einzudringen in die Höhle, doch er vermochte es nicht.
Da befragte er die Geisterwelt und die Sterne und er erfuhr, dass dieser Schatz und die Lampe nur einem Menschen mit gläubigem Herzen zufallen können, dessen Hände nicht befleckt sind von Blut und
schmutzigen Taten. Sie können weiterhin zufallen demjenigen, dem
der Schatzgräber mit den unbefleckten Händen sie gibt. So musste

mein Herr denn erreichen, dass ein anderer ihm die Lampe gab; er selber aber konnte sie nicht aus der Grotte holen. Es herrscht ein uralter Zauber dort unten, stärker als jenes Magiers Macht.«

»Aha!«, rief Aladdin. »So ist der Maure also ein Unhold, dessen Hände befleckt sind mit Blut und schmutzigen Taten?«

»Ich kann nichts sagen«, erwiderte der Geist, »was gegen meinen Herrn geht. Ich kann nur erzählen, wie die Bedingungen waren und was dann geschah. Mein Herr, der Zauberer, suchte nach einem Gehilfen, auf den die Bedingungen zutrafen. Er meinte, dass dies am besten ein Knabe sein sollte, schon groß und vernünftig genug, um die Lampe holen zu können nach seiner Weisung, doch jung und unschuldig genug, um reinen Herzens zu sein, was ja unter den Erwachsenen nur sehr wenige sind. So kam er auf dich.«

»Aber woher kannte er mich denn?«, rief Aladdin. »Und außerdem: Bin ich denn reinen Herzens? Schon manches Verkehrte und Schlechte habe ich wohl gedacht und getan in meinem Leben!«

»Bah bah bah«, sagte der Zwerg, »Kindereien. In der Geisterwelt zählt's nicht. Auch wird niemand, der reinen Herzens ist, dies von sich selber sagen, sondern sich genau so verhalten, wie du es eben tatest. Höre denn weiter: Er kam auf dich, indem er sich die Geburtsdaten und Horoskope der Kinder beschaffte, die in dieses Berges Nähe lebten. In deinem Horoskop – daher wusste er vieles von dir – fand er auch, dass du bestimmt bist, einen großen Schatz zu finden und Wunderbares zu erleben … So kam er auf dich, fand dich und wünschte, dass du die Lampe holtest und sie ihm gäbest. Doch an deinem Verhalten scheiterte der Plan. In diesem Augenblick begibt er sich zurück nach Mauretanien. Recht wütend übrigens …«

»Der Teufel hole ihn!«, rief Aladdin.

»Das könnte wohl geschehen«, sagte der Zwerg, »doch gegen meinen Herrn darf ich ja nichts sagen. Auch weiß ich es nicht genau, denn ich bin nur ein kleiner Geist.«

Damit verschwand er. Aladdin aber machte sich auf und ging heim. Er war aber so müde von der durchwachten Nacht und den Ereignissen des Tages, dass er kaum noch die Füße heben konnte und der Weg ihm endlos vorkam. Da drehte er zum dritten Mal den Ring, und wieder erschien der Zwerg, verneigte sich und sprach:

»Zu deinen Diensten.«

»Ach bitte«, sagte Aladdin schläfrig, »bring mich nach Hause.«

Kaum hatte er's ausgesprochen, da fand er sich wieder vor der Schwelle des Hauses, in dem seine Mutter wohnte. Und er ging hinein, entleerte seine Taschen, legte die Früchte aus dem Berg und die Lampe neben sein Bett und wollte auf der Stelle schlafen. Doch da kam seine Mutter und fragte ihn, wo er gewesen sei und was der Oheim mache.

Da erzählte Aladdin alles, was geschehen war, warf sich aufs Bett und musste fürchterlich gähnen.

»Schlaf nur, mein Kind«, sagte die Mutter, noch ganz verwirrt von Aladdins Bericht, »– nur eine Frage bleibt noch: Was ist's mit jener Lampe und warum wollte der Zauberer sie so dringend haben? Worin besteht ihr Wert? Denn sieh – ich finde nichts Besonderes daran.«

»Bei Allah«, rief da Aladdin aus, »das vergaß ich den Zwerg zu fragen!«

»So frag ihn doch jetzt!«, sagte die Mutter und blickte gespannt auf den Zauberring.

Aladdin drehte den Ring, wartete und blickte sich um – doch nichts geschah und niemand erschien. Da erhob sich lächelnd die Mutter und sagte:

»Mein gutes Kind, ich dachte es mir ja gleich, dass du ein wenig übertrieben hast! Aber lass nur, schlaf dich erst einmal aus, morgen reden wir dann noch einmal über diese Sache.«

Und sie verließ behutsam das Zimmer. Aladdin aber drehte ärgerlich an dem Ring, und als er eine Weile daran gedreht hatte, stand plötzlich der Zwerg neben seinem Bett und sprach:

»Nicht zu Diensten!«

»Was soll das heißen?«, fragte Aladdin verblüfft.

»Wisse, o Ala ed Din«, entgegnete der Geist, »dass du mich mit Hilfe jenes Ringes nur drei Mal beschwören kannst innerhalb von neun Tagen. Das tatest du bereits. In neun Tagen komme ich wieder, wenn es unbedingt sein muss und du mich rufst.«

»Und was ist's mit der Lampe?«, rief Aladdin rasch.

Aber der Zwerg sagte nur noch einmal: »Nicht zu Diensten!« Und er verschwand.

Da schlief Aladdin, den Ring am Finger, die Lampe zu Häupten und neben sich die bunten Früchte, endlich ein.

Am nächsten Tage überlegten sich Mutter und Sohn, was es wohl auf sich haben mochte mit jener Lampe, und die Mutter sagte schließlich:

»Vermutlich ist alles Schnickschnack, und die Lampe ist eine ganz gewöhnliche Lampe wie andere Lampen auch.«

»Und warum wollte der Zauberer sie dann haben?«, rief Aladdin.

»Was weiß ich«, sagte die Mutter, »vielleicht war er gar kein Zauberer, sondern nur ein wenig verrückt.«

»Aber Mutter!«, sprach da Aladdin.

Doch die Mutter schüttelte den Kopf und sagte:

»Zauberei hin, Zauberei her – in jedem Fall ist diese Lampe ziemlich schmutzig, und statt ihre geheime Bedeutung ergründen zu wollen, sollte man sie erst einmal gehörig putzen.«

Und sie begann, die Lampe mit ein wenig Sand zu reiben. Als sie aber zum dritten Mal daran gerieben hatte, siehe, da erschien ein furchtbarer Riese, der war so groß, dass er schier das Zimmer zersprengte und sich bücken musste, und er glich einem Ungeheuer der Vorzeit.

»Was willst du von mir?«, sagte er dröhnend zu Aladdins Mutter. »Ich bin dein Diener!«

Doch die Mutter sah ihn an von unten bis oben, seufzte und fiel in Ohnmacht.

Aladdin aber ergriff entschlossen die Lampe und rief:

»O Diener der Lampe, sage mir – erscheinst du stets, wenn jemand drei Mal die Lampe reibt?«

»So ist es«, sagte der Geist.

»Und nicht nur drei Mal in neun Tagen?«, fragte Aladdin weiter.

»Ich komme«, sagte der Geist, »wann immer man mich ruft.«

»Und gibt es Bedingungen deines Dienstes, wie der Zwerg sie stellte?«

»Das ist ein kleiner Geist«, sagte der große Geist, »ich aber komme, wann immer man mich ruft, und tue alles, was man mir sagt.«

»Wie angenehm«, sagte Aladdin und fügte hinzu: »So bringe uns etwas zu essen. Doch es muss etwas besonders Gutes sein!«

Da verschwand der Riese, und im gleichen Augenblick stand ein

Tisch vor Aladdin mit kostbarem Silber und zwölf Schüsseln, die gefüllt waren mit den herrlichsten Speisen. Auch standen da zwei goldene Becher und zwei Flaschen mit edlem Wein.

Indessen kam die Mutter wieder zu sich und sprach: »Was für ein entsetzliches Scheusal! War das der Geist, der dir erschien, als du den Ring drehtest? Und du hast behauptet, es wäre ein Zwerg!«

Da lachte Aladdin, und die Mutter fuhr fort: »Jedenfalls ist das der größte Zwerg, den ich jemals gesehen habe!«

»Aber Mutter«, sagte Aladdin lächelnd, »das ist doch schon wieder ein neuer Geist!«

»Wie viele Geister willst du hier denn noch einschleppen?«, sagte die Mutter. »Ich verbiete dir das! In meinem Hause wird nicht gespukt! Und diesen scheußlichen Kerl will ich niemals wieder sehen!«

»O Mutter«, rief da Aladdin vergnügt, »begreifst du denn nicht? Das Rätsel der Lampe ist gelöst, und wir sind von allen Sorgen befreit! Mit einem solchen Diener kann uns nichts mehr geschehen!«

»Einen solchen Diener«, sagte die Mutter, »finde ich unausstehlich. Und so unnatürlich! Nein, mein Sohn, den Ring und die Lampe solltest du lieber wegwerfen. Lass dich nicht auf dergleichen gefährlichen Schnickschnack ein!«

»Nein, liebe Mutter«, sagte Aladdin, »diese Lampe wird uns alle Wünsche erfüllen; und wenn es keine bösen Wünsche sind, warum soll ich sie dann nicht benutzen? Ich werde zu Allah beten, dass er mir immer die rechten Wünsche eingibt und dass die Lampe ein Segen wird und keine Gefahr!«

»Tu das«, sagte die Mutter, hob die Deckel der Schüsseln auf und begann zu speisen.

Und Aladdin sprach: »Nun siehst du – das Essen, das der Geist gebracht hat, verachtest du wenigstens nicht!«

»Gutes Essen soll man nie verachten«, sagte die Mutter, »und ich muss wirklich sagen: diese Geister kochen ausgezeichnet! Im Übrigen tu, was du willst, mit der Lampe, du bist jetzt groß genug, und ich gebe natürlich zu, dass diese Sache sehr praktisch ist. Und was du über Allahs Segen sagtest, scheint mir recht brav und ordentlich. Doch eins bitte ich mir aus: In meiner Gegenwart wird dieser widerwärtige Kerl nicht mehr beschworen!«

Das versprach Aladdin, und sie aßen und tranken und waren guter
Dinge.

Am Abend aber überlegte sich Aladdin noch einmal alles und sann
nach, und es zeigte sich, dass die Lampe keinem Unwürdigen zuge-
fallen war und dass Aladdin sich als weise erwies über seine Jahre
hinaus – als wäre er im Strudel der letzten Ereignisse gewachsen und
ein Mann geworden. Auch zeigte es sich, dass er gute Lehren aus den
Zaubergeschichten und Sagen zu ziehen wusste, die er dereinst gelesen und geliebt hatte, statt in des Vaters Werkstatt Hemden und Hosen zu flicken, und dass also jene Dinge doch nicht ganz nutzlos gewesen waren für ihn. Denn er beschloss, die Lampe nicht leichtfertig
zu benützen und nicht, um sich Macht über andere zu verschaffen,
sondern nur, wenn er in Not war oder wenn ihm nach innerer Prüfung ein Wunsch berechtigt schien vor Allahs Angesicht, und schließlich, wenn er anderen damit helfen konnte.

So hielt er's auch wirklich, und seine Mutter war sehr froh darüber.
Von Stund an behandelte sie ihn wie einen Erwachsenen und setzte
auch keinen Zweifel mehr in seinen Wert und Weg.

Obwohl nun Aladdin und seine Mutter allein schon durch den Verkauf des Silbergeschirrs und der goldenen Becher reich geworden
waren – denn es waren dies Tischgeräte, wie sie Könige benutzten –,
lebten sie weiter so unauffällig und still wie zuvor. Zwar wünschte
Aladdin bald für die Mutter und für sich ein kleines Häuschen mit einem Garten am Rande der Stadt, doch auf den Gedanken, sich etwa
einen Palast zu wünschen oder ein Schloss mit Dienerschaft, was ja
der Lampengeist ebenso gut bewerkstelligen konnte, oder auch nur
viel Geld und Besitz, auf diesen Gedanken kam er gar nicht. Doch half
er vielen anderen Menschen und wurde dadurch beliebt und geachtet
in der Stadt. In seinem neuen kleinen Hause betrieb er fleißig seine
Studien in alten Büchern und Papieren und trachtete, trotz seiner jungen Jahre, nach Weisheit und rechtem Wandel mehr als nach Reichtum und Ruhm.

Doch einmal, ohne dass er den Geist der Lampe bemüht hätte, fiel ihm
auch viel Geld zu auf überraschende Weise. Das war, als er einem Juwelier die gläsernen Früchte aus dem Bauch des Berges zeigte, um ihn
zu fragen, was für eine Art von Glas das eigentlich wäre.

Da staunte der Goldschmied und sagte ihm, dass die Früchte und Blumen nicht aus Glas seien, sondern aus Edelsteinen von unschätzbarem Wert. Auch meinte der Juwelier, dass er so schöne und kunstvolle Arbeiten in Stein und Kristall noch niemals gesehen habe.

Da verkaufte ihm Aladdin ein paar davon, und eine Brillanten-Blume schenkte er ihm; das meiste aber behielt er, weil ihm die Früchte gefielen und weil sie ihn erinnerten an die Schatzhöhle im Berg und an sein Abenteuer mit dem Mauretanier.

So wuchs der junge Aladdin heran, und er lebte mit seiner Mutter und seinen Freunden in Frieden und Eintracht, und alle schätzten ihn wegen seines guten Herzens und seiner Rechtschaffenheit. Und er blieb bescheiden.

Es lebte aber in dieser Stadt ein König, der hatte eine einzige Tochter mit Namen Badr el Budur. Eines Tages sah Aladdin sie vorüberziehen in ihrer Sänfte, und es traf ihn ihr Blick, und sein Herz entbrannte.

Da trieb er sich oft in der Gegend des königlichen Schlosses umher, und manchmal sah er sie am Fenster, und er wusste, dass er sie liebte seit jenem ersten Blick. Aber auch sie hatte ihn genau bemerkt, und eines Tages winkte sie ihm zu mit zarter und liebevoller Gebärde. Da war es um Aladdin geschehen.

Und er ging zu seiner Mutter und erklärte, er wolle des Königs Tochter heiraten, denn er liebe sie. Und er bat die Mutter, ins Schloss zu gehen und nach Brauch und Sitte beim König um die Hand der Tochter zu bitten, als Brautwerberin für den Sohn.

Da setzte die Mutter sich nieder, sah Aladdin an und rief: »O mein armer Sohn, du bist leider vollkommen verrückt! Wie kannst du es wagen, um eine Prinzessin zu werben! Hast du vergessen, wer du bist? Du bist der Sohn eines armen Schneiders, und auch ich stamme her von armen und unbekannten Leuten. Fühlst du dich womöglich als Fürst? Prinz Aladdin von der Wunderlampe? O Sohn, mein Sohn, du bist manchmal so weise wie ein uralter Mann und manchmal so blöde wie ein Bübchen auf dem Topf!«

»Was Reichtum, was Herkunft!«, rief Aladdin. »Was gilt das? Unser König ist kein Mann der Vorurteile. Auch sein Wesir war armer Leute Sohn. Und was den Reichtum betrifft, so brauche ich nur die Lam-

pe zu reiben und ich bin hundertmal reicher als der König! Zwar
wollte ich den Lampengeist um Geld nicht bitten, sofern ich nicht in
Not bin, doch um Badr el Budur zu gewinnen, ist mir jeder Zauber
recht!«

»Reichtum alleine tut's nicht«, sagte die Mutter, »und wenn du fünf-
undzwanzig spukende Lampenlümmel hättest, die dir Haufen von
Gold vor die Tür setzen! Reich magst du sein, gewiss, und deine Herkunft mag dir vielleicht nicht schaden bei einem vernünftigen Herrscher – aber bist du auch vornehm? Der Wesir ist es, obwohl er armer
Leute Sohn ist. Doch du? Oder bist du berühmt? Hast du im Kriege
Heldentaten vollbracht? Hast du unbekannte Länder entdeckt? Bist
du ein Dichter oder ein Weiser? Hast du Kranke geheilt oder Moscheen erbaut? Oder wie oder was? Mein Söhnchen, du hast ein gutes
Herz und du gebietest über den Lampenlümmel, diesen ekelhaften
Kerl – aber das reicht alles nicht, um des Königs Schwiegersohn zu
werden. Das schlag dir aus dem Kopf!«

Doch Aladdin sagte ruhig: »Es ist nun einmal so. Ich kann ohne die
Prinzessin nicht leben.«

Da seufzte die Mutter und sprach: »Welch ein Dickkopf! Erst bringt er
allerlei Spuk ins Haus und dann womöglich noch eine Prinzessin!
Also gut, ich gehe zum König. Er wird sicher furchtbar lachen.«

Über diese Vorstellung lachten sie ihrerseits, und Aladdin bestimmte,
dass dem König als Geschenk die schönsten Früchte aus dem Bauch
des Berges überreicht werden sollten. Und die Mutter nahm sie, legte
sie in ihre Markttasche, zog ihren besten Mantel an und ging ins
Schloss.

Und es gelang ihr, in den großen Audienzsaal zu kommen. Dort aber
stand sie verlegen umher unter lauter Großen des Hofes in prächtigen Gewändern, und wenn sie einen besonders bunt gekleideten
Mann ehrfürchtig nach dem Weg fragte, dann war's nur ein Lakai,
und wenn sie einem, der ihr Auskunft gab, ein Trinkgeld geben wollte, dann war's ein Minister. Und sie ward ganz verwirrt von all dem
Glanz und Trubel, und endlich fand sie ein leeres Zimmer, wo sie
sich in ihrem schwarzen Mantel und mit ihrer Einkaufstasche ächzend in den ersten besten Sessel setzte, um ein wenig zu verschnaufen.

Da saß sie nun und sie hatte keine Ahnung, dass der erste beste Sessel aus Gold und Brokat war und der Thronsessel der Königin, und dass das stille Zimmer der Empfangssaal der Majestät war, in dem sich nur gerade niemand befand. Denn für sie sah eines dieser Prunkgemächer wie das andere aus.

Nach kurzer Zeit betrat der Wesir den Raum und erstarrte vor Staunen, als er auf dem Sessel der Königin eine einfache alte Frau mit einer Markttasche sitzen sah, die sich gerade gedankenverloren, doch geräuschvoll die Nase putzte. Schließlich aber brach er in Gelächter aus und verneigte sich im Scherz und redete sie an:

»Welche Überraschung von wahrhaft historischem Ausmaß! Mir scheint, wir haben in aller Stille eine neue Königin bekommen!«

Da erschrak die Mutter entsetzlich und sagte in ihrer großen Verwirrung: »Nein, nein, ich bin ja nur meines Sohnes Mutter – ich meine: ich würde bloß die Schwiegermutter der Tochter des Königs sein – ach, was sage ich: mein Sohn wäre nur des Königs Schwiegersohn, wenn er die Tochter des Königs heiraten würde.«

»Wenn!«, sagte der Wesir und lachte noch mehr.

Und die Mutter schämte sich des Unsinns ihrer Worte, denn sie erkannte den großen Wesir, und sie stammelte etwas und brachte endlich hervor:

»Es ist sehr ungemütlich bei euch im Schloss!«

»Das stimmt«, sagte der Wesir; und das gab der Mutter ihre Sicherheit wieder.

»Ich hätte gerne den König gesprochen«, sagte sie leise, und der Wesir sah sie an und lächelte und sprach:

»Nun, das lässt sich gerade machen. Warte ein Weilchen!«

Und er ging ins Nebenzimmer, wo sich eben der König aufhielt, und sagte: »Erhabener König, nebenan sitzt auf dem Sessel der großen Königin ein armes altes Weib mit einer Markttasche, das dich sprechen will. Sie hat sich verirrt und ist sehr verlegen und tut mir Leid; sicher ist es eine brave Frau. Darf ich sie für einen Augenblick hereinführen?«

Da lächelte der König und sagte: »Nur zu!«

Und der Wesir nahm Aladdins Mutter an der Hand und führte sie vor den König, und der König sagte:

»Was willst du von mir? Sage es frei heraus, aber mache es kurz!«

»Ganz kurz?«, fragte Aladdins Mutter.

»So kurz wie möglich!«, sagte der König.

Da kramte sie ein wenig in der Markttasche und sagte schlicht: »Mein Sohn möchte deine Tochter heiraten!«

Da fiel der König beinahe um vor Verblüffung und sagte:

»Will er das? Und in jener Tasche sind wohl die Brautgeschenke?«

»Ja«, sagte die Mutter und leerte die Tasche auf den Tisch vor den König, und die Früchte aus Edelstein leuchteten in hundert Farben, und der König verstummte.

Geblendet von diesem Glanz nahm er sie nacheinander in die Hand, betrachtete sie lange und sprach:

»In meiner Schatzkammer findet sich kein Stein, der auch nur annähernd so groß ist wie der kleinste von diesen.«

Und nach einer Weile fügte er hinzu: »Wahrlich, dein Sohn muss unermesslich reich sein!«

Da erzählte die Mutter von ihrem Sohn und pries ihn und sprach von seinem guten Herzen und von seiner Liebe zu der Prinzessin, aber den meisten Eindruck machte es, als sie sagte, solcher Früchte habe er noch viele, obschon er ab und zu einige davon verschenke.

»Er verschenkt sie!«, sagte der Wesir und schnappte nach Luft. Und er dachte daran, wie schlecht es stand um des Königs Finanzen, wie er in vielen sorgenvollen Nächten auf Abhilfe gesonnen hatte und wie segensreich ein so steinreicher Schwiegersohn in dieser Hinsicht wäre.

Und der König dachte wohl etwas Ähnliches, denn er beriet sich flüsternd mit dem Wesir und sagte dann laut:

»Ich danke deinem Sohn für sein Geschenk. Wisse denn: Um seines unermesslichen Reichtums willen sowie – äh –«

»Charakter!«, flüsterte der Wesir.

»Sowie um des edlen Charakters willen«, fuhr der König fort, »den du ihm nachrühmst, will ich hinwegsehen über seine wenig königliche Herkunft und ebenso über die Tatsache, dass er nicht berühmt und bekannt ist, weder als Held noch als Dichter, Gelehrter oder Staatsmann. So nehme ich denn diese etwas – äh – ungewöhnliche Werbung aus der – wie soll ich sagen – aus der Markttasche ernst. Sage das deinem Sohn. Ich nehme sie ernst, aber ich nehme sie noch nicht an. Hingegen würde ich sie annehmen, wenn dein Sohn mir vierzig Sklavinnen als Brautgabe schickt, die vierzig goldene Schüsseln tragen – diese vierzig Schüsseln aber sollen bis zum Rande gefüllt sein mit Edelsteinen wie diese hier. Dies ist die Bedingung; dies und – äh –«

»Herz!«, flüsterte der Wesir.

»Und dass sein Herz«, fuhr der König fort, »sich wirklich als so gut erweist, wie du sagst. Damit ihr nicht denkt, euer König sei geldgierig. Aber ohne die vierzig Schüsseln wird nichts daraus. Sag das deinem Sohn!«

Da ging die Mutter heim und berichtete Aladdin, was der König gesagt hatte, und sie war sehr bedenklich.

Doch Aladdin lachte und rief: »Wenn es weiter nichts ist – von mir aus kann der König statt vierzig auch hundert Schüsseln haben!«

»Fünfzig«, schränkte die Mutter ein, »man soll nichts übertreiben!« Und sie ging aus dem Zimmer, denn sie wusste, was jetzt kommen würde, und den schrecklichen Riesen konnte sie nun einmal nicht ausstehen.

Aladdin aber rieb die Lampe und sagte dem Geist, was er wünschte. Da standen alsbald vor des Hauses Tür fünfzig Sklavinnen mit goldenen Schüsseln voll kostbarer Edelsteine, und die Sklavinnen waren gekleidet in golddurchwirkte Gewänder und schön wie die Sterne.

Und Aladdins Mutter musste den Zug der Sklavinnen zum Schlosse führen, und der König erstaunte bis an die Grenze des Staunens und er sagte, als er sich wieder gefasst hatte:

»O Frau – sag mir nun eines: Ist deines Sohnes Reichtum hiermit erschöpft? Oder wie viele solcher Schüsseln voll Edelsteine hat er noch?«
Da sagte die Mutter: »Das ist schwer zu sagen. Eigentlich wollte er dir ja hundert Sklavinnen mit hundert solcher Schüsseln schicken, aber ich habe es ihm ausgeredet, denn ich bin sehr für Sparsamkeit. Doch immerhin: zehn Stück mehr zu schicken, als du verlangtest, das konnte er nicht lassen. So ist er nun einmal.« Und sie seufzte.

Der König aber starrte erst die Mutter und dann den Wesir und den Finanzminister an, die auch zugegen waren, und rief:

»Bei Allah, das ist genau der richtige Schwiegersohn für mich! Sag ihm, o Frau, dass er meine Tochter haben kann.«

»Ja«, sagte die Mutter erfreut, »vorausgesetzt natürlich, dass er auch die zweite Bedingung erfüllt und dass sein Herz so gut ist, wie ich erzählte, nicht wahr?«

Da machte der Finanzminister dem König verzweifelte Zeichen, und der König sprach:

»Schon gut, schon gut. Das mit dem Herzen will ich dir gerne glauben. Es ist ja nicht so wichtig. Am besten setzen wir gleich die Hochzeit fest.«

»Aber willst du Aladdin nicht wenigstens vorher sehen?«, fragte die Mutter. »Und was sagt die Prinzessin dazu?«

»Ich sehe ihn dann bei der Hochzeit«, sagte der König, »und meine Tochter gestand mir, dass sie sich auch in ihn verliebt hat.« Er wandte sich zum Finanzminister und fügte hinzu: »Das möchte ich ihr auch geraten haben – bei fünfzig Schüsseln voll Edelsteinen!«

Und alle waren sehr zufrieden. Nur für Aladdins Mutter ging die Sache zu schnell, und sie fand es wieder recht ungemütlich im Schloss. Doch Aladdin war glücklich bis an die Grenzen des Glücks, als die Mutter ihm von der Zusage des Königs und der Zuneigung der Prinzessin erzählte.

Und es geschah, wie sich's Aladdin wünschte. Die Hochzeit wurde gefeiert mit königlicher Pracht, und der König umarmte den Schwiegersohn und vor lauter Freude um die entscheidend gebesserten Finanzen sogar Aladdins Mutter. Und das junge Paar sah sich immer nur an, und es war, als hätten die beiden sich seit je gekannt, denn sie waren wie füreinander geschaffen.

Später wünschte Aladdin vom Lampengeist für Badr el Budur ein Schloss, das einer Prinzessin würdig war, und zauberhaft erhob sich der neue Palast an einer der schönsten Stellen des schönen Landes. Dort wohnte Aladdin mit seiner jungen Frau in Glück und Frieden, und die Mutter gebot über die Mägde und über des Schlosses Küche und war zufrieden. Und zufrieden war auch der Finanzminister, der sich ab und zu einfand zu einer Unterredung mit Aladdin und jedes Mal wieder abzog an der Spitze einer Karawane mit Säcken, über deren Inhalt er niemandem als dem König und dem Wesir etwas verriet. Und das Land blühte auf.

Aladdin aber blieb der Alte auch jetzt, als Mitglied der Königsfamilie, und er tat Gutes mit Hilfe seiner Zaubermacht, so viel er nur konnte.

Es kam aber eine schwere Zeit für das Land, denn an den Grenzen stand Krieg, und eines Tages fielen fremde Reiterschwärme ein und brannten und plünderten, und des Königs General zog ihnen entgegen zur entscheidenden Schlacht.

Und die Schlacht wurde verloren und der General gefangen genommen, und sein Nachfolger fiel auf dem Rückzug. Und Angst und Schrecken ging um.

Da bot der König Aladdin den Oberbefehl über seine Truppen an, und er tat das, weil Aladdin beliebt war bei jedermann und weil das Volk wie die Armee ihm gerne folgen würde.

Nun war zwar Aladdin ein tapferer Mann, doch er war kein Krieger und abgeneigt dem kriegerischen Handwerk, denn er hasste alles Blutvergießen. So lehnte er die Berufung zum Oberbefehlshaber ab und erklärte, dass er nichts verstünde von Krieg und Waffen und Soldaten. Doch dringend bat ihn der König, sich nicht zu verweigern dem armen, geschlagenen Lande, und plötzlich fiel Aladdin ein, dass ja vielleicht auch hierbei der Lampengeist helfen könne. Und er sah eine Möglichkeit, das Land zu retten, und nahm das Kommando an.

Und er führte die Truppen in eine Ebene, da sollte die letzte Schlacht geschlagen werden. Und es betete ringsum das Land um Sieg und Frieden, und es bereiteten sich die Soldaten vor auf den Kampf mit des Gegners überlegenen Reiterkolonnen, und sie vertrauten dem neuen Oberbefehlshaber und waren bereit.

Aladdin aber beschwor in der Nacht vor dem Kampf den Lampen-

geist und fragte ihn, ob es ihm möglich sei, das Heer der Feinde zu schlagen.

»Befehle es«, sagte dröhnend der Riese, »und ich werde sie noch in dieser Nacht Mann für Mann erschlagen; denn was sind ihre Speere und Pfeile gegen Geistermacht!«

»Das ist nicht nötig«, sagte Aladdin, »doch wenn du es vermagst, dann befehle ich dir Folgendes: Morgen, wenn die Armee zum Angriff vorrückt, lass gewaltige Staubwolken aufwirbeln, die jede Sicht verbergen. Dann möge ein Wirbelsturm den Feind erfassen und ihn unwiderstehlich vor sich hintreiben bis über die Grenzen.«

Der Riese verneigte sich stumm und verschwand.

Am nächsten Morgen, als die Sonne erwachte, gab Aladdin das Signal zur Attacke, und die Armee rückte vor. Da erhoben sich Wolken von Sand und Staub und verhüllten die Heere, und es fuhr ein Wirbelwind aus der Wüste und trieb den Feind zurück bis an des Landes Grenze. Aladdins Truppen aber rückten nach, und als sich die Wolken verzogen und der Wirbelsturm verstummte, da war das Land befreit.

Der Feind aber floh weiter in panischem Schrecken, und es verging ihm die Lust, je wieder einzufallen in dieses unheimliche Land, das im Bunde schien mit den Kräften der Natur. Aladdin verzichtete darauf, seinerseits des Feindes Gebiet zu besetzen, und schloss Frieden im Namen des Königs, und lange wurde der Frieden gehalten. Und das Land begann aufs Neue zu blühen, und des Finanzministers Karawanen zogen dahin zwischen Aladdins Schloss und dem Palaste des Königs.

Es war dies aber in der Geschichte des Landes die einzige große Schlacht und der einzige Sieg gewesen, bei dem kein Mann gefallen war. Obwohl viele meinten, diesen Sieg habe dem glücklichen Aladdin der Zufall geschenkt und die Auswirkung eines Naturereignisses, wuchs grenzenlos sein Ruhm, und das Volk sah in ihm den Befreier von Feinden, Krieg und Not.

Als der Frieden besiegelt war, legte Aladdin alsbald den Oberbefehl nieder, und niemals rühmte er sich seiner Taten und Führung im Krieg, denn es war ihm klar, dass er jenen Erfolg nicht eigener Kraft verdankte, sondern der Wunderlampe. Doch es war sein Ruhm berechtigter, als er meinte, denn weise war die Art gewesen, wie er die

Zaubermacht angewandt hatte, und weise sein Friedensvertrag, der dem Lande Ruhe gab.

So schien alles zu gelingen, was Aladdin tat. Doch noch lebte der mauretanische Zauberer, der seinen Plan nicht aufgegeben hatte, die Wunderlampe zu gewinnen.

Nach seiner Heimkehr glaubte er fest, Aladdin sei tot und begraben im Bauche des Berges. Und Jahr um Jahr sann er nach, mit wessen Hilfe er nun wohl die Lampe heraufholen konnte aus des Toten Tasche, und er machte viele Pläne und verwarf sie wieder, und wenn er auch manches andere zu tun und zu zaubern hatte im Laufe der Zeit, so kam er doch immer wieder auf den Lampenplan zurück – und nicht nur, dass er jenes mächtige Zaubergerät erstrebte, das ihm unvorstellbare Macht verleihen würde, es wurmte und stach ihn auch, dass damals sein ausgeklügelter Plan so kläglich misslungen war. Und er konnte es nicht verwinden.

Die Zeit verging und es stieg Aladdins Stern. Bis hin nach Mauretanien drang sein Ruhm. Da musste der Zauberer erkennen, dass der Junge, den er damals eingeschlossen hatte im unterirdischen Gang, entkommen war; und aus Aladdins Reichtum und Aufstieg schloss er, dass jener die Wunderlampe besaß und zu nutzen wusste. Er selber freilich, der schwarze Magier, gedachte sie noch viel besser und gänzlich anders zu nutzen als Aladdin, wenn er sie erst einmal besaß. Sie nämlich Aladdin zu entreißen mit List oder Gewalt

schien ihm leichter, als sie heraufzuholen aus dem Bereich im Bauche des Berges, der ihm und der Macht des Bösen versperrt war.

So machte er sich auf in Aladdins Land und verkleidete sich als Laternenhändler und gab sich als Sammler altertümlicher Lampen aus. Er ließ sich von einem Kupferschmied neue Lampen machen, tat sie in einen Korb, ging durch die Straßen der Stadt und schrie:

»Lampen! Lampen! Wer tauscht alte Lampen gegen schöne neue ein?«

Da glaubten viele Leute, er sei ein Narr, und sie lachten über ihn. Eines Tages kam er an Aladdins Schloss vorbei und er wusste auf Grund seiner Erkundigungen, dass Aladdin an diesem Tage ausgeritten war mit dem König und dass Aladdins Frau sich allein zu Hause befand. Und er ging unter ihrem Fenster vorbei und schrie seinen Spruch.

Da blickte sie hinaus und lachte und sprach ihn an, wie er's erwartet hatte, und fragte, warum er denn schlechtere Sachen einhandeln wollte für bessere.

»Nicht schlechtere«, sagte er in bescheidenem Ton, »nur ältere. Wisse, dass ich eine große Sammlung alter Lampen habe, denn ich bin nicht nur Händler, sondern auch ein Freund und Kenner der alten Kunst und des alten Handwerks. Wenn irgendwo in diesem schönen Schloss vielleicht eine alte, verrostete Lampe herumsteht, die ihr nicht benutzt, so gebt sie mir – ich tausche sie um gegen eine neue aus Kupfer, und wenn die alte eine wertvolle Arbeit ist, so zahle ich noch zu in barem Silber.«

Da sagte Badr el Budur zu ihrer Dienerin: »Geh doch einmal in des Herren Gemach – da steht doch wirklich so eine alte, verrostete Lampe herum auf einem Wandschrein neben dem Bett. Weiß der Himmel, warum er sich dieses Ding aufgehoben hat, denn eine schöne oder wertvolle Arbeit ist es gewiss nicht; und wär's ihm eine liebe Erinnerung, so hätte er mir sicher einmal davon erzählt. Gewiss vergaß er nur, sie wegzuwerfen, und gewiss wird er sich freuen, wenn ich sie durch eine schöne, neue ersetze. Der alte Mann da unten aber wird sich ebenfalls freuen – also bring sie her!«

Die Dienerin brachte die Wunderlampe, und Badr el Budur ging hinunter vors Haus und gab sie dem Mauren. Gierig griff er danach und steckte sie rasch in die Tasche. Dann übergab er der jungen Frau die beste seiner neuen Kupferlampen und ging eilends davon.

Er war aber so ungeduldig, dass er bald zu rennen begann und seinen Lampenkorb wegwarf am Weg und erst einhielt, als heftig sein Herz schlug und er keinen Menschen ringsum gewahrte, der ihn beobachten konnte.

Da zog er die Lampe hervor und rieb sie, und als der Riese erschien, befahl er, dieweil seine Stimme vor Erregung fast überschnappte:

»Hebe Aladdins Schloss empor, mit allem, was darinnen ist, und trage das Schloss und mich nach Mauretanien!«

Und so geschah es.

Als Aladdin zurückkam an des Königs Seite, war das Schloss verschwunden.

Da schrie der König auf, während Aladdin vor Schreck erstarrte: »Wo ist meine Tochter? Was hast du mit ihr gemacht? Wo ist dein Schloss?«

Und Aladdin sprach: »Bei Allah, ich weiß es nicht, was hier geschah!«

Und der König rief: »Ein ganzes Schloss kann nicht am hellen Tag verschwinden! Es kann vielleicht abbrennen oder einstürzen – aber sieh hin: es ist einfach weg, als hätte es nie hier gestanden. O Aladdin! Schon lange flüsterte man mir zu, du seiest ein Zauberer und mit dem Bösen im Bunde – dies hier ist der Beweis! Was tatest du mit dem Schlosse, in dem meine Tochter lebt?«

»Ich tat nichts«, sagte Aladdin fassungslos, »ich weiß nicht, was geschah.«

»So sage mir eins noch«, sprach da der König, »wo befinden sich deine Schätze?«

»Was ich besaß, war im Schloss«, sagte Aladdin.

Und der König rief wütend: »Wie? So ist auch dein Reichtum dahin?«

Und Aladdin schwieg. Da schrie der König, zu seiner Begleitung gewandt:

»Verhaftet ihn! Fesselt ihn! Ala ed Din wird vor Gericht gestellt wegen schwarzer Magie, wegen gottloser Zauberkünste, wegen Entführung meiner Tochter sowie – äh –«

Er stockte und fuhr dann fort: »Sowie wegen sonstiger verbotener Sachen; das wird mein Justizminister schon klären! Wir werden dich zwingen, o Aladdin, endlich deine Geheimnisse und die Quellen deines Reichtums zu offenbaren und das Rätsel dieses Schlosses zu lösen! Das wäre ja noch schöner, wenn in meinem Lande plötzlich ganze Schlösser verschwinden! Nächstens fliegt noch mein eigener Palast davon!«

Und man brachte Aladdin ins Gefängnis und warf ihn in einen tiefen, dunklen Kerker. Dem Volke aber blieb nicht verborgen, was geschah, denn man hatte ja schließlich gesehen, wie der gefesselte

Aladdin durch die Stadt geführt wurde. Und das Volk rottete sich zusammen.

Da hörte Aladdin in seinem Kerker, wie das Volk nach ihm rief, denn man liebte ihn und nannte ihn den Befreier. Das Volk hatte die guten Taten, die er getan, nicht vergessen, und er war beliebter als der König.

Es ertönte aber ein scharfes Kommando, und die Wächter des Gefängnisses fällten die Lanzen und drangen ein auf das murrende Volk und suchten es zu zerstreuen. Und der Kommandant hob seine Nilpferdpeitsche und schlug sie einer Frau, die nicht weichen wollte, ins Gesicht.

Da brüllte das Volk in jäher Wut, und ein Tumult erhob sich, und immer mehr Menschen strömten herbei, und man überwältigte die Wachen und schlug das Tor ein und stürmte das Gefängnis. Und Aladdin wurde befreit.

Die Menge hob ihn auf die Schultern und zog mit ihm zum Schloss des Königs, obwohl sich Aladdin dagegen wehrte, und dichte Menschenmassen drängten sich vor dem Palast und schrien: »Tod dem Tyrannen! Es lebe Aladdin, der Befreier!«

Da zitterte der König. Aladdin sprang von den Schultern der Rebellen und betrat den Palast, ging zum König und sprach:

»O großer König! Nicht ich habe diesen Aufruhr angestiftet, sondern das Volk hat mich befreit aus Empörung gegen das Unrecht, das du mir antatest. Ich bin bereit, diese Menschen nach Hause zu schicken und den Tumult zu beenden – ja, ich bin sogar bereit, mich deinem Gericht zu stellen. Ich bitte dich nur um eine Frist von vierzig Tagen. Bringe ich bis dahin deine Tochter nicht zurück, so tue mit mir, was du magst!«

Der König gewährte alles, was Aladdin wollte, und Aladdin trat auf den Balkon und sprach zur Menge und beruhigte sie, und sie verlief sich.

Dann verließ Aladdin den Palast und ging in seinen Garten, der einst das Schloss umgeben hatte und nun einen kahlen Fleck Erde umrahmte, setzte sich an seinen Lieblingsplatz, atmete tief und betete zu Allah um Erleuchtung und Hilfe. Und er dachte darüber nach, was zu tun sei.

Aber es fiel ihm nichts ein, was eine Lösung bringen konnte, und verzweifelt hob er die Hände gen Himmel.

Und siehe, da glitzerte in der Sonne der Ring, den er trug und den er fast vergessen hatte; denn nie wieder hatte er daran gedreht, seit er die Wunderlampe besaß.

Und er schöpfte Hoffnung und drehte den Ring, und es erschien der Zwerg, verneigte sich und sprach:

»Zu deinen Diensten!«

»Bitte«, rief Aladdin, »bringe das Schloss mit meiner Frau und meiner Mutter und der Wunderlampe und allem, was darinnen ist, wieder an seinen alten Platz!«

»Das kann ich nicht«, sagte der Zwerg, »denn ich kann nichts tun, was gegen meinen Herrn geht oder gegen so mächtige Wesen wie den Lampendämon. Schließlich bin ich nur ein kleiner Geist, ein Wurzelzwerg – –«

»Ja, ja, ich weiß«, rief Aladdin, »so nimm wenigstens mich und trage mich dorthin, wo jetzt das Schloss steht.«

»Das ist schon eher möglich«, sagte der Zwerg, und im gleichen Augenblick stand Aladdin vor seinem Schloss, und es war mitten in maurischer Wüste. Und er schwang sich durch eines der Fenster hinein, lief die Treppe empor und betrat das Zimmer seiner Frau.

Da weinte Badr el Budur vor Freude, ihn wieder zu sehen. Und sie sprach:

»O Aladdin, mein Lieber, dieser böse Zauberer hat mir erzählt, du wärest tot. Doch ich glaubte es nicht. Er will mich zwingen, seine Frau zu werden, und er ist im Besitze mächtiger magischer Mittel. Was soll nur werden aus uns? Wenn er dich hier findet, wird er dich auf der Stelle töten, oder er wird den Geistern, über die er gebietet, befehlen, dich zu zerreißen!«

»Und wo ist meine Mutter?«, fragte Aladdin.

»Sie schläft«, sagte die Frau, »ihr ist nichts geschehen. Was aber willst du nun tun?«

»Ich bin einfach hergekommen«, entgegnete Aladdin, »so schnell ich konnte – ganz ohne Plan und Überlegung. Doch ich bin überzeugt, dass sich ein Weg finden wird, dem Zauberer zu entgehen oder ihn zu überwinden. Ja, wenn ich in der Magie so bewandert wäre wie er,

dann fände sich bestimmt ein Gegenzauber. Aber ich habe nicht viele der geheimen Zauberbücher in meinem Besitz und bin nur unvollständig eingeweiht.«

Da wies seine Frau auf ein altes Buch, das auf dem Diwan lag, und sprach: »Schau her, das ist so ein Zauberbuch, das der Maure hier liegen ließ.« Denn bekanntlich war ja dieser Zauberer ein wenig vergesslich.

Aladdin blätterte darin, fuhr plötzlich auf, eilte in den Nebenraum und vertiefte sich in das siebente Kapitel. Es war darin aber zu lesen, wie man Geister und Elementarwesen an einen Ring bindet, auf dass sie erscheinen und dem Herrn des Ringes dienen müssen, wenn er in bestimmter Weise an dem Ringe dreht. Und es stand dort auch geschrieben, nach einer alten Übersetzung aus dem Ägyptischen, wie man sie wieder löst aus dem Bann und wie man sie von der Herrschaft ihres jeweiligen Meisters frei macht und unter die eigene Herrschaft zwingt.

Sofort ging Aladdin ans Werk. Er murmelte die vorgeschriebenen Beschwörungen, zog das Sternzeichen des salomonischen Siegels, das die Geister bannt, drehte neunmal den Ring nach rechts und siebenmal nach links und sagte den Bannspruch, der mit den Worten endete:

> *»Ich löse dich von deinem Herrn*
> *Und binde dich an meinen Stern!«*

Dann drehte er noch einmal den Ring, und der Zwerg erschien, verneigte sich dreimal tief und sprach:

»Ganz zu deinen Diensten, o Herr und Meister!«

Und Aladdin fragte: »Ist nun der Bann von dir genommen, dass du nichts mehr tun darfst, was gegen jenen Zauberer geht –?«

»Ja«, sagte der Zwerg, »hinfort bist du mein Herr, und ich bin aller Pflichten wider den Mauren ledig. Und ich bin recht froh darüber, wenn ich das in aller Bescheidenheit hinzufügen darf, die einem kleinen Geist und Unterdämon gebührt!«

»Warum?«, fragte Aladdin.

Und der Geist entgegnete: »Weil du, o Ala ed Din, ein milderer Herr bist als jener. Nur selten hast du mich gerufen im Lauf der Jahre, da

der Ring an deinem Finger war, und in der Zwischenzeit konnte ich in der Sphäre der Geister und Kobolde bleiben und tun, was ich wollte. Auch warst du, obwohl du doch Macht über mich hast, immer höflich mit mir und plagtest mich nicht. Jener aber hetzte mich umher in seinen Diensten, benutzte mich zu recht ärgerlichen Arbeiten, über die ich lieber schweigen möchte, und er beschimpfte mich, wie es die Menschen, leider, mit ihren menschlichen Sklaven zu tun pflegen, und plagte mich sehr durch magische Macht. Denn jener ist ein Bösewicht, dem die Zwerggeister ungern dienen. Wie gern hätte ich ihm den Hals umgedreht! Doch ich war ja im Bann.«

»Nun«, sagte Aladdin, »wenn du das gerne möchtest, so ließe es sich wohl machen. Er suchte mich zu vernichten, raubte meine Frau und wird mich sicher umbringen, wenn er mich hier sieht. Ich habe keinen Grund, deinen Zorn auf ihn zu zügeln. Vielmehr erwarte ich, dass du mich schützest vor ihm, wenn er das Zimmer betritt.«

»Du gibst ihn mir frei?«, fragte der Zwerg und hüpfte vor freudiger Erregung von einem Bein aufs andere.

»Ja«, sagte Aladdin, »sofern du Macht über ihn hast.«

»Die habe ich«, rief der Geist, »denn er ist ja nur ein Mensch, wenn auch ein zauberkundiger. Ich aber bin ein Geist – ein kleiner natürlich, aber doch immerhin … Wenn er daher nicht gerade den Schutz mächtigerer Geister anruft, als ich es bin, oder gerade den Bannkreis zieht – wenn ich ihn also überrasche, dann kann ich ihm schon an den Kragen! Es muss freilich schnell gehen.«

»Das soll es«, sagte Aladdin, »ich werde dich rufen, wenn es an der Zeit ist.«

Und der Zwerg verschwand. Aladdin aber wollte eben zurückgehen in das Gemach seiner Frau, da erklangen Schritte, und die Türen schlugen, und er hielt ein und verbarg sich und sah durch den Türspalt, wie der Zauberer eintrat in das Zimmer Badr el Budurs und sich ihr näherte.

Aladdin konnte nicht verstehen, was er flüsternd zu ihr sagte, doch er musste sehen, wie sie der Maure plötzlich packte, an sich riss und davonzerren wollte.

Da stieß er die Tür auf, sprang hinzu und zog blitzschnell sein Schwert. Doch ebenso schnell hielt der Maure mit eisernem Griffe

Badr el Budur zwischen sich und Aladdin, so dass Aladdin nicht zu-schlagen konnte, ohne seine Frau zu treffen.

Und Aladdin sah, wie der Zauberer plötzlich mit einer Hand losließ, in die Tasche fuhr und die Wunderlampe herauszog. Sicher wollte er an ihr reiben und durch den Riesen Aladdin töten lassen. Da drehte Aladdin mit raschem Ruck den Ring.

Und der Zwerg erschien, verbeugte sich hastig und auf Aladdins Kopf-nicken schlug er dem Mauren die Lampe aus der Hand, dass sie über den Boden rollte, fuhr wie ein Wirbelsturm um den fassungslosen Zau-berer herum, packte ihn am Genick und flog mit ihm aus dem Fenster.

Atemlos stürzte da Badr el Budur an ihres Mannes Brust und weinte vor Aufregung und fragte ihn, ob sie nun gerettet seien und was mit dem Zauberer geschehe.

Aladdin aber hob als Erstes die Wunderlampe auf und steckte sie ein, dann trat er ans Fenster und blickte hinaus. Doch er sah nichts weiter als Wüste und Himmel.

Aber da erschien der Zwerg, ver-beugte sich und sprach: »Es ist al-les aufs Beste erledigt!«

»Was geschah mit dem Mauren und wo ist er?«, rief Aladdin aus.

»In der Hölle!«, sagte der Geist. »Er ist dort, wo alle bösen Zau-berer enden und wohin jegli-che schwarze Magie eines Tages führt. Nie wieder werdet ihr von ihm hören. Steht sonst noch etwas zu Diensten? Zwar kam ich schon drei Mal innerhalb von neun Ta-gen, aber in diesem Falle …«

»Nein, danke«, sagte Aladdin, »ich bin nun wieder im Besitz der Wunderlampe und gebiete somit über ein mächtigeres magisches

Werkzeug. Dir aber will ich danken, indem ich dir hinfort deine Ruhe lasse und dich nie wieder rufe – es sei denn in höchster Gefahr, wie es heute war. Ansonst aber brauchst du um meinetwillen die Sphäre der Geister nicht mehr zu verlassen, solange ich lebe.«

Da verbeugte der Zwerg sich tief und sprach: »Weise sprichst du, denn die Hilfe der Geister sollen Sterbliche nicht bemühen, es sei denn zu edlem Zweck oder in tiefer Not. Wer es dennoch tut, begibt sich immer in Gefahren. Du aber, o Ala ed Din, bist reinen Herzens und du wirst nicht enden, wo die bösen Zauberer enden, sondern dich erheben zur weißen Magie, die vom Himmel ist. Das ist dein Weg – und so viel darf ich dir sagen, obwohl ich nur ein kleiner Geist bin, ein Geistchen, wie du weißt, ein Unterdämon und Wurzelzwerg … Leb wohl.«

Aladdin aber rieb an der Lampe und befahl dem Riesen, das Schloss mit allem, was darinnen war, emporzuheben und wieder hinzusetzen an die Stelle, an der es früher stand.

Und der Riese verbeugte sich stumm.

Der König aber hatte unterdessen längst seinen Jähzorn wider Aladdin bereut und war sehr unglücklich; und der Schmerz um den Schwiegersohn und die Trauer um die Tochter zerrissen sein Herz.

Auch hatte er nach jenem Aufstand des Volkes begriffen, dass seine Herrschaft vieles zu wünschen übrig ließ, obwohl das Land blühte – denn sonst wäre Aladdin nicht so sehr viel beliebter gewesen als er, der König.

So beschloss er denn mit dem Wesir und seinen Räten eine Reihe neuer Gesetze und er ließ die Rädelsführer der Rebellion, die Aladdin befreit und ›Tod dem Tyrannen!‹ gerufen hatten, nicht verfolgen. Und sie beruhigten sich und freuten sich seiner Großmut, und es dauerte nicht lange, da riefen die gleichen Leute, wenn er durch die Straßen ritt: ›Es lebe der König!‹

Doch er war verzweifelt ob des verschwundenen Schlosses und dachte an seine Tochter und weinte. Und immer wieder ritt er aus und starrte auf den kahlen Fleck, wo einst das Schloss gestanden hatte.

Eines Tages aber, siehe, da traute er seinen Augen kaum: denn ganz wie früher erhob sich schimmernd das Schloss mit den schlanken Türmen, und aus dem Portal traten Aladdin und Badr el Budur und kamen ihm entgegen.

Da sprang er vom Pferd und umarmte sie, und sie freuten sich bis an die Grenzen der Freude. Aladdin aber erzählte dem König von dem bösen Zauberer und wie er ihn überwunden habe durch magische Hilfe. Von der Wunderlampe indessen sagte er nichts, denn er wollte, dass dies sein Geheimnis blieb.

Nach seinem Tode aber, so dachte er bei sich, sollte sie derjenige erhalten, der ihm der Würdigste schien – sofern er sich nicht entschließen würde, wie seine Mutter es wünschte, das Geheimnis mit ins Grab zu nehmen und die Zauberei zu beenden für alle Zeit.

Es ist aber nicht bekannt, was am Ende daraus wurde. Denn es lebte zwar Aladdin mit seiner Frau und seiner Mutter noch lange in dem Schloss und es ging Glück und Frieden von ihm aus über das ganze Land – doch von der Wunderlampe hat kein Mensch mehr etwas gehört.

So erzählte Scheherazade.

Der König Schahriar aber sagte: »Nie wieder hörte man von der Lampe? Wie schade! Und auch nicht vom Zauberring?«

»Nein«, sagte Scheherazade, »nie wieder.«

»Das ist wirklich schade«, sagte der König, »ach, eine solche Wunderlampe müsste man haben! Doch höre, o Scheherazade, von anderen und ähnlichen Lampen oder Ringen hat man doch noch des Öfteren erfahren aus den alten Märchen und Sagen?«

»O ja«, sagte Scheherazade, »so weiß man zum Beispiel von Maruf, dem Schuhflicker, der ebenfalls einen Zauberring gewann. Doch das ist eine andere Geschichte.«

»Erzähle sie!«, rief der König. »Gleicht jener Maruf unserm Aladdin? Gern hätte ich noch mehr von solchen Männern gehört!«

»Er gleicht ihm nur wenig«, sagte Scheherazade, »doch auch Marufs Weg ist wundersam. Und auch er sprach mit den Dschinnis!«

»Erzähle!«, rief da aufs Neue der König. »Erzähle von Maruf mit dem Zauberring!«

Und Scheherazade erzählte.

Die Geschichte von Maruf dem Schuhflicker

In einer Zeit, die längst vergangen ist, lebte ein Mann in Kahira, der war Schuhflicker und hieß Maruf. Es ging ihm nicht gut, denn er war arm.

Ärger aber als die Armut plagte ihn Fatma, seine Frau. Zwar war sie recht hübsch, doch herrschsüchtig, zänkisch und böse. Maruf hingegen war ein milder Mann, nachsichtig, gelassen und gütig. Ebendies aber nutzte Fatma aus, stritt mit ihm, setzte ihren Willen durch und warf ihm wohl auch einmal einen Topf oder Krug an den Kopf, ja, es kam nicht selten vor, dass sie ihm im Verlauf eines Streites eine schallende Ohrfeige gab.

Nun hätte sich Maruf unschwer ihrer erwehren können, denn er war ein kräftiger Mann. Doch gerade das Bewusstsein seiner Kraft hielt ihn ab, diese Kraft zu gebrauchen. Denn er sagte sich: ›Wenn ich einmal zuschlage, wer weiß, dann kann ich mich am Ende nicht zügeln und verletze sie oder bringe sie gar um.‹ Und das wollte er nicht, obwohl er schrecklich unter ihr litt. Doch er war nun einmal ein friedlicher Mensch, der nichts nachtrug und immer hoffte, es würde mit der Zeit schon alles besser werden, seine Armut, sein kümmerliches Leben und die Streitbarkeit seines Weibes.

Aber das wurde nicht besser. Und um des Friedens willen gab er nach und flüchtete, wenn sie in Wut geriet, und tat alles, sie nicht zu reizen. Und er lebte sein eigenes Leben in seiner Schusterwerkstatt und machte sich seine Gedanken über den Lauf der Welt und des Menschen wunderlichen Weg auf Erden, und er sagte sich, man müsse sein Schicksal auf sich nehmen. Dann würde Allah, so glaubte er, am Ende alles zum Besten wenden. So wuchs er an Weisheit, doch weder an Reichtum noch an Gewalt über sein Weib.

Und die Nachbarn spotteten seiner. Sie hatten ihre Freude an der Art, wie Fatma ihren Mann behandelte, denn des Menschen Sinn ist so, dass die Schadenfreude zu den aufrichtigsten aller Freuden gehört. So sagten schon die Alten vor undenklichen Zeiten, und Maruf erkannte,

dass die Menschen seither, so viel sie auch immer vorangekommen waren in äußeren Dingen, sich wenig geändert hatten in ihrem Trachten und Tun.

Doch es kam der Tag, da auch Maruf, dem Geduldigen, die Geduld riss, und es löste dies eine Reihe von Ereignissen aus, die sein Leben von Grund auf verändern sollten. So kann ein Kiesel einen Steinschlag erzeugen in den Bergen des Atlas und eine Ohrfeige einen Aufruhr im Lande. Bei Maruf war es ein Kochlöffel, mit dem die Wendung in seinem Leben begann, oder eigentlich, bevor noch der Löffel eine Rolle spielte, ein Honigkuchen.

»Bring mir heute Abend einen Honigkuchen mit«, sagte Fatma zu ihm, als er sich anschickte, in die Stadt zu gehen, »denn es gelüstet mich danach. Aber es muss einer sein aus feinstem Bienenhonig!«

»O Fatma«, sagte da Maruf, »du Tochter der Gier, vergisst du ganz, dass wir arme Leute sind und dass in dieser Woche die Geschäfte so schlecht gingen wie noch nie? Es ist kein Geld in der Kasse, und unsere letzten Drachmen dürfen wir nicht verwenden für Leckereien.«

»Honigkuchen, Honigkuchen!«, schrie darauf wütend die Frau. »Einen Honigkuchen will ich und basta! Andere Frauen können auch Honigkuchen essen, warum nicht ich?«

»Weil andere Frauen wohlhabendere Männer haben«, sagte Maruf milde, »wir aber sind nun einmal arm!«

»Dann verdiene mehr!«, rief die Frau. »Du bist eben untüchtig und unnütz und blöde. Ich will meinen Honigkuchen!«

»Ich bin nicht untüchtig«, sagte Maruf, »ich bin ein Schuhflicker. Du hättest einen König heiraten sollen, o Fatma, mein Täubchen!«

»O du Büffel!«, rief Fatma. »Du Esel von Mann! Dann werde doch König!«

»Ich kann nicht zaubern«, entgegnete seufzend der Schuhflicker.

»Dann lerne doch zaubern!«, sagte höhnisch die Frau.

Maruf aber antwortete ganz ernst: »Wer weiß denn, ob nicht auch ein Schuhflicker Zaubermacht gewinnen kann, ja, ob er nicht am Ende sogar ein König zu werden vermag ... Alles ist möglich hienieden, nur dass du heute einen teuren Honigkuchen verspeist, das scheint mir nicht gut möglich zu sein.«

Er wusste aber nicht, als er das sagte, dass seine Worte eine Prophe-

zeiung enthielten, und auch Fatma wusste es nicht. Sie fasste vielmehr einen langgestielten Bambuslöffel, schwang ihn wie eine Reitgerte und rief:

»Honigkuchen, Honigkuchen! Mit diesem Kochlöffel werde ich dich prügeln, du Jammergestalt, wenn du mir ohne Honigkuchen nach Hause kommst!«

Da flüchtete Maruf. Zwar fürchtete er sich weniger vor dem Kochlöffel als vor dem Mundwerk seiner Frau, aber er zog es vor, den Streit zu beenden und in die Stadt zu gehen und an schönere und wichtigere Dinge zu denken als an Kochlöffel, Honigkuchen und keifende Weiber.

Als er aber in der Stadt war, sann er doch darüber nach, wie er zu einem Honigkuchen kommen könnte, und da er kein Geld hatte, ging er in das erste beste Haus und fragte an, ob hier Schuhe zu flicken wären oder sonst ein Dienst zu leisten. Und wiewohl er sich wie ein Bettler vorkam dabei, denn er war es gewöhnt, in seiner Werkstatt zu arbei-

ten und den Kunden nicht nachzulaufen und sie zu belästigen, tat er es doch um Fatmas willen. Und er fand auch allerlei geringe Arbeit, und statt spazieren zu gehen und dann die große Moschee zu besuchen, wie er sich's gewünscht hatte für diesen ersten freien Tag nach langer und harter Arbeitszeit, mühte er sich ab und brachte gerade so viel Geld zusammen, dass es, wie er meinte, für einen Honigkuchen genügte.

Darüber verging die Zeit, und er gab seinen Spaziergang auf und den Besuch der Moschee und betrat eines Konditors Laden. Da aber musste er sehen, dass das Geld nicht reichte für die Kuchen aus gutem Bienenhonig, und er klagte dem Zuckerbäcker, mit dem er ins Gespräch kam, sein Leid.

Da lachte der und rief: »O du Pantoffelheld, was fürchtest du dich vor deinem Weibe? Meiner Frau, wenn sie so wäre wie deine, der würde ich's schon besorgen, dass du's nur weißt, du Walfisch an Wohlwollen und Löwe an Langmut! Doch eine Maus an Männlichkeit musst du wohl sein, dass du eines Honigkuchens wegen so verzweifelt bist!«

Da schämte sich Maruf seines Weibes, seiner Geschwätzigkeit und der erbärmlichen Rolle, die er spielte in diesem ärmlichen Dasein, obwohl er doch ein Mann von Weisheit war und wohl im Stande, mehr zu leisten, als alte Schuhe zu flicken und sich vor seiner Frau zu fürchten. Und blass vor Zorn und Beschämung wandte er sich zum Gehen.

Da rief ihm der Zuckerbäcker zu: »Nimm mir meine Worte nicht übel – ich habe gut reden, denn ich habe eine vortreffliche Frau und kann mich wohl nicht recht in deine Lage versetzen. Und was den Kuchen betrifft, so reichen deine paar Drachmen zwar nicht für den feinsten aller Honigkuchen, wohl aber für diesen hier, schau her! Das ist ein Honigkuchen, der nicht aus Bienenhonig ist, sondern aus Rohrzucker, und fürwahr, der schmeckt auch sehr gut!«

So kaufte denn Maruf den Honigkuchen aus Zucker, seufzte, ging heim und brachte ihn seiner Frau.

Fatma aber rief: »Das soll ein Honigkuchen sein? Ich habe Honigkuchen aus Honig verlangt, und zwar aus bestem Bienenhonig, nicht aus Zuckerzeug und Bäckerdreck!«

»Beruhige dich«, sagte Maruf, »ich habe viele Stunden dafür arbeiten müssen und außerdem schmeckt er auch sehr gut.«

»Honigkuchen, Honigkuchen!«, schrie da wütend die Frau, ergriff den Bambuslöffel, gab ihrem Mann einen Stoß, dass er stolperte und über den Diwan fiel, und schlug auf ihn ein.

Und so verblüfft war der arme Maruf, dass er sich's gefallen ließ, wie Fatma, einer Panterkatze gleich, über ihn herfiel und ihn prügelte mit dem langen Löffel und ihn schäumend beschimpfte und ihm auch noch den Honigkuchen mitten ins Gesicht warf, wo er ein Weilchen kleben blieb.

Das aber war der Augenblick, da Maruf, dem Geduldigen, die Geduld riss. Und er nahm seine Frau, entwand ihr den Kochlöffel, legte sie über das Knie und schlug sie mit des Löffels Stiel. Es war das erste Mal, dass er dergleichen tat, und es befreite ihn sehr, und er legte alle seine geheime Wut und Enttäuschung in seine Schläge, und obwohl Fatma mörderisch schrie, züchtigte er sie, bis dass der Löffel zerbrach. Und auch dann wollte er noch nicht aufhören und setzte sein Werk noch eine Weile fort.

Es kreischte aber Fatma, als würde sie umgebracht, und die Nachbarn liefen zusammen und drangen schließlich ein in die Wohnung und trennten die beiden, und Fatma erhob sich und lief schreiend in die Küche; Maruf aber ging ganz erschöpft in seine Werkstatt. Die Nachbarn aber freuten sich – teils, weil die böse Fatma ihre Strafe erhalten hatte, teils, weil es überhaupt so eine Sache zu sehen und zu hören gab. Denn Schadenfreude fragt ja wenig danach, wessen Schade es gerade ist, sofern man nur selber nicht Schaden nimmt. So jedenfalls waren die Nachbarn, und sie gingen hocherfreut in ihre Wohnungen zurück.

Auf solcherlei hässliche Weise begann die Wendung in Marufs Leben, und zunächst sah es aus, als ob alles noch viel hässlicher werden sollte.

Denn als er am nächsten Tag in seinem Laden saß, dieweil seine Frau sich nirgends blicken ließ, traten zwei bewaffnete Gerichtsdiener ein und forderten Maruf auf, ihnen zu folgen und vor dem Kadi zu erscheinen.

Beim Kadi aber fand Maruf seine Frau, und sie hatte schluchzend von ihres Mannes Tat berichtet und alles gewaltig übertrieben. Und es waren auch die Nachbarn zur Stelle.

Und der Kadi fragte: »O Maruf, du giltst in der Stadt, wie man mir sagt, als ruhiger und maßvoller Mann, ja, fast als ein Weiser. Wie kommst du dazu, deine Frau zu misshandeln?«

Da erzählte Maruf, der Wahrheit getreu, wie alles gewesen war, und der Kadi murmelte vor sich hin: »Bei Allah, das hätte ich auch getan!« Und als alle Zeugen bestätigt hatten, dass es sich so verhielt mit Maruf und Fatma, wie der Schuhflicker gesagt hatte, erhob sich der Kadi und sprach:

»Verständlich war dein Verhalten, o Maruf, und dein gutes Recht. Es steht keine Strafe darauf, und ich spreche dich frei. Und ich vermahne euch beide und fordere euch auf, euch hinfort zu vertragen, wie es sich gehört zwischen Mann und Frau, und euch nicht mit Löffeln zu prügeln und mit Kuchen zu werfen und eure Nachbarn zu stören durch Gerauf und Geschrei. Dir aber, o Maruf, schenke ich hiermit einen Dinar und trage dir auf, davon für Fatma, deine Frau, einen Honigkuchen zu kaufen.«

Und lächelnd fügte er hinzu: »Aus bestem Bienenhonig!«

Und er schloss die Verhandlung. Kaum aber war Maruf zurückgekehrt in seinen Laden, bereit zur Versöhnung, dieweil seine Frau einen anderen Weg genommen hatte und verschwunden war, da kamen die Gerichtsdiener aufs Neue und forderten ihren Lohn für die Vorladung.

»Aber was denn«, sagte da Maruf, der kein Geld mehr besaß und für den Dinar des Kadis bereits einen Honigkuchen gekauft hatte, wie ihm aufgetragen war, »man hat mich doch freigesprochen – ja, der Kadi hat mir sogar noch etwas geschenkt!«

»Das ist ganz gleich«, sagten die Gerichtsdiener, »unseren Lohn zahlt der Angeklagte. Her damit!«

Da aber Maruf wirklich nichts hatte, ging er mit den Häschern auf den Bazar, verkaufte einige seiner Schusterwerkzeuge und bezahlte den Lohn. Und es kam ihn sehr hart an.

In seinem Laden sann er lange nach, wie er wieder zu dem Werkzeug kommen konnte, dessen er dringend bedurfte, und Kummer war in seinem Herzen. Da ging die Tür auf, und er meinte, dass Kunden kämen, doch wieder waren es zwei Gerichtsdiener und forderten ihn auf, ihnen zu folgen und vor den Kadi zu treten.

»Das muss ein Irrtum sein!«, rief Maruf entsetzt. »Denn ich war ja schon vor dem Kadi und bin freigesprochen worden! Und eben habe ich zwei Gerichtsdiener entlohnt.«

»Das geht uns nichts an«, sagte einer der beiden Häscher, »das war ein anderer Kadi. Deine Frau hat dich vor unserem Kadi von neuem verklagt, und so muss dich der Kadi sehen, denn Ordnung muss sein.« Und sie packten ihn. Da ging er mit, trat vor den Kadi, erzählte noch einmal die ganze Geschichte und berichtete auch, was der andere Kadi gesagt hatte.

Der neue Kadi nickte, sah Maruf an und dann Fatma, und da er ein Menschenkenner war, erkannte er, wie es stand mit den beiden.

Und er bestätigte des ersten Kadis Urteil und fügte hinzu: »Auch ich spreche dich frei, o Maruf, aber einen Dinar werde ich dir nicht schenken, denn ein zweiter Honigkuchen ist nicht vonnöten. Auch bin ich ein sparsamer Mann. Begnüge dich also mit meinem Wohlwollen und geh nach Hause. Du aber, o Fatma, kannst in Zukunft getrost auch Honigkuchen aus Rohrzucker essen, denn sie schmecken wirklich sehr gut.«

Erleichtert ging Maruf heim in den Laden, aber er war noch nicht lange da, als die beiden Häscher erschienen und wie ihre Vorgänger den Gerichtsboten-Lohn verlangten. Maruf erklärte ihnen alles, wies auf seine wenigen Werkzeuge und zeigte ihnen die leere Kasse, doch sie waren unerbittlich, schleppten ihn auf die Straße und zwangen ihn, weitere Sachen zu verkaufen. Dann nahmen sie ihren Lohn und entschwanden.

Dieses Spiel aber wiederholte sich noch ein drittes Mal, nur dass bei dem dritten Kadi Fatma behauptete, Maruf habe sie inzwischen aufs Neue grässlich misshandelt. Doch auch der dritte Kadi glaubte Maruf mehr als Fatma und sprach ihn frei. Und er sagte:

»Sieben Kadis hat Kahira, und wenn es selbst siebenundsiebzig hätte oder siebenhundert – ein anderes Urteil wird nicht ergehen. Deshalb verbiete ich dir, o Fatma, du Teufelsbraten, die Gerichte noch länger zu belästigen mit deinem Honigkuchenstreit! Sonst erreichst du es noch, dass das Gericht sich einen Kochlöffel bringen lässt und deinen Mann ersucht, uns noch einmal ganz genau vorzumachen, wie er mit dir verfuhr. Denn viel genützt scheint es nicht zu haben.«

Dies sagte er mit ruhiger Stimme. Dann schlug er plötzlich mit der Faust auf den Tisch und brüllte: »Vertragt euch!«

Und Maruf und Fatma versicherten, sie würden es tun. Aber Fatma lief aufs Neue davon, und Maruf ging allein nach Hause, und wieder kamen die Häscher und wollten Geld, und so verlor er sein letztes Werkzeug.

Da war es aus mit Marufs Beruf, und Fatma hatte ihn ruiniert, ohne dafür bestraft werden zu können von irgendeinem Gericht. Auch blieb sie fort von zu Haus, und Maruf wusste nicht, wo sie war.

Doch er wollte es auch gar nicht wissen, denn er fühlte sich nicht mehr gebunden an sie. Er schloss seinen Laden, verkaufte das wenige, das er noch hatte, und kaufte dafür Käse und Brot und steckte es ein. Den Honigkuchen aber ließ er liegen. Dann trat er auf die Straße und ging einfach davon. Und er ging immer weiter und verließ die Stadt und kam auf die Landstraße und machte sich auf die Wanderschaft. Und er hoffte, in Gegenden zu kommen, wo das Glück ihm günstiger sein würde als in Kahira, der Stadt der hartherzigen Häscher und der schadenfrohen Nachbarn.

Und er vergaß seine Frau. Trotz der ungewissen Zukunft, der er entgegenging, fühlte er sich frei wie schon seit langem nicht mehr. So zog Maruf, der Schuhflicker, dahin – und es war dies die Wende in seinem Dasein, die begonnen hatte mit einem Kochlöffel und einem Honigkuchen.

Nach einiger Zeit begann es in Strömen zu regnen, und Maruf schaute sich um nach einem Unterschlupf. Er befand sich aber in einer verlassenen Gegend, die er nicht kannte und die ihm nun, da der Himmel sich verfinsterte, ein wenig unheimlich vorkam. Endlich entdeckte er ein altes Gemäuer, das war verfallen und überwuchert mit Efeu und allerlei Gestrüpp. Und er fand ein Mauerloch und schlüpfte hinein, und die Steine bröckelten unter seinen Füßen. Er kam aber in ein altes Gewölbe unter der Erde, das bot Schutz vor dem Regen, der nun wie aus Schläuchen herniederstürzte, doch es war finster und trostlos, und die Luft roch nach Moder und Gruft und versunkenen Geheimnissen.

Dort setzte sich Maruf hin und wartete in Geduld, doch das Rauschen des Regens und die dunkle Ruine stimmten ihn traurig, und die Zukunft schien ihm nun nicht mehr so hell und frei wie zuvor auf der

Landstraße. Und er sprach vor sich hin, wie es Menschen tun, die viel allein sind, seufzte und sagte:

»Ach, warum bin ich so arm?«

Und er seufzte noch einmal und sprach: »Gibt es denn niemanden, der mir helfen könnte?«

Und er erhob sich, ging auf und ab, seufzte ein drittes Mal und rief: »O Allah, ich bin dein getreuer Diener – ist's denn unmöglich, mir Hilfe zu schicken in meiner Einsamkeit? Werde ich nie erkennen, was ich tun soll und welchen Weg ich zu gehen habe im Leben?«

Bei diesen Worten rannte er, weil es finster war, mit dem Kopf an die Wand, und es tat einen Bumperer.

Und siehe, da spaltete sich die Wand, und aus dem Riss in der Mauer, der sich auftat wie ein verborgenes Tor, trat ein Dschinni, ein schrecklicher Geist, gewaltig groß und Furcht erregend von Gestalt. Und er rief mit dröhnender Stimme:

»Was geht hier vor? Wer ruft mich?«

Und er sah auf Maruf herab, und der Schuhflicker fürchtete sich und flüsterte:

»Ich weiß ja nicht! Ich habe keine Ahnung, was hier vorgeht, verehrter Dschinni – ich habe dich nicht gerufen, sondern nur mit mir selber gesprochen und aus Versehen an die Mauer gebumst.«

Da sagte der Geist: »Seit zweihundert Jahren hause ich hier, und niemals betrat eines Menschen Fuß das Gemäuer, das einst ein Palast war in uralten Zeiten – aber das ist eine Geschichte, die dich nichts angeht. Seit zweihundert Jahren jedenfalls hat kein Mensch meine Ruhe gestört. Bis du hierher kamst mit deinem Gejammer und Gebumper! Was ist's denn mit dir?«

Und Maruf zitterte. Den Dschinni aber erfasste Mitleid mit ihm und vielleicht auch ein wenig Neugier, weil er so lange keinem Sterblichen begegnet war, und er sagte:

»Beruhige dich. Ganz gerne höre ich, da ich nun einmal wach bin, eines Menschen Stimme. Berichte denn, wer du bist, woher du kommst und was du begehrst.«

Da erzählte ihm Maruf von Kahira und seiner Armut und von Fatma, der bösen Frau, von den Kadis und den Gerichtsdienern und wie er sich aufgemacht habe zur Wanderschaft in ein neues Leben.

Und er fühlte sich sehr erleichtert nach diesem Bericht. Der Dschinni aber hatte aufmerksam zugehört und sprach nun:

»Ich sehe, du bist von der Art, die den Geistern nicht übel gefällt, wenn du auch aus deinem Leben noch nichts zu machen wusstest, du Armer. Aber dir kann noch geholfen werden. Sage mir denn, wohin du willst.«

»Ich weiß ja nicht«, sagte wiederum Maruf, »ach, ich möchte in irgendein Land, das weit weg ist von Kahira und Fatma und meinem alten Leben. Und es sollte ein Land sein, in dem es auch ein Fremder zu etwas bringen kann und das mir günstiger ist als meine Heimat.«

»Kurzum«, sagte der Geist, »du willst, was alle wollen: reich und mächtig werden! Ist es an dem?«

»Nicht unbedingt«, sagte Maruf, »Reichtum wäre natürlich sehr angenehm für mich, aber ich trachte nicht nach Macht, und auch auf den Reichtum kommt es mir weniger an als auf das Bewusstsein, den

rechten Weg gefunden zu haben und etwas zu sein und eine Zukunft zu haben und nicht zu verkümmern in Schuhflickernöten und Weibergezänk.«

Da lachte wohlwollend der Dschinni und rief: »Du sollst dennoch reich und mächtig werden, denn gerade Menschen wie du werden den besten Gebrauch machen von der Macht wie vom Gelde. Aber ganz so einfach wird es nicht sein, und du wirst dich zu bewähren haben in noch mancher Gefahr und geprüft werden, ohne dass du es merkst. Aber auch magische Hilfe wirst du erfahren. Geh denn deinen Weg … Ich bringe dich in eine Stadt, die dir gefallen wird.«

Damit setzte er Maruf auf seine gewaltigen Schultern, trat aus der Ruine, erhob sich in die Lüfte und flog wie ein Adler über Wüsten und Wälder, Gebirge und Flüsse. Und es wurde Nacht, und der Mond ging auf, und sie flogen im Mondlicht, und es glänzte die Erde.

Als der Morgen dämmerte, setzte der Dschinni Maruf zu Boden auf dem Gipfel eines hohen Berges. Dann deutete er hinab ins Tal und sagte: »Geh!«

Das war alles. Bevor noch Maruf etwas antworten konnte, war der Dschinni verschwunden. So machte sich der Schuhflicker denn an den Abstieg. Und die Sonne ging auf.

Da leuchteten im Morgenlicht die Kuppeln und Türme einer großen Stadt zu Maruf empor, und staunend blieb er stehen, und ihm gefiel, was er sah.

Dann setzte er seinen Weg fort, erreichte die Stadt und ging durch die Straßen. Die Leute aber, die ihn sahen, blickten ihm nach und flüsterten über ihn. Sie trugen eine andere Tracht als die Menschen in Kahira, und Marufs Kleider wirkten hier fremdartig und erregten Aufsehen. Endlich sprach ihn einer an und fragte:

»Du bist wohl fremd hier? Wo kommst du denn her?«

Und sogleich drängten sich viele Neugierige um Maruf, der höflich Auskunft gab und erklärte, er käme aus Kahira.

»So, aus Kahira«, sagte der andere, »dann ist es wohl lange her, seit du deine Heimat verließest?«

»Nicht gar so lange«, antwortete Maruf, »gestern um die Zeit des Nachmittagsgebetes ging ich fort.«

Da lachte der Fremde, und alle lachten mit, und ein anderer sagte:

»Ja, ja, die Leute aus Kahira sind Spaßvögel und geben ungerne Auskunft, wenn man sie fragt.«

»Aber nein!«, rief da Maruf. »Es ist wirklich so, wie ich sage!«

Da wurde der Mann, der vorher gelacht hatte, ärgerlich und sagte: »Nun, mein Lieber – entweder bist du ein Spaßvogel oder ein Lügenbold; eine andere Möglichkeit gibt es nicht.«

»Wieso denn«, sagte Maruf, »warum glaubt ihr mir nicht?«

»Weil man von hier bis Kahira«, entgegnete der Fremde, »ein gutes Jahr lang unterwegs ist. Und wenn man sehr schnelle Kamele hat, vielleicht ein drei viertel Jahr.«

Da zog Maruf die Brote aus der Tasche, wies sie vor und sprach: »Seht her, diese Brote kaufte ich gestern in Kahira. Sie sind noch fast frisch.«

Es waren dies nun wirklich ganz andere Brote, als man sie in jener Stadt kannte, und sie trugen das Zeichen der kahiranischen Bäckerzunft. Das verblüffte die Leute, aber sie entschlossen sich dennoch nicht, Maruf Glauben zu schenken, sondern die meisten lachten und einige schimpften und die Gassenbuben riefen: »Brot aus Kahira! Brot aus Kahira!« Und sie hüpften um Maruf herum und spotteten seiner. Da erkannte Maruf, dass er einen Fehler gemacht hatte, verstummte und schämte sich.

In diesem Augenblick trat ein Kaufmann aus der Menge, der war wohl gekleidet und würdig von Aussehen.

»Was fällt euch ein!«, sagte er unwillig zu den Umstehenden. »Was ist das für eine Art, einen Fremden zu verspotten und ihn anzugaffen wie ein verirrtes Zebra aus der Steppe!«

Und er scheuchte die Buben weg, und verlegen sagte der Mann, der zuerst gesprochen hatte, zu dem Kaufmann:

»O Herr – jener hat doch zuerst unsrer gespottet!«

»Das ist ganz gleich«, sagte der Kaufmann, »erstens wisst ihr nicht, ob er vielleicht nicht doch die Wahrheit sagte – denn viele sonderbare und schwer zu verstehende Dinge geschehen unter der Sonne –, und zweitens gehört es sich in jedem Fall, zu einem Fremden höflich und zuvorkommend zu sein. Unsere Stadt gilt als gastfrei und ist jedem geöffnet, der in freundlicher Absicht zu uns kommt. Also macht unserm Ruf keine Schande und belästigt diesen Fremden nicht!«

Da zerstreuten sich die Leute, der Kaufmann aber lud Maruf ein, in sein Haus zu kommen und seine Gastfreundschaft anzunehmen und ihm ein wenig von Kahira zu erzählen. Und Maruf sagte gerne zu. Zuvor aber fragte er, in welcher Stadt er denn eigentlich sei.

»In Ichtian-Alchuta«, sagte der Kaufmann, ohne sich anmerken zu lassen, dass die Frage ihn verwunderte, und er fügte hinzu: »Es ist eine gute Stadt, und ihre Bewohner sind rechtschaffene Leute, nur recht neugierig und in dieser Hinsicht ziemlich ungeniert. Sie sagen gleich heraus, was sie denken, aber sie meinen es nicht schlecht, auch mit den Fremden nicht. Ich weiß es, denn auch ich bin ein Zugereister und stamme nicht von hier.«

Unter solchen Reden führte er Maruf in sein schönes Haus, bat ihn, sich auszuruhen und sich zu säubern von der Reise und ließ ihm als Gastgeschenk kostbare Kleider reichen in der Tracht des Landes, die waren so prächtig, wie sie wohl Fürsten tragen mochten oder auch sehr reiche Kaufleute, bestimmt aber keine Schuhflicker und nicht einmal angesehene Schuhmachermeister. So gut war Maruf noch nie gekleidet gewesen, und er freute sich sehr darüber. Eigentlich aber fand er, dass dergleichen Gewänder viel besser zu ihm passten als die wenig kleidsame Tracht der armen Handwerker von Kahira. Und wiewohl ihm selber dieser Gedanke sogleich recht anmaßend vorkam, war es doch so, dass sich Maruf so selbstverständlich in seiner neuen Kleidung bewegte, als habe er nie etwas anderes getragen. Er war sich selber gleichsam ähnlicher darin als zuvor, als sei das Schuhflickerkleid eine Maskierung gewesen, die nun abfiel von ihm, wie Regenwasser vom Turban tropft.

Sein Gastgeber ließ ihn zu Tisch bitten, setzte ihm erlesene Speisen und Getränke vor und fragte ihn dann, was es auf sich habe mit seiner kuriosen Behauptung, er habe erst gestern Kahira verlassen, und wer er eigentlich sei.

Da entschloss sich Maruf, obwohl er sich seiner Herkunft und seiner Geschichte von der bösen Fatma und dem Löffeldrama ein wenig schämte in den neuen Kleidern, dennoch die reine Wahrheit zu sagen und seinem Gastgeber nichts vorzumachen, sondern zu ihm zu reden wie zu einem Freund oder Ratgeber. Denn guten Rates bedurfte er

sehr in der ungewohnten Umgebung. Und er erzählte alles, was er erlebt hatte.

Da schwieg eine Weile der Kaufmann, den weder Marufs Herkunft noch sein Flug mit dem Dschinni besonders zu wundern schien, und fragte dann:

»Aus welchem Stadtviertel Kahiras stammst du denn, o Maruf, du Mann der Wunder?«

»Ein Wundermann bin ich nicht«, sagte Maruf, »vielmehr weiß ich selber nicht, wie ich eigentlich zu der Begegnung mit dem Dschinni und dem wundersamen Fluge kam. Was aber deine Frage angeht, so stamme ich aus dem so genannten Roten Quartier«.

»Sieh an«, sagte der Kaufmann, »dann kennst du vielleicht den Drogisten Achmed?«

»Aber natürlich!«, rief Maruf. »Das ist ja einer meiner Nachbarn – ein vortrefflicher Mann!«

»Und wie geht es ihm?«, fragte der Fremde weiter.

»Gut«, sagte Maruf, »recht gut. Weder er noch seine Frau noch seine Söhne können klagen.«

»Das freut mich«, sagte der Kaufmann, »nun sei so gut und berichte noch ein wenig von jenen Söhnen.«

»Er hat drei«, sagte Maruf, »Mustafa, der Älteste, ist Drogist wie der Vater und soll das Geschäft übernehmen; er ist sehr tüchtig. Muhammed, der Zweite, ist Professor, ein gelehrter und angesehener Mann. Der Dritte freilich –«

»Was ist's mit dem Dritten?«, fragte der Kaufmann gespannt.

»Ja, der Dritte«, sagte Maruf, »das ist das schwarze Kamel in dieser Familie, ein ungeratener Sohn. Er galt als sehr begabt, war aber ein rechter Herumtreiber, und einmal soll er sogar gestohlen haben. Daraufhin hat ihn Achmed, der ja die Redlichkeit und Gesetzestreue selbst ist, schrecklich verprügelt – es ist nun wohl zwanzig Jahre her –, und der Knabe lief trotzig davon. Seitdem hat kein Mensch mehr etwas von ihm gehört.«

Als Maruf das gesagt hatte, lächelte der Gastgeber und sprach: »Kanntest du ihn?«

»Ja«, sagte Maruf, »als Kind. Wir spielten miteinander, und ich liebte ihn sehr. Untröstlich war ich, als er verschwand. Aber ich war noch so

klein und dumm, dass ich nicht beurteilen konnte, wie es mit seinem Charakter stand. Darüber klärte man mich erst später auf; ich konnte es nie recht glauben, aber es muss ja wohl stimmen. Ali hieß der kleine Dieb.«

Da lachte der Kaufmann und sagte: »Der kleine Dieb und ungeratene Sohn bin nämlich ich!«

Da starrte Maruf ihn an und sprach: »Bei Allah, es ist wahr! O Ali, Freund meiner Kindheit!«

»Ja«, sagte Ali, »das schwarze Kamel. Es war, wie du sagtest: zwar war ich wohl nicht gar so arg, wie die guten Leute später meinten, aber gestohlen habe ich damals wirklich. Und nicht so sehr der wohlverdienten Prügel wegen lief ich weg, sondern mehr noch aus Scham und weil ich mich nicht mehr blicken lassen wollte im Roten Quartier von Kahira. Und es ging nicht so schnell, bis ich hier war, wie bei dir, o guter alter Maruf, denn kein Dschinni setzte mich auf seine Schultern. Lang war der Weg, und vieles hatte ich erfahren und durchgemacht, als ich ankam in Ichtian-Alchuta. Ich lieh mir Geld von einem reichen Kaufmann, eröffnete einen Laden, arbeitete und hatte viel Glück. Rechtzeitig zahlte ich alles zurück, und meine wenn auch geringen Kenntnisse der kahiranischen Geschäfte und so mancher Dinge, die man hier nicht kannte, gaben mir einen Vorsprung vor anderen Geschäftsleuten und begünstigten meinen Aufstieg. Auch hatte es mir Segen gebracht, dass ich, der kleine Taugenichts aus Kahira, nun entschlossen war, mich hinfort nicht mehr herumzutreiben wie einst, sondern zu arbeiten und zu lernen. So wurde ich wohlhabend und schließlich reich. Heute bin ich der Vorstand der Kaufmannschaft, und alles, was damals in Kahira war, liegt hinter mir, als sei es in einem anderen Leben gewesen. Doch oft noch dachte ich an meine Familie, die ich eines Tages wieder sehen und besuchen möchte in Kahira, und oft auch an meinen Kindheitsgefährten, den kleinen Maruf.«

Und er sah Maruf an und fügte hinzu: »Wie sonderbar, dass das Schicksal uns wieder zusammenführte! Es war ja eigentlich seit jeher alles ein wenig sonderbar, was mit dir zusammenhing, und viel besser passt zu dir die Begegnung mit dem Dschinni als das Schuhflickerleben und die Geschichte vom bösen Eheweib. Aber damit, mit

dem Schuhflicken wie mit Fatma, hat's nun ein Ende. In Ichtian-Alchuta soll ein neues Leben für dich beginnen.«

»Ja«, sagte Maruf, »mit Allahs Hilfe und deinem Rat. Aber wie?«

»Ja«, sagte auch Ali, »mit Allahs und meiner Hilfe. Tu, was ich dir sage, sei klug und folge mir, dann wirst du es hier bald zu etwas bringen. Mein erster Rat ist aber der: Wahrheitsliebe ist schön und gut und Allah angenehm, aber übertreiben soll man's nicht. So solltest du denn nicht jedem, der dich nach dem Woher und Wohin fragt, deine ganze Geschichte erzählen, samt dem Dschinni, dem Kochlöffel und dem Honigkuchen. Die Sache mit dem Dschinni verschweige, denn über magische Erlebnisse spricht der Weise nicht, sofern sie an Bereiche rühren, die den gewöhnlichen Sterblichen verschlossen sind. Einen Zauberer lassen die Leute sich noch allenfalls gefallen, einen Dschinni indessen nicht mehr – entweder glauben sie dir nicht oder sie glauben gleich, du seiest mit dem Bösen im Bunde. Die Sache mit Fatma solltest du auch verschweigen, denn sie macht keinen guten Eindruck – entweder werden die Leute dich mitleidig bedauern als Pantoffelhelden, der zum Kochlöffelritter ward und am Ende doch hineingelegt wurde, oder sie werden über dich lachen. Beides ist nicht vonnöten.«

Maruf nickte, und Ali fuhr fort: »Und dass du ein armer Schuhflicker warst – Maruf, alter Freund, ich sage dir: Verschweige auch das. Wen geht's etwas an? Was kümmert es die Leute, was du warst? Nein, du musst es ganz anders anfangen. Ich werde dir tausend Dinare geben, einen Maulesel und einen Sklaven. Du reitest dann zum Bazar, und dort werde ich dich treffen, mit großer Ehrerbietung empfangen vor aller Augen und dich fragen, wo denn deine Waren seien. Darauf wirst du antworten, die kämen demnächst. Dann werden die neugierigen Kaufleute mich fragen, wer du seiest, und ich werde dich ausgeben als einen ungeheuer reichen und berühmten Handelsherren aus meiner Heimat. Ich werde ein Fest für dich geben und ein Magazin und Räume für dich zur Verfügung stellen. Die Folge wird sein, dass du überall Kredit hast, alle maßgebenden Leute kennst und sofort Vertrauen und Ansehen genießt. Dann kannst du beginnen, Handel zu treiben, auf Kredit und mit dem Anfangskapital, das ich dir gerne überlasse, und du wirst rasch aufsteigen und

reich werden, wenn du nur einigermaßen tüchtig bist. Die Waren aber, die angeblich kommen sollen – nun, die kommen halt nicht. Nach einiger Zeit haben die Leute das vergessen. Oder du sagst, es hätten Räuber deine Karawane überfallen. Warte nur ab – wenn erst einige Zeit vergangen ist, regeln die meisten Sachen sich ganz von allein.«

Maruf dachte nach über diesen Vorschlag, schüttelte den Kopf und sprach:

»Nein, o Ali, mein guter Freund, das ist nichts für mich. Zwar hast du Recht, wenn du meine Geschwätzigkeit tadelst und mir rätst, meine Geschichte nicht jedermann, der danach fragt, zu erzählen. Das sehe ich ein. Aber mich als reichen Kaufmann auszugeben und von meinen Waren zu reden, die es gar nicht gibt – nein, Ali, das wäre nicht redlich. So etwas tat ich nie.«

»Ha«, sagte Ali, »gewiss nicht – deshalb bliebst du auch ein armer Schuhflicker! Bedenke doch, dass alle Welt nach dem Schein urteilt und nicht nach der Wahrheit. Ein Schuhflicker kann noch so gütig und gerecht sein – für die Welt bleibt er ein armer Teufel und wird verachtet; bestenfalls sagt man von ihm, er sei ein netter armer Teufel oder ein bedauernswerter armer Teufel. Aber ein armer Teufel bleibt er. Ein reicher Kaufmann aber kann noch so blöde sein – für die Welt ist er ein angesehener Mann, zu dem man aufschaut; schlimmstenfalls sagt man von ihm, er sei zwar etwas blöde, dafür aber immerhin reich. Ein angesehener Mann jedoch bleibt er. So ist die Welt, in Kahira wie in Ichtian-Alchuta. Ein weiser Eremit mag das übersehen; wer aber im praktischen Leben steht, muss es wissen.«

»Nein«, sagte Maruf noch einmal, »es mag so sein, wie du sagst, oder nicht – ich jedenfalls kann nichts tun, was ich als unredlich empfinde.«

»Unredlich?«, rief da Ali. »Aber lieber Freund – unredlich wäre das doch nur, wenn du auf Grund falscher Angaben jemanden betrügen, übervorteilen oder schädigen würdest. Aber wem schadest du? Glaub mir, die Leute sehen viel lieber den Handelsherrn Maruf als den Schuhflicker Maruf. Das Geld, das du dir leihen wirst, wird zurückgezahlt werden bis auf die letzte Drachme, dafür stehe ich ein. Und bald wirst du ja wirklich ein Handelsherr sein – du hast dann nur

den Tatsachen vorgegriffen, nicht aber wirklich gelogen. Du schadest niemandem damit – tust du dies alles aber nicht, dann schadest du dir selbst, weil du dann ewig ein armer Schuhflicker bleibst, und auch mir, deinem alten Freund, dem es in der Seele wehtäte, zu sehen, wie du dein Glück mit Füßen trittst.«

Und er überredete Maruf und sagte ihm, das Ganze sei doch ein prächtiger Spaß. Und er sprach:

»Vor allem musst du allen Bettlern des Bazars reichliche Almosen geben – das wird dir den Ruf eintragen, sehr reich zu sein. Und du tust damit noch etwas Gutes.«

Da willigte Maruf endlich ein, und es geschah alles, wie Ali gesagt hatte. Sie spielten ihre Rollen auf dem Bazar, und auf die Fragen der neugierigen Nachbarn erklärte Ali, sein Freund Maruf sei einer der ersten Kaufleute der Welt und besäße Handelshäuser in Ägypten, Indien und China, auf Cypern wie auf Ceylon. Und unermesslich sei sein Reichtum. »Im Vergleich mit ihm«, so sagte Ali, der reichste Kaufmann der Stadt, »bin ich nur ein kleiner Krämer!« Und er hatte seinen Spaß daran.

Da blickten die Kaufleute bewundernd und verehrungsvoll zu Maruf auf, der vornehm und würdig wirkte in seiner neuen Kleidung und mit seinem zurückhaltenden Wesen. Und alle boten ihm von ihren Waren an und luden ihn ein in ihre Häuser. Maruf aber war freundlich mit allen, bewahrte indessen einen gewissen Abstand und ging auf nichts recht ein – er tat dies hauptsächlich aus Verlegenheit, es wirkte aber als Bestätigung seiner Vornehmheit und einer geheimnisvollen Undurchsichtigkeit, die diesen reichsten Mann des Morgenlandes zu umgeben schien. Denn so nannte man ihn bald, obwohl er sich's lächelnd verbat.

Am nächsten Tag kam ein Bettler auf den Bazar, und er erhielt ab und zu eine Kupfermünze oder ein Stück Brot oder auch einmal eine Drachme. Als er aber zu Maruf kam, da warf ihm der Schuhflicker eine Hand voll Goldstücke zu, und der Bettler war völlig fassungslos über dieses Geschenk. Und er dankte so überschwänglich, dass man aufmerksam wurde auf diese Szene, und die Kaufleute stießen sich an und sagten zueinander: »Schaut nur, wie der reiche Maruf mit Goldstücken um sich wirft – bei Allah, der muss es haben! Ach ja, so viel

Geld müsste man besitzen wie Millionen-Maruf, der reichste Mann des Morgenlandes!«

Unter den Bettlern der Stadt aber sprach sich der Vorfall bald herum, und in den nächsten Tagen drängten sich ganze Scharen um Maruf, wo immer er sich sehen ließ. Da war nun der gute Maruf ganz glücklich, mit vollen Händen schenken und spenden zu können, und er tat Gutes, so viel er vermochte.

Auf diese Weise gingen die tausend Dinare, die Ali ihm gegeben hatte, rasch zu Ende, ohne dass er damit etwas anderes angefangen hätte, als den Armen auszuteilen. Denn Maruf, der ja selbst noch eben ein Armer gewesen war, fand seine Rolle als Reicher, die Ali ihm aufgedrängt hatte, nur erträglich und sinnvoll, wenn er den Schwindel, den Ali sich ausgedacht hatte, umwandeln konnte in wahre Barmherzigkeit. Und er dachte nicht an die Folgen.

Als er nun seufzend auf dem Bazar stand, fragte ihn respektvoll einer der reichen Kaufherren, ob er Sorgen habe und ob man etwas für ihn tun könne.

»Ach«, sagte Maruf, »ich habe fast den Eindruck, dass sich die Armen der ganzen Welt in dieser Stadt versammelt haben, die doch als wohlhabend bekannt ist. Aber so ist es wohl überall: wo viel Glanz ist, da ist auch viel Elend. Jedenfalls habe ich alles Geld, das ich bei mir hatte, verteilt, und jetzt stehe ich da mit leerem Beutel.«

»Du musst aber auch Millionen verschenkt haben«, sagte der andere, der ebenfalls an das Märchen vom Millionen-Maruf glaubte.

»Millionen waren es zwar nicht«, sagte Maruf in seiner etwas verlegenen Art, die als undurchsichtig galt, »aber es war ziemlich viel, das ist schon richtig. Ja, und was tue ich jetzt –?«

»Tu doch, was wir alle tun«, riet der Kaufmann, »und sag den Bettlern: Allah wird schon für euch sorgen!«

»Es ist nicht meine Art«, sagte Maruf – und in solchen Augenblicken gefiel ihm seine Rolle als Reicher –, »die Armen abzuspeisen mit Worten, solange ich wirklich helfen kann. Es ist die Rechtfertigung des Reichtums, wenn er zur Wohltat auch für die Ärmeren wird. Auch ihr solltet so handeln.«

»Gewiss, natürlich«, sagte beflissen der Kaufmann, »das ist sehr edel gedacht. Nun denn, wenn du zurzeit in Verlegenheit bist, weil deine Karawane noch nicht da ist, darf ich dir vielleicht tausend Dinare geben – tu damit, was du magst.«

Und er flüsterte mit einem Sklaven, der davoneilte und gleich darauf Maruf einen Beutel mit Goldstücken übergab. Maruf nahm ihn und dachte sich nichts weiter dabei. Er machte sich nicht klar, dass der Kaufmann zwar ›geben‹ gesagt, aber ›leihen‹ gemeint hatte und dass er alles zurückzahlen musste eines Tages und dass dies der erste der Kredite war, die Ali im Auge gehabt hatte und die er nach Alis Plan als Grundstock eines Geschäftes verwenden sollte.

Maruf verwendete das Geld ganz wie die ersten tausend Dinare: er verteilte sie an die Armen.

Dann begann das Spiel von neuem: Wieder bot ihm einer der Kaufleute, die sich alle danach drängten, dem reichen Maruf zu Gefallen zu sein, eine größere Summe an, und wieder verschenkte Maruf alles an Menschen, die in Not waren. Und so ging es fort. Ali missbilligte des Freundes Verhalten, konnte ihn aber nicht hindern daran, zumal er ihm ja selber den Rat gegeben hatte, freigebig zu sein. Er gab das versprochene Fest für Maruf, und alle wollten eingeladen werden und Maruf näher kennen lernen und drängten ihm Geld auf, und es war ein großer Erfolg.

Nach einiger Zeit hatte Maruf sechzigtausend Dinare Schulden und er hatte noch gar nichts für sich selber getan. Die ganze Stadt pries sei-

ne Mildtätigkeit, und die Armen segneten ihn, und er schritt durch die Elendsquartiere der Stadt wie ein Wohltäter, den der Himmel gesandt hatte, um die Not zu lindern und den Verzweifelten Hoffnung zu geben.

Die Kaufleute aber, die ihr Geld zur Verfügung gestellt hatten, begannen langsam misstrauisch zu werden, weil Marufs Karawane sich nicht sehen ließ und weil er immer noch nichts weiter tat als gute Werke, was sich in den Augen der reichen Handelsleute allmählich sehr närrisch ausnahm. Und sie fingen an, es ihm zu verübeln.

Auch Ali konnte das alles nicht mehr mit ansehen, und eines Tages stellte er Maruf und machte ihm Vorhaltungen und fragte ihn, wann er das viele Geld zurückzuzahlen gedenke.

Da sagte Maruf: »Das weißt du doch – sobald meine Karawane mit den Waren ankommt.«

Da wurde Ali zornig und rief: »Mach dich nicht lustig über mich, o du Wohltäter auf fremde Kosten – ich weiß ja schließlich, dass es jene Karawane nicht gibt!«

»So?«, sagte Maruf. »Woher weißt du das denn? Vielleicht gibt es sie? Oder es geschieht ein Wunder? Hast du mir nicht geraten, mich als Reicher auszugeben? Nun, ich tue es – auf meine Weise, und anders kann ich nicht.«

»O du Narr!«, rief Ali da. »Was willst du eigentlich? Längst könntest du reich und mächtig sein! Willst du das Elend aus der Welt schaffen? Das wird auch dir nicht gelingen! Willst du die Reichen schröpfen um der Armen willen? Das kann niemals gut gehen! Benimm dich endlich wie ein vernünftiger Geschäftsmann! Denn Wunder werden nicht geschehen, wenn es um Geld und Geschäfte geht, o du Vater der Einfalt!«

»Warum sollten keine Wunder geschehen?«, sagte Maruf gelassen. »War die Begegnung mit dem Dschinni kein Wunder? Ja, war es nicht auch ein Wunder, dass wir uns hier trafen nach so langen Jahren? Aber wie dem auch sei: ein vernünftiger Geschäftsmann bin ich nun einmal nicht. Und siehe: selbst, wenn ich eines Tages eingesperrt werden sollte meiner Schulden wegen – den Armen kann man das Geld nicht mehr wegnehmen, und das gute Werk bleibt bestehen, für sie wie für mich, denn Allah wird mich wohlgefälliger ansehen, wie ich

hoffe, und gnädiger schützen, nun, da ich nicht nur um meinetwillen Komödie spiele, sondern auch um anderen zu helfen.«

»Helfen, helfen!«, schrie da Ali. »Dir jedenfalls ist nicht zu helfen, wenn du so weitermachst!«

Und es kam, wie es Ali befürchtet hatte. Die Kaufleute wollten nicht länger warten auf Marufs geheimnisvolle Karawane, und sie gingen zum König und verklagten ihn.

Als der König aber hörte, dass Maruf alles geliehene Geld unter die Armen verteilt hatte, sprach er zu seinem Wesir:

»Dieser Maruf mag vielleicht nicht der reichste Mann des Morgenlandes sein – aber ein Betrüger kann er auch nicht sein, denn welcher Betrüger erschleicht sich erst große Geldsummen und verschenkt sie dann, ohne selber etwas davon zu haben? Nein, er muss ohne Zweifel reich sein, und sicher erwartet er wirklich Karawanen von großem Wert. Diese Kaufleute sollen nur den Mund halten – selbst wenn ihr Geld verloren wäre, so schadete es ihnen gar nichts, diesen Geldsäcken und Geizkragen, denn sie sind wahrlich reich genug. Sie aber haben nie etwas für die Armen getan!«

»O erhabener König«, sprach der Wesir, »so ist es. Aber andererseits können wir ihre Klage nicht ohne weiteres abweisen, ohne uns einmal diesen Maruf anzusehen.«

»Richtig«, sagte der König, »das wollen wir. Zumal, wenn er wirklich so reich ist. Dann kann er uns noch sehr nützlich werden. Und auch, wenn er's nicht ist, muss er in jedem Fall ein bemerkenswerter Mann sein. Gut denn – ich will ihn auf die Probe stellen. Ich werde ihm diese Perle zeigen und ihren Wert schätzen lassen. Sie kostet dreißigtausend Dinare und ist das kostbarste Stück aus dem Thronschatz; nur wirklich große und reiche Handelsherren verstehen etwas von solchen Dingen, denn unter den Kaufleuten und Juwelieren der Stadt hat bestimmt noch niemand so eine Perle gesehen.«

Der Wesir fand nun zwar diese Probe nicht unbedingt beweiskräftig, aber er war es gewöhnt, bei des Königs plötzlichen Einfällen möglichst wenig zu widersprechen. So ließ er denn Maruf holen, und man zeigte ihm die Perle, auf dass er sie schätze.

Maruf verstand nun gar nichts von Perlen, drehte sie verlegen in seiner Hand, tat so, als prüfe er sie, und presste sie zwischen seinen har-

ten Schuhflickerfingern – und so kräftig drückte
er darauf, dass sie plötzlich zerbrach und in tausend Splitter zersprang.

Aber im gleichen Augenblick fasste er sich, tat
so, als habe er sie absichtlich zerdrückt, und sagte geistesgegenwärtig und gelassen:
»O mächtiger König, diese Perle taugt nichts,
wie du siehst. Was kann sie schon wert gewesen
sein? Ich weiß es nicht genau, da ich mich mit
so kleinen Objekten nicht abgebe. Vielleicht ein
paar Tausend Dinare? Dreißigtausend? Jedenfalls nicht viel. Ich handle mit Perlen, die sieb-
zigtausend und selbst hunderttausend Dinare wert sind.«
»Indische?«, fragte gierig der König. »Oder afrikanische?«
Und Maruf, der keine Ahnung hatte, woher die besten Perlen kamen,
sagte: »Indische. Aber die kostbarsten kommen weder aus Indien
noch aus Afrika, sondern von einer wenig bekannten Insel im südlichen Meer.«
Da war der König überzeugt, einen Fachmann und überaus reichen
Handelsherrn vor sich zu haben; und er fragte:
»Kommen mit deiner Karawane auch solche Perlen?«
Maruf nickte achtlos, doch als er den misstrauischen Blick des Wesirs
sah, sagte er:
»Ja, natürlich, etwa drei Dutzend. Ich will dir, o großer König, als Ersatz für jene Perle gern ein paar von den meinen zum Geschenk machen.«
Da freute sich der König so, dass er des Wesirs Bedenken nicht gelten
ließ, sondern Maruf in Gnaden entließ und den Kaufleuten die Botschaft sandte, er habe Maruf geprüft und schenke ihm volles Vertrau-
en, und sie sollten gefälligst Geduld haben bis zum Eintreffen der Karawane und sich bis dahin ein Beispiel nehmen an Marufs Freigebig-
keit und seiner großzügigen Art.
Maruf aber verließ das Schloss mit Sorge im Herzen, denn er sah, dass
er tiefer und tiefer in schwindelhafte Manöver geriet, die ihm verhasst
waren, und dass etwas Schreckliches passieren würde, wenn nun
nicht wirklich bald eine Karawane mit Perlen eintraf – und wo sollte

die wohl herkommen? Und schlimmer noch wäre sein Schmerz gewesen, wenn ihm im Vorsaal des Schlosses nicht die Prinzessin begegnet wäre, die Tochter des Königs. Da vergaß er alles, starrte sie an, und seine Seele war entflammt. Denn sie glich der Frau seiner Träume und war schön wie der schimmernde Mond und sanft wie der Morgenwind, der um die Schläfe streicht, und ihre Augen waren wie die Teiche der Oasen, darin die Lotosblumen blühen.

Und auch die Prinzessin blieb stehen und blickte Maruf an, denn er glich dem Mann ihrer Träume, und ihre Seele war entflammt wie die seine.

Gedankenverloren ging Maruf weiter; die Prinzessin aber eilte zu ihrem Vater und fragte, wer jener gewesen sei. Denn noch nie habe ein Mann ihr so gut gefallen auf den ersten Blick.

Da kam der König auf einen Gedanken und rief den Wesir und sprach: »Wie wäre es, wenn wir diesen steinreichen Mann an uns bänden, indem wir ihm meine Tochter zur Frau geben? Die Fürsten, die sich bisher um sie bewarben, waren arme Schlucker und nur begierig auf meinen Thron und mein Erbe – und außerdem mochte meine Tochter sie nicht.«

Der Wesir, der selbst gerne Nachfolger des Königs werden und keinen neuen Mann fördern wollte, riet dringend ab, aber der König setzte seinen Willen durch und ließ anfragen bei Maruf, und Maruf war glücklich darüber, und es kam ihm vor, als ob ein unsichtbarer Geist seine Schritte lenkte und seine Wünsche erfüllte. Aber dann bedrückte ihn wieder der Gedanke an seine Schulden und an den Karawanen-Schwindel, und als man den Tag der Hochzeit festsetzte, ging er zum König und sprach:

»Wir müssen warten mit der Hochzeit, bis meine Karawane da ist. Wovon soll ich deiner Tochter ein würdiges Brautgeschenk machen? Was soll ich den armen Leuten geben, die dem Hochzeitszug folgen? Auch möchte ich dir erst die versprochenen Perlen überreichen. Wir müssen wirklich noch warten.«

Da war der König erst recht überzeugt von Marufs Reichtum wie von seiner Aufrichtigkeit – denn wenn er ein Schwindler gewesen wäre, dann hätte er doch wohl zugegriffen, so meinte der König, und nicht gezögert, die Gelegenheit zu nutzen. Und er sagte:

»O Maruf, mein Schwiegersohn, mach dir in dieser Hinsicht keine Sorgen. Nimm aus meiner Schatzkammer, was du brauchst –
wenn dann deine Karawane da ist, kannst du es ja alles zurückerstat-
ten.«

Und er drängte so sehr, dass Maruf nicht mehr Nein sagen konnte, und
die Hochzeit wurde gefeiert mit königlichem Pomp, und Maruf streute viel Geld unter die Armen, und alle Leute sprachen viele Tage lang
von nichts anderem als von dieser Heirat. Maruf vergaß auch nicht,
den Großmufti, der den Ehekontrakt aufsetzte, zu bitten, seine frühere
Ehe mit Fatma auch der Form nach zu lösen nach den Gesetzen des
Landes. Und es geschah so, ohne dass sich der Großmufti oder sonst jemand näher erkundigte nach jener Fatma und was es mit ihr für eine
Bewandtnis habe. Es war überhaupt so, dass jedermann sich bemühte,
Marufs Wünsche zu erfüllen, denn das Misstrauen der Kaufleute war
geschwunden, seit Maruf des Königs Schwiegersohn war.

Man feierte gewaltige Feste in der Stadt, und die Stadt war geschmückt, und es wehten die bunten Wimpel, und die Menschen
tanzten und sangen. Auch wurden Schauspiele abgehalten und Vor-
stellungen der Gaukler, der Taschenspieler, der Tänzerinnen und der
Ringkämpfer, und die Stadt war voller Musik. Und nur drei Menschen waren in Ärger und Sorge: das war Ali, Marufs Freund, der ein
böses Ende nahen sah, ferner der Wesir und endlich der Schatzmeister des Königs, der nicht begriff, warum Maruf solche Mengen von
Gold und Silber unter das Volk verteilte; ein Hundertstel davon, so
meinte er, hätte auch genügt.

Maruf selber aber war so glücklich mit seiner schönen und liebenswerten jungen Frau, dass er seinen Kummer und seine Furcht in diesen Tagen ganz vergaß.

Das kam erst wieder, als die Flitterwochen vorüber waren und wiederum Fragen auftauchten, wann denn die Karawane nun endlich
käme. Vor allem der Schatzmeister erkundigte sich danach, denn die
königliche Schatzkammer war bedenklich gelichtet, und er machte
Maruf Vorschläge, doch nicht länger auf jene Perlenkarawane zu warten, die vielleicht Räubern in die Hände gefallen sei, sondern Boten
auszusenden zu Marufs Handelshäusern und neue Goldtransporte
zu veranlassen. Auch sei es wohl an der Zeit, so meinte er, in Ichtian-

Alchuta eine große Zweigstelle des Marufschen Geschäfts zu errichten und die Sache nun energisch in die Hand zu nehmen.

Was sollte Maruf da sagen? »Ich werde es mir überlegen«, sagte er, »habt nur bitte ein wenig Geduld.«

Und Trauer überkam ihn, und die Tage vergingen, und er saß da in dumpfem Brüten und wusste keinen Rat. Und immer wieder fragte ihn seine junge Frau, was er denn habe und ob er ihr seine Sorgen nicht anvertrauen wolle.

Und eines Nachts, als sie ihn aufs Neue fragte, entschloss er sich und sprach: »Ach, meine Liebe, ich kann und will nicht länger lügen. So höre denn: Ein Schuhflicker bin ich, kein mächtiger Handelsherr, und schon gar nicht der reichste Mann des Morgenlandes!«

Und er erzählte ihr seine ganze Geschichte, und trotz der Warnung Alis ließ er nichts aus, weder die Sache mit Fatma und dem Honigkuchen noch den Dschinni noch Ali und Alis Ratschläge.

Da war die Prinzessin entsetzt und verzweifelt, denn sie liebte Maruf über alles. Und sie überlegte sich's lange, seufzte dann tief und sprach:

»O Maruf, ich bin nicht enttäuscht von dir, denn abenteuerlich ist diese Geschichte und viel aufregender, als wenn du wirklich nur irgendein reicher Kaufmann wärest. Ein Schuhflicker wie du ist mir hundertmal lieber als ein Fürst von der Art der Leute, die um mich warben, oder als ein Kaufmann von der Art der geizigen Geldsäcke in dieser Stadt. Nur Ali nehme ich aus, deinen Freund, der ist klüger als sonst die Geschäftsleute von Ichtian-Alchuta. Aber ach, was nützt dir meine Liebe und Treue! Ich kenne die Verhältnisse gut genug, um zu wissen, dass etwas Entsetzliches bevorsteht. Mein Vater ist recht launisch und ungeduldig, der Wesir war immer schon misstrauisch gegen dich und ist überhaupt ein böswilliger Intrigant, und der Schatzmeister wird fortan nicht locker lassen. Vielleicht ziehen sie bereits Erkundigungen ein über dich. Wenn aber die Wahrheit ans Licht kommt, dann werden sie dich verhaften und hinrichten lassen. Glaub mir, o Maruf, es bleibt dir nichts übrig als eilige Flucht aus dem Lande. Du musst dich nun bewähren und mir und dir beweisen, dass das Glück, das du hier hattest, nicht unverdient war. Fliehe noch in dieser Nacht und schicke mir, wenn du in Sicherheit bist, von Zeit zu Zeit ge-

heime Boten. Vielleicht gelingt es dir, in der Fremde wirklich zu großem Reichtum zu kommen und dann deine Schuld zu bezahlen mit
Zins und Zinseszins. Vielleicht gelingt es auch nicht, und dann werde
ich eines Tages nachkommen und bei dir bleiben; denn lieber bin ich
in Armut und Not deine Frau als ohne dich in Reichtum und Ehren.
Vielleicht ändert sich hier auch die Lage in irgendeiner Weise, die dir
günstig ist; dann schicke ich dir Nachricht durch einen mir ergebenen
Mamelucken. Wenn es aber Allah will, dass wir fortan getrennt werden, nun, dann wird ein anderes Leben oder die andere Welt uns wieder vereinen, denn ich werde warten auf dich.«

Und sie weinte. Maruf aber brach auf, verkleidete sich als Mameluck,
nahm ein gutes Pferd aus dem Stall der Prinzessin, verabschiedete
sich und sprengte hinaus in die Nacht.

Dem König aber erzählte die Prinzessin, Maruf habe durch einen Boten Nachricht erhalten, dass seine Karawane Räubern in die Hände
gefallen sei. Doch Marufs Leute hätten bereits die Verfolgung aufge-
nommen, und da hätte es Maruf nicht länger zu Hause ausgehalten
und er sei davongaloppiert mit jenem Boten, die Verfolgungsjagd
persönlich zu leiten und Hilfe zu holen.

»Das ist mir einer!«, sagte da der König. »Ganz allein reitet mein
Schwiegersohn in die Wüste? Warum nahm er nicht meine Leibgarde
mit – ja, warum forderte er nicht meine Armee an? Diese Karawane
wäre es mir wert gewesen!«

»Diese Sache«, sagte darauf die Prinzessin, »spielt außerhalb unserer
Landesgrenzen. Aber sei nur getrost, Maruf hat ja überall Verbindun-
gen, und wird auch im Nachbarreich seine Hilfsquellen besitzen.«

»Nun«, sagte der König, »dann wird es ja wohl eine lange Reise werden, und er wird so bald nicht zurückkehren. Hoffentlich dauert's
nicht gar zu lange, denn mein Schatzmeister schreit nach Geld. Aber
auf Maruf kann man sich ja wohl verlassen – Allah schütze ihn!«

Und die Prinzessin war glücklich, weil ihr Vater die Sache so leicht
nahm, und gleichzeitig unglücklich, weil sie nicht wusste, was daraus
werden sollte, und weil sie getrennt war von Maruf, ihrem Mann.

Maruf unterdessen ritt durch die Nacht und den Morgen und den
glühenden Mittag und er hatte Hunger. Da sah er einen Bauern auf
dem Felde, der pflügte mit seinen Stieren.

»Kann ich dir etwas zu essen abkaufen?«, fragte er den Pflüger. Und der Bauer sprach:

»Kaufen? Du bist mein Gast.«

Und er verließ den Pflug, um ins Dorf zu gehen und Essen zu holen. Das rührte Maruf und er fand es Unrecht, diesen armen Mann, der so gastfreundlich war, von seiner Arbeit abzuhalten. Denn ins nächste Dorf hätte er schließlich auch selber reiten können.

Aber nun war es zu spät, und der Bauer war bereits verschwunden. Da sprang Maruf vom Pferd, ging auf das Feld und begann zu pflügen. Und er bemühte sich, es gut zu machen, und ging schwitzend hinter den Stieren, und die Sonne stach vom Himmel.

Da klirrte und knirschte es unter der Erde, und die Pflugschar stieß auf Widerstand. Maruf sah nach, was es war, und er fand einen goldenen Ring, der war befestigt an einer Platte von schwarzem Marmor. Mühsam hob er die Platte und er sah eine Treppe, die führte in ein dunkles Gewölbe.

Da stieg er hinab und betrat das Gemach, und es flirrte und flimmerte vor seinen Augen. Denn Gold und Edelsteine füllten das Verlies, Smaragde, Rubine und Diamanten. In der Mitte des Raumes stand eine Truhe, die war aus Kristall, und durch ihre Wände schimmerte eine goldene Dose, nicht größer als eine Mohnkapsel im August.

Maruf ergriff sie und öffnete sie und siehe: da lag ein Ring aus feinem Feuergold, der fasste einen Skarabäus ein, einen Käfer aus Stein, und es waren in den Stein talismanische Sprüche geritzt mit Schriftzeichen, winzig wie Ameisenfüße.

Er setzte den Ring auf, der ihm ausnehmend gut gefiel, rieb daran, betrachtete ihn und drehte ihn am Finger, denn er war ein wenig eng. Da

ertönte eine feine Stimme, die aus dem Ring zu kommen schien, als flüstere der Skarabäus, und die Stimme zirpte:

»Wie beliebt? Wie beliebt?«

Und als Maruf fassungslos schwieg, wisperte es weiter:

»Welchen Wunsch? Welchen Wunsch? Welchen Wunsch darf ich bitte erfüllen? Wie? Nichts? Wieso nicht? Soll die Wüste blühen? Soll ich Blühendes verwüsten? Eine Stadt zerstören? Einen König töten? Soll es Feuer regnen? Soll die Erde beben? Will jemand Geld? Gold? Silber? Ein Schloss? Ein Schiff? Wird alles gewährt, wird alles gewährt!«

Da fragte Maruf: »Um Allahs willen – wer bist du denn? O zeige dich, flüsternder Geist!«

Da stand vor ihm eine leuchtende Gestalt, verbeugte sich leicht und sprach nun mit lauterer, hallender Stimme:

»Fürst bin ich und Diener – ein Fürst der Geister und ein Diener des Ringes. Über unzählbare Dschinnis gebiete ich, über ein Dschinni-Heer, über Riesen und Kobolde, Salamander und Sylphen, über Vogelgeister und Feen! Abu Saadat bin ich, der Vater des Glücks, gebannt an den Ring durch König Schadad, den Meister der Magier, den Sohn des gewaltigen Ath. Reib nur den Ring, zu lange schon währte die Ruhe, reib nur den Ring und fordere, was dich erfreut! Reibe den Ring und dreh ihn am Finger, doch dreh ihn nur drei Mal, nie vier Mal, nie fünf Mal! Nie mehr als drei Mal hintereinander! Beim vierten Male wär ich des Todes!«

»So sterben auch Geister?«, rief Maruf aus.

»Nichts stirbt und alles«, sagte der Geist, »unsterblich ist alles und alles ist wandelbar, Menschen und Geister – Geheimnisse, die kein Dschinni verrät. Rufe die Geister, doch frage sie nicht! Nicht Auskunft zu geben ist meines Amtes, doch gewähr ich die Wünsche, die du mir nennst. Befiehl nur! Befiehl mir nur, was dir beliebt!«

Da sagte Maruf: »O Allah, was für ein Ring! Und gerade jetzt fällt mir gar nichts Gescheites ein! Nun gut – wie wäre es, wenn du alle diese Schätze an die Oberfläche der Erde schafftest? Kannst du das?«

»Nichts leichter«, rief wiederum der Geist, »nichts leichter als das! Geh hinauf und sieh hin: es ist schon geschehen!«

Und das Gewölbe war leer.

»Alles oben«, sagte der Geist, »liegt alles oben am Rande des Ackers!«
»Da soll es aber nicht liegen bleiben«, sagte Maruf, der sich langsam
fasste, »du hast es zu wörtlich genommen. Ich wünsche, dass oben
eine Karawane steht, mit Kamelen, Treibern und Sklaven; und wohl-
verpackt in Kisten und Körben sollen auf den Rücken der Kamele alle
diese Schätze sich finden, bereit zum Transport. Ist's möglich?«
»Nichts leichter«, rief wiederum der Geist, »nichts leichter als das!
Geh hinauf und sieh hin: es ist schon geschehen!«
»Wenn das so leicht ist«, fuhr Maruf fort, »nun, dann füge den Schätzen noch eine Ladung Perlen hinzu, die größten und schönsten der
Welt, jede im Wert von hunderttausend Dinar! Und vielleicht, da es
dir ja wohl nicht darauf ankommt, noch Stoffe, Brokate und Seiden
aus Syrien, Ägypten, Persien und Indien. Mehr brauche ich im Au-
genblick nicht.«
Und der Geist verschwand. Maruf aber stieg hinauf, schloss die Höh-
le, breitete Erde darüber und sah sich um. Da stand die Karawane, ein
endloser Zug. Und schwarze Sklaven verneigten sich tief, als sie Maruf sahen.
In diesem Augenblick kam der Bauer zurück aus dem Dorf mit einer
Schüssel voll Linsen und einem Krug Milch. Und er stand offenen
Mundes vor der Karawane und schaute fassungslos Maruf an, der offensichtlich über dies alles gebot, dann wieder die Kamele und die
Neger, dann kratzte er sich am Kopf und bemerkte:
»Wie man sich doch täuschen kann! Ich dachte, du wärest nur ein Ma-
meluck des Königs; aber nun sehe ich, dass du der König selber bist!«
Und er lachte.
»Der bin ich nicht!«, sagte Maruf freundlich.
»Aber so etwas Ähnliches wirst du schon sein«, sagte der Bauer, »und
weißt du, was ich dir zu essen gebracht habe? Linsen! Haha, das ist
lustig! Ein so hoher Herr isst doch bestimmt keine Linsen! Den ganzen
Weg umsonst gemacht!«
Und er lachte aufs Neue.
Maruf aber rief: »Aber ich esse Linsen sehr gern! Gib nur her!«
Und er aß die Schüssel leer, füllte sie mit Gold, trank den Milchkrug
aus, füllte ihn mit Silber und reichte beides dem Bauern unter Worten
des Dankes.

Da konnte der Bauer sich gar nicht lassen vor Glück über diesen un-
verhofften Reichtum, und er ging wie im Traume davon.

Und Maruf rief ihm nach:

»He, schau nur den Acker an! Als du fort warst, hab ich ein wenig gepflügt für dich!«

»Was?«, schrie der Bauer zurück. »Gepflügt? Ein so hoher Herr? Und
du kannst es? Tatsächlich! Schnurgerade Furchen! O Herr, wenn du
kein so hoher Herr wärest, dich nähme ich gleich als Knecht! Du
kannst ja wirklich etwas!«

Dann erschrak er, weil er für respektlos hielt, was ihm da herausge-
rutscht war, aber Maruf lachte, und da lachte er auch und er lachte
ganz sinnlos und so laut, dass er die Sklaven der Karawane ansteckte
und die Treiber und Vorreiter, und es war ein gewaltiges Gelächter
auf dem Felde.

Dann gab Maruf das Zeichen zum Aufbruch, und der Vorreiter fragte,
wohin es ginge.

Und Maruf sprach: »Nach Ichtian-Alchuta!«

So kam doch noch Marufs Karawane an, und die Prinzessin weinte
vor Glück, und der König sagte zu seinem Wesir: »Nun, siehst du –
ich sagte es ja immer, dass mein Schwiegersohn ein hoch achtbarer
Mann ist, der die reine Wahrheit sagte; aber du mit deinem Misstrau-
en wolltest es ja nicht glauben! Glaubst du es wenigstens jetzt, dass er
der reichste Mann des Morgenlandes ist?«

Und das war Maruf ja nun wirklich.

Sogleich bezahlte Maruf alle seine Schulden mit Zins und Zinseszins,
schenkte dem Herrscher die Perlen und füllte die Schatzkammer, worauf der Schatzmeister zum König lief und um Zuweisung eines neu-
en Raumes bat; denn die alte Kammer war zu klein geworden. Auch
vergaß Maruf nicht, aufs Neue den Armen zu geben, und errichtete in
den Quartieren der Besitzlosen große Küchen, darin konnte jedermann Linsen essen und Milch trinken, ohne dafür zu bezahlen. Und
das Volk sah auf zu ihm und liebte ihn sehr.

Und es liebte und verehrte ihn die ganze Stadt, die er mit Wohltaten
überhäufte, und man sprach von ihm wie von einem Wundertäter.

Nur Ali sagte, als er Maruf wieder sah:

»Nun Maruf, du alter Abenteurer? Das hast du gut gemacht – die

Sache mit der Karawane war ein Meisterstück! Wo hast du sie nur her?«

»O Ali«, sagte da Maruf, »du hast mich gelehrt, dass der Weise über magische Erlebnisse nicht sprechen soll … So lass mich denn schweigen darüber und nur so viel sagen, dass ich aufs Neue einem Dschinni begegnet bin. Ich bin jetzt reich und ich danke dir, da alles gut ging, für deinen Rat und deine Hilfe. Zwar meintest du es anders, als ich es dann anfasste – sehr leichtsinnig war ich, das gebe ich zu, doch ich bedurfte der Rechtfertigung für unseren gemeinsamen Schwindel – und ich kann es verstehen, dass du mir zürntest. Aber das ist nun vorbei, und ich bitte dich, nimm diese Schale voll Perlen und Edelsteinen und freue dich daran!«

»Aber das ist ja ein Vermögen, eines Königs würdig!«, rief Ali erfreut und nahm es an. Und lange noch saßen die Freunde zusammen, die reichsten Männer der Stadt, von denen der eine ein kleiner Dieb gewesen war vor langen Jahren, der andere aber ein Schuhflicker, der geohrfeigt wurde von seinem Weibe. Und alles war eingetroffen, wie der Dschinni im Gemäuer von Kahira es vorausgesagt hatte.

Doch Maruf wusste nicht, dass die Zeit seiner Prüfungen noch nicht vorüber war. Glücklich und dankbar lebte er mit seiner Frau in schönem Frieden. Der Wesir aber traute ihm immer noch nicht. Erst hatte er ihn für einen Betrüger gehalten, nun hielt er ihn eher für einen Hexenmeister, in jedem Falle aber hasste er ihn. Und als Marufs Beliebtheit wuchs und sein Reichtum nicht geringer wurde, da beneidete er ihn immer mehr und er sann Böses wider Maruf.

Und eines Tages sprach er zum König: »Erhabener Herrscher! Verzeih mir, wenn ich noch einmal die Rede auf deinen Schwiegersohn bringe, den Millionen-Maruf. Zwar kann ich ihm Übles nicht nachsagen, aber unheimlich ist er mir immer noch. Woher stammt sein Geld? Ein Kaufmann und Handelsherr ist er bestimmt nicht! So freigebig sind selbst die reichsten Geschäftsleute nicht. Auch ist es schon fast ein Ärgernis, wie er für die Armen sorgt, als wären sie ihm mehr wert als die Edelleute und biederen Bürger! Die Armen werden nur frech und aufsässig, wenn man sie so verwöhnt, und wenn es je einen Aufstand gibt in diesem Land, dann ist dieser Maruf daran schuld.«

»O Unsinn!«, rief da der König. »Im Gegenteil – sofern ein Aufstand

verhindert wurde in diesem Land, in dem es leider viel zu viel Elend gab und viel Erbitterung, dann verdanken wir es diesem Maruf! Er tut doch nur Gutes und kümmert sich nicht um die Regierungsgeschäfte und die Politik und ist meiner Tochter ein guter Ehemann und mir ein guter Schwiegersohn und Freund. Du siehst Gespenster, o Wesir!«

»Aber woher hat er das Geld?«, fragte der Wesir. »Ein Kaufmann ist er nicht, Geschäfte betreibt er nicht – dazu seine seltsame Neigung zu den Ärmsten und Unwürdigsten ... möchtest du nicht wissen, o großer König, was eigentlich dahinter steckt und wer dieser Maruf in Wirklichkeit ist?«

»Das wüsste ich schon recht gern«, sagte der König, »aber wenn er's nun einmal nicht sagen will ...«

»... dann sollten wir ihn zwingen, es zu sagen!«, ergänzte der Wesir. Aber da fuhr der König auf und rief: »Was heißt das? Willst du ihn foltern lassen? Bei Allah, dazu haben wir keinen Grund! Wir haben Grund, ihm dankbar zu sein, nichts weiter!«

»Nun«, sagte vorsichtig der Wesir, »es gibt ja auch andere Wege als gleich die Folter. Zum Beispiel könnten wir ihn einladen und mit Hilfe eines geschickten Mundschenks, der den Wein zu mischen versteht und zur rechten Zeit das Glas füllt, betrunken machen ... Betrunkene reden die Wahrheit!«

»Nicht immer!«, sagte der König. »Aber gegen diesen Plan habe ich nichts einzuwenden. Damit tun wir ihm nichts an; betrunken war schließlich schon jeder einmal, und vielleicht plaudert er wirklich etwas aus ...«

Und so geschah es. Sie machten ihn betrunken bei einem Gelage zu dritt im Garten des Königspalastes, und der Wesir forschte ihn aus. Doch Maruf verriet nichts. Schon wollte der König es aufgeben, zumal er ohnehin keine nachteilige Auskunft erwartete, sondern sich nicht gewundert hätte, wenn es herausgekommen wäre, dass Maruf zwar kein Kaufmann war, wohl aber ein Fürst oder König, der seinen Thron verlor, doch seine Schätze behielt – schon wollte also der König das Gespräch mit dem heiter lallenden Maruf beenden, da entdeckte der Wesir an Marufs Hand den fremdartigen Ring.

»Was ist das für ein Ring?«, fragte er.

»Das ist der große, alte Ring des lieben, kleinen, guten Dschinni«, sag-

te Maruf in seiner Betrunkenheit, »der liebe, gute, kleine Ring des gro-
ßen, alten, dicken Geisterfürsten – haha! Wie beliebt? Wie beliebt?
Welchen Wunsch? Nichts leichter als das; es ist schon geschehen!«
»Er redet dummes Zeug«, sagte der König, »völlig unverständlich!«
»O nein«, rief der Wesir, »ich beginne zu verstehen!« Und er sagte zu
Maruf: »Gib mir doch einmal den Ring!«
»Haha«, sagte Maruf, »der liebe, kleine, dicke Wesir will den guten al-
ten Ring des Schuhflickerfürsten, beziehungsweise des Geisterfli-
ckers, des Schuhfürstendschinni! Wesir, du bist ein schlauer, alter,
großer Schuhflicker, aber den guten, dicken Dschinni, den Millionen-
schuster, den reichsten Ring des Morgenlandes samt Linsen und
Milch und Honigkuchen, den kriegst du nicht, du Kochlöffel!«
Da lächelte der König über des Betrunkenen wirres Geschwätz, der
Wesir aber ergriff plötzlich die Weinflasche, schmetterte sie Maruf
auf den Kopf und riss ihm den Ring vom Finger. Und bevor der entsetzte König noch irgendetwas tun oder die Leibgarde rufen konnte,
rieb und drehte der Wesir an dem Ring, und Abu Saadat, der Geister-
fürst, erschien und sagte:
»Was beliebt, o Herr? Welchen Wunsch hast du?«
Da rief der Wesir mit triumphierender Stimme.
»Nimm diesen Betrunkenen hier und trage ihn in die ödeste Wüste

des Landes, wo er keinem Menschen begegnet! Dort wirf ihn zu Boden und lass ihn liegen!«

Und der Dschinni packte Maruf und verschwand.

»Siehst du nun«, sagte der Wesir zum König, »dass Maruf ein Hexenmeister war?«

Der König schüttelte den Kopf, streckte die Hand aus nach dem Ring
und sagte, noch ganz erschüttert:

»O Allah, was geht hier vor? Zeig mir einmal den Ring!«

Da ließ der Wesir alle Höflichkeit und allen Respekt vor dem König
fallen, als fiele eine Larve ab von ihm, und er grinste, schlug dem König hart auf die Finger und rief:

»Das könnte dir so passen, o du jämmerlicher Trottel! Jetzt bin ich der
Herr! Mit dem Ring an der Hand bin ich der König der Könige, und
du bist ein hilfloser alter Mann! Lange genug hast du mir befohlen
und deine Launen an mir ausgelassen! Deine Zeit ist um, du gekrön-
ter Esel! Was soll ich jetzt machen mit dir? Soll ich dich zum Spaß ein
wenig foltern lassen? Soll ich dich mit dem Kopf voran in einen Misthaufen stecken? Aber ich bin milde und gut gelaunt. Pass auf ...«

Er rieb und drehte den Ring und befahl dem Dschinni: »Nimm diesen
gekrönten Pavian hier und schmeiß ihn dorthin, wohin du Maruf getragen hast! Weg mit ihm!«

Und der Dschinni packte den König und verschwand.

Blitzenden Auges erhob sich der Wesir, ging in den Palast, rief die
Großen des Reiches und die Befehlshaber der Armee zusammen,
zeigte ihnen des Ringes Zaubermacht und stellte sie vor die Wahl, ihn
entweder anzuerkennen als neuen König und ihm zu dienen oder
sich umbringen zu lassen von des Dschinnis Faust.

Da fügten sie sich alle der Geistermacht, doch sie murrten im Geheimen und schworen sich, den Wesir zu beseitigen bei der ersten Gelegenheit.

Aber der Wesir verstand es, sich zu schützen und das Land in Angst
und Schrecken zu halten. Hart war seine Herrschaft, und er schien un-
bezwinglich. Und das Volk stöhnte und klagte und sehnte sich nach
dem alten König und nach Maruf, dem Wohltäter.

Der Wesir aber stellte an Marufs Frau die Forderung, ihn zu heiraten
binnen dreier Tage und ihn am gleichen Abend noch im Schloss zu

empfangen. Und es kam ein Bote zurück und meldete ihm, die Prinzessin sei bereit und er sei ihr zu jeder Zeit willkommen.

Da wunderte sich der Wesir, denn er hatte heftigen Widerstand erwartet und sich schon gefreut darauf, ihn zu brechen. So nahm er denn an, die Prinzessin läge aus Angst vor ihm auf den Knien, und auch diese Vorstellung freute sein finsteres Herz.

Es war aber so, dass Marufs Frau genau wusste, wie nutzlos jeder Widerstand war gegen den Tyrannen. Doch sie lag nicht auf den Knien vor Angst, sondern hatte einen Plan, durch List den Wesir zu überwinden. Das Muster zu jenem Plan aber hatte der Wesir ihr selber geliefert, als er über Maruf triumphierte; doch das wusste er nicht.

So empfing die Prinzessin ihn freundlich in ihrem Zimmer und lächelte ihm zu und ließ Speisen auftragen zum Nachtmahl und guten Wein und lud ihn zum Essen. Und sie atmete auf, als sie am Finger seiner rechten Hand den Ring gewahrte.

Und als der Wesir gerade etwas sagte über die Art, wie die Hochzeit zu feiern wäre, fuhr sie zusammen und rief: »O schrecklich ist dieser Mann, der hinter dir steht! Schicke ihn weg!«

Da erschrak der Wesir und drehte sich um, doch er sah nichts und sprach: »Was meinst du denn? Es steht niemand hinter mir!«

»Doch!«, rief sie. »Da ist er schon wieder!«

Und es wurde dem Wesir unheimlich, und er drehte sich um sich selbst und sah nichts und fragte: »Wie soll jener Mann denn aussehen?«

»Wie ein Dschinni!«, rief die Prinzessin. »Er leuchtet, und seine Gestalt verschwimmt in der Luft, und ab und zu scheint er sich aufzulösen in nichts. Aber sieh doch, da ist er wieder! Er blickt dir über die Schulter!«

Und wieder drehte der Wesir sich wie ein Kreisel, sah nichts, erblasste und sprach: »Wenn du die Wahrheit sagst, dann kann es nur der Diener des Ringes sein, mein Sklave, der Geisterfürst.«

»Es graut mir vor ihm!«, sagte Marufs Frau. »O Wesir, ich fürchte mich. Leg den Ring ab, vielleicht wird er dann verschwinden!«

Da griff der Wesir nach dem Ring, zögerte aber plötzlich, lächelte misstrauisch und sprach:

»Du schlaue kleine Katze! Ich soll ihn doch sicher nur ablegen, damit du ihn stehlen kannst, wie? Aber ich durchschaue dich! Der Ring bleibt am Finger!«

Und er drang auf sie ein. Da fürchtete die Prinzessin, dass ihr Plan misslungen sei, und sie zitterte; aber sie versuchte es noch einmal, deutete hinter den Wesir, schrie auf und rief: »Da ist er! Glaub mir doch! Dort steht er ja, siehst du ihn nicht?«

Da fuhr der Wesir noch einmal herum. Und blitzschnell ergriff die Prinzessin die Weinflasche und tat mit dem Wesir, was der Wesir mit Maruf getan: sie schmetterte ihm die Flasche auf den Kopf. Und der Wesir sank um.

Doch die Kräfte der Prinzessin waren nicht sehr groß, und der Schlag genügte nicht, dem Wesir, einem starken Mann, die Besinnung zu rauben, und stöhnend griff er nach dem Ring.

Doch da stürzten auf der Prinzessin Zeichen zwei ihrer treuen Mamelucken herein und packten den Wesir und fesselten ihn. Dann trat die Prinzessin heran und wollte ihm den Ring vom Finger ziehen. Doch der Gefesselte beugte sich vor und biss sie in die Hand.

Da schlug die Prinzessin, von Schmerz und Wut überwältigt, dem Wesir ins Gesicht und ohrfeigte ihn, und sie hätte am liebsten mit ihm getan wie Maruf mit Fatma. Doch dann zog sie geschickt den Ring von seinem Finger, trat zurück und schickte die Mamelucken aus dem Zimmer.

Dann rieb sie und drehte den Ring, und Abu Saadad erschien und sprach:

»Was beliebt? Welchen Wunsch hast du, Herrin?«

Und sie rief: »Bringe meinen Vater, den König, und Maruf, meinen Mann, hierher zu mir! Den Wesir aber bringe dorthin, wo Maruf und der König waren. Doch löse seine Fesseln; er soll nicht verhungern in der Wüste. Mag er ein Einsiedler werden und seine Untaten bereuen und Allah versöhnen. Doch sorge dafür, dass er nie mehr zurückkehren kann! Vermagst du das?«

»Nichts leichter«, sagte Abu Saadad, »nichts leichter als das. Es ist schon geschehen.«

Und er verschwand mit dem Wesir, und stattdessen standen Maruf und der König im Zimmer, beide gesund und unversehrt, wenn auch

abgemagert von den Entbehrungen der Wüste und halb nackt, mit zerrissenen Kleidern.

Und sie fielen sich um den Hals, und es herrschte große Freude. Die Prinzessin aber gab Maruf den Ring zurück, und der König setzte sich nieder und aß auf der Stelle die Speisen, die noch aufgetragen waren für den Wesir, und Maruf hielt mit, denn sie waren sehr hungrig.

Am nächsten Tage aber schmetterten überall im Lande des Königs Hörner und Fanfaren und überall wurde verkündet: »Der Tyrann ist gestürzt und verbannt! Der alte König ist wieder im Land und mit ihm kam Maruf!«

Da jubelte das Volk. Der König aber ernannte Maruf zum Wesir und Großwesir, und als er wenige Jahre darauf eines friedlichen Todes starb und seine Seele einging in Allahs ewiges Reich, da rief man Maruf zum Herrscher aus, und niemand zweifelte daran, dass es im ganzen Lande keinen besseren Nachfolger des alten Königs gab. Und er herrschte wie ein Vater, und das Land war in jenen Zeiten, dank Marufs Weisheit und des Ringes Zaubermacht, das glücklichste Land des Erdkreises.

So wurde ein Schuhflicker König und ein Mann, der vor seinem Weibe floh, Gebieter über die Geister. Und eines Tages fiel Maruf ein, dass er dies ja vorausgesagt hatte, ohne sich's recht bewusst zu machen, als er einstmals mit Fatma stritt und sie ihn höhnisch aufforderte, zaubern zu lernen und König zu werden.

Und er lächelte, denn er war gewiss, dass die alten Zeiten nicht wiederkehrten und dass er Fatma niemals mehr sehen würde. Aber da irrte er sich.

Denn eines Tages brachten die Wachen ein Weib zu ihm, das ihn zu sprechen wünschte – und siehe, es war Fatma, seine frühere Frau. Und sie warf sich ihm zu Füßen und sprach zu ihm in einem Ton, der war halb unterwürfig und halb vorwurfsvoll. Und sie erwähnte, wie er sie damals verlassen habe und einfach davongegangen sei und dass sie zu Grunde gegangen wäre ohne die Hilfe von Freunden. Nun aber habe ein Mann aus Ichtian-Alchuta berichtet vom König Maruf und dass er aus Kahira stamme und Zaubermacht besitze, und sie habe ihn erkannt nach der Beschreibung, und da habe sie sich aufgemacht und sich mitnehmen lassen von einer kahiranischen Karawane, und

da sei sie nun. »Denn immer noch«, so endete sie, »bist du ja, o König
Maruf, mein Mann.«

»Da irrst du«, sagte Maruf, »denn der Großmufti hat mir den Scheide-
brief erteilt, bevor ich meine jetzige Frau geheiratet habe, nach den
Gesetzen des Landes. Doch warte – ich will sehen, was ich für dich tun
kann.«

Und er überlegte. Da überkam ihn, so wenig er Fatma auch mochte,
etwas wie schlechtes Gewissen. »Wer weiß«, so sagte er sich, »vielleicht ist's ihr wirklich übel ergangen in Kahira, nachdem ich fortge-
laufen war ohne Gruß und Abschied …«

Und er wollte etwas sagen, aber da kam ihm Fatma zuvor und rief in
ihrer zornigen Art:

»Wenn du mich nicht aufnimmst in Ehren, wie sich's gehört, dann erzähle ich in der ganzen Stadt, dass Maruf, der König, ein elender
Schuhflicker war in Kahira, der seine Frau zu prügeln pflegte.«

»Das tu nur ruhig«, sagte Maruf und lächelte, »jedermann weiß hier,
dass ich geringer Abkunft bin, und das Volk liebt mich deswegen.
Und was das Prügeln betrifft, so hast ja wohl auch du in dieser Hinsicht einiges geleistet.«

Da erkannte Fatma, dass sie einen Fehler gemacht hatte, und wurde
wieder unterwürfig und bat und bettelte.

Und Maruf sagte:

»Gut, Fatma, es sei. Du warst meine Frau, und ich werde sorgen für
dich. Als mein Eheweib freilich kannst du nicht mehr leben, denn ich
bin verheiratet mit des alten Königs Tochter und sehr glücklich. Doch
sollst du im Palaste wohnen und reich sein und darfst die Aufsicht

führen über die Sklavinnen. Und du sollst keine Sorgen mehr haben dein Leben lang. Doch ich sage dir: Erwacht noch einmal deine alte Bosheit, dann ergeht es dir schlecht. Zwar werde ich nicht nach dem Bambuslöffel greifen wie damals, doch ich werde dich in solchem Falle ausweisen lassen aus dem Lande, und nichts weiter wirst du mitnehmen dürfen als einen Honigkuchen.«

Und sie fügte sich. Eine Zeit lang war sie tüchtig und angenehm und wurde beliebt im Schlosse und genoss ihr Leben und den Reichtum, den Maruf ihr zukommen ließ. Doch als sie sich sicher fühlte in der neuen Umgebung und es verlernt hatte, den gutmütigen Maruf zu fürchten als König und Herrn, da verfiel sie wieder in ihre alte Art und wurde herrschsüchtig, zänkisch und böse. Und sie ließ ihre Wut an den Sklavinnen aus, über die sie gesetzt war, und plagte und prügelte sie – nicht mit dem Kochlöffel mehr, sondern mit einer Peitsche, wie Sklavenaufseher sie trugen, bevor König Maruf mildere Sitten im Lande eingeführt hatte. Und die Sklavinnen waren so sehr in Angst vor ihrer Grausamkeit, dass sie es nicht wagten, Maruf davon zu berichten.

Es kam aber Marufs Frau dahinter und verwarnte Fatma und drohte ihr, dem König zu erzählen, wie sie es trieb. Da beschloss Fatma, die Königin zu ermorden und Maruf wieder für sich zu gewinnen. Längst hatte sie gehört von dem Ring des Dschinni; der sollte ihr dazu verhelfen, Marufs Frau zu vernichten und selber Königin zu werden. Und sie malte sich aus, wie sie die Macht gewinnen wollte durch Geisterhilfe und wie sie herrschen würde über Maruf und ihn zurückstoßen in die alte Rolle, die er gespielt hatte, als er noch flüchtete vor ihrem Zorn.

So schlich sie noch am gleichen Abend in Marufs Gemach und fand ihn schlafend und versuchte, ihm heimlich den Ring abzuziehen. Doch seit je war der Ring ein wenig eng gewesen an Marufs Schuhflickerfingern, und es gelang nicht, und sie musste fürchten, dass Maruf erwachte. Und er stöhnte im Schlaf.

Da blickte sie sich um mit gehetztem Blick und sah eine seidene Schnur am Vorhang des Bettes. Und sie riss sie herab und warf sie um Marufs Hals, und als er erwachte, da würgte sie ihn schon mit aller Kraft, und er saß in der Schlinge und brachte keinen Ton hervor. Und es schwanden ihm die Sinne. Da kniete sie auf ihm, einer Tigerin gleich, und griff nach dem Ring.

In dieser Nacht aber hatte Marufs Frau, die Königin, nicht schlafen können und war unruhig. Und sie stand auf und ging in ihres Mannes Gemach und sie trat gerade ein, wie Fatma den Ring von des Königs Finger zog.

Da rief sie nach der Wache und stürzte sich auf Fatma, und sie rangen. Und sie gerieten in des Fensters Nähe, und Fatma, die nun den Ring schon am Finger trug, schrie auf und stürzte und fiel aus dem Fenster.

Es war das Schloss aber hoch auf Felsen gebaut und unten floss ein Strom, der rauschte vorbei und mündete im Meer. Und Fatma stürzte von Fels zu Felsen und von Klippe zu Klippe und versank im Fluss. Gleichmütig strömten die Wellen dahin und trugen sie fort bis in des Ozeans Tiefen, wo die Haie hausen in den Wracks der versunkenen Schiffe.

Als aber Maruf wieder zu sich kam aus seiner Ohnmacht, nachdem man die Schnur von seinem Halse gelöst hatte, da berichtete ihm seine Frau, dass Fatma tot sei. Und was einst begonnen hatte mit einem Honigkuchen, das war nun zu Ende gegangen mit dem Würgegriff der Mörderin und dem Sturz in den Strom.

Und sie atmeten auf. Die Königin aber sagte mit leiser Stimme:

»O Maruf, mein lieber Mann – etwas Schreckliches ist geschehen. Den Ring des Dschinni nämlich trug Fatma am Finger, als sie fiel, und sie wird ihn mitnehmen ins Meer. Und nie wird wohl eines Menschen Hand ihn noch einmal halten.«

Da lächelte Maruf und sprach:

»Es ist gut so. Wir bedürfen seiner nicht mehr. Nie ist uns Zaubermacht für alle Zeiten verliehen und nie unbegrenzt. Die Geister kehren zurück, woher sie kamen, und fast bin ich erleichtert, dass der Ring mich verließ. Nun sind wir wieder Menschen wie andere auch, und hinfort, da kein Dschinni uns hilft, wollen wir leben und herrschen aus der Kraft der Weisheit und dem Vertrauen in Allah, den Erhabenen.«

Und lange noch lebten sie in Frieden, bis dass auch zu ihnen der Tod kam, der jeden Menschen heimführt eines Tages – er sei arm oder reich, ein Schuhflicker oder ein König.

So erzählte Scheherazade.

Der König aber dachte nach und sagte: »Seltsam, dass die Zauberringe, Wunderlampen und geheimen Schätze immer einfachen Menschen zufallen, wie Maruf, dem Schuhflicker, oder Aladdin, dem Schneiderlehrling, oder Ali Baba, dem Holzfäller, und so selten den Mächtigen und den Königen.«

»Das ist nicht seltsam«, sagte Scheherazade, »sie fielen ihnen nicht zu, weil sie arm waren – denn auch Könige wie Salomon oder Schadad geboten über die Geister –, sondern weil sie weise waren oder reinen Herzens. Maruf und Aladdin und Ali Baba waren Männer, die solcher Gaben wert waren. Sie waren mildtätig und gerecht. Und sie blieben es auch, als sie reich und mächtig wurden.«

»Hm«, sagte der König und schwieg. Und wieder fiel ihm ein, dass er selber bisher weder mildtätig noch gerecht gewesen war, und es stach ihn das böse Gewissen.

Aber noch immer wollte er diese Stimme nicht hören. Und er verscheuchte die Gedanken der Reue und sagte zu Scheherazade:

»Die Nacht ist bald um. Erzähle weiter, doch keine so lange Geschichte mehr, wie es die vorige war, sondern eine kurze, die gerade bis zum Sonnenaufgang währt. Denn siehe, schon erwachen die Vögel im Gebüsch und die Rebhühner auf dem Felde.«

»Soll ich vom Rebhuhn und den Schildkröten erzählen?«, fragte Scheherazade. »Eine Tierfabel?«

»Das ist gerade recht«, sagte der König, »denn etwas ganz anderes möchte ich diesmal hören als die Berichte von weisen Königen und Zauberringen, die am Ende vom Erdboden verschwinden.«

Und Scheherazade erzählte.

Die Geschichte von der Schildkröteninsel

In der südlichen See, unter dem Himmel des ewigen Sommers, liegt die Schildkröteninsel.

Das ist eine Insel, die Allah, der Allgütige, in lange vergangenen Zeiten allein für die Schildkröten schuf, damit sie eine Heimat haben und einen Ort der Zuflucht, wo niemand sie verfolgt. Denn die Menschen kennen die Insel nicht.

So lebten die Schildkröten auf jener Insel in Ruhe und Gemächlichkeit. Sie lagen in der Sonne, schwammen im Meer und hielten zuweilen eine Ratsversammlung ab, auf der aber nie etwas beschlossen wurde. Denn zu beschließen gab es nichts. Denn es geschah nichts. Schildkröten sind friedlich und langsam, vertragen sich mit aller Welt und regen sich niemals auf.

Einmal aber gab es doch eine kleine Aufregung auf der Insel. Es hatte sich ein Rebhuhn verirrt und war auf die Insel gelangt, auf der bislang keine Vögel lebten. Als das Rebhuhn sah, wie fruchtbar die Insel war, lief es erfreut umher, suchte sich Nahrung und begrüßte liebenswürdig die Schildkröten, die überall herumlagen und das Huhn verwundert und ehrfürchtig betrachteten.

Denn es gefiel ihnen. Sie sahen ja immer nur Schildkröten, die Schildkröten, und niemals Vögel, und das schlichte, kleine Rebhuhn erschien ihnen als die Schönheit selbst. Es konnte alles, was den Schildkröten versagt war, es flog, es hüpfte, es lief eilig den Strand entlang, es war flink und frei und leicht, und es wirkte auf die Gemächlichen und Gepanzerten wie eine Fee aus dem Lande der Träume.

Und auch dem Rebhuhn gefiel es auf der Insel. Es gab keine Feinde dort, sondern nur lauter Freunde, es gab Körner und Früchte in Fülle, und die Sonne des ewigen Sommers schien freundlich herab.

Aber ab und zu wollte das Huhn wieder in die Welt und flog davon. Es kehrte immer auf die Insel zurück, doch jedes Mal, wenn es fort war, wurden die Schildkröten traurig, seufzten, hoben die Köpfe,

blickten zum Himmel empor und schauten aus nach dem Rebhuhn, ihrer kleinen, eiligen Freundin.

»Sicher ist dieses Rebhuhn die Königin aller Vögel«, sagte dann wohl eine Schildkröte zur anderen, und die andere sprach: »Ja, schöner kann doch bestimmt kein Vogel unter der Sonne sein!« Und eine dritte fügte hinzu: »Es gibt sicher überhaupt kein schöneres Geschöpf zwischen Wasser und Wolken als so ein Rebhuhn.«

Eines Tages nun, als das Rebhuhn wieder recht unruhig war und davonfliegen wollte übers Meer in die Welt, kam die älteste der Schildkröten mit wichtiger Miene einhergekrochen und bat das Huhn um eine Unterredung.

Und sie sagte: »O Huhn, du Fee unter den Vögeln, verehrt und geliebt von allen Schildkröten rings umher, höre meine Bitte! Warum verlässt du uns so oft und fliegst davon über das Meer in die Welt? Gefällt es dir nicht bei uns? Hast du es hier nicht besser als irgendwo anders? Was können wir tun, um dich ganz an unsere bescheidene Insel zu binden?«

Da entgegnete das Huhn: »Ach, es gefällt mir schon gut bei euch, und ich habe es hier wirklich viel besser als irgendwo anders. Aber ich habe nun einmal Flügel, und ab und zu juckt und lockt es mich, einfach davonzufliegen. Dagegen kann ich nicht an. Es liegt nicht an mir, mein Herz hängt an der Insel, es liegt an den Flügeln.«

»So, so«, sagte die Schildkröte langsam, »das ist eine Sache, die will bedacht sein.«

Und sie kroch nachdenklich zurück, berief eine Ratsversammlung ein und trug den anderen vor, was das Rebhuhn gesagt hatte. Da schüttelten die Schildkröten die Köpfe und sagten:

»So, so, an den Flügeln liegt es also! Wie sonderbar! Wozu braucht man denn überhaupt Flügel? Wir haben ja auch keine. Einen Panzer braucht man – das ist gewiss. Aber Flügel?« Und da hatte die älteste der Schildkröten einen Gedanken.

Sie kroch aufs Neue zu dem Rebhuhn und sprach:

»Wenn es an den Flügeln liegt, ließe sich vielleicht Abhilfe schaffen. Wir fragten uns, in aller gebührenden Bescheidenheit, wozu man denn überhaupt Flügel braucht – und da haben wir nun einen Vorschlag ...«

Aber da unterbrach das Rebhuhn die Rede und rief: »Aber Flügel braucht man doch – das ist gewiss! Ein Panzer, wie ihr ihn habt, der ist vielleicht unnötig. Ich habe ja auch keinen. Aber Flügel –!«

Doch die Schildkröte, die immer erst einen Satz zu Ende sprach, ehe sie einen neuen anfing, fuhr unbeirrt fort:

»– und da haben wir nun einen Vorschlag. Reiß dir doch einfach die Schwungfedern aus: das tut nicht weh, schadet nicht deiner Schönheit und bewahrt dich vor der Versuchung des Fortflatterns. Dann kannst du nicht mehr fliegen und bleibst immer auf der Insel!«

Das Rebhuhn liebte seit je die plötzlichen Einfälle, und ohne sich weiter zu überlegen, was es tat, fasste es mit dem Schnabel die Schwungfedern und riss sie sich blitzschnell aus. Dann rief es:

»Schon geschehen! Ihr habt ganz Recht! So ist es viel besser. Ich bleibe, ich bleibe, ich werde immer bei euch sein!«

Da freuten sich die Schildkröten alle, und auch das Rebhuhn war zufrieden, hüpfte umher, pickte seine Körner und plusterte sich auf in der Sonne. Und mit der Zeit begann es, das Fliegen zu vergessen.

Da trieb eines Tages ein Marder an den Strand der Insel, der schlich umher und suchte nach Beute. Und er bemerkte das Rebhuhn, das immer nur hüpfte und niemals flog, und er freute sich sehr, denn dieser Vogel konnte ihm nicht entgehen.

Er schoss auf das entsetzte Rebhuhn zu, und das Rebhuhn glaubte, seine Stunde habe geschlagen, und es konnte gerade noch den Schildkröten zurufen:

»Lebt wohl – ich bin selber schuld an meinem Tod! Was riss ich mir auch die Federn aus!«

Dann war der Marder schon ganz nahe, und das Rebhuhn schlug vor Angst und Schrecken mit den Flügeln.

Und siehe: die Federn waren ihm wieder gewachsen in der Zwischenzeit, ohne dass es darauf geachtet und es bemerkt hatte, und es hob sich empor und flog davon.

Und es flog übers Meer in die Welt, und niemals kehrte es wieder.

Die Schildkröten aber überlegten sich alles lange und gründlich, wie es ihre Art war, und in der nächsten Ratsversammlung sagte die älteste von ihnen:

»Es ist wohl so, dass unsere kleine, eilige Freundin, das schöne Reb-

huhn, nie mehr zurückkommen wird. Und das geschieht uns recht. Denn war es richtig, dass wir sie binden wollten an unsere Insel, war das nicht sehr selbstsüchtig von uns?«

Da nickten alle Schildkröten traurig mit den Köpfen.

»Und gaben wir ihr«, so fuhr die älteste fort, »nicht einen schlechten Rat, war das nicht sehr dumm von uns?«

Und wieder nickten alle Schildkröten betrübt mit den Köpfen.

»Ach«, sprach die älteste weiter, »fast hätte der Marder es ermordet, das schöne, flinke Rebhuhn. Wir aber sollten lernen aus diesem Erlebnis, dass Allah den Vögeln die Flügel gab und den Schildkröten den Panzer und dass der Panzer der Schutz der Schildkröten ist, der Schutz der Vögel aber ihr Flügelpaar. Und was Allah in seiner Voraussicht seinen Geschöpfen verlieh, das sollen sie nicht mutwillig von sich werfen.«

Und zum dritten Mal nickten die Schildkröten mit den Köpfen.

»Es mag uns aber ein Trost sein«, so fuhr die älteste fort, »hinfort zu wissen, dass nichts hienieden überflüssig ist, sondern es ist alles wohl bedacht in Allahs Rat. Und weise ist die Ordnung der Welt. Freuen wir uns daran, ob wir nun Panzer tragen oder Flügel, und preisen wir Allahs Schöpfung!«

Und die Schildkröten krochen davon und trösteten sich.

Da kehrte wieder Frieden ein auf der Insel, und die Schildkröten hielten es weiterhin, wie sie es immer gehalten hatten: sie vertrugen sich mit aller Welt und regten sich niemals auf.

So ist es geblieben bis auf den heutigen Tag, denn Allahs Lächeln liegt über der Schildkröteninsel in der südlichen See.

So erzählte Scheherazade, und als sie endete, ging die Sonne auf, und der König erhob sich.

»Gern höre ich so kurze Geschichten nach den langen«, sagte er, »aber ein wenig müde bin ich der vielen Weisheit, die aus deinen Worten tropft. Weißt du denn keine lustigen mehr?«

Da sagte Scheherazade:

»Die lustigsten Geschichten sind die, die nicht gänzlich lustig sind, sondern immer auch ein wenig weise, und die weisesten Geschichten sind die, die nicht gänzlich voll guten Rates sind, sondern immer auch ein wenig lustig.«

»Das mag wohl sein«, sagte der König, »auch liebe ich Geschichten, die einen guten Rat enthalten. Doch morgen, wenn du weiter erzählst, möchte ich etwas Lustiges hören.«

»Es gibt«, sagte Scheherazade, »viele Geschichten von Ali, dem Meisterdieb; der war zwar ein Missetäter, aber auch ein Spaßvogel und auf seine Weise nicht ohne Sinn für Gerechtigkeit. Hast du jemals gehört von ihm?«

»Nein«, sprach der König, »erzähle mir am Abend eine der Geschichten von Ali.«

Und in der nächsten Nacht erzählte Scheherazade die Geschichte von Ali, dem Dieb, und dem zweimal bestohlenen Geldwechsler.

Die Geschichte vom zweimal bestohlenen Geldwechsler

Ali, der Meisterdieb, lebte zur Zeit des Kalifen Suleiman, den sie den Großen nannten. Es blühten Handel und Wandel unter Suleimans Herrschaft und es war eine gute Zeit für Geschäftsleute, aber auch eine günstige Zeit für die Diebe. Zwar verfolgte sie der große Kalif mit Strenge, doch wo viel Geld ist, da kommt auch viel weg, und Ali war einer der Männer, die dafür sorgten.

Nun war Ali aber kein gewöhnlicher Dieb, sondern er pflegte nur die Reichen zu bestehlen und am liebsten die Reichen mit hartem Herzen. Auch hatte er seine Diebesehre, die es nicht zuließ, dass ein Diebstahl heimtückisch ausgeführt wurde, wie er es nannte, sondern es musste ein »offener und ehrlicher Diebstahl« sein. Unter einem heimtückischen Diebstahl verstand er aber eine Tat, deren ein Unschuldiger verdächtigt werden konnte. Und er setzte seine Ehre darein, selber verdächtigt zu werden und trotzdem zu entkommen.

So rettete er einmal zehn Personen vor der Folter. In einer Herberge hatte er einen kostbaren Ring gestohlen und war entkommen. Die Polizisten holten zehn Gäste der Herberge ab, verdächtigten sie der Reihe nach, und als keiner gestand, wollte der Hauptmann der Polizei sie foltern lassen. Da erschien Ali, legte den Ring auf den Tisch und bekannte sich schuldig. Und verblüfft fragte der Hauptmann ihn, auf welche Weise er diese Tat ausgeführt habe, von der niemand Genaueres wisse. Sie sei nicht schwer gewesen, antwortete Ali in bescheidenem Stolz, viel schwerer sei es beispielsweise, den Ring, den nun die Polizei besitze, wieder zurückzustehlen – doch das werde er schon schaffen. Bevor ihn nun der Hauptmann, der über diese Worte lachte, in Ketten legen ließ, gebot er Ali, genau zu zeigen, wie er den Ring aus der Tasche seines Besitzers gezogen habe. Da ließ Ali den Hauptmann sich aufstellen neben der Tür und den Ring in die Tasche stecken. Dann erläuterte er, wie er herangeschlichen, wie er in des Fremden Tasche gefasst und den Ring unmerklich herausgeholt habe und wie

ihm dann ein mächtiger Sprung zur Tür hinaus gelungen sei, bevor noch der Bestohlene sich umgewandt habe. Und als er das sagte, sprang er mit dem Ring in der Hand zur Tür hinaus und verschwand. Die Verfolgung blieb ohne Ergebnis. Die zehn Verdächtigten aber wurden freigelassen.

Das war Ali, der Meisterdieb. Sein erstes Abenteuer dieser Art aber war die Geschichte von dem doppelt bestohlenen Geldwechsler.

Damals war er noch ein Anfänger, und er zog durch das Land mit Hassan, einem alten Vagabunden, der sein Lehrmeister war und dem er seine Grundsätze verdankte.

Eines Tages begegneten Hassan und Ali einem Geldwechsler, der war bekannt wegen seines Wuchers, seiner Hartherzigkeit und seines Reichtums. Und Ali stieß Hassan an und sagte:

»Sieh her, da geht er heim, der Vater des Geizes und Enkel der Gier! Mit prall gefüllten Taschen! Und wie er schwitzt! Sollten wir ihn nicht ein wenig erleichtern?«

»Tue das, mein junger Freund«, entgegnete Hassan würdig, »und zeige mir, ob du etwas Rechtes gelernt hast bei mir. Deshalb führe die Tat alleine aus! Ich warte auf dich in jenem Wäldchen und hoffe, dass du nicht unverrichteter Dinge zu mir zurückkehren wirst.«

So geschah es. Ali folgte dem Geldwechsler bis zu dessen Haus. Er hatte bis dahin keine rechte Möglichkeit gefunden, sich an ihn heranzumachen, doch nun eröffnete sich ihm eine unerwartete Gelegenheit.

Des Hauses niedrige Fenster standen offen, und Ali konnte von der Straße aus beobachten, was in den Zimmern zu ebener Erde vor sich ging. Der Geldwechsler betrat seine Stube, zog aus der Tasche einen Beutel, der zweifellos Geld enthielt, warf ihn auf den Tisch, ging dann ins Nebenzimmer und befahl einer hübschen jungen Sklavin, ihm ein Waschbecken und Tücher zu bringen, damit er sich säubern könne vom Staub der Straße, und es solle ein großes Becken sein und viel Wasser.

Die Sklavin verneigte sich, verschwand in einen entfernteren Raum, den Ali nicht sehen konnte, und bald hörte man Wasser in eine Wanne plätschern. Der Geldwechsler aber setzte sich nieder, seufzte und wischte sich den Schweiß von der Stirn.

Ali rechnete sich in Sekundenschnelle aus, dass bis zum Volllaufen des Waschbeckens und zur Rückkehr der Sklavin, die sicher schwer daran tragen würde, noch geringe Zeit vergehen müsse, und dass so lange der Geldbeutel unbewacht war, sofern nicht jemand anders aus dem Hause plötzlich in das leere Zimmer käme, in dem der Beutel lag. Es war aber unwahrscheinlich, dass noch andere Personen im Hause waren außer der Sklavin, weil die dann sicher den heimkehrenden Geldwechsler, der unverheiratet war, begrüßt hätten. Einige Augenblicke wenigstens hatte Ali Zeit.

Und das genügte ihm. Lautlos und gewandt wie eine Katze schwang er sich durch das Fenster in den leeren Raum, ergriff den Beutel und sprang wieder auf die Straße. Dann eilte er zu dem Wäldchen, wo Hassan ihn erwartete, und wies triumphierend den Beutel vor, der wirklich Gold enthielt.

»Nun, Hassan, o Väterchen der Diebe, bist du zufrieden?«

»Nein«, sagte Hassan, der Würdige, streng, »das bin ich nicht.«

»Aber warum denn nicht?«, rief Ali verblüfft. »Kann man es denn besser anstellen? Kein Mensch hat mich gesehen!«

»Man kann«, sagte Hassan, »man kann und man muss es besser machen. Erstens, mein junger Freund, war dieser Erfolg ein Werk des Zufalls. Du hattest Glück. Aber auf sein Glück alleine verlässt ein tüchtiger Dieb sich nicht. Ein tüchtiger Dieb bereitet sein Unternehmen vor und wartet nicht auf einen gerade passenden Augenblick – denn der kann kommen oder nicht, und es kann gut gehen oder schlecht. In diesem Falle zwar gibt der Erfolg dir Recht, aber so leichte Erfolge verwöhnen uns nur. Wichtiger indessen ist der nächste Punkt. Zweitens nämlich ist deine Tat ein heimtückischer Diebstahl und nicht ein offener und ehrlicher. Denn was wird geschehen? Der Geldwechsler wird seine Sklavin verdächtigen, die in jenen Minuten aus dem Raum, wo sie das Waschwasser holte, ebenso wie du in das Zimmer eilen, den Beutel nehmen und wieder zurückgehen konnte, um dann erst das Waschbecken zu bringen. Da der Mann dich nicht gesehen hat, wird er das für die einzige Möglichkeit halten.«

»Das bedachte ich nicht«, sagte Ali.

»Eben!«, sagte Hassan. »Und was wird weiter geschehen? Der Geldwechsler ist bekannt als hartherzig. Er wird die Sklavin der Polizei

übergeben als Diebin, und da sie nicht gestehen wird, wird man sie foltern lassen, wie es dieses Landes barbarischer Brauch ist. Bestenfalls wird er sie grausam schlagen. Es ist ihm auch zuzutrauen, dass er sie selber foltert, um das angebliche Versteck des Beutels zu erfahren. So wird es kommen. Willst du das?«

»Nein«, sagte Ali, »ich wollte den Geldwechsler schädigen, nicht diese hübsche Sklavin.«

»Richtig«, sprach Hassan, »den Reichen und nicht die Arme. Das hätte sich gehört. So war denn dein Diebstahl miserabel ausgeführt. Aber es ist nun nicht mehr zu ändern. Sehen wir also zu, dass wir weiterkommen.«

»Halt!«, rief da Ali. »Ich habe einen Gedanken. Warte noch ein wenig in diesem Wäldchen, ich komme nach kurzer Zeit wieder. Und gib mir den Beutel!«

Da lächelte Hassan. Ali aber eilte zurück zu des Geldwechslers Haus. Schon von weitem hörte er jämmerliches Wehgeschrei, und als er durchs Fenster blickte von der Straße aus, da sah er, dass der Geldwechsler seine Sklavin über den Diwan geworfen hatte und wütend mit einer Bambusgerte prügelte. Er war rot im Gesicht wie ein Pavian und schrie: »Wo hast du's? Wo hast du's?« Danach schlug er sie aufs Neue und brüllte: »Da hast du's! Da hast du's!«

Da polterte Ali an die Tür, und das Schreien verstummte. Unwillig wegen der Störung öffnete ihm der Geldwechsler, den Bambus noch in der Hand, und Ali trat ohne weiteres ein in das Zimmer, in dem die Sklavin lag und weinte. Sie erhob sich, als sie den fremden Mann gewahrte, und wollte eilig hinauslaufen, doch der Geldwechsler rief:

»Du bleibst hier, du Diebin!«

Und er fuhr Ali an: »Was willst du?«

Da verbeugte sich Ali tief und sprach:

»O Herr, ich bin deines Nachbarn neuer Knecht. Nicht weit von deinem Hause fand ich diesen Beutel auf der Straße, und ich irre mich wohl nicht, wenn ich meine, dass du ihn verloren hast. Ich habe nicht nachgesehen, was darin ist, aber sicher ist es von einigem Wert. Am Ende ist es Gold?« Und er warf den Beutel auf den Tisch.

Da schnappte der Geldwechsler nach Luft vor Staunen, während die

Sklavin zu schluchzen aufhörte und zu lächeln begann, und der Geldwechsler sprach:

»Was? Wirklich? Schwören hätte ich können, dass ich den Beutel hier
im Haus auf den Tisch gelegt hatte! Lag er wirklich auf der Straße?
Noch niemals verlor ich Geld! Nein, ich hatte ihn noch hier im Hause!«

»Dergleichen bildet man sich leicht ein«, sagte Ali beiläufig, »wenn
man etwas verloren hat. Aber schließlich ist's ja auch gleich, wo er
war, wenn du ihn nur wieder hast! Bedenke nur, was geschehen wäre,
wenn ein Fremder oder gar ein Dieb ihn gefunden hätte.«

»Aha«, sagte der Geldwechsler, »du willst also belohnt werden!«

Er öffnete den Beutel, zählte das Geld darin, nickte befriedigt, als
nichts fehlte, nahm ein paar Goldstücke heraus und gab sie Ali.

»Das ist mehr als reichlich«, sagte er mit großer Gebärde, »so viel verdient ein Knecht im ganzen Jahr nicht! Aber sei's drum!«

Denn wenn Menschen, wie dieser Mann es war, einmal großzügig
sind, dann müssen sie sich laut dessen rühmen.

Ali bedankte sich, und der Geldwechsler wollte ihn hinausführen.

Doch da sagte Ali:

»Fast hätte ich's vergessen! Es haben mich Leute beobachtet, als ich

den Beutel aufhob – und wenn ich jetzt plötzlich das Geld besitze, das du mir schenktest, so wird man womöglich sagen, ich habe es gestohlen. Du aber bist viel unterwegs und wirst mich nicht schützen können. So bitte ich dich denn um eine Bestätigung, dass ich den Fund getreulich bei dir ablieferte und Finderlohn dafür erhielt.«

»Was denn noch alles!«, sagte der Geldwechsler. »Aber gut, die paar Zeilen kann ich dir ja schnell schreiben, du Hasenfuß von einem Knecht! Warte hier!«

Und er ging in den Nebenraum. Darauf aber hatte Ali, der genau beobachtet hatte, dass das Schreibzeug im anderen Zimmer stand, gewartet.

Schnell steckte er der Sklavin die Goldstücke zu, die der Geldwechsler ihm gegeben hatte, ergriff den Beutel, der noch auf dem Tisch lag, und sprang aus dem Fenster. Die Sklavin aber war dankbar und geistesgegenwärtig genug, erst aufzuschreien, als Ali bereits um die Ecke bog. Er hörte noch des Wucherers Wutgebrüll und schrie von weitem zurück:

»Da hast du's! Da hast du's!«

Dann eilte er auf Umwegen, begünstigt vom sinkenden Abend, in das Wäldchen und erreichte Hassan gerade, als es finster wurde.

Und er erzählte ihm, wie alles gewesen war.

Da lachte Hassan, klopfte ihm auf die Schulter und sagte:

»Siehst du, mein Sohn – das ist's, was ich einen ordentlichen Diebstahl nenne. Mach nur so weiter, dann wirst du, wenn Allah es will, ein bedeutender Dieb werden!«

Und so ist es ja auch wirklich gekommen.

So erzählte Scheherazade.

Und der König schmunzelte und sprach:

»Hat man ihn nie erwischt, diesen Ali?«

»Doch«, sagte Scheherazade, »nach vielen Streichen und langen Jahren. Es werden ja alle Diebe erwischt eines schönen Tages und es war dies auch Alis Schicksal. Dafür sorgt Allahs Gerechtigkeit. Doch ge-

recht war Alis Schicksal auch insofern, als er dann doch nicht am Galgen starb wie andere Verbrecher. Zwar wurde er gehenkt nach des Landes Gesetz, doch es riss der Strick, und er stürzte halb tot zu Boden. Da begnadigte ihn Suleiman, der große Kalif, der oft gelacht hatte über Alis Taten, aber ihn dennoch verfolgte und fing, wie das Gesetz es gebot. Es gibt aber kein Gesetz, dass jemand zweimal gehenkt werden muss, und so ließ ihn Suleiman laufen. Er soll hinfort nicht mehr gestohlen haben.«

»Du redest so viel von Gerechtigkeit«, sagte der König, »aber ist es denn wirklich an dem? Werden alle Diebe erwischt? Wird jede böse Tat gesühnt? Allahs Gerechtigkeit scheint mir eine zweifelhafte Sache und die weise Ordnung der Welt, von der du in der Schildkrötengeschichte sprachest, erst recht. Wüsste ich, wie es damit steht – ich wäre wohl bereit, wie jene Könige der Märchen zu werden und nach Weisheit zu trachten. Aber sieh doch den Lauf der Welt! Ist denn das meiste, was geschieht, nicht sinnlos? Und hat die Welt überhaupt einen Sinn, wie es die Märchen und Sagen und die frommen Geschichten behaupten? Es sieht nicht so aus.«

»Es sieht nicht immer so aus«, sagte Scheherazade. »Aber trügt nicht immer wieder der Schein? Und sehen wir denn die wirkliche Welt und ihren Zusammenhang? Sehen wir nicht nur des Lebens Oberfläche und eine Scheinwelt? O König, du fragst wie Omar, der Eremit, der auf dem Berge saß und einen Mord mit ansah.«

»Was ist's mit Omar?«, fragte da der König. »Und was war das für ein Mord?«

»Das ist eine alte Geschichte«, sagte Scheherazade, »und man nennt sie die Geschichte von der himmlischen Vergeltung.«

»Erzähle!«, sprach der König.

Und Scheherazade erzählte.

Die Geschichte von der himmlischen Vergeltung

Omar, der Eremit, saß auf dem Berg und dachte nach über den Lauf der Welt.

Fern von den Menschen hatte er sein Leben der Andacht und Einsicht geweiht und er war zu der Erkenntnis gekommen, dass nichts in der Welt geschah ohne Allahs Willen, dass das Gute seinen Lohn und das Böse seine Strafe fand und dass diese einfachste Art der Betrachtung zugleich die weiseste war.

Da sah er unten im Tal einen Reiter, der machte Rast an einer Quelle. Er stieg vom Pferde, nahm einen Beutel, den er am Gürtel trug, und legte ihn auf die Erde. Dann kniete er nieder und labte sich an dem klaren Wasser.

Er tränkte auch sein Pferd, ruhte ein wenig, schwang sich dann wieder in den Sattel und ritt davon. Den Beutel aber, der am Boden lag, vergaß er.

Es begab sich aber, dass kurze Zeit später ein anderer Reiter kam, der sah den Beutel, nahm ihn und galoppierte von dannen.

Und wieder verging nur geringe Zeit, da kam ein Holzfäller an die Quelle, der tat seine schwere Bürde ab, beugte sich über das Wasser und trank.

In diesem Augenblick kehrte der erste Reiter zurück, und er war wild vor Wut über den verlorenen Beutel. Er sah den Holzfäller, hielt ihn für den Dieb, beschimpfte ihn, zog sein Schwert und schlug ihm den Kopf ab.

Das alles sah Omar, der Eremit, und er haderte mit Allah und rief: »Wo ist nun der Sinn dieses Geschehens? Der Dieb entkommt und hat seinen Gewinn, und alles gelang ihm durch glückliche Fügung. Ein armer Holzfäller aber, ein Unschuldiger, der von nichts etwas weiß, wird dafür erschlagen. Und der Reiter wird zum Mörder, weil er seinen Beutel vergaß! Eine Welt, in der solche Dinge geschehen, ist keine gute Welt, und ich rufe zu dir und frage dich, o Allah, Vater der Erde: Wo bleibt die Gerechtigkeit? Und wo bleibt der Sinn?«

Und der Himmel war stumm.

Am nächsten Tage zog übers Gebirge ein heiliger Mann, von dem ging die Sage, er sei schon Hunderte von Jahren alt und kein Geheimnis sei ihm verborgen. Und er kehrte ein in Omars Klause, trank Wasser und aß ein paar Datteln.

Omar aber erzählte ihm, was geschehen war, und fragte auch ihn: »Wo ist nun der Sinn des Geschehens?«

Da lächelte der Weise und sprach: »Nichts, o mein ungeduldiger Freund, ist sinnlos unter der Sonne. Denn wisse: es gibt keinen Zufall, und alles, was geschieht, wird im Geheimen gelenkt wie an unsichtbaren Fäden.«

»Das mag sein oder nicht«, sagte Omar, der Eremit, »doch nach welchem Gesetz und mit welchem Ziel? Ich sah, was ich sah.«

»Du sahst nicht sehr viel«, sagte der Weise. Und nach einer Zeit des Schweigens erzählte er eine Geschichte.

»Einst, als ich noch in der Welt lebte«, sagte er, »geschah in meiner Heimatstadt eine absonderliche Sache. Es waren zehn Verbrecher gehängt worden, Räuber und Mörder, und die zehn Galgen wurden bewacht von Bewaffneten, auf dass niemand in der Nacht die Leichen der Gehenkten stehle, um ihre Kleider zu nehmen oder zu anderem Zweck. Und der Richter ging zu den Wachen und mahnte sie, gut aufzupassen am Abend und nicht zu schlafen. Als er aber am nächsten Morgen aufs Neue über den Richtplatz kam, da fiel ihm auf, dass einer der Gehenkten ihm fremd war, und er wusste, dass er diesen Mann nicht verurteilt hatte. Und er verhörte die Wächter. Da gestanden die Wächter und sagten, sie seien in Schlaf gefallen am Abend, und als der Morgen da war, sei einer der Gehenkten verschwunden gewesen. Es war aber gerade ein Bauer des Weges gekommen, ein Unbekannter, der einsam im Walde lebte ohne Familie und Freunde. Da hatten sie ihn genommen und ihn gehenkt als Ersatz, damit die Zahl wieder voll war und das Gericht nichts merke von der Unachtsamkeit der Wachen. So sagten sie zu dem Richter.«

»O Vater«, sagte der Eremit, »deine Geschichte ist schauerlich, und ich sehe auch in ihr keinen Sinn.«

»Den sah auch der Richter nicht«, fuhr der Weise fort, »doch die Geschichte geht noch weiter. Denn der Richter forschte, wer denn der

Bauer eigentlich war, den jene Schurken gehenkt hatten, weil ihnen das Hängen zur Gewohnheit geworden war, und den sie umgebracht hatten, ohne zu fragen nach Schuld oder Unschuld. Und es lag noch des Bauern Gepäck umher, das war ein Quersack, den er schwitzend geschleppt hatte.

Der Richter ließ den Quersack entleeren – und siehe: es fand sich darin eine zerstückelte Leiche.«

»Entsetzlich!«, rief Omar. »Und was war es damit?«

»Der Bauer«, sprach der Weise, »war ein Mörder, und niemand hatte es gewusst. Doch die unsichtbaren Fäden, an denen er hing, zogen ihn fort, seiner Strafe zu, und die Wächter wussten nicht, was sie taten und dass sie Werkzeuge waren der gerechten Vergeltung.«

»Aber sie waren nun doch selber in Schuld verstrickt!«, rief Omar, der Eremit.

»Das waren sie«, sagte der Weise, »und sie waren es schon lange und entgingen nun nicht länger ihrer Strafe. Doch sieh: was als sinnlos erschien und als entsetzliche Tat, das erwies sich am Ende als geheime Sühne verborgener Schuld. So entgeht kein Mörder Allahs Gericht.«

Und als Omar noch zweifelte, fügte der Weise hinzu:

»Hier oder drüben. Ob er am Galgen endet oder in des Teufels Netz oder ob ihn die Dämonen in der eigenen Brust zerreißen, er findet seinen Richter. So ist auch keine gute Tat umsonst, sondern wird belohnt hienieden oder drüben, und sie wirkt unsichtbar weiter und mehrt die geheimen Schätze der Welt. Es geht nichts verloren.«

Sie schwiegen lange, und die Sonne sank, und es wurde Abend. Da sagte Omar, der Eremit:

»O Vater, ich muss noch einmal zurückkommen auf den Reiter, den Dieb und den Holzhauer. Noch immer sehe ich nicht, welchen verborgenen Sinn das alles haben könnte.«

»Ich sagte dir doch schon«, entgegnete ihm der Weise, »dass du nicht viel gesehen hast. Du sahst das Ende einer langen Kette von Ereignissen. Du sahst Wirkungen unbekannter Ursachen. Du kanntest den Zusammenhang nicht. So wirkte sinnlos auf dich, was sich doch nur vollzog nach strengen Gesetzen. Was wir sehen, ist Schein.«

Da rief Omar aus:

»Man sagt von dir, dass dir kein Geheimnis verborgen sei. Kennst du

auch des Reiters und des Holzfällers Geheimnis? Offenbare es mir und gib mir den Frieden meiner Seele zurück!«

»Für jeden Menschen kommt die Stunde«, sagte der Weise, »da er um seine Seele kämpfen muss. Du selber musst deinen Weg erkennen. Doch da du so ehrlich ringst um den Sinn, will ich versuchen, dir das Rätsel jenes Mordes zu lösen.«

Und er setzte sich nieder mit untergeschlagenen Beinen, atmete tief, schaute offenen Auges ins Leere und verfiel in einen Zustand, der war nicht Wachen und nicht Schlaf. Es ist dies aber die Versenkung der heiligen Männer, in der sie bisweilen das Verborgene sehen, als wäre das Buch der Welt vor ihnen aufgetan. So lesen sie Allahs Willen.

Nach einiger Zeit bewegte sich wieder der Weise, sah Omar an und sprach:

»So höre, o mein ungeduldiger Freund. Der Reiter, der den Beutel vergaß, war ein Räuber, und er hatte den Beutel gestohlen. Doch er sollte sich seiner Beute nicht freuen. Der Mann, der den Beutel nahm und davonritt, war des Bestohlenen Sohn, den der Räuber um sein Erbe gebracht hatte. Lange schon verfolgte er des Räubers Spur, doch nie holte er ihn ein. Da schenkte ihm Allahs Gnade das Geld zurück, das seinem Vater gehörte.«

»Aber warum musste der unschuldige Holzfäller sterben?«, fragte Omar. »Er hatte doch mit dieser Sache nichts zu tun?«

»Er hatte nichts mit dem Beutel zu tun«, sagte der Weise, »doch auch er gehörte mit ins Spiel. Vor langen Jahren erschlug dieser Holzhauer einen Reisenden im Wald, und nie hat ein irdischer Richter davon erfahren. Doch die himmlische Vergeltung traf ihn, als seine Stunde gekommen war, und er starb genau so, wie sein Opfer gestorben war. Der Reiter freilich wusste nicht, welches Urteil er vollstreckte. Ihm fiel diese Rolle zu, weil er ein Räuber war, den seine bösen Taten tiefer und tiefer verstrickten in Schuld, bis hin zum Mord. Es hetzen ihn aber seines Gewissens Stimmen, und auch er wird nicht entkommen. Jetzt reitet er durch die Nacht wie vom Satan verfolgt; der Mann aber, der den Beutel nahm und den du für einen Dieb hieltest, hat seinem Vater das Geld gebracht, der seinerseits durch den Schrecken des Verlustes gestraft wurde für seinen Geiz. Jetzt freut er sich mit dem Sohn und beschließt im Stillen, sich zu bessern. Er hat nicht mehr lange zu

leben. Doch zur Umkehr, in großen wie in kleinen Dingen, ist es niemals zu spät.«

Da schwieg Omar, der Eremit, und schämte sich seiner Kleinmütigkeit.

Der Weise aber verabschiedete sich lächelnd, griff nach seinem Wanderstab und sprach:

»Leb wohl, mein Freund, und lerne Geduld und Gelassenheit. Viel Leiden ist in der Welt, doch das Leiden ist nie umsonst. Die Welt ist aus Licht und Dunkel gemacht, und Böses und Gutes, das Sichtbare und das Unsichtbare verknüpfen sich zum bunten Teppich des Lebens. Voller Schrecken und voller Wunder ist die Welt, doch weise geordnet von Allah, dem Erhabenen, und nichts darin ist zufällig und nichts ohne Sinn – ganz wie in den Märchen, die uns berichtet werden aus lange vergangenen Zeiten.«

Das Ende der Geschichten

Dies war die letzte Geschichte, die Scheherazade dem König Schahri-rar erzählte in den langen Nächten.

Als aber der Nächte tausend und eine vorüber waren, da war der König ein anderer geworden.

Und er überhörte nicht länger seines Gewissens Stimme und strebte hinfort nach Weisheit und Milde, wie die Männer der Märchen, von denen Scheherazade berichtet hatte. Denn er wollte ihnen gleichen.

Er hatte aber Scheherazade, die Gefährtin jener Nächte, lieb gewonnen und fragte sie, ob sie seine Frau werden wolle. So wurde Scheherazade Königin, und es kamen glückliche Zeiten für sie, für ihre Schwester, für ihren Vater und für das ganze Land.

Der König aber machte nach Kräften alles Unrecht gut, das er verübt hatte, und tat Gutes sein Leben lang. Und wenn ihn dennoch die Reue überkam wegen früherer Taten und sein Herz zerriss, so wusste er, dass er's am besten sühnen konnte, wenn er sein Volk befreite von Blut und Unrecht und aller Bedrückung.

Scheherazade aber gebar ihm drei Kinder, und sie lebten in Frieden. Niemals vergaß der König, dass sie das Werkzeug Allahs gewesen war, das Land zu erretten und ihn selber zu bewahren vor der himmlischen Vergeltung. Und es kamen die Jahre, da glich er wirklich den weisen Kalifen und Königen aus Scheherazades Geschichten.

Und er dankte Allah und pries des Erhabenen Güte – und so möge es ein jeder tun, der die Märchen vernommen hat, die da heißen

»Tausendundeine Nacht«

Inhalt